新日本古典文学大系
99

仁斎日札　たはれ草
不尽言　無可有郷

植谷元
水田紀久
日野龍夫
校注

岩波書店刊行

目次

凡例

仁斎日札

一　原文について

1　底本には天理大学附属天理図書館古義堂文庫蔵古学先生別集本を用いた(天理大学附属天理図書館本翻刻第八六八号)。

2　本文作成にあたり参照した諸本は以下のとおりである。(　)内は校異における略称。

伊藤仁斎自筆草稿本(自)　鎌田宣三氏蔵
吉岳氏文叢本(吉)　古義堂文庫蔵
古学別集本(古)　鎌田宣三氏蔵
甘雨亭叢書本(甘)　天理図書館蔵

3　通読の便を考慮して次のような処置を施した。

(イ)　各条の冒頭に通し番号を振った。
(ロ)　句読点は、原文の読点を尊重し、新たに句点を加えた。

（ハ）翻刻に際しては、底本の返り点・送り仮名に基づいた。
（ニ）音訓、連字符の傍線はすべて省略した。
（ホ）字体は原則として通行の字体に改め、常用漢字表にある文字は新字体を用いた。
（ヘ）反復記号は底本のままとした。

4　各条の後に校異を記した。
（イ）各条ごとに通し番号を振った。
（ロ）校異には

底本原文—異文（諸本略称）

という形式を用いた。

たとえば

無—不（自・古）

とあるのは、底本「無」とある箇所が、仁斎自筆本ならびに古学別集本には「不」とあることを示している。
（ハ）右に加えて、底本ならびに諸本における、傍書、抹消、訂正、補筆などの様態を記した。

二　訓読文について

1　読者の便宜のため、表記に関しては次のような処置をとった。
（イ）各条の冒頭に通し番号を振った。
（ロ）訓読文は、底本の返り点、送り仮名に基づいて作成した。但し、一部について私意によって改めた場合がある。

（ハ）適宜、句読点を施した。なお、原文と訓読文の句読点は必ずしも一致しない。

（ニ）底本の文字、語句を改めた場合は、その旨を注記した。

（ホ）会話や引用文などに相当する部分は「　」で括った。

（ヘ）字体は原則として通行の字体に改め、常用漢字表にある文字は新字体を用いた。

（ト）反復記号は底本のままとした。

（チ）漢字に付した傍訓は校訂者による訓みを示す。校訂者の傍訓は歴史的仮名遣いによった。

2　脚注は見開きの範囲内に収めることを原則としたため、簡潔を旨とした。

たはれ草

一　底本には愛知県西尾市岩瀬文庫蔵、寛保四年自跋精写本を用い、刊本以前の筆写と見られる古写本(旧写本と呼ぶ)および寛政元年版本を、随時参照した。

二　各段の冒頭○印は、一連の通し番号に改め、○印の脱落と思われる段も、これに準じた。

三　本文には新たに句読点、濁点を施した。

四　仮名遣いは底本のままを残した。

五　読解の便を慮り、仮名書きを最小限漢字に変換して表意性を補強し、もとの仮名はそのまま当該漢字の振り仮名に当てた。

六　漢字は原則として現在通行の字体に改め、常用漢字表にある文字は新字体を用いた。

七　校注者が施した漢字の振り仮名には（　）を、漢字にもともと傍記されていた振り仮名には〈　〉を施した。

八　校注者による振り仮名は歴史的仮名遣いによった。

九　反復記号は底本のままとしたが、品詞の異なる場合や、当て漢字の次に反復記号が続く場合には、該当する字を当て、振り仮名の形で残した。

（例）　春をゝくりて──→春をお《ゝ》くりて　　きゝて──→聞《き》き《ゝ》て

十　仮名の傍らの漢字表記には、〔　〕を施して本文中に繰り入れ、当該仮名はその振り仮名に置き換えた。

十一　明らかな本文の脱字は（　）を施して補った。

十二　漢文に施された返り点、送り仮名は現代式に改めた。また、底本にある連字符は省略した。

〔書誌〕

底本、西尾市岩瀬文庫蔵（一一二函六三号）。寛保四年二月八日自跋、精写。

大本、袋綴じ一冊、不分巻。一五・一×一八・六糎。表紙、布目朽葉色替表紙、四つ眼綴じ。右上に旧分類ラベル貼付。外題なし。

墨付き七十九丁、半丁十一行。料紙、薄葉楮紙。入紙（十六丁のみ無し）、版心に「駅逓局」と刷られた罫紙を用いる。本文一丁、内題「たハれ艸」、蔵書印「岩瀬文庫」。文段ごとに改行、〇を冠す（数段、施し忘れ有り）。文中、闕字の表敬表記が見られる。随所に紅色不審紙を留める。うち、数片は白色紙片。

裏表紙、表紙と対。見返し用紙には明治十七年八月の法曹関係文書書潰しを流用。明治十年一月より同二十年三月間での名称、「駅逓局」の罫紙を間紙に転用しているのと考え合わせ、改装時期の大凡が推測される。

裏表紙見返しに、「〇たわれ草　雨森芳洲自筆本　芳洲は徳川中期の儒者、一六二一―一七〇八　112-63」と、岩瀬文庫整理用データ記入の紙札が挿入されている。但し、本書は著者自筆ではなく、雄勁遒美な芳洲筆跡に較べ、より流麗繊細な転写本で、筆者は不明である。

なお、随時参照した旧写本および版本は、ともに上中下三巻三冊合一冊。前者は操觚家本山彦一(一八五三―一九三二)旧蔵、後者は長州の雅人勝間田盛稔(一八〇一―八〇)旧蔵、朱批付箋本。本文、著者和文自跋ともに前者が優れ、室鳩巣跋文の署名「無名氏跋」が版本では「鳩巣老人直清跋」と、実名を顕すところが異なる。家蔵。

この二本、各巻の所収文段は両者同じ。次に、本書の底本である岩瀬文庫本、不分巻全一六四段との対比を示す。

上巻	一段――　六三段
中巻	六四段――　一二四段
下巻	一二五段――　一六四段

不尽言・筆のすさび・無可有郷

一　底本は、『不尽言』には中村幸彦氏旧蔵本を用いた。『筆のすさび』は通行の版本を、『無可有郷』は国立国会図書館蔵本を、それぞれ使用した。

二　翻刻に際しては、読解の便宜のために次のような措置をとった。

1　『不尽言』『無可有郷』については適宜、改行を施した。

2　本文中の漢文体については、底本に返り点・送り仮名のある場合は、これを尊重しつつ作成したが、校注者の意により改定・補足したところもある。また、返り点・送り仮名が入り乱れて通読しにくい場合には、その部分を訓み下して振り仮名の位置に示した。

3　漢字の字体は原則として通行の字体に改め、常用漢字表にある文字は新字体を用いた。

4　適宜、句読点、清濁を施した。

5　本文中の会話、引用文等は「　」で括った。

6　底本にある振り仮名はすべてこれを残した。校注者による振り仮名は歴史的仮名遣いによって施した。『不尽言』『無可有郷』の振り仮名は、片仮名は底本にあるもので、平仮名は校注者が施したものである。『筆のすさび』については、校注者の振り仮名を（　）で括って示した。また、『不尽言』における当て漢字の場合の振り仮名は〔　〕で括った。

7　反復記号は原則として底本のままとした。ただし、漢字の反復については「々」で統一した。

8　校注者の意によって本文を補った部分は（　）で括った。

9　『不尽言』にある頭注、行間の書き込み等は省略した。

10　明白な誤字は一々断らずに改めた。

三　注を施すに当たり、『筆のすさび』については、藤原英城・高橋圭一両氏の助力を得た。また、『無可有郷』の校注に関しては小林勇氏の多大の協力を得た。記して謝意を表する。

仁《じん》斎《さい》日《にっ》札《さつ》

植谷　元　校注

天和元年(一六八一)は伊藤仁斎時に五十五歳。三年前の十月、丁度十年連れ添った妻嘉那(三十三歳。浅野因幡守の侍医緒方元安女。長男東涯の生母)を喪ったが、この年の冬であろう、元園部藩医で京住の瀬崎豈哲の女総(二十四歳)と再婚する。ところが、その翌天和二年七月二十六日、図らずも痢病を発症、同月二十八日に開催予定の孟子の講釈も中止のやむなきに至った。出入の医師田代雲碩の投薬は効を奏さず、有馬涼及がかけつけて投薬、雲川宗三が針を打つ騒ぎであった。涼及の薬が芍薬湯であったことから赤痢のごときものであったかと推測されているが、幸いこれら知友門弟の医師団の手当ての甲斐あって一か月余を経て本復、十月に入ると孟子の講釈を再開するまでとなった。更にその翌天和三年には塾生の輪講や訳文会もほぼ順調に開催され、仁斎の文業としては中庸発揮第一本(一冊)、論語古義第二本(十巻四冊)、孟子古義自筆本(七巻七冊)など現存最古稿本が成立、秋に入って春秋経伝通解を門人中島恕元のために講ずるなど、仁斎年譜ではその生涯を通じても最も実り豊かな一年となった。この年三月には、将軍綱吉の名乗を避けて字《あざな》の源吉を源佐と改め、同時に維貞を維楨と改名する。八月には次男梅宇の誕生があった。前半の病臥からの回復は、自ら主唱したその古義学の完成へと向かわしめる新たな意欲と自信を仁斎にもたらしたと言ってよいであろう。

仁斎には、過去にも十年に近い閉戸呻吟の時期があった。宋学(朱子学)の蘊奥を究めんとして一意専念した二十八、九歳からの青壮年期のことである。東涯の古学先生行状に、「俄カニ羸疾《るいしつ》ニ罹リ、驚悸寧カラザルモノ殆ド十年所、首ヲ俯シ几ニ傍リ、門庭ヲ出ズ」とある。羸疾とは疲労による衰弱らしい。「驚悸寧カラザル」は自律神経の失調でもあろうか。肺病説もある。千辛万苦の末に禅や老荘に救いを求めたのもこの間のことである。しかし、やがて仁斎にとってこの十年の苦悩と模索は、宋儒性理の学が孔孟の本旨に違背するものであることに気付かせ、論語・孟子の原典に復帰すべきことを痛感させるに至る。真の儒学への復古が、仁斎古義学のこの時以来の大目標であった。

天和二年秋、幸運にも一命をとりとめた仁斎は、宝永二年(一七〇五)三月七十九歳を以て世を去るまでの間、古義学の大成のために心血を注ぐことになるが、仁斎日札は実にその大成期への助走ともいうべき、更なる飛躍を秘めた未完の遺稿である。

仁斎日札

日[一]東　洛[二]陽　伊藤維[三]楨著

(1)儒者の学は最も[四]闇昧《あんまい》を忌《い》む。其《そ》の[五]道を論じ経《けい》を解くに、須《すべから》く是《こ》れ明白端的にして、[六]十字街頭に在つて[七]白日事を作《な》し、[八]一毫《いちがう》も人を瞞《あざむ》き得ざるが若《ごと》くなるべきが、方《まさ》に可なり。切に[九]傅会《ふくわい》すべからず、[一〇]穿鑿《せんさく》すべからず、[一一]仮借《かしやく》すべからず、[一二]遷就《せんじう》すべからず。尤《もつと》も[一三]回護《くわいご》して以て其の短を掩《おほ》ふことを忌む。また[一四]粧点《しやうてん》して以て人を悦ばしむることを戒む。[一五]従前の諸儒、動《やや》もすれば此の[一六]諸病《しよへい》を犯《をか》す。惟《ただ》に道を論じ経を解くに害あるのみに非ず、必ず大いに人の[一七]心術を壊《やぶ》る、知らざるべからざるなり。また曰く、[一八]大蒜子《だいさんし》を剝《む》きて[一九]銀盤子の内に置き、[二〇]潔々浄々として[二一]渾身透明《こんしんとうめい》なるが若きを要す。[二二]臭物《しうぶつ》を蓋蔵《がいざう》し、器中の他物、また皆気に触れ類《るい》に染まり、悉《ことごと》く[二三]臭腐《しうふ》に就きて、[二四]用ゆべからざるが若きを要せず。学問の進まざる、徳義の修まらざる、一《いつ》に皆[二五]此《ここ》に坐す。此れは是れ、儒門の講学の[二六]第一の心法にして、学者須《すべから》く此れを以て[二七]立命の根基と為し、[二八]常々体取《じやうじやうたいしゆ》して、[二九]遺忘《ゐばう》を容《い》れざ

一　日本の異称。中国に対していう。　二　京都の雅称。中国の古都洛陽(後出58条。↓二六頁注一二)になぞらえていう。　三　これえだ。仁斎の本名。「いてい」とも音読する。天和三年(一六八三)三月、従来の維貞を維楨と改名した(仁斎日記)。

※この1条、童子問・下四八に「近ゴロ日札ノ中一段、学ヲ為スノ法ヲ論ズ」として再録。童子問と本書との執筆時期の近接を示すもの。構文には若干の相違がある。

四　道理にくらく愚かなこと。　五　聖人の教えを論じ、経書の言葉を解釈する場合に。　六　十字路の路上で。　七　白昼に公然と物事を行なって。　八　いささかも。「毫」は細い毛。　九　こじつけ。「附会」も同じ。69条に附会・穿鑿について述べる。　一〇　瑣末なことまで究明する。　一一　見のがすこと。童子問では「牽合(けんごう)」とも。　一二　つじつまを合わせる。大目にみる。　一三　かばいだてする。「回互」(童子問・中一七)とも。　一四　化粧して飾りたてる。　一五　宋学(朱子学)者たちを指す。　一六　種々の悪弊に陥る。　一七　心の使い方をあやまる。　一八　にんにく。　一九　銀製の大皿。　二〇　実に清らかなさま。白く美しいものの形容に「にんにくむきたるごとし」(毛吹草)。　二一　全身が透明の意。　二二　臭気の強いものを器物に密閉すると。　二三　臭気に浸されて。　二四　他物の本性が損なわれて使用に耐えないものは必要としない。　二五　ここに原因がある。暗に朱子学を批判する。童子問(東涯校訂)では「一ニ皆之ガ坐(た)メナリ」と訓ずる。　二六　もっとも大切な心得。　二七　天与の使命を全うする基本。自己存在の立脚地。童子問には「安身立命ノ根基」。　二八　常日頃に体得して。　二九　決して忘れてはならない。

るべし。

(2)仲尼《ちゅうじ》[一]は吾が師なり。凡そ学者は、須《すべから》く聖人を以て、自ら期待する[二]を要すべし。後世の儒者の脚板《きゃくばん》[三]に従つて、馳騁《ちてい》[四]すべからず。饒使《たと》[五]へ区々[六]の議論、道ひ《い》[七]得て是《ぜ》なりとも、当《まさ》に終《つひ》に事[八]を済《な》さざるべし。

(3)学者は、聖人の言語上に於ては、一字を増すべからず、また一字を減ずべからず。語孟《ごまう》[九]二書の若《ごと》きは、実に天下古今の道理を包括《はうくわつ》して尽す。所謂徹上徹下[一〇]なるは、是れなり。宋儒《そうじゅ》[一一]は、動《やや》もすれば仏老《ぶつらう》[一二]の語を引きて、以て聖人の学を明《あきら》かにす。吾れ深く其の非を識るなり。

(4)仁者《じんしゃ》[一三]は毎《つね》に人の是《ぜ》を視《み》、不仁者《ふじんしゃ》は毎に人の非を視る。仁者は必ず人の長《ちゃう》を取り、不仁者は必ず人の短《たん》を許《あば》く。

(5)聖門の学問の第一字は、是れ仁なり。義を以て配《はい》[一四]と為《な》し、智を以て輔《ほ》[一五]と為し、礼を以て地[一六]と為す。而して、進修《しんしう》[一七]の方《はう》は専ら忠信[一八]に在り。

一 孔子(前五五一‐前四七九)の字。春秋時代の魯の人。本名は丘。子は敬称。 二 自分も聖人となるを目標とするべきだ。 三 足の裏。追従して、の意。 四 奔走してはならない。 五 この用字、童子問・中七四などでは「藉令」。饒使(たとえ)(東涯・操觚字訣)。 六 さまざまな。 七 能弁で納得できる場合でも。 八 物事を達成できない。

九 論語と孟子。「論語ノ一書ハ万世道学ノ規矩準則ナリ。其ノ言ハ至正至当、徹上徹下、一字ヲ増セバ余リ有リ、一字ヲ減ズレバ則チ足ラズ。道此ニ至リテ尽ク、学此ニ至リテ極マル」(論語古義・総論)。 一〇 道理と実践が徹底して一体である意。 一一 宋代に輩出した儒学者。 一二 仏教や老子の説をとり入れて。「先儒多ク仏老ノ語ヲ用ヒテ以テ聖人ノ書ヲ解ス」(童子問・下四四)。

一三 仁斎の理想とする人間像。仁者・不仁者の論は42条、童子問・上四四、四六に再論する。また、仁説(古学先生文集・三)、語孟字義・仁義礼智等参照。

※この5条、童子問・上三四にほぼ同文を再録、詳説する。 一四 配偶者の役。女房役。 一五 補助者。童子問では「礼ハ以テ輔ト為シ」。 一六 基本。童子問では「忠信以テ之レガ地ト為ス」。 一七 仁義礼智の学徳を身に修める方法は。 一八 自己の誠意を尽し、真実こめていつわりなきこと(語孟字義・忠信)。「忠信トハ実心」(童子問・上三五)。後出55条(→二五頁注二八)。

一九 世に理想とする徳政の反対の場合をいう。修身・斉家・治国・平天下は大学に説く八条目に含まれるが、仁斎はこの八条目は孔孟の意に非ずとする(語孟字義・大学非二孔子之遺書一弁)。 二〇 聖人の教えに反する老子や仏教の思想。「老氏ノ虚無ト釈氏ノ寂滅ト」(童子問・下二七)。 二一 目標を見失った儒者が詩作や知識偏重に耽

(6)進[一九]んで天下国家を治むべからず、退《しりぞ》いて身を修め家を斉《ととの》ふべからざる者は、皆以て学と為《す》るに足らざるなり。異端[二〇]の虚無・寂滅の教、俗儒[二一]の詩賦・博物[二二]の学の若《ごと》きは、是れのみ。近世[二三]に理学[二四]と称するが若きは、高く太極[二五]・性命[二六]を談じ、而して日用[二七]に遠き者、また其の亜《つぎ》なり。孔孟の説く所を観て、見るべし。豈《あに》、後来説く所、声[二八]無く臭《にほひ》無く、高[二九]きに鶩《はし》り虚《むな》しきに憑《よ》り、禅荘《ぜんさう》の説く所の若き者有らんや。此れ其の是否は弁ぜずして知るべし。

(7)「道[三〇]徳を一にし、風俗を同じくする」、此の二句は是れ天下を治むるの大規[三一]模なり。此の語、礼記《らいき》に出づ。

(8)禍《わざはひ》無ければ即ち是れ福、凶《きよう》ならざれば則ち吉《きち》と為《な》す。世人の、富貴《ふうき》貧賤《ひんせん》を以て吉凶禍福《きつきようくわふく》を論ずるは、非なり。苟《いやしく》も富貴にして、身に患害[三二]《くわんがい》多く、子孫の[三三]不肖《ふせう》なるは、貧賤にして身[三四]《み》長《ひさ》しく事無く、子孫聡明の愈《まさ》れりと為《す》るに若《し》かざるなり。若し夫《そ》れ、富貴貧賤を以て吉凶禍福を論ずるは、実に市道[三五]《しだう》の見《けん》なり。此の論、当《まさ》に千古[三六]の惑《まど》ひを破るべし。

る場合。二二 多学(童子問・下二三)、世俗駁雑の学(同)。多学的博物知識(竹内整一氏「古学の知的特質」『古学の思想』ぺりかん社)。二三 中国の宋代(九六〇—一二八〇)以後。宋学が発達し、後半期に朱熹(一一三〇—一二〇〇)が登場してこれを大成する。二四 性理学とも。人間の本来の性質(性)と宇宙の原理(理)を究明する学問。宋学はその汎称。童子問・中六四—六八に詳論する。二五 宋学で宇宙の原理をさす概念。元来声もなく臭もなく、感覚で知りえないもの即ち無極でもあるが、その動静によって陰陽二気が生じ、さらに五行が生ずるなどとする。古くは易経に万物の根源の意で見えるが、ここは北宋の周敦頤(一〇一七—一〇七三)の太極図説に基づく朱熹の宇宙観。仁斎は早く「太極ハ道ノ極ナリ。道ハ万物ノ由リテ生ズル所ナリ」(古学先生文集・二、太極論)と説く。二六 天与の性質の意(易経)であるが、北宋の程頤(一〇三三—一一〇七)の「性即理」、朱熹の「天下性外ノ物無シ」(太極図解)など、性に関する議論は盛んであった。二七 人間の実生活と無関係な議論。仁斎の宋学批判の根拠の一。二八 宇宙の原理を形容していう。二九 禅や荘子のごとき超論理の奇抜な論法をさす。「仏老ノ学、後世禅儒ノ高遠隠微ノ説」(童子問・中一〇)。三〇 礼記・王制所見。道徳は行為の規準、風俗は生活習慣の意。「尭舜ノ君、位ニアルトキハ則チ天下一家、道徳一ニシテ風俗同ジ」(語孟字義・論ニ尭舜既没邪説暴行又作一)。三一 大切な政策。構想。※この8条、童子問・中五五にほぼ同文で再録。三二 病気や傷害。三三 親に似ず愚かなこと。三四 永く健康で。三五 利益を第一とする商人の見解。三六 古来人間が陥りがちな迷いを一掃するだろう。

(9) 孟子[1]曰く、「惻隠《そくいん》[2]の心は仁の端《たん》なり。羞悪《しうを》[3]の心は義の端なり」と。古注に云[4]はく、「端本なり、始なり」と。また曰く、「人[5]皆忍[6]びざる所有り、之《これ》を其の忍[7]ぶ所に達するは、仁なり。人皆為《な》[8]さざる所有り、之を其の為[9]す所に達するは、義なり」と。所謂忍びざる、為《な》さざる所のものは、即ち惻隠・羞悪の心なり。之を其の忍ぶ所、為《な》す所に達するものは、即ち拡充《くわくじゆう》[10]の謂《いひ》なり。此れ千古[11]仁義の二字の正解なり。学者、当《まさ》に此れを以て準則と為《な》すべし。

(10) 君子[12]の人を視《み》るや、一の不可なる者無し。小人《せうじん》の人を視るや、一の可なる者無し。君子は天下を認めて己《おのれ》の類《るい》と為《な》し、小人もまた天下を認めて己の類と為《な》す。故に、君子之《これ》を悪と謂はば、則ち其の悪は逃《のが》[13]るべからず。小人之を悪と謂はば、則ち其の悪は察[14]せずんばあるべからず。

(11) 君子の身を修むるや、昭々《せうせう》[15]の行《かう》を務めずして、冥々《めいめい》[16]の徳を積む。其[17]の人を論ずるや、また昭々の行を取らずして、冥々の徳を察す。

一 戦国時代、魯の鄒(すう)の人(前三七二―前二八九)。名は軻(か)、字は子輿(よし)。『孟子』はその著。孟子・公孫丑上所見。以下、「辞譲ノ心ハ礼ノ端ナリ。是非ノ心ハ智ノ端ナリ。人ノ是ノ四端有ルヤ、猶其ノ四体有ルガゴトキナリ」と続く。孟子の四端説として有名。童子問・上四二などにも引く。
二 人の不幸を切実に哀れむ心。「惻怛(そくだつ)」(童子問・上四八)とも。
三 自己の不義や不正を羞じにくむ心。
四 後漢の趙岐の注には「端ハ首ナリ」。宋の孫奭(そんせき)著という孟子疏に「端本ナリ」。仁斎は、古注は皆「本始ノ義」であるとし、発端・萌芽の意とする(語孟字義・四端之心)。
五 孟子・尽心下所見。童子問・上四二にも引く。
六 気の毒で傍観できない心。惻隠の心。
七 惻隠の心を拡めて、従来はただ傍観していた所にまで及ぼす。
八 人を害したり、不正や不義をはたらかない羞悪の心。
九 羞悪の心を拡めて、従来は看過していた所にまで感化する。
一〇 孟子・公孫丑上「凡ソ我ニ四端有ル者、皆拡メテ之ヲ充スコトヲ知ラバ…」に拠り、仁斎は拡充の必要を強調する。
一一 千年来の。
一二 徳の高い人。「モト位ヲ主トシテ言フ」(語孟字義・君子小人)。小人の対。
一三 弁解の余地がない。
一四 その真の内容を推察しなければならない。
一五 物事の明らかなこと。ここは、人目につく行為をやらないで。
一六 暗くて見えにくいこと。人に知られぬ努力で徳分を高める。
一七 君子が人を評価する場合も。
一八 無益なこと。
一九 むだばなし。世間話。

(12)人、閑事[一八]を説くは、直《ただち》に是れ閑談[一九]なり。我[二〇]、閑事を説くは、総て是れ学問なり。

(13)詩家は最も議論[二一]の関《くわん》に落つるを忌む。学を論ずるもまた然り。蓋《けだ》し学成り徳熟し、胸中自ら成見《せいけん》有りて、而して後言々句々、至理[二二]に非ざるは莫《な》し。是れを造道《ざうだう》[二三]の言と謂ふ。若し夫《そ》れ、思量按排《しりやうあんばい》[二四]し、組織[二五]して言を成すは、道《い》[二六]ひ得て是れ当《たう》なりとも、皆巧言なるのみ。議論[二七]愈《いよいよ》精にして、道を去ること愈《いよいよ》遠し。義《ぎ》[二八]理《り》玄微《げんび》にして蚕糸《さんし》[二九]牛毛《ぎうまう》なるも、総て理解[三〇]に落つ。道を識る者の言に視《み》[三一]れば、実に天淵《てんゑん》[三二]なり。宋儒、経を談ずるに、字ごとに釈し句ごとに訂し、銖量寸校《しゆりやうすんかう》[三三]にして、一毫の滲漏《しんろう》[三四]無からんことを要す。知らざる学者、悦びて以て精密と為《な》し的確と為し、高明正大[三五]・平易[三六]従容《しようよう》の地に於て、大いに相《あひ》合はざる所の有ることを知らず。聖人の道、豈《あに》区々の議論、言説の能く尽すべき所ならんや。

(14)道を知る者は、天下の物を挙げて、見る所善に非ざること莫《な》し。故に、毎《つね》に人の善を視《み》て、人の不善を視ず。道を知らざる者は、また天下の物を挙げて、見る所悪に非ざるは莫し。故に、毎に人の悪を視て、人の善を視ず。「孟子[三七]、

二〇 第一人称で直接仁斎自身のことを述べるのは珍しい。自筆草稿本ではこの条の前に全文を抹消した一条があり、そこでも学問に専念した仁斎自身のことを述べる(解説四七〇頁参照)。この条はたまたま抹消を免れたものか。相良亨氏にこの二条の関連について指摘がある(『伊藤仁斎』ぺりかん社)。
二一 議論という関門。「関」は禅語。詩禅一致を説いた南宋の詩人厳羽は「近代諸公ハ文字ヲ以テ詩ト為シ、才学ヲ以テ詩ト為シ、議論ヲ以テ詩ト為ス」(滄浪詩話)と非難した。
二二 至上の道理。 二三 「造」は到り達する意。道に達する。また、道を修める。
二四 考えを周らし適当に調整して。
二五 構想を練って。
二六 うまく表現して妥当と思われても。
二七 議論ばかりがますます精密になって。
二八 道理が奥深く。 二九 複雑で精緻なことの譬え。「精シキコト蚕糸ノ若ク、密ナルコト牛毛ノ若シ」(童子問・上五)。「蚕」は、かいこ。
三〇 理づめの解釈にすぎない。 三一 較べると。
三二 天と淵。正反対のものの譬え。天淵南北(語孟字義・上)とも。
三三 微細なことを較べ量る意。自筆草稿本は「銖々校量」。「銖」は重さの単位で、一銖は一両の二十四分の一。 三四 漏れ落ち。手ぬかり。
三五 高く明らかで正大なこと。「子路ノ学、高明正大ノ地ニ造《いた》ルト雖モ、未ダ従容自得ノ域ニ入ラズ」(論語古義・先進)。
三六 穏やかで思慮を周らさず自然な状態。「君子ノ道ハ平易従容、過不及無クシテ、万世不易ノ常法ヲ謂フ」(語孟字義・君子小人)。
三七 孟子・滕文公上所見。滕の文公がまだ太子であった時代に孟子に面会した、その時のこと。

[一]性善と道《い》ふに、言必ず尭舜を称す」と。また曰く、「[二]若《も》し夫《か》の不善を為すがごときは、[三]才の罪に非ざるなり」と。また曰く、「[四]人は皆人を忍びざるの心有り。今人《いまひと》、乍《たちま》ち[五]孺子《じゆし》の将《まさ》に井《ゐ》に入らんとするを見れば、皆[六]怵惕《じゆつてき》・惻隠の心有り。[七]交《まじは》りを孺子の父母に内《い》るる所以《ゆゑん》に非ざるなり。[八]誉《ほまれ》を郷党・朋友に要《もと》むる所以に非ざるなり。[九]其の声を悪《にく》みて然《しか》るに非ざるなり」と。また曰く、「[一〇]嘑爾《こじ》として之に与ふれば、[一一]行道の人も受けず。[一二]蹴爾《しゆくじ》として之に与ふれば、[一三]乞人《きつじん》も屑《いさぎよ》しとせざるなり」と。また曰く、「[一四]人に存する者と雖も、[一五]豈《あに》仁義の心無からんや」と。惟《ただ》に言々句々、斯《こ》の[一六]理に非ざるは莫《な》し。人の善を視て、人の不善を視ざるは、惟《ただ》に孟子の学のみ然《しか》りと為《す》るに非ず、尭舜・孔子の心もまた然り。其の人の不善に於けるや、惟《ただ》其の[一七]陥溺《かんでき》の致す所にして、性の本然に非ざるを識るなり。之を待《たい》するに[一八]恕《じよ》を以てし、遽《にはか》に之を拒絶せず。人必ず過《あやま》ちを悔ゆるの心有るを以てなり。学者苟《いやしく》も是に於て[一九]自得せば、則ち聖人の道を識るに庶《ちか》からん。[二〇]夫《か》の小人の心の若《ごと》きは、先づ自ら己を視て以て不善と為《な》す。況んや人に於てをや。[二一]其の卒《つひ》には、凡そ天下の人に至りて、皆悪人を以て之を待《たい》す。所謂、人の不善を視て、而して人の善を視ざる者なり。

一　孟子は性善説を説き、そのたびに尭舜を引き合いに出して説明した。
二　孟子・告子上所見。人の性には善不善の両面があるとの説に対し、孟子が門人の公都子に答えたもの。
三　人の本性の働きである才の罪ではなく、物欲のために本性がくらまされたからだとする。仁斎は陥溺(思慮を失う)のためという(孟子古義)。
四　孟子・公孫丑上所見。孟子古義、語孟字義・性にも引く。前出9条(→六頁注五)。
五　幼児が井戸に落ちんとするのを。
六　驚き怖れる。
七　幼児の父母との交際を求めるためではない。
八　人命救助の名誉を同郷人や友人に認めさせたいからではない。
九　助けなかった場合の悪評を予想してそうするのでもない。
一〇　孟子・告子上所見。「嘑ハ咄啐(とつさい)ノ貌」(孟子古義)。叱りつける意。
一一　道を行く人。通行人。「路中ノ凡人ナリ」(孟子古義)。
一二　足でけりとばして。「蹴ハ践踏(せんとう)ナリ」(孟子古義)。
一三　乞食。「食ヲ欲スルノ急ナリト雖モ、ナホ無礼ヲ悪ム。寧ロ死シテ食セザル者有リ。明カニ是レ義理ノ本心、人皆之有ルナリ」(孟子古義)。
一四　孟子・告子上所見。人の心に具わったものを考えてみても。　一五「良心ハ本然ノ善心、即チ仁義ノ心ナリ」(孟子古義)。
一六　人をいつくしみ道理を重んずる心。良心。
一七　ものにはまり溺れる。理性や判断力を失うこと。　一八　寛大な、ゆるす心。思いやりの心。
一九　得心ができれば。　二〇　10条に述べる小人の心。　二一　小人の考えの行きつく先は。

(15) [二二]端人《たんじん》・正士《せいし》と称する者に三有り。人の楽しむ所と為《な》る者は上なり。人の[二三]厳憚《げんだん》する所と為《な》る者は之に次ぐ。人の[二四]嫉悪《しつを》する所と為《な》る者は下なり。

(16) [二五]賈誼《かぎ》・[二六]陸宣公《りくせんこう》は、儒者の才有りて儒者の学無し。[二七]韓退之《かんたいし》・[二八]欧陽永叔《おうやうえいしゆく》は、儒者の学有りて儒者の志無し。[二九]董仲舒《とうちゆうじよ》・[三〇]文中子《ぶんちゆうし》は、儒者の志有りて、其の学未だ充たざる者なり。

(17) 君子の用ゐらるるときは、則ち一人《いちにん》の福に非ず、乃《すなは》ち天下の慶《けい》なり。君子の[三一]黜《しりぞ》けらるるときは、則ち一人の不幸に非ず、乃ち天下の不幸なり。

(18) 天下に道有れば、則ち学上に在り。天下に道無ければ、則ち学下に在り。天下に道有れば、則ち君子位に在りて、小人黜《しりぞ》けらる。故に学上に在り。天下に道無ければ、則ち小人位に在りて、君子は身を[三二]奉じて退く。故に学下に在り。学上に在れば則ち治まり、学下に在れば則ち乱る。

(19) [三三]新安《しんあん》の学、「[三四]堂々《だうだう》たるかな[三五]張《ちやう》や、与《とも》に並《なら》びて仁を為《な》し難き」の弊《へい》有り。凡そ

二二　どちらも一般に、心の正しい正義の人の意。ここでは正義感や義侠心が過ぎて人の迷惑を顧みない場合をも含むか。
二三　忌み憚る意。　二四　強く嫌うこと。嫌悪。
二五　前漢の学者(前二〇一―前一六九)。幼少より秀才で博士となったが、後大臣にうとまれた。「新書」「賈長沙集」がある(漢書・賈誼伝)。
二六　中唐の政治家・文人(七五四―八〇五)。名は贄(し)、字は敬輿(けいよ)、宣はその諡(おくりな)。徳宗の時、大臣となった。「陸宣公奏議」は政治家の必読書とされた。　二七　中唐の文人(七六八―八二四)。名は愈、退之はその字、諡は文。唐宋八大家の一人。「韓昌黎集」五十巻がある。　二八　北宋の政治家で文学者(一〇〇七―七二)。名は修、永叔は字、六一居士・酔翁と号し、文忠は諡。唐宋八大家の一人。
二九　前漢の学者(前一七六―?)。武帝に奨めて儒教の国教化に努力した。「春秋繁露」の著がある(漢書・董仲舒伝)。　三〇　隋の学者(五八四―六一八)。姓は王、名は通、字は仲淹、文中子はその号。著書に「中説」(一名「文中子」十巻)がある。初唐の詩人王勃の祖父にあたる。東涯・古今学変にこれら漢・隋・唐の学者について論評がある。
三一　官職や地位からはずす。罷免する。
三二　自重して。
三三　朱熹(→五頁注二三)のこと。その出身地の徽州(古名新安。もと安徽省、いま江西省)に因んでいう。　三四　論語・子張「曾子曰ク、堂々タルカナ張ヤ、与ニ並ビテ仁ヲ為シ難シ」をそのまま引いて朱熹を批評する。
三五　子張のこと。孔子の弟子。孔子より四十八歳の年少であったが、そのわりに態度・容貌が立派すぎたので、二歳年長の曾子や子游から敬遠されたらしい。論語古義に「徳有ル人ニ非ザレバ、則チ与ニ並ビテ仁ヲ為シ難シ」とある。

学に志有る者は、必ず此の弊有り。[一]其の及ばざる者は、また[二]潰堕《くわいだ》して[三]拯《すく》ふべからず。故に[四]中庸に依るを至れりと為す。

(20) 学者は、平生《へいせい》心を存するに[五]忠信・[六]正直《せいちょく》なれば、則ち惟《ただ》に事に於て害無きのみに非ず、或は危難に臨むと雖も、自ら[七]悔吝《くわいりん》の失《しつ》無し。倘《も》し然らざれば、則ち諸《これ》を[八]卜筮《ぼくぜい》に問ひ、鬼神《きじん》に禱《いの》ると雖も、悔吝無きこと能はず。謹まざるべけんや。

(21) [九]鵝湖異同の弁、朱陸の門徒は互に[一〇]相詆譏《あひていき》し、卒《つひ》に[一一]千歳未了の論と為《な》る。蓋し、二家の徒、各《おのおの》其の師説を主とし、或は調停して[一二]両可の説を為して、諸《これ》を[一三]聖に析《わか》つこと能《あた》はず。故に宋元より明に至るまで、竟《つひ》に一定の説無し。若《も》し二先生の説を去つて、直に之を[一四]経文に求むるときは、則ち聖人の旨、明白分暁《ふんげう》にして、復《ま》た疑ふべきこと無し。中庸に曰く、「君子は徳性を尊《たつと》びて、[一五]問学に道《よ》る」と。言は問学に道《よ》ることを知ると雖も、然れども徳性を尊ぶことを知らざれば、則ち問学其の問学たることを得ず。而して道の実に於ては、真に之を知ることを得ず。故に曰く、「[一六]苟《いやしく》も至徳ならざれば、至道凝《あつま》らず」と。故に、君子は先づ徳性を尊ぶを以て本と為し、問学に道《よ》るを以て功と為す。此れ聖門真正の学問

一　学問への意欲の乏しい者。
二　つぶれ落ちる。壊堕とも。　三　救い上げる。助ける。「生民ヲ拯ヒテ」(童子問・上四七)。
四　過不足や片寄りのない、中正の意。「高明ヲ極メテ中庸ニ道(ヨ)ル」(中庸)。
五　前出5条(→四頁注一八)。　六　心正しく、嘘いつわりないこと。　七　悔いとうらみ。悔恨。心を悩ますことがない。　八　占いに頼ったり神に祈ったりしても。仁斎はこのどちらも信じない(語孟字義・鬼神、附卜筮)。
九　宋の淳熙二年(一一七五)、陸九淵(号象山、一一三九―九二)が朱熹と信州鵝湖寺(江西省沿山県)に会し、両派が所信を論じ合った宋学史上有名な論争をいう。仁斎に「鵝湖異同弁」(古学先生文集・二)、「朱陸弁」(吉岳氏文叢)、「問二朱陸之異同一」(童子問・下二一)などがある。　一〇　お互いに非難し合って。ののしり合って。　一一　永遠に結着のつかない。　一二　どちらも可。可否を決められぬ意。
一三　聖人の教えに基づいて判定することができない。　一四　論語や孟子の原典に。仁斎の古義学の立場をいう。　一五　真実を問い学ぶこと。学問とほぼ同義の儒学用語。
一六　中庸所見。前出の「故ニ君子ハ徳性ヲ尊ビテ」と続く。至高の徳(聖人)でなければ至高の道は結実しない。「凝ハ聚ナリ」(中庸発揮)。
一七　朱熹の意に相違して。ここは「先儒或ハ専ラ徳性ヲ尊ビテ問学緩ト為ス。或ハ問学ニ道ルヲ先トシテ徳性後ト為ス。倶ニ一偏ニ失シテ君子ノ道ト謂フベカラズ」(中庸発揮)と同趣の文。朱熹は後者の方。　一八　陸九淵の号。主観的唯心論を唱え、朱熹と対立して宋学を二分したといわれる。　一九　一方を得て一方を失う。
二〇　三河国八名郡鳥原村(現愛知県新城〔しんしろ〕市日吉)。　二一　鳥原の庄屋で通称太次兵衛。元禄十

にして、世俗徒《いたづら》に問学に道《よ》ることを知りて、徳性に本づくを知らざるの比に非ず。此の指《むね》は、先づ晦翁《くわいをう》[一七]の意に戻《もと》つて、而して象山《しやうざん》[一八]に於ては、則ち其の一[一九]を得て其の二を遺すの病《へい》を免るること能はざる所以なり。

(22) [二〇]参州鳥原の邑《いふ》に、菅谷氏[二一]なる者有り。農夫なり。質直・方正にして、身を持《ち》すること甚だ謹なり。嘗《かつ》て傍邑《ばういふ》[二二]なる夏目氏[二三]に従《したが》つて、四書[二四]及び朱子の小学書[二五]を受け、崇信すること尤も篤く、道を求むるの志、愈《いよいよ》力《つと》む。延宝辛酉[二六]の春、予の古学を講ずるを聞きて、参州より来《きた》り、留止《とどま》ること半歳余、語孟古義・字義[二七]の[二八]草本を受けて帰る。其の後[二九]、また夏目氏を偕《ともな》ひ俱《とも》に来る。戊辰[三〇]の冬、また近[三一]邑の好学の者一人《いちにん》を携へて来る。また農夫なり。其の将《まさ》に帰らん[三二]とするに、予の著す所の、[三三]「尭舜既に没し邪説暴行また作《おこ》るの論」一篇を写して餞《はなむ》けし、男[三四]長胤をして傍らより之を読ましめ畢《をは》んぬ。菅谷氏、乃《すなは》ち謂つて曰く、人倫に害し、日用に遠く、天下国家の治に益無きは、皆之を邪説と謂ひ、皆之を暴行と謂ふは、是れ一篇の警策《きやうさく》[三五]なり、と。予は愕然として、甚だ其の聡悟《そうご》[三六]に服す。此の篇、人[三七]多く伝播するも、能く其の肯綮《こうけい》[三八]を得る者は菅谷氏一人のみ。彼は蓋し[三九]真体実践す。故に、其の心に得る所は迥別《けいべつ》[四〇]なり。今年正月[四一]、また其の姪《をひ》[四二]及び一

年(一六九七)八月二十二日没、享年未詳。 三一 隣村。設楽郡須長村(現新城市須長)。 三二 通称七左衛門、号学斎。九歳で新城城主水野元綱に召し出され江戸に居住するが、やがて致仕して中江藤樹、また熊沢蕃山の門人となる。病母のために帰郷し医を業とするが、天和三年(一六八三)菅谷氏同道にて仁斎に参会する。貞享三年(一六八六)六月二十日没、六十七歳(夏目氏家譜)。 二四 大学・中庸・論語・孟子。 二五 朱熹編の儒学の入門書、六巻。宋代以後の儒学の必読書。実は友人の劉清之(一一三九―九五)の編。一一八七年成立。注釈書も多い。 二六 九年(一六八一)。九月二十九日天和と改元。月日不明(仁斎門人帳)。 二七 仁斎著の論語古義と孟子古義および語孟字義。いずれも最初期の稿本に属する。 二八 草稿本。その転写本をいう。 二九 天和三年八月十八日のこと。仁斎門人帳には夏目氏を「参州ノ隠士」と記す。 三〇 元禄元年(一六八八)。「冬」は秋の誤り。 三一 八名郡大野村の戸村治兵衛俊直のこと。延享元年(一七四四)十一月二十八日没、八十六歳。 三二 九月六日のこと。「八月廿七日来洛、以九月七日帰国」(古義堂文庫蔵紹述先生文集一六・跋尭舜既没邪説又作論の書入)。 三三 語孟字義・下および古学先生文集・二所収。文集の同文末に元禄元年八月、同自跋には同二年正月とある。尭舜は中国古代の伝説上の帝王。偉大な徳政を以て世を治め、聖天子とあがめられる。「邪説」は不正な言論、「暴行」は暴虐な行為。 三四 仁斎の長男。長胤はその名。字は源蔵(元蔵)。号は東涯。諡は紹述。元文元年(一七三六)没、六十七歳。元禄元年は十九歳。 三五 座禅の時に戒めのために肩を打つ長い板。 三六 聡明で悟りがよい。 三七 門下生が転写して流布した。 三八 本旨を理

書生をして来らしめ、門下[一]一人《いちにん》を迎へて帰る。島原の参州に在るや、最も僻遠の地、其の人皆田畝《でんぽ》[二]に服《つ》く。書を読む者甚だ希《まれ》なり。而して近来傍近の数許邑《すうきよいふ》[三]、翕然《きふぜん》[四]として学に嚮《むか》ふ。家に聖経を蓄へ、人は孔孟を誦す。また一奇事なり。夏目氏は本土人《もとどじん》[五]にして、嘗て備州[六]に在りて王氏[七]の学を講ず。後、朱学[八]を好む。其の菅谷氏と来る。予と款語《くわんご》[九]するに懽《よろこ》ぶこと甚し。頓《とみ》に旧説の非を覚《さと》る。参州に帰りて、悉く旧学を棄てて沛如《はいじよ》[一〇]たり。時々手を撃ちて歎じて曰く、「某《われ》誤てり、某誤てり」と。殆ど狂人の若《ごと》し。また奇士なり。今既[一一]に没す。尤も惜しむべきなり。初め二人は皆厳毅《げんき》[一二]清苦《せいく》にして、人と与《くみ》すること寡《すくな》し。邑《むら》の老人の将《まさ》に死せんとするに、必ず其の子弟を勅《いまし》めて曰く、「二人の為《な》す所を学ぶこと勿れ」と。其の後二人の学、漸く平実[一三]に就き、復《ま》た旧日の詭異《きい》[一四]の行無し。故に邑人《いふじん》皆其の篤行に服し、また学問の人に益あるを信ず。夏目氏、嘗て予に謂ひて曰く、「備州の一友、孟子性善の旨に疑ひ有り。深思して得ず。卒《つひ》に瘵疾《さいしつ》[一五]に罹《かか》りて斃《たふ》る。若し先生の説を聞かしむれば、必ず死に至らざらん。惜しいかな」と。

菅谷氏、字[一六]は太次兵衛。夏目氏、字は七左衛門。備州の一友の姓名は柴田[一七]善七

(23) 荘子の曰く、「道[一八]は太極の先[一九]に在つて高しと為《な》さず、六極《りくきよく》の下に在つて深し

解した。三九 真剣に体得して実行した。自筆本「真求」は仁斎の造語か。四〇 並み外れている。抜群。夐別とも。四一 元禄三年正月十六日、菅谷佐左衛門・酒井秀的の二者入門の時のこと(仁斎門人帳・東涯の元禄三年庚午日録)。二者とも生没年未詳。四二 ここは兄弟の子(男子)の意。

一 東涯の元禄二年(一六八九)己巳日録・正月四日の条に「入夜、中島如元・曾和次郎九郎被出、近藤忠介と中人同道也。但、此人ハ次郎九郎古朋輩ノ子息。今度三河太次兵衛方へ読書等教かてら被参候…」。仁斎門人帳にも見える。仁斎はこれを元禄三年のことと誤認したもの。この条執筆は元禄三年も秋以降か。

二 田畑の耕作に従事する。

三 いくつかの村。村々。

四 一斉に。符節を合わせたように。

五 その土地に生れた人。

六 備前岡山。岡山藩に仕えた熊沢蕃山(元禄四年八月没、七十三歳)の門人となったため。夏目氏家譜に「熊沢治朗八の門弟三千人の内、学頭十人の内に搾出される」とあるが、その事実未詳。

七 明の学者で政治家王守仁(一四七二—一五二八)。字は伯安、陽明はその号。朱熹の理気二元論に対し、気一元論、知行合一など唱えた。陽明学の祖。

八 朱熹の学。朱子学。

九 懇談。

一〇 感に耐えないさま。ひどく感激する。

一一 四年以前のこと。仁斎より七歳年長。

一二 厳正で心強く、清廉。

一三 平穏で実直。

一四 特異な。異常な行動。

一五 病気。

と為《な》さず」と。予謂《おも》へらく、二句は意義通ぜず、下の句は文字順ならず。当《まさ》に道は太極の上に在つて高しと為《な》さず、太極の下に在つて深しと為《な》さずに作るべし。先・上の二字は[二〇]篆文《てんぶん》相近く、太・六の二字は形また相似たり。蓋し伝写の誤りなるのみ。若し太極の先に在りと謂はば、則ち当に遠しと為《な》さずと謂ふべし。高しと為さずと謂ふべからず。而して上文に既に太極と曰はば、則ち下文また六極と謂ふべからず。伝写の誤りなること必《ひつ》せり。荘子の[二一]意を翫《もてあそ》ぶに、太極は蓋し[二二]太虚を指して言ふならん。猶《なほ》[二三]八極・六極と曰ふがごときなり。[二四]大伝《たいでん》に所謂「易に太極有り」とは、また当に此の若し。蓋し、聖人の老荘と其の道異《い》なりと雖も、然も当時の事物の名称に於て、本《もと》異有るべからず。天地・日月・草木・禽獣の名の若《ごと》き、是れなり。是れに由りて之を観れば、則ち易の太極は、また当に太虚を指して之を言ふなるべし。

(24) [二五]耳目《じもく》を[二六]駭《おどろ》かさず、[二七]世俗に[二八]怫《もと》らず、[二九]従容《しようよう》として[三〇]和易《わい》し、善を楽しみて倦《う》まず。学問の道は斯くの如きのみ。若し夫《そ》れ、好んで高論・奇行を為して、人倫に益無く日用に資する無き者のごときは、皆与《とも》に尭舜の道に入るべからず。孟子の所謂「[三一]邪説暴行」とは正に此《こ》れを謂ふなり。

一六 甘雨亭本のみ「称」(通称)とする。
一七 不明。熊沢蕃山の門生か。
一八 荘子・大宗師所見の句。「大極」は五頁注二五。
一九 荘子の原文に「先」「六」とあることに仁斎が異を唱えたもの。後世「先」を「上」とする説は清の兪樾の荘子平議、「六」を「大」かと疑うのは民国の馬叙倫の荘子義証。「六極」は上下四方(東西南北)。天下・世界をいう。六合とも。
二〇 篆の書体。書の六体の一で、古く秦代に普く通用した。
二一 翫読すると。十分に味わって読む意。
二二 宇宙の極限。
二三 八方の極。八方は東西南北・乾坤艮巽(けんこんごんそん)の四方と四隅をいう。八荒・八紘とも。また全世界の意にもいう。
二四 易経の繋辞伝のこと。「易ニ太極有リ、是レ両儀(陰陽)ヲ生ズ」(繋辞・上)。
二五 他人の耳目を、の意。人目に立たず。
二六 操觚字訣「駭ハ驚起也ト註シテ、コレハシタリト、ビツクリシテヲドロキ、アガリ、ムナサハギスルコトナリ、驚ヨリハツヨク急也」。
二七 世上の風習に逆らわない。
二八 「怫」は拂に通用。操觚字訣「モトルト云ハ、フリチガヒ、ネジレルコト也。…拂ハ、違也、戻也。悖ヨリハ軽ク、ウラハラニ、ソムキモトル也」。
二九 気持がゆったりとして穏やかなこと。「君子ノ道ハ平易従容」(語孟字義・下)。
三〇 心持ちがやわらぐ。
三一 孟子・滕文公下「尭舜既ニ没シ、聖人ノ道衰フ。暴君代リテ作(おこ)リ…邪説暴行マタ作(おこ)ル」。

(25) [一]倹なれば則ち礼興《おこ》り、奢《おご》れば則ち礼廃す、必然の理なり。何者《なんとなれば》、[二]物は以て倹に[三]終るべからざればなり。倹なれば則ち必ず之《これ》が[四]節文を為《な》さざることを得ず。此れ礼の興る所以《ゆゑん》なり。[五]文勝てば則ち奢る、奢れば則ち[六]力給せず。此れ礼の廃する所以なり。故に倹は礼の本か。後世、[七]礼を制する者、其の本を知らず、必ず[八]備文を以て事と為す。漢唐以来、[九]各《おのおの》一代の礼有りと雖も、然も皆[一〇]虚器と為《な》つて、[一一]三代の礼の若《ごと》く、上は朝廷より下は[一二]閭巷《りよかう》に至るまで、人家の日用・常行の[一三]典為《た》るを得ざるは、実に此れが為なり。

(26) 深く[一四]古人を信ずる、是れ学を進むるの[一五]極則《きよくそく》にして、天下の至善なり。所謂深く古人を信ずとは、一毫も己《おのれ》の見を執らず、己の説を雑《まじ》へず、[一六]佩服潜玩《はいふくせんぐわん》、十分に[一七]信じ得て及ぶを、正に之《これ》を深く古人を信ずと謂ふ。若し然らざれば、則ち[一八]其の意の在る所を識らず。其の意の在る所を識らざれば、則ち卒《つひ》に其の[一九]理を尽すこと能《あた》はず。反つて[二〇]疎略を為し差誤を為す。或は己の説を立てて以て[二一]遷就《せんじう》し、或は他説を加へて以て[二二]補綴《ほてい》す。[二三]荀《じゅん》・[二四]楊《やう》・[二五]韓子《かんし》の性善を識らず、宋儒の禅学の[二六]窠《くわ》臼《きう》に陥るを免れざるが若《ごと》きは、皆深く孔孟の言を信ぜずして、徒《いたづら》に其の意を執

一 論語・八佾「礼ハ其ノ奢ランヨリハ寧ロ倹ニセヨ」によっていう。礼は豪華にするよりは倹素にして誠意あることが大切の意。童子問・中二二―二七に再論する。
二 天地の万物。
三 物事は倹のままで終ってしまうことはない。奢に変化する。
四 節度と文飾。この両者の調整をいう。
五 装飾が華美になると。「物ヲ備ヘムヲ好メバ則チ必ズ文勝ツニ至ル」(論語古義)。
六 資力が減少する。「礼奢リ文勝ツトキハ則チ財殫(つ)キ力労ス」(童子問・中二七)。また童子問・下二二「給(た)ラズ」と訓ずる。
七 礼を制定する者は。
八 装飾を加えること。
九 唐の玄宗の大唐開元礼、北宋の太祖の開宝通礼、同じく徽宗の政和五礼新儀など。
一〇 内容のない器。有名無実の礼制。
一一 唐虞三代のこと。中国古代の夏・殷・周の三王朝の礼制。但し、夏と殷の礼制は伝わらない。
一二 村の路地。村落に住む人をいう。
一三 守るべき典範。
※吉岳氏文叢本にはこの26条文末に「戊辰(貞享五年)六月初六 仁斎識」とある。
一四 古代の聖賢。孔子・孟子をさす。
一五 大原則。
一六 自分のものとして心に味わう。自筆草稿本「徹頭徹尾」。
一七 信じることができる。
一八 主意。血脈ともいう。
一九 道理を完全に理解できない。
二〇 おろそかにして誤りをおかす。
二一 つじつまを合わせて。
二二 足らぬところを補い継ぎ足す。
二三 荀子(前三四〇?―?)。戦国時代の学者で性悪

る故なり。戒めざるべけんや。

(27)法《はふ》[二七]に拘《かかは》つて変化を知らざると、法を舎《す》てて妄《みだり》に己の見を執ると、此れ二病[二八]なり。天下の学者は、皆此の二病中に在り。夫《そ》れ、道は法の能《よ》く尽す所に非ず、而も法に非ざればまた能《よ》く其の妙[二九]に造《いた》ること莫《な》し。故に道を知る者は、必ず法を執りて、而して己の意を以て其の間に雑《まじ》へざるなり。法は之を善用するに在りて、本《もと》廃すべからざるを以てなり。夫子《ふうし》[三〇]の詩書礼楽《ししよれいがく》[三一]を以て人を教ふる、是れ法を以て人に与ふるなり。然うして顔《がん》[三二]・曾《そう》・賜《し》・商《しやう》、各《おのおの》其の材[三三]を成すことを得るは、此れ善く其の法を用ゐるなり。所謂「神《しん》[三四]にして、之を明らむるは其の人に存す」なり。夫れ法を舎《す》てて能く為《す》る所有るは、乱道[三五]の尤《いう》[三六]なるを謂ふなり。

(28)天下、尭舜の道を知るより易きは莫《な》く、また尭舜の道を知るより難きは莫し。所謂「尭舜[三七]の道は、孝弟[三八]のみ」。此れ其の知り易きと為《な》す所以《ゆゑん》なり。而して其の知り難き所以のものは、蓋し尭舜は仁義[三九]の道に依り、中和《ちゆうくわ》[四〇]の徳を執り、至正至当、天下[四一]以て加ふること蔑《な》し。故に知る、凡そ世の至言・妙道[四二]と号し、大聖・大賢の言と称し、尊崇[四三]・敬事の暇あらざる者と雖も、然も人倫に益無く、

説を唱えた。荀子(二十巻)がある。以下三者について童子問・下一に詳説する。
二四 揚雄(前五三–後一八)。楊雄とも書く。前漢の学者で文人。大玄経・法言・方言の著で知られる。人の性は善悪混在すると説く。
二五 韓愈(前出16条。→九頁注二七)のこと。性に上・中・下の三品ありと説く。
二六 穴の形をした鳥の巣。ここは、おとしあな。
※この27条、西晋一郎氏『日本儒教の精神』(渓水社)に所説がある。
二七 世の中のきまり。物事の方法や手順をもいう。
二八 どちらも弊害がある。
二九 深奥に到達できない。
三〇 孔子のこと。弟子たちが孔子を呼ぶ場合の尊称。
三一 詩経と書経、および礼儀と音楽。孔子が弟子を教育する要目としたもの。
三二 顔回と曾子、賜は子貢の名、商は子夏の名。いずれも論語に登場する勝れた孔子の弟子たち。
三三 才能を成就する。
三四 易経・繋辞上所見。易の神秘な理法を明察できるのは、その人の資質・人格の如何による。
三五 邪説をもって道理を乱すこと。
三六 東涯・操觚字訣に「尤ハ、ハナハダト云意」。
三七 孟子・告子下所見。44・55条に再出。
三八 子として父母に、弟として兄長に、敬事すること。「孝弟ノミトハ、聖人ノ道、人倫ニ過ギザルヲ言フ」(孟子古義)。
三九 仁と義を重んずる立場にあって。
四〇 中正で調和のとれた徳政を行ない。
四一 誰が見ても補足・追加する必要がない。
四二 高度なすぐれた教え。
四三 尊敬してやまない教えであっても。

日用に資《し》する無きは、皆邪説たるを。而して後知るべし、唯《ただ》尭舜の道の至正至当にして、天下以て加ふること蔑《な》きを。此れ其の知り難き所以なり。然れども其の知り易きと知り難きとは、本《もと》[一]二事に非ず。

(29)論語に云はく、「殷[二]は夏の礼に因る、損益[三]する所知るべきなり。周は殷の礼に因る、損益する所知るべきなり」と。馬氏[四]の注に曰く、「因る所は三綱五常[五]を謂ふ。損益する所は文質三統[六]を謂ふ」と。馬氏の意を審《つまびらか》にするに、「殷は夏に因り、周は殷に因る」の下、皆当《まさ》に句絶[七]つべし。而して二の礼の字を以て下句に属す。故に礼と曰《い》はず、三綱五常と謂つて、而して曰く、「因る所は三綱五常を謂ふ」と。三綱五常、豈《あに》礼と謂ふべけんや。意尤《もっと》も分暁《ふんぎょう》[八]なり。孔疏《こうそ》[九]以来、皆二の礼の字の下に句する者は、其の解を得ず。然れども本文は只当《まさ》に夏の礼・殷の礼の下に句すべし。また漢書[一〇]の郊祀志《こうしし》[一一]に、「善く巧発奇中《こうはつきちゅう》[一二]を為す」の語有り。按ずるに師古《しこ》[一三]の注[一四]は、「当《まさ》に善く巧を為すを以て一句と作《な》し、発して奇中する、また一句と作すべし」と。近世[一五]諸大家の文は、皆巧発奇中に作る。便《すなは》[一六]ちまた師古の注を誤り読む者なり。

一 本来別個のものではない。
二 論語・為政所見。「子張問フ、十世(十世代先のこと)知ルベキヤ」に孔子が答えたもの。夏・殷・周の三代の間に礼制に若干の変化増減があったが、大綱は変らない、という。
三 取捨・増減の意。
四 後漢の学者馬融(七九―一六六)の注をいう。博学多才で経学に通じた。ここは、以下「文質三統を謂ふ」まで朱熹の論語集注から引く。
五 君臣・父子・夫婦の道と、仁・義・礼・智・信の徳目。これらは万世不易のものとする。
六 夏は忠を、殷は質を、周は文を、各時代に尚ぶを文質といい、礼法改制の原理となったもの。また夏の人統、殷の地統、周の天統を三統といい、各王朝の革命によって循環するという。
七 句切った方がよい。論語古義は従来の句切りに従っているが、この説は清の劉宝楠の論語正義、および戴望の論語注が採用している。東涯(弁疑録・三)は日札の説を一理ありとするも、ここは従来の句切りで善しとする(藤塚鄰氏「論語の味読」斯文会)。
八 はっきりと分かる。
九 自筆草稿本は「孔穎達以下朱晦翁諸儒」とあり、隋末唐初の孔穎達《くようだつ》(五七四―六四八)の注疏となるが、ここは皇疏(梁の皇侃《おうがん》〔四八八―五四五〕の論語義疏)の誤記であろう。
一〇 後漢の班固(三二―九二)著、一二〇巻。前(西)漢書とも。
一一 帝紀・表・志・列伝の中の志(十志)の一。天子が郊外で冬至と夏至に天地をまつる祭祀について述べる。
一二 巧みに発した言葉がうまく的中する意。史記、論衡にもこの語がある。
一三 唐の学者顔師古(五八一―六四五)。之推の孫。訓詁の学に長じ、漢書の注釈で有名。
一四 師古の注によって按ずれば、の意。その注には「師古曰、中音竹仲反」とあり、中の字は去声(動詞)に読むところからの仁斎説。
一五 宋代以後の諸家の文をいう。

（30）道を論ずるには、当《まさ》に先づ其の血脈《けつみやく》[一七]を論じ、而して其の意味を後にすべし。書を読むには、当に先づ其の文勢[一八]を観て、而して其の義理[一九]を後にすべし。蓋し意味は形無ければ、其の合否[二〇]の如何を知らず。義理もまた然り。但し、血脈と文勢とは一条[二一]の路子《ろし》の猶《ごと》し、一毫の差錯《ささく》[二二]を容れず。故に血脈に合して而して後意味知るべし。文勢を得て而して後に義理弁ずべし。語[二三]に曰く、「回《くわい》や其れ庶《ちか》からんか、屢《しばしば》空《むな》し。賜《し》は命を受けずして貨殖す。億《はか》れば則ち屢中《あた》る」と。言は、顔子の箪食《たんし》[二四]・瓢飲《へういん》と雖もまた饒《おほ》からず、飲食給せずして屢空乏に至る者に近し。蓋し、其の貧にして能く其の楽《たのしみ》を改めざるを美《ほ》むるなり。旧説[二五]「庶からんか、屢空し」を以て「道に近くまた能く貧に安んず」と為《な》すは、尤も文勢を得ず。或は「屢空し」を以て虚中[二六]無我と為すは、是れ老荘の旨にして、聖門の学に非ず。また血脈を知らざるが為なり。而して其の貨を殖《しよく》[二七]すと言はずして貨殖すと言ふを観れば、則ち知る、財を豊にするの謂《いひ》に非ずして、貨財自ら殖するのみなるを。文勢を観て自ら見るべし。

（31）積疑《せきぎ》[二八]の下に大悟《たいご》有り、大悟の下に奇特《きとく》[二九]無し。夙《つと》[三〇]に興《お》き夜に寐《い》ね、夏は葛《かつ》[三一]し冬は裘《きう》し、君《きみ》[三二]は君たり臣は臣たり、父は父たり子は子たり、夫は夫たり婦は婦た

一六 自筆草稿本・底本など「使」とあるが、文意によって「便」と訂。
一七 思想の体系・構想をいう。言語の概念をいう意味の語と対にしていうことが多い。「血脈トハ聖賢道統ノ旨」「意味トハ聖賢書中ノ意味ハモト血脈ノ中ヨリ来ル」（語孟字義・学）など説くが、「道統」の語は後に禅との関係から廃した。
一八 文章の勢い。また文章の調子や文脈の意。
一九 論理の意味内容。
二〇 血脈に合致しているか否か。
二一 目的地に至る一本の道すじ。
二二 くいちがい。誤差や逸脱による乱れ。
二三 論語・先進所見。孔子が弟子の顔回（回）と子貢（賜）とを比較して言った言葉。顔回は理想に近いだろう。米櫃が幾度空になっても天命に安んじて道を楽しんでいる。子貢はそうではなくて蓄財した。才覚によって義理にはかなった例だろう。仁斎は、この「近い」を、空乏に近い意とする。仁斎の墓誌銘（門人北村可昌撰）に「家マタ屢空ニシテ、之ニ処スルニ恬然」とある。
二四 一椀の飯と一椀の汁。論語・雍也「賢ナルカナ回ヤ。一箪ノ食、一瓢ノ飲、陋巷ニ在リ。人其ノ憂ヒニ堪ヘズ。回ヤ其ノ楽ヲ改メズ。賢ナルカナ回ヤ」による。孟子・離婁下にもこの文を引く。
二五 朱熹・論語集注「其ノ道ニ近ク、マタ能ク貧ニ安ンズルヲ言フ」。
二六 何晏の論語集解に「空猶虚中也」とあるが、ここは朱熹の論語或問・十一の「何晏始テ以テ虚中ニシテ道ヲ受クト為ス。蓋シ老荘ノ説ニ出タリ。聖言ノ本意ニ非ズ」に基づく。
二七 この「殖」は他動詞でなく自動詞だから。
二八 長年の疑問の結果偉大な悟りがあり、その悟りの結果もはや何事にも驚くべきことはない。この句、典拠不明。童子問・中六〇「積疑之至、融釈解明」。「大疑ノ下、必ズ大悟有リ」（大慧語

り。士農工商は[一]各《おのおの》其の業に安んじ、「[二]言《げん》は忠信にして行《かう》は篤敬《とくけい》」、此れに従《よ》るの外に、更に[三]至理無し。所謂大悟の下に奇特無しとは、正に此の如し。

(32) [四]天道とは[五]常理を以て言ひ、[六]天命とは[七]時に臨《のぞ》むを以て言ふ。

(33) 孟子の所謂「[八]之を為すこと莫《な》くして為《な》るは天なり。之を致すこと莫くして至るは命なり」は、皆必然の理を以て言ひ、水の下るに就くと曰ふが猶《ごと》きなり。[九]泛辞《はんじ》に非ざるなり。

(34) 文章は簡にして意尽さんことを欲し、[一〇]冗《じよう》にして理の闇《くら》きを欲せず。

(35) 文章は[一一]理を以て主と為し、[一二]気を以て輔《たすけ》と為し、而して之を飾るに[一三]詞《ことば》を以てす。其の要は[一四]平正《へいせい》・穏当にあり。

(36) 漢の文は質実、宋の文は平正、明の文は[一五]怪譎《くわいけつ》なり。

録・一七)。二九 珍しいこと。また特にすぐれたこと。三〇 詩経・衛風「夙興夜寐」。次の句と共に童子問・中七三に「夫レ道トハ」として引く。送二浮屠道香師一序(古学先生文集・一)には二句の後に「天子ト雖モ革(あらた)ムル能ハズ、聖人ト雖モ易(か)フル能ハズ」。三一 韓愈の原道に「夏葛而冬裘」。「葛」は、くずの繊維で織った涼しい夏衣。「裘」は冬向きの暖い皮ごろも。三二 論語・顔淵所見の句。斉の景公が政事の要諦を孔子に問うた時の言葉。それぞれが本分を尽す必要をいう。

一 それぞれの役割に専念して。二 論語・衛霊公所見の句。言は忠実で信用がおけて、行は誠実で慎み深い。三 至上の道理。四 天道と人道を隔絶したものと考える道家(老荘)の説等に対し、両者を一貫した一元的なものと考えることをいう(語孟字義・天道)。五 定まった道理。人道における道理。六 論語・顔淵「死生命有リ、富貴天ニ在リ」にいうごとく、人為を越えたところのものをいう。七 その時になって初めてわかるもの。「天ノ命ズル所、時ニ臨ミテ至ル」(孟子古義)。八 孟子・万章上所見。上文に「其ノ子ノ賢不肖ハ皆天ナリ。人ノ能ク為ス所ニ非ザルナリ」とあるに続く。九 空言なのではない。※この34条以下の文章論は、仁斎の手沢本である宋・魏慶之の詩人玉屑、明・徐師曾の文体明弁粋抄、同・高琦等編の文章一貫、等に見える諸家の文章論に負うところが多い。右三書ともに和刻本。一〇 冗漫で道理が明瞭でないのは、いけない。東涯は古学先生行状に「其ノ文、辞理平穏、務テ暁(さと)リ易キコトヲ欲シテ、繁文綺語ヲ事トセズ」という。

(37) 韓《かん》[一六]・柳《りう》は各自一[一七]家の機軸《きぢく》を出す。漢の下、宋の上に在つて、本色当行《ほんしよくたうかう》[一八]を論ずれば、則ち班馬《はんば》[一九]の後は当《まさ》に欧陽公《おうやうこう》[二〇]に帰すべし。

(38) 文章は意[二一]深く義高く、平正・通達を以て上と為し、詞多く理少なく、組織[二二]・粉沢《ふんたく》を以て劣れりと為す。

(39) 明道《めいだう》[二三]・范文正《はんぶんせい》[二四]は仁を好み、伊川《いせん》[二五]・晦翁《くわいをう》は不仁を悪《にく》む。学識・議論も、また随つて異なり。各《おのおの》見る所有りと雖も、然れども学者は当に明道・范公を以て準と為すべし。

(40) 欧陽子《おうやうし》[二六]の曰く、「聖[二七]人の人を教ふるに、性は先んずる所に非ず」と。蓋し仁義を主として言ふ。宋儒は深く以て誤りと為す。蓋し宋儒の学は、性を以て学問の全体と為す。其[二八]の言に曰く、「人の性上に一物《いちぶつ》を添ふべからず」と。故に聖人の学を名づけて性学[二九]と為す。禅[三〇]宗を名づけて性宗[三一]と為すと奚《なん》ぞ異ならん。所以《ゆゑ》に深く欧の説を非とすなり。予を以て之を観れば、欧の説、未だ全く非とすべからず。蓋し聖門の学は性と教[三二]とのみ。故に中庸に曰く、「天[三三]の命ずる、

一一 道理・主意を明らかにすることが最も大切で。詩人玉屑・六に「魏ノ文帝ノ曰ク、文ハ意ヲ以テ主ト為シ、気ヲ以テ輔ト為シ、詞ヲ以テ衛ト為ス」。 一二 気力の充実が道理の表明のたすけとなり。 一三 語彙の選択や表現力を必要とする。 一四 平明で相手にわかりやすい。 一五 怪しくて正しくない。 一六 韓愈(前出16条。→九頁注二七)と柳宗元(七七三―八一九)。柳宗元は中唐の文人で政治家。字は子厚。韓愈とならぶ唐代の二大文章家で、唐宋八大家の一人。 一七 文章家として各自の特色を発揮する。 一八 天性の適役。文章家としての力量。詩人玉屑・一に滄浪詩話を引いて「須ク是レ本色ナルベク、須ク是レ当行ナルベシ」。 一九 後漢の班固(前出29条)と前漢の司馬遷(前一四五―前八六)との併称。両者とも歴史家で、漢書と史記の各著者として有名。 二〇 欧陽修のこと(前出16条。→九頁注二八)。「公」や「子」は敬称。 二一 含蓄が深く、道義性が高く。詩人玉屑・六に「詩ハ意義ヲ以テ主ト為シ、文詞之ニ次グ。意深ク義高ケレバ、文詞平易ト雖モ自ラ是レ奇作ナリ」。 二二 入り組んでいて装飾が多い。「粉沢」は化粧のお白いやまゆずみ。※この39条について、「道徳の原理は、かくて否定ではなくて、肯定である」(島田虔次氏『朱子学と陽明学』岩波新書)。 二三 北宋の学者程顥(ていこう=一〇三二―八五)。字は伯淳、諡は純。明道先生と呼ばれた。程頤(ていい=伊川。→注二五)の兄。その修養論は性善説の立場で、朱熹に影響を与えた。 二四 范仲淹(はんちゅうえん=九八九―一〇五二)。北宋の学者で政治家。字は希文、文正はその諡。岳陽楼記の文章でも知られる。 二五 北宋の学者程頤(ていい=一〇三三―一一〇七)。字は正叔、諡は正。伊川先生と呼ばれ、兄の顥(明道)と共

之《これ》を性と謂ふ。性に率《したが》ふ[一]、之を道と謂ふ。道を修むる、之を教《をしへ》と謂ふ」と。蓋し、道は以て性を統《す》べ[二]、而して教の由つて出る所なり。故に次節[三]は特に道の字を掲げて之を言へり。道[四]を言ふは、則ち性と教と其の中に在るを以てなり。また曰く、「誠《まこと》[五]に自《よ》つて明かなる、之を性と謂ふ。明かなるに自《よ》つて誠なる、之を教と謂ふ」と。また曰く、「徳性[六]を尊んで問学に道《よ》る」と。問学は即ち教なり。論語[七]は専ら教を言ふ。而して性は其の中に在り。孟子は専ら性を言ふに似たりと雖も、然れども仁義を以て本と為し、而して専ら性善を以て之を明かにす。其の意に以為《おも》へらく、性は善なるが故に能く仁に居り義に由る。若し、人をして犬牛[八]の性の如くならしめば、則ち決して仁に居り義に由ること能《あた》はず。其の所謂拡充・存養《そんやう》[九]の功、即ち教なり。宋儒は尽性《じんせい》[一〇]の二字を見て、便《すなは》ち以為《おも》へらく、尽性[一一]の外、別に学問無し、と。殊《たえ》て知らず、己の性を尽すは、固《まこと》に己の[一二]性外《せいぐわい》に出ること無きを。己[一三]の性を尽し、物の性を尽し、而して天地の化育《くわいく》を賛《たす》くるに及びては、則ち之を[一四]己の性を尽すと謂ふべからず。学問の功に非ずして何ぞや。論語は専ら教を言ひて、性[一五]を言はず。其の旨[一六]、豈《あに》明かならざらんや。然れば則ち欧の説は、性を尊ぶを知らずと雖も、然れども猶《なほ》[一七]彼の此れより善き者有るがごとし。故に、全く之を非とすべからず。

に宋学の始祖といわれる周敦頤(一〇一七‐七三)に学び二程子と称される。兄は春風和気、弟は秋霜烈日と評され、性格的にも学問的にも相違した。※この40条、童子問・中七三に再論する。

二六 欧陽修のこと(前出16条。→九頁注二八)。

二七 「孟子、人ニ遇(あ)ヘバ便(すなは)チ性善ヲ道(い)フ。永叔、却(しりぞけ)テ言フ、聖人ノ人ヲ教フルニ性ハ先ンズル所ニ非ズ」(亀山先生語録・二)に拠っていうか。亀山は北宋の学者楊時(一〇五三‐一一三五)の号。程明道・程伊川の弟子で、その学は朱熹らに受け継がれる。この文、荀子性悪論(古学先生文集・二)にも引く。

二八 楊時の言をいう。「人ノ性上ニ一物ヲ添フベカラズ。尭舜、万世ノ法タルユヱン、マタ只是レ性ニ率(したが)フノミ」(亀山先生語録・三)。荀子性悪論には「亀山楊子、之ヲ非トシテ曰ク」としてこの文を引く。

二九 性理学(→五頁注二四)の一称。明代に至って行われた称らしい(剪灯余話、群書備考等所見)。

三〇 禅宗を性宗と呼ぶと同じ、見当違い。

三一 禅宗ではよく仏性のことを説く上からの称。

三二 自筆草稿本「尊性ト崇教トノミ」。

三三 中庸所見の文。

一 「率ハ循(したが)フナリ。ナホ途ニ循ヒ轍ニ循フノ循ノゴトシ」(中庸発揮)。 二 統率する。 三 中庸の上文に続く文章。「道トハ須臾モ離ルベカラザルナリ。離ルベキハ道ニ非ザルナリ」と続く。 四 道ということをいうのは性と教の内部に自ら存在する。 五 中庸所見。「誠ハ性ノ徳、明ハ教ノ功、誠ニ自ツテ明ナルハ性ノ徳ニ因リテ得ル。故ニ之ヲ性ト謂フ」(中庸発揮)。 六 中庸所見(前出21条)。 七 荀子性悪論に「論語ハ専ラ教ヲ以テ主ト為シテ、孟子ハ亦性ヲ以テ本ト為ス」(古学先生文集・二)。 八 「犬ノ性ハナ

(41) 性を知りて教を知らざれば、則ち虚静《きよせい》[一八]に陥る。仏老の道、是れなり。教を知りて性を知らざれば、則ち泛濫《はんらん》[一九]して統《をさまり》無し。荀子《じゆんし》[二〇]の学、是れなり。

(42) 仁者は人の善を見て、人の悪を見ず。不仁者は之《これ》に反す。蓋し、仁者は人の悪を見ざるに非ず、其の心の寛容・慈憫《じびん》[二一]にして、惓惓引接《けんけんいんせつ》[二二]して棄てざるの意《こころ》有り。其の深く悪《にく》みて遽《にはか》に之を絶つは、また不仁なる故なり。

(43) 拡充《くわくじゆう》[二三]の充は当《まさ》に大と訓ずべし、満[二四]と訓ずべからず。趙岐《てうき》[二五]もまた充は大を以て之《これ》を釈す。蓋し満と訓ずれば、則ち其の本然[二六]の量を満たして止むを見るなり。殊《たえ》て知らず、仁義の良《りやう》[二七]、養ひて[二八]害せざれば、則ち充にして愈《いよいよ》大に、遏止《あつし》[二九]すべからざるの勢有るを。故に曰く、「科《あな》[三〇]に盈《み》ちて而《しか》る後に進みて四海に放《いた》る」と。また曰く、「養[三一]ひて害すること無ければ、則ち天地の間に塞がる」と。蓋し本然の量を満つるは、即ち尽性《じんせい》[三二]の謂なり。人・物の性を尽して天地の化育[三三]を賛《たす》くるに至つては、則ち教《をしへ》の功なり。是れ孔門の学を貴ぶ所以《ゆゑん》にして、近世の性学[三四]の及ばざる所なり。孟子の進んで海に至ると曰はずして、四海に放ると曰ふを

ホ牛ノ性ノゴトク」(孟子・告子上)。「犬牛ノ性ヲ以テ人ト対シ説ク」(孟子古義)。九 存心養性。孟子・尽心上「其ノ心ヲ存シ其ノ性ヲ養フハ、天ニ事フルユヱンナリ」による。修養の儒学用語。拡充(前出9条。→六頁注一〇)と併記することが多い。一〇 尽心知性。孟子・尽心上「其ノ心ヲ尽スハ其ノ性ヲ知ルナリ。其ノ性ヲ知ルハ則チ天ヲ知ルナリ」による。天賦の性を尽し極める意。一一 本来の尽性の意を誤解して性理学(性即理)の立場で解釈するという。一二 性理学にいう性の概念以外のことを考えない。一三 中庸「能ク人ノ性ヲ尽セバ則チ能ク物ノ性ヲ尽ス。能ク物ノ性ヲ尽セバ則チ以テ天地ノ化育ヲ賛クベシ」。「化育」は万物の生育発展。荀子性悪論にも引く。一四 荀子性悪論には右の引用に続いて、「豈タダ己ノ性ヲ尽スノ謂ヒノミナランヤ、此レ学問ノ功ノ致ス所ニシテ、性分ノ能ク及ブ所ニ非ズ」。一五 論語・陽貨「子曰ク、性ハ相近キナリ」の一例あるのみ。「(子貢曰ク)夫子ノ性ト天道トヲ言フハ、得テ聞クベカラザルナリ(ほとんど聞かれない)」ともある。一六 孔子の性についての意見は明らかではない。一七 欧陽修の方が後の宋儒よりも善い点がある。※この41条、荀子性悪論に再論する。一八 虚心に心を落ちつけていること。道家(老荘)の根本思想。「虚ヲ致シテ極メ、静ヲ守リテ篤シ」(老子・上)。一九 広く溢れて収拾がつかない。二〇 前出26条(→一四頁注二三)。※この42条は4条の再論。二一 いつくしみあわれむ。慈愍。二二 懇切に相手になって見捨てない。二三 前出9条(→六頁注一〇)。童子問・上二一に再論する。二四 朱熹の孟子集注に「拡ハ推広ノ意、充ハ満ナリ」とあるをいう。二五 後漢の学

観て、見るべし、放の字はまた放溢《はういつ》[一]の意あることを。

(44) 「夫子《ふうし》[二]の道は忠恕《ちゆうじよ》[三]のみ」。「尭舜《げうしゆん》[四]の道は孝悌《かうてい》のみ」。皆一句にして説破《せつぱ》[五]するは、其の多端《たたん》[六]無きを明かにするなり。先儒[七]謂へり、「曾子は学者[八]の忠恕を借つて、以て聖人の一貫を明かにす」と。然れば則ちまた衆人《しゆうじん》[九]の孝悌を借つて、以て尭舜の徳を明かにすと謂つて可ならんか。蓋し、宋儒は高く性命[一〇]を談じ、心を虚《きよ》[一一]静《せい》に翫《もてあそ》び、而して知らず、尭舜・孔子の道の、全く平生《へいせい》日用の間に在つて、人倫の外に出でざることを。故に爾《しか》云々するなり。大凡《おほよそ》人倫日用に益無く、天下国家の治に補《ほ》する無きは、皆与《とも》に尭舜・孔子の道に入るべからず。実に無益の剰物《じようぶつ》[一二]なり。孟子は之《これ》を邪説暴行[一三]と謂ふ。其の道を害すること深きが為なり。学者深く此の理を知りて、而して後以て曾子の所謂「忠恕のみ」の意を識るべし。

(45) 書を読み理[一四]を窮むるは、以て知[一五]を致すべきも、未だ以て行《かう》[一六]を制するに足らず。礼を修め義を行ふは、以て行を制すべきも、未だ以て徳を成すに足らず。以て徳を成すに足るは、其れ惟《ただ》[一七]仁のみか。

者(?–二〇一)。孟子の現存最古の注釈書・孟子章句十四巻の著者。 二六 孟子集注に「本然ノ量ヲ充満ス」。「一升ノ水ヲ以テ一升ノ器ニ入レ、一斗ノ水ヲ以テ一斗ノ器ニ入ルル、之ヲ本然ノ量ヲ満ツルト謂フ」(童子問・上二一)。 二七 「良ハ善ナリ。良知良能トハ本然ノ善ヲ謂フ」(語孟字義・良知良能)、「良心ハ本然ノ善心、即チ仁義ノ心ナリ」(孟子古義・六)、「ソノ学モト仁義ノ良ヲ見ズシテ」(語孟字義・大学非二孔子之遺書一弁)などいう。 二八 浩然の気を養って損なうことがなければ、その気は無限に拡充・拡大する。 二九 押し止めることができない。 三〇 孟子・離婁下所見。上文「原泉混混トシテ昼夜ヲ舎(お)カズ」に続く。湧き出る水の流れは窪地を満し、さらに進んで四海に達する。 三一 孟子・公孫丑上所見。浩然の気を養って損なうことがなければ、拡充・拡大して天地の間に充満する。 三二 前出40条(→注一〇)。 三三 前出40条(→注一三)。 三四 前出40条(→一九頁注二九)。

一 水が流れあふれる。 二 論語・里仁所見。孔子の「吾ガ道ハ一以テ之ヲ貫ク」の句について、曾子が他の門人たちに解説した言葉。 三 誠実と思いやり。「己ノ心ヲ竭(つ)シ尽スヲ忠ト為シ、人ノ心ヲ忖(はか)リ度(はか)ルヲ恕ト為ス」(語孟字義・忠恕)。論語古義に詳説するが、童子問・上五八、五九、中五七に再論する。 四 孟子・告子下所見(前出28条、後出55条)。「悌」は弟と同義。 五 説き尽す。 六 多義でないことを。多様な解釈が存在しないことを。 七 朱熹・論語集注「曾子此ニ見ルコト有リテ之ヲ言ヒ難シ。故ニ学者ノ己ヲ尽シ己ヲ推スノ目ヲ借テ、以テ之ヲ著明ニス」とあるを

(46) 文言[一八]に曰く、「敬は以て内[一九]を直《なほ》くし、義は以て外[二〇]を方《はう》にす」と。以て行を制するに足るも、未だ以て徳を成すに足らざるなり。

(47) 惟《ただ》仁のみ、以て徳を成すべし。惟義のみ、以て行《かう》を制すべし。惟倹のみ、以て身を保つべし。惟敬のみ、以て事[二一]を執るべし。

(48) 惟《ただ》愛のみ、以て仁を成すべし。惟断《だん》[二二]のみ、以て義を制すべし。

(49) 聖人[二三]は天下の同[二四]じく然る所に就きて道を見る。仏子は一人の心に就きて道を見る。一人の心に就きて道を見る、故に仏者の道は一人の私説[二五]為《た》り。天下の同じく然る所に就きて道を見る、故に聖人の道は大中至正[二六]の道為《た》り。

(50) 内に蘊《つつ》む、之を徳と謂ひ、外に形《あらは》る、之を行と謂ふ。内に蘊む者は、外に発せざる能《あた》はず、外に形るる者は、其の中に存するを以てなり。行を以て専ら外と為《な》すは非なり。

いう。論語古義にもこの「先儒」の説を非とする。八 語孟字義・忠恕に「宋儒ハ仁ヲ以テ聖人分上ノ事ト為シ、恕ヲ以テ学者分上ノ事ト為ス。…恕ヲ以テ専ラ学者ノ事ト為スベカラザルコト明カナリ」。「借つて」は上方弁であろう。九 凡俗の人。一〇 前出6条(→五頁注二六)。一一 前出41条(→二一頁注一八)。一二 あまりもの。余計なもの。一三 前出22条(→一一頁注三二)。

一四 物の道理を窮明することは。朱熹の格物窮理(後出74条。→三二頁注一一)をいう。

一五 知識を身につけることができるが。

一六 行動を規制するには十分でない。

一七 仁については童子問・上三九、四〇に再論する。

一八 易経・文言伝所見。程顥(明道)の程氏遺書にも引く。

一九 心を正しくする。

二〇 外形をきちんとする。

※この47条について、西晋一郎氏は「仁斎は〝行を制する〟ことは言わない。いつでも徳、仁をいう。徳は本来仁であり、寛大を眼目にする。従って義というものが欠けてきている」(「仁斎学について」『日本儒教の精神』渓水社)。

二一 物ごとを行う。「事ヲ執リテ敬シ」(論語・子路)。

二二 決断。「夫レ勇ハ断ニ生ズ。断ハ明ニ生ズ」(童子問・下二二)。

二三 童子問・中一三に「聖人ハ天下上ヨリ道ヲ見ル。仏老ハ一身上ニ就テ道ヲ求ム」として再論する。「聖人ハ先ヅ我ガ心ノ同ジク然リトスル所ヲ得タルノミ」(孟子・告子上)をふまえる。

二四 誰もがそう考えるところ。

二五 一個人の見解。

二六 片寄らず極めて公正。

(51)　己《おのれ》[一]に具《そなは》つて未[二]だ動かざる、之《これ》を性[三]と謂ひ、已《すで》に動きて未だ思慮に渉《わた》らざる、之を情と謂ふ。已に思慮に渉れば、則ち之を心と謂ひ、心の往来[四]計較《けいかう》するは、之を意と謂ふ。

(52)　古[五]人は、喜・怒・哀・楽・愛・悪・欲を以て七情と為す。而して大学[六]は、忿《ふん》懥《ち》・恐懼《きようく》・好楽《かうがう》・憂患《いうくわん》を以て心と為す。其の別は何ぞや。孟子の四端[七]に於てもまた然り。皆之《これ》を心と謂ふ。而して之を情と謂はず。蓋し、情とは天下の同[八]じく然る所を以て言ふ。故に曰く、天下の同情[九]。また曰く、古今の情。蓋し、父は其の子の賢なるを欲し、子は其の父の寿康《じゆかう》[一〇]を欲す。此れ所謂天下の同情にして、古今の同じく然る所なり。凡そ人は、当《まさ》に喜・怒・哀・楽・愛・悪・欲すべき者を見れば、必ず喜・怒・哀・楽・愛・悪・欲せざること能はず。是れ天下の同情なり。纔《わづか》に思慮に渉れば、則ち之を心と謂ふ。

(53)　学[一一]を好めば則ち雑慮《ざつりよ》[一二]生ぜず、徳を好めば則ち外邪《ぐわいじや》[一三]入らず。古人は惟《ただ》学を好み徳を好むを知るのみ。故に心[一四]は広く体は胖《ゆた》かにして、仁義[一五]の気油然《いうぜん》[一六]として自ら中に生ず。苟《いやしく》も学を好み徳を好むを用ゐずして、徒《いたづら》に邪慮《じやりよ》[一七]を消遣《せうけん》し、外邪を防《ばう》[一八]

一　己・已・巳の字形の区別、諸本とも厳密でないため、意によって訂。
二　未発に相当する。「蓋シ孟子ノ学、本未発已発ノ説ナシ。今若シ宋儒ノ説ニ従テ未発已発ヲ分テ之ヲ言フトキハ、則チ性ハ既ニ未発ニ属シテ善悪ノ言フベキナシ」(語孟字義・性)。
三　人が本来生れながらに具えるもの。以下、情・心・意について、性との関係においていう。
四　あれこれと計り較べる。
五　礼記・礼運に「何ヲカ人情ト謂フ。喜怒哀懼愛悪欲、七者学バズシテ能クス」。以下、語孟字義・心・情に詳説する。
六　大学に「所謂身ヲ修ムルハ其ノ心ヲ正スニアリトハ、身ニ忿懥スル所有レバ則チ其ノ正ヲ得ズ、恐懼スル所有レバ則チ其ノ正ヲ得ズ、好楽スル所有レバ則チ其ノ正ヲ得ズ、憂患スル所有レバ則チ其ノ正ヲ得ズ」。仁斎は「按ズルニ正心ノ説、聖門ノ学ニ非ザルナリ」(大学定本)という。「大学非ニ孔子之遺書ー弁」(語孟字義)にも論がある。
七　前出9条。朱熹・孟子集注に「惻隠・羞悪・辞譲・是非ハ情ナリ」とあるに対していう。
八　前出49条(→二三頁注二四)。
九　共通の感情。
一〇　長寿と健康。
※自筆草稿本には52条文末に更に二十九字分がある。
一一　学について、語孟字義・学に詳論がある。
一二　とりとめない考え。雑念。
一三　身辺にある身心の害となるもの。
一四　大学「富ハ屋ヲ潤シ、徳ハ身ヲ潤ス。心ハ広ク、体ハ胖カナリ。故ニ君子ハ必ズ其ノ意ヲ誠ニス」とあり、大学定本にはこの一文に「確言」と記す。

閑《かん》せんと欲するは、猶《なほ》主無きの宅、人を傭《やと》ひ来《きた》つて賊を防ぎ、防閑甚だ過ぎて、反つて煩擾《はんぜう》[一九]を免れざるがごとし。後世の省察《せいさつ》[二〇]の学の若《ごと》きは是れのみ。

(54) 古[二一]人は礼義の両者を以て家常茶飯《かじやうさはん》[二二]と為《な》す。事[二三]に大小と無く、悉く此れを以て則《のり》と為《な》さざるは無し。後人は専ら心を守るを知りて、而して礼義を以て則と為すを知らず。蓋し、古人は天下[二四]の同じく然りとする所に就きて道を見る。故に礼義を以て重しと為さざること能はず。後儒は専ら己の一身に就きて道を求む。故にまた守心を以て要と為さざることを得ず。千里の差は実に此《ここ》に始まる。仏氏の心を以て主と為すもまた然り。

(55) 孟子の曰く、「尭舜[二五]の道は孝悌のみ」と。曾子の曰く、「夫子[二六]の道は忠恕のみ」と。蓋し孝悌は人倫を以て言ひ、忠恕は学問を以て言ふ。其の理は則ち一なり。所謂符節《ふせつ》を合《あは》すが若《ごと》しとは是れなり。夫《そ》れ道の至極は、必ず万世不易の常道に至つて極まる。即ち、君臣[二七]・父子・夫婦・昆弟・朋友の交りにして、孝[二八]弟・忠信を以て本と為す。苟《いやしく》も、孝弟・忠信は即ち万世不易の常道にして、実に道の至極為《た》るを知れば、則ち夫子[二九]の尭舜を祖述するの意にして、仏老の空虚

一五 浩然の気。
一六 盛んに湧き起るさま。
一七 不正な考えを除去し。
一八 出入口を封じて防ぐ。
一九 煩わしく騒がしい。
二〇 王陽明(前出22条。→一二頁注七)の学を指していう。陽明の伝習録・上三六「省察ハ是レ事有ル時ノ存養、存養ハ是レ事無キ時ノ省察」とあり、「省察は義理を主とし、存養は心を主とす」(岩波文庫本・注)。また「或ハ反観内省ヲ以テ学ト為ス」(古学先生文集・諸友為レ余賀ニ七袟一宴集講義)ともいう。
二一 語孟字義・仁義礼智に「孔門ノ学者、仁義礼智ヲ以テ家常茶飯ト為ス」。礼義については童子問・上二三、中一〇、一二に再論する。
二二 日常の家庭料理(大慧語録・八)。家常便飯とも。
二三 ものごとの大小に関係なく。
二四 前出49条。
二五 前出28・44条。
二六 前出44条(→一二頁注二一・二三)。
二七 中庸に、天下の達道としてこの五者を挙げる。中庸発揮に「達ハ通ナリ。通行ノ意。君臣父子夫婦昆弟朋友ノ五者、天下ニ通ジ万世ニ達シテ、違フ所有ルコト無シ。故ニ之ヲ達道ト謂フ」。
二八 五達道に必要な徳目としていう。「忠信」は前出5条(→四頁注一八)。
二九 孔子が尭舜の道を継承し発展させているのであって。

の説、宋儒の声[一]無く臭無きの論は、皆風[二]を捕へ影を捉《つか》むが如く、終《つひ》に事を済《な》さざるを知る。

(56)人の文章を観るは、当《まさ》に其の至《し》巧《かう》[三]の者と、其の至《し》拙《せつ》の者とを併せ見るべし。其の至巧の者を観ざれば、則ち其の力量の造《いた》る所を知らず。其の至拙の者を観ざれば、則ち其の平生《へいせい》の力量を知らず。韓[四]の原道・師の説の若《ごと》きは、是れ其の力量の造る所なり。順宗実録《じゆんそうじつろく》[五]は、是れ平生の力量なり。文を為《つく》るを学ぶ者の当に識るべき所なり。

(57)至高[六]は仁を害す。至静は義を害す。

(58)横渠《わうきよ》[七]先生は程子《ていし》[八]の表弟《へうてい》[九]なり。而して二程《にてい》は其の著はす所の訂頑《ていぐわん》[一〇]の書を尊信すること、聖経《せいけい》[一一]に同じくす。横渠また洛《らく》[一二]に在り、皋比《かうひ》[一三]に坐して易を講ず[一四]。二程、適《たまたま》到る。忽ち皋比を徹し、諸生[一五]に謂つて曰く、「某《われ》、易を説くも皆道を乱る。二程在り、諸公、当《まさ》に之に就きて問ふべし」と。程・張の心の若《ごと》き、真の儒学と謂ふべきなり。後の学者、皆当に此の心を存すべし。苟《いやしく》も此の心無ければ、

一　前出6条(→五頁注二八)。
二　とりとめがないことの譬え。「風ヲ係(つな)ギ影ヲ捕フ」(漢書・郊祀志)。
※この56条、童子問・上七、八に再論する。
三　きわめて巧みな文章ときわめて拙い文章とを。
四　韓愈(前出16条)の原道と師説。原道は、仁義・道徳について韓愈の考えを述べたもの。師説は、師について学ぶことの必要を説く。昌黎先生集・一一所収。唐宋八家文読本の他、仁斎の文式にも収める。
五　韓愈の著、五巻。異色かつ不遇であった唐の第十代皇帝順宗(李誦)一代の実録。但し、「繁簡不当、叙事取捨ニ拙ク、頗ル当代ノ非トスル所ト為ル」(旧唐書・韓愈伝)と評される。
六「至高ハ仁ヲ害ス…至公ハ義ヲ害ス」(同志会筆記・一四)とも。禅学と老子を評していう。「至静」は虚静(前出41・44条)をいうか。
七　北宋の学者張載(一〇二〇—七七)。宋学の先駆者の一人で、横渠先生と呼ばれた。東銘・西銘・正蒙・易説の著がある。八　程顥(明道)・程頤(伊川)(前出39条。→一九頁注二三・二五)兄弟。併せて二程子と呼ぶ。九　父の姉妹の子で年下の者。実は父の母方のいとこ。「横渠ノ程子ニ於ケル、其ノ表叔ナリ」(童子問・中四六)。
一〇　張載が学堂の西窓に掛けて誡とした文章で、後に西銘と改称した。その趣旨は、天地は父母で人類は同胞であるから、人は天地の心をもって人に対し、善をなすべしという。一一　聖人の著した経書。「二程、西銘ヲ以テ大学ノ書ト其ノ尊信ヲ同ジクシ、マタ之ヲ其ノ門人ニ授ク、万世学者ノ模範ト為ベシ」(童子問・中四六)。
※この逸話、宋史、宋名臣言行録などに所見。本文とは叙述に若干の相違がある。
一二　洛陽。洛水の左岸にあり、周の成王が初め

其の忠を説き、信を説き、仁を説き、義を説くも、皆虚談なるのみ。

(59) [一六]孟子、諸侯を見《み》ざるに数義有り。臣為《た》らざれば見ず、一なり。不賢人の招《せう》を以てすれば、則ち敢へて見ず、二なり。其の招を待たずして往きて見ず、三なり。[一七]尺を枉《ま》げて直《なほ》くすること尋《じん》にせず、四なり。

(60) 朝鮮の[一八]李滉《りくわう》は[一九]朱子書節要を編む。[二〇]楊子直の姓名の下に於て、之に題して曰く、[二一]「朱門の叛徒《はんと》」と。予、竊《ひそか》に[二二]薄《うす》しとす。以為《おも》へらく、[二三]往く者は当に往くべし、来る者は当に来るべし。詎《なん》ぞ叛を以を之に[二四]目せん。孟子曰く、[二五]「往く者は追はず、来る者は距《こば》まず。[二六]苟も是の心を以て至らば、斯《ここ》に之を受けんのみ」と。また曰く、[二七]「今の[二八]楊《やう》・墨《ぼく》と弁ずる者は、[二九]放《はな》るる豚を追ふが如し。既に其の[三〇]苙《をり》に入れば、また[三一]従つて之を招す」と。聖賢の心を設くること此の如し。而して後世の儒者は、自ら門戸を占め、深く人を防ぐこと此の如し。[三二]鄙《いや》しきかな。

(61) [三三]性は猶《なほ》穀種《こくしゅ》のごとし。心は則ち萌芽の動くなり。

て都と定めた。現河南省洛陽市。北宋では西京と称した。程顥・程頤の出身地で、その学を洛学ともいう。 一三 虎の皮。講義の席の敷物をいう。 一四 張載(横渠)は易の研究でも知られる。

一五 門下生。受講者。

一六 孟子・滕文公下に「公孫丑問ウテ曰ク、諸侯ヲ見ザルハ何ノ義ゾヤ。孟子曰ク、古ハ臣タラザレバ見ズ」、万章下「不賢人ノ招キヲ以テ賢人ヲ招クヲヤ」、滕文公下「其ノ招キヲ待タズシテ往クガ如キハ何ゾヤ」。

一七 「尺ヲ枉ゲテ尋ヲ直クス(一尺を曲げても八尺を直くすればよい)」(孟子・滕文公下)という古諺に対して、孟子は「己ヲ枉グル者ハ、未ダ能ク人ヲ直クスル者有ラザルナリ」という。

一八 朝鮮の朱子学者(一五〇一―七〇)。字は景浩、号は退渓。朱子書節要・退渓集・西銘講義などがある。

一九 李滉の著、二十巻。嘉靖三十七年(一五五八)自序ある朝鮮刊本が伝わる。 二〇 「楊子直、名ハ方、長汀ノ人…性剛拗、師門ニ於テ合ハザルコト有リ。マタ忿懟《ふんつい》(=怒り怨む)ヲ形《あらわ》ス」(巻二諸子目録)。 二一 この評語は本文にも見当らない。仁斎は諸子目録の記憶によっていうか。 二二 軽薄な評語だ。 二三 去るものは去るがよい。次の孟子の言葉によっていう。 二四 刻印を押す必要があろうか。 二五 孟子・尽心下所見の句。 二六 道を学ぼうとの心を抱いて来る者は誰でも受け容れる。「苟モ道ニ向フノ心ヲ以テ来ラバ、則チ之ヲ受クルノミ」(孟子古義)。 二七 孟子・尽心下所見。 二八 中国戦国時代の思想家、楊子(楊朱)と墨子(墨翟)。共に孟子にやや先立つ。楊子は個人主義、墨子は普遍の愛を説いた。現在の楊墨の徒と弁論する者は。異端者としていう。 二九 逃げた豚を。 三〇 家畜を飼うための囲い。 三一 さら

(62)性を以て心を見れば、則ち心は動きて性は静かなり。情を以て心を見れば、則ち心は動きて情はまた静かなり。情は物に動ぜざるには非ず、然れども心の思慮、計較《けいかう》[一]・往来して止まざるが如きには非ざるなり。

(63)易[二]に曰く、「天の道を立つるや、曰く、陰と陽と」。此の語、「一陰一陽[三]、之《これ》を道と謂ふ」と自ら同じからず。蓋し、「一陰一陽、之を道と謂ふ」は即ち流[四]行の義なり。「天の道を立つるや、曰く、陰と陽と」は、対待《たいたい》[五]の理を明《あか》す。蓋し、物は両《りやう》[六]有りて後化す。両無ければ則ち以て化すること無し。此れ天地自然の理にして、万物の生ずるに至つて、皆然らざるは莫《な》し。此を外にして更に道理無し。故に陰陽の字間に於て一の与《と》字を著《つ》く。意味見るべし。所謂「太[七]極両儀を生ず」とは、即ち分[八]生の謂《いひ》にして、生出《せいしゆつ》の義に非ず。

(64)人[九]は草木と同じく生る。また当《まさ》に草木と同じく腐るべし。奚《なん》ぞ貪恋《たんれん》[一〇]を為《な》さん、奚ぞ悲傷[一一]を為さん。惟夫《たゞそ》れ保[一二]養失すべからず、修為《しうゐ》[一三]闕《か》くべからず。大凡《おほよそ》、生民《せいみん》[一四]に資すること有り、天下後世に補《ほ》することと有る者は、皆当に務め為《な》して、努力せずんばあるべからず。無益の事を作《おこ》し、以て後世の名を求むべからず。生[一五]民

にその足をしばる。「招」は、つなぐ。「マタ其ノ放逸ヲ恐レテ之ヲ拘留シ羇絆ス」(孟子古義)。
三二 度量がない。了簡が狭い。 三三 程子遺書・一八に「心ハ譬ヘバ穀種ノ如シ。生ノ性ハ便チ是レ仁ナリ」に基づき、「性は猶」と言い換えたもの。「穀種」は穀物の種子。種子にひそむ生命が発芽して仁に至るをいうか。語孟字義・仁義礼智にも「伊川論ズ」として同句が見える。

一 前出51条(→二四頁注四)。
二 易経・説卦所見。天の道を相対的にみて陰と陽と呼ぶ意。 三 易経・繫辞上所見。陰陽が互いに循環して活動変化するのを天の道という。
四 互いに移りかわること。往来やまざるもの。
五 対立して不変の関係にあるもの。天地・日月・山川・水火・昼夜・寒暑など。対待は流行の中に存在すると説く(語孟字義・天道)。
六 対立する両者があって変化が生ずる。
七 易経・繫辞上に「易ニ太極有リ、是レ両儀ヲ生ズ。両儀四象ヲ生ジ、四象八卦ヲ生ズ」とあり、陰陽の両儀にまた陰陽を生じて四象となり、さらに八卦に至るをいう。
八 太極から両儀・四象・八卦へと陰陽が分かれて生ずる易の変化のこと。
九 人の生死は草木と同じであるとする。
一〇 むさぼり求める。生命に無限に執着すべきではない意。 一一 悲しみ傷むべきではない。
一二 身体の保養を忘れてはならない。
一三 修養を怠ってはならない。
一四 人類。人間社会。人類と未来のために役立とうとする者は。
一五 「生民有リテヨリ以来、未ダ孔子有ラザルナリ」(孟子・公孫丑上)の上句をふまえる。
一六 花は散り水は流れ。時と自然の当然の推移

以来、種々の功名《こうみやう》・富貴《ふうき》は、其の幾許《いくばく》を知らず。今従《よ》り之《これ》を見れば、皆花[16]謝し水流れ、煙[17]霏《と》び雲散《さん》じ、冷看[18]《れいかん》に附すべし。然れども、此の意を悟り得るとも、また幻[19]と為《な》して解する勿れ。皆実[20]理の自然なり。詩[21]に曰く、「悠《いう》なるかな、悠なるかな、聊か以て歳を卒《を》へん」と。

(65) 柳仲郢[22]《りうちゆうえい》曰く、「輦轂[23]《れんこく》の下《もと》は弾[24]圧を先と為し、郡邑[25]《ぐんいふ》の治は恵愛[26]《けいあい》を本と為す」と。弾圧の二字は好《よ》からず、当《まさ》に礼[27]法の二字を以て之に換《か》ふべし。

(66) 天下、理外[28]《りぐわい》の事無くして、而も理を以て尽すべからず。蓋し天下の事は、或は意想《いさう》の到らざる所、智慮《ちりよ》の及ばざる所の者有り。若し一一理を以て尽さんと欲すれば、則ち必ず牽[29]強臆度《けんきやうおくたく》たらん。言[30]は是《ぜ》にして理は反つて疎《そ》なり。論[31]は詳にして実は中《あた》らず。後世の理[32]学の説の若《ごと》き、是れなり。唯君子の言のみは、泛[33]然《はんぜん》として緊[34]要《きんえう》無き者の如くして、実[35]は包まざる所無し。其[36]の要を知るが為なり。尚《たふと》ぶべき所以《ゆゑん》なり。

(67) 仁[37]・義・礼・智の四字は、是れ学問の全体なり。智[38]・仁・勇の三字は、是れ

をいう。唐の崔塗の詩に「水流花謝両無情」(崔塗詩集・春夕旅懐)。三体詩・二所収。一七 煙は風になびき雲はいつしか消え去るように。一八 冷眼をもって看る意か。冷静に眺めるがよい。一九 実体のないものと考えてはならない。二〇 現実に生起した人間界の自然の姿である。二一 詩経の逸詩という。春秋左氏伝・襄公二十一年に「詩曰、優哉游哉、聊以卒レ歳」。史記・孔子世家にも見える。ゆったりと人生を送ろう、の意。

二二 中唐の文人で政治家(?–八六四)。公綽の子。字は諭蒙。以下は旧唐書・柳仲郢伝所見の句。二三 天子の乗る車の近く。帝都の行政の意。二四 強権で支配する。二五 地方の町や村。二六 いつくしみ愛する。旧唐書・新唐書とも「恵養」。二七 制定された礼制や法律。

二八 この世に理から外れたものはないが。童子問・中六五に再論する。二九 こじつけと身勝手な推測。三〇 言辞は正しくとも道理は浅薄だ。三一 理論は詳しくとも実質は適正でない。三二 前出6条(→五頁注二四)。三三 広く全体にわたり。三四 緊急に重要でないようでも。三五 本当はあらゆることが含まれている。三六 君子は物事の肝心なことをよく知っているからだ。

三七 仁斎は、孟子のいう惻隠・羞悪・辞譲・是非の四端の心をそれぞれ仁・義・礼・智(四徳)の萌芽とし、学問することはこのことを学習し、かつ身に行なう(実践する)べきものとする(語孟字義・仁義礼智)。三八 論語・子罕「子曰ク、知者ハ惑ハズ、仁者ハ憂ヘズ、勇者ハ懼レズ」によっていう。また、中庸に「知仁勇ノ三者ハ天下ノ達徳ナリ」。三徳とも。晩年の仁斎に「智仁勇解」(古学先生文集・二)がある。

道に進むの大関鍵《だいくわんけん》[一]なり。文[二]・行・忠・信の四字は、是れ孔門の人を教ふるの定法なり。

(68) 天下の言、至理に似て、実は俗見に出る者有り。所謂「有は無に生ず」[三]とは、是れなり。世の未だ嘗て学問を為さざると雖も、少しく黠慧《かつけい》[四]なること有る者、皆能く之を言ふ。易の彖《たん》[五]に曰く、「大《だい》なるかな乾元《けんげん》[六]、万物資《よ》りて始む。乃《すなは》ち天[七]を統《す》ぶ」と。繫辞《けいじ》[八]に曰く、「天地の大徳を生と曰ふ」と。此れ天地は一元の気有つて、万物は此を資《と》つて始まるを謂ふなり。宋儒の「無中に有を含む」[九]の説は、また臆度《おくたく》[一〇]の言なるのみ。乃ち仏氏の所謂「芥子《かいし》[一一]、須弥《しゅみ》を納《い》るる」の理なり。

(69) 正道を害する者、二あり。曰く穿鑿《せんさく》[一二]、曰く附会《ふくわい》。此の両者を免れざれば、則ち正学は得て明《あか》[一三]すべからず。穿鑿は、漢儒の易象《えきしやう》[一四]・五行《ごぎやう》[一五]・災異《さいい》[一六]の説の若《ごと》き、是れのみ。附会は、宋儒の先天[一七]の図を以て伏羲《ふくき》[一八]の作と為し、大学[一九]を以て孔子の言にして曾子門人の之《これ》を記すと為し、及び大学・孝経《かうきやう》[二〇]は同じく経伝《けいでん》[二一]を分ちて諸《もろもろ》の数学[二二]の説を与ふるが若《ごと》き、皆是れなり。

一 大切な要件。「関鍵」は門(かんぬき)と錠前。 二 論語・述而「子、四ヲ以テ教フ。文・行・忠・信」による。文は学問、行は実行、忠は誠実、信は信義。※この68条、童子問・下二六に再論する。 三 老子・下「天下ノ万物、有ヨリ生ジ、有ハ無ヨリ生ズ」。 四 悪知恵がはたらく。こざかしい。 五 易経・上彖伝所見の句。下句に「至レルカナ坤元、万物資リテ生ズ。乃チ順ニシテ天ヲ承ク」と続く。 六 乾(陽・天)の卦と坤(こん=陰・地)の卦(か)における乾の元素。万物はこれより始まるという。 七 天の作用を統轄する。 八 易経・繫辞下所見。下句に「聖人ノ大宝ヲ位ト曰フ」。 九 朱熹・朱文公文集所見の語。童子問・下二六再出。 一〇 身勝手な推測。 一一 微小な芥子粒に巨大な須弥山を収納する。語孟字義・理五にもいう。維摩詰経・摩訶止観など所見。 一二 前出1条(→三頁注一〇)。 一三 正しく理解することができない。 一四 易の象辞。卦や爻(こう)の形を判断し説明する言葉。 一五 五行説。万物の根源である五元素・水火木金土(五行)の順序の諸相によって帝王や人間界の災変を占い判断する説。 一六 災異説。天災地変は為政者への天の訓戒とする天人合一の思想。董仲舒(→九頁注二九)や漢代の諸家はこの説を唱え、盛行した(漢書・五行志)。 一七 宋の邵雍(一〇一一—七七)が旧来の説を継承して伏羲先天卦位図を作ったことをいう。先天八卦図ともいい、これを伏羲の方位図に基づく易の根本であるという(邵雍・皇極経世書)。邵雍の学説を先天象数学と呼ぶ。 一八 中国古代の伝説上の帝王。狩猟や牧畜を教え、文字を創めたという。 一九 大学は孔子の遺書とした程顥(明道)のあと、朱熹はもと礼記の一篇であった大学を四書の一に加え、さらに経一章は孔子の言、伝十章は曾子の解説を門人が

(70) 学者は、当《まさ》に常々《じやうじやう》事に恕《じよ》[二三]に従ふべし。

(71) 学者は、当に親疎・遠邇《ゑんじ》[二四]を択ばず、恕を以て務《つとめ》と為すべし。若し人の不善を見れば、則ち憤怒《ふんぬ》の心生ぜざる能はず。然れども身を以て[二五]之を体すれば、則ち必ず宥《ゆる》すべき者有り。此れ恕の功の大なる所以《ゆゑん》なり。

(72) 張子[二六]曰く、「心は[二七]性情を統《す》ぶ」と。非なり。心は思慮する所有るを以て言ひ、性は己に存する所有るを以て言ふ。故に心に於て存す[二八]と曰ひ、性に養ふと曰ふ、是れなり。情もまた性に属する者なり。故に性情と称す。情は則ち性の発《おこ》るなり。

(73) 唐の制[二九]、庶人《しよじん》に二代[三〇]を祭ることを許す。宋[三一]の制、未だ聞かず。明[三二]は、「行唐[三三]県の知県《ちけん》[三四]胡《こ》秉中《へいちゆう》[三五]の言を以て、庶人に三代を祭ることを許す」。則ち国初[三六]の制は、また唐の制と同じ。此《これ》を以て之を観れば、則ち唐・宋・明の三代相通《あひつう》じ、庶人の二代を祭ることを得るは明《あきらけ》し。而して晦庵[三七]の家礼《かれい》、瓊山《けいざん》[三八]の儀節、皆定めて庶人を以て四代[三九]を祭ることを得るは、何ぞや。孔子の「我れ周に従はん」[四〇]の意と

書いたものとする(朱熹・大学章句)。二〇 大学定本の仁斎識語(貞享二年四月)に「窃ニ孝経ヲ以テ本一篇ノ書トスルノミ。朱子マタ経伝ヲ分チ、大学ト相比類ス」とある。詳論に「大学非二孔子之遺書一弁」(語孟字義)がある。二一 「経」は教理の書、「伝」はその解説または注解の書の意。二二 易象や五行説のように、形や数、またその組み合わせによって物事を予測・判断する数術。二三 人を思いやる心。論語・衛霊公「子貢問ヒテ曰ク、一言以テ終身之ヲ行フベキ者有リヤ。子曰ク、其レ恕カ。己ノ欲セザル所、人ニ施スコト勿レ」。孟子・尽心上「強恕シテ行フ、仁ヲ求ムルニ焉(これ)ヨリ近キハ莫シ」などによっていう。二四 遠近。二五 相手の立場に立って考えれば。※この72条、語孟字義・心・性・情、また東涯の古今学変・論二宋周程張李之学一に詳論する。二六 張載(横渠)のこと(前出58条。→二六頁注七)。二七 張子全書一四、近思録一に所見の語。二八 孟子・尽心上「其ノ心ヲ存シ其ノ性ヲ養フハ天ニ事(つか)フル所以ナリ」によっていう。二九 ここは祖先の霊を祭る制度。廟制。三〇 祖(祖父母)と考・妣(父母)の二代。三一 東涯の制度通・廟制には「宋の時、士庶人の家も亦三代を祭る」とある。仁斎はまだ不案内であったか。三二 明の丘濬(きゅうしゅん=一四二〇―九五)の家礼儀節所見の文。文頭に「国初」の二字がある。制度通にも引く。三三 河北省にあった県名。三四 一県の長。知県事とも。三五 松江府上海の人。洪武初年(一三六八)、名宦に任じ、行唐県の知県として専ら礼を以て民を教うるに務む(行唐県新志)。三六 明代初期の制度。明史五二の礼志・群臣家廟に「其ノ庶人、祖父母、父母ノ祀ヲ奉ズルヲ得ルハ、已ニ著ハシテ令ト為ス」。三七 朱熹の文公家礼。これを丘濬が増訂して家

異《こと》なり。[一]古《いにしへ》は、[二]天子七廟、[三]諸侯五廟、大夫《たいふ》三廟、士二廟、官師《くわんし》一廟なり。[四]今、庶人を以て四代を祭ることを得るは、則ち殆ど古の大夫の制に超《こ》ゆるなり。[五]中庸に曰く、「其の徳有りと雖も、苟《いやしく》も其の位《くらゐ》無ければ、則ち敢《あ》へて礼楽《れいがく》を作らず。其の位有りと雖も、苟も其の徳無ければ、則ち亦敢へて礼楽を作らず」と。[六]聖訓《せいくん》、甚だ彰《あきら》かなり。儒者、多く此の礼と違《たが》ふは、何ぞや。

(74)予、[七]論語集注《しつちゆう》を読みて、概歎に堪へざるもの有り。甚しき哉、晦庵の[八]論語を知らざる。其の[九]公冶長《こうやちやう》の篇の題下の注[一〇]に云ふ、「此の篇、古今人物の賢否《けんぴ》得失《とくしつ》を論ず。蓋し[一一]格物窮理《かくぶつきゆうり》の一端なり」と。夫《そ》れ[一二]魯論《ろろん》は[一三]聖門第一の書にして、其の片言隻字は、皆学者の身を修め徳を成すの本と為《な》す。此《これ》を以て格物窮理の一端と為して、可ならんや。

(75)[一四]聖門の学は、道徳を以て学問と為す。今人の、道徳を以て道徳と為し、学問を以て学問と為し、[一五]截然《せつぜん》として[一六]先後本末を分つが若《ごと》きには非ざるなり。故に孔子の曰く、「[一七]顔回なる者有り、学を好み、怒りを遷さず、過ちを弐《くりか》へさず」と。見るべし、聖門は道徳を修むるを以て、便《すなは》ち学問と為すなり。蓋《けだ》し、人の学に

礼儀節ともいう。八巻。東涯はこの和刻本(刊記欠)を用いる。三八 丘濬のこと。広東省瓊山県の出身に因んでいう。三九 高・曾・祖・考の四代。四〇 論語・八佾所見の語。夏・殷の礼制を継承し整備した周王朝を孔子は尊敬していた。

一 漢以前、春秋・戦国の時代(前七七〇—前二二一)をいう。 二 礼記の王制・祭法など所見。ここは家礼儀節「古ハ廟制、天子ハ七、諸侯ハ五、大夫ハ三、適士ハ二、官師ハ一」とあるによるか。中庸発揮にもこれと同様に見える。「七廟」は七世代の祖先を祭る廟。制度通にも詳しい。 三 中国古代の支配層の官名。諸侯・大夫・士の三階層があり、士には上・中・下・庶・府などの序列があった。上士を適士ともいい、中士以下を官師という。 四 明以後、清初までをいうか。家礼儀節には「先儒、古ニ拘ル者ハ、固ニ已ニ四代ヲ祭ルヲ謂テ僭ト為ス。…近世人家、マタ五龕(ごがん)ヲ為ス者有リ。其レ時俗ニ於テハ相ヒ宜キガ若キニ似タリ」という。 五 中庸所見の文。但し、上文と下文の順序が逆。聖人の徳を備えていても実際に天子の立場でなければ、むやみに礼楽を制定する訳にはいかない(下文、略)。中庸発揮に「其ノ徳無クシテ敢テ作ルハ愚ニシテ自ラ用フル者ナリ」などという。 六 孔子の教え。 七 朱熹撰の論語の注釈書、十巻。諸家の説を採った集注本で、元代に日本に伝わり、新注として古注派と対立したが、江戸時代には最も普及した。 八 自筆稿本には更に「道ヲ知ラズ」と、朱熹への評は厳しい。 九 論語第五の篇名。公冶長は孔子の弟子の一人。 一〇 篇題の下にある本文内容の説明文。 一一 格物・致知(大学の八条目)についての朱熹の解釈説。格物とは窮理であり、知を致すには事物についてその理を窮め

於けるや、甚だ等級有り。初は唯文義[一八]を講明するを以て学と為す。少しく進めば、則ち議論[一九]を以て学と為す。また漸《やや》進めば、則ち専ら文章[二〇]を以て学と為す。而して大いに進めば、則ち特に道徳を以て学と為し、向《さき》[二一]の数の者を為すを屑《いさぎよ》しとせず。古人の学の若きは則ち然らず。専ら道徳を以て学と為すと雖も、然れども文義・議論・文章を廃して講ぜざるには非ず。唯、意を用ゐること此《これ》に在りて、彼に在らざるなり。若し夫《そ》れ、専ら書を読み義理を講明するを以て学と為すは、実に童子[二二]の学、論ずるに足らざるなり。童子問[二三]

(76) 問ふ、世の鉅儒《きょじゅ》[二四]・碩師《せきし》の名の時に震ふ者を観るに、多くは奸邪敖慢《かんじゃがうまん》[二五]、気象編《きしやうへん》[二六]急《きふ》にして名状すべからざる者なり。故に世間毎《つね》に、学問の人に益無きを尤《とが》むること甚だしくして、学は能く人を損ずと謂ふに至るは、何ぞや。曰く、然り[二七]。是れ、後世学問の過ちなり。古人、道徳を以て学問と為す。所謂学問とは、皆夫《か》の道徳を勤むる所以《ゆゑん》なり。故に学問進めば則ち道徳自ら進む。而して道徳の浅深を以て学問の軽重を為《な》す。道徳を外して、所謂学問なるもの無し。後世は則ち然らず。理[二八]を明らむるを以て学と為し、博洽《はくかふ》[二九]を以て学と為し、詞章を以て学と為し、道徳に至っては則ち之《これ》を度外に置く。故に其の小《すこ》しく才有り、桀《けつ》[三〇]

るにありとする(朱熹・大学章句)。仁斎は「格物ハ事ノ本末先後ヲ審ニシテ之ヲ正スノ謂」(大学定本)という。また格物訓義(古学先生文集・六)にも詳しい。 一三 論語の別名。論語の三テキストの一で、漢代に魯の国に伝わったものの称。他の斉論・古論は伝来しない。 一三 仁斎は論語古義(元禄九年校本)内題に「最上至極宇宙第一書」と自書するにいたる。 一四 仁斎の学問観の基本について述べる。語孟字義・学にほぼ同文が見える。 一五 区別がはっきりとして。 一六 大学の「物ニ本末有リ、事ニ終始有リ。先後スル所ヲ知ルトキハ則チ道ニ近シ」によっていう。大学定本には「本末先後ノ義」として述べる。 一七 論語・雍也所見。上文に「哀公問フ、弟子孰(たれ)カ学ヲ好ムト為スカト。(孔子対ヘテ曰ク)」とある。 一八 思想内容を解明する。 一九 文義の是否について議論する。 二〇 論語・公冶長「子貢曰ク、夫子ノ文章、得テ聞クベキナリ」の朱熹・論語集注に「文章ハ徳ノ外ニ見(あらは)ルル者、威儀文辞皆是レナリ」とあり、論語古義には「文章ハ礼楽典籍ヲ指シテ言フ」とある。 二一 上記の文義・議論・文章の三つをいう。 二二 自筆草稿本に「児童」とあるのが、いかにも仁斎らしい。 二三 童子問のために書かれた草稿であったが、結局は童子問に編入されずに終ったものの注記であろうと推測されている(清水茂氏「仁斎日札の鈔本」『ビブリア』75)。以下、76条末尾の「同上」、77・78条各末尾の「上」の字も同じ。 二四 どちらも学識のすぐれた先生。大学者。 二五 よこしまで傲り高ぶる。威張りちらす。 二六 器量が小さく、せっかちなこと。 二七 そのとおり。 二八 宋儒の窮理の学をいう。 二九 広く多方面の分野に詳しいこと。 三〇 悪がしこい。

黠《かつ》・敏捷《びんせふ》[一]、名を好み利に近づき、競ひ進みて止まざる者、必ず人に兼倍《けんばい》[二]するの功有り。而して学を知らざる者、過つて俊傑[三]の名を以て之に与ふ。故に、世に学問の益無きを尤《とが》む。宜《むべ》なるかな。同上

(77) 或《あるひと》の曰く、「天[四]道善に福《さいはひ》し淫に禍《わざはひ》す」。其の理固《まこと》なり。然るに之を世間に験《こころ》むるに、善人多くは貧賤にして下僚[五]に沈み、不善人の多くは富貴にして永く寿[六]康を享《う》く。則ち聖人の言、験《げん》[七]有らざるものに似たり。何ぞや。曰く、是れ市道[八]を以て天を論ず、君子の論に非ざるなり。夫《そ》れ、福[九]は禍無きより大なるは莫《な》し。富貴にして禍多きは、貧賤にして禍無きに若《し》かざること遠し。予、知[一〇]有りて以来、之を世人に推すに、善なる者は家常《つね》に事無く、子孫必ず賢なり。不善なる者は心に憂虞[一一]多く、子孫必ず不肖なり。十にして八九は皆然り。其の応[一二]ぜざる者有りと雖も、然れども十に八九は已に験あり。則ち、其の一二応ぜざる者有りと雖も、また其の応為《た》るに害せず。天地[一三]の間、常有れば変有り。応ずる者は其の常にして、応ぜざる者は其の変なり。況んや一二の応ぜざる者を覬《のぞ》[一四]みて、而して八九の応有る者を慢《あなど》るべけんや。古[一五]人云はく、「天[一六]道は旋《めぐ》ることを好む」と。また云はく、「天[一七]網恢々、疎にして失はず」と。其の一二の応ぜざる者有

一 すばしこい。
二 二倍。
三 才能・人格にすぐれた人。
四 書経・湯誥(とうこう)所見の句。語孟字義・天道、論語古義・三にも引く。「天道善ヲ賞シ淫ヲ罰ス」(国語・周語中)など類句が多い。
五 下層の役人。
六 長寿で健康。前出52条(→二四頁注一〇)。
七 しるし。証拠。
八 市井の見解。前出8条(→五頁注三五)。
九 以下、8条に同趣の文がある。
一〇 物の道理を知るようになってから。
一一 うれいおそれる。
一二 道理に該当しないものがあっても。
一三 大自然と人間社会。
一四 無理に求めて。過大評価して。
一五 童子問・下一六に「老子云」として以下の二句を引き、「至言哉」とある。
一六 老子にこの文言はないが、「道ヲ以テ人生ヲ佐(たす)クル者ハ、兵ヲ以テ天下ニ強クセズ。其ノ事、還(めぐ)ルヲ好ム(報いがその人に還って来る意)」(老子・上)を要約していう。
一七 老子・下所見の有名な句。天の網は広大で目が粗いようだが、決して何者をも洩らすことがない。「恢」は大の意。

りと雖も、然れども其の久[一八]しくして敗れざるを保《ほ》し難し。則ち天道[一九]の理、豈《あに》誣《し》ふべけんや。上

(78) [二〇]愈《いよいよ》卑《ひく》ければ愈《いよいよ》実、愈近ければ愈用。また曰く、愈卑近なれば則ち愈真実、愈真実なれば則ち愈高明なり。上

一八 永久に不滅の保証はない。

一九 天道の摂理は、どうしてそしることができようか。

二〇 通俗卑近になればなるほど真実・有用に近づき、真実に近づけば近づくほど、ますます高明になる。ここは日頃の仁斎の持論を、俗語的表現で述べたもの。童子問・上二四に、「卑キトキハ則チ自ラ実ナリ。高キトキハ則チ必ズ虚ナリ。故ニ学問ハ卑近ヲ厭フコト無シ。卑近ヲ忽セニスル者ハ道ヲ識ル者ニ非ズ」とあり、同書の元禄四年本(上二四に当る章)の初案には、「卑近ヲ嫌フ莫カレ、愈卑ケレバ則チ愈実、愈高ケレバ愈虚、学問ハ最モ近実ヲ好ミテ深ク虚ニ趨クヲ悪ム」とある。また童子問・上二五には「天下平カナルヨリ高遠ナルハ莫シ。故ニ愈卑近ナルトキハ則チ愈光明ナリ」ともある。東涯の操觚字訣に「愈ハ、モトマサルトヨム字也。イヨ〱トヨムトキハ、進也、益也ト注ス。…唐時分ノ俗語ヨリ始ルトミヘタリ」。「愈…愈…」(すればするほど、ますます)の用例は「愈撲テ愈熾ニ、愈廃シテ愈興ル」(論二堯舜既没邪説暴行又作一)、「文愈熾ニ、実愈晦シ」(刻二魯斎心法一序)など、元禄初年頃から目立つ。

たはれ草《ぐさ》

水田紀久　校注

孔夫子は、趨《はし》って庭を過ぎたわが子に学詩、学礼の訓えを垂れたが、著者雨森芳洲《あめのもりほうしゅう》(一六六八―一七五五)も「わが後なる人の、庭の訓へとも思へかし」と、積年の見聞思考を「そゞろに書きつゞけ」て、かな随筆『たはれ草』を著し、「吾家之楊子雲」と世教への期待を示した。本書は同じ著者による漢文随筆『橘窓茶話』と一対の内容で、そのかみの『土佐日記』の作者のように、社会慣習への苦肉の演技でもなく、また『三宝絵』の著者のように、奉献先への恭謹な配慮によるのでもない。それは著者をはじめ近世儒家に往々見られる漢和、さらには漢・候《そうろう》・和三体による、儒魂和才の綽然たる発露であった。

『たはれ草』は著者の歿後三十四年目の寛政元年(一七八九)九月、大坂の和学者高安蘆屋《たかやすろおく》の校訂版下と覚しき上中下三冊本が、当地の高橋平助・同喜助二書林より上梓され、その三十六年後、文政八年(一八二五)四月、尾張永楽屋藤四郎・江戸大坂屋茂吉・京都吉野屋仁兵衛・大坂藤屋善七の四都四書林相版で再刊された。初版刊行の大坂の二書林は、その三年前、天明六年(一七八六)五月、大坂の儒家篠崎三島校訂で『橘窓茶話』上中下三冊を出した三都四書林の中、重立った二肆として後に名を列ねている。

こうして雨森芳洲の漢和両随筆は、ともに著者歿後三十年余りも経って、はじめて相次いで摺刷され、ひろく世に流布した。近代に入って活字印刷された各種叢書をはじめ、著者の故郷滋賀県高月町の研究家や研究団体が発行した翻刻本も、底本はすべてこの版本に拠っている。

けれども、『たはれ草』は版本以前の写本段階で、すでに幾通りかの伝本が知られ、『国書総目録』にも十数点が登録されている。うち愛知県西尾市岩瀬文庫本は、書後に短文ながら寛保四年(一七四四)二月八日、芳州七十七歳時の識語が具わる善本で、数個所誤脱と思われる微瑕は在るものの、書写また極めて精良、よって本大系本文の底本に最適の写本と認定した。

右のように、この岩瀬文庫本は現時点で最も信頼がおける内容であるが、旧写本や版本もまた双方本文の異同は、要所ごとに相互対照し考究する価値が十分見出せるので、校注にはその方針で臨んだ。こうして元禄六年(一六九三)二十六歳で渡対以来、密接に朝鮮と関わった対馬藩儒芳洲の、大陸文物への格段に豊かな知見、異文化への非凡な識見が、このかな随筆の筆端にも随所にうかがえよう。

一たはれ草

（一） 二たはれたるものの《ゝ》言《こと》も、かしこき人はえらぶといへるをたよりとし、見し、聞《き》ゝし、思《おも》ひし事《ことゝ》どもを、そゞろに書《か》きつゞけて、世の誹《そし》りいかゞとおそろしけれど、わが三後《のち》なる人の、庭《には》の訓《をし》へとも思《おも》へかしと、たく火に焼《や》きもやらず、残《のこ》し侍るなり。

（二） 古《ふる》き記録の文《ふみ》を見るに、知恵《ちゑ》なき人のいへる事《こと》は、いつの世にても行《をこな》はれやすく、知恵《ちゑ》ある人のいへる事は、用《もち》ゆるもの少《すく》なし。知恵《ちゑ》ある人の言葉《ことば》は《ゝ》、知恵《ちゑ》ある人こそさる事ありとはいへ、知恵《ちゑ》ある人いつの世とても少《すく》なければ、知恵《ちゑ》ある人の言葉《ことば》行《をこな》はれざるはむべなり。嘆《なげ》くべきの甚《はなは》だしきなり。四虞翊《（ぐく）》が諫《いさ》めを用《もち》ひず、五税布《（ぜいふ）》を増《ま》せしより、六羌人《（きやうひと）》謀叛《（むほん）》せると、七漢史にしるせるをよみて、感じてこの書をつくれり。それ故この言葉《ことば》をもて、巻をひらくのはじめとするなり。

一「戯れ草」、すなわちたわむれの草紙の意に解されるが、著者は本書を「狂草」とも表記し（漢文自跋、書簡）、九十二段でも「たはれたる人」を狂人の意に用いている。名随筆の徒然草に擬えた命名。内題「たはれ艸」は通行字に改めた。

（一） 序に相当。徒然草の序段を念頭に、自序の型通り、謙辞を連ねる。著者も「第一段は序のごとし」と言う（和文自跋）。

二 漢将韓信から戦略を問われた虜将広武君李左車が、その返答に引用した「狂夫之言、聖人択レ焉」（史記・淮陰侯伝、漢書・韓信伝）の和訳。わが明暦三年（一六五七）版の漢書評林和刻本には、「狂夫之言」の言字の右側に「コト」、左側に「（言）イテ」と訓仮名を振る。「こと」は言で、事ではない。旧写本、版本、「たはれたるものゝ言葉」。三 わが子孫に遺す教え。「庭の訓へ」は「庭訓」の訓読で、孔子が庭を走る息子の伯魚に、詩と礼との学習を勧めた故事（論語・季氏）に基づき、家庭の教えの意。著者は、後世本書の内容を正しく活かす子孫の出現を期待する、とも述べている（漢文自跋、書簡）。

（二） 知恵者の意見より凡人の意見が現実性が高い。著者は「第二段は凡例のごとし」と言う（和文自跋）。

四 後漢の賢臣。字は升卿。羌を平らげ、しばしば民生安定策を直言上疏し、再三罰せられた（後漢書・虞詡伝）。順帝の永建四年（一二九）上疏し容れられたが、数年後、陽嘉三年（一三四）鍾羌の良封等が反した（後漢書・西羌伝）。この辺の史実と関係があるか。ただし、税布云々のことは不明。版本、「虞翊」に誤る。

五 租税として布を徴収すること。また、その布。

六 中国西部の辺境に住んだチベット系遊牧民。

七 漢代史。ここは正史、後漢書その他の史書。

(三) 世のみだるゝは、いつとても男女の道《みち》たゞしからざるより起《をこ》れり。人々のいへる事なれど、まことに知《し》る人は少《すく》なし。

詩《ハ》始《メトシ》ニ関雎《ヲ》一、易《ハ》基《スニ》ニ乾坤《ニ》一。まことにしる、真《ニ》知《ルヲ》レ之《ヲ》為《ス》レ貴《シト》也。

(四) この[三]国《くに》のかなにて書《か》ける文ども、言葉《ことば》の美《うつく》しく妙《たへ》にして、人の心を感ぜしむる事、まことにわれひとのいふにや及《をよ》ぶべき。されどしるせる事は、[四]若《わか》き生《お》ひ立《た》つ人などには、しらせんことといかゞとおもふ事多《おほ》し。世の中にかゝる事もあるやとおもひなば、人の心を損《そこ》なふのはしなるべし。世の道《みち》の衰《をとろ》へたるより、かゝる文もいでき、またかゝる文をもてはやせるより、世の道《みち》いやましに衰《おとろ》へたるならひと、かなしくおぼえ侍る。[五]難波《(なには)》[六]の役《えだち》より、天《あめ》が下《したひと》一つに統《す》べしのちは、年《とし》は百年《もゝとせ》にはるかあまり、[七]幕の府《つかさ》〔七葉《なゝよ》〕〔八葉《やよ》〕になり給へど、男女《おとこをうな》の道《みち》、ありや否《いな》といへる事、世がたりにも聞《き》かず、世の中のめでたからむためしぞと、ありがたくおぼゆ。

(五) [八]三種《みくさ》の御宝《(おほんたから)》は、天地《(あめつち)》の開《ひら》けしはじめより、御宝《たから》によそへて、三《み》つのこと

(三) 世の乱れはつねに治者の男女関係の不正さに起因する。内容も一六四段と照応(和文自跋)。

一 詩経の最初の詩題。すなわち国風・周南の第一篇名。第一句「関関雎鳩」による。かあかあと鳴くみさごの意。君主の幸福な結婚を祈る詩。周の文王と后妃太姒(たいじ)との和合をたたえた作、その他の説がある。孔子は「関雎、楽而不レ淫、哀而不レ傷」と情操の調和を称賛した(論語・八佾)。 二 易経の最初の二つの卦(か)名。陽と陰、天と地、男と女など相対するものを意味する。易・繋辞上伝に「乾道成レ男、坤道成レ女」とある。両者は正しく合するのが自然であり、理想でもある。

(四) 虚構の弁えがつかない年少者に不適切な仮名文芸もあるが、現徳川幕政下に風俗紊乱はない。

三 仮名書きの日本文芸作品。著者は「歌所謂恋者、類ニ於閨怨一、閨怨者夫婦相慕之情、恋者男女相誘之詞」(橘窓茶話・下)、「俳諧…戯文…、形ニ容人情一、説ニ出世態一、令ニ人嘆賞ニ不レ已、…惟其軽薄俊爽、敗ニ壊人心一」(同・中)など、純粋な男女の情を肯うとともに、みだらな内容は教化に害があることを危惧する。 四 年が若く、成長途上の人。 五 旧写本、版本、「ならんと」。 六 大坂冬の陣(慶長十九〔一六一四〕年十一―十二月)ののち、結んだ和議を徳川方が守らず戦を再開、大坂夏の陣(翌元和元年四―五月)で徳川方が勝利し、豊臣氏は亡んだ。この両戦役。 七 徳川幕府も将軍は七代家継(正徳三〔一七一三〕―享保元〔一七一六〕年)、八代吉宗(享保元―延享二〔一七四五〕年)と継承された。本段執筆時期を示唆。

(五) 三種の神器は仁・明・武の三徳を現し、その発揮は至尊の責務である。

はりをつたへ給へると、諸家の記録《きろく》にも見へ、その言葉《ことば》さま〴〵なれど、〔仁〕《うつく》しみ、〔明〕《あき》らかに、〔武〕《たけ》しといへるほかはあるまじ。この三《み》つのことはりは、天《あめ》が下《した》しろしめす上《うへ》なき御宝《たから》なれど、九周《しう》の道《みち》も昭穆《せうぼく》より衰《をとろ》へたるがごとく、いつとなくやう〳〵おろそかになり、いともかしこき一〇天《あま》つ日嗣《ひつぎ》の、隠岐《おき》の国《くに》にあそび給ふにいたりては、一一冠裳《くわんしやう》さかしまにおき、この御宝《たから》かくれさせ給ひて、上下《かみしも》やすき事なく、戦国の世とはなれりける。されど天のめぐりのたえまなく、雲霧《くもきり》のあとたえ、照《て》る日とともに、三《み》つの御宝《たから》また世にあらはれ給ふより、今の世とはなりたり。一二聖《ひじり》の御時はしらねど、とざゝぬ御代ともろこし人のいひつたへしも、かくこそあらめと、ありがたくおぼゆ。さればこの御宝《たから》のあらはれ給ふも、またかくれさせ給ふも、上《かみ》つ方《かた》の御せめなれば、そのことはりをつくさせ給へかしと、祝《いは》ひ祈《いの》り思《おも》ふと、ある人のかたりき。

〔六〕この国《くに》を、一三呉《ご》の泰伯《たいはく》の後なりといへるは、一四唐《たう》の世、咸亨《かんかう》と年《とし》のなせしとき、この国《くに》の人もろこしにきたり、いひいだせる事なりと、唐書《たうじよ》に見へたり。いかなる人のかくはいひし。一五史記《しき》に、泰伯無レ子《シ》といへるを見れば、その説のみだりなる事あきらけし。

八 八咫鏡（やたのかがみ）・天叢雲剣（あまのむらくものつるぎ）改め草薙剣（くさなぎのつるぎ）・八尺瓊勾玉（やさかにのまがたま）。正統な皇位の象徴的標識として、歴代の天皇が受け継いで来た三種の至高の宝器。著者は「三宝之設也、一曰璽、二曰剣、三曰鏡、璽者仁也、剣者武也、鏡者明也」（橘窓文集・大宝説）とも言う。

九 中国古代の周王朝は三十七代赧（たん）王が紀元前二五六年秦に亡ぼされるまで八六七年続いたが、すでに四代昭王、五代穆王の時代から漸く衰えはじめた。「昭王之時、王道微欠、…穆王即レ位、春秋已五十矣、王道衰微」（史記・周本紀）。

一〇 後醍醐天皇が元弘二年（一三三二）六波羅軍により隠岐島に配流された。

一一 頭に被る冠と下半身に着る裳とが逆になる。後醍醐天皇が神器を北朝光厳天皇に譲ったこと。

一二 礼記・礼運に「孔子曰、大道之行也、与二三代之英一、丘未二之逮一也、而有レ志焉、…是故謀閉而不レ興、盗窃乱賊而不レ作、故外戸而不レ閉」とあるのを指すか。

（六） わが皇室は呉の泰伯の子孫、という説は渡唐の日本人が言いはじめた無稽の説である。

一三 中国古代の聖人の一人。太伯とも書く。末弟季歴に王位を継がせたいとの父、周の太王の志を察し、南方未開の地に逃れ、呉の始祖となった（史記・呉太伯世家）。文王の伯父に当たる。

一四 唐の高宗咸亨元年（六七〇）。わが天智天皇九年。唐書・東夷伝の「咸亨元年遣レ使賀レ平二高麗一、後稍習二夏音一、悪二倭名一更号二日本一、使者自言、国近二日所一レ出為レ名」と、晋書・倭人伝などの「倭人…自謂二太伯之後一」との両内容が混っている。版本、「咸亨とし のなりし時」。

一五 史記・呉太伯世家に「立為二呉太伯一、太伯卒、無レ子、弟仲雍立」とある。

（七）国史[一]をかんがふるに、天神《あめのかみ》、瑞穂国《みづほのくに》を　瓊々杵尊《にゝぎのみこと》にさづけ給ひしかど、そののちはるか年《とし》をへて、　神武帝《じんむてい》の御代にいたり、難波《なには》より東《ひがし》、はじめて職《しよく》[二]方《はう》に帰せしと見ゆ。[三]二尊のうみ給ふ八しま、おほかたは今の西海道にて、韓《から》にちかし。隠岐《をき》、佐渡《さど》、越《こし》のしま、いづれも韓《から》にむかへる国《くに》なり。そのちかきあたりには、風《かぜ》に放《はな》されてきたる韓人《からひと》、今も多《おほ》し。[四]一書《あるふみ》に、素戔嗚尊《すさのおの》新羅《しらぎ》の国《くに》に降《くだ》りまして、とあり、また韓地《からくにゝ》に殖《う》へつくさず、とあるを見れば、尊《みこと》その地を経略し、根《ね》の国《くに》とさだめ給ふにや。[五]天《あめ》よりして、出雲《いづも》の国簸《くにひ》の川《かは》のほとりに降《くだ》りまし、大己貴神《おほあなむちのかみ》をうみ給ひ、それより根《ね》の国《くにゝ》にいでましぬと。出雲《いづもゝ》も韓《から》にむかへる国《くに》なり。

自註。[六]むかし三韓をからといひ、西土を諸越《もろこし》といへるに、いつの時よりか混じて、からともいひ、もろこしともいへり。誤り也。

（八）八雲《やくも》、八咫《やた》、八幡《やはた》などいへる、この国《くにゝ》にては、[七]木の成数《せいすう》にしたがひ、八の数《かず》をたふとぶとぞ。もろこしにては[八]六部《りくほう》、韓《から》にては[九]六曹《りくさう》とつかさをわかちしを、この国《くにゝ》にては[一〇]八省《はつせう》とさだめられしも、そのこゝろなりといへる人あり。

（七）日本神話で国生み説話に現れる地域は、朝鮮に近い。

一 日本書紀・神代下巻に、天照大神が孫の瓊々杵尊に三種の宝物を賜い、瑞穂国に降り治めよと勅した、とある（九、天孫降臨段、第一の一書）。

二 周代に地図と貢物を扱った官職で、支配圏、版図の意。

三 日本書紀・神代上巻に、男神伊弉諾尊（いざなぎのみこと）と女神伊弉冉尊（いざなみのみこと）が本州・四国・九州・隠岐島・佐渡島・北陸・周防大島（異説あり）・備前児島を生んだ、とある（四、八洲生産段）。うち、四国と九州は西海道に属する。隠岐、佐渡、加能越地方は日本海に面し朝鮮に近い。

四 日本書紀・神代上巻に、「一書曰、素戔嗚尊、帥二其子五十猛神一、降二到於新羅国一、…此地吾不レ欲レ居、遂以二埴土一作レ舟、乗之東渡、到二出雲国簸川上所在、鳥上之峰一、…初五十猛神、天降之時、多将二樹種一而下。然不レ殖二韓地一、尽以持帰」とある（八、宝剣出現段、第四の一書）。

五 日本書紀・神代上巻に、「素戔嗚尊…乃相与遘合、而生二児大己貴神一、…已而素戔嗚尊、遂就二於根国一矣」とある（八、宝剣出現段）。

六 芳洲先生口授にも、「三韓人、我国呼為二伽羅一、即韓字之訳也、故神代巻、韓字訳為二伽羅一、韓今為二朝鮮国一、西土人、我称レ之為二諸越一」とある。

（八）わが国は八の数を、中国や朝鮮は六を尊ぶ。

七 樹木が生長する年数の意か。八は弥に通じる。

八 隋・唐より清末まで置かれた六種の中央行政官庁。吏・戸・礼・兵・刑・工の各部の総称。

九 朝鮮、李朝の中央官庁。中国に準拠した各曹。

一〇 律令制で太政官に置かれた八種の中央行政官庁。中務・式部・治部・民部・刑部・兵部・大蔵・

(九)おほいにたなうへ[一一]せしとき、もろこしにては人相食《あひは》むといへる事、記伝[一二]にいかほども見へたり。この国《くに》に《ゝ》ては、つゐに聞《き》かず。獣《けもの》の《ゝ》肉《しゝ》さへ忌《い》みて食《く》はぬゆへなめれと、ある人のかたりき。神《かみ》[一三]の使《つかひ》なりといへる鳥獣《とりけもの》、その氏子《うぢこ》は食《く》はず。神《かみ》[一四]の鎮《しづ》め給へる山は、金銀《こがねしろがね》ありても、むさぼれる人開《ひら》きあけんとはせず。いつまでもかくありたき事なり。

(一〇)この国《くに》のごとく、おほきなる弓[一五]を用《もち》ゆる処、ほかになければ、もろこし[一六]人《ひと》の夷《い》といへるは、(も)[一七]とこの国《くに》をさしたるにや。大連《たいれん》[一八]少連といへるも、この国《くに》の人なるべし。孔子[一九]の九夷《きうい》に居《を》らまく思《おも》ひ給ふも、この国《くに》孝順《かうじゆん》の俗ある事など、聞《き》き《ゝ》つたへ給へるゆへにやと、ある人のかたりき。もろこし[二〇]のほかなる国《くに》ども、狄《てき》といひ、羌《きやう》といひ、蛮《ばん》といへる、北南西《きたみなみにし》ともに獣虫《けものむし》のつきたる文《も》字《じ》なれど、東《ひがし》の国《くに》は仁にして寿《いのち》ながきゆへ、さはなきなりと、もろこし人のいへる言葉《ことば》あり。もろこし代々《よよ》の記録をも閲《けみ》し、また韓《から》の風儀《ふうぎ》をもしたしく見るに、げにもとおもふ事多《ことおほ》し。されど仁といへるも、その道《みち》を得《え》ざれば、まことの仁にあらず。寿《いのち》ながきも、その人々の心にこそよるべけれ。ありがたき国《くに》に《ゝ》

宮内の各省の総称。区分は自国本位である。

(九) 中国では飢饉に食人肉の記事が多いが、わが国では神聖な動物や霊山の鉱脈も大切にする。論は大田錦城の指摘(梧窓漫筆・後編上)に先立つ。

一一 種飢え。版本、「たなうゑ」の右傍に飢饉と注。

一二 歴史記録や伝記書。旧写本、版本、「紀伝」。漢書・後漢書には「大飢、人相食」「民多餓死、琅邪郡人相食」「人相食啖、白骨委積」など、飢饉に限っても十九例が見え、ほかにも籠城時や嗜好、憎悪、医療として歴代人肉食用の風習がある(桑原隲蔵「支那人間に於ける食人肉の風習」)。

一三 奈良の鹿は春日権現の使、などという信仰。

一四 神が鎮座し、また全容が神体と敬われる山。

(一〇) わが国は中国人が言う東夷に当たろうか。その仁風あり長寿と称せられた美点を守りたい。

一五 直弓系の長弓。魏書・東夷伝倭人に「木弓短レ下、長レ上」とある。著者は「四方国土、惟我用二大弓一、自レ古而然」(橘窓茶話・下)とも述べる。

一六 許慎の説文・十下に「夷、東方之人也、从レ大从レ弓」とある。

一七 旧写本、版本により補う。

一八 礼記・雑記下に「孔子曰、少連・大連、善居レ喪、三日不レ怠、三月不レ解、期悲哀、三年憂、東夷之子也」とある。礼を知る夷人の例である。

一九 論語・子罕に「子欲レ居二九夷一、或曰、陋如レ之何、子曰、君子居レ之、何陋之有」とある。著者は大宝説でも同じ趣旨を述べる。

二〇 説文、夷字の段玉裁注に古今韻会を引き、「南方蛮閩从レ虫、北方狄从レ犬、東方貉从レ豸、西方羌从レ羊、…惟東夷从レ大、大人也、夷俗仁、仁者寿、有二君子不死之国一」とある。著者は橘窓茶話にも「説文云」として、この条を引く。

生《む》まれたる人は、その道《みち》をつくして、もろこし人の言葉《ことば》、うそならぬやうにすべきにや。

(二) この国《くに》は人の心すなほにして、夏商《(かしやう)》[一]の風《ふう》にちかし。聖賢をして今の世にあらしめば、おほかたは忠質[二]の間《あゐだ》をもてをしへとし、事々《(じじ)》[三]周家《(しうか)》[四]の文章にはしたがひ給ふまじ。むかし王政[五]のさかんなりしとき、おほやけの官職規礼《(くわんしよくきれい)》をはじめ、もろこしを法《のり》とせられしかど、衰季《(すいき)》[六]のしかたもまじりたれば、この国《くに》の風俗《(ふうぞく)》にもあらず。三代[七]の道《みち》にもちがひたる事少《すく》なしとはいひがたし。世のふみこのめる人、やゝもすればもろこしの事をひきて、古今の異《こと》なるありて、風俗の同《おな》じからぬといへるにこゝろづきなきは、いとうらめし。

自註。三月[八]の服は夏后氏《(かこうし)》の礼にして、同姓不相娶《(どうせいあひめとらざる)》[九]は周礼《(しうれい)》のみしかりといへり。ひとつをあげてその他をしるべし。

(三) もろこし代々《(よよ)》の風義《(ふうぎ)》を見るに、漢の時まではいにしへのちかきゆへにや、さはなかりしかど、次第《しだひ》にものごとこゝろつけすごし、いづれにしたりともと、おもふ事とやかく議論して、無事《(なきこと)》を有事《(あること)》となし、小事を大事となし、おほやう

(二) 純朴なわが国民性は中国の聖賢も範とするであろう。時代の変遷と地域の差異とを無視した中国一辺倒の価値規準はわが国に合わない。

一 中国古代の王朝、夏と殷。高度な周の文化が形成される基礎となった質朴な時代。
二 誠実で質直。
三 万事。ことごとく。何も彼も。
四 周王朝の輝かしい文化。夏・殷二代の礼楽制度より発展形成された。論語・八佾の「子曰、周監㆓於二代㆒、郁郁乎文哉、吾従㆑周」との、孔子の賛辞をふまえる。
五 わが古代律令制度が確立した頃の天皇政治。唐令に準拠し、大宝(文武天皇大宝元年〔七〇一〕)、養老(元正天皇養老二年〔七一八〕)の両律令が成立。
六 衰えた末の時代の制度。
七 夏・殷・周の三代に成立した文化的規範。
八 礼記・檀弓下の「天子崩、…三月天下服」をさす。皇帝の死後三か月経つと、ひろく諸侯に仕えた大夫にまで服喪が及ぶ意。著者はこれを夏王朝の儀礼としている。
九 礼記・曲礼上の「取㆑妻不㆑取㆓同姓㆒」をさす。取は娶。鄭玄は同姓を娶ることは禽獣に近いと注する。著者は周王朝だけの儀礼としている。

(三) 漢代以後、繁縟化した中国の習わしのすべてを、わが国がまねる必要はない。歴史的な両国習俗の相違は是非の論外である。

一〇 中国で代別総集(王朝別、多数作者の集)を編集の際、皇帝の作もその臣下の作と合わせて一部にまとめた。群下は群臣の意。
二 わが国の勅撰漢詩集(勅撰三集)をはじめ、勅撰和歌集(二十一代集)の編集での君臣の関係。
三 僧侶や女性は男性より礼節を強いられる存

ならぬとおぼゆる事多《おほ》し。一事《(ひとこと)》をあげていはゞ、御製[一〇]の詩を、その一代のうちに、群下《(ぐんか)》の詩と同《おな》じくえらびいだし、一部の書として世に行《をこ》なふ事、この国[一一]《くに》代々の撰集のごとくし、または法師《ほうし》[一二]女《をうな》などいへるものゝなかにかきつらね、わが起《を》き伏《ふ》しする所にかけをかば、なれけがすといひ、または不レ敬《(うやまはず)》[一三]といひて、もろこしにては罪《つみ》をかうぶるなるべし。これはそのことはりさる事なれど、ほかの事にをしうつり、物事《ものごと》かくありては〔法《のり》〕の〔網《あみ》〕きびしく、わが豊葦原《とよあしはら》[一四]のゆたかにしてありがたき風義には及《をよ》ぶまじ。事《こと》のわかちもなく、一筋《ひとすぢ》にかれをまなびて、これをいとふべきにしもあらず。めい〳〵その〔時代《ときよ》〕のいきほひなれば、またこれをおして、かれを罪《つみ》すべきにしもあらず。文[一五]のついへは小人以《(せうじんもて)》僿《さい)》なりといへる言葉《ことば》、おもしろしとおぼゆ。

自註。文[一六]のついへ、太史公曰《ノク》、文之敝《ハ》小人以《テ》僿《ナリ》。註文《ニハ》尊卑之差也、僿《ハ》無《キ》二悃誠一也、細砕也、白虎通作《ル》レ薄《ニ》。

(一三) 聖人《ひじり》の風義にも、せばしと見ゆるもあり、またうや〳〵しからぬと見ゆるもありとぞ。もろこし漢よりのちの風義は、せばしなどいふべきにや。

在。

一二 張斐の注律表に「虧レ礼廃レ節謂二之不敬一」(晋書・刑法志)とあり、北斉には重罪十条に、また隋では天子、皇后等に対する大不敬が十悪に数えられた(隋書・刑法志)。

一四 日本国の美称。葦が生い茂る原の意。日本書紀・神代上巻に「豊葦原千五百秋瑞穂之地(とよあしはらのちいほあきのみずほのくに)」(四・八洲生産段、第一の一書)、「豊葦原中国(とよあしはらのなかつくに)」(七・宝鏡開始段)とある。

一五 司馬遷が史記・漢高祖本紀の賛で述べた語。礼節の弊害は小人が型にとらわれて誠実さを欠くことだ、との意。

一六 史記・漢高祖本紀の賛に「太史公曰、夏之政忠、忠之敝、小人以野、故殷人承レ之以レ敬、敬之敝、小人以鬼、故周人承レ之以レ文、文之敝、小人以僿、故救レ僿莫レ若レ以レ忠」とある。敝は弊。夏・殷・周三代の道、忠(質実)・敬(恭謹)・文(礼節)は相補循環する意で、注の一節には「鄭玄曰、文、尊卑之差也、薄、苟習二文法一無二悃誠一也」とある。悃誠とは懇誠(手厚いまごころ)。また、本文の僿でなく薄とあることを、著者は史記評林の撰者凌稚隆の案語「白虎通云、…周人之王教以レ文、其失薄、救二薄之失一莫レ如レ忠」により注したか。白虎通は班固の著。当該文は巻三の三教に見える。なお、史記の注に僿は細砕也とは見えない。あるいは集韻や古今韻会等の注を併せ引いたか。

(一三) 聖賢の挙止(そぶり)にも鷹揚さ、恭虔さに欠けるものもある。中国では、漢代より後の習俗は瑣末化(こせこせ)してきたと言えよう。

（一四）ある人、もろこしの風義をしたひ、わが骨《ほね》を[一]金山寺《きんざんじ》のかたはらに葬《はうふ》れと遺言しけるといへり。[二]三代の時ならばこそ。

（一五）今の世にも遣唐使《けんたうし》もがなといへる人ありしに、[三]菅相公《かんしやうこう》の見給へることそ、いみじきことはりなりとおもひ給ふべし。[四]日出処天子《ひいづるところのてんし》、または[五]東天皇《とうてんくはう》などし給ひては、もとより彼国とりあぐべきにもあらず。[六]須美羅彌古都《すみらみこと》とし給ひなば、いかにもその使《つかひ》をもいれ、書をもこたえさふらふべけれど、使《つかひ》を接《せつ》するの礼儀をはじめ、書中の文句、いづれもほかの蕃王《ばんわう》を待《ま》つの式にちがひあるまじ。[七]曲江集などよみてしるべきなれば、遣唐の御使なきにはしかじと、ある人のいひき。[八]わが国《くに》の人、高麗の使《つかひ》の下《しも》に就《つか》ざりし事を、威光のごとくおぼえて、[九]漢の匈奴を待《ま》つの礼にもちがひ、規模ならぬといへるに、こゝろづきなきもおかし。

（一六）もろこしは世界の中《なか》にて、[一〇]仁義礼楽の興《をこ》りたる聖人の国《くに》なれば、中国といへるはことはりなりといへるもあり、またその[一一]国《くに》より見れば、いづれか中国ならざるやといへるもあり。[一二]韓人《からびと》もその国《くに》をあがめて、ゐびすにはあらずといへるこゝろにて、東華《とうくわ》ととなへ、もしもゐびすなりといへば、こゝろよからず

（一四）　時代が下った現今、中国文化の心酔者がかの地の寺の傍らに埋骨を遺言したのは、いかがか。
一　江蘇省鎮江市の江天寺。揚子江の小島金山にあり、詩賦に名高く文人が多く遊んだ。もっとも、入宋した心地覚心が、源実朝の遺骨を観音の胎内に納めたのは径山寺《きんざん》（じ）（浙江省天目山）である。旧写本、「金山寺」。版本、「径山寺」。
二　中国古代文化が開花した夏・殷・周の時代。
（一五）　遣唐使は蛮夷の使者扱いで、漢の匈奴への客礼待遇にも劣り、菅原道真の中止上表は正しい。
三　菅原道真は寛平六年（八九四）九月、唐の衰微や海路の危険を理由に、遣唐使の中止を上奏した。
四　隋書・東夷伝倭国に「大業三年…其国書曰、日出処天子、致二書日没処天子一、無レ恙云云、帝覧レ之不レ悦、謂二鴻臚卿一曰、蛮夷書有二無礼一者、勿二復以聞一」とある。
五　日本書紀・推古十六年に「爰天皇聘二唐帝一、其辞曰、東天皇敬白二西皇帝一、…」とある。
六　張九齢は玄宗のために作った詔勅「勅二日本国王主明楽美御徳一」と書き出している（曲江文集）。この類の音仮名式表記。
七　曲江文集には代作の国書を多く収める。
八　遣唐副使大伴古麻呂が唐天宝十二年（七五三）の朝賀の席次に異議を唱え、新羅使と交替し上席に着いた（続日本紀・天平勝宝六年正月三十日）。
九　漢書・匈奴伝の賛に、呼韓邪単于が朝貢の時、蕭望之が「宜下待以二客礼一、譲而不上レ臣」と述べ、「則接レ之以二礼譲一」等と記されているのに較べ、唐はわが国も朝鮮もともに朝貢国扱いしている。
（一六）　世界の文化的先進国、中国の中華意識は当然で、その言語も周辺諸地域とは語順が異なる。

おぼゆと見へたり。国々《くにぐ》の言葉《ことば》、ものがたりせしおりふし、東西南北ともに、言葉《ことば》の次第《しだひ》、いづれも体[一三]を先《さき》とし、用を後《のち》としさぶらふに、[一四]十五省の言葉《ことば》ばかり、用を先《さき》とし体を後《のち》とすることそ不思議《ふしぎ》なれ。[一五]その国《くに》の言葉《ことば》も、北虜《ほくりよ》、南蕃《なんばん》、西域《せいゐき》にちがひなく侍るなりといひしに、[一六]韓時中《かんじちゆう》といへる韓人《からびと》、さればこそわが韓国《からくに》も夷の字まぬがれがたくさぶらふとこたえき。

(一七) 世[一七]の中はあひもちなりと、いやしき諺《ことはざ》にいへる、まことに道《みち》にかなへる言葉《ことば》なるべし。都《みやこ》ありても鄙《いなか》なければ、その国立《くにた》ちがたきがごとく、中国ありても夷狄《いてき》なければ、生育の道《みち》あまねからず。[一八]薬材器用をはじめ、大事小事ともに、たがひにたすくる事多《おほ》し。[一九]国《くに》のたふときといやしきとは、君子小人の多《おほ》きと少《すく》なきと、風俗のよしあしとにこそよるべき。中国に生《むま》れたりとて、誇《ほこ》るべきにもあらず。また夷狄に生《むま》れたりとて、恥《は》づべきにしもあらず。おろかなる人は、田舎人《いなかふど》の田舎人《いなかふど》なりと、人のいへるを聞《き》ゝて、恥《は》ぢのゝしるがごとく、なにのゆへもなく、その国《くに》を中国なりといはむとす。さる事にはあるまじ。

(一八) あしきとおもひし事も、世の中にいかほどもかゝる事ありと聞《き》けば、悪

一〇 儒教の最高徳目。社会生活の規範。文物制度。
一一 自国を中心に考えると、どこも「中国」だが。
一二 朝鮮人も中国を敬い、自ら東方の中国「東華」と称し、夷狄でないことを誇りとした。
一三 述部に当たる、目的語(名詞・代名詞、体言)と述語(他動詞、用言)との語順が、周辺の諸言語と中国語とでは逆である。助詞ヲは語順に支配され不要。「書ヲ読ム」と「読㆑書」との違い。
一四 中国全土の意。明代の全国区分。北直隷(京師)・南直隷(南京)・山東・山西・河南・浙江・湖広・江西・陝西・四川・福建・広東・広西・貴州・雲南の十五省。橘窓茶話・上にも「唐山〈モロコシ〉十三省、南直隷、北直隷、或曰㆓十五省㆒」と記す。
一五 朝鮮語も「名詞・助詞・他動詞」の順で、中国の周辺地域諸言語に共通する語順である。
一六 著者と「国々の言葉、ものがたりせし」朝鮮人の一人か。言語から見ると朝鮮は東華ではなく、やはり東夷である、と客観的判断を述べた。
(一七) 都会と地方、中央と周辺は互いに助け合う。謂れない固定観念で差別視すべきではない。
一七 世間は相互扶助による共生体だ、という意味の、ひろく行われている諺。
一八 薬種(生薬原料)や必要器具の調達。たとえば南粤王や大秦王安敦(ローマ帝国皇帝アントニウス)が高貴薬犀角を献じ(漢書・南粤王伝、後漢書・西域伝)、漢と匈奴間で交易が行われていた(漢書・匈奴伝)等、各時代に需給の実例は多い。一九 国家の尊卑は人民の道義、風紀の優劣により、地域の相違とは全く関係がない。
(一八) 倫理観は相対的で、習俗の実態に左右される。弱い人間にとり社会の習俗は最高の規範である。

をにくむのこゝろ、次第《しだひ》にうすくなり、よき事なりとおもひし事も、世の中にしかする人はまれなりと聞《き》けば、善をこのむのこゝろ、次第《しだひ》にうすくなる。[一]これは蓬《よもぎ》のうちの麻《あさ》ならぬ、いやしき生《むま》れつきより起《をこ》りたるなれど、世の中の風俗こそ、うへなきものとおぼゆれ。

(一九) 桜《さくら》はいのちみじかし。いかなればかくあるやらんといひしに、花の多《おほ》きゆへにこそ、松ひの木には及《をよ》ばず。天地《あめつち》のことはり、まことにありがたくおぼゆ。国《くに》も家《いゑ》も繁華なりといへるは、ひさしからずとしるべき事にやとことふ。

(二〇) 文かくときは、闕字《けつじ》[二]する事、この国《くに》のむかしはもろこしのごとくにはせざりきと、ある公達《きんだち》のかたり給ひしとぞ。されど[三]「大　政《おほまつりごと》」し給ふ御身の、[四]ある大徳《たいとこ》のありさまをかき、[五]銅《あかゞね》の碑にちりばめられしを見れば、[六]大元帥《だいげんすい》といへるに闕字し給ふ。やすからずおぼゆと、ある人のいひし。

(二一) この国《くに》は、災異《さいい》を見てをそるゝ事少《すく》なし。されど祥瑞《しやうずい》をもて、へつらひのたすけとすることも、また少《すく》なし。[七]元日に日食《にっそく》あれば、「百官《もゝづかさ》」に命じて政治《しをき》

一 人は、曲り乱れた蓬の中でも本性のまま真っ直ぐに生長する逞しい麻、ではないので。もと荀子・勧学の「蓬生二麻中一、不レ扶而直」を、逆にやはり環境に支配される弱い人間にたとえた。

(一九) 華やかに開花する桜は、地味な松や檜より樹齢が短い。この自然の道理は国や家にも通じる。

(二〇) 古代のわが国では、中国ほど厳格な闕字の表敬表記の慣習はなかった、という。

二 文章表記で天子や貴人名、記事等の上を何字か空けて敬意を表す方法。空格とも言う。

三 従一位関白太政大臣近衛家熙《いえひろ》(寛文七年〔一六六七〕—元文元年〔一七三六〕)。准三后。予楽院真覚と号した。書を能くし茶花香など諸芸に通じた。

四 黄檗宗第五代高泉性敦《こうせんしようとん》(清・天聡七年、寛永一〇年〔一六三三〕—元禄八年〔一六九五〕)。寛文元年(一六六一)渡来。後水尾院や近衛家熙の帰依を受け、延宝六年(一六七八)伏見の仏国寺を再興した。

五 青銅製の高泉和尚碑。伏見大亀谷仏国寺の高泉墓側に建つ。宝永三年(一七〇六)家熙の撰書、高泉十七回忌の正徳元年(一七一一)鋳造。碑表は精楷、碑陰は隷書。陽鋳で高さ二メートル、本文二十八行、行八十字。亀趺あり。重要文化財。

六 征夷大将軍(五代徳川綱吉)の意。碑文は「元禄五年春　大元帥命為二黄檗第五代一」と一字を闕くのみで、後水尾院には五字の空格を設ける。

(二一) わが国では、自然界の異変や瑞兆に対する畏怖も諛悦も少ない。無意味な慣習は

の〔得失《よしあし》〕をいはしむる事、[八]あながち言をもとむるのまことあるにもあらねど、後《のち》の世にては、ひとつの儀式のやうになれり。[九]告朔《(こくさく)》の羊《ひつじ》におなじく、もろこしにてはすてざるぞよき。[一〇]この国《くにゝ》にてそのまねし、まねのまねするには及《をよ》ぶまじ。

(二二)もろ人会議する時、この事いかゞおもひ給ふやとゝへば、上《かみ》をはゞかり、かたへを見あはせ、とやかくするうちに、われはかくこそおもひ侍るなれと、かしらだちたる人いひいだせば、おほかたは仰《おほ》せさる事なりとのみいひて、しりぞくものなり。知恵《ちゑ》ある人もふと聞《きゝ》きては、さしておもひよりも侍らずといふべきほかやあるべき。これは会議に似たれど、その実は会議にあらず。[一一]もろこしをまなびて、めい〳〵そのおもひよりをかきつけて、たてまつるやうにありたき事なり。

(二三)世《よ》の中《なか》の乱《みだ》れんとするときは、かならず所々に盗賊起《を》こる事あり。盗賊といへるは、つねのぬすびとにはあらず。百姓の[一二]年貢運上《(ねんぐうんじやう)》、年々《としどし》におもくなり、上《かみ》にうつたへんとすれば、とがをかうぶり、そのまゝにてありなんとすれば、妻子をはごくむべきやうなきより、やむことをえず、徒党をむすび、乱を起《を》こ

止めたい。
七 元日に限らず、日食にはわが国では廃朝・廃務した(儀制令)。魏の明帝が太和初年、日食の報に接し百官にわが不徳の封書上奏を命じた記事はあるが(晋書・天文志)、わが国で元日の日食に政治の得失を論議させた史実は不明である。
八 無理な意見を強いて、内容は空疎だが、後世にはそれが形式化した(注七と同じく史実不明)。
九 告朔の礼(宗廟に暦を奉告する儀式)が廃れ、餼羊(いけにえの羊)だけが供えられていたので、子貢が虚礼の廃止を望むと、孔子は形骸化した形式も伝統復活の手がかりになると、廃止に反対した(論語・八佾)。
一〇 わが国まで中国をまねて、形骸の墨守をそのまま踏襲するには及ぶまい。
(二二) 会議での発言は、上席者に遠慮がちになるので、中国のように意見は文章で提出させるとよい。
一一 中国では機密事項を封書し、皇帝に上奏する制度(封事・密事・変事等)が漢代には確立し、獄中からでも、また庶民でも許されていた。
(二三) 為政者の、身分を弁えぬ果てしない奢りは、下々の生活を圧迫し社会秩序を乱すもとになる。
一二 年々の貢租、運送上納の略。農民の年貢米や物納品と、商・工・漁猟・運送業者が納める税。百姓は万民。

すにいたれり。それよりしては、さま〴〵の変故いできたり、大藩小藩《たいはんせうはん》おもひ〳〵のこゝろになり、おほみだれとはなるなり。脾胃《ひゐ》[一]そこねたる人の、百病きそひ起《を》こりて死するがごとし。をそるべきのはなはだしきなり。しかるに、年貢運上のおもくなるもとをいへば、上《かみ》たる人のをごるによれり。おほよそおごりといへるは、華美栄耀《くわびえいえう》をこのむばかりをばいはず。その分限[二]に応じ、入《い》[三]るを量《はか》りて出《いだ》す事を為《な》すの政《まつりごと》なきより、大家小家《たいけせうけ》ともに、つねに定《さだ》まりたる年貢運上のみにては、償《つぐな》ふべき道《みち》なく、民を虐《しへた》ぐるにいたれり。国《くに》を建《た》つるのはじめ、多《おほ》くはものごと質素にして、定《さだ》まりたる年貢運上にて、経費にあまりありて、自然と仁恵の政《まつりごと》をこなはれ、上《かみ》ゆたかに下《しも》やすく、めでたき世のありさまなれど、一葉《ひとよ》[四]すぎ二葉《ふたよ》すぎ、五十《いそ》じたち百年《もゝとせ》たちたる後《のち》は、いつとなくものごとおもく結構《けつこう》になり、おぼえず分限のほかに出《い》で、下《しも》を虐《しへた》ぐるにいたれり。一事《ひとこと》をあげていはゞ、器物に、はじめは素器を用《もち》ひたるに、いつとなく漆器になり、またいつとなく彩画[五]をくはへ、またいつとなく金銀にてよそほふにいたる。衣服とても、はじめは木綿を着《き》、いつとなく紬《つむぎ》になり、またいつとなく絹《きぬ》となり、それよりしては緞子《どんす》[六]、〔宮紬《くむちう》〕[七]などいへるもろこしのものをたつとび、またはらしや[八]、しやう〴〵ひ[九]などいへる蛮国の品《しな》を用《もち》ふるにいたれり。かゝる

一 脾臓と胃。熟して身近な内臓に挙げられる。

二 身の程。分際。

三 収入を計量し、支出の計画を立てる。元来、年収と予算立案との適正な計算関係を述べた語。礼記・王制「量レ入以為レ出」の孔穎達疏に「量二其今年入之多少一、以為二来年出用之数一」とある。

四 一年二年過ぎ、五十年、百年経って。葉は世。

五 染付模様の陶磁器。和漢三才図会・庖厨具に「絵茶碗　そめつけちやわん　南京染付茶盌…藍色之染付鮮明、…近年出二赤絵金襴手一、甚花美也、肥前伊万里窑《イマリヤキ》不レ劣二于南京一…」とある。

六 緞子。室町時代、中国より輸入。繻子（しゅす）の絹織物で、厚地で光沢があり豪華な紋織。和漢三才図会・絹布類に「閃緞　どんす　自二南京広東阿蘭陀一来、而広東為レ上…地厚織文繁多」とある。

七 絹紬（繭紬）か。中国より輸入。柞蚕（さくさん＝やままゆ）の糸で織った紬（つむぎ）。光沢と節があり淡褐色。和漢三才図会・絹布類に「絹紬　けんちう　出二於南京福建広東一以二紬類一、其色多浅煤竹色、黒糸緩稍微」とある。

八 羅紗。ポルトガル語。羊毛で厚地の織物。南蛮・紅毛・唐船などの貿易品として輸入。和漢三才図会・絹布類に「羅沙　らしや　来二於阿蘭陀一、毛織上品也、有二紅黒青白褐之数色一、其絳（モミイロ）者名二猩猩皮一」とある。

九 猩猩緋。舶来で深紅色の毛織物。猩猩（酒好きで人語を解する想像上の獣）の血で染めた緋色の意。注八引、和漢三才図会・絹布類・羅沙の按語中、「猩猩皮」には、「以レ茜染レ之乎、其美譬名レ之耳、人以為二猩猩血染一者可レ笑」の割注がある。

（二四）　実地に確かめぬ、一知半解の姑息な勤倹は長続きしない。

たぐひ一事《ひとこと》ならねば、いかでか入《い》るもの〻数《かず》、出《いづ》るもの〻数《かず》を償《つぐの》はんや。その間には、をごりを禁ずるこそ政《まつりごと》のかなめなれとしれる明君賢相《(めいくんけんしやう)》、なきにしもあらねど、おほかたは小事小物《(せうじせうぶつ)》にのみこ〻ろを用《もち》ひ、大事大物《(だいじだいぶつ)》の、いつとなく分限にこえたるといふに、こ〻ろづきなければ、禍乱《(くわらん)》をすくへる益《(えき)》とはなりがたし。

(二四) [一〇]いつの時にかありけん、材木のついへをいとひ、乗物《のりもの》の[一一]〔槓《ぼう》〕ほそまりしとき、むかしは[一二]さ〻ら竹に[一三]硫黄《(いわう)》をつけ、これを[一四]つけ竹《だけ》といひしに、今の世[一五]ひの木を用《もち》ふるはいか〻なりと、こざかしき人のいへるにより、さらばとて、つけ竹《だけ》にあらたまりけれど、ほどなくやみてけり。小事にこ〻ろを用《もち》ふるもおかし。またはなしのみ聞《き》きて、いまだこ〻ろ見ざる事を、みだりにいひ用《もち》ふるもうらめし。

(二五) [一六]天地《あめつち》とひとしく生《お》ひ出《い》でたる金《こがね》銀《しろがね》銅《あかゞね》を、みだりに掘《ほ》り出《いだ》し、ありてもよし、なくてもすむといへる異国物《ことくにもの》にかへて、[一七]五行《(ごぎやう)》の気を損じ、奢侈《(しやし)》のみなもとを長ずるこそ、まことのをしむべきとはいふべき。鉄《くろがね》は、この国《くに》の産すると

一〇 元禄三年(一六九〇)正月に、木の付木商売停止の触れが出された。「木之付木、当午春より不レ仕、麻から之類ニて拵、商売可レ仕旨、去年被二仰付一候通、弥木之付木一切商売仕間敷候、若相背商売仕候ハヽ、御捕被レ成、急度可レ被二仰付一候間、此旨堅相守、少も違背仕間敷候、以上」。

一一 重い物を動かすのに用いる梃(てこ)棒。ここは駕籠を担ぐ長柄などを指すか。

一二 先を細かく割った竹。

一三 和漢三才図会・雑石類に「硫黄 ゆわう …信州之産色白瑩浄名二鷹眼一為二最上一、色帯二微黄一名二鸕鷀眼(ウノメ)一亜レ之、…其鷹眼鸕鷀眼之二種、用入二砲火之薬一、其余青黄而不レ佳、用為二燃著木(ツケギ)之用一、故価為二五倍貴賤一」とある。

一四 付竹。火付け竹。室町末、近世初期成立の御伽草子・あきみちに「やがて火打袋より、硫黄、つけだけ取り出し」とある。

一五 檜の薄片の端に硫黄を塗り、火を移すのに用いた付木。物類称呼・四に「付木…越後にて付竹と言ふは、昔は竹を薄くへぎて今の付木の如く用ひたるとぞ」とある。

(二五) 金銀銅の濫掘による自然破壊と贅沢志向も、いかなる理由にせよ鉄の海外流出も、避けたい。

一六 元禄八年(一六九五)十月十三日、鉱山採掘の覚書が出された。「口上覚、国々所々ニ而金銀銅山有レ之においては、無二遠慮一為レ掘可レ被レ申候、金山銀山ハ為レ掘候儀、被レ致二遠慮一候様ニ、粗沙汰有レ之候付、為二心得一申達候」。

一七 古代中国で万物の根元と考えられた五つの元素、木火土金水。天地の間を止まることなく循環し、順次生みつ生まれつしていると観られた。

ころ万国にすぐれたれば、仇《あた》[一]に兵《(へい)》を貸《か》すに同《おな》じとて、むかしよりこれを禁ぜり。これもよろづ世のため、農器のとぼしからん事をおそるなどいはゞ、さもあるべし。その[二]国道《くにみち》なければ、竹《たけ》をきりたる、はた木をけづりたる戟《ほこ》にて、さしもいみじき百二の関《せき》も平地となれるといへば、兵器にはよるまじ。されど、わたらぬぞめでたき。南蛮よりきたれる鉄《くろがね》にて刃《(やいば)》をつくり、ひと〴〵のもてはやせるを見れば、この国《くに》の鉄《くろがね》のみすぐれたりともいひがたし。韓《から》の鉄《くろがね》も、この国《くに》ゝにはまされりといへり。[三]かね少《すく》なくして、吹煉《(すいれん)》のついえにあたらざるを、山する人の言葉《ことば》には、わかしといふなり。

自註。[四]胡居仁曰《いはク》、[五]金人不㆘以《もつテ》㆓布帛《ヲ》㆒換《へ》㆗金銀《ニ》㆖、是他《(これかれ)》有《リ》㆓見識㆒。

(二六) もろこしには金銀少《すく》なく、この国《くに》ゝには多《おほ》しといへる人ありしに、ある人のいへるは、さにはあらず、この国《くに》は金銀をおしむこゝろなく、みだりに山より掘《ほ》り出《いだ》せばこそ、多《おほ》くは見ゆれ、天地のものを生じ給ふ、おほかたは過《す》ぐる事もなく、または足《た》らざる事もなし。この国《くに》のみ金気あまりありといへることはりやあるべき。もろこしは金銀の価《あたひ》たつとく、この国《くに》はさなきにて、金銀の少《すく》なき事しれたるにあらずやといへるに、またある人のいへるは、さにはあら

一 敵に兵力を貸し与える。かえって敵を有利にするたとえ。「盗人に糧」と対をなす中国の古い諺で、史記・李斯伝に「此所㆑謂藉㆓寇兵㆒、而齎㆓盗糧㆒者也」とあり、戦国策などにも引用。
二 国の道義が廃れると、植物で作ったほこと同じく国防力が低下し、要害堅固な関所も無いに等しくなるので、兵力だけが国力ではない。百二は史記・漢高祖本紀に見え、蘇林は五十倍の意(集解)に、虞喜は二倍の意(索隠)に解する。版本、「竹をきりたるはた」のはたの右側に旗と漢字で注するが、ここは「はたまた」(将又)の意。
三 鉄分の含有量が少なく、ふいごによる精錬で鉱滓(こうさい=スラグ、のろ)が多く出て採算が合わない鉄鉱石を、鉱山関係者は「若い」と呼んでいる。
四 明の朱子学者(一四三四—八四)。字は叔心、号は敬斎。江西省余干県の人。仕官せず白鹿洞書院で講じた。言行録の居業録はひろく読まれ、和刻もされた。
五 居業録・八に見える。金(十二、三世紀にツングース系の女真族が中国東北部に建てた征服王朝。女真文字を作ったが、経済的には通貨が乏しかった)の国是を称揚した内容で、著者もそれを肯定し自注に引用。

(二六) 中日の金銀の多少は絶対量と需給との相関で異論があるが、濫掘、浪費、流出は国益を損う。

ず、もろこしの金銀、あらゆる数《かず》をいはゞ、この国《くにゝ》は幾万倍といふほどなるべけれど、これを用《もち》ふる人多《おほ》きゆへにこそ、その価たつとく少《すく》なく見ゆるなり。この国《くに》はあらゆる数《かず》、その少《すく》なき事、またもろこしにははるかちがひたれど、これを用《もち》ふる人、また少《すく》なきゆへ、価《あたい》ゐやしく多《おほ》しと見ゆ。たとへば奥[六]すじ某（そこ）といへるあたりは、米多《こめおほ》く、その価安《あたひやす》しといへるがごとし。米《こめ》の地より生ずる事、一段（いったん）にはいかほどゝいへる数《かず》、よそにちがひて多《おほ》きにはあらず。船《ふね》のたよりあしく、他国へ売《う》り出《い》だすには勝手よろしからず。おほかたその国《くに》のみにてこれを用《もち》ひ、その用《もち》ふる人少《すく》なきゆへ、価《あたい》もたつとからず、よそよりは多《おほ》きと見ゆ。それがしかくいへるは、もろこしをまされりとし、この国《くに》をおとれりとせんといへるこゝろにはあらず。世の人、この国《くに》は金銀多《おほ》しとのみこゝろえ、その実（じつ）をしらざるゆへ、おもきたからをみだりに掘《ほ》り出《いだ》し、あるひはみだりについやし、あるひは他国にをくりて、この国《くに》のゆく／＼わざはひとなる事を、かへり見ざるかなしさのあまり、かくはいへるなりとこたゑしとぞ。

(三七) この国《くに》は糸少《すく》なければ、もろこしよりきたり売《う》れる人なくば、衣服ゆたかならじといひし人ありしに、ある人のいへるは、この国《くに》の糸《いと》、もとより少《すく》な

六 奥州地方のどこそこ。仙台米、庄内米、南部米、津軽米などの産地のいずれかを指すか。和漢三才図会・穀類に「粳 うるのこめ …奥州津軽多二肥土一、不レ用二糞培（コヤシ）一而能茂生…」などとある。

(三七) 生糸は中国貿易に頼らず、風土を生かし、武士の妻も養蚕業に携わるように振興策を立てたい。

きなるべけれど、蚕《かいこ》も桑《くは》もみなこの国《くに》の産する所なれば、むかしの王后をはじめ、親蚕《(しんさん)》[一]の礼を行《おこ》なひ給ふごとく、下《しも》は士大夫《(したいふ)》[二]の妻までも、そのやしき〳〵に桑《くは》の木をしたて、われさきにと蚕飼《こが》[三]いするの風俗となりなば、糸《いと》の少《すく》なき事やあるべき。今も糸《いと》こしらへ出《いだ》せる村里《むら(ざと)》なきにしもあらねど、もろこしよりきたれる糸多《いとおほ》く、しかもその価《あたひ》いやしきゆへ、ほねをりこしらへても、うる所の利少《すく》なし。人々《ひと〴〵》その益不益をかんがへ、蚕飼《かいこか》ふには及《をよ》ばざるなり。この後《ゝち》、天下後世の事をふかくおもふ人、上《かみ》にたち給はゞ、もろこしよりきたれる糸《いと》を禁じ、家々《いゑ〳〵》に桑《くは》をしたて、蚕《かいこ》[四]やしなふことをおしへ給ふなるべしといへりとぞ。

(二八)　唐船《(たうせん)》を禁じ給はゞ、薬材《(やくざい)》はいかゞすべきやといひし人ありしに、ある人のいへるは、それこそいとやすき事にさふらへ。買薬《(ばいやく)》[五]の司《(つかさ)》をたて、白銀《(しろがね)》の数《かず》をさだめ、もろこしにわたり、薬材のみとゝのへきたり、薬店に売《う》りはらへと下《(げ)》知《ち》し給はゞ、なにのかたき事やあるべき。渡唐[六]を禁じ給ふは、邪教《(じやけう)》のをそれあるゆへと聞《き》ゝ侍るといひしに、それはなを〳〵やすき事なれば、これをふせぐの道《みち》、いかほどもあるべし。しかし薬材[七]のみとゝのへきたれと、はじめは下知し給ふとも、後々《のち〳〵》にはその法みだれ、ほかのものもとゝのへきたり、上《かみ》をごり、

一　王后が自ら養蚕を行う儀礼。中国には古来、国有の桑園、蚕室があり、皇后は春に礼装して蚕神を祭り飼蚕を行った。天子の親耕に対する。春秋・穀梁伝・桓公十四年に「天子親耕、以共㆓粢盛㆒、王后親蚕、以共㆓祭服㆒」、礼記・祭義に「古者天子諸侯必有㆓公桑蚕室㆒、…卜㆓三宮之夫人世婦之吉者㆒、使㆔入㆓蚕於蚕室㆒」、また後漢書・礼儀志上に「漢旧儀曰、春桑生而皇后親桑㆓於苑中㆒、蚕室養㆑蚕」、晋書・礼志上にも「周礼王后帥㆓内外命婦㆒享㆓先蚕於北郊㆒、漢儀皇后親桑㆓東郊苑中㆒、蚕室祭㆓蚕神㆒、…先王之制天子諸侯耕㆓籍田千畝㆒、后躬蚕㆓桑宮㆒」などと見える。

二　武士階級すべて。中国の卿・大夫・士・庶の四階級中、支配層に属する中二者の名称の連呼。

三　蚕を飼うこと。こは蚕の意。

四　版本、「かひこをやしなふ事を」。

(二八)　薬種は中国船に頼らず、役人が渡航して公正に仕入れ、小売も監督すれば貿易の弊害は減る。

五　薬種の買付担当の役職。

六　キリスト教禁制を主目的として、徳川幕府は寛永十二年(一六三五)、日本人の海外渡航を禁じた。

七　品目は薬種に限り調達して参れと、はじめはお命じになっても。

八　荀子・王制に「有㆓良法㆒而乱者有㆑之矣、有㆓君子㆒而乱者、自㆑古及㆑今、未㆓嘗聞㆒也、伝曰、治生㆓乎君子㆒、乱生㆓乎小人㆒、此之謂也」とある。

(二九)　社会生活の規範である法は、不備があれば立法精神を考え、特色を生かし運用すればよい。

九　事例に合わない時は法制定の精神を尊重し。礼記・王制の「必察㆓小大之比㆒以成㆑之」の鄭玄注に「小大猶㆓軽重㆒」とあり、春秋繁露・度制には

下《しも》わたくしゝ、罪人多《おほ》くなり、そのうれへ唐船のきたれるにはまされる事あるべし。[八]良法ありても、良人なければ、そのわざはひすくひがたし。世の中には、なげくべき事のみ多《おほ》しといへりとぞ。

(二九) およそ法といへるものは、[九]かろきおもきをかんがへ、そのかろきすて、おもきをとりて、一定《(いちぢやう)》の法とす。ものゝ長短《ながみじか》あるを、刀《かたな》をもて、ひとつにきりそろゆるがごとし。されば、[一〇]よろづにつかへなきといふ法やあるべき。おろかなる人の、かろきつかへあるを見て、よき法をすつるこそおしき。

(三〇) むかしの公服《(はれぎぬ)》は、[一一]青襖《(すおう)》ばかりなりしに、その後《のち》いまの[一二]上下《かみしも》といふもの出《い》でき、単《ひとへ》、裏付《うらつけ》、緂肩衣《もぢかたぎぬ》など、しなぐ\ありて、事《こと》わづらはしくおぼゆ。表着《うはぎ》、下着《したぎ》など、[一三]ほかに見ゆれば、ふるき、あかつきたるは用《もち》ひがたく、をのづからとりつくろふにいたれば、そのついえもかぎりあるまじ。むかしの青襖《すおう》にかへらんにはしかじといへる人ありしに、またある人のいへるは、さにはあるまじ。衣服は身に便《たより》あるをよしとす。青襖《すおう》は身に便《たより》あらざるものなりしゆへ、いつとなくその袖《そで》を截《き》り、裾《すそ》を縮《ちゞ》めて、今の上下《かみしも》とはなれるに、今《いま》またむかしの青襖《すおう》

「已有二大者一不レ得レ有二小者一、天数也、夫已有二大者一又兼二小者一、天不レ能レ足レ之、況人乎」とある。法も大は小を兼ね、重は軽を兼ねる。ここは立法精神と法の欠陥とを意味し、基本法と諸法との関係や、まして刑罰の軽重ではない。

一〇 完全な法。つかへは支障、不適合の意。

(三〇) 礼服《(らいふく)》の上下《(かみしも)》を、倹約のため素襖に戻すことは、利便さの無視となり不賛成である。

一一 直垂《(ひたたれ)》=中古、男性庶民の常服)の系統で、麻地で袖があり、室町期は下級武士や庶民が常用。近世には下級武士の礼服になった。版本、「素襖」。

一二 肩衣《(かたぎぬ)》と袴を同じ地質、文様、染色で揃えた、近世の武士や庶民の礼服で、袖がない。種類は和漢三才図会・衣服類に「袴肩衣、俗云上下、加美之毛《(カミシモ)》、…士庶人用レ之、…半袴…長袴…肩衣…共以二単麻布一為二恭礼一、或有レ裏者、或袴与二肩衣一異レ色者為二常礼一、或著二袴与レ襦者最略式也、緂肩衣、経緯以二麻線一織レ之、目麤如二蚊帳一、暑月著レ之、…最麤者名二鬼緂一」などと見える。

一三 外から他人の目につくので。

一 五一頁二十四段の「さらばとて、つけ竹にあらたまりけれど、ほどなくやみてけり」を指す。進歩実用に逆行の失敗例。なお、同段の注一二・一三参照。

二 多くの供人を連れない者。駕籠に乗らず徒歩で行く者。

三 笠の外にはみ出してずぶ濡れになり。

四 袴の股立(左右の明きの縫止め部)をつまみ上げて、腰の紐や帯に挟み、歩きやすくするにも。

にかへらば、つけ竹《だけ》[一一]にひとしかるべし。襟脇《えりわき》あきて中着《なかぎ》下着《したぎ》の見ゆる、さまでおほいなるちがひなければ、ついゑをはぶくとも、なにほどの事かあらん。そのうへ雨《あめ》などふり、とも人[一二]しかぐ\ともなきものは、笠《かさ》[一三]の下《した》あまりてぬれしほたれ、遠道《とをみち》ゆくに股立《もゝだち》[一四]とりたるも、さまたげ多《おほ》かるべしといへり。

(三二) この国《くに》つねの衣服、いつの時よりか、かくは定《さだ》まりけん。ついえなる事多《おほ》し。人のせなか[五]は陽にして陰をにくむゆへにや、はなはだ寒《さむ》くおぼゆ。この国《くに》のつねの衣服にては、まへの二重四重《(ふたへよへ)》なるとき、その寒《さむ》きかたは一重《ひとへ》二重《ふたへ》なり。これはもろこしの衣服もさあれど、異国《ことくに》[六]の人《ひと》の前《まへ》のとほりをぼたんにてしめ、後前《うしろまへ》のかさね、一様《ひとやう》にするもよろしとおぼゆ。表着《うはぎ》[七]、中《なか》、下着《したぎ》ともに、袖《そで》下《した》に綿入《わたい》るゝ事、寒気のふせぎとなるにもあらぬに、絹《きぬ》、綿《わた》のついえ、無益なる事ならずや。肩《かた》[八]より先《さき》、膝《ひざ》ぶしより下《しも》は、さまで寒《さむ》からぬものゆへ、肩《かた》より先《さき》にあたる所は、手とをるまでに細《ほそ》くし、綿入《わたい》るゝ事もなく、裾《すそ》は脛《(はぎ)》かぎりにせば、手をはたらかし、道《みち》ゆくにも、たよりあらんとおもふ。背[九]すぢをぬひとをせるゆへ、腰《こし》にあたりたる所は、やぶれやすく、道《みち》ゆくには足《あし》にまとふ。下《(しも)》[一〇]部《べ》のものゝ、つまゝくりしたるありさま、見よしとはいふまじ。腰《こし》より下《しも》はぬ

(三二) わが国の衣服は服飾専門家と相談し、合理的で日常生活に便利なように改良すべきである。

五 背は陰陽両説あるが、漢方医学では陽と解している。古医書の素問に「背為㆑陽」(金匱真言論)とあり、儒説でも周礼の賈公彦疏には「背為㆑陽、腹為㆑陰」(春官・典瑞・鄭玄注)と見える。

六 異国(ポルトガル、イスパニヤ[スペイン]、オランダ)などの人が、衣服の前の合せ目をボタン(ポルトガル語)で留め。

七 どの綿入れも袖下まで綿を入れるが、大して防寒効果もなく、布地と綿の無駄ではないか。

八 寒さをそれほど感じない肩から先は細くして綿を入れず、また膝がしらより下も切って裾は脛までとすれば、動きやすく歩きやすい。

九 背骨に沿った縫目を上から下まで縫い合わせるから、腰まわりは窮屈だし、足にまとわりついて歩きにくい。

一〇 低い身分の者が裾をたくし上げている様子。

一一 衣服に詳しい専門家に。旧写本、版本、「そのみちしりたる人に」。

一二 説文に「衣依也、上曰㆑衣、下曰㆑常」とあり、段玉裁注に「依者倚也、衣者人所㆑倚以蔽㆑体者也、常下帬也」と見える。常は裳、帬はもすそ。また釈名・釈衣服に「上曰㆑衣、衣依也、人所㆔依以芘㆓寒暑㆒也、下曰㆑裳、裳障也、所㆓以自障蔽㆒也」とある。

一三 平常着も素襖にかえろう、という気持を公服制定に生かし、新たにかかとまで届く上着を作り、衿を丸く仕立て、袖は手先が隠れるまで長くして、これをわが国の公服と決め。旧写本、「青襖」に「すおう」と振り仮名。版本、三十段と同様「素襖」。

一四 絽。糸目を透かした絹織物で、夏の衣服用。

いあはせずもがな。かゝる事など、その[一一]道《みち》しりたる人にはくはしくたづねて、まづつねの衣服をたよりよろしく、ついへなきやうにあらたむべきなり。むかしは[一二]上衣下裳《じやういかしやう》といひて、上下《かみしも》ふたつなりしかど、これもたよりあしきゆへにや、その後《ゝち》はひとつゞきになり、この国《くに》の[一三]つねの衣服も、さあれば青襖がなとおもふこゝろをもて、ひとつゞきなる踝《くびす》までとゞく〔袍《うはぎ》〕をあらたにこしらへ、襟《えり》は〔団領《まるえり》〕にし、袖《そで》は手先《さき》かくるゝまでにして、これをこの国の礼服ときはめ、五月より八月までは[一四]路《ろ》、[一五]紗《しや》、[一六]さよみ布《ぬの》、九月より四月までは[一七]段子類《どんするい》、[一八]絹《きぬ》、紬《つむぎ》、木《も》綿《めん》、いづれも単衣《ひとへ》にして、その分限に応じて着し、いまの袴《はかま》は、夏《なつ》は単衣《ひとへ》、冬《ふゆ》は綿入《わたいれ》にし、[一九]腰《こし》をのけ、脇《わき》をぬいあはせ、[二〇]二便《にべん》のつかへなく、肌《はだ》につけきるやうにせば、[二一]つねの服は脛《はぎ》かぎりなりとも、袴《はかま》には綿入《わたい》り、袍《うはぎ》は脛《くびす》にとゞけば、寒《さむ》きをふせぐにあまりあるべし。かやうになど衣服あらたまりなば、[二二]下着《したぎ》はさまでとりつくろふにも及《およ》ばず。ついえをはぶくべきにやと、ある人のかたりき。

されど、たやすき事にはあらじ。

自註。[二三]衣服《ノ》之制、果《シテ》能《ク》如《クナラバ》ㇾ此《ノ》、毎《ニ》二一件《ニ》一省《クコトヲ》ㇾ帛不ㇾ下《ラ》二数尺《ニ》一。綿《モ》亦称《フ》ㇾ此《ニ》。挙《テ》二域内《ヲ》一而算《セバ》ㇾ之《ヲ》、則《チ》為《ン》ㇾ不《ト》ㇾ貲《(はか)ラレ》矣。

和漢三才図会・絹布類に「羅、今云呂、…如ㇾ有ㇾ疇、織目不ㇾ密而不ㇾ紕、堪ㇾ為二単襦一」とある。疇はうね、紕は糸のふし。

一五 生糸の織物で透き目がごく粗く、軽く薄い。夏羽織や蚊帳に用いる。和漢三才図会・絹布類に「紗似ㇾ絹太軽、…夏用ㇾ紗、冬用ㇾ絹」とある。

一六 粗い織目の麻布。さは狭、よみは数える意。

一七 →五〇頁二十三段注六。

一八 絹織・紬織(平織の丈夫な絹織)・木綿織。

一九 袴の腰板を除き、左右の明きを縫い合わせ。

二〇 大小便に差支えないように、しっかりはくようにすれば。

二一 平常着は脛までしか届かなくても、公服は。

二二 下着はそれほど繕補する必要もなく、無駄がはぶかれるのではないか、と。

二三 もし衣服の制度がこの意匠のように改まれば、布や綿の一着分の節約量はわずかだが、地域全体で数える時は量り切れないほどになる。貲は量を計る意。後漢書・陳蕃伝に「采女数千、食ㇾ肉衣ㇾ綺、脂油粉黛、不ㇾ可二貲計一」とあり、唐の章懐太子注に「貲量也」と見える。

(三) 衣服の改制はわが国をはじめ諸外国の服制も較べ合わせ、恒久的な意匠を案出すべきである。

一 朝廷の服装。わが国では推古天皇十一年(六〇三)聖徳太子等が儒教の徳目を用いた冠位十二階を制定、のち律令制で束帯や衣冠という公服が定められた。養老二年(七一八)の衣服令(えぶくりよう・いふくりよう)は礼服(らいふく)・朝服・制服と、着用者別に区分した。

二 おおざっぱ。

三 公卿が私生活で着用した上衣。袖が広く腰から下にひだがある。後世の羽織の原型。

四 公服に対する私服。不断着。

(三二) 衣服改制の仰《おほ》せあらば、もろこし人のまねさせ給ふなと、批判する人多《おほ》かるべし。されど、[一]おほやけの冠服も、そのはじめ、この国《くに》にはなかりき。服のこしらへ、ある人のいへるは、その[二]大概《たいがい》なり。くはしくせんとならば、この国《くに》の[三]道服《だうふく》をはじめ、異国《ことくに》の服までみな〳〵あつめ、そのうちにてたよりよろしき礼服、[四]便服《べんぷく》、[五]尊卑上下《そんぴじやうげ》をわかち、あらたにこしらへてこそ、[六]永久不易《えいきうふえき》の服とはなるべけれ。まことにたやすき事にはあらず。

(三三) [七]ある大名のやしき、東向《ひがしむ》きにたてられしに、年月《としつき》のたつにしたがひ、南《みなみ》向《む》きこそよからんといへる人、次第《しだい》に多《おほ》くなり、その後《のち》火災にあひてければ、今《いま》こそといひて、南向《みなみむ》きになりけるに、もとの東向《ひがしむ》きこそよかりしにといへる人、また次第《しだひ》に多《おほ》くなり、これも火災にあひてければ、また東向《ひがしむ》きになりたり。このごろ聞《き》くに、もとの南向《みなみむ》きがなといへる人多《おほ》しといふ。また年月《としつき》たちて火災あらば、もとの南向《みなみむ》きとなるべし。またよき事もがなと思《おも》ふよりして、こゝにありてはかしこにゆかん事を思《おも》ひ、これをなしてはかれをせん事を思《おも》ひて、心さはがしくはなれ。されど[八]心にたると思《おも》へるよき事は、いつとてもあるまじ。よしあしをわすれて、[九]分をやすんぜんにはしかじ。

五 衣服も着用者の身分の高下で区別をつけ。
六 いつまでも変らない、永続的な。
(三三) 今より良い家向きをと願うあまり、同じ迷いを繰り返すより、万事知足安分を旨としよう。
七 底本、前段に続くが、内容から見て別の段に改めた。旧写本、「ある大名のやしきを」。版本、「ある人のやしきを」。出版に際しての配慮か。
八 満足できるまでの完全さは、常に皆無だろう。人には「望蜀」(後漢書・岑彭伝)の念があり、欲望に限りがなく、「知レ足者富」(老子・三十三)と考えるのがよい。
九 身の程に甘んじて暮らすに越したことはない。
(三四) 農夫が耕作の手を止めてまで落し物を知らせる行為は、自然軽視の本末転倒との見方もある。
一〇 京都の東部で、東山を隔て盆地をなす。山科七郷と呼ばれ、皇室の所領が多く、郷民は農業を営みながら郷士として帯刀を許された。現京都市山科区。
二 旧写本、版本により補う。
三 蕢(もっこ、あじか。竹などで作った土を運ぶかご)を荷った老人(丈は杖)の意。論語の憲問および微子に見える。ただし荷蕢は「子撃ニ磬於衛一、有下荷レ蕢而過ニ孔氏之門一者上」と憲問に、丈人は「子路従而後、遇ニ丈人之以レ杖荷一レ蓧」と微子に見え、蓧《あじか》を荷っている。いずれも論語に登場する反儒教的、老荘的性格の人物とその持ち物であるが、「丈人曰、四体不レ勤、五穀不レ分、孰為ニ夫子一」などと、農耕に携わらないことへの非難は、もっぱら後者が行っているので、ここも荷蓧丈人とあるべきところ。

（三四）[一〇]山科《（やましな）》の傍《かたは》らに〔佃業《たわざ》〕するおやこありしに、道《みち》ゆく人、金《かね》の入《い》りたる袋《ふくろ》をおとしをけるを、[一一]（その子）たかき〔丘《をか》〕にかけあがり、よびてかへさんとす。なに事ぞととふ。しかぐ\とこととふ。おとすもひろふも、世のならひなるに、いらざる事にかまひて、わが佃業《たわざ》をすつるぞといひけるとなむ。この人は[一二]荷蕢丈《（かきちやう）》人《じん》のたぐひなるべし。

（三五）[一三]堺に、　仁徳帝の御陵をはじめ、　諸帝のみさゝぎ、今ものこりて、これを望《のぞ》むに、大山《おほやま》のごとし。

（三六）いにしへをこのみてちからある人は、[一四]周の法にしたがひ、族葬《（ぞくさう）》すべき事なり。[一五]方孝孺《（はうかうじゆ）》の[一六]文集に、そのわけくはしくいへり。もつともなるとおぼえ侍りき。この国《くに》にも遠《とを》く慮《おもひはか》りたる人は、国《くに》を建《た》つるのはじめ、〔村《むら》〕里へだゝりたる[一七]〔閑曠《つかえなき》〕所に、寺《てら》をつくれるもあり。[一八]人をはうぶる所を、市街《いちまち》のうちにかまへ、寺地《てら》のかぎりあれば、年《とし》へたる後《のち》には、ふるき墓《はか》をあばきて、あたらしき〔骸《から》〕をうづむ。[一九]まことにいたましといふべし。

（三五）　和泉国堺には仁徳陵をはじめ、いくつかの天皇陵が現存し、大山のような偉観である。

（三六）　尚古気質の有力者は周の制度で祖霊を祭った。わが国でも墓域にはゆとりを設け大切にしたい。

一三 現大阪府堺市。百舌鳥《（もず）》古墳群には仁徳陵（大山古墳《だいせんこふん》、大仙陵古墳、百舌鳥耳原中陵《もずのみみはらのなかのみささぎ》。全長約四八六メートル。前方後円墳。後円部の高さ三〇メートル。三重濠）を中心に、履中陵（南陵）・反正陵（北陵）と父子三代の陵が南北に連なり、ほかにいたすけ古墳等も著名。

一四 周代の礼楽制度を記した三礼《（さんらい）》＝周礼・儀礼・礼記）に則り、家族一体の葬儀を志した。

一五 明初の儒者（一三五七―一四〇二）。字希直・希古、号遜志・正学。浙江省寧海の人。恵帝（建文帝）の侍講。燕王朱棣《（しゆてい）》＝成祖永楽帝）の靖難の変を認めず、刑死。浅見絅斎《（けいさい）》は靖献遺言で称揚。

一六 遜志斎集・尊祖に「人之異ニ於物一者、以ニ其知レ本也、…過ニ先祖之墓一、未レ有ニ不レ動レ心者一、時焉而祀ニ其先一、語及ニ其遺事一、未レ有下不ニ嘆泣一者上、形気之感、有レ所レ受也、非ニ偶然一也、故宗廟之制、祭祀之礼、君子以レ此崇レ本反レ始、致ニ誠敬於其先一」云々と、挙族葬祭の誠を捧げるべきことを説く。

一七 静かでひろびろとした。旧写本、閑。版本、間。荘子・刻意に「就ニ藪沢一、処ニ間曠一、釣レ魚間処、無為而已矣」とある。

一八 遺骸の埋葬地を市中に定め、その境内が狭いので。

一九 心情は徒然草六段に反し、三十段には通じる。

（三七）この国《くにゝ》には諫官《かんくわん》[一]もなく、大目付《おほめつけ》[二]などいへるは、御史《ぎよし》[三]の職にあたれど、弾《だん》[四]劾《がい》の式、もろこしにはちがひたりといふ人ありしを、この国《くに》は今までのとをりこそと、ある道《みち》しれる人いはれしとぞ。これはいさめなくてもよろしといふにもあらず。また［百］《もゝ》官《つかさ》のよしあしは、たゞすに及《およ》ばずといふにもあるまじ。国々《くにぐに》のいきほひを見て、ふかくおもひたる言葉《ことば》ならむ。しる人ぞしるべき。もろこしにもいにしへは諫官なしといへり。

（三八）漢の薛広徳《せつくわうとく》[五]が、船《ふね》はあやうくさぶらふに、橋《はし》よりしたまはずば、み車《くるま》を［血］《ち》にてけがさんといさめしを、海《うみ》にもあらぬこ[六]ようなる河《かは》かぜに、船《ふね》にのり給はゞ、御遊《ぎよいう》ともなりなんに、あまりけ[七]うとくおぼゆ。白麻《はくま》[八]を裂《さ》かんといへるほどの人、七年《なゝ(と)せ》まで、なにのいさめもなかりしこそたふときと、明《みん》[九]儒の論ぜる、まことにおもしろくおぼゆ。されど宋儒は、薛広徳をよしとし、陽城をつくさずと論ぜり。これもまたおもしろしといふべし。

（三九）その子のあしきをかなしみ、あさゆふ［切諫］《せつかん》せし人ありしに、ある人の

（三七）　日中国情の相違で、相互に類似の役職はあるが、わが律令制に天子を諫める専門職制はない。

一 天子を諫め政治を議する官職。秦の諫大夫に始まり、後漢に諫議大夫が置かれ、唐・宋・元とその制に拠り、明代に廃止された。

二 徳川幕府の職名。老中支配に属し、大名、旗本、幕吏諸役の糺察が当初の使命であった。寛永九年(一六三二)柳生宗矩(やぎゆうむねのり)等四名が任ぜられた総目附に始まるという。

三 中国古代の官名。戦国時代までは天子の秘書役であったが、秦漢以後は官吏の監察、刺史の統轄が任務。長官は御史大夫。後漢に御史台が設置され、大夫を廃し次官の御史中丞(ちゆうじよう)が率い、弾劾を専職としたが、唐代に大夫を復活した。

四 不正を調べ、罪状を問い糺す方法。中国では御史の職務の一つに皇帝への諫言があった。

（三八）　帝を必死で諫めた漢の薛広徳と唐の陽城に対する批判は、宋儒と明儒とで賛否を異にする。

五 字は長卿。諫議大夫、御史大夫となる。元帝が楼船に乗ろうとするのを、死を賭して諫めた。漢書・薛広徳伝に「広徳為レ人温雅有二醞藉一、及レ為二三公一、直言諫争、…上…欲レ御二楼船一、広徳当二乗輿車一、免冠頓首曰、宜レ従レ橋、…陛下不レ聴レ臣、臣刎以レ血汚二車輪一、陛下不レ得レ入レ廟矣、…乃従レ橋」とある。

六 斯様な。また小様なか。或は「そよろなる」の誤りか。版本、「こよらなる」。

七 興ざめで、いとわしい。

八 詔書のこと。唐代、制勅は黄麻紙に、将相の任免等は白麻紙に記した。その辞令を裂く意。唐の陽城(字は亢宗)は諫議大夫で、徳宗が奸人

いへるは、その御身のわかきときは、物事《ものごと》御親《おや》のおほせのまゝにありしやととへるに、しばしありて、さはなくさふらひきとことふ。さればこそ、いやしき諺《ことはざ》にも、[一〇]年《とし》こそくすりなれと申侍れば、年《とし》たけ給ふ後《のち》には、きづかひおぼしめすほどにはあるまじといひて、その子なりし人をかたへにまねき、このほど道《みち》ゆく人の、言葉《ことば》あらそひして、年《とし》たけたるものをうちたゝきなどしたるはなし、聞《き》ゝ給ふやといひしに、[一一]いかにもやすからずおぼゑ侍るとこたふ。よその親《おや》なれど、年《とし》たけたるものゝうしとおもふさまは、やすからぬ御事なるに、したしき御親の、あさゆふ心をくるしめ給ふ事、すこしの御心づきなきこそ、あやしげなるといひしに、はぢがほして、なにの言葉《ことば》もなし。その後《ゝち》は親子《おやこ》の中《なか》、むつまじくなりたると、かたれる人あり。

(四〇) [一二]あるやむごとなき御かたの、くすりあそばせしおりふし、まいりかゝれるに、これはもろこし人のつたへし[一三]無価のたからといへるくすりにて、[一四]まぐはえのかずかさなりて、なを〳〵めでたきなるとのたまひしまゝ、くすりは[一五]五臓《ござう》をしてたいらかならざらしむと聞《き》ゝつたへ侍れば、御いたみ所もなきにいかゞやと申せしに、ほどなく[一六]御目ひしぎたまひけり。

裴延齢（はいえんれい）を宰相に任じようとした時、その辞令を破ると言って、八年目に直諫した。唐書・陽城伝に「拝二右諫議大夫一、…居レ位八年…上疏極論二延齢罪一、…然帝意不レ已、欲三遂相二延齢一、城顕語曰、延齢為レ相、吾当下取二白麻一壊レ之哭中於延上、帝不レ相二延齢一、城力也」とある。底本、「なゝせ」。いま旧写本、版本により、(と)を補う。

九 陽城を称揚した明儒は不明。宋儒劉子翬（りゅうき＝屛山）は薛広徳を、「広徳下先発二此言一以激中上心上、則張猛之言、未三必見二徳也」」(漢書評林・薛広徳伝評)と称した。なお、陽城を「つくさず」と論じたのは、唐の韓愈・争臣論である。

(三九) 不肖の子を嘆く親も昔はわが親を嘆かせ、他人の不孝に眉を顰めてわが孝養の必須に気付く。

一〇 年齢を重ねるに従い思慮分別が備わる、という俗諺。「年は物薬」、「年が薬」とも。近松浄瑠璃・鎌田兵衛名所盃（かまだひょうえめいしょのさかずき）・上に「成人すれば心までおとなしくなるものか、年は薬よ」。

一一 全く以ての外と思われます。確かに許せない。

(四〇) 薬は健康体には有害で、高価な漢方強精剤の濫用でお亡くなりになった貴人もいらっしゃる。

一二 旧写本、底本に同じ。版本、「或人やんごとなき御かたの」。著者以外の第三者が「まいりかゝれるに」の主語に変わる。三十三段冒頭と同様、出版に際しての配慮か。

一三 価がつけられないほど極めて貴重な物。唐、周曇の詠史詩・季札に「宝剣徒称無価宝」(全唐詩・十一・三)とある。春秋時代、呉の季札がわが愛剣を、欲しがった徐君の墓に掛けた故事を詠んだ七絶の転句。ここは人参、鹿茸（ろくじょう）な

（四一）[一]くすしは、[二]そのしりたるほどは、それはよし、これはあしゝと、[三]人のおもてをやぶりてもいふべきなれど、さある[四]くすしはまれなるこそうらめしけれ。

（四二）世の中は、かしこきをもてかしこきをあざむくもあり、またおろかなるをもてかしこきをあざむくもあり。かしこきをもてかしこきをあざむくまではなれど、おろかなるふりしてかしこきをあざむくこそ、限《かぎ》りなうおそろしけれ。

（四三）[五]それがしわかきとき、武蔵《むさし》にありしに、そのころまでは人参《(にんじん)》を用《もち》ふるくすし、はなはだまれなり。もしも人参を用《もち》ふるくすしあれば、下手なりといへり。世の人、人参の功ある事をしらずとて、[六]杉某《(すぎなにがし)》といへるくすし、つねにうれへとしてかたりき。その後《ゝち》、[七]李士材《(りしざい)》、[八]蕭万輿《(せうばんよ)》などいへるものゝ方書、世に行《をこな》はれ、けふこのごろにいたりては、かろきやまひにも、人参を用《もち》ひざるくすしは少《すく》なし。もしも人参を用《もち》ひざるくすしあれば、下手なりといへり。[九]さるころ、また武蔵《むさし》にゆき、杉某にあひしに、世の人、人参の害ある事をしらずとかたりて、その事のみうれふ。[一〇]徐景山《(じよけいざん)》が通介《(つうかい)》なりとほめけり。定《さだ》まりたる見識ありて、

どか。

一四 性交。みとのまぐはひとも。版本、「まぐばひ」の右傍に遘合と注。上代語。

一五 五種の内臓。心・肝・脾・肺・腎を指す。五臓六腑と熟し、身体の総称に用いる。漢方用語。

一六 お目をつぶりなさったとか。死亡した意で、失明ではない。旧写本、「ひしき」の右傍に瞑と注。版本、「御目ひらきたまひけり」と誤る。

（四一）　医療万般につき、患者に気兼ねせず、善し悪しをはっきり説明できるのが名医である。

一 医師。診療と処方の両面をあわせ表す名称。

二 病状の診断、薬剤の調合・投与、治療の所見等、医者としての知見のすべてにわたり。

三 患者の機嫌を損ねても、はっきり事実を言うべきだが、韓非子・外儲説左上に「良薬苦ニ於口ニ」とある。

四 医は家業で、父清納は医者であり、著者も十余歳で高森某に医を学んだが、「学レ書紙費、学レ医人費」という蘇東坡の故郷の俚言を聞き、志を儒に転じた（橘窓茶話・中）。なお、三男玄徹は医をもって肥後人吉藩相良家に仕えた。

（四二）　世の中には賢人が賢人を、時に愚人が賢人を欺くが、愚を装い賢を欺く行為こそ恐ろしい。

（四三）　早く朝鮮人参の効能を知り濫用を憂えた人のように、名医は見識を持ち世俗に流されない。

五 著者は貞享元年（一六八四）十七歳頃から元禄五年（一六九二）二十五歳まで江戸に在って木下順庵に学んだ。師の推薦で対馬藩に仕官した著者は、長崎遊学に際し金子と人参を下賜され、以後もしばしば人参を贈られた（泉澄一『対馬藩藩儒 雨森

世のはやりにしたがはざるこそたうとけれ。

(四四) 乳のみ子の癇気《かんき》[一一]、女《をうな》の血の道《みち》[一二]には、くすしの方書[一三]をかむがへて、もれるくすりよりは、世の人の家伝[一四]といひて、とりはやせるくすりこそよけれといふ人あり。さる事にや。

(四五) 韓《から》人の物語《ものがたり》に、毒蛇のかみたる所は、早速《さうそく》、竹のつゝにてつよくをしつけ、毒気のつゝのうちにはれあがるを、利刀にてきりのぞけば、いたみもなく、皮《かは》ばかりきれていゆるといへり。

(四六) 韓《から》のくすしを見るに、人ごと妙《たへ》なるといふにはあらず。拙《つたな》きも多《おほ》し。されど、脈《みやく》をしり、くすりを用《もち》ふる事、この国《くに》のくすしにはちがひ、くはしきやうにおぼゆ。やまひにより、くすりひといろにて験《しるし》をうる事あり。これをこの国《くに》のくすしは、単方《たんぽう》[一五]なりといひてわらえど、許胤宗《きよいんそう》[一六]が言葉《ことば》を見れば、さにはあるまじ。

自註。許胤宗[一七]曰《ガク》、古《ヘノ》之上医《ハ》、病《ト》与《(と)》レ薬値《(あ)へバ》、唯用《ヒテ》二一物《ヲ》一攻《(をさ)ムヲ》レ之。今人以《ハテ》レ情《ヲ》

芳洲の基礎的研究』)。

六 江戸の町医か。元禄十年版国花万葉記・武蔵、御外科衆の「杉本忠穏父忠恵二百俵」は別人か。

七 李中梓。字は士材。明の医者。病身で医書に精通。著に傷漢括要、删補頤生微論、雷公泡製薬性賦解などあり、後者は享保十六年(一七三一)舶載の記録がある(商舶載来書目)。

八 蕭京。字は万輿。号は通隠子。明末の医者。名医胡慎庵に師事。医論書、軒岐救正論は慶安五年(一六五二)に和刻。

九 著者はその後、朝鮮通信使に従い二度(正徳元年(一七一一)十・十一月、享保四年(一七一九)九・十月)、藩用で二度(正徳四年(一七一四)九月より享保四年二月まで六年間と、享保十年四月より八月まで藩主宗義参勤に随行)出府した。

一〇 確乎たる見識を持ち、時流に流されない意。三国、魏の徐景山(名は邈《ばく》)が恒常心をもって世俗の変転に左右されなかったことを、盧欽が「前日之通、乃今日之介也、是世人之無レ常、而徐公之有レ常也」と称賛した故事(三国志・魏書・徐邈伝)に基づく。通は通常、介は節操の意。

(四四) 赤ん坊のひきつけや婦人病には、医書による調合薬より家伝の妙薬に効き目があるという。

一一 発作的に痙攣《けいれん》する病気で、乳幼児に多い。

一二 婦人病一般を言い、多く頭痛や目まいを伴う。

一三 漢方の医書。

一四 家代々に伝わる独特の調合法で製られた薬。

(四五) 中国人の話。毒蛇に咬まれた傷口は直ぐ竹筒で押え、筒内に腫れ上るのを切除するとよい。

度《(はか)リ》レ病《ヲ》、多《フシテ》二其《ノ》物《ヲ》一、以《テ》幸《(ねが)フ》レ有《ランコトヲ》レ功。譬《ヘバ》猟《(か)ルニ》不レ知《ラ》レ兎《ヲ》、広《ク》絡《(めぐり)テ》二原野《ニ》一、
冀《(ねが)フ》二一人《ノ》之獲《ンコトヲ》一。術《モ》亦疎《ナリ》矣。

(四七) ある人[一]、その子を京《みやこ》にやり、くすしさせしに、着《き》るものゝあしく、い[二]かゞなりと消息《せうそこ》せしまゝ、その事をいひてなげきしに、法印[三]なりし天台のひじりいへるは、もろこしもこの国も、くすしの衣服をかざれる風義、はからずして同《おな》じきこそふしぎなれ。ほとけも荘厳《しやうごん》[四]よろしからねば、庸俗の人は、たうとみおもふ事うすきことはりと、同《おな》じ事なるべし。されど、ほかのかざりよりうちのかざりなるにや。それがし[五]京《みやこ》にありしとき、宿《やど》のあるじなるものゝかたりしは、何の[六]なにがしは豊後《ぶんご》の人にて、はじめて京にきたりしとき、ともなふ人もなく、やぶれがさ、かけ木履《ぼくり》、いとさう[七]〴〵しかりけるが、人柄のをとなしきをたうとくおぼへ、諸人したひしまゝ、今は世に名をかぞふる人のうちとなれりとかたりければ、言忠信行篤敬《ことちゆうしんおこなひとくけい》[八]といへるこそ、ほかのかざりにはまさるべけれ。そなたの御子なりし人も、ひと〴〵よしとこそいへ、あしゝといふはなければ、後《のち》には時をえ給ふなるべしといへるとぞ、ありがたき言葉《ことば》にや。

(四六) 中国にも庸医はいるが、診脈と投薬とは日医より巧みらしく、薬一種で効験を現すことがある。

一五 薬剤を調合しない単一な処方。複方の対。黄帝素問の唐、王氷注に「奇謂二古之単方一、偶謂二古之複方一也」(至真要大論)とあり、宋、李之儀・姑渓題跋・上にも「古之人多用二単方一、蓋識レ病知レ薬、乃如レ是、後人浸昧二玆理一、遂雑二用諸品一」(跋二荊公所レ書漢方後一)とある。

一六 唐初の医者。義興(江蘇省宜興県)の人。はじめ南朝陳に仕え、太后の風病を治した。医は意のみと著述を残さなかった(唐書・方技列伝)。

一七 唐書・方技列伝の「許胤宗、…答曰、医特意耳、…古之上医要在レ視レ脈、病乃可レ識、病与レ薬値唯用二一物一攻レ之、気純而愈速、今之人不三善為二脈、以レ情度レ病、多二其物一以幸レ有レ功、譬猟不レ知レ兎、広絡二原野一、冀二一人獲一レ之、術亦疎矣、一薬偶得二他味一相制弗レ能レ専レ力、此難レ愈之験也、脈之妙処不レ可レ伝、虚著二方剤一終無レ益二於世一、此吾所三以不二レ著レ書也」の節略。

(四七) 医者は衣服がみすぼらしいと崇われないが、人物が篤実であることこそ何より肝心である。

一 不明。或は著者が三男俊之允玄徹を京に医学修業に出したことの三人称化か。旧写本、版本、「くすしにさせしに」。

二 みっともありません、どう致しましょう、と手紙をよこしたので。

三 僧位(法印・法眼《ほうげん》・法橋《ほっきょう》)の最上位で、もと僧官の最高階、僧正に与えられたが、天台宗では近世中期には年臈(出家後の年数)二十六以上の権大僧都《ごんだいそうず》から与えられている(諸宗階級・上)。旧写本、版本、「法印なりし天台の

（四八）むかしより、秦の始皇の事を論じて、遠《とを》く慮《おもむばか》るものを妖言《えうげん》とし、直言《ちよくげん》するものを誹謗《ひばう》とすといへり。かくありては、その国《くに》いかでか亡《ほろ》びざらむ。されどかゝる事を、文字《もじ》のうへにて見れば、めづらしき事のやうにおぼえ侍れど、世のおろかなるものは、いまもしかなり。人の家《いゑ》には、生死《いきしに》、病苦《びやうく》、または水《すい》火《くわ》のうれへなど、かならずある事なれば、あらかじめその備《そな》へなくてはかなはぬ事なりといへば、祝《いは》ふかどには福きたるとこそいへ、目にも見へぬいま〳〵しき事、なのたまひそとて、をうなわらべのはらだてのゝしるは、遠《とを》く慮《おもひはか》るものを妖言とするなり。またかゝる身もちにては、道《みち》にもあたらず、人のおもはくもいかゝといへば、わるくちいひて人をはづかしめ給ふといひ、なきかなしむにいたれり。これは直言《ちよくげん》するものを誹謗《ひばう》とするなり。いたましき事也。

（四九）おもへば呪咀《のろふ》といへるは、いやしき事業《ことはざ》なれど、おもしろき言葉《ことば》にや。人主《じんしゆ》をしてこの意《こころ》をしらしめば、誹謗妖言《ひばうえうげん》なりとて、忠直《ちゆうちよく》の人をそこなひ給ふ事はあるまじ。

（五〇）舜水《しゆんすい》といへる人、明《みん》の末《すゑ》に、その国《くに》の亡《ほろ》ぶるをかなしみ、恢復《くわいふく》の志《こゝろざし》あ

ひじりのいへるは」。僧の名は不明。
四 厳かに飾らなければ。
五 「法印なりし天台のひじり」の一人称。拙僧が。
六 何某は豊後国（現大分県）出身で。氏名は不明。
七 外見が貧弱だったが。
八 著者は橘窓茶話・中に「何謂二篤実一、曰、言忠信、行篤敬」と述べる。また同書、版本不載の章には「心正身修、只此四字、未三嘗頃刻而忘一、便是君子、言忠信、行篤敬、吾友又新庵喚做二万病円一、余為レ之撃レ節嘆賞、今則亡矣」（雨森芳洲文庫蔵松浦桂川写本・上）ともある。石河又新庵（一六八八―一七四五）は著者と同年の親友で、十六、七歳の頃高雄観楓行を共にし、娘は息玄徹に嫁した（橘窓茶話・中）。万病円は貞享元禄頃流行した万病解毒の丸薬（雍州府志・六）。身嗜みに増して、言行の忠信篤敬が品性の陶冶に資する事実を、妙薬の奇効に見立てた発言とそれへの共鳴。
（四八） 災厄は国も家も備えあれば憂えなく、予想される危惧は誤解批難を恐れず警告すべきである。
九 賈誼（かぎ）が前漢の文帝に献じた過秦論（秦の過ちを論じとがめた文）に、「世非レ無二深慮知化之士一也、然所三以不二敢尽レ忠払一レ過者、秦俗多二忌諱之禁一、忠言未レ卒二於口一、而身為二戮没一矣、故使三天下之士、傾レ耳而聴、重レ足而立、拑レ口而不一レ言、是以三主失レ道、忠臣不二敢諫一、智士不二敢謀一、天下已乱、姧不二上聞一、豈不レ哀哉」とあり、司馬遷が史記・秦始皇・二世本紀の賛に引用。
一〇 先々の心配事を不吉な流言と決めつけ、臆せずずけずけ物を言えば悪口雑言と見なす。版本、「誹謗するといへり」。旧写本は底本に同じ。
（四九） 人をのろうことは卑劣な行為だが、主君がその真意を知れば誠意が伝わり断罪さ

りて、この国《くに》にきたれるを、水戸にまねき、師傅《しふ》の位《くらゐ》をもて待《ま》ち給ふに、もろこしにては、[一]むかしの封建《ほうけん》の世まされるかといふもあり、または末《すゑ》の世の郡《ぐん》県《けん》こそまされりといへるもありて、その説さまぐ＼なれど、この国《くに》にきたり、はじめて封建の世の風義といへるものを親《した》しく見て、まことに三代の聖人《ひじり》の［法《のり》］こそ、ありがたくおぼゆれとかたられしとぞ、[二]柳子厚《りうしこう》が封建論《ほうけんろん》に、封建は聖人のこゝろにあらず、勢《いきほひ》なりといへる。聖人のこゝろにあらずといへるはうたがはしけれど、勢なりといへるはさもあるべし。郡県の世を封建にし、封建の世を郡県にする事、聖智の君ありても、たやすくはなるまじければ、勢《いきほひ》にまかせらるべきほかはあるまじ。この国《くに》も郡県なりしときもありしに、いつとなく聖人《ひじり》の法《のり》にかなへる封建の御代となり、上下《かみしも》その分《ぶん》をやすむじ、めでたくすめるこそ、まことにいみじけれ。されば物事《ものごと》聖人《ひじり》の教《をしへ》にしたがひ給ひ、人のこゝろのそこねざる御政《まつりごと》行《をこな》はれば、[三]周家《しうか》の八百はかぞふるにたるべきやと、おぼえ侍るなりと、こゝろある人のかたりき。

[四]芸窓筆記《うんさうひつき》ニ論ジテ二封建ヲ一云フ、封建郡県孰レカ優リ孰レカ劣ル。古今ノ儒家議論紛紜タリ。余雖モ二庸劣ト一、[五]二百四十二年間ノ春秋、[六]一千三百六十二年間ノ綱目、略《ほぼ》窺ヒ二其ノ顛末ヲ一、間《ちかごろ》嘗《こころみて》以為《おもへらく》、郡県ハ不レ如カ二封建ニ一。既ニシテ而[七]屢《しばしば》遊ビ二朝鮮ニ一、観テ二其ノ郡県之俗ヲ一、亦

れずに済む。

二 行い。為業(しわざ)。振舞。諺ではない。古今集・仮名序に「世中にある人、ことわざしげきものなれば」とある。著者は八十一歳より八十三歳の間に、古今集を千遍読誦した。

封建、郡県両制の優劣論は中国にもある(五〇)が、時の成行きで封建制が理想政治に適っている。

三 朱舜水(一六〇〇—八二)。名は之瑜、字は魯璵。浙江省余姚の人。明朝再興を悲願とし、万治二年(一六五九)来日、安東省庵の献身的師事を受けた。寛文五年(一六六五)水戸藩に賓師として招かれ、水戸学派の儒者と交わり儒礼を伝えた。徳川光圀に宛てた書簡に礼記・礼運を引き、「…瑜、居恒読二此書一、慨然興レ歎曰、吾安得三身親見二之哉、然而不レ能也、茲幸際二知遇之隆一、私計二近世中国一、不レ能レ行レ之、而日本為レ易」(舜水遺書・文集七・書・元旦賀二源光国一)と述べている。舜水は徳川初期の幕藩体制を目の当たりにし、光圀をかつて寵遇を蒙った明の監国魯王の再来と崇った。

一 唐の柳宗元、白居易等は封建を否定し、宋の劉敞、畢仲游、李綱や清の顧炎武等は封建制を是認、再評価した。

二 柳宗元(七七三—八一九)中唐の文人、字は子厚、山西省河東の人。韓愈と古文復興を提唱。唐宋八大家の一)の封建論。封建は人の起原と共に始まり、その勢いは聖人の意志も及ばない、と否定論を展開。「彼封建者、更二古聖王尭舜禹湯文武一、而莫三能去二之、蓋非レ不レ欲レ去レ之也、勢不可、勢之来、其生人之初乎、不レ初無三以有二封建一、封建非二聖人意一也、…豈聖人之制使レ至二於是一乎。吾固曰、非二聖人之意一也、勢也」(河東

以為《おも(へらく)》、郡県不ハレ如カ二封建ニ一。然レバ則チ彼其以テ二郡県ヲ一為ルレ優レリト者ハ、乃チ古今ノ儒家経遠之慮未ダシテレ審ラカナラ、而析《(わか)》チ[八]レ圭ヲ担《(にな)》ヒレ爵ヲ、蹐々蹌々《(せいせいさうさう)》[九]トシテ上下安ンジレ分ヲ、共ニ躋《(のぼ)》ルハ二太平ニ一、余以為《おも(へらく)》、唯有リト二我ガ国一。物有リ二固《(まことに)》然ル一、事有リ二必至ズル一。蓋シ郡県之世者《(は)》、天下ノ人心奔競是レ務ム。賄賂《(わいろ)》盛ンニ行ハレ、讒毀《(ざんき)》併セ興ル。雖モレ有リト二善者一、難キ二以為シテレ防グコトヲ一而已《(のみ)》矣。

或ヒト問フ、賄賂行ハレ焉、讒毀興ル焉。何ゾ独リ郡県ノミナラン。曰ク、鈞《(ひと)》シク[一〇]之レ利也《(なる)》モ、商者ノ之遑々《(くわうくわう)》タルハ、酷《(はなはだ)》シ二於工者ノ役々《(えきえき)》タルヨリ一。勢使ムレバ然ラ也。

(五一) 韓国《からくに》のおもき[一一]司《つかさ》する人、大勢《おほぜい》とがにあひしおりふし、朴射夫《(ぼくせきふ)》[一二]といへる翁《おきな》、ひそかにかたりしは、わが国《くに》は郡県の世にて、下《しも》なるもの上《かみ》にすゝみやすきまゝに、自然とさかしらごとも多《おほ》く、またはまいなひも行《をこな》はれて、旦《あした》にはさかえ、夕《ゆふべ》にはをとろへ、世の中しづかならずさふらふ。その御国《くに》のみなひと、その分定《(ぶん)さだ》まりたるこそ、うらやましとはおぼゆれといへり。これはふかき事なり。よくおもふ人はしるべし。

(五二) 周《(しう)》の赧王《(たんわう)》[一三]の、避責《(ひさい)》[一四]の台《うてな》をまうけ給ひしは、さもあるべし。この国《くに》のかむつかたは、つたへしその国々《くにぐ》のひろさ、むかしに同《おな》じく、租税のいりもかはり

集・三、唐宋八大家文・七)。著者は柳宗元の論のみ肯定し、むしろ封建時代の秩序は聖人の教えに合致する、と説きたかった。
三 →四一頁五段注九。
四 著者の著述か。雨森芳洲文庫蔵芳洲先生文抄・一所収の摂位論の前半と殆ど同文。文中、しばしば朝鮮に渡航したと見え、文庫には芸窓詩稿と題した写本もある。制度に関わる内容ゆえ、或は他人の著述を装ったか。
五 春秋は魯の隠公元年(前七二二)より哀公十四年(前四八一)までの編年史。孔子の編という。
六 資治通鑑綱目は司馬光の資治通鑑に拠り、朱子と門人趙師淵が周の威烈王二十三年(前四〇三)から五代後周の世宗顕徳六年(九五九)までの綱(大要)と目(細目)とを撰した編年史。
七 著者は元禄十五年(一七〇二)三十五歳の初渡航以来、本書成稿までに藩務(都船主、裁判《さいはん》役)で十回前後渡航し、朝鮮李朝の郡県制に触れている。
八 圭玉(天子が諸侯を封じるしるしに授ける、上がとがり下が四角な瑞玉)を二つに分けて爵位を授けられ。玉の白部は天子が保管し、青部を与えるという。漢書・司馬相如伝「有二剖符之封、析レ圭而爵一」の如淳注に、「析、中分也、白蔵二天子一、青在二諸侯一也」とあり、史記索隠にも引かれている。
九 済々蹌々。威儀あるさま。詩経・小雅・楚茨の毛伝に「言レ有レ容也」とあり、その鄭箋に「言二威儀敬慎一也」とある。大雅・公劉「蹌蹌済済」の鄭箋にも「士大夫之威儀也」とある。
一〇 おなじく利益を求めても、商人の忙しさは職人の労働の激しさ以上である。これも自然の成行きだからである。

なきに、債《さい》[一]をはたるもの、その門《かど》[二]にむしろしき、または御輿《みこし》にすがるも、たまさかにはありといふ。一葉《ひとは》[三]落《お》つるを見て、天《あめ》が下《した》の秋《あき》なる事を知《し》るといへば、[四]この後《のち》やすらかにおぼゆと、ある人のかたりき。

(五三) 狂歌《きやうか》[五]といへるもの、いつのときよりか、はじまりけん。あるたふとき人の、あまたあつまり給ひしとき、狂歌よくするといへるもの、伺候《しこう》しけるまゝ、借債《しやくさい》のうたよめとありしに、よめるとなむ、

[六]もとよりもかりの世なればかるもよしゆめの世なればねるもまたよし

このうたを見るに、人のこゝろありといはんや。

(五四) むかしは徳政《とくせい》[七]といふ事、しば〳〵ありしとかたれるを、世の中かくなりては、乱《らん》をさる事遠《とを》からずと知《し》りたまへと、ある道知《みちし》れる人のいひしとぞ。

(五五) ある物知《ものし》りたる人の、あまたあつまりて、むかし物語《ものがたり》するを聞《き》きしに、げにもと思《おも》ひ侍る。〔上奢《かみをご》〕り、下《しも》[八]たなびたる国《くに》の民《たみ》ども、年貢運上《ねんぐうんじやう》[九]のおもきにたへかね、[一〇]かしらだちたるものなど、そのつかさ所にまうで、しとやかにその

(五二) 郡県制下、出世競争の弊害が多い朝鮮の一老人が、わが封建制の安定ぶりを羨しがった。
二 高官が大勢処罰された。司は官職、政務。
三 著者より年長の朝鮮人と思われる。
(五三) わが国の領主は代々所領を受け継ぎながら借金に責められ、幕藩体制の将来が予測される。
三 周の三十七代目で最後の王。都を西周に移し、負債に苦しんだ。在位五十九年で崩じ、のち七年で周は滅亡した(史記・周本紀)。
四 避債台。周の二十四代景王が築いた楼台。赧王が負債をここに逃れたので、後人が名付けた。漢書・諸侯王表に「自二幽平一之後、日以陵夷、至二虖陁(あい)嘔河洛之間一、分為二二周一、有二逃責之台一」とある。

一 催促する。取り立てる。
二 門前に坐り込み、お駕籠に取り付くことも。
三 わずかの兆しで将来の大事が予想されるの意。淮南子・説山訓に「以レ小明レ大、見二一葉落一、而知二歳之将一レ暮、睹二瓶中之氷一、而知二天下之寒一」とある。
四 以後の成行きが予測できて、かえって安堵した。旧写本、版本、「やすからずおぼゆ」。これならば、将来が気がかりだ、の意。
(五三) 狂歌の達人が高貴の方々の席で借金の歌を乞われ、人情の機微に触れた作を詠み、感心した。
五 狂歌の起源や歴史を顧みた表現。近世前・中期は京大坂が中心で、油煙斎貞柳のような狂歌師も現れ、後期は江戸風の天明調が流行する。
六 作者も作歌を命じた貴人も不詳だが、貞柳・家つと(享保十四年〔一七二九〕刊)・雑所収狂歌の詞

くるしみをうつたへ、上《かみ》のあはれみをもとむるを哀訴《(あいそ)》といひ、あるは一村二村《ひとむらふたむら》、または一郡二郡《ひとこほりふたこほり》、諸人《もろびと》いひあはせ、[一一]〔国司《くにのかみ》〕[一二]〔執事《ことゝる》〕ひとの家《いゑ》にをしいり、口々《くち〴〵》にうつたへ、是非《ぜひ》にとくるひのゝしるを要訴《(えうそ)》といふ。されば民《たみ》の哀訴するは、乱のはじめなれど、これは人のふとやまひつきたるがごとし。おどろきおそれて、いまゝでのしかたあしきをくやみ、[一三]また(よき)くすしもありて、そのやまひを療せば、あとは何事《なにごと》かあるべき。民《たみ》のくるしみははなはだしく、せんかたもなく要訴するにいたりては、下《しも》のうらみはます〳〵ふかくなれど、上《かみ》たる人は、かへりてにくむこゝろのみ出《い》でき、はじめは世の批判《ひはん》などおそれ、事《こと》なかれかしとしづめなどし、なだむるもあれど、たびかさなるに及《をよ》びては、かしらだちたるもの、[一四]とがに行《をこな》ひ、きびしくいましめ(て)こそと、知恵《ちゑ》なき人の知恵《ちゑ》がましくいひなすを、おろかなる人はげにもとおもひ、刑罰をもておさめむとす。これは補《をぎな》ふべきやまひを、下手《(へた)》なるくすしに相談《さうだん》して、[一五]猛薬《(まうやく)》をのみ、元気をうつに同《おな》じ。政《まつりごと》の道《みち》かくなりては、乱をさる事遠《とを》からざるものぞかし。されどおもきやまひありて、下手《へた》なるくすしのくすりのみても、[一六]朝《あした》にのみて夕《ゆふべ》に死するはまれなるがごとく、乱のはじめと思《おも》ふよりして、世の中みだるゝといふまでは、はるか歳月《としつき》をふるものなるゆへ、知恵《ちゑ》ある人の後《のち》をうれえて、[一七]はやかく

書に類歌を引く。「ある人の歌に、世の中はかりの世なれど(ば)かるもよし夢の世なれば又寝るもよしと読りける、かゝる心ばへを一首よめとありければ、世の中はかりの世なれどかりにくし夢の世なれどそうもねられず」。第一、二句は謡曲・朝長の「もとよりも夢幻の仮の世なり」に拠るか。その頃人口に膾炙した狂歌であろう。

(五四) 徳政が度重なる時は世が乱れる前兆という。

七 租税の減免や罪人の大赦などの仁政を指すが、室町期には売買・貸借契約破棄の徳政令発布を庶民が要求し、またその名目で一揆を起こし、土倉(どそう・つちくら=質屋)、酒屋など金融業を襲った。

(五五) 庶民が重税を訴える哀訴も要訴(強訴)も、為政者は実態に応じた適切な対処が必要である。

八 分に過ぎ、ほしいままに振舞う。本文下欄外に「忲タナビル」と書込みがある。忲は忕。ともに「タナビタリ」の訓がある(世尊寺本字鏡・一、観智院本名義抄・法中、書陵部本名義抄・法)。集韻に「忕、奢也」とある。旧写本、本文右に「上奢下忲」と漢字注。版本は奢のみ漢字注。対句例は文選所収、張衡・西京賦に「心奓体忲」とあり、猿投(さなげ)本文選正安四年(一三〇二)点には「タナヒ」と付訓。著者や欄外注者も西京賦に拠ったか。

九 →四九頁一三段注一二。

一〇 責任者などが代表して所轄の役所に伺い。

一一 国司(こくし=くにのつかさ)の長官、国守の訓読。

一二 国司や郡司(ぐんじ)の担当役人。

一三 旧写本、版本、「またよき医師もありて」。

一四 罪科を断じ、厳正に処罰しなければ、と。

旧写本、版本、「きびしくいましめてこそと」。

いふをば、[一]うとましき事に思《おも》ふもあり、またはかたはらいたくおもふもありて、さる事やあるべきと、月日をくらしゆくうちに、ほどなうふたゝびとりかへされぬ世の中とはなるなり。身もちあしき人の、遂《つゐ》には思《おも》ひよらざるやまひつきて、わかじにするがごとし。いにしへの文ども見るに、いつの世とても、かくあるぞかなしき。[二]おほやけのあまだくみ、ともにし給ふかた〲は、かゝる事をこそ、よそにはおもひ給ふまじきなるにと、むかしの事《こと》を今のやうにおぼえ、そゞろに涙《なみだ》ぐみてかたりしまゝ、後《のち》の世のいましめにもやと、しるし侍る。

自註。あまだくみともにする、共ニスル天工ヲなり。国《くに》の輔佐《ほさ》たる人をいへり。

書経《しよきやう》に、天工人其代ルレ之ニ。

（五六） [三]貨《たから》は国《くに》のもと、財は国《くに》のいのちなるゆへ、[四]平天下《へいてんか》の章《しやう》に、財をなすの事をとき給へり。国家《くにいゑ》をたもつ人、この道《みち》しらでやあるべき。ものよみする人、仁義礼楽《じんぎれいがく》の事は、文にもあらはし、言葉《ことば》にもいへど、財用《ざいよう》の事いふは少《すく》なし。これは人のすきこのみていへる事なれば、われいはずともとおもひ、義を先《さき》とし、利を後《のち》として、人にゆづるもあるべけれど、たかきもいやしきも、たからなくして、なに事をかなすべき。[五]許魯斎《きよろさい》の、学者は生をおさむるをもて先《さき》とす

一五 劇薬を服用して精力を損傷さす。
一六 論語・里仁の「子曰、朝聞レ道、夕死可矣」をもじった表現。
一七 旧写本、版本、「とやかくいふをば」。

一 いやなことだと思う者もあり、或は笑止千万と思う者もあって。
二 天下の政治に携わりなさる役人方は。「あまだくみ」は天工の訓読。書経・皐陶謨《こうよう》に「天工人其代レ之」とあり、孔安国伝や孔穎達疏はその意味を敷衍し、さらに宋の蔡沈《さいしん》は「天工、天之工也、人君代レ天理レ物、庶官所レ治、無レ非ニ天事一、苟一職之或曠、則天工廃矣、可レ不ニ深戒一哉」とまとめている。すなわち、政治は天意で行われるが、自ら治める代りに人君に治めさせ、人君は臣下に輔佐されるゆえ、天の代行者である君主も官吏も、その適任者でなければならない、と説く。

（五六） 財貨は国家存立の根本であり命脈であるが、蓄積のため為政者が庶民を虐げてはならない。

三 漢書・食貨志に「食、貨、…二者生民之本、…財者帝王所下以聚レ人守レ位養ニ成群生一奉ニ順天徳一治レ国安レ民之本也」とあり、賈誼が文帝に上《たてまつ》った疏、「夫積貯者天下之大命也、苟粟多而財有レ余、何為而不レ成」云々をも引く。なお、賈誼・新書・無畜にも「夫蓄積者天下之大命也、苟粟多而財有レ余、何嚮而不レ済」と見える。
四 大学は「孔氏之遺書」であるとの程明道の説が当時の通念で、敬語が用いられている。その十章に、「所レ謂平ニ天下一、在レ治ニ其国一者、…徳者本也、財者末也、外レ本内レ末、争レ民施レ奪、是故財聚則民散、財散民聚、是故言悖而出者、亦悖而入、貨悖而入者、亦悖而出」とある。

といへる、そしるべきにはあらず。されど財をなすといへるは、そのつかひをほどよくする事をこそいへ、下《しも》をそんじて上《かみ》をまし、人をやせしめて、をのれをこやすにはあらず。

自註。たから[六]は、漢書曰《ニク》、貨者国之本也。唐書曰《ニク》、財者国之命也。賈誼曰《ク》、積貯者天下之大命也。しもを、損《ジテ》レ下《ヲ》而益《シ》レ上《ヲ》、瘠《(やせ)シメ》レ人《ヲ》以《テ》肥《スハ》レ己《ヲ》窃《(ぬすみ)ノ》之道也。

(五七) [七]千里《(せんり)》の馬《(うま)》をしりぞけ、[八]雉頭裘《(ちとうきう)》をやき、[九]宮女《(きゆうぢよ)》三千人を出《いだ》せるたぐひを見て、上《(かみ)》の御身より倹約《(けんやく)》を行《おこな》ひ給ふこそ、まことの費《(つひえ)》をはぶくとはいふべき。され[一〇]どその御心づきあるは少《すく》なく、下《しも》たるものははゞかりていはず、倹約の名のみありてその実なければ、国《くに》をたもつの益とはなりがたし。

(五八) もろこし人の物語《ものがたり》に、ある人ともだちかたらひて、山《やま》のふもとをとをりしに、この山《やま》に[虎《とら》]ありて、人をくらふ。この虎《とら》をころしたるものあらば、十万貫をたまふべしと、[一一][榜文《たかふだ》]たちたるを見て、おほひによろこび、うでまくりなどし、そのまゝかけあがらんとするを、かたへの人ひきとゞめ、いのちはお

五 許衡(一二〇九―八一)。元の儒者。字は仲平、号は魯斎。河内(かだい＝河南省沁陽《しんよう》県)の人。許文正公遺書・国学事蹟に、「先生嘗曰、為レ学者治レ生最為二先務一、苟生理不レ足、則於二為レ学之道一、有レ所レ妨」とある。

六 漢書・食貨志(注三)の節略。なお、唐書・食貨志は財につき、「用二於上一者無レ節、而取二於下一者無レ限、民竭二其力一而不レ能レ供、由レ是上愈不レ足、而下愈困、則財利之説興、而聚斂之臣用」と、その弊害の面を説く。賈誼の言は、前半が漢書・食貨志所引の形、後半は著者による賈誼上疏か新書・無畜の取意。窃はえせ君主の意。

(五七) 帝王の自発的な倹約こそ真の冗費節減だが、それは稀で家臣も諫めず徳目は有名無実である。

七 一日に千里も走る名馬。周の穆王(ぼくおう)の八駿(騂騮《かりゆう》・赤驥《せきき》その他)や駃騠(けってい)など、駿馬の名が伝わる。王者の権勢を示すものとして上疏によく引かれ(史記・李斯伝など)、その無飼育は節倹を意味する。

八 きじの頭の美しい毛で飾った皮ごろも。太医司馬程拠が献じた雉頭裘を、晋の武帝が典礼の禁じるところとて殿前で焼いた(晋書・武帝紀・咸寧四年〔二七八〕)。

九 后妃や女官など王宮に仕える大勢の女性。唐の太宗は隋の煬帝の多欲を見て、自ら治国のため寡欲を侍臣に宣言した(貞観政要・政体・貞観九年〔六三五〕)。 一〇 版本、「その」なし。

(五八) 徳をないがしろにした蓄財は、大学にも見えるようにその身を危くし、家や国も滅ぶに到る。

一一 高札(こうさつ＝法度や触れなどを書いて往来に立て、人々に知らせた告知板)の訓読。漢字注はその中国表記。牓とも書く。

しからずやといへば、たからだにもちたらば、いのちは何《なに》かおしからむとこたへしとかたりき。おろかなる人のこゝろざし、まことにおかしき事なれど、[一]たからあつめするものゝ、人のうらみそしりをもかへり見ず、さかりて入《い》れば、またさかりて出《い》づる事、いかほども出《い》でき、遂《つゐ》にはその身も危《あやう》くなり、家《いゑ》もほろぶるにいたれる、何《なに》かこの物語《ものがたり》に異《こと》ならむ。[二]漢《かん》の帝《みかど》の西園《せいゑん》の礼銭《れいせん》をたくはへて、人のこゝろ日々にはなれ、[三]火徳《くわとく》のきゆるをおぼえ給はず。[四]董卓《とうたく》が郿塢《びを》の米《こめ》をあつめて、[五]ほぞのうへに火ともす事をしらざる、まことにいたましといふべし。かゝるゆへにこそ、[六]たからあつまるときは、民《たみ》散ずとはのたまひけめ。

(五九)[七]たからさかふて入《い》れば、またさかふて出《い》づといふ事をとひしに、上《かみ》たる人、下《しも》をしへたげなどし、ゆへなきたからをあつめ給へば、天地《あめつち》も平《たいら》かならず、洪水旱《おほみづひでり》などして、おもひよらざる事についえ多《おほ》くなり、またはこゝかしこさはぎたち、これをしづめむとするに、かぎりなきいくさのついえ出《い》でき、倉《くら》につみたるもの、いつとなく失《う》せゆくものなり。とるまじきものをとるもさかふといひ、あるまじきわざはひあるもさかふといへるなりと、ある道《みち》しりたる人のこたへけるに、[八]そのことはりは、下《しも》ざまにもまのあたりある事にこそさふらへ。

一 道理にもとった手段で得た財貨は、また道理にはずれた方法で出て行く。大学の「貨悖而入者、亦悖而出」(七〇頁五十六段注四)に拠る。版本、「又さかり出る事の」。

二 後漢の十二代霊帝は後宮に店舗を列ねて女官に売らせ、西園(上林苑。珍獣や奇木を集めた天子の庭園)では左右の犬に文官の冠を着せ、綬(じゅ=礼服の垂れ帯)を帯びさせるなどの狂態を演じ、人望を失った。後漢書・霊帝紀に、「是歳帝作二列肆於後宮一、使二諸采女販売一、更相盗窃争闘、帝著二商估服一、飲宴為レ楽、又於二西園一弄レ狗著二進賢冠一帯レ綬」(光和四年〔一八一〕)とある。

三 漢王朝は五行(ごぎょう)の火の徳を承けたという。後漢書・光武帝紀に、「始正二火徳一、色尚レ赤」(建武二年〔二六〕正月壬子)とあり、唐の章懐太子は「漢初土徳、色尚レ黄、至レ此始明二火徳一、徽幟尚レ赤、服色於レ是乃正」と注する。班彪(はんぴょう)も王命論で、漢の高祖は尭帝の聖徳を承けて即位し、火徳を旗幟にした旨、述べている。漢帝国が衰えた意。

四 後漢の武将。?―一九二。字は仲穎。政粗猛、策謀にたけ、霊帝歿後、少帝を廃し献帝を立て、縦奢の限りを尽した。初平中、郿(陝西省眉県)に塢(とりで 音オ・ウ)を築き、三十年分の穀物を蓄えた。後漢書・董卓伝に、「築二塢於郿一、高七丈、号曰二万歳塢一、積レ穀為二三十年儲一、自云、事成雄二拠天下一、不レ成守レ此、足二以畢一レ老、常至レ郿行レ塢、公卿已下祖二道於横門外一」とある。

五 初平三年(一九二)四月、董卓は王允、士孫瑞や部下の呂布のために討たれた。市中に曝された肥満死体の臍(へそ)に番人が火をつけると、数日間燃え続けた。後漢書・董卓伝に、「(呂)布、応レ声持レ矛刺レ卓、趣レ兵斬レ之、…内外士卒、皆称二万歳一、…相慶者塡二満街肆一、使三皇甫嵩攻二卓

いやしき商人《あき》など、公《おほやけ》のその事する人といひあはせ、ひとつのものをふたつといひ、おろそかなるものをくはしといひ、上《かみ》をあざむき、多《おほ》くのたからをまうけなどするものは、かならず酒《さけ》のみ、色《いろ》ごのみして、[九]朝《あした》にえたるたからは、暮《くれ》にはうしなふにいたれり。これもさかふて入《い》ればさかふて出《い》づるにてさふらふと、[一〇]あるとしばへなる人のいひし。げにもとおもひ侍る。

(六〇) 世の中ほど、おもふやうならぬものはあらじ。[一一]たからは国《くに》のいのちたる事をしらざる人は、みだりにつかひすてゝ、代々のたからをもうしなひ、またたからは国《くに》のもとたる事をしれる人は、吝《やぶさ》かにして、たからさへあらばとおもひて、[一二]世のありさまのあしくなりゆくをしらずと、ある人かなしみてかたりき。

(六一) この国《くにゝ》には記録少《すく》なし。おほよそ記録といふは、治乱興亡《（ちらんこうばう）》のあと、万《よろづ》世までの勧戒《（くわんかい）》となるをこそたうとめ、[一三]いらざるいくさ物語《ものがたり》のみかきちらしたる、まことに紙《かみ》のついへとやいふべき。もろこしの事を引《ひ》かんよりは、この国《くに》のなにがし、かゝるよき言葉《ことば》ありき、またなにがし、かゝるよき行《おこな》ひありき、なにがし〳〵はさなくて、家《いゑ》やぶれ、国《くに》ほろびたるなどいはゞ、人の心を感ずる事、

弟晏於鄗塢一、殺ニ其母妻男女一、尽滅ニ其族一、乃尸ニ卓於市一、天時始熱、卓素充肥、脂流ニ於地一、守レ尸吏然レ火置ニ卓臍中一、光明達レ曙、如レ是積レ日」とある。暴虐非道な蓄財の末路の姿を述べた。

六 無道な集財は人民の離反を招く意。大学の「財聚則民散」を指す(→七〇頁五十六段注四)。唐の孔穎達疏に「若重レ則而軽レ民、則民散也、若散レ財而賙ニ恤於民一、則民咸帰聚也」と見える。著者は孔子の言として扱っている。

(五九) 治者の無道な蓄財は天災人災を招き、奸商と汚吏の結託による暴利は忽ち酒色に浪費される。

七 →前頁五十八段注一。ここは為政者にも被治者にも当てはまる所以を説く。

八 旧写本、版本、「そのたぐひは」。

九 現象の推移変化が速やかなこと、また同一現象が頻繁なことを、朝・暮、朝・夕などと対語で表す。論語・里仁の孔子の言もその一例。→六九頁五十五段注一六。

一〇 年延えが転じたとしばいに年配などの字を当てる。ここは語源の意識より、年配の湯桶読みの訛訓か。相当な年格好の人、の意。

(六〇) 財貨の価値を知らぬ人は代々の宝を浪費し、知る人は逆に惜しみ過ぎて悪影響に気付かない。

一一 →七〇・七一頁五十六段注・三・四・五・六。

一二 版本、「世のありさまあしくなりゆくを」。

(六一) わが国には史実の記録が少ない。同胞の言行の記録は中国の史書よりはるかに感銘を与える。

一三 後世の勧善懲悪の指針に役立たない軍記物語。虚構性のある戦記物より、具体的な歴史記録や伝記の迫力を重んじた評価。

もろこしの物語《ものがたり》するには、はるかまさるべきに、記録のなきこそおしく侍れ。もろこしにても、記録をつくるには、[一]才学識《さいがくしき》の三長《さんちやう》なければといへり。たやすき事にはあらず。

(六二) いづれの国《くにゝ》にも、日帳日記《ひちやうにつき》などいひて、かきしるしをく事あり。年《とし》をつみて見れば、[二]牛《うし》に汗《あせ》し、棟《むなぎ》に充《み》つるほどなれど、おほかたは曇《くも》り晴《は》れたるなどいへるたぐひの事のみかきて、政務人事《せいむじんじ》にあづかりたる議論号令《ぎろんがうれい》まで、くはしくかきたるはまれなり。うたがはしき事あれば、[三]としばへなる人こそとて、とふて決する事多《おほ》し。それも五六十年にはすぎじ。記録さへたしかならば、幾百年ともなき、ながいきしたる人を、左右にをけるに同《おな》じかるべし。さればこの国《くに》の知恵《ちゑ》、もろこしに及《をよ》ばざるひとつは、記録のともしきゆへにや。

(六三) 世の中ほど、あやしくおかしきものはあらじ。もろこし人の記録をくはしくするは、まことにいみじき事なれど、記録をかむがへて、[四]けやけき悪事をなし、この国《くに》より見れば、ふしぎなるとおもふ、その君その臣、いかほどもあれば、かゝるときは記録なきこそましならめと、おもふなるべし。

一 才智・学問・識見という、歴史家に必須の三長所。中国歴史学の祖とも言われる、史通の著者劉知幾が、史才に関し鄭惟忠の質問に答えた語。唐書・劉子玄伝に、「劉子玄、名知幾、以㆓玄宗諱嫌㆒、故以㆑字行、…子玄領㆓国史㆒且三十年、官雖㆑徙㆑職常如㆑旧、礼部尚書鄭惟忠嘗問、自㆑古文士多、史才少何耶、対曰、史有㆓三長㆒、才学識、世罕㆑兼㆑之、故史者少」とある。

(六二) 政事に関する詳細な年代順の記録は後代まで生き証人に等しいが、わが国にはそれが少ない。

二 書冊の数量が多い譬え。柳宗元・陸文通先生墓表に、「其為㆑書、処則充㆓棟宇㆒、出則汗㆓牛馬㆒、或合而隠、或乖而顕」(唐宋八家文・九)とある。

三 →七三頁五十九段注一〇。

(六三) 後代の亀鑑となるはずの歴史記録が、中国ではむしろ政権交替の理由付けに悪用されている。

四 目を見張るような。際立った。善悪両様に用いる。

五 儒教は漢代に国教の地位を確立し、政治と密着した。武帝の建元五年(前一三六)、五経博士が置かれ国政が諮問されるようになった。漢書・武帝紀のこの記事を、明の丘濬(きゅうしゅん)は「五経自㆓秦火㆒後至㆑漢稍復出、然皆私相伝習、至㆑是始置㆓五経博士㆒、然後天下靡然、以為㆓世業㆒、武帝有㆑功㆓儒教㆒哉」と評している。また、漢書・董仲舒伝には、「道者所㆔繇適㆓於治㆒之路也、仁義礼楽皆其具也、故聖王已没、而子孫長久、安寧数百歳、此皆礼楽教化之功也」と、武帝の策問に答えた記事が載る。版本、「吏術」を「史術」に誤る。

六 前王朝を簒奪した逆賊が、禅譲(尭がわが子

自註。[五]漢儒《かんじゅ》の、経学《けいがく》をもて吏術《りじゅつ》をかざるをはじめ、[六]国《くに》をうばふの賊《ぞく》、尭《げう》舜湯武《しゅんたうぶ》をもて証拠《しようこ》とするたぐひの事をいへり。

(六四) [七]塞翁《さいをう》が馬《むま》のたとへは、得《うる》といへるうちに失ふ事あり、失《うしなふ》といへるうちに得《うる》ことあれば、得《うる》もよろこびとするにたらず、失《うしなふ》もうれへとするにたらざる事をいへり。よしあしといへるも、それにひとしく、[八]秦《しん》の長城《ちやうじやう》を築《きづ》けるは、悪政《あくせい》の第一なれど、よろづ世のふせぎとなるを見れば、あしきうちによき事あり。[九]参蓍《じんし》ほどなる良薬はなけれど、[一〇]をぎなふまじきやまひをおぎなひ、人のいのちをあやまるは、よきうちにあしき事あるなり。忠といひ孝といへるほど、たうとき徳はなけれど、[一一]鬻拳《ゐくけん》が兵をもていさめ、[一二]郭巨《くわくきよ》が子をうづまんとせしは、忠孝のうちにあしき事あるなり。そのことかくと知《し》りて、よくいましめつゝしむは聖人《ひじり》のおしへ、物事《ものごと》かくと知《し》りて、なり次第《しだい》にするは道家《だうか》のをしへなるべし。

(六五) 世のみだれたるときは、勇猛なる人こそたからなれとおぼゆ。私《わたくし》のうらみをもて、人をころし、そのところをたちのきなどするは、まことにおほいな

丹朱にでなく民間の孝子舜に譲り、舜が治水に功のあった禹に譲ったような、平和的な政権委譲)または放伐(殷の湯王が暴虐な夏の桀王を討ち、周の武王が非道な殷の紂王を討ったような、武力による政権奪取)の理論で、自己を正当化している。中国では、天命を受けた有徳者が天に代って天下を統治するという思想が、古くより行われ、禅譲・放伐ともにこの考えに基づく易姓革命(天命が革《あらた》まり別の有徳者に降って、別姓の王朝が成立)と解された。中国で歴代王朝が前王朝の歴史を編むという正史編纂の伝統も、この革命思想に由来する自王朝の正統性の証しであった。

(六四) 吉凶禍福はあざなえる縄といわれるが、儒家はそこから教訓を学び、道家はそのまま肯う。旧写本、版本、この段より中巻。

七 幸不幸、利害得失が互いに因果関係を繰り返す譬え。胡地に逃げた塞(とりで)近くの老人の馬が駿馬を連れ戻り、そこから落馬し足を折った息子は身障者ゆえ徴兵を免れたという(淮南子・人間訓)。

八 春秋戦国時代、斉・燕・趙・魏などが築いた城壁を、秦の始皇帝が大増築した。史記・秦始皇本紀・三十四年の記事を、明の丘濬は「長城之築、非二独始皇一、自二昭王時一、已築二于隴西一、趙自二代王一亦築二於陰山下一、蓋天以二山川隘険一限二華夷一、補二其不一レ足、似レ不レ為レ過、然内政不レ修、而区二区于外侮之禦一、以至レ竭二天下之力一、亦愚矣、雖レ然更継レ秦者、皆因二其已成之勢一、而世加二修補之功一、安知四天下後世不三頼レ之以界二限華夷一哉」と講評している。著者はこれと同意見である。

九 人参と蓍萩《めどはぎ》。強壮剤と利尿・解熱剤。

一〇 精力を補うだけでなく病威までも勢いづけ。

る罪人《つみびと》なれど、これはこゝろ見の人なりといひて[一]、いづれの国《くに》にも、かくまひをかずといふ事なし。[二]それがしいとけなきときまでは、乱後《らんご》の余風《よふう》のぞきやらず、かゝる事たまさかにはありし。[三]父母のあたには、ともに天下をともにせずといへるも、周《しう》の季世《きせい》、世《よ》のなか乱国《らんごく》となり、この国《くに》の号令《がうれい》、かの国に及《をよ》ばず。[四]亡《ばう》を入《い》れ、叛《はん》をまねくの風義、はやりたるときの事なるべし。[五]今のときは、まことに八洲《やしま》のほかまで、なびかぬ草《くさ》木もなく、めでたき一統《いつとう》の御代《みよ》なれば、人の親《おや》をころせしものあらば、いかにもしてたづね出《いだ》し、その罪《つみ》をたゞし給ふべきに、その子にまかせをかれ、生殺《せいさつ》の権《けん》を下《しも》にかし給ふは、いかなるゆへにや。

（六六）〔主《ぬし》〕[六]をころせる〔奴《やつこ》〕あれば、とがなき親兄《おやあに》まで、罪《つみ》に行《をこな》はるゝは、いたまし。

（六七）年《とし》みたずして死したるは、ひとかど功ありし人のあと[七]もなくなり、その下《しも》なるものゝ、父母妻子ひきつれ、なきかなしみ流浪《るらう》するありさま、いたましといふべし。

二 春秋時代、楚の大夫。諫言に従わぬ文王を武器で脅し、引責足切りの刑(刖《げつ》)につき、大親分と崇われたが、のち殉死した(左伝・荘公十九年)。

三 後漢の人(三八―一六九)。家貧しく、三歳のわが子が老母から食物を貰うので、孝養のため妻も納得のうえ、子を埋めようと穴を掘ると、黄金の詰った釜が現れた(蒙求・郭巨将坑)。

（六五）　人殺しのお尋ね者を匿《かく》まう習慣があるが、親の敵討は子に委せず公権力で処断すべきである。

一 私怨による殺人か敵討の下手人か吟味中の人。

二 寛文八年(一六六八)生れの著者の幼少時代には、武闘風俗の影響がまだ残っていた。

三 親のかたきは子が必ず討つ意。礼記・典礼上に、「父之讎、弗ニ与共戴レ天、兄弟之讎、不レ反レ兵、交遊之讎、不レ同レ国」とある。版本はここから別段落と扱うが、旧写本は底本に同じ。

四 亡命者を受け入れ、謀反人を招き抱える。版本、「亡」を「凶」に誤る。

五 儒教倫理による治世を策した徳川幕府は、原則として目上の肉親の敵を討つことは容認したが、それは捜査や処理を公儀の権限に依らず、当事者に委ねる結果になり、著者は疑っている。

（六六）　主人殺しの奉公人は極刑に処せられたうえ、親兄弟一族まで縁坐し処刑されて残酷である。

六 主殺しの庶民の奉公人。下手人は「二日晒、一日引廻し、鋸挽《のこぎりびき》之上、磔《はりつけ》」(寛保二年〔一七四二〕成、宝暦四年〔一七五四〕定、公事方御定書《くじかたおさだめがき》・下〔御定書百箇条〕)に加え、親族も縁坐し処罰の対象とされた。著者晩年までの実態

(六八) [八]喧嘩《けんくは》両成敗といふ事、[九]昏墨賊《こんぼくぞく》はころすといへる春秋伝《しゆんじうでん》のおもむきにて、当然なりといふ事、あきらかなるにや。

(六九) おほやけのたからものあづかり、わたくしするは、その罪《つみ》ぬすびとに同《おな》じ。[一〇]贓吏《ざうり》は棄市《きし》すといへる宋祖《そうそ》の法にかなへり。

(七〇) [一一]姦夫淫婦《かんぷいんぷ》、死刑に行《をこな》はるゝは、この国《くに》の法《はう》まされりといふべし。およそ[一二]乱国には重典を用《もち》ひ、治国には軽典を用《もち》ふといへる事もあれば、法を用《もち》ふる事は、時代と国《くに》のいきほひとをかんがへ、斟酌《しんしやく》するをよしとす。

(七一) [一三]この国に《くにゝ》律《りつ》の書行《をこな》はれざるを、闕典《けつてん》なりといへる人多《おほ》し。されど[一四]鄧析《とうせき》が竹刑《ちくけい》をつくり、子産《しさん》が刑書を鋳《い》たるを否《いな》なりといへるを見れば、律の書なきもまされるにや。このこゝろは[一五]唐《たう》の刑法志《けいはふし》にも論ぜり。

(七二) [一六]服忌令《ぶくきりやう》は、もろこしの喪制《さうせい》になぞらへ、[一七]五服《ごふく》の親《しん》をこと〴〵くかきあら

への感懐。

(六七) 後継者が未成年で死亡すると名家も絶え、家来は家族ぐるみ悲泣しさすらって惨《みじ》めである。

七 底本、「あともなくなり」。別紙改行によると思われる衍字があり、転写の可能性を認める。

(六八) いわゆる喧嘩両成敗法は、左伝に見える「昏墨賊は殺す」という刑と同じく、妥当性がある。

八 闘争した者同士は理非を問わず同等の処罰を受けること。わが戦国時代より私闘者双方を罰する法規制(故戦防戦禁止)が生じ、近世にはひろく慣習法として定着し、社会通念となった。

九 左伝・昭公十四年十二月に、執政韓宣子の質問に答えた叔向が、田を争った晋の刑侯と雍子、縁故で不公平な裁定をした叔魚は同罪として、「昏(わが悪を飾る者)、墨(利を貪り職を汚す者)、賊(人を殺し平気でいる者)は殺す、と夏書にあり皋陶(舜の司法官)の刑である」と語っている。

(六九) 公共物を管理する役人がそれを私物化すれば盗人と同じで、汚職吏の公開死刑扱いに当たる。

一〇 宋史・太祖本紀には、「坐レ贓棄市」に類する記事が十七年間に十六例も見える。贓吏は収賄役人。棄市は刑死体を大衆とともに追放する意。

(七〇) 密通が死罪のわが国は親告罪の中国よりまさるが、法制は時代と国情も考慮すべきである。

一一 姦通男女の刑は古代の養老律で和姦・強姦の別を設け、中世の御成敗式目三十四条で密懐男女は同罪と定められた。近世の密通は公事方御定書・下・四十八条で男女とも死罪とされ、夫の

はし、父母《ふぼ》の喪は旧令《きうれい》にしたがひ、そのほかは日[一]をもて月にかへよとあらば、ひと〴〵恩義《おんぎ》の軽重《きやうぢゆう》をしり、をしへのたすけならむといへる人あり。げにもと思《おも》へり。

(七三) 世の中に、酒肴《さけさかな》どゝのへもてなすといふ事、さま〴〵ある中に、鬼神《きしん》[二]のためにするは〔祭祀《まつり》〕といひ、生《い》きたる人のためにするを、重《おも》きは〔宴饗《ふるまひ》〕といひ、軽《かろ》きは〔飲会《よりあひ》〕といひ、または家人《いゑひと》あつめ、花月《はなつき》にめでなどするは、なぐさみといふ。そのもてなしするに、音楽といふものなくば、いかでかよろこびをたすくべき。たれはじむるともなく、聖王《せいわう》[三]起《をこ》り給はぬむかしより、いづれの国《くに》ゝにも、その国々《くに〴〵》の音楽はあるなり。もろこし、韓《から》[四]、天竺《てんぢく》、そのほかおらんだ、るすんなどいへる国《くに》まで、みなその国々《くに〴〵》の音楽あるを見て、自然のことはりなる事をしるべし。

自註。此[五]レ言フ三楽ノ之所ヲ二由リテ起ル一也。

(七四) 虞夏商周《ぐかしやうしう》[六]、いづれも聖《ひじり》の御代なれど、その楽の同《おな》じからざるは、時代《ときよ》のちがひあればなり。もし聖人をしてこの国《くに》ゝに生《むま》れしめば、この国《くに》の時代《ときよ》をかん

手による妻敵討《めがたきうち》も認められた。
三 戦時には厳法が、平時には寛大な法が適する。
(七二) わが国は律(刑法)の法典が不備といわれるが、中国にもすでに律を否定した史実や意見がある。
一三 国民性が律に馴染まず、当時大宝律は全巻が散逸し、養老律も十巻中七巻が欠けていた。
一四 春秋時代、鄭の大夫鄧析が子産鋳鼎の刑書と別に竹簡の刑書を造った(左伝・定公九年・注疏)。
一五 唐書・刑法志に「古之為レ国者、議レ事以レ制、不レ為二刑辟一、懼三民之知二争端一也、後世作二為刑書一、惟恐、不レ備俾三民之知二所レ避也」とある。
(七三) 徳川幕府制定の服忌令は中国の喪服に準じ親族を分け、軽重が明らかで風教の参考になる。
一六 近親の服喪期間を定めた法令。早く喪葬令に中国の制を受けた服紀の制があったが、徳川綱吉は貞享元年(一六八四)二月、林鳳岡・木下順庵・吉川惟足らに命じ制定、元文元年(一七三六)九月、徳川吉宗が改訂した。親族を六段階に分け、忌と服喪日数を規定。武家、庶民とも適用された。
一七 五段階の喪服。斬衰《ざんさい》三年(父)、斉衰《しさい》三年(母)・一年(祖父母・伯叔父母・姑兄弟)、大功九月(同堂兄弟)、小功五月(再従伯叔父母・姑兄姉)、緦麻《しま》三月(三従伯叔父母・姑兄姉)(服政令)。

一 たとえば三十六月を三十六日に短縮充当する類。漢書・文帝紀・遺詔、晋書・礼楽志・上・中などに見え、わが国でも仁明天皇が淳和上皇の諒闇にこの方式を採用(続日本後紀・承和七年五月甲午)。

がへ、楽をつくり給ふべければ、また一様にはあるまじ。虞の楽、夏に用《もち》ふべからず。夏の楽、商に用《もち》ふべからず。商の楽、周に用《もち》ふべからざるを見て、もろこし韓《から》の楽は、この国《くに》に用《もち》ふべからざる事をしるべし。異代《ことよ》の楽をいまに用《もち》ひ、異国《ことくに》の楽をこの国《くに》に用《もち》ひたらましかば、くすしの一方《いつぱう》[七]をもて、百病を治せんとするにひとしく、人の心を感じて[八]、風をうつし俗をかふるのたすけとはなるまじ。

自註。此レ言フ二唐土之楽不ルコトヲ一可カラレ用フ也。

(七五) 伶人《れいじん》[九]の伝《つた》へし楽は、もろこし韓《から》の楽[一〇]のみ多《おほ》く、この国《くに》にてつくれるは少《すく》なし。そのうち廟楽《べうがく》[一一]もあれど、おほかたは俗楽にて、しかも音舞容《こゑしかた》[一二]ばかりありて、唱歌《しやうか》はなし。ふるき異国《ことくに》の事、この国《くに》に伝《つた》はりたると、韓《から》人までもめでたく思《おも》ひ、ふしぎなる事《こと》にはあれど、おしへ[一三]のそなへとはなりがたし。音楽[一四]ほどたうときものはなし。こなたの心《こゝろ》をのづから閑静《しん》になり侍ると、好事《ことごのみ》する人はいへど、その国《くに》に相応したるまことの楽を聞《き》きては、心《こゝろ》[一五]おもしろく、いそ〱しくなるべきを、[閑静《しん》]におぼゆるは、楽[一六]のまうけの本意にあらず。異国《ことくに》の音《こゑ》なればなり。

(七三) 有史以前から、世界中どこでも色々の饗宴を盛り上げる、その国の音楽がつきものであった。
二 死者の霊と天地万物の霊。目に見えない霊魂。
三 儒家の崇ぶ古代伝説の理想的君主。黄帝・唐尭・虞舜など三皇五帝や夏禹、周の文王たち。
四 中国、朝鮮、インドその他オランダ、フィリピン。当時の全世界。るすんはフィリピン呂宋島。版本、「をらんだ」の右傍に西洋と注。
五 礼記・楽記に、「楽者、音之所二由生一也、其本在三人心之感二於物一也」とある。音楽感動起源説。
(七四) 音楽は時代と国とでそれぞれ相違するので、昔の音楽、異国の音楽はわが風教に役立たない。
六 虞(舜帝)・夏(禹王)・商(殷、湯王)・周(文王)。いずれも聖王が基礎を築いた中国古代王朝。
七 一種類の処方でどの病気も治療しようとする。
八 礼記・楽記に、「楽也者、聖人之所レ楽也、而可三以善二民心一、其感レ人深、其移レ風易レ俗、故先王著二其教一焉、…故楽行而倫清、移レ風易レ俗、天下皆寧」、孝経・広要道に、「移レ風易レ俗、莫レ善二于楽一」とある。
(七五) わが国の雅楽は大陸伝来で俗楽が多く、旋律と舞踊のみで歌詞がないので教化には適しない。
九 音楽家。黄帝の命令で伶倫《れいりん》が嶰谷《かいこく》=崑崙山の北の谷)の竹で楽律を作ったので、楽官、楽師、楽士の称となった(呂氏春秋・古楽)。ここは、わが国で雅楽を伝えた三方楽人《さんぽうがくにん》=京都雅楽寮、奈良興福寺・春日大社、大坂四天王寺の楽人)などの雅楽集団を指す。
一〇 唐楽(唐代音楽と林邑楽《りんゆうがく》=インド系統の音楽)や高麗楽《こまがく》=三韓楽と渤海楽)。雅楽では唐楽を左方の楽(左楽)、高麗楽を右方の楽(右楽)

(七六) この国《くに》の楽といへるは、[一]䏻《のう》なるべし。楽のたぐひといふべきもの、さま〴〵あれど、[二]その音《こゑ》ことにたゞしからねば、用《もち》ふべきにしもあらず。䏻は[三]公《おほやけ》のふるまひより、下々《しもぐ〵》のなぐさみまで、幾世ともなくもてはやし、しかもその音《こゑ》いやしからずともいふべし。[四]〔音調《こゑ》〕〔節奏《ふし》〕はそのふるきにしたがひ、[五]唱歌《しやうか》をこと〴〵くあらため、この国《くに》の楽《がく》とさだめ、聖人世に起《をこ》り、まことの楽をつくり給ふをまちなば、をしへのたすけとはなるとも、害はあるまじ。されどその唱歌《しやうか》つくる事、たやすきにあらず。[六]もろこしやまとのふるき文ども、多《おほ》くよみ、いみじき才徳ありて、人情事理に達し、しかもやまと言葉《ことば》よくつくる人ならでは、つくるともその益あるまじ。難《かた》しといふべし。

(七七) おさな子を育《そだ》つる道《みち》は、はひまはるときよりむしろの上にをきて、こゝろのまゝにはゝせ、〔足《あし》〕すでにたちたるときは、こゝろ次第《しだい》にはしりまはらせ、[七]おさな子は〔襦《したぎ》〕〔袴《はかま》〕を帛《きぬ》にせずといへるをしへにしたがひ、きるものはうすきかたにし、風《かぜ》にも日《ひ》にもあたりて、外《そと》がちにあそび、くひものはすぐるこそはあしけれど、おほかたはそのこゝろにしたがひてこそ、やまひもなく、す

とも言う。雅楽は大部分が外来曲であるが、わが国で作詞作曲されたものも混じっている。

一一 王宮で演奏された祭祀や饗宴の音楽もあるが、大部分は民間起源の音楽で。詩経の頌・雅と風との関係に同じ。

一二 雅楽は伝来当初よりメロディ(旋律)とダンス(舞踊)だけで、テキスト(歌詞)はない。

一三 教育感化に役立てることはむずかしい。詩経の場合とは逆である。

一四 「音楽ほどあらたかなものはありません。聞く者の気持はひとりでに落ち着いてきます」と物好きな人は言うが。

一五 気持も湧き立ち、はずみがつくはずであるのに。「いそ〳〵し」とは、意欲が起きる形容。

一六 音楽が本来備えている効果。本質的発露。

(七六) 能は旋律も声調も由緒正しく、公儀庶民ともに愛好してきたが、謡を作ることは至難である。

一 能楽。室町時代に大成した象徴的楽劇で、近世にも将軍や貴顕、大名の庇護を受けた。䏻は発音が乃代切(集韻)、つまり漢音ダイ、呉音ナイ、日笠の意で能とは別字。旁(つくり)で通わせた。

二 音楽はとりわけ旋律が雅正でなければ。

三 公約接待の催し物から庶民の娯楽まで。

四 発生と曲節(節回し)。

五 能楽の歌詞。謡曲の詞章。

六 謡の作詞には和漢の古典に詳しく、才学と人柄が兼ね備わり、人情と事理に通じ、そのうえ和文の述作が得意な人でなくては。

(七七) 幼児の養育は自然の発育を重んじ、愛情を注ぐあまり過保護に陥らぬことが大切

こやかに生《を》ひたつべきに、富貴《ふうき》の家《いゑ》にむまれしおさな子は、[八]傅《かしづき》、守《もり》などいへるものおびたゞしくつきそひ、風邪《かぜ》ひき給ふべきや、御腹《はら》そこねさせ給《たま》はんや、または御怪我《けが》などもやといひて、やはらかなるものを幾重《いくえ》もきせ、くひものは[九]秤《はかり》にてかけなどし、はひまはるときをはじめ、[一〇]いだきすくめて御うちがちにのみすれば、足《あし》のはたらきもをのづからをそく、うちやせ、ほかもろく、おもひよらざるやまひ起《をこ》りて、そだちがたきのみ多《おほ》し。[一一]くすしはいふにや及《をよ》ぶ。〔乳《ち》母《はゝ》〕、守《もり》、または傅《かしづき》まで、かくはすまじき事と思《おも》へるもあれど、もしは御いたみありてはと、その身の事のみ思《おも》ひて、いひも出《いだ》さず、あるはおろかにして、上《かむ》つかたの御子は下《しも》ざまとはちがひたると思《おも》ふもあり。[一二]ひとの血気をもてむまれ出《いづ》る、たつときいやしき、なに事かかはる事あらんや。[一三]ふるき言葉《ことば》のこれをうつくしむは、まさにこれをそこなふゆえんなりといへるを思《おも》ひあはせて、かなしくぞおぼゆる。

(七八) ある年《とし》たけて子をもちし人、めづらしさのあまりに、屛風《(びやうぶ)》ひきまはし、夜昼《よるひる》となく抱《いだ》かせをきけるに、おりしも夏《なつ》の事にて、みな〳〵暑《あつ》さにたえかね、かはる〴〵して抱《いだ》きける。三十日《みそか》あまりして、[一四]黄疸《わうだん》のごとく病《や》みて死《し》にけり。

である。
七 幼児には絹の下着や袴を着せない。礼記・内則に、「十年…衣不ニ帛襦袴一」とあり、鄭玄は「不ㇾ用ㇾ帛為ニ襦袴一、為ニ大温傷ニ陰気一也」と注する。十歳児が絹布の衣服を着ると、保温過剰で陰陽二気の調和を失う、との意である。
八 付き人(付き添って養育教導する役)や守り役(子供の面倒を見る世話役)。
九 版本、「はかりにてかけなどして」。
一〇 身動きできないほど強く抱きしめて、めったにお邸の外にも出さない。
一一 旧写本、「くすしは云におよぶべき」。版本、「くすしはいふにやをよふへき」。
一二 人間が平等に血液と精気とを備えてこの世に生まれてくる点では。
一三 子供をかわいがりすぎて甘やかすことは、却ってその子を駄目にする原因になる意。韓非子・顕学に、「夫厳家無ニ悍虜一、而慈母有ニ敗子一」とあり、史記・李斯伝に、「故韓子曰、慈母有ニ敗子一、而厳家無ニ格虜一者、何也」として引用。近松浄瑠璃・釈迦如来誕生会・三に、「其あまやかしがどくに成」と見える。

(七八) 遅く出来た児を夏でも屛風の内で抱かせ続けたら月余で病死したが、同様の愚行は多くある。
一四 新生児の八〇―九〇パーセントが罹って二、三週間で消える生理的黄疸ではなく、次第に重症に進む病的な悪性黄疸症状を指すか。

[一]おとなのたえがたきを見て、おさな子はさぞと思《おも》ふ心もなく、[二]うつくしむのそこなふなることを、しらぬこそくちおしけれ。か丶る事、またあるべきにもあらねど、これに似たることは多《おほ》しとぞ。

(七九)ある村里《むらざと》の司《つかさ》せる人、民《たみ》をうつくしむのこ丶ろふかく、いかにもしてと思《おも》ふあまりに、ふるき文をもかんがへ、よその国《くに》の、かくすればよろし、かくすればあししといへる事《こと》どもとりあつめ、これはかくせよ、あれはかくすなと、たび〳〵いひをしへけるに、民《たみ》どもこよなうくるしめりとぞ。[三]下《しも》を虐《しへた》げ、納《おさ》まりものなど多《おほ》からんやうにするは、末《すゑ》の世のあさましきならひなるに、ひたすらに民《たみ》のことのみ思《おも》ふ人《ひと》は、よろづのうちに一人《ひとり》もあるかなきかといふほどなれば、まことにたうとくおぼゆれど、[四]その道《みち》を得《え》ざれば、かへりて民《たみ》のくるしみとはなりたるにや。[五]郭橐駝《くわくたくだ》といへるもの丶、樹をうふる事をいひし言葉《ことば》、げにもとおぼえ侍る。

自註。[六]孔子有リ㆓無郵《むいう》之ノ謗㆒、子産有ル㆓孰殺之ノ誦㆒を見れば、民難キ㆓与《とも》ニ慮《おもんばか》ルコト㆒、始ヲこと、むかしよりしかなり。[七]よき人のする事は、まづよき事ならむと思《おも》ひ、そのおはりを見ずして、得失を論ずべからず。この段の言葉《ことば》、是非あ

一 孔子は門弟仲弓(冉雍《ぜんよう》)に仁(いつくしみ)を説明する時、また同じく子貢(端木賜《たんぼくし》)に恕(思いやり)を説明する時にも、「己所㆑不㆑欲、勿㆑施㆓於人㆒」と述べている(論語・顔淵、同・衛霊公)。
二 →前頁七十七段注一三。
(七九) 住民思いの村長が記録に徴し他例を考えてうるさく沙汰したので、村民は却って苦しんだ。
三 庶民から容赦なく搾取して、公納物品などを増やそうとするのは。
四 その目的に叶う適正な手段を講じなければ。
五 傴僂(くる)病で背中が駱駝(らくだ)のように湾曲隆起している植木の名人、郭さん。橐はふくろ。「たくだ」が「らくだ」と訛り定着した。橐・駱とも入声十薬韻。柳宗元の種樹郭橐駝伝は植木の秘訣を通して政治の要諦に言及した名文。植木のこつは「以㆔能順㆓木之天㆒、以致㆓其性㆒焉爾」であるが、下手な職人は「木之性日以離矣、雖㆑曰㆑愛㆑之、其実害㆑之、雖㆑曰㆑憂㆑之、其実讎㆑之」と説き、政治も往々この過ちを犯す所以を述べ、「吾問㆑養㆑樹、得㆓養㆑人術㆒、伝㆓其事㆒、以為㆓官戒㆒也」と結ぶ。天性に則った育成の重要さを強調する。
六 孔子が魯の国に仕えた当初、鹿の子皮のひざかけ野郎はほうり出せと謗られ、鄭の名大夫子産もはじめ人民から、わが衣冠を使わせない奴は殺してしまえ、わが田畑の課税を増やし、手を貸そうと怨まれたが、のちその有能さが理解され、雇用する側も賢君と言われた。呂氏春秋・楽成に、「民不㆑可㆓与慮㆑化挙㆒㆑始、而可㆓以楽㆒㆑成㆑功、孔子始用㆓於魯㆒、魯人鷖(えい)誦㆑之曰、麛裘(べいきゅう)而韠(ひつ)、投㆑之無㆑戻、韠而麛裘、投㆑之無㆑郵、…子産始治㆑鄭、使㆘田有㆓封洫㆒、都

るべし。

（八〇）いかほど知恵《ちゑ》かしこき人も、田作《たわざ》の事は、いくとせともなく、[八]その事《こと》を手《て》なれて、父母妻子をやしなふものには及《をよ》ばざる事もあり、またはいにしへいまのちがひもあり、かの国《くに》の地《つち》にはかくしてよろしけれど、この国《くに》にてはさはなりがたしといふ事もあるゆへにこそ、[九]聖人《ひじり》の言葉《ことば》にも、老農老圃《ろうのうらうほ》にとへとは、いひ給ふらめ。[一〇]ある国《くに》しろしめす御かたの、はじめて国《くに》たまはりしとき、御国《くに》の民《たみ》どもにをしへ給ふ文《ふみ》、いかゞしたゝめ侍らむやと、下部《したべ》の人のとひたてまつりしに、[一一]無精《ぶしやう》をかまへ、農業にをこたるべからず、庄屋組頭《くみがしら》のまうす事、違《ゐ》背《はい》すべからず、右《みぎ》は百姓中へ、[一二]百姓ども油断《ゆだん》せざるやうに下知《げぢ》すべし。わたくしすべからず。右《みぎ》は庄屋中へとのみおほせ出《いだ》され、そのほかは年々《としどし》米穀《たなつもの》の豊《ほう》凶《きやう》を見て、[一三]年貢運上《ねんぐうんじやう》、あるひはかろめ、あるひはゆるし、こればかりにてやみ給へるとかたれる人あり。これも[一四]ひとみちなるべし。

（八一）漢の世、[一五]掌故《しやうこ》、[一六]文学《ぶんがく》といへる官をまうけられしは、そのとき大臣をはじめ、州県《しうけん》の司《つかさ》まで、おほかたは武功《ぶこう》の臣にて、不学の人多《ひとおほ》かりしゆへなりとお

鄙有上レ服、民相与誦レ之曰、我有二田疇一、而子産賦レ之、我有二衣冠一、而子産貯レ之、孰殺二子産一、吾其与レ之、…今世皆称二簡公哀公一為レ賢、称二子産孔子一為レ能、此二君者達二乎任一レ人也」とある。戻も鄭も誤ち、罪。誦は怨み謗る意。

七 すぐれた人の行いは多分立派だろうと信用し、その結果を見ないで成否を云々すべきでない。本段の村人の辛苦も一時のものかも知れない。

（八〇） 農耕は地域ごとに長年の生活体験の結晶で、封土存立の根本であり、任国統治の眼目である。

八 農業一筋に専念し、一家を扶養している農家の主人よりは劣ることもあり。

九 農業技術の指導を請われた孔子が依頼者の門弟樊遅《はんち》に、穀物や野菜の栽培法は自分などより体験豊かな老農夫に学ぶべきことを教えた語。論語・子路に、「樊遅請レ学レ稼、子曰、吾不レ如二老農一、請レ学レ為レ圃、曰、吾不レ如二老圃一」とある。

一〇 領主がはじめてその任国を賜った時。

一一 横着を決め込んで農業を怠るな。庄屋や組頭（庄屋の輔佐役）の命令に違反するな。

一二 農夫達が精出すように指図せよ。公共物をごまかして私腹を肥やすな。

一三 →四九頁二十三段注一二。

一四 農業一途の政策。漢書・食貨志下に、「以勧レ農、澹レ不レ足、百姓蒙レ利焉」とある。

（八一） 漢代に掌故、文学などの文官が設けられたが、わが国でも各藩とも儒臣の任用を続けたい。

一五 漢代の礼楽の故実を司る官。太常（宗廟の儀礼担当の大臣）の属官。史記・儒林伝・太史公序に、「漢興、然後諸儒始得下修二其経芸一、講中習大射郷飲之礼上、叔孫通作二漢礼儀一、因為二太常一、…

ぼゆ。この国《くに》も、[一]ものよみする人を、国々《くにぐ》にめしをかるゝは、いつまでもかくありたき事なり。

(八二) もろこし[二]魏晋《ぎしん》のころより、門地《もんち》をたうとぶといふ事はじまり、唐の世になりては、もつぱら詩賦《しふ》をもて人《ひと》をとり、いつとなく浮華《ふくわ》のならはしとなりしゆへ、武功《ぶこう》をもてすすめる人をば、[三]武夫悍卒《ぶふかんそつ》なりといひていやしめけれど、文《ぶん》臣《しん》のねじけがましきには、はるかまされる人多《おほ》かりし。[四]李晟《りせい》、[五]張延賞《ちやうえんしやう》がことなど思《おも》ひあはせて知《し》るべし。漢の世は、いにしへをさる事遠《とを》からず。門地をたうとぶといふ事もなく、また人をとるに詩賦を以《もて》するにもあらず。すぐれて武功ありしうちより、人《ひと》がらよろしといへるをえらび、その位《くらゐ》にをかれしに、人《ひと》のよしあし、世のいそがはしきとき見たらんは、勇不勇《ゆうふゆう》を知《し》るのみならず、才徳ともにあざやかなるゆへにや、そのこゝろ〔剛毅《たしか》〕にして、大臣の風ありといはれし人少《すく》なからず。[六]この国《くに》も世の中さだまりし後《のち》は、国々《くにぐ》のしおきする人、おほかたは武功のすぐれたる人、またはその子その孫《むまご》にて、身のたしなみありて、いやしき事もなく、上下《かみしも》おそれはゞかり、その名、世にあらはれたる人多《おほ》かりき。漢のはじめに似たりといふべし。世のおさまるにしたがひ、いつとな

然尚有㆓干戈㆒、平㆓定四海㆒、亦未㆑暇㆓遑庠序之事㆒也、孝恵呂后時、公卿皆武力有功之臣、孝文時、頗徴用」とあり、漢書・劉歆伝には、「至㆓孝文皇帝㆒、始使㆘掌故朝錯、従㆓伏生㆒受㆗尚書㆖」と見え、「李奇曰、掌故官名也」と注する。

一六 漢代に郡や国に置かれた博士の官。漢書・東方朔伝に、「武帝初即㆑位、徴㆓天下㆒挙㆓方正賢良文学材力之士㆒」とあり、同・西域伝に、「視㆘丞相御史二千石諸大夫郎為㆓文学㆒者㆖」と見え、顔師古は「為㆓文学㆒謂㆘学㆓経書㆒之人㆖」と注する。

一 経学を修める人。儒者。

(八二) 中国では漢代に雄傑多く、魏晋より家柄重視で剛毅心が薄れたが、わが国の将来も気に懸る。

二 魏晋南北朝の官吏登用制度、九品官人(九品中正)法は門閥重視の推薦制であったが、唐代に整った科挙(貢挙)では、進士科の試験は時務策(時事論文)から詩賦という韻文中心に移った。

三 無作法、無風流な武人。粗野な軍人あがり。

四 中唐の武将。字は良器、諡は忠武。徳宗の時、朱泚《しゆせい》の反乱を平定、司徒となり西平王に封。

五 中唐の武将。諡は成粛。徳宗の時、張朏《ちようひ》の反乱を平げ中書侍郎同中書門下平章事を拝した。李晟とも争ったが、経史に通じ吏事に専念した。

六 わが国も天下泰平の徳川治下に入ってからは、州国の政治に携わる人は。

七 「身のたしなみありて、いやしき事もなく、上下おそれはゞかり、その名、世にあらはれたる人」は、明け方の星のように僅かで。

八 後世にとっての先例。

九 →六六頁五十段注四。

一〇 国政担当の大臣。鈞は陶器を作る轆轤《ろくろ》。

く魏晋より下《しも》つかたのやうにおぼへ、さ[七]ある人は旦《あした》の星《ほし》にひとしく、いまは世[八]のためしとなる人、なきにしもあらぬといへば、この後《のち》いかゞあらんやと、うれひ思《おも》へる人多《おほ》しとぞ。

芸窓筆記《うんさうひつき》[九]云、或曰、某公以創業元勲、儼処鈞軸《きんぢく》[一〇]之任、処分謀《しよぶんぼう》[一一]画《くわく》照耀《せうえう》史冊。唯其不学可謂梗楠《べんなん》[一二]之微朽《びきう》矣。曰、漢初宰相操行気節、可称大臣之識者、多出於不学無術之武人。如曹参《さうさん》[一三]周勃《しうぼつ》[一四]申屠嘉《しんとか》[一五]周亜夫《しうあふ》[一六]霍光《くわくくわう》[一七]是也。其他出於文臣者、大約碌々無可歯《たぐひ》者。独有一公孫《こうそん》[一八]弘《こう》、文章才術、非他人比。然曲学阿世《きよくがくあせい》[一九]、徒《いたづ》足以欺愚俗爾《のみ》。及其衰也、所以喔咿嚅唲《あくいじゆじ》[二〇]保寵固位、欺時君以長厲階《れいかい》[二一]、結姦党《かんたう》以煽《あふ》兇焔《きようえん》、遂成賊莽《ぞくまう》[二二]移鼎之謀。如谷永《こくえい》[二三]杜《と》欽《きん》[二四]張禹《ちやうう》[二五]孔光《こうくわう》[二六]之徒者、豈非当時所謂碩儒《せきじゆ》也耶。然則武人未必可訾《そ》、而文臣未必可信。蓋[二七]心術正、則[二八]文采風雅、雖有不足、自可以居輔相之位《ほしやうのくらゐ》、否《しからざ》則徒足以美観聴而已《のみ》矣。其於天下国家、復何益乎。後世学者、心術之不修、本根之不究、而唯繁文偽飾《はんぶんぎしよく》[二九]之是急。幾《ちか》乎孟子所謂放飯流歠《はうはんりうてつ》[三〇]而問無歯決。可概也夫。難江戡定《なんかうかんてい》[三一]以後、上自《よ》大藩下逮《およ》侯国、凡主《つかさど》乎政治者、皆従《よ》[三二]斬将搴《と》旗中出。

軸は車を回転させる心棒。
一一 輝しい治績や構想が歴史記録に明記される。
一二 大本の僅かな朽腐箇所。大きな物の小さな傷。梗、楠(枏)ともにゆずりはの一種で、巨木。
一三 漢初の武将、功臣。諡は懿。蕭何と共に高祖を助け、何の歿後二代目の宰相となり政策を継承。平陽侯に封。蒙求・曹参趣装は蕭何の後継を予言した故事。
一四 漢初の武将、功臣。諡は武。家は代々沛(はい 江蘇省沛県)で養蚕用のすだれ製造業。高祖に従い挙兵。皇后の一族諸呂《しょりょ》を誅し、漢室を安定させた。文帝の時、右丞相。絳侯に封。蒙求・周勃織薄は出自記事。薄は蚕のすだれ(まぶし)。
一五 漢初の武将、功臣。諡は節。高祖に従い項羽を討つ。文帝の時、丞相。故安侯に封。
一六 漢の武将、功臣。周勃の子。文帝の時、匈奴入寇に出陣し真将軍と称された。景帝の時、呉楚七国が叛いてこれを討ち、丞相。条侯に封。のち讒にあい廷尉に降格。絶食し吐血して歿。
一七 漢の武将。功臣。霍去病《かくきょへい》の異母弟。字は宣成。武帝の時、奉車都尉。のち大司馬、大将軍。博陸侯に封。威光は内外に振ったが、不学。歿後、宣帝は霍氏の権を奪い、一族断絶。
一八 漢の学者。字は季。春秋雑説を学び、武帝の時、博士、丞相。平津侯に封。同じ文臣主父偃《しゅほえん》を殺し、董仲舒《とうちゅうじょ》を膠西国に移す。
一九 真理をゆがめたえせ学問で世間におもねる。
二〇 へつらい笑い。つくり笑い。
二一 怨みを招く原因を大きくする。
二二 王莽《おうもう》(前四五—後二三)が前漢末(後八)国を奪い、国名を新と号した。鼎は九鼎、即ち王位を指す。
二三 漢の学者。字は子雲。京房《けいぼう》の伝えた易

然　大抵朴実謹慎《ぼくじつきんしん》、不二敢放縦一、而操行気節、卓然　不レ群者亦復不レ少。蓋其心術正　也。及レ至二近世一、文教稍興、人　誦二詩書一。然　率《おほむ》　皆非二養レ望自高一、則依阿《いあ》　取レ容《ゆるさ》、　比二諸《これ》　昔時一、未レ見二其髣髴一。蓋其文華勝《すぐ》、而心術有レ所レ不レ足也。郷里無二医薬一、而病人寡《すくな》、都邑有二医薬一、而病人多。非二医薬之能害一レ人也。酒色之人、而恃《たの》二乎医薬一所二以致一レ病也。此言也、可下以譬中諸《これ》　心術不レ正、而徒　誦二詩書一、其得二罪於名教一也、愈益　弘上矣。由レ是観レ之、人之学　与《と》レ不レ学、且《しばら》　非レ所レ論。唯顧下　心術如何　与《と》中所二以為一レ学之方如何上耳。

(八三)　ある人《ひと》の物語《ものがたり》に、いしずえ[三]うるほはゞ雨《あめ》ふると知《し》るべし。うたひもの[四]、らんぶなどはやるところは、武備おろそかなると知《し》るべし。酒色をこのみ、達《たつ》者《しや》なりとおぼゆる人《ひと》は、わか死《じに》すると知《し》るべし。物事《ものごと》華麗《くわれい》なりといへる国《くに》は、遠《とを》からずして衰微《すいび》すべしと知《し》るべし。身《み》もちみだりなる人、政治《しをき》するといはゞ、事《こと》あるときはその国《くに》まづ亡《ほろ》ぶと知《し》るべし。口《くち》[五]からきゝてこざかしきもの、もてはやさるといはゞ、その人《ひと》たゞしからずと知《し》るべし。家《いゑ》に妬婦《とふ》[六]ありといはゞ、その夫《をつと》ふらちなりと知《し》るべし。

法に精通。文章に長ず。成帝の時、王氏一族に加担。蒙求に谷永筆札の標題がある。
二四 漢の学者。字は子夏。武庫令となり大将軍王鳳の幕下に参ず。文章に長じ谷永、杜鄴と並称される(蒙求・谷永筆札)。
二五 漢の学者。字は子文、謚は節。経学の博士。元帝の時、太子に張侯論(魯論と斉論の折衷書)を授けた。成帝の時、相となり安昌侯に封。王氏一族をはばかり帝の諮問にも直言しなかった。
二六 漢の学者。字は子夏。謚は簡烈。経学の博士。尚書、御史大夫、丞相、大司徒、太傅、太師等を歴任、平帝の初年、王莽の専横を憂えて致仕。博山侯に封。蒙求に孔光温樹の標題がある。
二七 心の持ち方。管子・七法に、「実也、誠也、厚也、施也、度也、恕也、謂二之心術一」とあり、尹知章注は「術道也、君相之心、当下以二此六者一為中道上」と、為政者の心立てである旨を述べる。
二八 詩文述作の立派さ。
二九 わずらわしい、うわべだけの美しさ。
三〇 大きな無作法を犯しながら、却って相手の小さな失礼を責める。孟子・尽心上に、「放飯流歠、而問レ無二歯決一、是之謂レ不レ知レ務」とあり、趙岐注に、「於二尊者前一賜レ食、大飯長歠、不敬之大者、歯決小過耳、言、世之先務舎レ大譏レ小、若レ此之類也」と見える。大口に飯を食べ、流し込むように汁をすすり、乾肉を歯でかみ切ることは礼記・曲礼や少儀の禁止行為。餟は歠(つせ)の誤り。
三一 難波江での勝利(大坂冬、夏の両陣)と鎮定。
三二 敵将を斬り敵の軍旗を奪い取る。呉子・料敵に、「搴レ旗斬レ将、必有二能者一」、史記・叔孫通伝に、「斬レ将搴レ旗之士」とある。

一 名望を得ようと努め、自らを誇る。

（八四）おしむべしと思《おも》ふ事、いかほどもあるなかに、[七]脾胃《ひゐ》つよく、骨節《ほねふし》たしかに生《むま》れつきたる人、よくやしなひなば、百年《もゝとせ》もかたきにはあるまじきに、酒色をほしいまゝにして、わか死《じに》するぞおしき。生《むま》れつきおろかなれば、われ人《ひと》のごとく、[八]頭《かしら》の雪《ゆき》のきはむをかぎり、やすき心なく、[九]ひかげをおしみても、何《なに》のなす事もなく、その名一郷《ひとさと》をも出《い》でがたし。世のかしこき人《ひと》は、物事《ものごと》はかゆき、駆馬《かけむま》にむちうつやうなるに、いたづら事《ごと》にのみ心をはせ、つゐにはくさ木ともに、同《おな》じく朽《くち》ゆくぞおしき。世の中にいたましくかなしと思《おも》ふ事、まづしといふよりほかやあるべき。ちからなきものは、いかほど思《おも》ひても、心にまかせがたし。[一〇]手前《てまへ》よろしき人《ひと》は、いくへにもこれをめぐみ、人のためのみ思《おも》ひ、つとめて仁慈を行《をこな》ひなば、その風義、子まごまでもつたはり、めでたき家《いゑ》となるべきに、さはなくして、その身は人欲をもて、たからあつむる事《こと》のみ知《し》り、その子まごは人欲をもて、たからすつる事のみ知《し》りて、[一一]長者三代なしといへる言《こと》葉《ば》にひとしく、くらにつみたくはへたるもの、つゐにはをごりのたすけとなり、失《う》せすたるこそおしけれ。土地人民をたもち、君といはれさせ給ふ御方《かた》は、天《あめ》地《つち》のひらけしはじめより、そのかずいかほどゝかぞふるほどにて、生《い》きとし生《い》

二 こびへつらい、人に気に入られようとする。

（八三） 自然現象も人事もすべて因果関係の表れで、それぞれの角度から必然的推測が可能である。

三 礎の表面が大気の湿度の上昇で湿り気を帯びると。

四 歌舞音曲類が流行すると。

五 多弁で悪賢い者。「利口」の訓読。

六 嫉妬深い妻。以上、すべて儒家の倫理と論理であるが、逆説に終始する老子・上・十八の「大道廃有㆓仁義㆒、智慧出有㆓大偽㆒、六親不㆑和有㆓孝慈㆒、国家昏乱有㆓忠臣㆒」と、論法は一致する。

（八四） 健康な人も摂生に努め、富人は慈愛を旨とし、貪吝や浪費を戒め、君主は善政の範を示したい。

七 五臓六腑が強健で、筋骨逞しく生れついた人。脾胃は→五〇頁二十三段注一。

八 頭髪が白くなるまで心を労し。

九 寸暇を惜しみ精進しても。「ひかげをおしみても」は惜陰、惜景などの訓読。

一〇 資産豊かな人。手前は資力、生計、暮し向き。

一一 富裕な者の子は愚か者が多く、孫は遂に家を滅ぼす、の意。河内屋可正旧記・四（元禄六―宝永三〔一六九三―一七〇六〕年、壺井可正著）に、「長者三代ナシト云ハ昔ヨリノ名言也、其二代メノ者、進退ノ能マヽニ人ヲナイガシロニシ、己ヲタカブリ、仁義ヲ不知、万ニ慎ナク、我マヽニクラス故ニ、奢ルモノ久シカラズシテ、必家亡也、其二代メノ者能キケ、トメルト云共貧ヲ忘ル事ナカレ、富テ礼ヲコノム事ハトテモナルマジ、先手前ノ奢ヲヤメ、人ヲアナドラズ、己ヲシリゾケ、倹約ニヲコナハヾ、凡長久ニシテ、必三代ニカギルベカラジ」とある。川柳、「売家と唐様（からよう）で書く三代目」は有名。

けるものゝ、えがたき位《くらゐ》にゐ給ふ御身なれば、よろしき御まつりごとありて、その名記録にもつたはり、千代万世《ちよよろづ(よ)》の後《のち》までも、あがめたうとぶやうにこそありたきに、その御こゝろざしあるは少《すく》なく、むなしく歳月《としつき》をおくり給ふぞいとおしき。

（八五）宋儒《そうじゅ》[一]の学を、明《みん》の人《ひと》は迂腐《うふ》[二]なりとし、道学《だうがく》[三]の気、または頭巾《づきん》[四]の気などいひて、あざけりたる事多《おほ》し。堂《だう》[五]にのぼれる子路《しろ》も、夫子《ふうし》の言葉《ことば》をさかれるといへば、その見る所の浅《あさ》きよりおかしと思《おも》へる、さもあるべし。されば明儒《みんじゅ》[六]の言《こと》葉《ば》を見るに、まことにさはやかにして、熱をとれるものゝ、きよらなる風《かぜ》に手あらふやうなれど、[七]この〔風《かぜ》〕たけなば、〔堅《かた》〕き〔氷《ひ》〕いたらむと、おそれ思《おも》ひ侍る。

（八六）程朱《ていしゅ》の学を論ぜる人ありしに、愚誣《ぐぶ》[八]の失《しつ》あるを見て、詩書[九]のをしへ廃するにひとしかるべしと、ある道知《みちし》れる人こたへしとぞ。

（八七）天下《てんが》[一〇]を治《おさ》むるのもとは、国《くに》にある事《こと》を知《し》りて、まづその国《くに》を治《おさ》め、国《くに》を

（八五）　明儒は宋学の理解不足のまま宋儒を批判し、心理一体論も唯心的傾向には発展に不安が残る。

一　北宋の周敦頤《しゅうとんい》＝濂渓《れんけい》一〇一七—七三)、張載（横渠 一〇二〇—七七）に起り、程顥《ていこう》＝明道 一〇三二—八五)・程頤《ていい》＝伊川 一〇三三—一一〇七)兄弟に継承され、南宋の朱熹(晦庵 一一三〇—一二〇〇)が大成した性理の学。人間の本性や宇宙の根源を考究する思弁哲学。道学、理学、朱子学、程朱の学、また彼等の居住地より濂洛関閩《れんらくかんびん》の学と称せられる。

二　愚かで世事に疎い。曲学迂腐、また迂儒、腐儒などの蔑称がある。

三　経書の解釈を主とする漢唐訓詁の学でなく、聖人の道を篤信し聖賢の学統(道統、孔子—曾子—子思—孟子—二程子)を立て、性命理気の精究を旨とする。道学の名称は北宋末元祐年間(一〇八六—九四)に起り、南宋淳熙年間(一一七四—八九)に盛んであったと言われ、宋史は道学伝四巻を立てた。

四　朱子学信奉者が威儀を重んじ、儒服を着、儒巾を被りたがる嫌み。偽善者的臭み。

五　子路は師の孔子から、「由也升レ堂矣、未レ入二於室一也」(論語・先進)と、その学がかなり進んでいることは認められたが、しばしば孔子の言を聞き誤った。「子路聞レ之喜、子曰、由也、好レ勇過レ我」(同・公冶長)、「子曰、暴虎馮河、死而無レ悔者、吾不レ与也」(同・述而)、「子曰、丘之禱レ之久矣」(同・述而)、「子曰、是道也、何足二以臧一」(同・子罕)、「子路共レ之、三嗅而作」(同・郷党)、「子曰、賊二夫人之子一、子路曰、有二民人焉一、有二社稷一焉、何必読レ書然後為レ学、子曰、是故悪二夫佞者一」(同・先進)、「子曰、必也正レ名乎、子路曰、有レ是哉、子之迂也、奚其正、子曰、野哉由也」(同・子路)、「子路問二君子一、子

治《おさ》むるのもとは、家《いゑ》にある事を知《し》りて、まづその家《いゑ》を斉《とゝの》へ、家《いゑ》を斉《とゝの》ふるのもとは、身にある事を知《し》りて、まづその身を修《おさ》め、身を修《おさ》むるのもとは、心にある事を知《し》りて、まづその心《こゝろ》を正《たゞ》しく、心《こゝろ》を正《たゞ》しくするのもとは、意《こゝろばせ》を誠《まこと》にするにある事《こと》を知《し》りて、まづその意《こゝろばせ》を誠《まこと》にし、意《こゝろばせ》誠《まこと》にするのもとは、知《し》る事を致《いた》すにある事を知《し》りて、まづその知《し》る事を致《いた》し、知《し》る事を致《いた》すのもとは、物《こと》[一一]に格《いた》るにある事《こと》を知《し》りて、まづ物《こと》に格《いた》る。しかれば格物致知《(かくぶつちち)》といへるは、天下《(てんが)》、国《(くに)》、家《(いへ)》、身《(み)》、心《(こころ)》、意《(こゝろばせ)》、内《うち》にしてはをのれを修《おさ》め、外《ほか》にしては人を治《おさ》むる事の上《うへ》につき、それ〴〵の理を窮《きは》めて、わが知《し》る所のあさはかならぬやうにする事をいへり。おほよそ理といへるは、かくあるはづ、かくするはづといふ事ぞかし。たとへば、今のはじめて官府《(くわんぷ)》に臨《のぞ》める人、日帳《(ひちやう)》記録をかんがへて故事先例をさとり、功者《(こうしや)》の人にもたづね、自分にもふかく思《おも》ひて、それ〴〵のわけを知《し》り、事《こと》をとり行《をこな》ふを見て、格物致知といふ事を知《し》るべし。しかるに王氏《(わうし)》[一二]の説に、その身わかきとき、筍《(たかんな)》を見て、その理を窮《きは》めんとせしといふ事、伝習録《(でんしふろく)》に見へたり。これは格物致知の極功《(ごくこう)》をときて、一草一木《(いつさういちぼく)》[一三]の微《(び)》なるまでといへる言葉《ことば》にかゝはり、本註《(ほんちゆう)》[一四]の物は事のごとしといへるを、くはしく見ざるゆへにや。先[一五]王の大学をまうけて、人をしゐ給ふは、才徳《(さいとく)》の人をえらび出《いだ》し、士大夫《(したいふ)》のく

曰、脩㆑己以敬、曰如㆑斯而已乎、…脩㆑己以安㆓百姓㆒、尭舜其猶病㆑諸」(同・憲問)、「子曰、賜也、女以㆑予為㆓多学而識㆑之者㆒与、対曰然、非与、曰、非也、予一以貫㆑之」(同・衛霊公)、「佛肸召、子欲㆑往、子路曰、昔者由也聞㆓諸夫子㆒、曰、親於㆓其身㆒為㆓不善㆒者、君子不㆑入也、…子之往也如㆑之何、子曰、然、有㆓是言㆒也、…吾豈匏瓜也哉、焉能繫而不㆑食」(同・陽貨)などがその事例。「さかれる」は逆れる、とり違える意。

六 王守仁(陽明、一四七二―一五二八)の心即理、知行合一、致良知の所説。

七 主張の一徹さが昂ずると、思想の柔軟性が失われ、硬直して大事になりかねない。易・坤・初六に、「履㆑霜堅冰至」とある。

(八六) 宋学を論難する人は、性理説の短所を見て、儒教そのものを否定するに等しいと言えよう。

八 出来もしないことにこだわり、主張し続ける愚かさとごまかし。荘子・秋水に、「其不㆑可㆑行明矣、然且語而不㆑舎、非㆑愚則誣也」、韓非子・顕学に、「無㆓参験㆒而必㆑之者愚也、弗㆑能㆑必而拠㆑之者誣也、故明拠㆓先王㆒、必定㆓尭舜㆒者、非㆑愚則誣也、愚誣之学、雑反之行、明主弗㆑受也」とある。

九 詩経と書経。経書。儒教教典。

(八七) 大学の格物致知はそれぞれの訳を知り事を執り行う意で、王陽明の説は人倫を軽視している。

一〇 大学に、「大学之道、在㆑明㆓明徳㆒、在㆑親㆑民、在㆑止㆓於至善㆒、…古之欲㆑明㆓明徳於天下㆒者、先治㆓其国㆒、欲㆑治㆓其国㆒者、先斉㆓其家㆒、欲㆑斉㆓其家㆒者、先修㆓其身㆒、欲㆑修㆓其身㆒者、先正㆓其心㆒、欲㆑正㆓其心㆒者、先誠㆓其意㆒、欲㆑誠㆓其意㆒者、先致㆓其知㆒、致㆑知在㆑格㆑物、物格而

らゐにをき、おほいにしては朝家《(てうか)》の輔佐《(ほさ)》、すこしきにしては一郡一県の司《つかさ》とし、天下国家の治平《(ちへい)》をいたし給《たま》はんとの事なるに、第一に心を用《もち》ゆべき人倫《(じんりん)》の事をさしをき、箇《たかんな》などいへる草木の理を窮《きは》めて日をくらさば、上《(かみ)》ののぞみにもそむき、その身のこゝろざしにもたがひ、大学のまうけは無用のごとくなるべし。そのうへ王氏の、箇《たかんな》の理を窮《きは》めんとせられしは、いかゞせられたるにや、ふしぎに思《おも》へり。これはさだめて未定《(みぢやう)》の説なるべし。また人のいへるに、[一]忠孝の理を窮《きは》むるといふは、親に孝行をし、君に忠義をするはこの理あるゆへなりと、その理を窮《きは》むることをいへりと。この言葉《ことば》も近《ちか》くして遠《とを》し。親《おや》[二]はわれを生《う》み給ふゆへ、孝行をし、君《きみ》はわれをはごくみ給ふゆへ、忠をつくすといふ事、なにかは知《し》りがたき事ならむや。いかほど窮《きは》めたりとも、このほかはあるまじ。忠孝の理を窮《きは》むるといふは、同《おな》[三]じく諫《いさ》むるにも、君《きみ》はかんばせをおかして諫《いさ》むるはづ、親《おや》はやうやくに諫《いさ》むるはづ、君臣は物事《ものごと》義を主とし、父子は物事《ものごと》恩を主とし、君臣の間《あいだ》は道《みち》あはざれば去《さ》る、父子の間《あいだ》は号泣《(がうきふ)》してしたがふなどいへる事《こと》をはじめ、おほよそ君父につかふる事《こと》、千緒万端《(せんしよばんたん)》、みなそれ〴〵のすぢ道《みち》をわかちて知《し》るこそ、忠孝の理を窮《きは》むるとはいへ。

后知至、知至而后意誠、意誠而后心正、心正而后身修、身修而后家斉、家斉而后国治、国治而后天下平、自二天子一以至二於庶人一、壱是皆以レ修レ身為レ本」とある。いわゆる大学の八条目である。

二 格物の解釈は諸説あるが、朱子は至ると解して事物の理を窮める意とし、王陽明は正すと解して心すなわち理を正すと説いた。

三 王陽明は質疑に答え、良知さえ等しければ行動は人により異なる所以を説く時、枝や節の凡その長さが揃っている竹に例えた。伝習録・下に、「且如二一園竹一、只要レ同二此枝節一、便是大同、若拘二定枝枝節節一、都要二高下大小一様一、便非二造化妙手一矣、汝輩只要三去培二養良知一、良知同、更不レ妨レ有二異処一、汝輩若不レ肯レ用レ功、連レ筍也不二曾抽得一、何処去論二枝節一」とあり、良知を養うことに努めなければ、竹どころか筍さえ生えないだろう、と教えた。

三 程伊川(頤)の語として二程語録・十一に、「然一草一木皆有レ理、須是察」とあり、朱子も大学或問に、「然一草一木亦皆有レ理、不レ可レ不レ察」と引用。著者芳洲は王陽明がこの語に拘り筍云々と述べたように解しているが、陽明は弟子梁日孚の「先儒謂、一草一木亦皆有レ理、不レ可レ不レ察、如何」との質問に、「夫我則不レ暇、公且先去理二会自己性情一、須下能尽二人之性一、然後能尽中物之性上」(伝習録・上)と答え、人性の究明が先決であるとの陽明の主張を繰返し教えている。

四 鄭玄の注、「格来也、物猶レ事」を指す。

五 大学或問に、「大学之教、乃為三天子之元子衆子、公侯卿大夫士之適子与二国之俊選一、而設レ是皆将レ有二天下国家之責而不レ可レ辞者一、…安得レ不下以二天下国家一為中己事之当上レ然」とある。

(八八) 格物致知《かくぶつちち》といへる事、その説をつまびらかにせざる人は、かならずとりちがへる事あるにや、韓人《からびと》のおどけばなしに、ある人《ひと》ゆへなくしてあかはだかになり、水《みづ》におぼるゝを見て、何事《なにごと》ぞやととひしに、入水《じふすい》の格物するとこたへし、とかたりてわらひき。これも王氏の箚《たかんな》にひとしといふべし。

(八九) 潮《うしほ》の満干《みちひ》はいかなるゆへなりや、ととひし人ありしに、気升《のぼ》[四]り地沈めば、水《みづ》あふれて潮《てう》となり、気降《くだ》り地浮べば、水《みづ》しゞまりて汐《せき》となると、むかしの人のいひをきし、さもあるべし。されど、かゝる事はしばらくさしをき、ひたすら日用の事に心を用《もち》ひ給ふべし。しからずば、隠《かくれ》たるをもとむるのあやまりのみ多《おほ》かるべし。貞享《ぢやうきやう》[五]□年流星《りうせい》ありて、天《あめ》の東南《ひがしみなみ》の隅《すみ》、ふかき谷《たに》のごとく、内《うち》にくぼみたるやうに見へ、丹《に》を流《なが》したるがごとく、赤《あか》くすさまじかりき。宝《はう》[六]永戊子年《えいぼしのとし》には、四国九州の地、白毛《はくまう》を生じ、長《なが》きは七八寸なるもありし。享《きやう》[七]保癸丑年《ほうきちうのとし》には、畿内《きない》の地に、あづきのごとく豆《まめ》のごとくなる物降《ものふ》り下《くだ》り、近江《あふみ》の内《うち》には、四五寸つみたる所もありたるといへり。これみなまのあたり見たる事なるが、かゝる事いかゞしてそのことはりを窮《きは》むべき。これは大変《たいへん》なるゆへ窮《きは》めがたしといはゞ、手もち足ゆく事ははなはだ近《ちか》き事なるが、いかゞしてか

一 伝習録・中に、「心之体性也、性即理也、故有㆓孝㆑親之心㆒、即有㆓孝之理㆒、無㆓孝㆑親之心㆒、即無㆓孝之理㆒矣、有㆓忠㆑君之心㆒、即有㆓忠之理㆒、無㆓忠㆑君之心㆒、即無㆓忠之理㆒矣」、同・下にも、「心即理、…此心在㆑物則為㆑理、如㆘此心在㆑事㆑父則為㆑孝、在㆑事㆑君則為㆖忠之類」とある。

二 孝経に、「子曰、君子之事㆑親孝、故忠可㆑移㆓於君㆒」とある。

三 礼記・曲礼下に、「為㆓人臣之礼㆒、不㆓顕諫㆒、三諫而不㆑聴、則逃㆑之、子之事㆑親也、三諫而不㆑聴、則号泣而随㆑之」とあり、史記・日者伝にも、「賢之行也、直㆑道以正諫、三諫不㆑聴則退」と引かれている。

(八八) 格物致知という知的認識を意志的行動と混同し、認識主体を喪失する愚行は誤解も甚だしい。

(八九) 不可知なことを無理に窮めようとする態度は、孔子や程朱の真意に反し、処世にも役立たない。

四 康熙字典・巳上・水「汐」に引く東海漁翁海潮論の、「地浮㆓於大海㆒、随㆑気出入上下、地下則滄海之水入㆓於江㆒、謂㆓之潮㆒、地上則江湖之水帰㆓於滄海㆒、謂㆓之汐㆒」に拠るか。後年、山片蟠桃も夢ノ代・一・天文に、「地球ヲシラザル古昔ノ論」として引用。出典の著者は唐末、五代、宋初の邱(丘)光庭で、東海漁翁と西山隠者との対話という(有坂隆道)。

五 貞享二年(一六八五)二月二十二日、酉の下刻の流星。徳川実紀、同日の記事に憲廟実録などを引き、「この夜流星大さ満月のごとくにて、東南より西北に飛、その声雷のごとし」とある(大崎正次『近世日本天文史料』には文献十七例を列挙)。

六 宝永五年(一七〇八)。

くはなるといへる事、そのもとを窮《きは》めば、われ人《ひと》はいふに及《をよ》ばず、聖人といへども知《し》り給ふまじ。その知《し》るべからざる事は、知《し》るべしとせざるこそ大知《たいち》とはいへ、格物といへる事、あしく心えなば程朱《ていしゆ》の心にもたがひ、世に処《しよ》するのたすけとはなりがたかるべしと、ある人こたえしとぞ。

(九〇) 太刀《たち》をよくつかひて、名人《めいじん》といへる人《ひと》のうちには、自然《しぜん》と心の体《てい》を知《し》り、また身のもちやうを知《し》れるもあり、柳[二]のなにがし、沢庵和尚《たくあんをしやう》の袈裟《けさ》を屏風《びやうぶ》にかくるを見て、太刀《たち》の法を悟《さと》りしといへる、さもあるべし。このほどある人のはなしに、都《みやこ》なる人碁をよくせしが、その子には教《をし》へざるゆへ、そのよしをとへるに、それがしはこの碁にて家《いゑ》を治《おさ》めさぶらへど、とてもそれほどにはなるまじと思《おも》ひ、教《をし》へ申さぬとこたへしとなむ。小芸小技《せうげいせうぎ》にても、かゝるふしぎなる事あり。古人の言葉《ことば》に、[三]天下の理は一なりといへば、ふかく心《こゝろ》を用《もち》ふるのしるしなるべし。

(九一) 棊《ご》はおかしきものなれど、国《くに》を治《おさ》め、軍《いくさ》するにたとふべき事多《おほ》し。ある棊をよくせるといへる人《ひと》の言葉《ことば》に、[四]棊をよくせんとならば、まづ心の工夫をし

七 享保十八年(一七三三)。注六、七とも傍証に欠けるが、天野信景・塩尻・十には明暦三年(一六五七)、宝永二年(一七〇五)などに信州や伊勢・尾張・三河・遠江で、白毛や大豆、赤小豆が降った記事が見える。ただし、末に「天豈百穀異物を降さんや、…あなかしこ、俗に流るゝ事なかれ」と、その無稽さを注している。

一 論語・為政に、「子曰、由、誨㆓女知㆒之乎、知㆑之為㆑知㆑之、不㆑知為㆑不㆑知、是知也」とある。

(九〇) 技芸万般、究極的には本人自らの機根で体得して、はじめて至高の境地に到達が可能である。

二 柳生宗矩(一五七一―一六四六)は沢庵宗彭(たくあんそうほう 一五七三―一六四五)の著、不動智神妙録や太阿記などに導かれ、剣法柳生新陰流の開眼となった。ただし、宗矩の著、兵法家伝書などにはこの逸話は見えない。沢庵は臨済宗の僧で、剣禅一如を説いた。

三 朱子・中庸章句に、「中者天下之正道、庸者天下之定理、…其書始言㆓一理㆒、中散為㆓万事㆒、末復合為㆓一理㆒」とある。

(九一) 囲碁はしばしば国政や軍略にたとえられるが、手立てよりも先ず心の工夫こそ肝要である。

四 碁の上手が心の持ち方を重視した話は、たとえば徒然草一八八段の、「碁を打つ人、一手も徒らにせず、人に先立ちて、小を捨て大に就くが如し。…これをも捨てず、かれをも取らんと思ふ心に、かれをも得ず、これをも失ふべき道なり」など、数多い。

(九二) 学問は修める人次第で、世に有益な妙智とも、害毒を流す狡智ともなるので有り難く恐ろしい。

給へといひしとぞ。これはつねの棊うちにはあらじ。

(九二) 学問《がくもん》するほどよき事はなく、また学問《がくもん》するほどおそろしき事《こと》はあらじ。生《むま》れつき正《たゞ》しき人《ひと》の物学《ものまな》びしたるは、力《ちから》あるものゝ[五]柔《やは》ら取手《とりて》など習《なら》へるにひとしく、いよ〳〵学《まな》びていよ〳〵たうとけれど、生《むま》れつきいかゞやと思《おも》ふ人の物《もの》知《し》りたるは、[六]たはれたる人、または酒《さけ》に酔《え》ひたるものゝ力《ちから》つよくして、しかも柔《やは》ら取手《とりて》など知《し》りたるにひとし。いよ〳〵学《まな》びていよ〳〵あしゝ。もろこしの士大夫といへるもの、いづれか[七]科挙《くわきよ》よりすゝみ、学問《がくもん》せざるものやある。されど、民をそこなひ国《くに》をあやまりたるなどいひて、いまの世までも、にくみそしれる人少《ひとすく》なきにあらず。学問《がくもん》したるとて、かならずよろしかるべしといはんや。[八]荘子《さうじ》の、儒者は詩書をもて塚《つか》を発《あば》くといへる、誹謗《ひばう》にはあらじ。

自註。この言葉《ことば》は、不ル二善ク学バ一ものを見て、疑《うたがひ》を善ク学ブものに致《いた》すに似たり。其レ或ハ有リテレ所レ[九]徴《こ》ル而然ル歟。

(九三) [一〇]大事小事ともに、その国々《くにぐ》に相応《さうおう》する事あり、また相応せざる事《こと》あり。[一一]三代《さんだい》、礼を同《おな》じくせずといへるも、時により、風俗《ふうぞく》により、一様《いちやう》にはなりが

五 柔術や相撲。

六 狂人。→三九頁内題注一。

七 中国の官吏登用試験制度。科目別に人材を挙げる意。隋・唐に始まり、秀才・明経・進士・俊士・明法・明算の六科のうち、次第に詩賦論策中心の進士が重んじられた。原則、年一回の実施が宋代には三年ごとになり、郷試(解試)・会試(省試)・殿試の三層の法が確立した。時代により変遷があり、清末の廃止まで永く官吏の登竜門であったが、競争激しく弊害も多かった。

八 荘子が儒者は先王の言を口にしながら不義を行うと非難し、墓あばきの寓話で明け方の盗掘現場の会話を描写したことを指す。荘子・外物に、「儒以二詩礼一発レ冢、大儒臚伝曰、東方作矣、事レ之何若、小儒曰、未レ解二裙襦一、口中有レ珠、…生不二布施一、死何含レ珠為、接二其鬢一、壓二其顪一、而以二金椎一控二其頤一、徐別二其頰一、無レ傷二口中珠一」とある。詩礼は詩経と礼記、大儒・小儒は儒者の親分と子分たち、臚伝は命令の伝達、裙襦は埋葬者の下着、接はつかむ、顪《かい》はあごひげ、壓はおさえる。著者は荘子の主張を一面で肯定している。

九 自らを戒める。

(九二) 科挙の制度をわが国にも設けよとの中華崇拝者の意見は、実施困難で成果も期待できない。

一〇 著者の主張は十一段以下の数段とも通じ合う。

一一 夏・殷・周の礼制はそれぞれ修正が加えられ、同一ではない。論語・為政に、「子曰、殷因二於夏礼一、所二損益一可レ知也、周因二於殷礼一、所二損益一可レ知也」、同・八佾にも、「子曰、夏礼吾能言レ之、杞不レ足レ徴也、殷礼吾能言レ之、宋不レ足レ徴也」とある。

たきゆへなるべし。もろこし事《ごと》このめる人は、一この国《くに》も科挙《くわきよ》の法《はふ》あらば、よろしからむといへる人多《ひとおほ》し。思《おも》はざるのはなはだしきにや。その法いかゞして立《た》たんやとくはしく思《おも》はゞ、はなはだその難《かた》き事を知《し》るべし。また世の益《えき》となるべしや否《いな》やとふかく思《おも》はゞ、さまで益《えき》あるまじといふ事を知《し》るべし。

自註。此言《レフ》下以《ニテ》レ文《ヲ》応《ズルノ》レ選《ニ》、本非《ズ》二斯《ノ》国《ノ》人所《ニ》上レ能《クスル》、強《(しひ)テ》而為《ストモ》レ之《ヲ》、亦無《カランコトヲ》二益於治一也。

(九四) もろこしの科挙《くわきよ》といへるは、その国《くに》のいきほひなれば、やむ事《こと》をえずかくはすれど、もとくはしき法といふにはあらず。およそ人を採《と》るは、そのこゝろ行《おこな》いをこそ見るべきに、文《ふみ》つくらせて、その文《ふみ》のよしあしにより、人《ひと》がらのたうときいやしきを極《きは》めたらむには、文《ふみ》はたくみなれど、その身は用《もち》ふるにたらざる人、いかほどもあるべし。三九品中正《きうひんちゆうせい》などいへる司《つかさ》をまうけて、人をえらびしときもあれど、これもその人《ひと》のよしあしありて、たのみがたければ、その法もほどなくやみぬ。この国《くに》は国《くに》のさま周の封建に近《ちか》く、国々《くに〴〵》の士大夫、みなその禄を世々《よゝ》し、いとけなきより年《とし》たくるまで、朝夕《あさゆふ》したしみなれ、人《ひと》がらのよしあし、互《たがひ》に知《し》りたるうちより、それ〴〵のかしらすべき者《もの》をえらびて用《もち》ふ

一 著者は橘窓茶話・中でも、「或曰、科挙可レ行二於今一、曰、科挙之法至煩至艱、自レ漢以来歴二千百年一而後定、唐有二李訓鄭注一、弗レ思而致二甘露之変一、今則吾子弗レ思而欲レ行二科挙之法一、何其粗也、他事姑且置レ之、能立二時文之式一者、亦且無レ有矣、何況有下難二於此一者上乎」と述べている。科挙の制度をわが国にも、との提言の思慮のなさを、著者は中唐末、文宗の太和九年(八三五)、李訓や鄭注等が宦官誅伐に失敗したいわゆる甘露の変の無謀さにたとえた。

二 詩賦や論文を作らせて才能人物をはかり、官職につける制度。応選は人物選考に応じる意。後漢書・順帝紀・陽嘉元年十一月に、「詔、…令下郡国挙二孝廉一、限二年四十以上一、諸生通二章句一、文吏能二牋奏一、乃得上レ応レ選」とある。

(九四) 詩文の巧拙では人物ははかりがたく、却って封建世襲制の方が適正な人物採用が可能である。

三 九品官人法。魏の建国直前に成立した官吏登用法で、位階制度の始まり。魏の文帝曹丕《そうひ》が陳群の建議により施行、六朝を通じて実施された。郡国ごとに置かれた中正が、郷里の評判(郷論)を参考に管内の人物を一品から九品までの等級(郷品)に評定し、政府に上申した。中正による評定が当人の評価を左右するので、九品中正とも言う。しかし、中正の評定は家柄重視に傾き、隋代に廃止されて科挙の制度に代った。

(九五) 漢方の薬種名、亀卜法、筆法等、何事も恣意的に解し、本来の実態を取り違えてはならない。

四 薬草名。補骨脂の異名。効能による名称が訛ってこのように呼ばれた(本草綱目・十四)。

五 文字などを書き、使いふるした不要の紙くず。

るなれば、もろこしの科挙にて人《ひと》を採《と》るには、はるかまさるべし。

（九五）むかし[四]破古紙《はこし》といへる薬種《やくしゆ》を知《し》らずして、[五]ふる反古《ほうご》を用《もち》ひたると、人《ひと》のわらへる事なるが、[六]水飛《すいひ》のしやうを知《し》らざるくすし、いまもまゝあるなり。いつの時にかありけむ、[七]亀卜《きぼく》する事を知《し》らず、生《い》き亀《がめ》を捕《と》りて焼《や》きけるに、あまり臭《にほひ》のけがらはしく、いかに儀式《ぎしき》なりとも、やめてこそとてやみけるとなむ。ある[八]唐様《からやう》もろこしの事《こと》を学《まな》ぶとて、その実《まこと》を失《うしな》ふ事、これにかぎるべからず。ある唐様をたくみに書《か》けるといふ人に、筆法《ひつぱふ》のうちに[九]鐙《あぶみ》をふむがごとしといへるは、いかやうの事《こと》なるやとたづねし人ありしに、鐙《あぶみ》の舌先《したさき》を跟《くびす》にてふむこゝろもちなりとこたへしとぞ。この国《くに》の鐙《あぶみ》を知《し》りて、もろこしの鐙《あぶみ》を知《し》らぬ言葉《ことば》なり。おかしといふべし。

（九六）亀を鑽《きる》ともいひ、灼《やく》ともいひ、契《うがつ》ともいへり。鑽もうがつにして、灼は[一〇]灼艾《しやくがい》の灼に同《おな》じく、契は亀をうつの鑿《のみ》なり。この国《くに》ゝにつたへし卜法《ぼくはふ》を見、またト《ぼく》の字を象形《しやうけい》なりといひ、[一一]七十二鑽《しちじふにさん》などいへる言葉《ことば》を思《おも》ひあはするに、[一二]この国《くに》ゝにつたへし亀卜《きぼく》は、いにしへの遺法《ゐはふ》ならむとおぼふ。吐《と》、うるはし。普《ほ》、う

六 粉末の製法。水溶液の上澄みを除き、沈澱したのち乾燥させる。
七 亀の甲を焼いて、その割れ目で吉凶を占う。
八 中国風の書法。
九 唐様に撥鐙法（はっとうほう）という筆法がある。鐙はあぶみ。わが国の鐙には舌（踏板）があるが、中国ではもっぱら輪鐙を用いたので、舌先を足のかかとで踏むしぐさは出来ない。

（九六） わが国に残っている亀卜法は古代の遺法と思われるが、秘するので伝わりにくい欠点がある。
一〇 もぐさを焼く。灸をすえること。
一一 七十二回占う意。鑽は亀甲を灼く前に穴を穿つこと。荘子・外物に、「刳レ亀七十二鑽、而無二遺筴一」とある。
一二 対馬の雷神社（いかずちじんじゃ＝長崎県下県郡厳原町大字豆酘（つつ））に伝わる亀卜神事。旧暦一月三日に行われ、若干の文献も伝わる。著者は対馬に赴任して初めて亀卜法を実見した。橘窓茶話・上に、「荘子所レ謂七十二鑽、人莫レ知二其義一、又以二卜学一為二象形一、亦不レ暁二其意一、余到二対馬一始見二其法一、参レ之以二五行之説一、方知二其故一、可レ謂レ奇矣、相伝神后征レ韓留二卜者十家於此地一云、今僅存二二家一、其人乃畎畝之家、既無二書籍一、口相伝、其詳不レ可二得而知一焉、南岳家所レ蔵一冊、出二於卜部兼魚一、庶得二古法一、然不レ過二四五張一可レ惜矣、兼魚官為二神祇大副一、不レ知二何時人一也」と述べている。松浦桂川写本には「卜学」が「卜字」、「卜部兼魚」が「卜部某」、「兼魚官」が「某官」とある。前者は是、後二者も或は原形か。因みに『国書総目録』収載の対馬亀卜文献は、津島亀卜伝記・津島亀卜伝義抄・対馬国卜部亀卜之次第・対馬国亀卜之事の四点である。

るはし。加身《かみ》、ひきのまゝ。依身《ゑみ》、ひきのまゝ。多女《ため》、まつたしといへるは、[一]兆《いはひ》の正《たゞ》しきにして、くしみ、つけ、さがり、あがり、りやうしたといへるは、兆《いはひ》の変なり。こまかにいへば、とゆるひた、とよりめ、ときれた、とさく、とそれた、とつひた、としひたといへるは、吐の変なり。ほさらひた、ほみた、ほきれた、ほさく、ほそれた、ほつひた、ほかくめたといへるは、普《ほ》の変なり。加身《かみ》いきしく、加身をたしひ、加身きれた、加身なかたへといへるは、加身の変なり。依身《ゑみ》いきしひ、依身をたしひ、依身きれた、依身なかたへといへるは、依身の変なり。多女《ため》うちとをれた、多女ほかとをれた、多女きれた、多女ぬきとをし、つき多女といへるは、多女の変なり。おほよそト法《ぼくはふ》は、兆《いはひ》を見てよしあしを知《し》るなり。[二]トの字はそのかたちにして、たて五《いつ》つゝ、よこ三《み》つにうがち、た(て)をもてやき、吐よりはじむ。くはしく思《おも》ふに、世《よ》のつねにはあらず。と、ほ、かみ、ゑみ、ためといへるに、世の人もてはやせる説ども多《おほ》し。[三]ある人の臆説《おくせつ》に、とは水《すい》、ほは火《くわ》、いにしへの言葉《ことば》しかなり。かみは東方《とうはう》の震雷《しんらい》、木《ぼく》なり。いまもふるき国《くにゝ》には、いかづちする事を、女童《をうなわらべ》の言葉《ことば》には、かみがなり給ふといへり。ゑみは西方《さいはう》の兌金《だきん》、兌説也《だハよろこぶナリ》といふ。よろこぶはゑむなり。つねの言葉《ことば》に、ゑみをふくむといへるに同《おな》じ。ためは民《たみ》なり。民《たみ》は人なり。春《しゆん》

一 亀卜で吉凶を占う時の灼けた割れ目。占形(うらかた)。よく磨いた亀甲の裏を鑿(のみ)で厚さ五分程度に彫り、一定の区画内に小刀で ┼ 形に筋をつけ、ははか(犬桜)のつけ木で灼いて表の割れ目で占う。先が多く分れると吉、裂けないのを凶とする。伴信友・正卜考(安政五年〔一八五八〕刊)一・正伝に対馬亀卜の詳考がある。著者芳洲の記す内容と小異があるが、亀卜の部位、卜辞の名称、吉凶の別を摘記する。なお、現在の対馬亀卜太占伝承者、雷神社祠官六十九代岩佐教治氏によると、吉凶判断の卜辞は一四四種(十二支の二乗)ある由である。

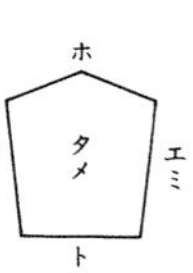

ト、ウルハシ吉、ヨリメ(ヨセタリ)吉
　ユルイダ(ユルシ、ノキタリ)凶
ホ、ウルハシ吉、ミタ(ウミスル)吉
　サラビタ凶
カミ、ウルハシ吉、イキシイ(アガリ)吉
　オダシイ(ナゴシ、ニゴシ、サガリ)凶
エミ、ウルハシ吉、イキシイ(アガリ)吉
　オダシイ(ナゴシ、ニゴシ、サガリ)凶
タメ、ウルハシ吉、内ハラミ吉
　外ハラミ凶、キレクシミタリ凶

二 トは割れ目の象形を意味する。

三 著者は諸説のうち、五行との対応説を紹介。なお、国学者伴信友はこの説を「儒見より附会ノ説」「さかしら説」と批判する(正卜考・一)。

と	水	北	(坎)	冬介
ほ	火	南	(離)	夏羽
かみ	木	東	震	春鱗
ゑみ	金	西	兌	秋毛
ため	土	中央		民、人

四 漢の褚少孫(ちよしようそん)。かれが史記を補った時、「褚先生曰、…」と書した。亀策伝も序論は司馬

鱗《りん》、夏羽《かう》、秋毛《しうもう》、冬介《とうかい》、をの〳〵属《しよく》する所あり。人は中央に位《くらゐ》し、六月の土《ど》に属せるゆへ、土をためといへるなり。亀卜の事、漢の時よりあきらかならざるにや、[四]褚先生《ちよせんせい》のいへるも疑《うたが》はしく、今のもろこしにて亀卜といへるは、その名をかりたるのみにして、まことの法にあらず。[五]この国《くに》にては、口授秘伝《くじゆひでん》なりといひて、ふるき事つたはりがたし。おしむべしといふべし。また[六]宋人《そうひと》の燕《えん》石《せき》に似たる事も多《おほ》しとぞ。[七]

(九七)[八]内則《だいそく》の言葉《ことば》に、鶏初《にはとりはじめ》て鳴《な》き、咸盥《みなてあら》ひ漱《くちそゝ》ぎなどいへるは、年少《としわか》なるものゝ朝寝《あさね》して髪をもゆはず、いねたるまゝにて、おやしうとめのまへに出《いづ》るは、不敬の甚《はなは》だしきなるゆへ、なるたけ早《はや》く起《を》き、身じまひし、おやしうとめの起《を》くるを待《ま》ちて、安否《あんぴ》を問《と》へとはをしへ給へるなり。[九]女は二十にして嫁《か》し、男は三十にしてめとるなどいへるも、愛におぼるゝのあまり、その子の縁をいそぎ、親《おや》たるの道《みち》も知《し》らざる若《わか》き子どもをとりあはせ、[一〇]家法《かはふ》の損《そん》ずる事いかほどもあるゆへ、この[一一]大防《たいはう》をしめし給ふなり。あながち二十三十と限《かぎ》りたるにはあらず。[一二]四十にして仕《つか》へ、五十にて大夫《たいふ》となり、七十にて仕《つか》へを致《いた》すなどいへるも、みなそのことはり同《おな》じ。ある人[一三]舜水《しゆんすい》のもとに行《ゆ》き、物学《ものまな》びせしおりふし、内則

遷著、本論は褚少孫補記の形をとっている。
五 富永仲基・翁の文(延享三年〔一七四六〕刊)・十六にも、「扨又神道のくせは、神秘・秘伝・伝授にて、只物をかくすがそのくせなり」とある。
六 宋国の愚人が河北省燕山から出る玉に似た石を宝石と信じ、大切にした故事。闞子(かんし)の談として引かれる(水経・淄水注、太平御覧・地・石上、琅琊代酔編・燕石)。価値のない物の譬え。
七 版本には次の案語がある。おそらく国学に通じていた版下筆者高安蘆屋の添え書であろう。
私云、依女ノ依ハ、ゑノ仮名、笑ハゑミノ仮名ナリ、モシコノ吐普加身依女ノ文字、上代ヨリカク書キ来ルナランニハ、笑ノ説、穏ナラザルニ似タリ、凡古事記万葉集等ハ勿論、順ノ和名鈔撰セラレシ頃マデノ書ヲ見ルニ、仮名ヲ用ル事甚ダ正シクシテ、ミタリニ其義ヲ誤ル事ナシ、故ニ今清書スルニ、前ニハゑノ仮名ヲ用ヒ、後ニハ笑ノ義ト説〈トケ〉ルヲ以テ、ゑノ仮名ヲ用ヒタリ、此書ヲ清書スルニ、カヽル事尚少カラズ、見ル人此ノコヽロヲエテ、見玉ハン事ヲコソ。

(九七) 聖賢の教えを記した語句は、杓子定規に解釈せず、その意図を正しく汲み取るべきである。
八 礼記・内則の、「子事二父母一」、「婦事二舅姑一」、「男女未レ冠笄一者」、「凡内外」の四者に、いずれも「雞初鳴、咸盥漱」云々の記述がある。
九 礼記・内則に、「女子、…十有五年而笄、二十而嫁」、またその前に、「三十而有レ室、始理二男事一、…」とある。
一〇 家庭が治まる秩序。
一一 大きな堤防のことであるが、白話的用法では規範、法則、おきて、いましめの意。

の言葉《ことば》にしたがひ、鶏《にはとり》の鳴《な》くとき起《を》きて、父母の安否を問《と》はむとすれば、父母はまだ起《を》き給はず。父母の起《を》き給ふを待《ま》ちては、内則の言葉《ことば》にちがひ侍る。いかゞいたしさぶらはむやと問《と》ひしに、この国《くに》の儒家といへる人のかける文どもを見て、これほどの書物よみたる人、いかなれば義理を知《し》る事、かくはうときやとうたがひしが、言葉《ことば》のちがひにて意味の通ぜざるゆへなりと、いまこそ知《し》りたれとて、おほいにわらはれしとぞ。舜水の通詞《つうじ》せし高雄某《たかをなにがし》[一]といへるもの、かくはかたりき。きりめ[二]正《たゞ》しからざれば食《くら》はずといへるに、陸績《りくせき》[三]の母《はゝ》の事をひき給ふを見て、肉はいつとても四角にし、野菜は寸をきはめてきる事なりとおぼえば、書をよむ事のあきらかならぬといふなるべし。されど聖人の大防をやぶりて、こゝろまかせにするといふにはあらず。

(九八) 世にもてはやせる唐様《からやう》[四]といへる物《もの》、まことの唐様《からやう》にてさふらふやと問《と》ひし人ありしに、尊円親王《そんゑんしんわう》[五]の手跡《しゆせき》などこそ、まことの唐様《からやう》にてさふらふ。今の人の唐様《からやう》といへるは、懐素《くわいそ》[六]または米芾《べいふつ》[七]などの筆の妙ありて、ころびたをれても、その法をうしなひさふらはぬ、変法《へんぱふ》をまなびたるものゆへ、まことの唐様《からやう》には遠《とを》くさふらふ。むかしより二王《にわう》[八]の筆を第一とせるは、その法の正《たゞ》しきゆへにこ

三 礼記・内則に、「四十始仕、…五十命為二大夫一、…七十致レ事」とある。

三 朱舜水。→六五頁五十段注一二。

一 高尾氏。明人樊瑞環。妻の氏を称した。慶安中(一六四八―五二)長崎に来り、寛文五年(一六六五)朱舜水が徳川光圀の招きで長崎より水戸に赴いた時随行、三年間、講義の通訳をした(頴川君平・訳司統譜)。

二 論語・郷党に、「割不レ正不レ食」とある。

三 三国、呉の陸績(字は公紀)が六歳の時、袁術から橘の実をもらい、うち三個を母に送ろうと、こっそり懐に入れていた故事(呉志・陸績伝、蒙求・陸績懐橘)。論語の記事をそのまま信じる頑愚さは、陸績の孝行譚を必須の行為と誤解する頑愚さに等しい、との意か。

(九八) 唐様書法は王羲之父子の筆法が正統で、懐素や米芾などよりわが御家(おいえ)流の方がそれに近い。

四 わが国近世中期に流行した中国風の書法。

五 尊円入道親王(法親王、一二九八―一三五六)。伏見天皇第六皇子。青蓮院門跡。天台座主。世尊寺行房・行尹(ゆきただ)に書法を学び、二蹟の上代様に中国書法をも取り入れて青蓮院流(御家流)を樹立、近世公文書の書体となった。著書、入木抄(じゆぼくしよう)。

六 唐の書家(七二五―七八五、一説七三七―七九九)。僧侶で草書の大家。自叙帖、草書千字文ほか多数の法帖が舶載され、飄逸な書風で知られた。

七 北宋の書家・画家(一〇五一―一一〇七)。字は元章。号は海嶽外史・鹿門居士。徽宗に仕え、奇行多く米顚と称された。王羲之父子を学んだ豪放な書風で、宋の四大家にかぞえられた。天馬賦帖など早くより舶載され、心酔者が多かった。

そさふらへと、ある人こたへしとぞ。

（九九）ある人筆法《ひつぱふ》を論ぜる言葉《ことば》に、この国《くに》のものかく事、尊円氏《そんゑんし》の毒を流《なが》せるより、をとろへたりといへり。世の中には知《し》りて知《し》らずといふ事あり。また知《し》らずして知《し》りたるといふ事あり。この言葉《ことば》は、知《し》りて知《し》らざる言葉《ことば》なるべし。筆墨紙《ひつぼくし》、または風声気習《ふうせいきしふ》[九]のちがひにて、尊円の筆など、唐様《からやう》とは見へがたければ知《し》りがたき、さもあるべし。されど壺《つぼ》[一〇]の石碑《いしぶみ》など見れば、むかしは今にちがへり。

（一〇〇）いかにもして、もろこし人の真跡《しんせき》をもとめてまなびなば、唐様《からやう》となるべし。名人の筆なりとて、石[一一]ずりばかりまなびては、かたちは似たりとも、筆の意《こころ》はもろこしに遠《とを》かるべしと、ある人のいへる。ゆへある言葉《ことば》と知《し》るべし。

（一〇一）この国《くに》の筆法《ひつぱふ》といへるは、壬辰《じんしん》[一二]の乱後《らんご》、虜《とりこ》となりてこの国《くに》ゝに住《す》める韓人《から》のをしへしを、加茂《かも》[一三]の甲斐《かひ》つたへたるなり。されど今、韓人《から》のものかくを見るに、筆の意《こころ》はなはだちがへり。韓人《からびと》の筆の意も、もろこしとは同《おな》じからず。

八 王羲之（三〇七―三六五頃）・献之（三四四―三八八）父子。東晋の書家。楷・行・草書とも正統的書風として定評あり、二王と併称される。父は字は逸少、王右軍と呼ばれ書聖と仰がれる。楽毅論・黄庭経・蘭亭序・十七帖や集字聖教序などは名帖の誉れが高い。著者は橘窓茶話・上でも、「古今以二右軍一為レ式者、豈非下一頁十七帖無二字而不二端荘一故上哉、如二懐素自叙帖米芾天馬賦一、猶如二手簡不レ可レ学者一也」、「学二御家体一、稍有二筆法一」と述べている（松浦桂川写本に拠り訂正）。

（九九） わが国の書法は尊円の御家流から衰えたとの説は、文具や気質の相違を見誤った妄説である。

九 品格や気風。

一〇 多賀城碑の近世的俗称。城の南門跡（宮城県多賀城市）内側に西面する古代の石碑。円首で城の位置、築城者・修造者名と年紀を記し、書体・書風も注目される。天平宝字六年（七六二）修造者藤原恵美朝獦が建碑した。日本三古碑の一。

（一〇〇） 唐様書法は中国人の真跡より習得すべきで、石刻の法帖からでは形のみで筆意は学べない。

一一 橘窓茶話・上にも、「或曰、石刻不レ可レ学也、必求二漢人手筆一、勤而学レ之、庶二乎得一矣」とある。

（一〇一） 和様書法は渡来朝鮮人の法を賀茂の藤木甲斐守が伝えているが、朝鮮と中国でも筆意は違う。

一二 壬申（六七二）の年、天武天皇即位に先立つ内乱。底本、「壬辰」は誤り。

一三 賀茂神社祠官、書博士藤木甲斐守敦直（あつなお）（一五六二―一六四九）。和様書法賀茂流（甲斐流）の祖。

（一〇二）政《まつりごと》といへるも、教《をしへ》といへるも、みな善を勧《すゝ》め、悪を懲《こら》し、人の心を正《たゞ》しくし、風俗をうるはしくする事なれど、[一]精粗のわかれありて、そのしかたちがへり。[二]孀婦《(さうふ)》は嫁《(か)》せずといへる教《をしへ》はあれど、孀婦は嫁すまじといへる政《まつりごと》なきを見て知《し》るべし。ある国《くに》しろしめしたる御人《(おんひと)》の、いみじき心ありて、道《みち》をたうとび給へるが、[三]値《あたゐ》を二《ふた》つにせざれと、市井《(いち)》に下知《(げち)》し給ふ。これは政《まつりごと》をも知《し》り給はず、教《をしへ》をも知《し》り給はずといふべし。おしむべきにや。ある民の司《つかさ》せし人、たばこなどいへるたぐゐの物《もの》にしこみして売《う》れるを見て、[四]しこみをのけ、それだけ値《あたゐ》をまして売《う》るべし。もしも違背《(ゐはい)》せる者《もの》あらば、その沙汰あるべしといひ聞《き》かせけるとなむ。かくありてこそ、政《まつりごと》をも知《し》り、教《をしへ》をも知《し》りたる人とはいふべき。

（一〇三）いかゞしたる者《もの》、政《(まつりごと)》をばよくすべきやと問《と》ひしに、行実《(かうじつ)》ありて、あはれみふかく、家人《(かじん)》みなはゞかりうやまふ人こそ、政はすべき。[五]文学《(ぶんがく)》にはよるまじとこたふ。

（一〇二）政治も教育も人心の教導だが、一は寛大を、他は厳格を旨とし、相互に牽制させるべきでない。

一 政治は苛酷を避けて宥恕(粗)に、教育は放任を避けて峻励(精)に、と心がける意。

二 やもめ。寡婦。史記・田単伝に、「忠臣不㆑事㆓二君㆒、貞女不㆑更㆓二夫㆒」とある。

三 商品の価額を一定にせよ、と商人にお命じになった。商人は品質を低下させるよりほかない。

四 混ぜ物を止めさせて価額を上げることを認め、違反者は処罰する、との通達を出した。政道と風教を両立させることが、為政者の条件である。

（一〇三）為政者の資格は行いが誠実で情に厚く、家の者が皆心服していることで、学問には関らない。 五 学問の有無。八十二段引、芸窓筆記参照(八五・八六頁)。

（一〇四）学者賢臣たちの百出する議論も、明君の裁定なしには堂々巡りの小田原評定になりかねない。

六 世間に知名度の高い知識人。

七 尭舜時代の賢臣三名。稷(名は棄)は農業を掌り、周の祖先。卨(契、偰)は教育を掌り、殷の祖先。皐陶(咎繇)は法律・刑罰を司り、獄を作ったといわれる。書経・舜典に、「帝曰、兪、咨㆑禹、汝平㆓水土㆒、惟時懋哉、禹拝稽首、譲㆓于稷契曁皐陶㆒、帝曰、兪、汝往哉、帝曰、棄、黎民阻㆑飢、汝后㆑稷播㆓時百穀㆒、帝曰、契、百姓不㆑親、五品不㆑遜、汝作㆓司徒㆒、敬敷㆓五教㆒、在㆑寛、帝曰、皐陶、蛮夷猾㆑夏、寇賊姦宄、汝作㆑士、五刑有㆑服、五服三就、五流有㆑宅、五宅三居、惟明克允」とある。舜帝が、伯禹から譲られた三賢臣の功を述べ励ました条である。兪は然、懋は勉、曁は及、棄は稷の名、阻は難、后は君、五品は五常(父母兄弟子)、猾は乱、夏

(一四)[六]世に名をいへる学者を多《おほ》くあつめ、政《まつりごと》をなさしめば、国治《をさ》まり、民安《やす》からむといひし人ありしに、ある人《ひと》のいへるは、[七]稷禼皐陶《しよくせつかうえう》ありても、上に[八]尭《げう》舜《しゆん》ましまさずば、[九]唐虞《たうぐ》の治はいたしがたかるべし。およそ学者たるもの、私《わたくし》の心あるにはあらねど、をの〳〵その見る所をかたくまもり、しかもその見る所に深浅強弱《しんせんきやうじやく》のちがひありて、一様《いちやう》ならねば、それ〴〵に裁断《さいだん》し給ふ明君《めいくん》上《かみ》にましまさずば、議論《ぎろん》のみ多《おほ》くなりてすむなるべし。[一〇]洛党《らくたう》、蜀党《しよくたう》などいへる、いづれも今の世までもたうとび思《おも》ふ学者なれど、たがひにあらそひいみ、遂《つゐ》に同《おな》じからざるは、自然《しぜん》の理勢《りせい》なりと知《し》るべしとはいへど、いにしへ今の事をも知《し》らぬ庸俗《ようぞく》の人にまかせて、政をなさしむるこそよしといふにはあらず。

(一五) むかしはかく[一一]なかりしといへる事に、今におほいなるかはりはあるまじと思《おも》ふ事多《おほ》し。[一二]荘老《さうらう》の太古《たいこ》は上下《かみしも》無為《むゐ》なりしといへるうちに、[一三]共工氏《きようこうし》不周《ふしう》の山にふれたるとあれば、みな〳〵無為なるにもあらず。[一四]唐虞《たうぐ》の代は比屋《ひをく》封《ほう》ずべしといへど、[一五]丹朱《たんしゆ》[一六]商均《しやうきん》または[一七]四凶《しきよう》あるを見れば、人々《ひと〴〵》賢智《けんち》なりともいひがたし。されど今《いま》もいなか人《びと》は、律義《りちぎ》なる風義《ふうぎ》多《おほ》く、人のおほぜいあつまり繁《はん》

は中国、宄は内乱、五刑は墨(入墨)・劓(鼻切り)・剕(足切り)・宮(宮刑)・大辟(死刑)、三就は三死刑場(原野・朝・市)、五流は五刑に代る流罪、三居は遠・中・近の居場所。
八 聖天子の帝尭陶唐氏と帝舜有虞氏。
九 理想の治世。明君と賢臣とが揃ってはじめて名君と名臣に値する理想の政治が実現する。
一〇 宋の哲宗の元祐年間(一〇八六―九四)に対立政争した洛蜀三党。洛党は洛陽(河南)の程頤一派、蜀党は四川の蘇軾《そしよく》一派、朔党は河北の劉摯《りうし》一派をいう。
(一五) 今と昔の違いは有る場合もさほど無い場合もあり、都鄙の差や時間の幅による相違もある。
一一 版本、「なりし」に誤る。
一二 荘子・天道の「古之人貴ニ夫無為一也、上無レ為也、下亦無レ為也、是下与レ上同レ徳」など、また老子・上・二の「聖人処ニ無為之事一、行ニ不言之教一」など、老荘の基本思考で類似表現は多い。
一三 共工氏が黄帝の孫顓頊《せんぎよく》と帝位を争い、崑崙山の西北の不周山に触れたという。列子・湯問に、「天地亦物也、物有レ不レ足、…其後共工氏与ニ顓頊一争レ為レ帝、怒而触ニ不周之山一」とある。 一四 尭舜の時代は天子の聖徳で、軒並みどの家の人物も皆諸侯に封じるに足るほどであった。漢書・王莽伝・上に、「莽乃上奏曰、明聖之世、国多ニ賢人一、故唐虞之時、可ニ比屋而封一、至ニ功成事就一、則加レ賞焉」とある。
一五 尭の子。親に似ず、愚かであった。
一六 舜の子。孟子・万章・上に、「丹朱之不肖、舜之子亦不肖」とある。不肖は親に似ぬ愚か者。
一七 舜時代の四人の悪人。共工・驩兜《かんとう》・三苗《きんびよう》・鯀《こん》。書経・舜典に、「流ニ共工于幽洲一、放ニ驩兜于崇山一、竄ニ三苗于三危一、殛ニ鯀于羽山一、

昌《じやう》なるといへる所は、いつはりがちなるやうにおぼゆ。むかし今のちがひ、少《すこ》しもあらじといへるも、またまどひなるべし。むかしはこの所に村里《むらざと》もなく、宮寺《みやてら》もなかりしにといへるは、多《おほ》くは近《ちか》きむかしなり。むかしは船《ふね》をつなぎしといへど、今は海遠《うみとを》くなり侍るなどいへるは、いく千世とも知《し》らぬむかし物語《ものがたり》をいひつたへたるなり。ある年寄《としよ》りたる人の、ものつよきを見て、むかしの人《ひと》は[一]鍛《きた》ひちがひたりといひしに、むかしも今に同《おな》じ、鍛《きた》ひのちがひたるにはあらず、その内《うち》のつよき者《もの》こそ、今《いま》にのこり侍るなりとこたへしとぞ。

(一〇六)[二]漢《かん》の高祖《かうそ》の、われまさに天下をもて事とす、いまだ儒人《じゆじん》を見るにいとまあらずといへる言葉《ことば》、[三]宣帝《せんてい》の、漢家《かんか》をのづから制度《せいど》ありといへる言葉《ことば》、または[四]龐徳公《はうとくこう》の、儒生俗士《じゆせいぞくし》は時務《じむ》を知《し》らずといへる言葉《ことば》など、よき言葉《ことば》とはいひがたし。されどあしき言葉《ことば》とも思《おも》ふべからず。人情事勢《にんじやうじせい》をも知《し》らざる人の、書物のみよみて、これぞと思《おも》へる事には、[五]混沌氏《こんとんし》の七竅《しちけう》をうがてるに似たる事少《すく》なからず。政《まつりごと》に用《もち》ひて害を生ずる事多《おほ》かるべし。今の世のかく治《おさ》まりて、上下《かみしも》安《やす》くすめるは、いかゞしてかくはなりたるやと、そのもとをかんがへ、むかしの人《ひと》の[六]心だて風義《ふうぎ》をまなびなば、禍乱《くわらん》の生ずる事はあるまじ。

四罪而天下咸服」とある。竄(ざん)は遠地に追放、殛(きょ)は誅殺すること。

一 鍛錬の程度。

(一〇六) 漢の高祖等が儒者を軽んじた発言は一面妥当で、瑣事に拘りすぎる儒者の弊を指摘している。

二 漢の高祖(沛公劉邦)が酈食其(れいき)に言った語。史記・酈生陸賈伝に、「沛公曰、為㆑我謝㆑之、言、我方以㆓天下㆒為㆑事、未㆑暇㆑見㆓儒人㆒也」とある。

三 漢の宣帝が太子(元帝)に言った語。漢書・元帝紀に、「嘗侍㆑燕従容言、陛下持㆑刑太深、宜㆑用㆓儒生㆒、宣帝作㆑色曰、漢家自有㆓制度㆒、本以㆓覇王道㆒雑㆑之、奈何純任㆓徳教㆒用㆓周政㆒乎」とある。

四 三国、蜀の司馬徳操(徽)が劉備(照烈帝)に諸葛亮(孔明)と龐統(士元)を薦めた時の語。蜀志・諸葛亮伝・注に「襄陽記曰、劉備訪㆓世事於司馬徳操㆒、徳操曰、儒生俗士、豈識㆓時務㆒、識㆓時務㆒者、在㆓乎俊傑㆒、此間自有㆓伏竜鳳雛㆒、備問、為㆑誰、曰、諸葛孔明龐士元也」とある。龐徳公は司馬徳操とは別人。

五 荘子・応帝王に見える寓話。南海の帝儵(しゅく)と北海の帝忽(こつ)とが中央の帝渾沌(混沌)の徳に報いるため、人間並みに両眼・両耳・両鼻孔・口の七孔を、日に一孔ずつ穿つと、穿ち終えた七日目に死んだという。「儵与㆑忽、謀㆑報㆓渾沌之徳㆒曰、人皆有㆓七竅㆒、以視聴食息、此独無㆑有、嘗試鑿㆑之、日鑿㆓一竅㆒、七日而渾沌死」。世話を焼きすぎて肝心の本体を駄目にする譬え。儵は素早い、忽はそそっかしい意。渾沌は形がはっきりしないさま。竅は孔。

六 日常の心構えや風習。

（一〇七）物《もの》のことはりは知《し》りがたきにしもあらず。ましてあまたの学者をあつめて議論《ぎろん》をさせなば、そのわけいよ〳〵あきらかならむと、人々《ひと〴〵》思《おも》へる事なれど、さにはあるまじ。綱鑑《かうかん》七などいへる書物に、名儒《めいじゆ》の議論をあつめたるを見て知《し》るべし。封建《ほうけん》八は国《くに》を治《おさ》むるの大事なるに、よしといへるもあり、またあしゝといへるもあり、伍子胥《ごししよ》九が父のあたをむくひしは、君臣の大義なるに、これもよしといへるもあり、またあしゝといへるもあり。赤穂《あかほ》一〇のなにがし、四十八人いひあはせ、その主人のかたきとりたるといへるたよりありしおりふし、おとなゝ一一りし人、学者をあつめ、これはいかゞ御裁許《ごさいきよ》あるべきやと問《と》ひしに、上座《じやうざ》なる学者のいへるは、主《しう》のかたきうちたれば、なにの御かまひもなくすむなるべしといひしに、その次《つぎ》の学者のいへるは、いかさま処置《しよち》あるべし。そのまゝにてはすむまじといひしに、またその次《つぎ》の学者のいへるは、ほしいまゝに命官《めいくわん》を殺《ころ》したる人なれば、その志《こころざし》は感じ給ふとも、ひとかどの御さばきあるべしといひけるとぞ。その後聞《のちき》くに、むさし一二のなにがし、これも世に名をいへる学者なりしが、この四十八人は名をこのみてかゝる事をなしたりと、文つくりてそしれるといへり。つねの人《ひと》は、なにのより所もなく、その身の心に思《おも》へるまゝに

（一〇七）儒者は博引旁証を好み、甲論乙駁帰趨を知らないので、事柄の決着に多数決は有効でない。

七 資治通鑑と資治通鑑綱目（→六七頁五十段注六）に則った編年体史書。わが国近世期には二十種ほど舶載され、宝永六年（一七〇九）齎された綱鑑会編につき、宝暦四年（一七五四）渡来時の大意書には、「諸家ノ史断、其条下ニ載スル事、某レカ曰ト云フヲ大書シテ、其語ヲ分書シ」とある。

八 →六六頁五十段注一。

九 伍員（ごうん）。春秋、楚の名族。字は子胥。父奢、兄尚ともに平王に殺されたが、隠忍辛苦、呉に走り呉王闔閭（こうりょ）に仕えて楚を破り、平王の墓を暴き死骸に鞭打った。のち、越王勾践の賄賂を受けた太宰嚭（たいさいひ）の讒言で、呉王夫差より死を賜った。旧君に対し父兄の讐を復した行為は、春秋公羊伝や司馬遷・史記でも「非二烈丈夫一、孰能致レ之哉」（伍子胥伝・賛）と称揚される一方、蘇轍・古史のように、「至下鞭二旧君一以逞上、逆レ天而傷レ義」（伍員伝・賛）などの批判もある。なお、敵討については、六十五―六十八段でも触れている。

一〇 元禄十五年（一七〇二）十二月十四・十五日、江戸本所一ッ目（のち松坂町と称す、現墨田区両国三丁目）吉良上野介義央邸を襲った赤穂浅野内匠頭長矩の旧家臣四十七名。うち、足軽寺坂吉右衛門信行は姿を隠したので四十六士とも言うが、ここは寺坂に加え、吉良屋敷討入り前に自刃した萱野三平重実をも数えたか。

一一 支配の若年寄が大学頭はじめ幕府儒官（奥儒者）に諮問した有様。なお、赤穂浪士を義士と称えた儒者は林信篤（鳳岡）・室鳩巣・伊藤東涯・三宅観瀾・浅見絅斎等、その行動を不法・不義と評した儒者は荻生徂徠・太宰春台・佐藤直方等で

いへるゆへ、そのあやまり正《たゞ》しやすきなれど、[一]学者は経伝《(けいでん)》をひきたてゝ論ずるゆへ、その是非たやすくはわかれがたし。[二]漢の宣帝の俗儒は時宜《(じぎ)》に達せず、このみていにしへを是《(ぜ)》とし、今を非とし、人をして名実にまよひ、まもる所を知《し》らざらしむるなりといへる、まことに格言なりと思《おも》ふ。されば多《おほ》くの学者あつまりたるとて、物事《ものごと》あきらかなるといふことはりやあるべき。[三]子游子夏《(しいうしか)》をしへの法ちがひ給へるを見れば、もしも政をともにし給はゞ、そのをもむきまたちがふなるべし。

(一〇八) [四]壬子《みづのへね》の年《とし》、[五]青《あを》く小《ちい》さき虫《むし》の、つねにはともし火のうちにとびいるが、幾万億《(いくまんおく)》ともなく田畠《(でんばた)》につきければ、四国九州の苗《(なへ)》みなかれうせ、やうく種《たね》をとりとゞむるもあり、または種《たね》ともにうしなへるもありて、米の価《あたい》たつとくなり、餓《う》え死《し》ぬる人おびたゝし。その波《(なごり)》東山東海山陽山陰《(とうせんとうかいさんやうさんいん)》までに及《をよ》び、おほかたは餓《うゑ》に近《ちか》づき、[六]士大夫まで家人《(けにん)》みなかゆをすゝりて、年《とし》をすごせり。[七]この幾年《いくとし》か豊年《(ほうねん)》のみつゞきて、禄をはめる人は米の価《あたい》のいやしきをうらみ、商人《あきひと》はうれ物《ものゝ》の少《すく》なきをうき事に思《おも》ひしに、かゝるうとましき時になり、はじめて豊年のありがたき事を知《し》るなるべし。世のおろかなる人の、目前の事のみ思《おも》ひ

あった。

三 太宰春台・赤穂四十六士論に、「是豈非下吾所レ謂要二名利一与上、鄙哉、若二良雄等一者、仮二大義一以済二其利欲一者也」とある。春台(一六八〇—一七四七)は正徳元年(一七一一)三十二歳より江戸に住んだ。

一 たとえば林信篤・復讐論の、「予応レ之曰、復讐之義、見二於礼記一、又見二於周官一、又見二春秋伝一、又唐宋諸儒議レ之、丘氏於二大学衍義補一論レ之詳也」など。 二 漢書・元帝紀に、一〇二頁一〇六段注三所引個所に続き、「且俗儒不レ達二時宜一、好是レ古非レ今、使下人眩二於名実一、不上レ知レ所レ守、何足二委任一」とある。

三 孔門十哲の子游と子夏とは文学(学芸)に長じていた(論語・先進)が、孝について孔子は説き方を区別した。論語・為政に、「子游問レ孝、子曰、今之孝者、是謂二能養一、至二於犬馬一、皆能有レ養、不レ敬何以別」、「子夏問レ孝、子曰、色難、有レ事弟子服二其労一、有二酒食一先生饌、曾是以為レ孝乎」とある。

(一〇八) 民の父母に擬えられる君主は、民の生活の保障を常に心掛け、天災や飢饉に備えねばならぬ。

四 壬子年。享保十七年(一七三二)、著者六十五歳。

五 うんか。この年大発生したのは蝗(いなご)ではなく、小形で横這いもする稲の害虫であった。摂陽奇観・二十五下、同年の条に、「当秋諸国の作ものニ、ウンカといふ虫付候ニ付、五穀実のらず、九州路人民餓死する事夥しく、…西国四国中国五畿内辺迄も田作、虫付損亡」とある。

六 上級武士。

七 豊作のため米価が下落し、幕府は調節のため諸品目の元値を引下げ(享保九年二月)、豪商に買米を命じ(同十六年六月)、大藩より借金(同

て、長久《(ちやうきう)》のおもむばかりなき、みなこれに同《おな》じ。かなしといふべし。ふるき人の物語《ものがたり》を聞《き》くに、[八]九十年前《まへ》かゝる凶年ありしと聞《きゝ》つたへたりといへり。そ[九]れがし十二三のときも凶年ありしかど、かくまでにはあらず。国《くに》をたもてる人は、つねに米穀をたくはへ、凶荒《(きやうくわう)》または変故《(へんこ)》のそなへとすべき事なるに、さある国《くに》は十に一《ひと》つもなければ、民《たみ》の餓《うゑ》に及《をよ》び、死《し》にはつるを見て、手をつかぬる外はあらじ。[一〇]民の父母といへる事、ゆめにも思《おも》ひよらざるがごとし。いかなる心にや。

(一〇九) いつの時《とき》にかありけん、[一一]取《と》り合《あ》ひありしおりふし、ふるき文《ふみ》によろしきはかりごともがなとたづねありしに、ある物《もの》よみしたる人《ひと》、すゝみ出《いでゝ》ていへるは、むかし[一二]韓信《(かんしん)》といへる者《ものゝ》の、その名をのこせし[一三]嚢沙《(なうしや)》といへる事こそ、今《いま》に用《もち》ふべきなれ。また木をきり、道《みち》をふさぐといへる事さふらへば、山手はかくしてこそといひけるまゝ、さらばその用意《ようゐ》せよとありしゆへ、いかゞいたし侍らんやと、事《ことゝ》とる人たづねしに、[一四]ふくろは布《ぬの》にても木綿《もめん》にてもよろしかるべし、木はいかにもして人を大勢《おほぜい》もよほし、[一五]ふとくおほきなる木をきらせ給へといひしとぞ。文のみよみて、まことのはたらきなければ、その言葉《ことば》用《もち》ふるにたらず。

七月)している(歴史学研究会編『日本史年表』)。

八 寛永十九年(一六四二)。前年に続き冷害、凶作のため大飢饉(『日本史年表』)。

九 延宝八年(一六八〇)、著者十三歳。閏八月、江戸・東海・西海諸国、大風水害、津波。翌天和元年、十四歳。春、畿内・関東飢饉(『日本史年表』)。

一〇 詩経・小雅・南山有台に、「楽二只君子一、民之父母」とあり、大学に引用。また詩経・大雅・泂酌《(けいしやく)》に、「豈弟君子、民之父母」とあり、礼記・孔子間居、同・表記、孝経・広至徳にそれぞれ引用。君子は君主、豈弟(凱弟、愷悌)は和らぎ楽しむこと。徳が広大で久しい君主は万民の父母に等しい意。

(一〇九) 書物の記載通りを実際に試みるのは無謀で、現実の変化に即応した具体的調整が欠かせない。

一一 領土の奪い合い。戦争。

一二 漢の高祖に仕えた名将(?—前一九六)。淮陰《(わいいん)》(江蘇省)の人。蕭何《(しようか)》・張良と並び三傑と呼ばれる。

一三 韓信の漢軍が土砂を詰めた一万余の嚢《(ふくろ)》で濰水《(いすい)》の上流を塞き止め、斉を救援する竜且《(りゆうしよ)》の楚軍が渡る時、一挙に決潰放水させ、これを撃滅した計略。嚢沙の計。沙は砂。史記・淮陰侯伝に、「竜且…遂戦、与レ信夾二濰水一陳、韓信乃夜令下人為二万余嚢一満二盛沙一壅中水上流上、引レ軍半渡撃二竜且一、佯不レ勝還走、竜且果喜曰、固知二信怯一也、遂追渡レ水、信使三人決二壅嚢一、水大至、竜且軍大半不レ得レ渡、即急撃殺二竜且一、竜且水東軍散走」とある。

一四 土砂を詰める嚢には繊維が粗く強靭な麻布や葛布が適当で、木綿や絹の布袋は向かない。

一五 道を塞ぐには樹木の枝を密に組むことが必要で、太い幹だけでは役に立たない。

[一]書《しよ》をもて御《ぎよ》する者《もの》は馬の情《じやう》をつくさず。いにしへをもて今《いま》を制する者《もの》は、事《こと》の変に達《たつ》せずといへる言葉《ことば》あり。文よむ人《ひと》はこゝろあるべきにや。

（二〇）敬の字を[二]主一無適《しゆいつぶてき》といひ、[三]斉整厳粛《せいせいげんしゆく》といひ、[四]常惺々法《じやうせいせいはふ》といひ、[五]畏《ゐ》といふ、いづれもその至極《しごく》をとける言葉《ことば》にて、近《ちか》くとりていへば、こゝろさはがしからず、物事《ものごと》とく〳〵とするといへるよりほかはなきとぞ。[六]この国《くに》の人《ひと》はもろこしの字義にうときゆへ、ふかくとりすぎ、かへりて受用《じゆよう》のさまたげになる事多《おほ》し。

（二一）手習《てなら》ひするに、[七]半字不成《はんじふせい》といへる韓人《からびと》の俗語あり。これも敬の工夫《くふう》なき事をいへるにや。

（二二）のび〳〵としたるこゝろもなく、そのかたち[八]木偶人《もくぐうじん》のごとくなるを、敬すとおぼゆるもあれど、さにはあるまじ。[九]瞻視《せんし》をたうとくし、衣冠《いくわん》を正《たゞ》しくするといへども、[一〇]目づかひうろつかず、[一一]衣紋《えもん》つきじだらくならぬといふ事なるべし。[一二]程子《ていし》を泥塑人《でいそじん》のごとしといへる、一団和気《いちだんのくわき》といへるにつき、思《おも》ひやりて知《し》るべし。

一 史記・趙世家に、「賢者与レ変倶、故諺曰、以レ書御者、不レ尽二馬之情一、以レ古制レ今者、不レ達二事之変一、循レ法之功、不レ足二以高一レ世、法レ古之学、不レ足二以制一レ今」とあり、劉向・戦国策・趙上にも引かれている。

（二〇）程朱の学で至極難解な敬説も、分り易く言えば、落ち着いて念入りにするということである。

二 心を一にして雑念を懐かないこと。程伊川が唱え（二程全書・十六）、朱子もこれを承け（近思録・四等）、論語・学而注にも、「敬者、主一無適之謂」と引いている。

三 外をきちんと整え、内を厳しくする。二程全書・十六や近思録・四などには整斉とある。

四 いつも心が物静かで聡明なこと。謝良佐が「敬是常惺惺法」（上蔡語録・中）と言い、宋儒もこれを承けた。

五 心を戒める意。「畏、敬也」（広雅・釈詁）とあり、畏敬の語も連文（同じ意味を共有する文字の熟語）と解せられる。

六 著者は橘窓茶話・中でも、「敬一字、宋人以来専就二心上一説、固当レ如レ此、然春秋一時士大夫言レ敬者多、学者逐一抄出、体認周悉、庶二乎用レ工著実一」と述べ、字義の体認を勧めている。

（二一）書法練習に関する「半字も成さず」という朝鮮人の俚言も、散乱心を戒めよとの意であろうか。

七 半字とは画数を省略した俗字。俗字を中途で書き止めること。朝鮮語の発音はパンジャブルソン。

（二二）敬とはただ動きを止めることではなく、心の働きが生き生きしていることを言うのであろう。

八 木製の人形。でく。性根のないものを譬える。

(一一三) 物《もの》よみする人、身のまはりをそこ〳〵にし、髪《かみ》などかきみだしたる。容《(よう)》[一三]観玉声《(くわんぎよくせい)》などいへるを見れば、さはすまじき事なり。

(一一四) 佩物《おもの》といへる物《もの》、韓人《からひと》のおびたるを見、その声《こゑ》を聞《きゝ》きて、歩趨《(ほすう)》[一四]の節《(せつ)》かくあるべき事なりと、聖人《ひじり》[一五]の法《のり》のくはしきわけを、はじめてさとりき。

(一一五) 武蔵《むさし》[一六]のなにがし、経書《(けいしよ)》のうちにて一字づゝあげ、そのこゝろを(いはせ)[一七]、漢語にてこ(た)ふれば、それはまことの会得《(ゑとく)》にあらずといひて、恕《(じよ)》の字をおもひやりとこたへしを、第一とせられしとなむ。おもしろきをしへにや。

(一一六) 父母につかふるといへるを、父母につかはるゝとよみ、道《みち》[一八]を行《おこな》ふといへるを、道《みち》を行《ゆ》くとよみたきといへる人《ひと》あり。おもしろきこゝろにや。よみある文字あり、よみありてたしかならぬ文字あり。徳の字、仁の字など、この国《くに》の言葉《ことば》になをし、いかゞいへる時《とき》、本義にかなふべきや。

九 物の見様を重々しく、服装をきちんとする。論語・尭曰に、「君子正㆓其衣冠㆒、尊㆓其瞻視㆒、儼然、人望而畏㆑之」とある。
一〇 視線を正しく対象に向け。
一一 衣服の着こなし方がぴったり身についている。じだらく(自堕落)はしまりのないこと。だらしない意。
一二 程明道先生はまるで土人形のように一日中端坐しておられたが、人とお会いなさるとなごやかな空気が満ち溢れた。謝良佐・上蔡語録・下に、「先生為㆑人…如㆓土木偶人㆒、粛然起㆑敬、遂稟㆑学㆑焉」とあり、朱子は伊洛淵源録・三で、「明道終日坐如㆓泥塑人㆒、然接㆑人渾是一団和気、所㆑謂望㆑之儼然、即㆑之也温」(程氏外書・十二でもほぼ同文。所㆑謂以下、なし)と述べている。

(一一三) 読書を事とする人は、身なりや身嗜みに無頓着であるが、これらを蔑ろにしてはならない。
一三 礼儀に適った身のこなしと、正しい歩行で腰の帯び玉が触れ合い美しい音を出すこと。礼記・玉藻に、「既服、習㆓容観玉声㆒、乃出」とある。
(一一四) 帯び玉を朝鮮人が腰に下げている姿を見、その音色を聞いて、経書の詳しい文意が分った。
一四 堂上で歩き、門外で小走りする礼の節度。
一五 礼記・玉藻に、「古之君子必佩㆑玉、…行則鳴㆓佩玉㆒」とあり、漢書・五行志に、「行歩有㆓佩玉之度㆒」と見える。
(一一五) 経書の徳目一字ずつの意味を漢語で答えるより、恕の和訳「おもひやり」こそ最適で、興味深い。
一六 江戸の儒者であろうが、誰の逸話かは不明。
一七 旧写本、版本により、(いはせ)(た)を補う。

(一一七) ある人白《しろ》[一]きを見て白《しろ》きと知《し》り、黒《くろ》きを見て黒《くろ》きと知《し》るは、明徳《めいとく》[二]の発見《はつげん》[三]なりとかたりけるに、善念《ぜんねん》[四]の起《を》こるをこそとわきよりいへるを、白《しろ》[五]きを白《しろ》きとし、黒《くろ》きを黒《くろ》しとするは善念ならずやとこたへしとぞ。

自註[六]。白トシレ々ヲ黒トスレ々ヲ。是ヲ為スコト二明徳ト一如何。曰ク、見二父母ヲ一以テ為シ二父母ト一、見二子弟ヲ一以テ為セルハ二子弟ト一明徳也。父母ハ則チ尊ビレ之ヲ、子弟ハ則チ護シレ之ヲ、而見テレ馬ヲ知リテ二其ノ為ルヲ一レ馬ヲ而羈シレ之ヲ、見テレ牛ヲ知リテ二其ノ為ルヲ一レ牛ヲ而鼻シレ之ニ、草ヲ為シレ草ト、木ヲ為シレ木ト、鳥ハ自ラ鳥、獣ハ自ラ獣、莫シレ不ルコト三甄別《けんべつ》[七]シテ而順二処セ之ヲ一。孰《いづ》レカ非ズヤ二明徳ノ之発露スル者ニ一耶。桀紂《けつちう》[八]ノ之暴、跖蹻《せきけう》[九]ノ之盗、方《あた》リテヤ二其ノ静居シテ而無キニ一レ事也、東方発シテレ白ヲ而知リ二其ノ為ルヲ一レ旦、長庚[一〇]西湮《しづ》ンデ而知ル二其ノ為ルヲ一レ夕。明徳昭然無シ二時トシテ而休ムコト一。然レドモ不ルレ謂ハ二之ヲ徳ト一者ハ何ゾヤ耶。失スレバ二於大ニ一也。人ノ之提《あ》[一一]ゲテレ椀ヲ而挐《ひけ》ルモレ筋ヲ、亦無シレ非ザルレ力ニ。必ズヤ也有リテ二孟賁夏育《まうほんかいく》[一二]一而後謂フ二之ヲ力ト一。提ゲレ椀ヲ挐クレ筋ヲ者不ルコトレ与《あづ》カラ焉何ゾヤ耶。亦失スレバナリ二於大ニ一也。

(一一八) いかゞして学問は成就し侍るべきやと問《と》ひしに、師なりし人、みなたちには恋をし給ふやといへるに、その座の人、くつ〳〵とわらひしまゝ、いやさにはあらず、年長《とした》け給ひては、かしこには良《よ》き児《ちご》あり、こゝには妙《たへ》なる油木《いうぼく》[一三]梳《しよ》ありなどゝて、朝《あさ》な夕《ゆふ》な飯《めし》くひ茶《ちや》のむにもわすれ給ふまじ。その心のごとく、

(一一六) 漢字には和訓があるが曖昧なことがあり、徳や仁などにはなかなか適切な和訳が見当らない。

一八 著者は橘窓茶話・上でも、「行道二字、韓人訳為二味知於安留久一、如レ此方不レ失二本旨一、安得下施二於域内一而共上レ之乎、言行之行、韓人訳為二行実一、乃字言也、施行之行、訳為二於古那布一、或為二施行一、字言也」と述べる。字言とは表意表現。

(一一七) 対象の正しい観察と認識とは徳性の表れであり、正邪是非の判断は道義心の働きである。

一 物事の本質を見抜き、正確に認知する営み。

二 万人に等しく与えられているすぐれた本性。

三 発揮し現成すること。

四 道徳的価値判断の基準となる心。

五 白は正・直・清・善・優などの、黒は邪・曲・濁・悪・劣などの譬えで、それらの違いをはっきりさせること。春秋繁露・楚荘王に、「知二其陽一レ陽而陰レ陰、白レ白而黒一レ黒也」とある。

六 底本にはないが、旧写本、版本で補った。

七 見分けて区別する。甄は察、別の意。

八 夏の桀王と殷の紂王。暴虐非道な帝王の代表。史記・夏本紀に、その極悪ぶりを記す。

九 盗跖と荘蹻。大盗賊の代表。盗跖は魯の柳下恵の弟と言われ、荘子に詳記され、史記・伯夷伝には、「盗跖日殺二不辜一、肝二人之肉一、暴戻盗睢、聚レ党数千人、横二行天下一」とある。荘蹻は漢書・西南夷伝に、「荘蹻者楚荘王苗裔也、蹻至二滇池一、…以二兵威一定属レ楚、…王レ滇、変レ服従二其俗一、以長レ之」とある。

一〇 宵の明星。ゆうずつ。夕方西の空に輝く金星。

一一 日頃、筋肉で椀を持ち挙げるのも力である。

学問の事を思《おも》ひなば、世に名を得るの人となり給ふべし。それに少《すこ》しもちがひあらば、われはおろかにてすむならんとなげき給ふべし。これをみづからその心をためすと申侍るなり。[一四]賢を賢として色にかゆるといへるも、この心《こゝろ》にて、おかしき事にはあらずといへり。

(一一九) 孔門《こうもん》の高弟《かうてい》、[一五]大夫《たいふ》の家《いゑ》に仕《つか》へざるは、[一六]陪臣《ばいしん》となる事をきらひたるにはあるまじ。この時《とき》、君弱《きみよは》く臣強《つよ》く、[一七]晋《しん》の韓魏趙《かんぎてう》など、[一八]斉《せい》の田氏《でんし》にひとしく、その国《くに》を奪《うば》ひ取《と》り、諸侯となるべききざし、[一九]一朝一夕のゆへにあらず。その勢《いきほ》ひすでにとゞむべからず。[二〇]魯《ろ》の三家《さんか》もそれにかはりたる事なければ、あらかじめこれを避《さ》けずんば、その時《とき》にのぞみ、身をはづかしむるならんと、かねて思《おも》ひはかりて、仕《つか》へざるなるべし。漢の[二一]孔光《こうくわう》　楊雄《ようゆう》など、あながち小人といへるにはあらねど、機を見る事のあきらかならず、寵利《ちようり》をわすれざるよりして、[二二]莽賊禅《まうぞくぜん》代《だい》のあいだにあたり、汚辱《をじよく》の名をかうぶるにいたれり。されば[二三]曾閔《そうびん》の仕《つか》へ給はぬ、いとたうとし。この臆説《おくせつ》は[二四]圏外謝氏《けんぐわいしやし》の説ともちがひ、[二五]小註《せうちゆう》の、上等の人はあへてなさずなどいへるには、おほいにちがへり。もしは一説にもそなふべきか。

一二 戦国時代の衛の勇士。大力で知られ、並称される(史記・范雎伝、論衡・語増)。

(一一八) 書生の学問成就の秘訣は、常に恋心ほどの熱意で勉学しているか、自己診断してみるに限る。

一三 名物六帖・器財箋五・閨閣嫁奩にアフラツキタルクシと振り仮名を付す。ここは、それが似合う美女を指すか。 一四 賢者を尊ぶのは心底美人を好くくらいの気持で行う。論語・学而に、「子夏曰、賢㆑賢易㆑色」とあり、朱子は「賢㆓人之賢㆒、而易㆓其好㆑色之心㆒、好㆑善有㆑誠也」と注するが、著者の解釈は「言、以㆓好㆑色之心㆒、好㆑賢則善」という孔安国注に近い。

(一一九) 孔子の弟子たちが大夫の家に仕えなかったのは、しばしば大夫が主君を凌ぎ冒すからである。

一五 諸侯の家老格で、卿(大臣)と士の間に位する。 一六 諸侯に仕える大夫の家臣。又家来。

一七 春秋時代の大国(山西省)。周の成王の弟叔虞(しゆぐ)の封国。のち大夫の韓・魏・趙三氏が三国に分割独立したので、三晋とも呼ばれる。

一八 春秋戦国時代の大国(山東省)。周の太公望呂尚(りよしやう)の封国。桓公は五覇の盟主。のち卿の田和(でんか)が国を奪い(田斉)、戦国七雄に数えられた。 一九 昨日今日に起因したものではない。

二〇 魯(山東省)の大夫孟孫・叔孫・季孫の三氏。専横でしばしば分限を越えた(論語・八佾)。

二一 ともに前漢末の学者(孔光→八六頁八十二段注二六。揚雄、字は子雲、文章に長じた)。篡奪者王莽(→八五頁八十二段注二二)に臣事。

二二 王莽が建てた新に仕え、節義を疑われた。

二三 曾点(そうてん)と閔子騫(びんしけん)。ともに孔子の門弟で孝行と徳行で知られ、仕えなかった。論語・先進、同・雍也に逸話が見え、史記・仲尼弟子伝

自註。孔子の[一]公哲哀《(こうせきあい)》をほめ給へる言葉《ことば》のうちに、天下行《をこな》ひなくして多《おほ》くは家臣となるといへる事、史記に見へたり。わけあるべしとおぼふ。

(二〇)天子を称して[二]聖主といひ、臣下を称して[三]賢臣といへるは、上《かみ》をことぶきするに[四]万歳といひ、諸侯をことぶきするに[五]千歳といひ、常人をことぶきするに[六]一百二十歳といへるにひとしく、いづれも[七]套語《(たうご)》と知《し》るべし。[八]康熙帝《(かうきてい)》の事をもろこし人にたづねしに、聖主とこたへしを、さては聖人なるやと、この国《くに》の人は思《おも》へり。さにはあらず。[九]羑里操《(いうりさう)》に、天王《(てんわう)》は聖明《(せいめい)》なれど、臣が罪《つみ》誅《(ちゆう)》に当《あた》れりといへるを見て、聖の字にうたがひをなせる人《ひと》ありしゆへ、[一〇]凱風《(がいふう)》の、母氏《(ぼし)》は聖《(せい)》善《(ぜん)》なれど、われに良人《(りやうじん)》なしといへる、聖の字をあげてこたへき。[一一]後漢《(ごかん)》の光武《(くわうぶ)》帝《(てい)》の、上章《(じやうしやう)》に聖といふ事をゆるし給《たま》はざるは、[一二]非分《(ひぶん)》の套語をいとへるなり。いみじといふべし。

(二一)少《すこ》しきなるを[一三]牆《(しやう)》といひ、大《おほ》いなるを[一四]城《(じやう)》といふ。もろこしにて城《しろ》といへるは、大石垣《おほいしがき》を築《つ》きまはし、[一五]士大夫はいふに及《およ》ばず、[一六]工商雑類《(こうしやうざつるい)》までそのうちに住《す》ましむ。[一七]長安城などいへるを見て知《し》るべし。城定《しろさだ》まりたる後《のち》、民多《たみおほ》くなれば、

にも、「孔子曰、…吾与レ点也」、「孔子曰、孝哉閔子騫、…不レ仕二大夫一」と、これらの記事が引かれる。
二四 論語・雍也の朱注に、「○…謝氏曰、…」として引かれた謝良佐の閔子騫批判説。閔子騫が不本意ながら季氏に仕えたのは、「蓋既無二先見之知一、又無二克レ乱之才一故也、然則閔子其賢乎」と、過小評価を下していることを指す。
二五 上流階級の人は無理に仕官しない、の意か。小註は不明。

一 史記・仲尼弟子伝に、「公皙哀、字季次、孔子曰、天下無レ行、多為二家臣一仕二於都一、唯季次未二嘗仕一」とあるのを指す。
(二〇) 美称の常套語を字義通りに受取ると、実態とずれてしまうので、用字法には気を付けたい。
二 漢書・薛広徳伝の、「聖主不レ乗レ危」など。
三 戦国策・楚威王の、「賢臣之事二其主一也」など。
四 書言故事・聖寿類に、「称二聖寿一曰二万歳一」とある。但し、万歳は諸侯にも用いる。
五 天子の万歳に対し、区別した用語。
六 本卦の二周期、即ち還暦を二度迎える年数。
七 大袈裟な極り文句。紋切型の誇張表現。
八 清朝第四代聖祖。著者と同時代の中国の大帝。
九 殷の紂王の手で羑里(河南省)に囚われた周の文王の作という琴曲拘幽操に、韓愈が文王の意を汲んで題した古詩。その末二句が「嗚呼臣罪当レ誅兮、天王聖明」とあり、結句は紂王を指す。
一〇 詩経・邶風《(はいふう)》・凱風に、「凱風自レ南、吹二彼棘薪一、母氏聖善、我無二令人一」とある。七人の子がある母親の再婚を、子供たちの自責で思い止まらせる詩。淫らな母親をも聖善と呼んでいる。

城《しろ》の外《ほか》に住《す》むもあれど、城を築《きづ》くの本意《(ほんい)》は、民《たみ》ども皆城《みなしろ》のうちに住《す》まはせ、あ[一八]たありてもそこなはせまじとの事《こと》なり。この国《くに》は国《くに》[一九]の守《かみ》の住《す》める所を城《しろ》といひ、[二〇]二の丸三の丸などあれど、士大夫のみにて、工商雑類は皆々《みなく》石垣《いしがき》の外《ほか》に住《す》めば、戦《いくさ》などいふ事あらば、焼《や》きはらはれて、傷《きず》つき餓《かつ》ゆる者多《ものおほ》かるべし。これはもろこしを学《まな》びたきにや。されど、これもよしあしはあるとぞ。

(一二一) 春《はる》[二一]がすみなどいへるには、靄《(あい)》の字よろし。いつの時《とき》よりかあやまりて霞《(か)》の字を用《もち》ふれど、これはほてりする事《こと》にて、彩霞《(さいか)》または錦《にしき》のごとしなどいへる、皆々《みなく》紅《くれなゐ》なる事をいへり。水煙《(すいえん)》、山煙《(さんえん)》、烟景《(えんけい)》、烟柳《(えんりう)》などいへる、火をたく煙《けぶり》にはあらず。かすめることなり。

(一二二) 士といふは奉公人《(ほうこうにん)》[二二]の事《こと》なり。子貢子路《(しこうしろ)》[二三]の問《と》へるも、いかゞしたる時《とき》奉公人といふべきやといへる事なるべし。もろこしにては学問する人を奉公人とし、この国《くに》にては弓矢とる人を奉公人とす。武をたつとび、文をたつとぶちがひあれど、農工商の籍にあらずして、仕宦《(しくわん)》のしわざするものは、いづれも士なり。

一二 後漢書・光武帝紀上に、「…七年三月五日詔、…其上書者、不レ得レ言レ聖」とある。
一三 分際を越えた常套語。
(一二一) 都市の中央に天守閣を築くわが国は、周囲に城郭を回らす中国の方式に学ぶべき点があろう。
一三 屋敷の周囲に回らし、屋内を遮蔽する垣。
一四 都市の周囲に回らし、外敵から守る城郭。
一五 武士階級。→五四頁二十七段注二。
一六 奴婢、賤民など、下層階級に対する蔑称。
一七 漢・隋・唐代に築かれた都城(陝西省西安)。唐代では東西九・七、南北八・二キロメートルの城郭内に都市計画が営まれ、人口百万の大都市。
一八 外敵の侵寇。近世よりあだと濁るようになる。一九 領主。大名。
二〇 わが国の城郭内部の名称。天守閣を築いた中心部を本丸、その外郭を二の丸、三の丸と呼ぶ。
(一二一) 漢字の靄はかすみ、霞はほてり、煙にも火を焚くけむりとかすみとの両義がある。
二一 橘窓茶話・上にも、「日本所レ謂加須美、当レ用二靄字一、用二烟字一亦可、如二烟花烟波等類一、皆氤氳冥濛之状也、霞者保天利、一名野気、非二加須美一也、嘗観二朗詠集一、載二田子浦赤人歌一云云、由レ是観レ之、当時之人亦知二霞之為一保天利一、不レ知従二何時一而誤用二霞字一耶」とあり、宝永四年(一七〇七)三月朔日付け新井白石宛て書簡でも、著者はこのことを報告している。
(一二二) 士とは公僕のことで、中国では学者が、わが国では武者が、士人として庶民に臨んでいる。
二二 官に仕える人。役人。下僕の意ではない。
二三 論語・子路に、「子貢問曰、何如斯可レ謂二之士一矣」、同じく「子路問曰」として同じ質問がある。

(一二四) この国《くに》、いまの役《やく》[一]といへる事《こと》、韓《から》もろこしの言葉《ことば》には官《くわん》といへり。韓《から》人のきたれる時《とき》、奉公人にあひては、かならずなにの官なりやとたづねしに、この国《くに》の人は朝官《てうくわん》[二]のみ官といへるとおぼえて、これは無官なりとこたふるもあり、または役は官といふべきなると知《し》れる者《もの》もあれど、この国《くに》、番《ばん》一通《ひとゝを》[三]りつとむる奉公人を役人とはいはざるゆへ、無官なりとこたふるもありき。大官小官の差別はあるべけれど、禄[四]をはみて奉公する人に、官の無《な》きといへる事《こと》、不審《ふしん》なりといひてうたがへりき。それ〲の職掌《しよくしやう》[五]をあげて、番一通《ひとゝを》りつとむる人《ひと》は、直衛官《ちよくゑいくわん》[六]などいふべき事なり。役といへるは、もと士より下《しも》つ方《かた》、いやしき者《もの》の事なり。無官大夫《むくわんのたいふ》[七]などいへるは、位階《ゐかい》のみありて、なにの職掌もなきゆへなるべし。これも散官[八]といへる者《もの》にて、無官にはあらず。もろこし韓《から》の人《ひと》はうたがふなるべし。

(一二五) もろこしの詩、この国《くに》の歌《うた》、深奥《しんあう》なる事かはりはあるまじ。詩は作《つく》りよけれど、歌《うた》は詠《よ》みがたしといへる人《ひと》あり。これはさる事あるべし。歌《うた》はこの国《くに》の言葉《ことば》なれば、かく詠《よ》みては歌《うた》にはあらぬといふ事、詠《よ》める者《もの》も、また見る者《もの》もそのおぼえあれど、詩はもろこしの言葉《ことば》なれば、そこ〲に作《つく》りても大方聞《おほかたきこ》

(一二四) わが国では役と呼ぶ職務まで朝鮮や中国では官というが、無役職を無官と呼んでも通じない。
一 役職。役人の担当職務。
二 朝廷に仕える役人。朝臣。公卿や文武百官。
三 見張りなどを交替で順番に勤める下級役人。
四 仕官している人に官職がないということは。
五 役目。職務内容。
六 宿直して護衛する役。
七 官職がなく、位階だけ五位の者。大夫は五位の通称。なお、以下の文を旧写本、版本とも別段落に扱うが、底本は段落が区切られていない。
八 律令制による名称で、位階だけがあって官職がない者。散位《さんい・さんに》、散事ともいう。
(一二五) 詩歌も文章も、母国語では作り難く、異邦人はその奥深さを知らないから、却って作りやすい。旧写本、版本、この段より下巻。
(一二六) 中・晩唐詩も初・盛唐詩も、ともに唐詩の一斑で、漢詩を代表する唐詩はその総体を指す。
九 中・晩唐中心の詩集。十巻。元の郝天挺《かくていん》(一二九〇—一三五七)編という九十六名、五九六首に評注を付した。宋代以来の好尚を反映し、その九割は繊巧な中・晩唐詩で、五代末の譚用之が最多、ついで晩唐の陸亀蒙・杜牧・李商隠等で、盛唐は王維のみである。この傾向は、わが国で中世以来ひろく読まれた宋の周弼(?—一三五七?)編三体詩にも通じる。元禄二年(一六八九)和刻。
一〇 初・盛唐中心の詩集。七巻。明の李攀竜(于鱗、滄溟、一五一四—七〇)が一二八名、四六五首を選び、評注。杜甫を筆頭に李白・王維・岑参等、格調高い盛唐を最も重んじ、初唐はこれに次ぎ、中・晩唐は著しく軽視されている。白居易・杜牧

ゆるほどなれば、その身もよしと思《おも》ひ、見る人《ひと》も妙《たへ》なりとほめはやすより、歌《うた》は詠《よ》みがたし、詩は作《つく》りやすきといふなり。もしもろこし人《びと》、この国《くに》の歌詠《うたよ》む事あらば、歌《うた》は詠《よ》みやすけれど、詩は作《つく》りがたしといふべし。詩は作《つく》りやすきといへるは、詩を知《し》らぬ人《ひと》の言葉《ことば》、歌《うた》は詠《よ》みやすきといへるは、歌《うた》を知《し》らぬ人《ひと》の言葉《ことば》なるべし。いづれかたやすき事ならむや。文作《つく》る事も、亦《また》これに同《おな》じ。

(一二六) 唐詩鼓吹《(たうしくすい)》[九]、唐詩選《(たうしせん)》[一〇]、いづれも唐詩なれど、選者のこのめるをあつめて書となせるなれば、唐詩のまつたきにはあらぬを、唐詩鼓吹をまなびて、音調体製《(いんてうていせい)》[一一]、唐詩鼓吹に似よればこれを唐詩とこゝろえ、唐詩選をまなびて、音調体製、唐詩選に似よればまたこれを唐詩とこゝろう。さにはあるまじ。詩は唐よりさかんなるはなしといへるは、別にそのわけあるにや。歌《うた》[一二]をよく詠《よ》む人は思《おも》ひやりて知《し》るべし。

(一二七) 詩を作《つく》るに、字法句法[一三]にこゝろを用《もち》ふるはあれど、律詩を作《つく》りて章法[一四]にこゝろを用《もち》ひ、古詩長篇を作《つく》りて段落《(だんらく)》[一五]過句《(くわく)》[一六]にこゝろを用《もち》ふるは少《すく》なし。これは詩を作《つく》るの疏節《(そせつ)》[一七]なれど、まづこれよりこそ入《い》るべきと、功者《(こうしや)》の人のかたりき。

は不載。わが国では近世初期、同類書唐詩訓解万暦刊本が和刻され、「文は秦漢、詩は盛唐」という古文辞派の主張に沿って、荻生徂徠高弟の服部南郭が享保九年(一七二四)唐詩選本文を校訂出版、大流行を来し、のち国字解も出されるなど、三体詩を圧倒した。

一一 音律声調や体裁述製の方法。詩の調子や仕組み。宋の厳羽の滄浪詩話・詩弁に、「詩之法有レ五、曰体製、曰格力、曰気象、曰興趣、曰音節」とある。この首尾をもって詩法全体を表した。

一二 和歌が得意な人は、たとえば古今集でも詠人知らずの作や六歌仙だけでなく、紀貫之たちが共に古今調歌風を形成している事実を思い合わせて。著者は晩年、古今集を千遍読誦した。

(一二七) 漢詩を作るには、一字一句にこだわるよりも、まず一編全体のまとまりに心を配るべきである。

一三 詩語の選び方や、平仄・押韻法則に即した一句のまとめ方。滄浪詩話・詩弁に、「其用レ工有レ三、曰起結、曰句法、曰字眼」とある。

一四 一編の詩全体の組み立て方。

一五 二句を一聯、二聯を一解(一章)、解が重なって段を成す。一編を形作る段ごとの節目が段落。

一六 表現内容を展開させるための句群の構成、押韻(換韻格か一韻到底格か)等の工夫を指すか。

一七 真実味を欠いた作意。

(一二八) 作詩に詩情の乏しい用語は避けられても、作者が俗情の持主であれば作品も俗意は免れない。

一 詩趣のない通俗語句。

二 雅致のない卑俗な心。滄浪詩話・詩法に、「学

（一二八）それがし詩を作《つく》りて、友《とも》なりし人に見せしに、詩の俗語《ぞくご》[一]を忌《い》むといふ事、人々《ひとぐ》の知《し》りたる事なれど、俗意《ぞくい》[二]を忌《い》むといふにこゝろづけるは少《すく》なし。この詩など俗意といふべしとおしへしかば、げにもと思《おも》ひけれど、生《むま》れつきのしからしむるは、あらたまりがたし。詩に別材《べつさい》[三]ありといへる、このゆへにや。

（一二九）詩に韻[四]をふみ、平仄《ひやうそく》[五]をあはするは、いかなるゆへなりと知《し》れる人《ひと》、この国《くに》にはあるまじ。もろこし人に歌詠《うたよ》ませたらんに、この国《くに》のみ[六]そじひともじにさだまりたる事、いかゞしてそのわけ知《し》り侍らんやとある人《ひと》のいへるを、げにもと思《おも》ひ、もろこし言葉《ことば》よくするといへる人にたづねしに、もろこし人のいや[七]しき言葉《ことば》まで自然《しぜん》と声律《せいりつ》にかなへるは、その国《くに》の風気《ふうき》にて、かくはさふらふ。この国《くに》の人《ひと》の、その言葉《ことば》まなびたる、それほどまでのおぼえ、いかでかさふらふべきやとかたりき。

（一三〇）[八]もろこしの字音《じおん》は四声《しせい》[九]そなはり、唇舌牙歯喉《しんぜつげしこう》[一〇]のわかちあざやかなれど、韓《から》[一一]の字音は三声のみありて、上声《じやうしやう》去声《きよしやう》わかれず。されど唇舌牙歯喉のわかち

レ詩、先除二五俗一、一曰、俗体、二曰、俗意、三曰、俗句、四曰、俗字、五曰、俗韻」とある。

三 詩作は学識の有無に関らず、特別の才能が必要である。材は才。滄浪詩話・詩弁に、「夫詩有二別材一、非レ関レ書也、詩有二別趣一、非レ関レ理也」とある。

（一二九）押韻や平仄の調整は民族性と中国語の特色による必然的詩法ゆえ、日本人には理解しにくい。

四 詩句の末に同じ韻に属する文字を用いる法則。

五 平声字○と仄声字●とを組み合せ、音律を調える法則。一句中、いわゆる二四不同、二六対、下三連や孤平(こひよう)を忌む等の粘法(ねんぽう)=調え方)。

六 和歌が三十一文字(五・七・五・七・七音)と形が定まっていること。

七 中国人の日常語。口語。文言に対する白話。

（一三〇）字音の声調は中国では四声、朝鮮は三声で上・去声の区別がなく、五音も中国ほど明瞭でない。

八 底本、前段に続くが、内容と分量から別の段に改めた。旧写本、版本も別段に扱っている。

九 中国古典語の音節に見られる四種類の調子。韻尾の変化で高低・強弱・昇降・長短の違いが生じる。平声(ひようしよう)=平らな音)、上声(じようしよう)=尻上りの音、去声(きよしよう)=高降りの音)、入声(につしよう)=短促の音)。うち、上・去・入の三声を一括し仄音と呼ぶ。

一〇 発音部位別の子音の分類名。

一一 朝鮮では上声字も去声字も発音に昇降がない。

一二 日本漢字音の旧仮名づかいでは、p・t・kで終る入声字の音尾がこの五音に当たる。

一三 四声や発音部位の別を曖昧にし単純化した音。中国音にはこの諸要素が混在しているので、

はあるなり。この国《くに》の字音は、字ごとに平声《ひやうじやう》のごとくよみて、上声も去声もなく、また入声《にっしやう》もなし。[12]ふつくちきのつきたる字は入声なりとおぼゆれど、これも口《くち》にてとなふる時《とき》は[13]砕音《さいいん》となり、入声にはあらず。唇舌牙歯喉、そのわかれなきにしもあらねど、国《くに》のならはし、唇《くちびる》がちに物《もの》いへるゆへにや、[14]五音《ごいん》あざやかならず。[15]釈徒《しやくと》の誦経《じゆきやう》に、いまも四声をわかちてよめるあり。これはもろこしに渡《わた》り、その言葉《ことば》知《し》れる[16]祖師《そし》の、この国《くにゝ》にも五音を伝《つた》へんと、心をつくしおしへたるなれど、もとこの国《くに》のなき事なるゆへ、いまになりては、そののりにあたらざる字音のみ多《おほ》し。詩は音調をこそ重《おも》しとすれ、この国《くに》の字音にてもろこしの詩作《つく》るは、調子にかなはぬ[17]笙篳篥《しやうひちりき》をもて楽《がく》をかなづるにひとし。この後《ゝち》いく千世へたりとも、[18]もろこし人、これはといへる詩作《つく》る人《ひと》はありがたかるべし。

（三二）この国《くにゝ》にて[19]五音相通《ごいんさうつう》といへるは、もと韓国《からくに》より対馬《つしま》にきたり、それよりこの国《くにゝ》に行《をこな》はれしゆへ、むかしは[20]対馬《つしま》いろはといへり。韓国《からくに》もそのもとは、[21]西域《さいゐき》より出《い》でたるをまなび、[22]諺文《おんもん》といへるも[23]梵字《ぼんじ》にならひて作《つく》れりと、[24]芝峰類説《しほうるいせつ》に書《か》きたり。[25]もろこし人の言葉《ことば》にも、[26]七音《しちいん》の作西域より起《をこ》り、ながれて[27]諸夏《しよか》に

著者は混音と呼び、朝鮮字音は混音に近いと言う。大典への返書にも、「日本之字音ハ砕音にて御座候故、日本之砕音にて音読致し候ては、誦経のことくなり候て、句読も明ならす、節奏も無之候故、用ニ立不申、また唐音を学ひ候人ハ、砕音をもつて混音を学ひ候ゆへ、爛熟いたし候事成かたし、…朝鮮人ハ…其国の字音、唐に似寄候而、混音にて御座候ゆへ、読書致候時、其国の字音ニて訓読いたし候時、句読も明らかに節奏も有之、羨しき事に御座候」と述べている。

一四 唇・舌・牙・歯・喉の五音。→注一〇。

一五 僧侶の読経。漢訳仏典を日本漢字音（主として呉音系。黄檗宗や曹洞宗寿昌派などは唐音〔近世音〕系）で直読する。

一六 一宗一派を開いた留学僧。空海・最澄・円仁・円珍等。

一七 ともに雅楽の主要管楽器で、併称される。

一八 中国人が感心するほどの日本の漢詩作家は。

（三二）いわゆる五音相通は自然の音韻組織で、中国の西方、インドより朝鮮を経て対馬に伝来した。

一九 五十音の同行の音は音韻の変化で互いに通じるという考え。悉曇(しったん=梵語)研究の影響という。

二〇 五十音の異称。対馬の人が梵音を伝えた発音、との説が名称の由来（同文通考・三・梵字）。

二一 中国の西方異民族居住地域。ここはインド。

二二 朝鮮の音標文字。ハングルの旧称。李朝の世宗が制定し、訓民正音として一四四六年に公布。

二三 サンスクリット（古代インドの文語）の文字。

二四 朝鮮の李晬光(りさいこう=号芝峰)著。二十巻。万暦四十二年（わが慶長十九年〔一六一四〕）自序。その

入《い》るといへり。もろこしより見れば、西域といへるははるか西の辺土《へんど》なるに、かゝる事をはじめて天が下にみたしむる、まことにふしぎなりといふべし。おろかなる人《ひと》は、なにのよりどころもなく、この国《くにゝ》にてはじまりたるやうにおぼゆるも、かなし。されどこの五音相通といへる、天地《あめつち》の間《あいだ》、自然《しぜん》の理数《りすう》[一]より出《い》でたる物《もの》なれば、そのもと人のこしらへたるにはあらず。西域より起《をこ》りたるといへる事は、涅槃経《ねはんぎやう》[二]の文字品《もじほん》を見て知《し》るべし。

（一三二）この国《くにゝ》にかなといふ物《もの》なくば、人々《ひとびと》文字を知《し》るべきにといへる人あり。これは思《おも》はざるの言葉《ことば》なるべし。[三]もろこしの文字、西域の梵字、韓国《からくに》の諺文《おにもん》、この国《くに》のかな、そのほかだつ(たん)おらんだの文字《もじ》、みな／＼その国の言葉《ことば》に応《おう》じ、たれはじむるともなく、女童下々《をうなわらべしもじも》までこれを用《もち》ゆ。まことに自然の理《ことはり》に出《い》でたり。かなといふ物《もの》なくばといへるは、その国々《くにぐに》の言葉《ことば》なくばといへるにひとしかるべし。

（一三三）この国《くに》の詩作《つく》り、文かける人、その才学《さいがく》を見れば、もろこしのたれ、それがしなどいへるに、さまで劣《をと》らじと思《おも》ふ人いかほどもあれど、言葉《ことば》のちがへ

巻十八・技芸部・書に、「我国諺書字様、全倣二梵字一、始二於世宗朝一、…夫諺書出而万方語音、無レ不レ可レ通者、所レ謂非二聖人一不レ能也」とある。

二五　宋の鄭樵（一一〇三―六〇）著、通志の七音略に、「七音之韻、起レ自二西域一、流二入諸夏一」とある。

二六　唇・舌・牙・歯・喉・半舌・半歯音。

二七　中国。中国内の多くの国の意。中国人は中華思想から、壮大な意の夏字を自称に用いた。論語・八佾に、「子曰、夷狄之有レ君、不レ如二諸夏之亡一也」とある。

一　理法。道理。筋道。

二　慧厳等訳大般涅槃経・文字品に、「仏復告二迦葉一、所有種種異論呪術言語文字、皆是仏説非二外道説一」とある。

（一三二）仮名は日本語表記の文字で、並用の漢字と相補う関係にあり、決して排し合う存在ではない。

三　中国の漢字、インドの梵字、朝鮮の諺文、わが国の仮名、その他、蒙古文字（ウイグル文字から作られ、左より縦書き。「だったん」はモンゴル民族の意）、オランダのローマ字等、すべて各言語の特質に対応し、自然発生的に成立した。底本、旧写本とも「だつ」のまま。いま版本「韃靼」の振り仮名により、（たん）を補う。

（一三三）わが国で漢詩文に堪能な人でも、才学は中国人と拮抗しても、言語熟達の差で水をあけられる。

（一三四）朝鮮人は自国漢字音の特色を弁え、詩作の限界を知っているが、日本人にはそれ

るゆへにこそ、それのみにてやめ、うらめしといふべし。

(一三四) 韓人《から》と物語《ものがた》りせしついでに、わが国《くに》は三声[四]のみなるゆへ、詩[五]までは作《つく》れど、歌曲はなりがたしとかたりき。韓人《から》は物事《ものごと》その理《ことはり》あきらかなるゆへ、これはなり、これはならぬといへるおぼえあれど、[六]この国《くに》の人の、そこ〳〵に作《つく》りて詩なりとおぼゆるはうらめし。

(一三五) もろこしの言葉《ことば》知《し》らずしては、詩作《つく》り文かく事なるまじと、もろこし言《こと》葉《ば》まなべる人はかならずいへるを、もろこしの言葉《ことば》知《し》りたる人の詩文を見るに、さまでかはりたる事なければと、またある人《ひと》のいへる。これはみなその一方《ひとかた》のみを知《し》れる言葉《ことば》なるべし。[七]詩文は言葉《ことば》の精華《(せいくわ)》なる物《もの》なれば、言葉《ことば》を知《し》らずして、いかでか精華をもとむべき。この国《くに》の言葉《ことば》知《し》らぬもろこし人、歌詠《うたよ》むといはゞおかしき事と思《おも》ふなるべし。されど詩文をよくせぬもろこし人、いかほどもあれば、もろこし言葉《ことば》知《し》りたりとて、詩文をよくすべきにもあらず。まことの詩文といへるは、もろこしの言葉《ことば》知《し》りて、しかも才学すぐれたる安倍《(あべ)》[八]のなにがし、釈空海《(しゃくくうかい)》[九]などいへる人こそ、[一〇]はぢがほ少《すく》なかるべけれ、[一一]それがしももろこし言《こと》

が乏しい。

四 ↓一一四頁一三〇段注一一。

五 漢詩の制作は出来ても、抑揚の複雑な塡詞や戯曲までは作りにくいと、自覚の程を洩らした。

六 日本人が朝鮮よりも四声五音の微弱な自国漢字音(砕音)で、詩法に則り作詩して、一往の出来映えだけで満足しているのは残念で情けない。

(一三五) 中国語の熟達は作詩文の必要条件であるが、才学が兼備してはじめて十分条件を満たす。

七 韻文も散文も言語の美的表現である。

八 阿倍仲麻呂(六九八―七七〇)。奈良時代の名族。養老元年(七一七)遣唐留学生として吉備真備や玄昉等と入唐。朝衡(晁衡)と改名し玄宗に仕えた。数度帰国を志したが果さず、在唐五十余年、彼の地で歿した。望郷の和歌、「あまの原ふりさけ見れば春日なる三笠の山にいでし月かも」は有名。

九 平安初期の僧(七七四―八三五)。諡号は弘法大師。真言宗の開祖。俗姓佐伯氏。讃岐の人。延暦二十三年(八〇四)入唐、恵果(けいか)に真言密教を学ぶ。詩文にすぐれ性霊集が編まれた。また能書家で各体に長じ、三筆の一としてわが国書家を代表し、最澄に宛てた書簡風信帖は有名。著書に三教指帰(さんごうしいき)、文鏡秘府論、文筆眼心抄、篆隷万象名義、十住心論、弁顕密二教論等がある。

一〇 そう引け目を感じないでもよかろうよ。

一一 著者は元禄三年(一六九〇)二十三歳で東皐心越門の白足恵厳に中国音の手解きを受け、同六年二十六歳の時、長崎で上野玄貞(儒医国思靖、号は麀隠)に就き(音読要訣抄)、二十九歳の二月にも「唐音稽古」のため、長崎に遊学している(泉澄一『対馬藩藩儒 雨森芳洲の基礎的研究』)。

葉《ば》少《すこ》しはまなびたれど、詩作《つく》り文かく事《こと》は知《し》らざるゆへ、[一]それがしのつたなきを見て、もろこし言葉《ことば》すて給《たま》ふなと、同志の人《ひと》にはつねにかたりき。

（一三六）およそあらふる文字、訓《よみ》はこの国《くに》の言葉《ことば》なれど、音《こゑ》はもともろこしの音《こゑ》なり。されどもろこしの音《こゑ》に似たるは甚《はなは》だ少《すく》なし。[二]風気《ふうき》の異《こと》なるゆへにや、[三]橘《たちばな》は淮《わい》をわたりて化して枳《からたち》となるといへるを、ふしぎなりといひしに、この国《くに》にても蜜柑《みつかん》九年母《くねんぼ》などいへる物《もの》、その樹をうつして出羽に植《うふ》れば、みな枳殻《きこく》となるといへり。ちかごろある和尚の物語《ものがたり》に、薩摩《さつま》より出《い》づる紅蜜柑《べにみかん》といふ物《もの》、色《いろ》もうるはしく、味《あぢ》はひもすぐれたれば、その種《たね》をとりて植《う》へしに、ほどなくもえいでたれど、みな〳〵柚《ゆず》となれりとかたりき。[四]唐音《たういん》も一《ひと》づたへ二《ふた》づたへすぎば、いつとなくこの国《くに》の音《こゑ》となるべし。唐音唐話《たうわ》をまなぶ人《ひと》は、いつとてももろこし人にならふより外《ほか》あるまじ。[五]黄檗《わうばく》の課誦《くわず》はみな〳〵唐音なれど、なに事ぞやと唐僧はうたがへるといへり。これも数世の後《のち》には、この国《くに》の音《こゑ》となるべし。

（一三七）もろこし音《ごゑ》にて上《うへ》よりよみくだし、文義《ぶんぎ》の通ずるといへる事、ふしんな

一　わたくしの漢詩文が拙劣なのを見て、中国語の学習意欲をおなくしになることのないように。

（一三六）漢字には日本語の訓と中国音に由来する日本漢字音とがあるが、原音からは随分離れている。
二　地質、地味や気象条件。
三　周礼・冬官考工記・総目に、「地有レ気、…橘踰レ淮而為レ枳」とあり、晏子春秋、淮南子、説苑、韓詩外伝や爾雅翼等にも同趣の文が見える。
四　橘窓茶話・下にも、次の数条が見える。「我国人学二唐音一、到底止得二箇乾一、如三薩奥人学二京音一、何曾免二乎乾一」、「須下以二唐人一為上師、難レ免二乎乾一、以二乾者一為レ師、一伝之後、変為二国音一、黄檗宗誦経可レ見矣、輾転至レ久、全然不二相似一」、「読書有二節奏一、必須下学二於唐人一而得上、後自為二節奏一者、一同無二拍子一的打謡、終不レ成二箇謡一」。
五　黄檗宗で用いる禅林課誦。近世音で読誦する。

（一三七）漢文を中国音で直読すれば、日本語とは語順が異なるが、慣れれば文意も自然に理解される。
六　延宝九年（一六八一・九・二九改元、天和元年）。なお、記載の史実並びに長崎通いの商人稲某は不明。
七　元禄四年（一六九一）。但し、音読要訣抄にはその前年の、「余廿三歳、初学二唐話於心越師会下白足恵厳一也、廿六歳適二長崎一、受二業於上野玄貞一、至レ今五十余年」とある（↓一一七頁一三五段注

りと思《おも》へる人ありしまゝ、いかにもさ思《おも》ひ給ふなるべし。されど物事《ものごと》なるゝにこそさふらへ。それがし[六]十四歳なりし時《とき》、もろこし人に下知し給ふ文、あづまよりくだりさふらへど、文字の道《みち》ちがへるゆへにや、もろこし人よみかねさふらひて、訳者《ことのよひするもの》どもあつまり、あらためて見せさふらひしと、あき物《もの》するとて長崎にかよへる稲某《いななにがし》といへる者《もの》かたりしまゝ、げにもと思《おも》ひ、[七]廿四歳なりし時より、もろこし音《ごゑ》をまなべり。はじめはよその事聞《き》けるがごとくおぼへしかど、年《とし》のかず二十《はたち》あまりかさねて、おほかたこの国《くに》の物《もの》よみするに近《ちか》くなり、[八]まのあたりの事は、もろこし人と物語《ものがたり》をもなせし。生《むま》れつきさとく、いとけなき時《とき》よりまなべる人は、それがしがごとくにはあるまじ。世のさかごと[九]ゝいゑる物《もの》、はじめはいひがたく、聞《きゝ》きがたけれど、後《のち》にはつねとなるがごとく、また無分別不了簡《むふんべつふれうけん》などいへる、無の字不の字を先《さき》にいふは、この国《くに》の言葉《ことば》にはあらねど、なるゝゆへにこそ思慮《しりよ》に及《をよ》ばず、耳にも入《い》り、口にもいへ。[一〇]もろこし音《ごゑ》まなぶも、亦《また》しかなりと知《し》り給へとこたへき。

（一三八）上《うへ》よりよみくだして文義の通ずる事、人々《ひと〴〵》よくすべきにしもあらねば、通国の法とはなしがたかるべし。生《むま》れつきを見てをしゆべきにや。韓言葉《からことば》は甚《はなは》

一一)。

八 身近な日常の話題。

九 順序が前後している言語表現。

一〇 橘窓茶話・下にも、次の数条が見える。「書莫レ善ニ於直読一、否則字義之精粗、詞路之逆順、何由乎得レ知、譬如ニ一個助字一、我国人則目記耳、韓人則兼レ之以ニ口誦一、直読故也、較レ之我国人差矣」、「直読的、不レ論ニ経史一、将ニ漢話一講得来、便是成就的了、只会ニ直読一、不レ解ニ文義一者、徒為レ賢ニ乎已一耳」、「使ニ人直読一一聴得出一、纔是唐音爛熟之人」。

（一三八） 日本で漢文直読を正規の方法とは定めにくく、朝鮮語は日本語と同じ語順ゆえ、習熟しやすい。

一 著者は元禄十六年(一七〇三)三十六歳の十一月、釜山着。翌宝永元年(一七〇四・三・一三改元)十一月、対馬帰着までの二か年(丸一年)と、さらに翌宝永二年四月より十一月までの半年余り、朝鮮語学習(学文稽古)のため渡航した(泉澄一『対馬藩藩儒雨森芳洲の基礎的研究』)。

二 述語が目的語より後に来る語順を指す。↓四七頁十六段注一三。

（一三九） 朝鮮人は日本の学者の著述や文章を褒めたが、訓読に起因するらしい文字の過不足も指摘した。

三 著者と並世の大儒の経解では、伊藤仁斎(一六二七―一七〇五)・論語古義(正徳二年〔一七一二〕刊)、荻生徂徠(一六六六―一七二八)・論語徴(元文二年〔一七三七〕刊)の二著が傑出している。但し、徂徠は返り点による顚倒訓読法は採らず、唐音直読を旨とした。

四 六代将軍徳川家宣の襲職を賀し、正徳元年(李朝粛宗三十七年、一七一一)秋来朝、翌二年春帰

だやすし。それがし[一]韓《から》に行《ゆ》き、[二]三年《みとせ》ちからを用《もち》ひて、おほかたつかへなきほどにまなべり。わが国に《くにゝ》同《おな》じく[二]反言《かへりごと》なるがゆへなり。

(一三九) [三]この国に《くにゝ》文作《つく》るといへる名ある人、経義《けいぎ》をときてかける書物を韓人《からびと》に見せけるに、これを見さふらへば、経義をもさとり、または文作《つく》るの法をも知《し》り、まことにわれ人《ひと》の及《をよ》ぶべきにもあらず、たうとき書物なりといひて、朝夕《あさゆふ》よろこびてよみけるが、おり〱いへるは、このところには文字《もじ》あまり、このところには文字《もじ》たらずしてよみがたし。これは顚倒《てんたう》して句読《くとう》をなせしゆへなるべし。玉《たま》に瑕《きず》とやいふべき。おしむべき事なりとかたりき。また[四]正徳信使《しやうとくしんし》の時《とき》、[五]四六の啓札《けいさつ》を[六]韓《から》人にをくりし人《ひと》ありしに、この人《ひと》はいかゞ物《もの》まなびして、かくまで妙《たへ》なる文《ふみ》をばかきたるやとよろこびあへりき。これらはもろこし音《こゑ》まなびたるにはあらねど、その才《さい》高《たか》く、しかも学《がく》いたりて、異国《ことくに》の人をも感《かん》ぜしむるなり。

(一四〇) ある人、呉音《ごおん》漢音《かんおん》といふ事をたづねしゆへ、呉音は韓《から》の字音《じおん》、漢音はもろこしの字音にてさふらふ。されど年《とし》をへて、いつとなくこの国《くに》の音《こゑ》となり

国した朝鮮通信使。正使趙泰億(平泉・謙斎)、副使任守幹(靖庵)、従事官李邦彦(南岡)、製述官李礥(東郭)。総勢五百名。対馬藩儒の著者も真文役(記室)として江戸まで往復随行した。

五 四字、六字の各対句を頻用した美文調の書簡。

六 正徳元年(一七一一)十月二十七日、東本願寺浅草別院で、木下菊潭、高玄岱《こうげんたい》、三宅観瀾等が、十一月五日には土肥霞洲が四六駢儷《べんれい》体の書簡を三使や製述官に贈り、「儷句綺縟」「儷語尤典雅有則」「詩儷俱極典麗精工」などと賞賛された(通行一覧・五十七、縞紵風雅集・附集、七家唱和集)。

(一四〇) 呉音は朝鮮の、漢音は中国の字音が、長年月の間に日本の漢字音になった旨、質問に答えた。

(一四一) 呉音は藤原鎌足が内大臣の時、百済より渡来の法明尼が読誦した維摩経の音を承けている。

七 中臣鎌子(鎌足、六一四—六六九)は皇極天皇退位後、大化元年(六四五)孝徳天皇即位、中大兄皇子立太子に際し、内臣(うちつおみ)としてこれを輔佐した。

八 百済より渡来した僧尼法明は、斉明天皇二年(六五六)中臣鎌足の病気平癒祈願のため、維摩経・問疾品を読誦、まだ読み終らないうちに奇効を顕した。翌年鎌足は山城国宇治郡山科村陶(末)原の邸に精舎を建て(山科寺)、次の年福亮を招き講じたのが、わが国維摩会の始めという(三宝絵・下、政事要略・二十五、今昔物語集・十二、元亨釈書・十八等)。

九 維摩詰所説経。鳩摩羅什訳、三巻。ほかに支謙訳、玄奘訳がある。在家の信者のヴィマラキールティ(維摩詰)が、病気見舞に訪れた文殊菩薩や仏弟子達をつぎつぎ論破する内容は有名。

一〇 明法博士惟宗允亮(これむねただすけ・ことすけ)撰。その巻二十

たるなりとこたへき。

(一四一) [七]鎌足《かまたり》の執政《しつせい》たりし時《とき》、[八]百済《くだら》の尼法明《あまほふみやう》といへる者《もの》、対馬《つしま》にきたり、[九]維摩経《ゆいまぎやう》をおしへし。これをつしまよみといひて、呉音《ごおん》のはじめなりと[一〇]政事要略《せいじえうりやく》にしるせるといへり。この国《くに》の呉音といへる物《もの》、いまの韓人《からびと》の字音に似よりたれば、これも出羽《では》の枳殻《きこく》にて、はじめ法明がをしへたるは、韓国《からくに》の字音なりしかど、[一一]いつとなくいまの呉音となれると知《し》るべし。

(一四二) 呉音《ごおん》といへる名は、、法明《ほふみやう》が維摩経《ゆいまぎやう》をおしへし時《とき》、これは呉音なりといひしゆへに、[一二]この国《くに》の人《ひと》は知《し》りたるなるべし。[一三]その国《くに》の字音にてをしへしを、呉音といへる(は)、韓国《からくに》の人、[一四]もろこしといふ事をいまは江南《かうなん》といへど、むかしは呉ともいひたるゆへ、これはもろこし音《ごゑ》なりといへる事を呉音といひたるにや。[一五]韓国《からくに》もこの国に《くにゝ》同《おな》じく、訓《よみ》はその国《くに》の言葉《ことば》なれど、音《こゑ》はもろこしの音《こゑ》をまなびて、出羽《では》の枳殻《きこく》となりたるなり。

(一四三) [一六]聖武帝《しやうむてい》の御時《おんとき》、吉備公《きびこう》入唐《につたう》し、その後《ゝち》帰朝《きてう》ありて、[一七]孝謙帝《かうけんてい》の御時、

五・年中行事・十月、維摩会の条に、「然太政大臣沈病、既廻二万計一、時有二百済禅尼一、名曰二法明一、白二大臣一、我持二大乗一、名二維摩経一、其中所レ説問疾品、試奉レ誦、相公御悩平癒歟、未レ誦二了一品一之前、相公御病既以平愈」とある。但し、「これをつしまよみといひて、呉音のはじめなり」とは見えない。この説は江村北海・授業編・三などに載す。

一一 → 一一八頁一三六段。

(一四二) 呉音の名称は、法明尼が維摩経読誦の音を、中国音の意味でそう呼んだことによるらしい。

一二 日本人は知ったのであろう。

一三 百済の漢字音で教えたのを、呉音と呼んだわけは。旧写本、版本により(は)を補う。

一四 中国を現在は江南と呼ぶが、以前は呉とも呼んだので。長江(揚子江)以南の温暖な地を指す語で中国全体を表している。

一五 朝鮮もわが国と同じく、字訓は母国語であるが、字音は中国音を学習伝誦して行く間に、すっかり訛音に変ってしまったのだ。

(一四三) 漢音は吉備真備が唐より帰国後、孝謙帝に経書進講の音が初伝といわれ、その後日本化した。

一六 下道真備(しもつみちまきび)=吉備真備)の入唐は元正天皇の養老元年(七一七)、帰国は聖武天皇の天平六年(七三四)十一月。翌七年四月二十六日入京し、唐礼・太衍暦・太衍暦立成・楽書要録等を献じた。

一七 続日本紀・宝亀六年(七七五)十月二日に、吉備真備死去の記事と略伝が載り、「高野天皇師レ之、受二礼記及漢書一、恩寵甚渥、賜二姓吉備朝臣一」とある。高野天皇は高野姫尊、即ち孝謙天皇のこと。但し、講書内容は十三経と異なる。十三経の名称は宋代に確定した。

十三経《じふさんぎやう》をさづかり給ひし。これ漢音《かんおん》のはじめなりと、見聞抄《けんもんせう》[一]に見へたりといへり。されば今の漢音といへる物《もの》は、もろこし音《ごゑ》の出羽の枳殻《きこく》となりたると知《し》るべし。もろこし音《ごゑ》といへる事を、いまは唐音《たういん》といへど、むかしは漢音といひたるなり。

自註。中臣ノ鎌子為ル二内臣ト一、在リテ二三十七代　孝徳帝ノ朝ニ一、而吉備ノ帰朝ハ在リ二[三]四十六代　孝謙帝ノ朝ニ一。案ズル二[四]国史ヲ一、十六代　応神帝十五年、百済《くだら》国王遣シテ二阿直岐ヲ一貢ス二良馬ヲ一。阿直岐能ク誦ス二経典ヲ一。太子菟道稚郎子《うちのわきいらつこ》延《ひ》キテ以テ為スレ師ト。阿直岐薦《すす》メテ二同国人王仁ヲ一、以テ為スレ勝レリト二於己ニ一。乃チ遣シテレ使ヲ聘召《へいせう》ス。越《お》ヒテ翌年来朝ス。亦師トシ二事《つか》フ之ニ一。此ノ時阿王二人ガ所ノレ授クル者ハ、当ニシ二是レ韓音ナル一。蓋シ韓音ハ即チ呉音也ナルトキハ、則チ政事要略ニ所ノレ云フ、呉音ハ始マルトイフ二於三十七代　孝徳帝ノ時ニ一者ハ、似タリ二乎可キニ一レ疑フ。豈《あに》時世悠邈《いうばく》、字音訛誤シ、至リテレ是ニ釐《をさ》メテ而正セルレ之ヲ歟。

(一四)　この国《くに》の唐音《たういん》をまなべる人は、上《うへ》よりよみくだして、文の長短《ながみじか》をよく知《し》れるゆへにや、その言葉《ことば》知《し》りやすく、よみやすく侍る。いづれも唐音をまなび給へと、信使《しんし》にしたがひき(た)[五]りし中学士《しんがくし》[六]といへる者《もの》をしへしと、唱和集《しやうわしふ》[七]に見へたり。

一　不明。
二　→前頁一四一段注七。孝徳天皇は神武天皇より数えて三十六代であるが、神功皇后を歴代に入れると三十七代に当る。
三　四十五代聖武天皇の誤り(注二参照)。
四　日本書紀・応神天皇十五・十六年に、「十五年秋八月、…百済王遣ニ阿直岐一、貢ニ良馬二匹一…阿直岐亦能読ニ経典一、即太子菟道稚郎子師焉、於是天皇問ニ阿直岐一曰、如勝レ汝博士亦有耶、対曰、有ニ王仁者一、是秀也、…十六年春二月、王仁来之、則太子菟道稚郎子師之、習ニ諸典籍於王仁一、莫レ不ニ通達一」とある。すでに百済の阿直岐・王仁が、法明尼より早く朝鮮漢字音、すなわち呉音を伝えている、と著者は注した。
(一四)　来日朝鮮人が、中国音を学んだ日本人は直読で文の長短が分り、表現も平易適切だと語った。
五　旧写本、版本により(た)を補う。
六　中維翰(字周伯、号青泉。一六八一―?)。海游録の著者。八代将軍徳川吉宗襲職を賀し、享保四年(李朝粛宗四十五年、一七一九)秋冬の候来朝した通信使の製述官。著者は正徳信使の時と同様真文役として随行し、終始彼と接触が密であった。
七　尾張藩儒木下蘭皐(一六八一―一七五五)編、客館璀粲集(かつかんさいさんしゆう)。享保五年(一七二〇)刊。その前編に、享保四年九月十六日夜、中維翰が蘭皐に述べた、「貴国読書音訳甚卑、似レ難ニ暁識一、是以諸文士倡和筆談、文理脈絡、多有ニ不レ可レ解者一、蓋坐ニ於声律之未レ閑、此与ニ中国一遠、故其音自別、馬州雨森東及松浦儀二君子、其諸文固是絶才、今世之不レ易レ得也、見ニ其人一皆習ニ漢音一」との意見が見える。著者、松浦儀左衛門(霞沼、一六七六―一七二八)ともに対馬藩真文役として享保通信使に同行し、海游録にも登場している。

(一四五) 孝謙天皇《かうけんてんわう》の十三経《じふさんぎやう》をさづかり給ふも、吉備公《きびこう》帰朝《きてう》の後《のち》、もろこし音《ごゑ》にて、上《かみ》よりくだす事をまなび給ふなるべし。されど甚《はなは》だかたき事なるゆへ、その後《のち》つゐてまなべる人《ひと》もなく、字音もその実《まこと》を失《うしな》ゐたるなるべし。

(一四六) 文字といへる物《もの》、もともろこしよりはじまりたれば、訓《よみ》は韓《から》もこの国《くに》も、をの〳〵その国《くに》の言葉《ことば》にてつくれど、音《こゑ》はもろこしをまなぶ外《ほか》やあるべき。出《で》羽《は》の枳殻《きこく》になりたるといふにこゝろづきなく、字音もこの国《くにゝ》にてさだまりたるやうにおぼゆるは、おろかなりといふべし。

(一四七) 知客《ちかく》[八]といへる事、もろこしの字音にはつうけといへるを、この国《くに》の人《ひと》それをまなび、いつとなく字音かはりて、今はしかといへり。韓《から》もろこしにもかゝる事あり。この国《くに》のかけすゞり[九]といへるをまなびて、韓人《からびと》は各其素利《かくきそり》といへり。この国《くに》のつきといへる[一〇]をまなびて、もろこし人は読急《ときき》または土器《とうき》といへり。風気《ふうき》のちがひ、声音《せいおん》の同《おな》じからぬゆへ、かくは変ずるなり。ちかごろある古董《ことう》[一一]客《かく》を見しに、むすこべや[一二]とてこの国《くにゝ》にてもてはやせる獣《けもの》の皮《かは》は、その国《くに》の言葉《ことば》

(一四五) 孝謙天皇の漢籍学習は中国音の直読と思われるが、のち学習も跡絶え音も訛ったのであろう。
(一四六) 漢字は中国が起源ゆえ、字訓は朝鮮語や日本語でも、字音は中国音を学ぶ間に次第に訛った。
(一四七) 中国現代音も学習する間に次第に訛って、漢音、呉音、現代音のいずれでもない唐音になる。
八 禅寺で接待係の役僧。臨済宗では一山の取締りの僧をも言う。zhìkè(つうけ)が訛ってシカと言う。このように中国近世音が訛った日本漢字音を唐音(とうおん・とういん)と呼び、漢音や呉音と区別する。行灯(アンドン)・椅子(イス)・提灯(チヤウチン)・暖簾(ノンレン)・普請(フシン)・和尚(ヲシヤウ)などがそれに該当するが、近頃は時代性を考慮し、その一部を宋音と呼ぶ時もある。版本、シカと振り仮名。
九 外箱の縁に内箱の掛子(かけご)をかけて重ね、中にはまるようにした構造の硯箱。版本、各其素利にカコソリと振り仮名。
一〇 坏。著者は日本語の発音が中国人に影響したように述べているが、土器、陶器などの中国音 tǔqì、táoqì が日本語のつきの語源と考えるのが自然であろう。旧写本、土器に「とうきい」と振り仮名。版本、「つきをといへるを」、また読急にドキ、土器にトカイと振り仮名。
一一 骨董屋。骨董を中国語では古董 gǔdǒng と言う。客 kè はここでは商人の意。
一二 オランダ人がもたらしたなめし革。小さな加工じわがある。モスコワ産なので Moskovië (モスコビヤ、ムスコビヤ)と呼ばれたのが、訛って息子部屋と宛字された。山東京伝の洒落本、令子洞房(むすこべや) 天明五年(一七八五)刊)自序に、「革の極品なるをムスコビヤといひ」とある。

には、うすんこをるべあんといへるを、この国《くに》にてはあやまりてむすこべやといへるなりとかたりき。あやまりたるにはあらず。はじめはうすんこをるべあんといひしかど、いつとなく変じて、むすこべやとなりたるなり。一《ひと》つを挙《あ》げて、よろづみなしかなりと知《し》るべし。今人《ひと》のならひおぼえたる唐音《たういん》も、年久《としひさ》しくなりなば、これも出羽《では》の枳殻《きこく》にて、漢音呉音《かんおんごおん》にもちがひ、もろこし音《ごゑ》にもあらぬ、また一様の字音となり、今《いま》の漢音呉音の事をいへるごとく、この唐音といへる物《もの》はいかゞして出《い》できたるやとうたがふべし。

(一四八) 助語《じよご》[1]の事たづねし人《ひと》ありしに、これはこの国《くに》の人《ひと》の知《し》りがたき事なり。和歌《やまとうた》に詠《よ》む、かな、けり、らむなどいへるを、いかゞしてもろこし人に知《し》らせ侍らむや。いかほどくはしくいひをしへたりとも、この国《くに》の言葉《ことば》知《し》らでは、ふかきこゝろもちわきまへあるまじ。この国《くに》の人《ひと》は、かゝるところにはかゝる助語ありと、見おぼえたるばかり(に)[2]てかけど、その道《みち》くはしき人《ひと》のしたゝめたる文を見るに、これはちがひたるにやと思《おも》ふ事《こと》は少《すく》なし。こゝろを用《もち》ふる事ふかければ、をのづからかくあるにや、ふしぎなると思《おも》ひ侍るとこたふ。唐話《たうわ》をまなびなば、そのわけあきらかになり侍らむやととひしゆへ、唐話まなびても、

(一四八) 助語の使い方は、中国語を学習しても、ことに日本人にはなかなか容易でない。
一 ここは漢文末に付し、強意、疑問、感動、詠嘆等文意を助ける漢字。文中に用いる実質的内容のない漢字をも含め、助辞、助字、虚辞、虚字、置字などとも言う。
二 旧写本、版本により、(に)を補う。
三 柳宗元(字は子厚、七七三―八一九)「復ニ杜温夫一書」に、「二十五日宗元白、両月来三辱ニ生書一、…但見ニ生用ニ助字一、不レ当ニ律令一、唯以レ此奉レ答、所レ謂乎歟耶哉夫者疑辞也、矣耳焉也者決辞也、今生則一レ之、宜レ考下前聞人所ニ使用一、与ニ吾言一類且異上、慎ニ思之一則一益也」とある。
(一四九) 漢字の字訓は同じでも、字義は少しずつ微妙な相違があるが、日本人には区別しにくい。
四 岡白駒・助辞訳通・上に、「輒字、スナハチト読ム、毎事即然也ト訓ジタル字ニテ、幾タビモ同ク如レ此ナルヲ云フ」、皆川淇園・助字詳解・二には、「輒ノ字ノ上ニハ、イツニテモ毎ノ字ヲ略シタルコ、ロモチニテ、ソレゴトニソレガソレニナルト云事ニ心得レバ、十ガ九ツハアタルナリ」とある。
五 荻生徂徠・訓訳示蒙・三に、「継事ノ辞ト云フテ、上ニ一埒言シマフテ、サテ次ニ言ヒタス時ニ、ソノ上ノ文ト下ノ文トノ継目ニヲク文字ナリ、辞之緩也、難辞也ト注シタルモ、詞ノウツリメヲユルヤカニ、ヤウ〳〵言出ダス意ナリ」、助辞訳通・上には、「乃ハ上ニ言畢テ、又下ノ事ニ継グ辞ナリ、故ニ継レ事辞ト注ス」とある。
六 説文・五上に、「曳レ詞之難也、象ニ气之出難一也」、春秋公羊伝・宣公八年の何休注に、「乃難辞也」とあるなど。
七 松本愚山・訳文須知・二に、「悦、気ノ感ジテ

この国《くに》の人《ひと》は知《し》りがたかるべし。[三]柳子厚《(りうしこう)》が杜温夫《(とうんふ)》にあたへし書を見て知《し》り給へとこたふ。

(一四九) ある人《ひと》の物語《ものがたり》に、同《おな》じくすなはちと訓《よ》めど、[四]輒《(てふ)》の字はいつとてもといふこゝろ多《おほ》し。[五]乃《(だい)》の字はかくしてこそ、かくありてこそといへるこゝろあるゆへ、[六]かたき言葉《ことば》とはいふなり。[七]悦歓懌喜《(えつくわんえきき)》、いづれもよろこぶと訓《よ》めど、こゝろは少《すこ》しづゝちがへり。[八]正適方《〈せいてきはう〉》といひ、[九]須当可《〈しゆたうか〉》といへるも、またこれに同《おな》じ。かゝる文字《もじ》、くはしくそのわかちありてこそ、古《ふる》き文《ふみ》をもよみ、またみづから文《(ふみ)》をも作《つく》るべきなれど、この国《くに》にては、とりちがふる事のみ多《おほ》しといへり。

(一五〇) 同《おな》じくを[一〇]ろかなりと訓《よ》めど、[一一]戇《〈しやう〉》の字は他《ほか》の文字にちがひ、戇ハ類シテレ勇ニ而非ズレ勇ニといへる時《とき》は、[一二]てんぽなるこゝろと見へ、[一三]戇諫《(たうかん)》といへる時《とき》は、[一四]もぎどうなるこゝろと見ゆ。文字言《こと》みなしかなれば、この国《くに》の人《ひと》、もろこしの文字知《し》る事、まことにかたしといふべし。

(一五一) この国《くに》の[一五]真字《まな》にてかける文は、[一六]文字《もじ》の位《くらゐ》さかさまなるもありといへるは、

ウレシキ事、歓、中ノヨキ事ナリ、懌、イツマデモヨロコブナリ、喜、ウレシキナリ」とある。

八 訓訳示蒙・五に、「正、マサニト訓ズ、マサシクト訳ス、適、マサニトモタマ〳〵トモヨム、畢竟同事ナリ、…偶ノ義ト意得、方、マサニトヨム時、方始ト連用シ、…此レハ事ヲシカヽルハジメナリ、ナリカヽルハジメナリ」、大典・文語解・三には、「正、時ニアタリ、処ニアタル辞ナリ、適、コノ字、本タマ〳〵ト訓ズ、タマ〳〵ハ時ニアタル意ナリ、故ニ又マサニノ義ナル、方、正ハソノバニアタル意ナリ、方ハソノバニムカフ意ナリ」とある(字順は本文に準じ整序)。

九 訓訳示蒙・五に、「須、モチユルト云フ字ヂヤカラ、カウセイト訓ズル辞ナリ、但シ当字ヨリハツヨシ、カウセイデカナハヌト云ホドノ辞ナリ、当、カフアルハヅヂヤト云フ意ナリ、可ト容ハベイト訳ス、ラルヽト訳シ、クルシカラズト訳ス」、助辞訳通・中には、「須ノ字、ベシト読メドモ、モチユト云義ヨリ、如レ此セヨト教ヘ、ゲヂスル辞ニテ、ベシト読ム也、当ノ字、ベシト読ム時、如レ此シテ理ニ当ルト云ヲ主トス、可ノ字、ベシト読ム、本許可也ト注ス」、文語解・四には、「須、本義ハ用也待也、故ニベシト訳スルトキ、云云セヨトイフ義ト、云云セントイフ義トアリ、セヨハ用ノ意ナリ、センハ待ノ意ナリ、スベカラクハナスベキヲ先ヘイフ辞、当、理合レ如レ是也ト注ス、…俚語ノハヅナリ、又必トスル辞ナリ、可、コノ字、否ノ反対ナリ、許也肯也ト注ス」とある。

(一五〇) 同訓の漢字でも、解釈されたり他の字と熟すると、その文字固有のニュアンスが顕れて来る。

一〇 おろかなりと訓(よ)める漢字は、愚・侗・痴・

[一]古学翁《こがくをう》のいざなはれしより、人《ひと》みなこゝろづけり。その外文作《ほかふみつく》る法《のり》をしへ、訳文《やくもん》などいへる事はじまり、文《ふみ》の道《みち》ひらけたるやうにおぼゆ。垂加翁《すいかをう》[二]の経学《けいがく》をいざなはれしにならび、その功《いさをし》少《すく》なからずといふべし。されば詩経《しきやう》[三]のなんぞ害あらざらんやといへるを、不瑕有害《ふかいうがい》とかき、荀子《じゅんし》[四]のわれは文王の子たりといへるを、文王之為子《ぶんわうしゐし》とかき、礼記《らいき》[五]の山者不使不使渚者《さんしやふしふししよしや》といひ、春秋繁露《しゅんじうはんろ》[六]の不《ふ》可一日一日不可《かいちじついちじつふか》といへるなど、文字の位《くらゐ》つねにちがひたるも多《おほ》し。その一《ひと》つのみ知《し》りて、やむべきにしもあらず。かゝる類《たぐひ》は、もろこし言葉《ことば》よくまなびたる人こそ、そのわけを知《し》るべき。

（一五二）この国《くに》の人、もろこし文《ぶみ》よむ事は、もと甚《はなは》だかたき事なり。[七]そのかたきわけをくはしく知《し》りなば、自然《しぜん》と工夫《くふう》もくはしくなり、もろこしの文に通《つう》ずべきにや。およそ言葉《ことば》には常《つね》の言葉《ことば》といふ物《もの》あり。また文言葉《ふみことば》といふ物《もの》あり。文《ふみ》[八]言葉《ことば》といへるは、その言葉《ことば》すなをにして、言葉《ことば》つゞきやはらぎ、自然のひゞきありて、声律《せいりつ》にかなひ、おぼえやすくよみやすきを文言葉《ふみことば》とはいふなり。もろこしの文《ふみ》、この国《くに》の文《ふみ》、文《ふみ》のかたちはちがへど、そのことはりは同《おな》じ。[九]この国《くに》の名あるかな文《ふみ》をよみて見るに、言葉《ことば》つゞき自然のひゞきありて、口《くち》のうちや

惷・魯・戇・呆・蚩・昏・蒙・駁・頑・鈍・拙・駑・怯・孱等々、優に一二〇字を超える。
一一 音はタウ(陟降切)。荻生徂徠・訳文筌蹄初編・六に、「戇、オロカト訓ズ、戇直、戇愚ト連用ス、拙直ノ意ニ多ク用フ」とある。
一二 自暴自棄の、行き当りばったりの、というニュアンス。転蓬(運に任せる意)の訛りという。
一三 言葉を飾らず、はっきりといさめる。忠臣のいさめ方の一つ(孔子家語・三・弁政)。
一四 情知らず、というニュアンス。没義道、無義道。
(一五一) 中国の古典にも語順の訛りが皆無ではないが、中国語の習熟に努め、正格を期すべきである。
一五 漢字で綴った文章。漢文。
一六 語順が前後(上下)逆になっている誤り。

一 伊藤仁斎(一六二七―一七〇五)。伊藤東涯・古学先生行状に、「又創ニ訳文会一、以ニ国字一換ニ写古文一、与ニ学者一復以ニ漢字一、校ニ其添減順逆之別一、以諳ニ文法一、甚為ニ初学之弘益一」とある。訳文会とは漢文和訳と和文漢訳とを一緒にした練習会で、延宝八年(一六八〇)に始まり、生涯継続し、東涯も古義堂門人に課した(中村幸彦『仁斎日記抄』)。
二 山崎闇斎(一六一八―八二)。日本朱子学の崎門学と古義学とは京都で並び興り、全国に盛行した。
三 詩経・邶風・泉水の詩。「瑕不レ有レ害」が正格。朱子は瑕と何は古音が通じると説いた(詩経集伝)。
四 荀子・尭問の文。「為ニ文王之子一」が正格。
五 礼記・礼運の文。「不レ使ニ山者居上川」が正格。
六 春秋繁露・玉杯の文。「一日不レ可レ無レ君」が正格。

はらかに、こゝろおもしろくおぼゆるは、この国《くに》の声律にかなへばなり。一〇もろこし文に点《てん》つけて、この国《くに》の文となしてよめるは、字一一を逐《を》ひて訳し、助語《たすけことば》もなく、また音《こゑ》にてよむ文字もありて、かなにてかける文《ふみ》の言葉《ことば》つゞきにあらず。一二この国《くに》の声律にもとれるゆへ、口《くち》のうちこはくしぶりて、おぼえがたくよみがたし。一三言葉《ことば》の序《ついで》もこの国《くに》の文《ふみ》にはちがひ、訓《よみ》一四といへる物常《ものつね》の言葉《ことば》ならねば、文のこゝろもたやすくは知《し》りがたし。この三《み》つのかたき事あればこそ、われ人《ひと》のわかきより物《もの》まなびして、かしらの霜《しも》となるにいたりても、もろこし人はいふにや及《をよ》ぶべき。韓人《からびと》にも及《をよ》ばざる、うらめしといふべし。

(一五三) 助語《たすけことば》といへるは、かな文《ぶみ》に用《もち》ふるけり、こそ、してなどいへる類《たぐひ》なり。言葉《ことば》の序《ついで》ちがひたる事、記事《きじ》の文《ふみ》にはとりわけ多《おほ》し。訓《よみ》といへる物《もの》、常《つね》の言葉《ことば》にあらずといへるは、一五まなびてより〳〵ならふといへるをはじめ、この国《くに》常《つね》一六の言葉《ことば》には、まなぶといふ事を稽古《けいこ》するなどゝはいへど、まなぶとはいはず。ならふといへるは、はじめて人に物《もの》ならふ事をいひて、熟《じゆく》するなどいへるこゝろにはあらず。より〳〵といへるも、常《つね》の言葉《ことば》にはちがへり。かくあるゆへにこそ、わかきおろかなる人に物《もの》をしへして見るに、幾遍《いくへん》となくいひきかせても、

(一五二) 言語には口語と文語とがあるが、訓読語は日本の文語でも口語でもなく、意味が分りにくい。
七 漢文読解が至難な理由を子細に知悉すれば。
八 文語とは飾らず、表現は穏やかでわざとらしさがなく、調子も快く誦読しやすいものである。
九 古来の名高い和文。日本漢文を含まぬ名文。
一〇 漢文に訓点を施して読み下した文。訓読文。
一一 語順を日本語風に読み改め、日本語だけの助動詞や助詞の類は用いず、音読の漢字も含まれているので、仮名書きの和文の流暢さではない。
一二 和文独特の調子に外れるから、口ごもり滞って、朗々滔々とは誦読しにくい。
一三 語順。語序。
一四 訓読語。読み下し語。日常の口語とは異なる。

(一五三) 漢文訓読は日本語本来の調子に合わず、同じよみでも訓読語と口語とでは意味にずれがある。
一五 論語巻頭、学而第一の「子曰、学而時習レ之、不二亦説一乎」の訓読をはじめ。
一六 口語では、学ぶ＝稽古する、よりより＝時たま、習ふ＝初めて人に教わる。訓読語では、学ぶ＝学問する、よりより＝適当な時に、習ふ＝復習し習熟する、の意。論語訓読は後者が該当。

一 靴の外側からかゆいところを掻く。はがゆい、物足らない譬え。詩話や禅籍などによく用いられる。著者は和訓教育のもどかしさ、口語とのずれを述べたが、荻生徂徠は和訓と中国古語と

一 靴《くつ》を隔《へだ》つる痒《かゆ》さをまぬがれがたし。二 韓人《からびと》のその国《くに》の言葉《ことば》にてもろこし文をなをせるを見るに、これもその国《くに》の声律にもとりてよみがたけれど、訓《よみ》はみな常《つね》の言葉《ことば》なれば、女童《をうなわらべ》まで文のこゝろ知《し》りやすくおぼえやすし。うらやましといふべし。

(一五四) それがし、もろこし韓《から》の言葉《ことば》にてながき事など物語《ものがた》りするを、わきより見たらむは、この国《くに》の言葉《ことば》にてこの国《くに》の人《ひと》ゝ物語《ものがた》りするにちがひはなからんと思《おも》ふなめれど、さにはあらず。そのうちにはいかほども知《し》らざる言葉《ことば》あれど、三 前後《あとさき》のつりあひにて、かゝる事をいへるなりと知《し》りて、うけこたへするなり。もろこしの文すむ四 事も、またしかなり。史記漢書《しきかんじよ》などいへる物《もの》、朝夕《あさゆふ》てなれて、その事もおほかた知《し》りたる事なれば、これをよむになにのつかへもなく、みな〱合点《がてん》したるやうにおぼゆれど、これも五 上下《うへした》のつりあひにて、かゝる事なりとは知《し》れど、くはしく見れば近《ちか》き言葉《ことば》と思《おも》ふうちに、いかほどもあきらかならぬ事多《おほ》し。そのあきらかならざるよりして、記憶《きおく》する事《こと》もうとく、文かくたすけともなりがたきゆへ、訳語《やくご》といふ事こゝろづき、六 つけ竹《だけ》に同《おな》じからんやと、おそれなきにしもあらねど、七 やぶれはゝきのすてがたく、わかき人《ひと》にはをしへ

のずれを、同じこの比喩で説いている(訳文筌蹄初編・題言十則の二)。
二 朝鮮では、漢文の朝鮮訳語は自国の口語と一致し、日本のように訓読語と口語との開きが皆無なので、女子や小児まで理解しやすい。
(一五四) 外国語の会話も読解も、単語よりも前後の脈絡で理解されるので、翻訳は次善の手段である。
三 語脈。
四 よむ、の誤り。旧写本、版本、「よむ」。
五 文脈。
六 火を移すように、意味を別の言語で言い換える。つけ竹は→五一頁二十四段注一四。
七 弊帚の訓読。弊帚千金とも言い、つまらない自分の持ち物を価値あるように錯覚する喩え。ここはつけ竹の縁語として、すてがたくの枕詞のように併せ用い、和文仕立てにした。
八 知らなければならない書物は限りないので、すべてを訳すことは出来ないが、まず手近なものから始めれば。
(一五五) 仏が滅多に人民統治の法を説かないのは、王者に委ねているからで、王はその自覚が必要だ。
九 仏陀が衆生に出世間を説く仏法に対し、国王の治世の道。日本仏教では王仏冥合《みようごう》(日蓮宗)、王法為本・仁義為先(浄土真宗)などと説かれ、王法が日常生活の規範として重視された。
(一五六) 世の不道徳な僧侶や儒者に対する非難が、直ちに仏教や儒教の本質の否定にはならない。
一〇 末端の欠点。
(一五七) 仏教の社会性を評価した陳継儒の説は卓見で、韓愈も所轄役人なら排仏ではなかったであろう。

侍りき。[八]おぼゆべき文《ふみ》ども、いかほどゝいふかぎりなければ、こと〴〵かくすべきにはあらねど、まづその近《ちか》きを取《と》りて先《さき》とせば、益《えき》なきにはあるまじ。されどすぐれてかしこき人《ひと》は、おかしと思《おも》ふなるべし。

(一五五) 仏《ほとけ》のおしへに、[九]王法《(わうはふ)》をとけるはまれなりと聞《き》けり。これはその位《(くらゐ)》にある人にゆづりたるなるべし。さればその位にありて、その道《みち》を知《し》らざるは、仏《ほとけ》のこゝろにもかなふまじ。

(一五六) ある人《ひと》の仏道《(ぶつだう)》をそしるとて作《つく》れる文《(ふみ)》を見るに、おほかた僧徒《(そうと)》の悪業《(あくごふ)》をのみあばき出《いだ》して、仏《ほとけ》の道《みち》の是非《(ぜひ)》には及《をよ》ばず。かくいはゞ、儒生《(じゆせい)》のよろしからぬしかた、いかほどもかきあらはし、聖人《ひじり》のをしへをそしるべし。影《かげ》を見て形《かたち》を思《おも》ひ、ながれをさぐりて源《みなもと》を知《し》るは、まことにさる事なれど、[一〇]末《すゑ》のついえある事のみいひて、そのもとのいかゞやと知《し》らざるも、うるさし。

(一五七) 明《(みん)》の[一一]陳継儒《(ちんけいじゆ)》が、仏氏《(ぶつし)》を天下《(てんが)》の大養済院《(だいやうさいゐん)》なりといへるは、[一二]季世《(きせい)》の特見《(とくけん)》なるべし。[一三]韓退之《(かんたいし)》もその位《くらゐ》にゐて、その事に任《(にん)》ぜば、おほかたは[一四]三武《(さんぶ)》をもて法《のり》とは

一一 明末清初の文人(一五五八―一六三九)。華亭(江蘇省松江県)の人。字は仲醇、号は眉公・眉道人・麋公(うびと)・白石山樵。当時、多数の窮民が出家したことから、仏教寺院を貧民救済施設に見立て、仏論大養済院で、「余独曰、仏氏者朝廷之大養済院也、…疲癃残疾…其外少壮而貧、終身不レ能ニ温飽婚娶一者、不レ知ニ幾千万人一、幸仏教一門、収ニ拾此輩一耳」(眉公十種蔵書・白石樵真稿・十)と述べた。

一二 道義が衰え風俗も乱れた末の世。季は末の意。

一三 中唐の文章家・詩人、韓愈(七六八―八二四)。字は退之、号は昌黎。河南省昌黎の人。柳宗元と古文復興に努め、儒風を鼓吹、仏教や老荘を排した。

一四 北魏の道武帝、北周の武帝、唐の武宗。いずれも仏教を禁じ、僧尼を還俗させた。仏教側では三武の厄と言う。版本、「三代」に誤る。

(一五八) 儒教で説かれる人間の五つの道は、親族知友ぐるみ、現実世界に普遍な実践が求められる。

一 人間関係に係る五種類の恒常的実践徳目。孟子・滕文公上に、「教以ニ人倫一、父子有レ親、君臣有レ義、夫婦有レ別、長幼有レ序、朋友有レ信」とあり、五倫の名称は明代より用いられた。

二 父親。廟に祭られた父。春秋公羊伝・隠公元年秋七月の何休注に、「生称レ父、死称レ考、入レ廟称レ禰」、禰乃礼反」とある。廟は先祖の霊廟(おたまや)。 三 父母がいとこ同士(再従兄弟《またいとこ》・はとこ)と祖父母がいとこ同士(三従兄弟)。

四 父方(同姓)のいとこの系統。版本、「党」に誤る。 五 妻を失った老父、夫を失った老女、親を失った子、子の無い老人。身寄りのない人。孟子・梁恵王下に、「老而無レ妻曰レ鰥、老而無

せじ。

（一五八）五倫《ごりん》[一]といへるは、天下を挙《あ》げていへる言葉《ことば》なり。君といへば君の親戚《しんせき》属《ぞく》し、臣といへば士大夫の朝《てう》にある者《ものゝ》のみにかぎらず、農工商婢妾奴僕《のうこうしやうひせふぬぼく》、みなそのうちにこもれり。禰《でい》[二]より上《かみ》つかた、孫《そん》より下《しも》つかた、祖《そ》といひ孫といへるは父子《ふし》に属し、再従三従《さいじゆうさんじゆう》[三]堂《だう》[四]を同《おな》じくするは兄弟《けいてい》に属す。おつとゝいへば夫《をつと》の親戚属し、婦《ふ》といへば婦の親戚属す。朋友《ほういう》といへばわれと姓《せい》を異《こと》にする人、いやしくしては鰥寡孤独《くわんくわこどく》[五]、外《ほか》にしては異教雑類《いけうざつるい》[六]、みな〳〵朋友に属せり。されば天下の人、いづれかわが五倫《ごりん》の中《うち》ならざる。一視同仁《いつしどうじん》[七]にして、これに[八]処《しよ》するに義《ぎ》をもてするを、聖人《ひじり》の道《みち》とはいへるなり。

（一五九）善《ぜん》[九]を勧《すゝ》め悪《あく》を懲《こ》らす事、聖人《ひじり》のをしへ、仏《ほとけ》の道《みち》、なにかちがひあらんやといへる人《ひと》ありしに、さはさる事に侍れど、その善といひ悪といへるにこそ、ちがひあるべけれと、ある道知《みちし》れる人いへるとぞ。
杭州《かうしゆう》ノ道林禅師《だうりんぜんじ》[一〇]、人目《もく》シテ為ス二鵲巣和尚《じやくさうをしやう》ト一。白居易《はくきよい》問フ二仏法ノ大意ヲ一。師曰ク、諸悪《しよあく》[一一]莫作《まくさ》、衆善奉行《しゆぜんぶぎやう》ト。

レ夫曰寡、老而無レ子曰レ独、幼而無レ父曰レ孤、此四者天下之窮民、而無レ告有」とある。告は訴える所。
六 異教徒や正業を持たぬつまらない者。版本、「実教雑類」に誤る。
七 差別せず、全てを平等に愛する。韓愈・原人に、「聖人一視而同仁、篤レ近而挙レ遠」とある。
八 韓愈・原道に、「博愛之謂レ仁、行而宜レ之謂レ義、由レ是而之焉之謂レ道」とある。
（一五九）勧善懲悪は儒仏共通の教えだが、孰れを善とし何れを悪とするかは、判断規準に相違がある。
九 富永仲基・出定後語《しゆつじようごご》・下に、「儒之教レ人在レ善、仏之教レ人在レ善、其教レ人在レ善者則一也」（三教）、「仏亦可、儒亦可、苟為レ為レ善者乃一家也」（雑）とある。
一〇 唐の禅僧（七四一―八二四）。杭州富陽（浙江省富陽県）の人。径山道欽の法嗣。秦望山に入り、松が蓋のように茂る中に住み、鳥窠《ちようか》禅師・鵲巣《じやくそう》和尚と称された。杭州太守白居易との問答は有名。景徳伝灯録 四に「元和中、白居易出守二茲郡一、因入レ山礼謁、乃問レ師曰、禅師住処甚危険、師曰、太守危険尤甚、曰、弟子位鎮二江山一、何険之有、師曰、薪火相交識性不レ停、得レ非レ険乎、又問、如何是仏法大意、師曰、諸悪莫作、衆善奉行、白曰、三歳孩児也解二恁麼道一、師曰、三歳孩児雖二道得一、八十老人行不レ得、白遂作レ礼」とある。
一一 七仏通戒偈《しちぶつつうかいげ》。「諸悪莫作、衆善奉行、自浄其意《じじようい》、是諸仏教《ぜしよぶつきよう》」（諸の悪をなすなかれ、衆《おお》くの善を保ち行え、自らその心を浄めよ、是れ諸仏の教えなり）。釈迦に至る過去七仏が共に保ったという、仏教思想を要約した偈文。

（一六〇） 物《もの》よみする人、やゝもすれば、[一二]鬼神《きじん》の事をそこ〳〵に思《おも》へる者多《ものおほ》し。これは世の人《ひと》の仏《ほとけ》にこび、[一三]淫祀《いんし》をたうとぶを見、[一四]むせぶによりて食《しよく》を廃《はい》するにや。[一五]天子は天地をまつるといへるよりはじめ、経伝《けいでん》にしるせるを見れば、さにはあらず。

（一六一） ある人、[一六]神は聡明正直《そうめいせいちよく》にして一《いつ》なる、といふ言葉《ことば》をあげて、聡明とはいかゞいひたる言葉《ことば》なりやとたづねしに、一念こゝに起《をこ》れば、そのまゝ知《し》り給へばこそと、[一七]わが師なりし人こたへられしに、その座に侍りたる人ども、いづれも背中《せなか》に水《みづ》をそゝぎたるやうにおぼえ、感悟《かんご》したりき。今かきつけ見れば、さまでかはりたる事にもあらねど、まことに会得《ゑとく》したる人のいへるは、言詞《げんし》の外《ほか》に人を感ずる事あるにや。[一八]頭上三尺《づじやうさんせき》の天《てん》といへる言葉《ことば》たうとしと、わが師は常《つね》にかたりき。

（一六二） この国《くに》、[一九]天主《てんしゆ》のをしへをいたく禁じ給ふ。遠《とを》き慮《おもひはか》りなりといふべし。ありがたくおぼゆ。[二〇]宝永《はうえい》の末《すゑ》、いたりやといへる者屋久《ものやく》の島《しま》にきたり、長崎に

（一六〇） 儒者は佞仏諂鬼を嫌悪するあまり、霊魂に不遜と思われがちだが、正しい祭祀を否定はしない。

一三 論語・雍也に、「子曰、…敬二鬼神一而遠レ之、可レ謂レ知矣」、同・述而には、「子、不レ語二怪力乱神一」、また同・先進にも、「子曰、未レ能レ事レ人、焉能事レ鬼」などとある。 一三 祭るべきでない神を祭る。礼記・曲礼下に、「非二其所一レ祭而祭レ之、名曰二淫祀一、淫祀無レ福」、論語・為政にも、「子曰、非二其鬼一而祭レ之、諂也」とある。

一四 食物が喉につかえて死んだ者を見て、一切の食事を禁じる。淮南子・説林訓に、「有下以レ飯死者上、而禁二天下之食一、…則悖矣」とある。わずかな障害のために大事なことまで止める喩え。

一五 礼記・曲礼下に、「天子祭二天地一、祭二四方一、祭二山川一、祭二五祀一」、同・王制にも、「天子祭二天地一、諸侯祭二社稷一」とあるほか、記事は多い。

（一六一） 神の資質は全知全能と言えばよく分るように、真の理解は言語表現を超えた感得にある。

一六 左伝・荘公三十二年に、「史嚚（しぎん）曰、…吾聞レ之、神聡明正直而壱者也」とある。

一七 木下順庵（一六二一―九八）か。著者遊学時の回想。

一八 天は遥遠な存在ではなく、頭上間近に在る、の意か。

（一六二） 潜入宣教師を尋問した学者はその人柄に感服したが、なんと幽閉中の布教活動が発覚した。

一九 キリシタン。カトリック教。天主はラテン語 Deus の音訳と言い、天に在す神の意を兼ねる。

二〇 宝永五年（一七〇八）八月二十九日、イタリヤ人のイエズス会司祭シドッチ（G. B. Sidotti 一六六八―一七一四）が大隅国屋久島唐ノ浦に和服帯刀姿で単

送《をく》られしを、すでに誅《(ちゆう)》せらるべきにきはまりしに、まづその様子《やうす》を見給ひてこそとて、正徳《(しやうとく)》のはじめ、あづまにめされ、揚《あが》り屋《や》にをかれける。そのころ、物《もの》[一]知《し》りて智恵《ちゑ》あるといへる人、その国《くに》の事どもくはしく聞《き》かむとて、おり〳〵行《ゆ》きて会《あ》ひけるが、そのをしへ[二]を聞《き》くに、釈氏《(しやくし)》のいへると物《もの》ゝの名ちがひたるまでにて、かはりたる事なければ、取《と》るにも足《た》らずさふらへど、その人柄《ひとがら》は常《つね》ならずおぼえ、こゝろに忘《わす》れがたく思《おも》ひ侍るとかたりしまゝ、妖人《(えうじん)》の人《ひと》を惑《まど》はす事、まことにおそろしき事なりと、ふかくあやぶみしに、それより[三]三年《みとせ》あまり過《す》ぎて、ひそかにその法をそばなる者《もの》に伝《つた》へしといふ事あらはれ、科《とが》に行《をこな》はれき。

(一六三) 楚《(そ)》[四]の熊渠《(ゆうきよ)》が、石《いし》を臥虎《(ぐわこ)》なりと思《おも》ひて鏃《やじり》をかくせるを、王充《(わうじゆう)》[五]が論衡《(ろんかう)》に誠《(まこと)》なりといひし。そのこゝろいかにやと、ある道知《みちし》れる人《ひと》にたづねしに、火事[六]ある時《とき》、力《ちから》よはき者《もの》ゝの、重《おも》き荷物《にもつ》をおひかたげして出《いづ》るを見て、そのことはりを知《し》り給へとありしかば、それはわが身の力《ちから》にてこそさふらへ。それも常《つね》に過《す》ぐるといふまでにて、かぎりあるべし。石《いし》と矢《や》とは外《ほか》[七]の物《もの》にさふらへば、かたき石《いし》のやはらかになる、もろき矢《や》のつよくなることはりやあるべき。ふしんに思《おも》ひ侍るといひしに、いかにも矢もつよくなり、石もやはらかになり侍るまゝ、よ

身上陸、直ちに捕われ長崎奉行所で取調べののち、翌六年九月二十五日江戸に送られ、小石川切支丹屋敷に幽閉された。「正徳のはじめ、あづまにめされ」云々は不正確。

一 新井白石(一六五七―一七二五)は宝永六年(一七〇九)十一月二十二日より十二月四日の間に四回、切支丹屋敷吟味所で主として西洋事情やキリスト教についてシドッチより聴取し、このほか正徳二年(一七一二)二月二十五日、オランダ商館長(甲比丹)コルネリス・ラルディン(Cornelis Lardijn)からも聴き取り、西洋紀聞三巻・釆覧異言五巻等を著した。

二 キリスト教は、「今ヱイズスが法をきくに、造像あり、受戒あり、灌頂あり、誦経あり、念珠あり、天堂地獄・輪廻報応の説ある事、仏氏の言に相似ずといふ事なく」(西洋紀聞・下)と評したが、シドッチの人柄は、「其志の堅きありさまをみるに、かれがために心を動かさざる事あたはず」(羅馬人処置献議)などと感じ入った。

三 獄卒長助・はる夫婦が入信受洗の事実を自首したため、正徳四年(一七一四)三月一日、シドッチは地下の詰牢に移され、同十月二十一日病死。切支丹屋敷裏門の側に葬られた。

(一六三) 人間は一念が凝ると人間業を絶した分別外のこともしでかすが、それはただ信じるほかない。

四 周代、楚の人。夜、臥石を虎と見誤り、弓で射て矢の羽まで貫き通ったという。劉向・新序・雑事四に、「昔者楚熊渠子、夜行見二寝石一、以為二伏虎一、関レ弓射レ之、滅レ矢飲レ羽、下視知レ石也」とあるほか、韓詩外伝・六にも見える。なお、類話は養由基や李広にもある。

五 王充(二七―一〇一? 後漢の学者)は、熊渠子の矢

く思《おも》ひて見給へとて、その後《のち》はいらへもなかりしとぞ。

（一六四）近江《あふみ》[八]のかたいなかに住《す》める人《ひと》ありしに、その名やゝ世に聞《きこ》へしまゝ、ある人《ひと》たづね行《ゆ》きけり。むぐら生《お》ひたる野辺《のべ》の、さう〴〵しき[九]柴《しば》の庵《いほ》、とぼそ半《なか》ば開《ひら》き、年《とし》ごろ四十《よそ》じあまりなる人《ひと》の、文《ふみ》抜《ひら》きよめるを見て、それぞと思《おも》ひ、御名聞《き》ゝつたへてまいりたるといへるに、こなたへとて、茶《ちや》など出《いだ》しもてなしさま、常《つね》ならずおぼえ、やゝありて、儒者《じゆしや》[一〇]は世を事《こと》ゝし、荘老《さうらう》は世を忘《わす》れ、釈氏《しやくし》は世をのがれさふらふ。いづれをかわがしわざとこゝろえ侍らんやと問《と》ひしに、〔誠《まこと》〕に〔慤《かた》〕[一一]きこゝろましまさば、物事《ものごと》そのことはりにあたり給ふべし。[一二]いつの世の中はいかゞして治《おさ》まり、いかゞしてみだれさふらふやとたづねしに、とても上《かみ》たる人《ひと》の御寝所《ごしんじよ》より起《をこ》り侍るなりとこたふ。おもしろくおぼえ、それよりいにしへ今《いま》の事など、朝夕《あさゆふ》廿日《はつか》あまりかたりてかへりけるとぞ。

此《この》[一三]ものがたり、世のみだるゝはといへるを始《はじめ》とし、近江《あふみ》のかたいなかといへるを終《をはり》とす。第一段は序《じよ》のごとし。第二段は凡例《はんれい》のごとし。

芳洲雨森子著

が石に突き刺さったのは事実だが、矢の羽まで隠れたというのはあやであると言った。論衡・儒増に、「儒書言、楚熊渠子出見二寝石一、以為二伏虎一、将レ弓射レ之、矢没二其衛一、…畏懼加レ精、射レ之入深也、夫言下以二寝石一為レ虎、射レ之矢入上、可也、言二其没一レ衛、増レ之也」とある。衛は矢羽。

六 論衡・儒増にも、「人之精乃気也、気乃力也、有二水火之難一、惶惑恐懼、挙徙二器物一、精誠至矣、素挙二一石一者、倍二挙二石一」とある。

七 形や性質が固定した自然物と道具ですから。

（一六四）終段。三教は各々異なるが、誠謹の心が中核をなし、世の紊乱は君主の乱倫が淵源をなす。

八 著者自身の投影。近江国伊香郡雨森（滋賀県高月町）がその郷貫。雨森芳洲文庫がある。

九 物淋しい。

一〇 儒教は専ら世間の事を、老荘は忘世間を、仏教は出世間をそれぞれ説き教える。著者は橘窓茶話等でたびたび「天惟一道、理無二二致一、立レ教有レ異、自修不レ一」と述べ、同・上でも「老釈之於二我道一也、立レ教有レ異、自修不レ一、余嘗言二三聖一致一、而未レ敢言二三教一法一也」と言う。

一一 音カク（克角切）。つつしむ。まごころ。説文・十上に、「慤、謹也」とあり、段玉裁注に、「広韻曰、謹也、善也、愿也、誠也」と見える。

一二 三段（四〇頁）に、世の乱れは為政者の淫乱に因る、との指摘がある。一段（序）、二段（凡例）に続く三段（初段相当）と首尾照応させ、本書の主題の一を再説。

一三 たはれ草は三段が始めで一六四段が終りである。底本、旧写本に同じ。版本、「此ものかたりは世のなかのなにとかいへるをはしめとして」と、不正確。

余嘗テ言ヒテ二於人ニ一曰ク、狂草《たはれぐさ》一編ハ、言雖モ二浅近ナリト一、而モ託スルコト レ旨ヲ深奥ナリ。其レ為ルモノハ二吾ガ家ノ之楊《やう》子雲《しうん》一、果シテ誰ゾ哉。

寛保甲子四年二月八日

芳洲七十七歳書ス

一 前漢の揚雄(前五三―一八、字は子雲)は、その著、太玄経が難解で、後の人は醬油壺の口栓にしてしまうだろうと、劉歆から酷評されたが、笑って答えず、のち解嘲・解難を著して、これを駁した(漢書・揚雄伝賛)。たはれ草も一旦反古にされても、いつか再びそれを拡げ活かす、揚子雲のような具眼の子孫が出現して、家名を揚げるに違いない、との意か。塩村耕氏蔵、桂洲道倫宛て、延享三年(一七四六)八月十五日付け芳洲書簡にも、「此書、ことばハいやしく候へども、兼好・長明のしり申されぬ事を申、世の教ニもがなと存候事ニ御座候故…」と、たはれ草への自負を述べた後、「不レ苦被ニ思召一候ハヾ、反古篋の内ニおしこミおかれ可レ被レ下候、他日有ニ楊子雲一ニて御座候」と、期待の程を洩らしている(塩村耕「雨森芳洲と『たはれ草』」、森川昭編『近世文学論輯』〔一九九三、和泉書院〕所収)。

▽旧写本にはこの跋文はなく、次の跋文がある。桂洲道倫宛て芳洲書簡集巻子本(塩村耕氏蔵)には、芳洲筆写の同文の一紙が貼り込まれている(先掲、塩村論文)。また、刊本跋もほぼ同文で(信聘→信使、故→故に)、署名は鳩巣老人直清跋と、実名に改められている。なお、引用の正使趙泰億(平泉)の留別五律は縞紵風雅集・十四に収められている。

芳洲といへるは対州の文学なるが、此書を著して家にのこせり、正徳信聘の時、彼国の正使趙泰億といへる人、留別の詩あり、曰、絶海誰カ奇士、芳洲独妙誉、能通シ二諸国ノ語ニ一、且誦ス二百家ノ書ヲ一、落拓寧非ヤレ数ニ、才華儘有レ余、明朝万里ノ別、回テレ首ヲ意何如、芳洲の身世、ほゞしるべし、故録す、

無名氏跋

不《ふ》尽《じん》言《げん》

日野龍夫　校注

近世中期の京都の儒者で、広島藩に仕えていた堀景山(一六八八―一七五七)が、藩の重役岡本貞喬から質問状を寄せられ、それに答える書簡という形を借りて、君主たる者の心構えを論じた書。景山は学統からいえば朱子学者であるが、本書の論旨に倫理過剰の道学臭はなく、契沖・伊藤仁斎・荻生徂徠など、この時期の先進的な思想家たちの影響下に、人情の自然を尊重する寛容主義を説く。

景山は、青年時代の本居宣長の漢学の師であったので、本書は宣長の思想形成に示唆を与えたであろう書物としても重要である。その点では、下記目次の「5 君主は人情、特に恋の情に通ずることが肝要」の、宣長の「物の哀れを知るの説」の前身のごとき主張が従来興味を持たれてきたが、「3 日本の武家政治は偏狭酷薄な君主を育てる」「4 天下を治めるには武威よりも徳」で展開される、当代の支配体制である武家政治を否定する議論の方が、より注目されなければならない。

翻刻に当たって、論旨を把握しやすいように、次の措置を加えた。本文は七項の一つ書きに分かれているが、一つ書きの境目に一行空きを設け、かつ脚注欄に一つ書きごとに校注者の私案による章題を付し、二重枠で示した。章題を目次として掲げる。

本文各章の内部には適宜改行を施し、また内容のまとまりごとに見出しを付し、脚注欄に一重枠で示した。

一　文字[一]御達者《おたつしや》に候はゞ、御慰《おなぐさみ》にも成可申《なりまうすべし》と被仰下《おほせくだされ》候事《さうらふこと》は、定而《さだめて》詩文に巧《たくみ》になり、博学に成申す事と思召《おぼしめし》候と存《ぞんじ》候。勿論人君《じんくん》[二]の学は、詩文博学はいらぬものに候。文字達者になると申すことは、成程《なるほど》詩文の事を申《まうす》にてもあるべく候《さうら》得《へ》共《ども》、愚拙[三]内々《ないない》存候は、文字に達すると云《いふ》は、中華の文字の意味に能《よく》通達する事也。詩文を著し博学になると云《いふ》事も、先《まヅ》中華の書を読ての後ならでは、何を以ていたすべき資《ヨスガ》あるべきや。元来《ぐわんらい》[四]書は皆中華の物なれば、先下地《ツしたぢ》に中華の文字の意味に能《よく》通達せねば、書は読れぬもの也。詩文も慰になるまでは余程《よほど》苦労をし心力《しんりよく》を尽さでは、ゆきとゞかぬものなる上に、詩文には人の生れつきて別[五]の才あるものにて、器用不器用ある也。博学と云も、大体《たいてい》[六]の事にてはならぬ事、限《かぎり》もなき事也。林羅山[七]など博学と云ふ名を伝《つたへ》たる人なれども、その著述の書に、考へそこなひ、取ちがひ《り》も多くあること也。

されば人の常に云《いふ》事なれども、中華の文字と申は大きなひがごと也。文字と云ものは元来中華の物にて、日本へ伝へ来《きた》れるもの也。日本には[八]文字はなき国なるを、中華の文字と云へば、日本にも又《また》文字あるやうに覚ゆれども、中華より外に文字と云事はなき事也。文盲なる人は、いはゆる仮名《カンナ》と云ものゝいろは

1　学問の基本は漢字・漢文の習得にあり

文字＝漢字とその音は本来中国のもの

一（お殿様が）漢字をよく知っておられたら。質問をよこした広島藩重役岡本貞喬（解説参照）は常識的な次元でいったに過ぎないが、景山は、漢字は本来日本語を表わすための文字ではないということを明確に認識するところから、まず始めなければならないと、以下に述べる。

二 君主。

三 自分。わたし。

四 荻生徂徠の訳文筌蹄題言・三に「蓋し書は皆文字、文字は即ち華人の語言なり」。徂徠は儒学の古典を正しく読解するためには、漢字一字一字の語義の正確な理解を含めて、中国語を十分に習得しなければならないと説いた。景山は徂徠のその主張から大きな影響を受けている。

五 特別の才能。「夫れ詩に別材あり」（滄浪詩話・詩弁）。材は才に同じ。

六 並み一通りの学問。

七 近世初期の儒者。徳川家康に取り立てられ、近世における儒学興隆の基礎を築いた。和漢の多方面にわたる啓蒙的な著述が多く、博学の聞こえがある。

八 徂徠の高弟、太宰春台の倭読要領・上に「日本ニハ文字ナシ。今ノ国字ノ以呂波ハ弘法大師造レリトイヒ伝フ。是ヲ国字ト称スレドモ、吾国ノ字ニハアラズ。中華ノ草字ヲ取テ、其形ヲ壊〈ヤブ〉リテ、別ニ一体ヲ成セル者ナリ（漢字の草書体をさらに崩して、別の字体を作り上げたものだ）」。い・ろ・は・に・ほの字体は、以・呂・波・仁・保の草書体を極端に簡略化したもの。

の字を我国の文字とおもい、甚《はなはだしく》しては、我国の俗書家の[一]一流書通《いちりうしよつう》の文字を我国の文字とおもひ、俗書者流の[二]村夫《そんぷ》の子など、[三]唐様《からやう》はあしゝとてきらひ、[四]筆法を伝受して我国の一流也と秘訣《ひけつ》とする、是《これ》皆その本《もと》を知らず、文盲なる事也。いろはなど云《いふ》は、文字にてはなし。日本人の語の[五]声音《ヒヾキ》也。それを中華の文字の音の似たるものを借用して、以呂波などゝ草書の体《てい》におかしく書き崩したるもの也。

日本にて人の常に云《いふ》文字の音《こゑ》と云ものは、元来[六]唐音《たうおん》を伝へて、それを云《いひ》そこなひ来《きた》れるもの也。我国には文字の音と云ものは曾《かつ》てなき事也。文字に音《コヱ》と訓《ヨミ》とあるゆへに、その音も日本の音とおもへども、文字の音と云もの、日本にはなき事也。日本通用の語を以て文字(を)翻訳し、一字々々に訓をつけたるばかりの事也。訓と云ものは日本の語也。音と云ものは皆中華の音也。日本にては[七]音は合点のゆかぬ事、いらぬものなり。

日本に伝へたる唐音に二様ある内に、呉音《ごおん》は対馬《つしま》の国よりつたわりたるとて、一名を[八]対馬音《つしまごゑ》とも云へり。対馬は唐山《カラ》へも近ければ、かの島へわたれる唐人に習ひ来《きた》りて、ひろまれるなるべし。今の唐音の[九]宮音《キウおん》の内には、日本にて常に云《いふ》呉音が多くまじりてある也。[一〇]唐音も中華の代々にて音かはり、国々にて又《また》音も

一 世間通俗の書家が書簡というと必ず用いる、ある一つの流儀の書法で書かれた文字。後出の御家流などの和風書法を指す。ここでは、その流儀で書かれてあれば、漢字までをも我が国の文字と思ってしまう、という意でいっている。

二 村夫子(そんぷうし)。田舎学者。語構成は「村＋夫子」なので、「村夫の子」の「の」は景山の原文にはなかった文字か。江村北海の授業編・一に「和様ノツヅマヤカナル手跡ヲヨクナラヒテ書札ナド達者ニ出来ルト云ニナレバ、日用俗事ノ通用ハサシツカユル事ナシ。其上ハ和様ノ中ニモ書流サマザマアレバ、人々其コノミニ応ジテイカナル流ヲモ習フベシ。サテ学事ニタヅサワル人ナラバ、世ニイフ唐様ヲ学ブベシ」。

三 中国風の書法。

四 書道の奥義を秘伝として、特別の者にだけ授けること。華道・茶道など近世の芸事の世界に共通して見られる習慣。

五 音声。

六 中国で行われていた漢字音を伝えて、それを日本風になまったものである。

七 ここでは、音声を聞いただけでは意味の分からないもの、の意。

八 「旧説ニ、昔対馬ノ国ニ異国ヨリ来テ住メル尼アリ。其名ヲ法明トイフ。対馬ノ人、是ヲ師トシテ字音ヲ学ビシガ、遂ニ海内ニ弘マリテ、儒仏ノ書ヲ皆此音ニ読ム。彼ノ尼、呉国ノ人ナリシ故ニ、其伝ヘシ音ヲ呉音トイフ。対馬ノ国ヨリ始マリシ故ニ、又対馬音トイフ。其後何人カ漢音トイフ者ヲ学ビテ、呉ハ辺土ニテ其音正シカラズ、漢音ハ中原ノ正音ナリト称セシニヨリテ、桓武天皇ノ延暦十一年ニ明経ノ徒ニ詔シテ、漢音ヲ習ハシメ、十七年ヨリ始メテ五経ヲ漢音ニ読マシメラル。是ヨリ定メテ、儒書ニハ

大きにかはれば、呉の音の今の宮音の内にまじはれるは、昔の唐人が対馬にて日本人へ伝へたりし時分の音残《のこ》れるならんか。漢音といへるものも、定《さだめ》ていつ時分か唐《から》より伝へたる音ならん。しかれども[一一]呉音はあまねく文字に音が足つて、漢音は音が不足あれば、呉音はくはしく伝へ、漢音はことごとく伝へ得ざりしか。又は伝へたれども遺失《ゐしつ》せるならんか。呉といひ漢といへる名も、いづれの世の事かしれぬ事也。

かの日用書通の文字も、その本《もと》は皆《みな》中華の草書の体《たい》にて、[一二]御家流《おいへりう》などの筆づかひは、成程《なるほど》その初《はじめ》は唐の運筆にてありしとみゆる也。そのやつし様も草体をうしなはぬも多けれども、只其《ただその》文字の形を野俗《やぞく》にいやしく書くづしたるもの也。かの祖とする[一三]尊円親王《そんゑんしんわう》の手跡《しゆせき》をみれば、甚《はなはだ》雅麗にして全《まつた》く唐流《からりう》をうしなはぬもの也。その末流に至り、転移して鄙俗《ひぞく》になり、かの雅風を取失ひ、あしく成たるを知らず、伝へ来るまゝをよしとし、これは我朝《わがてう》の筆法なりとこゝろへ、互に相秘授《あひひじゆ》し、俗になりかたまりたるもの也。雅を知〔し〕らず、俗をよしと知〔し〕るは、誠に孟子のいはれし[一四]「無レ目キ者也」ともいふべし。

日本も上代は遣唐使《けんたうし》あつて、筆法は皆唐山《カラ》より伝授したるゆへ、古人は皆《みな》手跡古雅《こが》にして唐流也。今のやうな鄙俗な手跡の風はかつてみへぬ事也。[一五]遣唐使

漢音ヲ用ヒ、仏書ニハ呉音ヲ用ルコトニナリヌトイフ」(倭読要領・上)。

九 未詳。あるいは景山の原本に「官音」とあったのが「宮音」と誤写され、さらに「キウ」というさかしらの振り仮名が加えられたものか。官音は景山が官話のつもりでいった語か。官話は中国語の標準語を意味する語。景山の頃には南京語が官話だったので、呉音の名残りが多いという見方もできる。

一〇 中国における漢字音も、時代が遷るにつれて変化し、また地方によって大きな差異がある。

一一 景山がこのようにいう理由未詳。通常は景山のいうところとは反対に、日本においてすべての漢字は漢音を有するが、呉音は伝えられていないものがあると考える。

一二 鎌倉末期の青蓮院門跡、尊円親王の創始した書法である青蓮院流が室町時代に流行し、五十以上の流派に分かれた。それらを総称して御家流という。和様書法の代表的なもの。徳川幕府が公文書の書体に採用したためいよいよ盛んに行われ、寺子屋の習字の手本などを通じて庶民階級にまで普及した。

一三 伏見天皇第五皇子。応長元年(一三一一)青蓮院門跡となる。平安時代の能書家、藤原行成の書法を伝える世尊寺流を学んだが、やがて独自の書法青蓮院流を創始した。

一四 「子都(古代の美人)の姣(かほよ)きを知らざる者は、目なき者なり」(孟子・告子・上)。

一五 寛平六年(八九四)菅原道真の建議により廃止。

やみて後に、日本の心にて我流《がりう》を出《いだ》し、いつともなくいやしき風にかきくづし、それを段々《だんだん》に伝へ来《きた》り、我朝の筆法なりとこゝろへ、唐山《から》とは一流ちがひたる事と自慢し、文盲なる者はかの[一]俗草《ぞくさう》の文字までをも、我《ガ》朝の文字とおもふやからもある也。皆その本《もと》を知らぬゆへ、鄙俗な事を高雅とおもひあやまり、唐人《たうじん》の手の古雅なるをみては、[二]余所《よそ》の事のやうにおもひ、又これも一流じやといふやうにあるは、文盲の甚しき事也。

文字と云《いふ》もの、一二三の文字に至るまで、元来一つも日本の物にてはなき事也。日本には日本の語あつて万事相《あひ》すむ事也。その語声四十八音にて、日用の言語ことごとくすみ、万事にさしつかゆる事はなき也。それゆへ中華の文字四十八字の、日本の語声四十八音に相似たる字を借り用ひて、四十八字の以呂波としたるもの也。[三]日本は文字はなくて語ばかり也。[四]中華の語は皆文字にて、人の云《いふ》ほどの語は、ことごとく文字より出《いづ》る也。しかれば文字は元来中華の物にて、日本人のひとつも合点《がてん》のゆかぬもの也。されば[五]書と云《いふ》ものは皆中華の人の言語なるゆへに、ことごとく文字なれば、日本人の学文《がくもん》をするには、文字の意味に通達するが最初の事也。文字の意義に通じて後に、初《はじめ》て書と云《いふ》ものが読まるゝ事也。文字に通達するよりして学文に入らで、外《ほか》に入り様はかつてなき事

一　卑俗な和様の草書体で書かれた文字。

二　これが漢字本来の書き方だとは考えないで、これも一つの流儀に過ぎないなどというのは。

漢字の意味の理解が学問の第一歩

三　日本では、ことばは存在しても、それを書き表わす文字は存在しなかった。

四　中国のことばは皆、それを書き表わす文字を持っており、人がことばを口にする時は、いいたい意味の文字を想起し、その文字に対応する音声を口にするのである。

五　書物。徂徠の訓訳示蒙・一に「書籍ハ日本ノクサ双紙ナリ。唐人ガ常ニツカフ詞ヲ紙ニ書キタル物ナリ。然レバ書籍ニ書キタルハ唐人詞ト心得ルガ、学問ノ大意ナリ。学問ハ畢竟ジテ漢学(ここでは中国語の学習の意)ナリト心得ベシ。…某〈ソレガシ〉箇様ニ存ズルユヘ、訳文ト云フ事ヲ立テテ、学者ヲ教フル事ナリ。訳文トハ唐人詞ノ通事(中国語の翻訳)ナリ」。訳文は、徂徠が、従来の漢文訓読は中国語が外国語であることの認識を曖昧にするとして、それに代わるべきものとして提唱した中国語学習法。現代の翻訳というのに非常に近い考え方。

と覚《おぼゆ》るなり。

俗に文字読《もじよみ》[六]といふ事は、何事やらも知らぬ人の、口うつしに唱《とな》へるまでの事にて、その内は夢中の如なれば、真の唐人《とうじん》[七]の囈語《ネゴト》をきくやうなるべき也。読《ム》レ書《ヲ》と云は、その意義を合点して吟誦《ぎんしょう》する事也。元《もと》より意義が合点ゆかねば、書と云ものは一口《ヒトクチ》もよまるゝものならず。それゆへ善《ス》[八]レ読《コトヲ》レ書《ヲ》と云ひ、不レ善《クセ》レ書など云てある也。日本にては唐本《とうほん》をよく読《よむ》が読《ム》レ書《ヲ》と云もの也。口の上ばかりにて吟誦するを、読[九]むとはいはぬ事也。

勿論《もちろん》文字は中華の物なるを、日本にては日本の語意を以《もつ》て、それぞれの文字の意味を推量し、日本の語に翻訳し直し、文字に一々和訓をつけて通用し来《きた》れり。その和訓と云ものは、即《すなは》ち字義[一〇]にして、又和語《わご》也。文字の音と云ものは、日本にては畢竟いらぬもの、元より又《また》日本人の合点ゆかぬ事也。中華は又なに事でも音にて合点し通用する事也。日本も王代《わうだい》[一一]に遣唐使のありし時は、唐話《たうわ》によく達する人も多く、吉備公《きびこう》[一二]や菅江《かんかう》[一三]諸君子の手をへて、和訓[一四]もそれぐ\の字義にちがはぬ様に大概《たいがい》はよく出来て、万事に滞《とどこほ》る事もなけれども、和訓と云ものは大概《たいがい》につけたるものにて、その字の意味をことごとくはどうもつけおほせられぬ事也。

六 漢文の素読。意味を考えず、先生の読み上げた通りを口まねすること。
七 何をいっているのか、わけの分からない言葉をたとえていう。
八 読書について、「よくす」「よくせず」などと、意味の理解を問題にしたいい方をするのである。
九 諸本「誦」。意改。
一〇 漢字の意味を表わしていると同時に、日本に本来存在することば、やまとことばである。
一一 天皇の統治していた時代。武家政治になる前の奈良・平安時代をさしていう語。
一二 吉備真備。霊亀二年(七一七)遣唐使に従って入唐留学、十九年後に帰朝。中国の学問・書籍を伝えるのに功があり、片仮名を作ったなどの伝説がある。
一三 菅原氏・大江氏の人々。平安時代の学者の家柄の代表として挙げる。菅原道真・大江匡房などを出した。「倭読トハ倭語ニテ書ヲ読ムナリ。倭語ノ読ミハ何レノ世ヨリ始レルトイフコトヲ知ラネドモ、菅江二家ノ読方、昔ヨリ伝ハレリ」(倭読要領・上)。

漢字の訓について

一四 「一訓、多字に被らしむる者有り、一字、多訓を兼ぬる者有るときは、則ち華和の言語、参差互ひに渉つて、一を以て一に抵(あ)つべからざることを知る(一つの訓に多くの漢字があてはまることもあり、一つの漢字に多くの訓が与えられることもあることから、中国語と日本語、漢字と訓は、食い違いながら関連し合っており、一対一の関係では律しきれないことが分かる)」(訳文筌蹄題言・二)。

文字の内に、和語は同訓《どうくん》にして、その意味の各別《かくべつ》なる字多くあり。たとへば橋《はし》と端《はし》との類は、異字にて和語同訓なるが、これらは[一]字の音の平上去入《ひやうじやうきよにふ》のわかるゝ気味《きみ》にて、その云《いひ》やうにて皆わかるれども、澄を「すむ」と訓じ、済をも「すむ」と訓じ、翻を「かへる」と訓じ、帰をも亦《また》「かへる」と訓ずるの類は、[二]和語を文字にうつし直するに、同語なれば同訓につけねばならぬゆへ、その和訓の同《おなじ》きによつて文字をとりそこなふこと多き事也。事の済《すむ》に「澄」の字をかき、家に帰るに「翻」の字をかくやうの事、俗に多きこと也。

勿論唐山《から》にても、同音の文字が多ければ、日用の俗語問答を中《ちう》[三]にて云《いふ》ときに、聞あやまる事あつて、烟《えん》と塩《えん》と同音にて似たれば、烟《エン》《タバコ》といふに、ふつと塩《シホ》をもつてくるやうな事あれども、文字を見知つた人の、同音の字にても、その字を見ると、その字の意義をとりあやまる事は、[四]何程にてもなき事也。

すべて[五]文字の意味は心にて合点せねばならぬものゆへに、[六]意味まではどうも和訓につけおほせられぬ。文字は皆[七]大概《たいがい》に和訓をつけておかねばならぬ事也。それでその[八]字の和訓のとほりにばかり律義《りちぎ》にこゝろふれば、意味の大きにちがふ類も多くある事也。又は先達《せんだつ》も和訓に翻訳しざまに、[九]かきちがへたる文字も数多《あまた》ある事也。和語の同訓によつて文字の意味を大きにはきちがへ合点してい

一 漢字音の平・上・去・入のアクセントが異なるのと同じ趣きで、その「云やう」(=アクセント)によってすべて区別されるが。
二 和語を漢字に当てはめる時に、たとえば日本では同じ「すむ」ということばであるからには、漢字としては意味の異なる「澄」にも「済」にも「すむ」という訓を付けなければならないので。
三 宙で。文字を通さず、口頭で。
四 すこしでも。
五 文字の意味の一部(ないし末端)を表わすに過ぎない和訓を越えて、文字の意味を丸ごと(ないし意味の中核を)理解しなければならないものなので。「文章を作るが如き、固より和訓同じうして義(意味)別なる者有り。また義同じうして意味(味わい)別なる者有り。また意味同じうして気象(雰囲気)別なる者有り。此れ耳根口業の能く弁ずる所にあらず。唯だ心目双(ならび)照らして、始めて其の境界を窺うを得」(訳文筌蹄題言・六)。
六 文字の意味を和訓ですべてカバーすることはできない。
七 ざっと。一通りに。
八 「倭訓ハ一ツニシテ字意ハ違ヒタル文字多シ。和訓ハアラキモノナリ。和訓ヲ守ル時ハ、字義粗〈アラ〉クナル間、和訓ヲ破除スルナリ」(訓訳示蒙・一)。
九 たとえば「甲」という字には古くから「かぶと」という訓が与えられてきたが、この字は「よろい」の意であって、「かぶと」の意はない。

る文字と云は、たとへていはゞ、「以て《モツ》」と「持《モツテ》」と、「者《モノ》」と「物《モノ》」と、「立《タツ》」と「絶《タツ》」と、「誣《シユル》」と「強《シユル》」との類、あげてかぞへられぬ事なり。[一〇]その上に一等の精《くは》しき穿鑿《せんさく》になつては、同心の文字なるゆへ和訓も同訓なれども、畢竟《ひつきやう》は[一一]同心にして底の意味に差別《しやべつ》ある文字も又多くあつて、文章などかく時に至て、同心の文字ながら、[一二]それ〴〵の用ひ所にどうもさしぬきのならぬ事ある也。[一三]これは似而《テ》非《ナル》者なれば、[一四]知りわかたいでは叶《かな》はぬ事也。[一五]書をよむ時に、その字の底の意味の差別を合点せねば、[一六]同心の文字ゆへ表向《おもてむき》では義もすむやうなれども、どこやら落著《らくちやく》せぬやうに覚ゆる所があるもの也。

　此類の文字を、書をよむ時に精《くは》しく気をつけ見れば、かの差別がそれ〴〵に分《わか》れ、どこでも約束が合《あふ》て、ちよつとでもその字の用所《もちひどころ》がちがはぬ也。中華の雅語は勿論の事、日用の俗語にても、その文字のつかいどころ、約束のとをりみぢんもちがはぬ事妙《めう》也。日本の心にて大概おしとをりに見ては、あやまりのちがひめに気がつかぬものなれども、その意味を知てからは、目がつけかはつて、各別に観《ミモノ》を改めてくる事也。

　たとへていはゞ、[一七]「恐」と「懼」と、「閑」と「静」との字の類也。皆これは同心の字にて、和訓も亦《また》同じけれども、その底の意味はみな差別ある事也。

一〇 その上に一段と詳しい検討をすると。
一一 ほとんど同じ意味ではあるが、根本のところで意味に違いのある字。次に出てくる「恐」と「懼」、「閑」と「静」などの類。
一二 その字を用いる場所に、どうしてもその字を動かすことができない、類似の意味の他の文字と置き換えることができないということがある。
一三 別の文字は、意味が似ているが、その文字に取って代わることができないもの。
一四 違いを認識して区別しなければならないのである。
一五 たとえば、ある箇所には「恐」とあり、ある箇所には「懼」とあった場合など。
一六 類似の意味の文字なので、両方とも「おそれる」と理解して、表面的には文意も把握できるようではあるが。
一七 徂徠の訳文筌蹄に「恐。未来(まだ起こっていないこと)ヲオソルヽナリ。故ニ助語ノヤウニ転用シテ、大形(おほかた)カクアラント末ヲキヅカフコトニ、「恐ラクハ此ノ如シ」ト用ユ」。「懼。已来(すでに起こったこと)ヲオソルヽナリ。故ニ「オソラクハ」ト云フニハ用ヒズ」。「閑ハ「ヒマ」ト訳ス。マタ「ムダ」ト訳ス。「忙」字ノ反対ナリ。…閑人ハヒマ仁(人)也。ムダモノ也。無用ノ人ナリ」。「静ハ「シヅカナリ」ト訓ズ。「動」字ノ反対ナリ。シヅカトイフ倭語ヲ以テ解セバ誤アルベシ。又「躁」字ノ反対ニモナルナリ。ソノ時ハサハガシカラヌコトナリ。…静観ハ、心ヲ静ニシテミルナリ。閑看ハ、ナニノ用モナキニ、ナニトナクミルナリ」。

「恐」と「懼」、「閑」と「静」

「恐」の字は、物事を前方《まへかた》から、もしもこれはかふならふかと気づかいする意味にて、それよりおそるゝ心になる字也。史記・漢書などに多くつかふて、「但《ただ》恐くは云々せん事を」、「恐くは使《メン》二云々《ナラ》一」などゝある所に、怪《ケー》我《が》にも[一]「懼」の字はかいてなきは、差別あるゆへ也。勿論「懼」の字は同心の字なれば、只「おそるゝ」と云《いふ》訓にして、大概[二]おしとをりにきこゆれども、此《この》差別の気がついて見なをすと、各別《かくべつ》にその所の文段が面白く親切[三]に合点ゆく事也。「懼」の字は、たゞ心にものをこはがり、おそるゝ心[四]の字也。

「閑」は、何の事もなく、ひまな意味なるゆへに、ひまなればしづかなる也。それで閑人、閑官、閑具など云《いふ》熟語ある也。閑人はひまな人、閑官はひまな役、閑具は何の用にたゝぬすたり道具[五]と云《いふ》心也。されば閑官を静官とも、閑具を静具ともいふてなきは、その意味の差別あれば、さしぬきならぬ[六]事なる也。「静」は、たゞ物さびしくしづまりたる意まで也。「閑」の字をつかふ所へ「静」の字はつかはれぬ事ある也。なれども二字共に畢竟は同心の字なれば、所[七]により事によつては通用する事も多くある也。此類の字は同心同訓なれば、ひとつ心に見ても大きなるちがひはなけれども、底の意味は余程の相違ある事也。これ等はどうも和訓[八]のつけおほせられぬ文字也。

一 決して。

二 大体のところは、文字の細かな意味の違いに無頓着のままで理解できるが。

三 深く。十分に。「深切」とも書く。

四 意味。

五 廃り道具。役に立たない道具。

六 動かすことができない。

七 たとえば「閑居」と「静居」、「閑邃」と「静邃」などは意味がおおむね重複し、置き換えが可能な場合が多い。

八 意味の違いが分かるように和訓を付けきる（意味を完全にカバーするような和訓を付ける）ことができない文字である。

中華の人は、音[九]ばかりにて、その字を見れば心に底の意味を合点する故、此やうな世話もなく、字の意味をわきまへぬ事はなき也。天性《てんせい》文字の国に生れたる人なれば也。日本人は和訓を恃《たの》みにして、文字[一〇]は和訓ぎりに心得《こころう》るゆへに、精《くはし》く気をつけねば、その和訓によつて大きにはきちがへある事出来《いでく》る也。和訓ばかりにて、文字の意味には通達ならぬ事也。心にて合点せねばならぬ事也。

勿論《もちろん》中華にも、字義[一一]の事においては様々の説もあるゆへに、字書と云もの多くあり、又《また》古書にはいろ〳〵の註解もある事なれども、日本の人のやうに和訓にまぎらかされて文字の意味をはきちがへる事は、怪我《けが》にも無き事也。その書の文段《もんだん》の全体の理の見やうにてそれに相応《さうおう》[一二]し、人々[一三]の意見より字義をかへて見る迄《まで》の事也。それには善悪[一四]も出来《いでく》るなれども、その本体の字義をはきちがへる事は、誤《あやまつ》ても無き事也。

又文字をとりあやまつて和訓をつけ来《きた》り、世上日用流布《るふ》して、にわかに改《あらため》かへにくきも多くあり。たとへば「冑《かぶと》」なるを「甲」とし、「姑[一五]」か「姨」なるべきを「伯母」とし、公義《こうぎ》のふれの心は「徇[一六]」の字なるべきを、物にふれさわる心の「触[一七]」の字をかき、事のすむは「畢[一八]」なるべきを、物のなりがたき事を力《〔ちから〕》を添《〔そ〕》へてしおほせさする心の「済[一九]」の字をかき来《きた》る類は、多くある事也。

九 当然ながら和訓というものがないので。

一〇 文字の意味を和訓だけで理解しようとするので。

一一 たとえば「共」には「ともに」以外に「手をこまぬく」「向かう」などの意味がある。字書にはそれらについての説明があり、論語・為政の「衆星共レ之」という一節の解釈は、「共」の意味をどうとるかによって注釈書の説が分かれている。

一二 対応し。

一三 人々の意見から。あるいは「意見により」の「に」脱か。

一四 その書のその箇所の解釈としての当たり外れはあるだろうけれど、たとえば「共」を和訓の同じ「友」と取り違えるようなことはあり得ない。

一五 「姑」は父の姉妹、「姨」は母の姉妹。ともに「おば」。「伯母」は日本では父母より年長の「おば」の意に用いるが、漢語本来の意味はもっと限定されていて、父の兄の妻を指す語。

和訓に頼ると字義を誤る

一六 広く知らせるの意。

一七 御触書《おふれがき》など、近世にごく普通の用字。

一八 終わるの意。

一九 本来は「助ける」「成し遂げる」などの意であるが、日本では「終わる」「けりが付く」などの意に用いる。

意義各別《かくべつ》なるをわきまへず、和語の上より[一]あてずいに字をとり用ひたるもの也。

中華は天性文字の国なるゆへ、文字の音《ヒヾキ》をきけば、人々その意味は自然と心に徹《てつ》する事、天性也。唐人《たうじん》にも学文《がくもん》をせぬ者は文盲なる事、ちやうど日本人の如く、唐《から》にも文盲なる者は多くあれども、唐人の文盲と云(も)のは[二]「不レ知二一丁字ヲ一」といひて、文字のかたちを見知らぬまでの事にて、婦人小児に至るまで、生れ落るとはや、[三]我しらず文字の意味には通達している事、これ又天性なれば也。文盲なれども、文字の意味には我しらずと[四]思ひ過ゲレ半ニとも云べき也。中華に生るゝ人の[五]言語はすべて文字なるゆへ也。

それで日本人の様に骨を折《をら》ずして、唐人の学文は早く成就する事、その筈《はず》の事也。[六]今、近ごろ渡る唐僧《たうそう》の内に、あの方《かた》にて文盲な者を勧《すす》めて日本へつれて来《きた》り、船中にて剃髪させて長崎で始て学文するが、[七]間《あひ》にある也。長崎で少《すこし》の間《ま》につい[八]手もよくなり、詩文もつゞるやうになる也。これ日本人の何たる才士にてもならぬ事也。日本にて[九]儒者と呼ばるゝ人のかく文章には、精《せい》出してかいても、文法に[一〇]転倒錯置ありて、よまれぬが多くある也。林羅山など、日本の大儒といはれし人なれども、羅山文集の内には大きな転倒が多くある事也。中華にては日用の俗語でも、[一一]日本の語を平仮名でかくやうに、そのいふとほりを[一二]真直《まつすぐ》

一　当て推量。

中国人は天性漢字の習得が早い

二　一字も知らない。無学な者をいう慣用句。「一丁字」はもと「一个字(一箇の字)」とあったのが誤写されて定着したいい方。
三　無意識のうちに。
四　推量で半分以上理解する。
五　すべての言葉が対応する漢字を持っている。
六　このこと未詳。わが近世の文人たちには、長崎へ来る中国人を崇拝し、自分の詩集に序文を書いて貰ったりする風潮があったが、見識のある人々は、きちんとした学者が渡来してきているわけではないとして、そうした風潮に批判的であった。荻生徂徠の「与二江若水一」其五(徂徠集・二六)に「年々長崎に来たる張二官・李三官(中国人にありふれた名前)輩、商客何ぞ尚(たっと)ぶに足らん」。
七　中に混じって。
八　字が上手になり。
九　「今時大儒トヨバルヽモノ、書キタル文、又ハ書ヲ講ズルニ、誤リ多ク、又ハ儒道ヲ行フトテアシキ風俗ニナルモ、皆唐人詞(中国語)ヲ合点セズ、笑〈カオ〉シク(奇妙に)心得ルユヘナリ」(訓訳示蒙・一)。
一〇　言葉の並べ方で、上下を逆にしたり、位置を間違えたりすること。
一一　「日本人が」と補う。
一二　そのまま。

に文字に写して見れば、[一三]皆文章にてなくと語を成し、転倒などは怪我《けが》にもなきは、亦是《またこれ》天性自然の事也。

日本は元来文字のなき国なれば、文字の事においては、物の[一四]一重へだたりたる如くなり。しかるゆへに日本人の学文の入りやうは、外《ほか》の事は先《ま》づさしをき、文字の意義を能々《よくよく》味《あぢは》ひ合点する事、第一の事也。文字の意義に通達する事粗略《そりやく》なれば、[一五]和語に引直して書の文句を見て、推量しざまに心得ちがひ出来《いでき》て、古聖賢の語意を大きにとりちがゆる事多くあるべし。儒者とても初めに文字の意義を不吟味にしこみたる人は、いつまでもその気がつかず、文盲なる事を云《いへ》る輩《やから》が、[一六]京師《けいし》などにも多くある事也。

古聖賢《こせいけん》の語は書をはなれて外《ほか》にはなき事、その書と云《いふ》ものは皆中華の物也。しかれば、書をよまずしては、聖賢の難レ有教《ありがたきをしへ》は何を以て知るよすがあるべきや。その書と云ものこそ、皆文字にして、[一七]その文字を積《つん》で語を成し、語を積で書と成り、古来伝授し来《きた》れば、何をいふても先《ま》づ文字の意に通達せいでは、聖賢の語意を実《まこと》に合点のゆこうやうはなき事也。[一八]子細《しさい》らしく経書の講釈を、我物《わがもの》顔《がほ》に色々と弁《べん》をつけ、舌をふるうて、たとひ聞ひたところ尤《もつともし》至極《しごく》にして面白き事にても、文字の意義をとりそこなふて、妄《みだ》りに弁を飾りたるは、それは皆

一三 首尾整った文章ではないにしても、意味の通じる言葉になっており。

字義の理解なくして学問なし

一四 「今時ノ和人ハ和訓ヲ常格(当然の規範)ニ守リテ、和訓ニテ字義ヲ知ラントスルユヘ、一重ノ皮膜ヲ隔ツルナリ」(訓訳示蒙・一)。

一五 漢字そのものを離れて、和訓に改めて、そこから文章を解釈して。「(従来の学者は)講説の間、業已に和訓を廃すること能はず。故に其の字義を説くに、且(しば)く和訓に依傍し(頼って)、勢を趁(お)うて義を成す(そこから発展させて解釈する)。聴く者、但だ其の説の通ずべきのみを見て、便(すな)ち本然と謂ふ。而して其の本義を離るること已に遠きを知らず」(訳文筌蹄題言・五)。

一六 天子のいるところ。景山の住む京都を指す。

一七 「訳文ニ字義・文理・句法・文勢ト云フ事アリ。字義ト云ハ、一字一字ノ意ナリ。字ヲ積ンデ句トナシ、句ヲ積ンデ文ニナシタルモノユヘ、字義ガ本ナリ。薬一味一味ノ能ヲ知ラザレバ、薬方・配剤ハナラヌ如クナリ。材木一本一本ノ大小・長短・使ヒ様ヲ知ラザレバ、家ハ立テラレヌ如クナリ」(訓訳示蒙・一)。

一八 もっともらしく。

私意《しい》を以て推量したる事にて、かんじんの本体の聖賢の意にあらぬこと多かるべしと覚《おぼゆ》る也。文字の意義は少しのとりちがへにても、いひつのれば大きな誤りになつて、一一歩千里になること也。慎《つつし》むべく畏《おそ》るべき事也。

さて又右のとおりに字を積で語を成《な》し、語を積で書と成りたる事なれば、かの字義を弁ずる内には、又中華の人の語勢二をとくと合点せねば、文字の意義に通達したばかりにては、又《また》書が読まれぬもの也。しかるに中華の人の語勢と日本人の語勢とは、雲泥《うんでい》のちがひある事也。それゆへ、日本人の語勢を以て中華人の語勢を推量するによつて、心得ちがひが出来《いでく》る也。すべて中華人の語勢は、日用通俗の語勢も、雅文経子史集の語勢も、その勢は皆同じ様《さま》也。日本人の文を書《か》いて語に顚倒《てんたう》の出来ると云ことは、中華人の語勢の様子をとくと考へず、やはり日本人の語勢の意持《こころもち》を以て文をかくゆへに、顚倒の出来る筈《はず》の事也。

その訳《ワケ》は、日本人の語勢は、俗語雅語共《とも》に、すべて物の体《たい》三を先へ云ひ、用を後に云習《いふなら》はせ也。これ日本に生るゝ人の天性の事也。中華の語勢は、雅俗の語ともに、すべて物の用を先へいひ、体を後にいふ習《ならは》せにて、是亦《これまた》中華に生るゝ人の天性の事也。四かくの如くその語勢に各《おのおの》天性の相違ある事を考へず、中華の書を読《よむ》に、やはり日本の意持で和語の勢の通りに合点するゆへに、皆上が下

一 最初の一歩の差が後へゆくと千里の差になる。漢文のことわざ「毫釐(ごうり)千里」による表現。

漢文の語順の理解も重要

二 以下の記述からすると、「語勢」は「語順」の意。徂徠は「文理」という。訓訳示蒙・一の一四七頁注一七所引個所に続けて、「サテ次ニ文理ヲ知ラズンバアルベカラズ。コレハ字ノ上下ノ置キ様ナリ。同ジ文字デ字数モ同ジ事ニテモ、上下ノ置キヤウニヨリ、意ハカハルナリ。…故ニ文ヲ書クニ、先ヅ字義・文理ヲ合点スレバ、唐人詞ニナルナリ」。

三 「体」は物事の本体、「用」はその作用を表わす語として、中世の連歌論・能楽論などで用いられてきたが、近世に入り、国学者の国語研究の中で、今日いうところの体言・用言の意に用いられるようになった。契沖の和字正濫抄・一に「もろこしには「見花」「見月」など、先づ用をいひて、後に体をいふを、こゝ(日本)には「花を見る」「月を見る」とやうに、先づ体よりいひ」。

四 「此の方(日本)の読方の若き、順逆廻環し(順序を逆転させて後の語を前へもってきて)、必ず中華の文字を移して以て方言(日本語)と就(な)す者…学ぶ者宜しく或いは力を為し易かるべし。但し此の方には自ら此の方の言語有り、中華には自ら中華の言語あり。体質もと殊なり。

へ顚倒《てんたう》して、日本勝手《〔がつて〕》に体《たい》の文字を先へよみ、用の文字を後によみて、かの反《かへ》り点と云ものをつけて、倒読《たうどく》せねばならぬ筈《はず》也。それを又中華の語勢を知て、それにしたがひ書をよみ、用の字を先へ、体の字を後へよめば、いはゆる御経《おきやう》五読《よみ》と云《いふ》ものになつて、日本人は一向《いつかう》に合点を得《え》せぬ事也。

中華の人のやうに書を直読《ちよくどく》して義を通ずる事は、日本人の意持《こころもち》でいる内は、なんぼでも合点のゆかぬと云事は、天性語勢の習《ならは》せが相違あれば也。中華の人も亦《また》日本人のやうに、下から上へかへつてよみ、体の字を先へ、用の字を後によみ、合点すると云事は、なに程にいふてきかせたりとも、得心《とくしん》すまじきことと覚《おぼゆ》る也。日本の人の、上から直読して義の通ずる事を、何程でも合点せぬと同じ事也。

中華人の語勢は、天性と用を先にいふが習《ならは》せなれば、中華人の語を口うつしのまゝに、直《すぐ》に文字に写して見た時は、たとへば「在明明徳在新民」六とかいたが正直《マッスグ》也。俗語でも、日本人は「茶を持ってこい」といふ語勢也。「茶」が語の内の体なるを先へ云也。文字にうつしても、「茶」を先へかき、「持《もつ》」を後にかく也。「御暇《おいとま》を申す」と云も、「御暇」といふが体なるを先へいひ、「申す」は用なるを後に云は、日本の語勢にて万事皆《みな》しかる也。それを中華の人の俗語

何に由てか脗合《(ふんごう)》せん(どうして一致しよう)。是を以て和訓廻環の読みは、通ずべきが若しと雖も、実は牽強(こじつけ)たり」(訳文筌蹄題言・二)。

五 読経においては、漢文を字音でそのまま音読して、日本式に訓読することをしない。

六 底本「親民」。礼記・大学の冒頭。「(大学の道は)明徳を明らかにするに在り。民を親しむに在り」。朱子は「親」を「新」に改めた。その場合の訓読は「民を新たにするに在り」。以下、「親民」「新民」が混用されている。ここは語順を論ずるだけなので、どちらでもよいが、どちらかに統一されていなければおかしい。天理本等に従って「新民」に統一する。

では、「[一]拿《ナア》茶《ツア》来《ラヒ》請《チン》去《キユイ》了《リヤウ》」といふ語勢也。「拿」を先へいひ、「茶」を後にいひ、「請」を先へいひ、「去」を後にいふ也。[二]文字にうつしても如レ此《かくのごとく》にして、やはり文章をなしたるもの也。

日本人の語は、文字に写せばみな顚倒にして、かつて文章を成さぬ事也。日本人の口うつしを文字に写して見れば、「[三]明徳明在民新在」又は「茶持来去請了」と書けば、一向にわけもなひものにして、どうもよまれぬ事になる也。然《しか》れども、かくの通り写したを日本では正直《マツスグ》とおもへども、中華人がこれを見れば、みな顚倒じやと見る也。それで中華で直読とおもふているは、日本では倒《たう》読《どく》と見る也。日本で直読とおもふているは、中華では倒読と見る也。天性の語勢の習《なら》は《》せ相違なれば也。

日本の草紙《さうし》物語などは、日本人の語勢のとおりにかきたるものなれば、体《たい》としていへる文字ことごとく上にある也。その内に和歌には、中華人の語勢に似たる事ある也。文章をなすにはあらね共《ども》、中華人の語勢をすべて合点せふとならば、和歌の内に、たとへば「おもひきや云々とは」、「いかにせん云々とは」、下に「とは」といひとめて、上へかへりて心の通ずる体製《たいせい》の歌あり。中華人の語勢は、何事をいふも皆この勢也。是《これ》を以てその語勢を察すべき事也。かふ見

一 岡島冠山(一六七四―一七二八)の中国語入門書、唐話纂要・一に「拿茶来(ナア、ヅア、ライ)〈チヤモテコイ〉」という例文が見える。「拿」は字音ダ(漢音)・ナ(呉音)。「つかむ」の意。「請去了」は訓読すれば「去(ゆ)かんことを請ひ了(をは)る」。

二 口頭語を文字で書き表わすと右のようになって、用が先、体が後という文章の規則に従っている。

三 日本語でのいい方を、文字(漢字)で表せない助詞・活用語尾を省いて書いたもの。

れば、反《かへ》り点と云ものなしに、合点は心にてゆく事也。なれども只空《ソラ》で口上《こうじやう》に四ていふばかりなれば、そのとをり国のかはりにて、五天性自然の習《ならは》せなれば、是非に及《およば》ぬこと也。少《すこし》にても、文字にかくと云《いふ》時になつては、文字と云ものは元来中華の物にて、日本の無案内《ぶあんない》なる事なれば、「在新民」を「民新在」とかき、「請去了」を「去請了」とかいては、一向《いつかう》にわけもなひ事也。

六中華の国は天地の間にて正中《マンなか》の国なれば、何事にても正《ただし》きはずの理なるゆへ、人にも聖人が出生し玉《たま》ふなれば、人の語勢とてもすべて用を先へいひ、体を後にいふが正直《まつすぐ》の事なるべしと覚ゆる也。されば日本の如く体を先に云《いひ》、用を後にいふ語勢は、けつくに顚倒《てんたう》なるべし。七虚字《きよじ》助語《じよご》の上までも亦《また》おの〳〵体用《たいよう》あれば、かの所以、所謂、不能、不可の類までも、用を先とし、体を後とする模様そなはる也。是即《これすなはち》語勢の当然なる事とみへたり。

元来文字と云もの、八神妙《しんめうふ》不測《そく》なるありがたき物にて、天地の間に一日もなくて叶《かな》はぬもの也。今もし文字なくば、万事闇《やみ》の如く、何を云ても証拠《しようこ》なく、ひとつも埒《らち》はあくまじきとおもはるる也。さてこそ中華は天地の正中の国にて、正《ただし》き国ゆへに、神妙なる文字出来《いでき》たる事也。その本《もと》は凡人《ぼんじん》の私《し》慮《りよ》巧造《かうざう》より出来《いでき》たるものとはおもはれぬ也。

四「口頭語は」と補う。

五 その口頭語が表わしているとおりに、言語には国による差異があって。底本「国のかかり」。天理本等に「国ノカハリ」とあるのに従う。

六 この中国崇拝の論理は荻生徂徠の影響によると思われる。徂徠の学則・一に「東海(日本)聖人を出ださず。西海(中国の西方の国々)聖人を出ださず。是れ唯だ(中国にしか出現しなかった聖人の遺した)詩書礼楽のみ、(人類にとって)教へたるなり」。

中華は天地正中の国。語勢も漢文の用先体後が正当

七 訳文筌蹄題言・七に「是の編(訳文筌蹄を指す)に形状の字面(形容詞など)有り。作用の字面(動詞など)有り。声辞の字面(也・則など)有り。物名の字面(名詞など)有り」とあり、末尾に門人の吉田有隣が解説して、形状の字面とは半虚字、作用の字面とは虚字、物名の字面とは実字、声辞の字面とは助字のことであるという。これは一つの立場に過ぎず、わが近世の漢学者たちが「虚字」や「助語」といった漢文法の術語について完全に統一的な定義を共有していたとは思われないが、概して、本文に次に出てくるような、物事の概念を表わすのではなく、話者の判断を表わす語、日本語で助動詞や助詞が担う役割を果たす語を、「虚字」「助語」などと呼んでいた。「所以」「所謂」「不能」「不可」などが「用を先とし、体を後とする」というのは、景山もいうように「模様」であって、明快に説明することはむつかしい。

八 計り知れないほど不思議なさま。

しかれば[一]向上《かうじやう》なる事なれども、書を読《よむ》には日本人の心持《こゝろもち》をとんとはなれて、中華人の心持になりかはつて見ねば、正真《しやうしん》の事にてはなき也。日本人の心持でいる内は、書を読に反《かへ》り点なしに直読《ちよくどく》しては、どうしてその義理が通ずる事ぞと、いつまでも疑《うたがひ》は晴《はる》る事あるまじき也。亦《また》中華人の心持になつてからは、日本人のやうに下から上へ反《かへ》り、倒読《たうどく》の義理を合点する事は、どうじやぞと疑ひ惑《まど》ふべし。何程にいふてきかしても、とんと日本人の心持になりきらねば、いつまでも得心《とくしん》はせまじき也。亦是各《これおのおの》その天性習慣の自然なれば也。[二]荘周《さうしう》が心《こころ》持《もち》に胡蝶《こてふ》なく、胡蝶が心持に荘周なく、蝶が現《ウツヽ》か周が夢か、周になつてみねば周たる事を知らず、蝶になつてみねば蝶たることを知るまじき事也。

右のとおりなれば、日本人の学文《がくもん》へ入りやうは、先《まづ》字義と語勢とをよく[三]弁じて、それを[四]ずいぶんちがはぬやうに[五]そろ〳〵と和語に翻訳し、合点するが、最《もつとも》第一の事なるべし。学文に入り様《やう》のさま〲あると云ことは、[六]字義語勢を大方《おほかた》に弁じたる以後の事にて、それからしては[七]面々《めんめん》の物数奇《ものずき》も趣向も出来《いでく》るゆへ、人々の導きかはつて、学文の入り様さま〲になりたるもの也。書を読まずして学文と云事はならぬ事也。書を読むからは、字義語勢を弁ぜずしては、いかでか書はよまるべきや。それを文盲なる者は、只《ただ》[八]理屈《りくつ》を聞事ばかりを学文

一 生意気なことをいうようだが。「向上」は正しくは「高上」。

二 周は荘子の名。荘子・斉物論に見える有名な寓話。荘周は夢の中で胡蝶になり、荘周であることを忘れていた。夢がさめると、荘周にもどった。荘周が胡蝶になった夢を見ているのか、胡蝶が荘周になった夢を見たのか、どちらともいえない、という話。ここでは、そのものになりきって、他のあり方のことは理解ができないというところまでいかなければ、そのもののあり方も理解できない、ということをいうのにこの話を用いている。

三 わきまえて。

四 せいぜい。できる限り。

学問は理屈よりもまず漢文の字義と語勢の理解

五 ここでは、「従来の漢文訓読式に安易に日本語化するのではなく、本来は日本語とは別の言語であるという事を十分にわきまえて、慎重に」という気持ちでいう。

六 字義や語順を一通りわきまえてからの話であって。

七 各自の学問的な関心や好みも表に出てくるので、指導者の指導の仕方も変わって。

八 漢文の表現を一語一文に即して丁寧正確に読解することをおろそかにして、抽象的な理論を学ぶことだけを。

九 高尚で奥深い。

じやと心得るが多き也。字義語勢を弁ぜずして、初心の内からはや高妙《かうめう》[九]なる経書の理義ばかりを、[一〇]日本人の講釈《かうしやく》の上にて聞き習ひ、私意を以て書を読むゆへに、我知らずと大きに理義をとりそこなふて、俗に云《いふ》[一一]さいたら畠《ばたけ》へゆく也。元来中華より伝《つたはり》たる古聖賢の書は、皆中華人の語也。古聖賢はこと〴〵く中華人なれば、中華人の語勢と字義とを通達せずしては、何を以て古聖賢の語意を合点すべきぞや。只[一二]一義の意義にても、誤《あやまつ》てわるふ推量すれば、聖賢の実意にもないことを、己《おの》れが私意を以て造《つく》りこしらへるもの也。物体《モッタイ》なきこと、慎むべく畏《おそ》るべき事と云べし。さやうに私意を以て理屈を造りこしらゆるなれば、古聖賢の書をよむには及ぶまじき事也。いかんとなれば、理と云[一三]ものは、畢竟極《きま》つたやうなもので極まらぬもの、空《くう》なものなるゆへに、造り拵《こしら》ゆれば、白いものを黒ふなりとも、どのやうにも云《いひ》まはさるゝ事にて、心得次第にていろいろになるもの也。その内に正真《しやうしん》の理を知ると云《いふ》が、聖賢ならではならぬ事也。凡人の知恵にては、彼《アレ》じやとおもへば彼がやうにおもはれ、此《カウ》じやとおもへば亦《また》かようにもおもはるゝもの也。

京師《けいし》などに講肆《かうし》[一四]の先生といはるゝ人、字義語勢をも弁ぜず、日本の心を以て巧みに己れが私意を以て、人を面白がらするやうに理を飾り弁をこしらへ、聖

九 中国語を身につけていない、という気持ちでいう。
一〇 冥土のうち、地獄と極楽の間にある地。どっちつかずのたとえとして、よく用いられる。
一一 諸本すべて「一義」で、このままでも文意は通らないことはないが、もと「一字」「一語」などとあったものの誤写か。
一二 荻生徂徠の次のような主張の影響を受けた議論であろう。「理は形なし。故に準（一定の標準）なし。その（朱子が）以て中庸となし当行の理となす者は、すなはち其の人の見る所のみ。見る所は人人殊なり。人人各々其の心を以て、是れ中庸なり、是れ当行なりと謂ふ、かくの若きのみ。人間《じんかん》、北より看れば南と成る。また何の準とする所ぞや」（弁道・十九）。徂徠学では、朱子学が重視した「理」を右のようにいって退け、経書の正確な読解を通して把握される古代の聖人たちの「事実」を重視する。
一三 儒書の講釈をする席。近世中期以降、浪人儒者が生活のため多くの弟子を集めて講釈をすることが盛んになった。それを舌耕という。以下に述べられるような弟子集めのための軽薄な講釈の風潮は、京都に限らず、江戸にも見られた。江村北海の授業編・四は、軽薄な講釈は江戸在住の徂徠の門流に多いと論ずる。「（徂徠の弟子たちがいうには）是（舌耕）ヲ以テ衣食ノタスケトシ、耕織ニ代ユルノミナリト。是ヨリシテ講釈ヲスル人モ聴ク人モ其ノ様子（謹直だった昔とは）大ニ変ゼリ。イハバ京師ノ宮寺（の盛り場）ニテ軍書ノ講談ヲナス輩ノ席ヘ人多ク集ルニサノミ異ナラズ」。

経書の字義語勢をゆるがせにして勝手に理を論ずる風潮

賢の暁《あかつき》の夢にもおもはれぬ事共《ども》を、弁舌にのつていひちらす輩《やから》が多き事也。皆是《これ》は文盲なる事のみならず、物体《もつたい》なき事とおもはるゝ也。世上の文盲なる人が古聖賢の高妙なる語をきゝ、片《かた》[一]そつぺらをきゝはつりて、それに私意を以て理をつけならひて、それが功《こう》[二]ずれば、かのわるふすれば心持偏屈《へんくつ》に理屈くさく成《なり》、色々の私意が出来《いでき》て、一種の料見《れうけん》がつき、かりそめにも物事をまつすぐにとうさず、一理屈をつけるやうに成り、人をさ[三]がしみ、我しらず高慢に成り、人柄あしくなる媒《なかだち》ともなりゆく事也。世上に、文盲なる者が、学[四]文すれば人柄あしくなると云事は、このゆへと覚《おぼゆ》る也。

又日本の儒者と云ものに、近代は朱学者《しゆがくしや》[五]、王学者《わうがくしや》などとて、仏者の宗門を立《たつ》るやうにして、一流を立て門を専《もつぱら》にし、唐本《たうほん》をよみ文字せんさくをする人を、記誦詞章《きしようししやう》[六]の学じやとて甚《はなは》だ賤《いやし》み、その身は字義語勢はかつて[七]不案内《ふあんない》に、一向《いつかう》文盲にして、たゞ仮名抄《かなせう》[八]にて講釈の弁書《〔が〕》[九]きを、その師匠より互《たがひ》に秘[一〇]伝《ひでん》し口訣《くけつ》とし、学文と云事をそれですまし、孔子の意にも朱子《しゆし》の意にもかつてない事などを、私意より造《つく》り拵《こしら》へ、人を面白がらす弁をふるひ、俗人を誤[一一]まる輩など、多くある也。皆是《みなこれ》上にいへるとほり、理と云もの、極《き》まつて極まらぬ空《くう》なるものなれば、人の私造《しざう》によつてはいかやうにも成り、雄弁《ゆうべん》[一二]にまかせては、いかなる大学

一　一部分を聞きかじって。

二「功」は宛て字。昂ずれば。さらに進むと。

三　諸本「さがしみ」。「さげすみ」と同意であろう。あるいは「さげしみ」の誤写か。

四　学問を身につけると理屈っぽくなり、世間の習わしを馬鹿にしたりするようになるというほどの意で、「学問をすると人柄が悪くなる」という言い方をしたが、荻生徂徠は特にこれを、事実に「理」をこじつけようとする朱子学のもたらした弊害という意味で用いた。「人がらのよき人も、学問いたし候へば人がら悪しくなり候こと多く御座候は、みな朱子流理学の害にて御座候」(徂徠先生答問書・上)。景山は徂徠の用法にそのまま従っている。　五　朱子学者と陽明学者。

六　古典を暗誦し、詩文にふける学問。もと朱子が大学章句序において、「俗儒」の何の役にも立たない学問を批判していった語であるが、日本近世では、徂徠が中国語習得の手段として詩文の実作を奨励して以来の、徂徠学派の詩文愛好の風潮を、朱子学派が批判する時によく用いられた。　七　まったく知らないで。

八　抄物(しょうもの)。漢籍を口語体の仮名混じり文で平易に注釈した書物。室町時代から近世初期にかけて盛んに述作された。

九　談話を書き留めること。師匠が仮名抄に基づいて講釈するのを、弟子が書き留める。

一〇　中世歌学以来の、わが国の学問・芸能の世界の習慣。流派に伝わる学問・芸能を権威づけるために、重要なことを秘伝としたり口訣(口伝え)としたりして少数の後継者にしか伝えない。

一一　誤らせる、の意。間違った方向へ導く。

一二　いい加減な学者が口に任せて勝手な理論をまくし立てると、どんな大学者でも言い負かされるのだ。　一三「殷の紂王」というべきを、うっ

者にてもいひつめらるべき事也。さればこそ[一三]夏《か》の桀王《けつわう》を史記に、「弁足《リ》ニ以《テ》拒《ムニ》レ諫《ヲ》」とはいへる也。

近代又《また》日本に[一四]剣術者流《けんじゆつしやりう》と云もの、面々に理屈を造り拵へて、一種の道を説くもの多し。或《あるい》は[一五]孟子の不動心の説をかり、[一六]気を養ふ事を云ひ、又は神武大道《しんぶだいだう》とやらん云ことを拵へ、剣術は元来周易《しうえき》より出《い》づとて、[一七]神武不殺《しんぶふさつ》と云事を本《もと》とし、陰陽の理などを面白く傅会《ふくわい》し、文盲なる武士をあざむく類もあり。

又近頃には京師《けいし》に[一八]茶道と云て、点茶の道の根源は論語の理より出《いで》たる事とて、孔子の語を借り用ひ、その理を弁ずる事甚だ面白く、人の耳を驚かし、間《あひ》に文盲な者は尤《もつとも》なる事と感服するやからもあれば、京師にては[一九]茶儒《ちやじゆ》と称するよし也。傍《そば》から聞ひても[二〇]恥《はぢ》がはしく面《ヲモ》はゆき事也。是亦唯《これまたただ》、理と云もの空《くう》なるものゆへに、人の私造を以て弁舌に舞《まは》せば、どのやうにも尤らしく面白ふなればなり。

しかりといへども、三代先王《せんわう》・孔夫子《こうふうし》の書を借り用ひ、己れが私意を以て下賤なる家業の飾《かざり》とし、人を騙弄《ダマス》する事、さて〳〵悲むべく物体なき事と、愚拙《ぐせつ》はおもはるゝ事也。仏家の方にもかやうの事多くある事成《なる》にや、明恵上人《みやうゑしやうにん》の歌に「[二一]けがさじとおもふ御法《ミノリ》をともすれば世わたるわざとなすぞ悲しき」と詠ぜられしは、誠に殊勝《しゆしよう》なる事と、常に感賞する事也。

かり誤ったもの。下の引用にも記憶違いがある。殷王朝の滅亡を招いた暴虐な王であるが、知恵が回り、弁舌が達者であった。「帝紂…知は以て諫を距(ふせ)ぐに足り、言は以て非を飾るに足る」(史記・殷本紀)。 一四 以下の記述、景山の見た剣術の伝書にこのようなことが述べられていたのであろうが、未詳。近世中期の剣術には、儒学、特に朱子学の思想や用語を借りて理論づけをしようとする傾向があった。 一五「我、四十にして心を動かさず」(孟子・公孫丑・上)。 一六 右に続けて孟子は不動心を得る方法として、「我、善く吾が浩然の気を養ふ」という。浩然の気は、穏やかでのびのびした気持ち。 一七 易経・繫辞・上に「其れ孰(たれ)か能く此れ(易の道)に与(あづか)らんや。古への聡明睿知、神武にして殺さざる者か」と見える。神武は、古代の聖人が備えていたすぐれた武勇。 一八 近世中期の京坂の茶人の風俗を描いた気質物浮世草子、風流茶人気質・一・一に「茶に余力ある人は文に同じとて(論語・学而「行ひて余力有らば、則ち以て文を学ぶ」)、誠に茶事の交りは風雅にして、朋友に信を専らとする故に、貧うして楽み、富んで礼を好む(論語・学而「未だ貧しうして楽しみ、富んで礼を好む者に若かざるなり」)と、聖の教え給ふ道にも叶ふべき事なり」。茶道において儒学を借りた権威づけが行われていたことをうかがわせる。 一九 儒学かぶれの茶人、の意であろう。 二〇 自分が儒者であるだけに、儒学がむやみにありがたがられていることが、恥ずかしく面はゆい。 二一 明恵上人集に明恵の友人の性禅の歌として「けがさじと思ふ御法のともすれば世を渡るはしとなるぞ悲しき」の形で見える。作者・措辞を誤った形で流布していたものか。

一　人君《じんくん》の学文には、資治通鑑《しぢつがん》[一]よりは貞観政要《ぢやうぐわんせいえう》[二]の方が実用なるべく思召《おぼしめし》候やうに、[三]御書面に相見《あひみ》へ申候。これは一途《いちヅ》[四]にたゞ諫《いさめ》を容《い》れ用らるる事を勧進《くわんじん》し奉らる御趣向《ごしゆかう》と相聞《あひきこ》へ、至極《しごく》の思召、御尤に存《ぞんじ》候。さりながら古来経《けい》[五]と史とは、車の両輪、鳥の両翼の如きものとか申伝《まうしつた》へたり。凡《およそ》経は皆、左様《サウ》なふて叶《かな》はぬはずの定《さだま》りたる道理を説いて、兼々《かねがね》[六]に人に教訓しおきたるもの也。史は皆、古《いにしへ》より近代迄《まで》の代々の時勢風俗、事に因《よ》り時に臨んでの人の言行、善悪ともにありのまゝに記録し、代々の君臣の政治、行跡、[七]人情の変態を、ことごとく知らしむるもの也。

しかるゆへに人の教戒《けうかい》となり、善悪ともに手本となり、鑑《かがみ》となること、経史《けいし》両方とも、いづれも人君の別《べつ》して急務《きふむ》[八]功用《こうよう》なるもの也。経は理也、史は事也。[九]理の当然を推《お》して事情の変を察し、事情の変を考へて理の当然に料《はか》る事なれば、事と理とはいづれを先ともしがたき事なり。

しかしながら下地《したち》[一〇]に先理《まツ一》[一一]に達していたらば、何事に出逢《であふ》ても少《すこ》しもそこに惑はぬはずなるべき事なれども、高明《かうめい》[一二]に生れつきし人は各別《かくべつ》の事、中人《ちうじん》以下の人は、平生《へいぜい》あまりに理ばかり詮議《せんぎ》しすぎ、それに拘泥して理屈くさくなれば、

2　君主の学問は経（道理）よりも史（事実）

古今の事実を知れば道理の理解も行き届く

一　宋の司馬光撰の史書。戦国時代から五代まで一三六二年間の史実を編年体に記す。紀伝体の史記に対して、編年体史書の代表とされる。
二　唐の呉兢撰。唐の太宗が群臣と政治について交わした問答を四十部門に分けて編集した書。「貞観の治」をもたらした名君の心構えを伝える書として、中国でも日本でも為政者に有益とされた。
三　あなた（広島藩重役岡本貞喬）のお手紙。
四　ただひたすら、臣下の諫言を用いられることを殿様（広島藩主浅野吉長）にお勧めするご意向と拝察されて。
五　聖人の教えを説いた儒学の古典（四書五経）と歴史書。ここでは貞観政要を経に準ずるものとして論を立てる。
六　前もって。
七　時勢の変動につれて人の心が様々に変わること。
八　何をおいてもまず学ばねばならぬ、また治世に有用な書物である。
九　道理からする必然性を推察して時勢の変動の方向や理由を悟り、時勢の変動の方向や理由を考えて道理と照らし合わせる。
一〇　根本。基礎。物事を考える際の土台。
一一　道理をよくわきまえていたなら。
一二　非常にすぐれていること。
一三　判断が偏っていて、物事に対処できない。
一四　その物事の背後にある道理を把握しそこね。
一五　世間の転変について十分な経験を重ね。

必《かならず》時に臨み事に因《より》ては、けつく偏屈[一三]にて通ぜぬ事出来《いでき》て、理[一四]をとりまどい、わるうしては、仕《し》そこなふ事もある事也。又《また》世間[一五]の事変《じへん》に歴《へ》わたり、人情によくなれたる人は、理の当然をはやく悟るものにて、事実の上からして道理を考ふれば、早くその当然を悟る事もあるもの也。

すべて事は時によつていろ〳〵変態のあるものにて、定《さだま》つたる道理ばかりを以て料見《れうけん》すれば、どうも決断なりがたき事もあるゆへ也。事変に多く歴《へ》わたれば、事の成敗[一六]《せいはい》のわけを直《ちき》に知て、如此《カウ》すれば善し、如彼《アア》すれば悪るいと云《いふ》事が[一七]能く功者《こうしや》になるゆへ、その理の当然が早く見へて来《ク》るはづもある也。

[一八]別して人君と立ち、国家を支配する人は、先づ古今の事実、時勢の成敗をとくと考へ知らいでは叶《かな》はぬ事也。史は古来の事実成敗をありのまゝに記録したるものなれば、人君の学文《がくもん》には、史を学ぶがいちはやく用に立つ事ありて、切《せつ》要《えう》なるものなり。史を覧《み》る内より、自然と世上の人情にも通ずるはずありて、臣下の内に姦佞《かんねい》にして上に諂《へつら》ふ者もあり、正直にして諫諍[一九]《かんさう》する者もあり、或《あるい》は事の得失《とくしつ》に決断しがたきに至て詮議《せんぎ》する時に、臣下のさま〴〵なる面々の意見を[二〇]言上《ごんじやう》するところを考《かんが》へてみれば、その理非もよくみゆるもの也。

[二一]今日に在《あ》るほどの事は大概《たいがい》古《いにしへ》も亦あるものなれば、先《まツ》古来の事実の成敗得

一六 成功と失敗。成り行き。この意味の時はセイハイと清音に読むのが正しいが、執政・処置の意のセイバイに引かれて、濁音で読んだ可能性もある。

一七 諸本同文であるが不自然な文章。誤写あるか。「よく判断できる巧者になるゆえ」の意であろう。

一八 人君の学問は経書より史書がよいという主張には、荻生徂徠の影響があると考えられる。ただし徂徠は資治通鑑を文章拙劣としてあまり評価しないが、朱子学派の景山はそこまではいわない。「見聞広く事実に行きわたり候を学問と申す事に候故、学問は歴史に極まり候事に候。…其の上、歴代の間、様々の事変、様々の人物御座候故、我が知見を広め候事限り御座無く候。是れ皆歴史の功にて御座候。歴史の内にて、史記・左伝は良史の筆にて、事の有様を今目に見るごとく書き取り候故、第一面白く覚え、見る内に事の情、心に移り、感発いたし候徳御座候。…資治通鑑は綱目(朱子撰の資治通鑑綱目。↓一六七頁注八)より勝り申し候へども、文章拙く候故、事の情、心に移りがたく、感発の益これ無く候」(徂徠先生答問書・上)。

一九 諫める。諍も諫めるの意。

二〇 言上する、その内容を。

二一 「経書を御覧候とも、古への事実を御存知これ無く候へば、今世の事にて聖人の時代を思し召しやり候故、違ひ候事のみ多く御座候。…国土の替り、時代の替りをよく存ぜず候へば、治乱盛衰の道理、古今の差別なく、聖人の道は末世までも用ひ候様に聖人の御立て候と申す事は、確かには知られ申さざる事に候。(以下、注一七の引用の「其の上…」に続く)」(徂徠先生答問書・上)。

失と、古人[一]のいひし議論の理非を下地《したぢ》にとくと考へておれば、今日ある現在の事に引《ひき》くらべて見れば、その理がとくと合点《がてん》ゆき、古聖賢の名言にひしと符合《ふがふ》する事を思ひあたるべき也。それでは[二]経理《けいり》も親切に的実《てきじつ》に得心《とくしん》するもの也。かの経理の高妙なるところへも、それからしては次第に見[三]ひらきようもなりゆくものにて、経理の高妙など思ふ事も心やすふ、鼻のさきにあるやうに合点がゆくもの也。

今の世に学文《がくもん》といへば、初心の人にはや大[四]学を講釈してきかせ、中[五]庸《ちうよう》などを説き聞《きか》する事になりぬ。大学・中庸など、その理高妙なるものゆへ、初心大体《たいてい》[六]の人の耳にいらねば、聞《きき》かゝつても精《せい》を尽〔つ〕かし、つい怠《おこた》りやめるやうに多くは成り、[七]その内に合点ゆかずに無理につとめて聞《きき》とほし、又は生れつき高妙なる人など大方《おほかた》[八]にきゝ悟れるも、かの私造《しざう》[九]の料見《れうけん》がつき、理屈くさく成り、偏固《へんこ》[一〇]に成り、事に通ぜざるやうにも成ゆくもの也。是《これ》たゞかの字義語勢をとくと合点せず、私造の偏見《へんけん》ができるゆへの事也。

その上に元来《ぐわんらい》[一一]大学などは、初心の人のきくものゝやうに世上に覚へておれども、初心なる人の遽《には》かに聞くことにはあらず。古《いにしへ》[一二]三代の時分、十[一三]五歳より大《だい》学寮《がくれう》へ入ると云《いふ》先王の掟《おきて》にも、なべての人の事にはあらず、天子の元子《げんし》衆子《しゆうし》と、

一 史書に記載されている、その成敗得失に関する人々の議論の当否。
二 そこで(「それでは」の「は」は衍文か)道理も深く正確に納得がゆくのだ。
三 見通しがよくなる。理解が行き届くようになる。
四 四書の一。もと礼記の中の一編であるが、司馬光が特に取り上げて以来、宋学において独立の書として扱われるようになり、朱子は四書の一として重視し、注釈書の大学章句を著した。
五 四書の一。もと礼記の中の一編であるが、早くから独立の書として扱われ、朱子にいたって大学と並べて四書に入れて重視した。

大学の教え、小学の教え

六 普通の。並みの。
七 中には、合点がゆかずとも。
八 大ざっぱに。細かい点までは理解できずとも。
九 →一五四頁五行目以下。 一〇 片意地。
一一 「幼童ノ素読ノハジメニハ、世上多ク大学ヲ以テス。又孝経ヲ以テスルアリ。余ガ意ヲイハヾ、マヅ孝経ヲサヅクルガヨシ。小学ハヤヽ巻数アリ、且ツ幼童ニアリテハ読ミニクヽ、オボヘニクキ所多シ。大学モ孝経ニ比スレバ読ミニクケレバ、幼童ノ素読ノ初メニハ文字数モ少クムツカシキ字ナク、読ミヤスクオボヘヤスキ孝経ヨリ始ムベシ」(授業編・一・習句読)。
一二 中国の歴史の最初期の三王朝、夏・殷・周。儒学では、万事において後世の典範となる理想的な時代とする。
一三 朱子の大学章句序に「三代の隆んなるや…人生まれて八歳なれば、則ち王公より以下、庶人の子弟に至るまで、皆小学に入れて、而して之に教ふるに、灑掃・応対・進退の節、礼楽射御書

公卿大夫《こうけいたいふ》の嫡子《ちやくし》ばかりと、凡民《ぼんみん》はその内の俊秀《しゆんしう》なる生《うまれ》つきの者ばかりをゑらんで、入るゝ事也。大体《たいてい》の生つきの人なれば、大学の教《をしへ》をきく事はならぬとみへて、至て人にすぐれた者でなければ、大学の教へをきゝても用に立[一四]たぬなればなるべし。

たゞ小[一五]学の教は、上下おしなべての人の教とみへて、先《まづ》大体な人並《ひとなみ》の人の教は小学の教ぎりにてすましたる事なるべし。大学の教は、天下国家を治め、人の上に立《たつ》べき人の学文《がくもん》にて、一等向[一六]上《かうじやう》なる教なれば、凡民の上には先《ツ》急用ならぬ事也。その内に俊秀にして、引きあげて公卿大夫にもおるべき者は、格別にゑらびて大学寮へ入れらるゝ事とみへたり。しかれども古《いにしへ》の小学の教《をしへ》も久《ひさし》く断絶したる事なれば、委細はしれず。今ある小学の書は、朱子の集められて、古小学寮《せうがくれう》にして人に教へられし事の、古書の内に端々《はしばし》みへたるをとり集めたるまでの事、その上に朱子の料[一七]見《れうけん》を加へ、後[一八]世の諸書の内にある事までを引合《ひきあは》せられしもの也。これは初心の人に講じ聞〔き〕かすべき事也。

小学の教は畢竟《ひつきやう》は「敬[一九]《けい》」の一字に帰する事なれば、「曲[二〇]礼《きよくらい》」の篇が大方《おほかた》小学の教とみへたり。すべて人は兎角《とかく》に幼少からの教がいち[二一]大切の事にて、その教と云は心[二二]の敬より外の事はなき也。敬といへばはや人がこむつかしき事のやう

数の文を以てす。其の十有五年に及んでは、則ち天子の元子衆子より、以て公卿大夫元士の適子と、凡民の俊秀とに至るまで、皆大学に入れて、而して之に教ふるに、理を窮め心を正し、己れを修め人を治むるの道を以てす」。大学寮は日本の古代に設けられた学校で、中国では用いない語。後にも大学寮・小学寮とあるので、「寮」は、書名の大学・小学と区別し、学校の意であることをはっきりさせようとしての付加か。「元子」は皇太子、「衆子」はそれ以外の皇子。公・卿・大夫・元士は天子の臣のうち身分の高いもの。「適子」は嫡出子。

一四 役に立たない。何にもならない。

一五 書名。注一三に見える、大学の下の学校であった小学における教育の復元を目指して、宋代に編纂された書。近代になって朱子の門人の編であることが明らかにされるまで、朱子の編と信じられてきた。中国でも日本でも少年教育に最適の書として重んぜられた。

一六 高上。程度が高いこと。高級。

一七 意見。考え。

一八 小学には、学校としての小学が滅んだはるか後の、漢から当代の宋にいたるまでの孝子節婦の逸話が多数収められている。

一九 「孔子曰く、君子は敬せざることなし」(小学・敬身)。

二〇 礼記の編名。礼儀作法の細かな規定の意。「曲」は委曲。その冒頭に「曲礼に曰く、敬せざることなかれ」とある。 二一 いちばん。

二二 敬は儒学の重要な徳目で、ことに朱子学で重視したから、諸家に様々な解釈がある。朱子学では、敬を他者に対する態度としてよりも、心を落ち着かせ、敬虔静謐に保つこととしてとらえ、「存心持敬」という精神修養を説いた。

に心得《こころう》れども、左《さ》にてはなかるべし。敬はたゞ人の心のしまりをいへる事にて、物事を畏《おそ》れはゞかり、大事にかけ、微塵《みぢん》でも気まゝに一肝《キモ》太《〔ふと〕》くなげやりになく、二我慢《がまん》にならぬやうにとする事ばかりの事也。

三敬の工夫など云事《いふ》あれど、それではや殊《こと》の外にむつかしくなり、大体《たいてい》の人のならぬ、及ばぬ事のやうになる也。敬はたゞ小学の教《をしへ》かたによつて、幼少の時より仕習《シクセ》に成り、我しらずと心が敬になりかたまつてくるもの也。工夫するやうでは用に立つまじき事也。

すべて人の我慢気まゝに勝手しだいになると云も、生《うまれ》つきにもよるとはいひながら、第一は幼少からの仕習《シクセ》による事也。何事にても習《ナラハセ》と云ものが大事にて、四「学《ナラフ》よりは習《ナレ》よ」と云《いふ》俗語のとおりにて、（五俗語のならふと云心《いふこころ》、文字にては学の字にあたる也。なれよと云心が習の字にあたる也）善き事も皆習《ナラハセ》にて成就し、悪き事も尚《なほ》さら習はせによつて染《しみ》やすきもの也。何程《なにほど》よき生れつきの人にても、幼少の時に気まゝ勝手しだいにそだてあげば、善き人におひたつべきやうはなき事也。

されば幼少の内に教《をしへ》もなく、気まゝ勝手次第にしておき、成長して俄《にはか》に行義《ぎやうぎ》あしきとて意見を加へ、教導《けうだう》したと云ても、それはどうもならぬ事なるべし。

六清少納言枕草紙《まくらのさうし》にも、「見習ひするもの」と云内《いふうち》に、「あくびと児《ちご》ども」とか

一 ずぶといさま。横着なさま。

二 高慢。

三 前述の存心持敬など、心の内に敬を実現するための修養法。

幼少の時からわがままを許さないしつけが肝要

四 ことわざ。ことさら学習するよりも、慣れ親しんで自然と身につける方がよい。

五 「習。フダンニ手ナルルコトナリ。少習二鄙事一トハ、イヤシキワザニナレタルナリ。習レ聞二其事一トハ、ソノ事ヲキキナレテ居ルナリ。…「ナラフ」トヨメバトテ、和語ニイフゴトク学ブコトヲイフニ非ズ」(訳文筌蹄)。

六 枕草子春曙抄・十二「見ならひする物。あくび。ちごども。なまけしからぬえせもの」。原文は何かを見てすぐ真似をするの意であるが、ここではやや意味をずらして、環境に左右されやすいの意に解している。

けり。それゆへ世上に幼少より気まゝにそだてあげたる人は、十人が九人は必《ひつ》定《ぢやう》が成長して我儘我慢《わがままがまん》になるもの也。

譬《たと》へば[七]作木《つくりぎ》をする如く、若木《ワカギ》の時からそろ〳〵枝ぶりを[八]ため直し、めつたにのびる枝などを斬《き》り、はびこる葉をつみなどして、恰好のよいやうに作りたつるゆへにこそ、大木になりてもやはり若木《ワカギ》の時の[九]木つきをとりうしなはず、見事にみゆる也。それを若木の時に、のびたいまゝ、はびこりたいまゝにしておき、大木に成り枝も幹《ミキ》もこはくかたまりきつてから、俄《にはか》に木つき枝ぶり見苦きとて、恰好をよくせうとして、[一〇]ためつ切〔き〕りつすれば、必《かならず》木つきは[一一]直らひで、枯れて仕舞《しま》ふもの也。人も亦《また》かくのとおり也。

別して人君になる人は、幼少の時には大形《おほかた》は常の人よりは各別《かくべつ》に大事にかけ、どうして成りとも息災《そくさい》に生長《せいちやう》なさるればよい事とし、兎角《とかく》病気の出ぬやうにし、何にても[一二]気屈《きくつ》し精の尽〔つ〕きる事はさせぬやうにし、随分気儘《きまま》にそだて、左右に立《たち》まはる者も、善悪ともにその人の仰《おほ》せらるゝやうにするゆへ、自然の習慣になりきつて、皆その性根《しやうね》、気随我慢《きずいがまん》にならいで叶《かな》はぬ事也。

それゆへ古聖人の教《をしへ》には、天子の太子《たいし》、諸侯《しよこう》の[一三]世子《せいし》には、必《かならず》幼少の時より[一四]師傅《しふ》とて、その人柄を選び、傍《そば》をはなさず付〔つ〕けおかるゝ也。師は師匠と成り、

七 枝ぶりなどに念入りな手入れをして、鑑賞用に姿よく育て上げた木。
八 「矯(た)む」は、曲がっているものをまっすぐに、あるいはまっすぐなものを曲げ、よい方に直すこと。
九 木の様子。顔つき・手つきなどの「つき」。
一〇 矯めたり切ったりすると。
一一 直らないで。
一二 (不満が内攻して)気持ちが鬱屈し、精神が疲れる。
一三 跡継ぎ。
一四 学問の師と守り役を兼ねた役職。傅は守り役。周代、天子・皇太子の補佐をする太師・太傅などの官があった。

礼法読書などを教へ、行義のあしき事あれば、教訓して気随にさせぬやうにし、傅《ふ》はその傍をはなれず守〔も〕りをして、[一]行跡《ぎやうせき》を吟味し、怪我などなきやうに万事に気をつくる役人也。何事にても師傅の云《いふ》事をそむかせず、師傅を畏れさするやうにしたる事、即《すなは》ち幼少から敬を教へて、気随《きずい》我慢《がまん》にならぬやうにしたるもの也。

後世に又その師傅の外《ほか》に[二]友とて人柄を選び、その友達相手となつて、共々《ともども》に礼を習ひ書を読ます役人を設け、それは臣下の列をはなれたる者にして、太子と同輩の気味にし、相互《あひタガイ》に物に精を出し、励《はげ》ますやうにしたる者也。下ざまの人でも、[三]何芸を学《まなぶ》とても、その師匠に習ふばかりで、弟子《でし》朋輩《ほうばい》なく友吟味《ともぎんみ》なければ、励みなく[四]勢なくて、その芸もあがらぬもの也。ことごとく師匠にも問ひにくきものなれば、万事いひ合せ心やすく相談の相手なければ、成就しがたきものゆへ、師あつて又《また》友なければ叶《かな》はぬ事也。孔子も「[五]以レ友ヲ助クレ仁ヲ」と仰せられし事也。[六]臣下の列の人なれば、いひ次第になるものゆへ、あまり用に立たねども、友と名がつくゆへ、心持《こころもち》が甚だちがひ、助けとなる事多き理ある也。しかれば太子世子の傍《そば》には、必《ズ》師傅・友の役人なければ叶はぬ事也。是《これ》即ち古聖人の遺教《ゐけう》也。

一　行動を注視し。

二　太子・世子の御学友。

三　「古へより師友と申す事これ有り、師教よりは朋友の切磋にて知見を博め、学問は進み候事に候。当時大名高位の稽古(学習)、埒《らち》明き申さず候事、よき師をば引き付け学び申され候へども、位貴く候故、朋友これ無く、是れに依て何芸も成就致さざる事、明証に候」(徂徠先生答問書・下)。

四　気勢が上がらず。

五　「曾子曰く、…友を以て仁を輔《たす》く」(論語・顔淵)。友人同士で、仁の道に進むように助け合う。曾子の言。「孔子」といったのはうかつな誤り。

六　学友とはいっても、もともと臣下の身分の者なので、結局は太子・世子のいいなりになるから。

日本、[七]武家の政になりてこのかた、しつかりと師傅・友の役人も設《まうく》る事なければ、近代の大名の世子は殊《こと》さら大方《おほかた》幼少より我儘《わがまま》にそだてあげ、傍《そば》から善悪ともにいはせぬやうにし、人を何とも思はず、学文《がくもん》は[八]精《せい》が尽〔つ〕くれば悪〔あ〕しきとて、幼少の時にはさせずにおき、只《ただ》勝手次第、ありたきまゝに成長させたるものなれば、かの我慢の性根、はや幼少より我しらず出来《いでき》て、[九]習慣自然となるはずの事也。その内にすぐれて聡明《そうめい》なる人は、さようにもあるまじけれど、中材《ちうざい》以下の人は、我慢気随《がまんきずい》にならでは叶《かな》はぬ事也。

日本人の学文は唐人《たうじん》の学文するとは大きにちがひ、[一〇]一重《ひとへ》へだたりて甚だ難《かた》き事ゆへ、余程《よほど》精を尽し心力を労せでは、何程《なにほど》でもゆきとゞかぬ事なれば、彼の上《かみ》ざまの人の気随我慢にそだちたる人などを、俄《には》かに学文をさせふと云ても、[一一]大体《たいてい》にて事ゆくべしとも思はれず。少《すこし》にても面白《おもしろ》と感心して、あの方《かた》に徹する事なければ、そのまゝ精を尽〔つ〕かし、学文をうとまるるやうになる事、必定《ひつぢやう》也。

さて[一二]貞観政要《ちやうぐわんせいえう》と云《いふ》書は、[一三]魏徴《ぎちよう》などの正直なる諫《いさめ》を、[一四]太宗《たいそう》のこと〴〵く容《い》れ用ひられし事を書〔か〕き集めたるものなれば、実に政治の[一五]亀鑑《きかん》なる事なれども、その書の全体、議論の文章なれば、[一六]諫諍《かんさう》する事の理屈、入組《いりく》みたる事のみ多く、[一七]工面《くめん》を始終とくと合点せでは、中々心やすふは通ぜぬ書なるゆへ、別してかの[一八]

七 武士が政権を握って以来。鎌倉時代以降。
八 精根が尽きる。精神が疲れ果てる。
九 あるいは「自然(に)習慣」の誤写か。

一〇 →一四七頁注一四。
一一 並み一通りのことで成就するとは思えない。
一二 →一五六頁注二。
一三 唐初の人。高祖・太宗に仕えた。直言をもって鳴り、憚ることなく太宗に諫言し、かえって太宗に畏敬された。
一四 唐朝第二代の皇帝。名君として知られる。魏徴・李靖などの名臣・名将を登用して天下をよく治め、その治世は年号によって「貞観の治」と称される。

貞観政要は議論の書で、初学者には理解しにくい

一五 手本。模範。亀甲は吉凶を占う具、鑑は鏡。
一六 諫めること。諫言。
一七 取り上げられている事がらの処置についての、諫言者の考え、才覚。
一八 →一五二頁注六。

字義語勢に通ぜねば、その意味合点しがたき事也。すべて事実の成敗[一]は合点ゆきよきものにて、面白きもの也。議論の理屈は工面がとくと合点ゆかねば、面白きところへゆかぬものゆへ、議論は合点ゆきにくきもの也。合点とくとゆかねば[二]はやく精尽《〔つ〕》き、つい書をうとみやすくなる也。

初心の人、下地に一向《いつかう》字義語勢の合点なき人に、入組《いりくみ》たる議論の理屈を、たとひ講釈[三]にしたと云ても、その心にとくとは徹しがたきもの也。これも初心[四]の人に高妙の理を説き聞かすると同じ類也。事実の成敗の趣《おもむき》は初心の人も通じよき方《かた》もある上に、字義語勢共《とも》に、事実を記したる文章は、議論の入組みたるよりは弁[五]じやすきもの也。すべて何事にても、心易き方《かた》より至て難《かた》きところへ入りこむが順理[六]なる事にて、「[七]躐《コユル》レ等《シナヲ》」と云事は宜《よろ》しからぬ事と、古《いにしへ》より戒め来《きた》れり。

その上に事実の成敗を記録したる書は、畢竟《ひつきやう》昔物語や今日の世上咄《せじやうばなし》[八]をきくと同じものにて、誰でも先《ま》づ耳近く面白く、其慰《そのなぐさみ》にも成れば、かの精を尽《〔つ〕》かし書を疎《うと》む患《わづらひ》も少く、それよりは[九]学文にとりつく気にも移りよき事也。学文と云ものは、少《すこ》しでも心の内に楽しみ、面白いと思ひ、感徹《かんてつ》[一〇]してせねばならぬものと思ひこむものが一つ生じ出来てこねば、何程《なにほど》でも進むものにてはなし。面白い

一 成敗得失。事の成り行き。

二 はやばやと根気が無くなってしまって。

学問は興味の持ちやすい史書から始めるべし

三 →一五三頁注一四。上手に面白く話をする講釈が流行した様子は、授業編・四に「世ノ人常ニ、イヅレノ先生ハ弁ガヨシ、何レノ先生ハ弁ガ悪シナド云ヘドモ、講談ハ格別、講釈ニ於テハ弁ノヨキノアシキノトイフ論ハモトヨリ無カルベシ。…不弁(口べた)ナリトモ、無益ノ弁ヲ省キ、有用ノ事バカリヲホツ〳〵ト解説スルガヨシ」などとあることからうかがわれる。

四 →一五三頁一行目。

五 「弁ず」は、わきまえる、理解するの意。

六 道理に従うこと。順当なやり方。

七 「学は等を躐えず」(礼記・学記)。学問は踏むべき階梯を飛ばしてはいけない。

八 世間話。

九 そこから始まって学問にとりかかる気持ちにも移行しやすいものである。

一〇 心の底までしみ通って。

と楽み、心より感徹して、これを仕とげねば叶《かな》はぬと思ふ心が生ずれば、聖人の教へを楽み、これならではと云《いふ》気がつき、実に尊敬する心も生ずるもの也。

その人の心に未《いま》だ面白《おもしろし》と思ひ感徹する心の生ずる事もなきに、俄《にはか》に脇にて無理に[11]すくめ往生《わうじやう》とやらん云やうに勧め責めつけたればとて、かの[12]馬の耳に風、つけやき刃《バ》と云ふものにて、一つも用に立つものにてなし。況《いはん》や上様《カミざま》の人などは[13]我《が》慢気《まんき》儘《まま》にそだてたれば、その人の心に面白いと思ひ尊敬する気も生ぜぬに、傍《そば》から学文に勧め責め申しければとて、[14]いかなこと徹すまじき事也。[15]漢の高祖《かうそ》の如く、儒者の顔を見らるれば胸わるう思はれ、溺《ユバリ》レ冠ニもしたき心なるべしと思はるゝ事也。

譬《たとへ》ば無根の草木を種《うゑ》て栄《さか》へさせうとするごとく、決してならぬ事、たとひ[16]蘇《そ》張《ちやう》が弁にて説き聞せたりとも、世話のやき損《ぞん》にてあるべき事也。初手《しよて》から面白ひ[17]遊芸、碁、将棋《しやうぎ》、音曲の類にても、其人《そのひと》の心(に)未《イマ》だ生ずるものなくて、すかぬ事を外から無理やりに勧め込みさせたと云ても、精を尽〔つ〕かし[18]気を屈し、何程でも進みはなきもの也。その内に、遊芸は人の勧めによつて、つい[19]数寄《すき》になるものある事なれども、根にすかぬ事なれば、遊芸にても進まぬもの也。

別して学文と云ものは、先づ気のつまる、屈する事なれば、初心の内には闇《ヤミ》

一一 竦め往生。恐れ縮こまらせて、むりやり承知させること。

一二 人のいうことを、何とも思わず聞き流すこと。「馬の耳に東風」とあるべきところ。

一三 高慢。

一四 「いかな、いかな(決して)」の意とも、「いかなることも」の「も」の脱字とも、両様に解しうる。

一五 漢の高祖は儒者を嫌い、儒者が訪ねてくると冠を脱がせ、その中に小便をしたという(史記・酈生伝)。

一六 蘇秦と張儀。ともに戦国時代の遊説家。巧みな弁舌をもって諸国に戦略を説いてまわった。

一七 芸事。能楽・茶の湯・香道のたぐい。

一八 心が沈み。

一九 「好き」の宛て字であるが、名詞として茶の湯などの趣味の意を表わす時に、数寄・数奇と表記することがある。

をたどる如くにて、中々感徹《かんてつ》の心は生じがたきもの也。それゆへに初手《しよて》に精をつかし、気の屈せぬやうに、先づ合点のゆきよい手近い書を読む内に、そろ〳〵と字義語勢を得心さするやうにしかくれば、いつともなく中華の語が心の内に徹するものにて、それからは書に馴染《ナジミ》、したしく成り来《きた》つて、かの面白いと思ひ楽む心になり、感徹の心生じて、その生じたもの、内にじつとすわつた時は、何程外《ほか》に面白ひ事ありても、これならではと思ひ込んできて、かゆる心[一]はなきものにて、それからはもはや飽《アキ》がきてうとみやむる患《わづらひ》はなき也。やめてもやめられぬやうになるもの也。

何事にても内におのれなりに[二]発起《ほつき》して、自然と時節が来て生ずるものなくては、外からつけやき刃《バ》でした事は、どこぞで飽がきて始終をとげぬもの也。[三]孟《まう》子《し》の「[四]楽《ムトキハ》則 生《ズ》矣。生《ズルトキハ》則悪《いづくンゾ》可《ケン》レ已《やム》」といはれしは古今の名言にて、万事かくの如く也。

さて又資治通鑑《しぢつがん》と云書《いふ》は、人君《じんくん》たる人の左右には一日もなくて叶《かな》はぬ物にて、古来の政治の得失《とくしつ》、事跡《じせき》の成敗、臣下の忠邪《ちうじや》をありのまゝに記録したる書也。古へ《いにし》に有りし事は、今日の上にちやうど似たる事多くあるものなれば、古《いにしへ》の成敗得失の実を今日の政治の上に通じて[五]鑑《かんが》み合せ見れば、大きなる政治の資助《たすけ》と

一 関心を向ける対象を学問からほかのものに変える気持ち。

二 自分自身でその気持ちを起こして。

三 やり遂げることができないものである。

四 孟子・離婁・上の一節。原文の文脈では、仁・義の道を楽しんで行う時は、楽(音楽)が自然と生ずるし、生ずればどうしてやめることができよう、の意。現代の漢文訓読では「則」を「すなはち(楽しめば則ち)」と訓むが、近世の訓読では「ときは」と訓むことが多い。

資治通鑑は有益な史書

五 資治通鑑という書名の意味の説明。

なると云《いふ》意にて、宋の[六]仁宗皇帝《じんそうくわうてい》勅名を賜はり、[七]司馬光《しばくわう》の勅を奉じて選述《せんじゆつ》せられたる書也。

[八]通鑑綱目《つがんかうもく》と云書は、その後百年の余《よ》もへだたり、朱熹《しゆき》の[九]自分としてかの資治通鑑を本《もと》とし、その内を抜きがき、綱《かう》と目《もく》とに分けて、綱は[一〇]春秋の筆意の例に準じて作り改められたるものなれば、綱を主として、目は大概《たいがい》を書きたる〔か〕ばかりにて、通鑑より殊《こと》の外《ほか》略し、所によつては少《チ》と事の始終も通じがたきものなれども、資治通鑑は[一一]倭版《わはん》なく、その書も[一二]たしなきゆへに、是非《ぜひ》なく先《ツ》綱目を用る事也。元来は先づ通鑑を見せて、後《のち》に綱目を見するが順路也。

通鑑は周《しう》の戦国の世より五代の季《すゑ》までの事実を委細に録したるものなれば、その内に唐朝《たうてう》一代の事実も委《くはし》くあつて、太宗《たいそう》はいかなる人柄、魏徴《ぎちよう》はいかなる人品《じんぴん》と云《いふ》事も、唐の世の政《まつりごと》の様子も、よく勝手を覚《さと》る事也。[一三]唐鑑《たうかん》は勿論の事、貞観政要にある諫臣《かんしん》の議論の事までも、大概は載《の》せてある也。その[一四]下地《したち》の様子をとくと知りたる上にて政要の書を見れば、[一五]親切に合点ゆくもの也。

太宗も魏徴もどうした人柄心持《こころもち》やら、ついに近づきでなく、唐の世はいつ時分の事じややら、政治の様子はいかやうなる事じややら、かつて知らずして、初手《しよて》からふと政要の書を読めば、感徹《かんてつ》の心も生ぜぬものなる上に、先《ツ》本末《ほんまつ》相違

六 宋朝第四代の皇帝。在位一〇二三—六三。名君として聞こえる。ただし資治通鑑の完成は仁宗の次々代の神宗の元豊七年(一〇八四)のことで、命名も神宗による。
七 宋の政治家。資治通鑑完成の後、神宗の次代の哲宗の宰相となり、王安石の新法を廃止した。
八 資治通鑑綱目。朱子の撰。資治通鑑を書き改めて約五分の一の分量に縮めた書。記事を綱と目に分け、綱には朱子の道学的な歴史観を表わす。わが国には南北朝時代に舶載され、近世初期に和刻されて、朱子学派に大いに用いられた。荻生徂徠はその道学臭を嫌って、「通鑑綱目を見候えば、古今の間、気に入り候人一人もこれ無くなり申し候。…事実ばかりの資治通鑑、はるかに勝り申し候」(徂徠先生答問書・上)と述べるが、朱子学派の景山はそのようには否定しない。
九 みずから。
一〇 孔子が春秋を著した時、表面は客観的な史実を述べているように見せながら、文字の微妙な使い分けによって、その史実に対する褒貶(孔子の道徳的な評価)を示して、名分を正した。そのような歴史の書き方。
一一 和刻本。漢籍をわが国において返り点・送り仮名を付して出版したもの。
一二 乏しいので。中国の本(唐本)も舶載されている数が少ないので。
一三 宋・范祖禹撰。唐朝歴代皇帝の事績を挙げ、論評を加えた書。わが国では近世初期に和刻され、よく読まれた。
一四 (資治通鑑に書かれている)歴史的事情。
一五 十分に納得がゆくものだ。

したる事也。

凡《およ》そ史の書をよむ心持は、先づその時代の様子をよく考《かんがへ》、さてその時の天子と臣下の身の上を想像《ヲモヒヤリ》、直《ぢき》に我が身の上にひきあて、万事その心になりかはつて、其時の政事を今日の事と想《おも》ひ込み、我が処置《サバク》心になりきつて見るべき事也。左様にすれば、その理非得失《りひとくしつ》もよく見へてくるものにて、それでこそ我身の考《かんがへ》になり、用に立つ事なり。[一]別しては政事の助けとなる事也。余所《よそ》の事として見れば、[二]只一座《ただいちざ》の物語に聞くと同じ事にて、無益《むやく》のわざ也。

古《いにしへ》より碁をうつに、[三]当ルレ局ニの人は闇《くら》く、傍《かたはらみ》観るの者は明《あきら》か也といひ伝へて、俗にいへる[四]脇目《わきめ》百目《ひやくもく》なれば、人のした事、過ぎ去《さり》し事を、跡《あと》からその[五]評判《ひやうばん》をつけ、立ちかへつて思案《しあん》をめぐらし見れば、各別によき分別も出《いづ》るもの也。前にいへる如く、昔ありし事は、必《かならず》今もそれに似たる事あるものなれば、古人の仕損事《シソコナヒシこと》に気がついてあれば、今日する事の考《かんがへ》になる事多かるべし。是《これ》史を学ぶの大利益《だいりやく》也。人君の学文には、史を読む事甚だ当用《たうよう》なる事と知るべし。

通鑑の内には、太宗・魏徴の間の事にかぎらず、古来人君の、[六]人の諫《いさめ》を容《いん》ると拒むとの成敗得失は、世々にこれある事也。学文《がくもん》初心の人に、初《はじめ》てから急にせつき責《せむ》るやうにして、早《はや》ふ学文を用に立てうと云《いふ》事は、中々それはならぬ事、

史書を学ぶには我が身をその場に置いて読まねばならない

一 とりわけ。
二 その場限りの話として聞く。
三 「局」は碁盤の意。「局に当るは迷ふと称し、傍より観るは必ず審(つま)らかなり」(唐書・元行沖伝)。実際に碁を打っている者は全体が見渡せないで迷い、そばで見ている者の方がかえってよく分かる。
四 岡目八目とほぼ同意。そばで碁を見ている者は、実際に打っている者より百手先が読める。
五 論評を加えて。

学問に即効を求めず、まず漢文に習熟することから始めよ

六 人の諫めを受け入れる、また退けることによって生ずる、成功と失敗。

左様に責れば、常の人にても、わるうすれば学文にうとみができるもの也。況《いはん》や人君は下地《したぢ》気儘《きまま》なるものなれば、少《チ》とこむつかしき事なれば、早く飽《あ》きうとまるゝ也。うとまれてからは、もはや取りつく島はなくなる也。

兎角《とかく》に内に生ずる時節がいたらねば、成りがたき事也。その上に又左様《さやう》に早《はや》ふ用に立てうとて、いまだろくに字義語勢をも弁ぜぬ内に、六借《ムツカシ》き議論ある書を読ますれば、必《かならず》[七]我意を以て理窟をつくるやうになつてきて、その書の本意《ほい》にあらぬ事を掘り出し、聖人の意にもなき事を心得るやうになりたがるゆへ、書を読まぬも同然になる事也。我意《がい》がまじれば、必《かならず》我慢にならで叶《かな》はぬ事なれば、学文をした益《やく》はなくして、けつく却《かへつ》て理屈くさき害も出来《いでく》るもの也。

字義語勢を弁ずる事、俗人初心の目からは甚だむつかしき事のやうに見ゆれども、左《さ》にてはなし。只《ただ》よく唐本《たうほん》を読得《よみえ》て、唐人《たうじん》の語意をとくと知り悟つたる学者を求めて、唐人の語を日本人の語にあてがひ違《チガハ》ぬやうに翻訳させて、合点すれば、自然と字義にも語勢にも早く通ずるもの也。その合点した字義語勢を和語にあてがひ、書を読むが、書を読むの捷径《ハヤミチ》なり。

3 日本の武家政治は偏狭酷薄な君主を育てる

一　中華に、臣下の言上《ごんじやう》して人君を諫《いさむ》る事は、平生の風俗なれども、人君のよ

七 自分勝手な気持ちによって解釈するようになって。

く諫《いさめ》を容《い》れ用る事は、甚だ希有《けう》なる事と見へたり。さてこそ唐の太宗を古来称美《しようび》したる事也。愚拙《ぐせつ》は幸《さいはひ》に資治通鑑も二十一史[一]も所持したれば、年来に偏《あまね》く一覧せしに、古来よく諫を用る人君は甚だ少き事也。上としては下のいふことに従ひにくきものと見へたり。

その情を察するに、人の上に立てば人を教ゆるはずのものなるに、そのこちより教ゆるはずの下々《しもじも》に教へらるゝ事ゆへに、人君となつては臣下の諫には従ひにくきはず也。それゆへ孟子も「好《ニテ》レ臣《トスルコトヲ》ニ其所《ヲ》レ教《ル》而不レ好レ臣《トスルコトヲ》ニ其所《ヲ》レ受《ル》レ教《ヲ》」といはれし事也。

殊更《ことさら》に日本の武家の風《ふう》として、すべて人に智恵をつけられた事をそのとをりに受《うけ》て用ひ、自分の仕損《シソンジ》[三]、あやまりを改めなをす事を、人の卑下《ヒケ》[四]恥辱《ちじよく》とする習《なら》はせと成り来れり。況《いはん》[五]や上様《かみざま》の人は猶以《なほもつ》て下から智恵をつけられ、其《その》いふやうにすれば、上の威光が落《おつ》ると覚え、下として上のする事をとやかふ云《いふ》ことを、甚だ無礼慮外《ぶれいりよぐわい》な事と立て[六]ゝあるゆへに、たとひみすく\の仕損過《シソコナヒあやま》りがあつても、はや一旦《いつたん》上よりいひ出《いで》し事、すぎた事を、跡から罪《セシテ》レ己《ヲ》、あやまつて改めなをすことを、いかい[八]上の恥辱とし、そのやうにすれば後には下からあなどらるゝやうになるものと思ひ込む也。

武家政治下の君主は威光を守ろうとして諫言を容れない

一　中国の正史の総称。史記・漢書から元史にいたるまでの王朝単位の史書(資治通鑑は含まれない)。うち南北朝以後の史書は、隋書・唐書・元史などを除いて、近世を通じて、あるいは景山の頃までには、和刻のないものが多い。少なくともこれらは、唐本(中国から舶載された書)を所持していたのである。

二　(君主は)自分が教えてやれる者(自分より劣っている者)を臣下にするのは好きだが、自分に教えてくれる者を臣下にするのは嫌がる。孟子・公孫丑・下の一節。

三　底本「自分を」「あやまつて」。岩瀬本により改。

四　「引けを取る」「引け目」などの「引け」に宛て字をしたもの。

五　朱子学者として景山の先輩に当る室鳩巣の駿台雑話・三にも次のようにいう。「古へより人君の徳を論ずるに、諫めをいるゝを本とす。凡そ人聖人にあらざれば、必ず過失あり。たとひあしき事ありても、諫めをいるれば、虚損の疾の補薬を受くるがごとし。…しかれども英明の君の癖として、好んで自ら用ふるほどに、下の直言を深く忌みにくめり。もろこしにては、いづれの代にも諫議・正言などの官をたておきて、諫めを求むる要とすれども、多くは其の名ばかりにて、直言する人は(君側から)退きやすく、阿諛(あへつらい)する人は(位が)進みやすし。…いはんや我が朝武家の代になりて、上はもつぱらに武威をもて下を制し、下はたゞ勇力をもて上につかふ。言語塞がりやすく、下情通じがたく、国事日に非なる事、もととしてこのよしなり」。

六　定めてある。決めてある。

是は武家はその武力を以て天下を取《とり》得たるものなれば、ひたすらに武威《ぶゐ》を張り耀《かが》やかし、下民をおどし、推《お》しつけへしつけ帰服させて、国家を治むるにも、只《ただ》[九]もの威光と格式との両《ふた》つを恃《たの》みとして政《まつりごと》をしたるものなれば、只もの威を大事にかける事ゆへ、自然とその風《ふう》に移りたるもの也。韓非子《かんぴし》[一〇]が術も日本の武《ぶ》風《ふう》に似たるもの也。

古来の史をあまねく覧《み》るに、百年も治《をさま》りたる世は、[一一]どのやうにしても大体《たいてい》の事にて乱るゝものにてなければ、かの武威に人を懼《おそ》れ服して治り来《きた》れるを見て、日本は武にて治りたる国也と心得て、武国[一二]といひ、いよ〳〵武威を自負する事になりぬ。日本も王代《わうだい》[一三]の時分には、今のやうに武威を張りし様子にてはなし。唐《たう》の政治を慕ひ、使《つかひ》[一四]を通じ、万事を唐の[一五]典故《てんこ》に擬《ぎ》して、文物《ぶんぶつ》[一六]甚《はなはだ》盛んなりし事なれば、左《さ》のみ武国とは称しがたからん事也。

元禄の頃《ころ》、赤穂の忠臣四十七人、一時にことごとく殺されし事なども、[一七]まのあたりその本原《ほんげん》を尋ぬれば、公義《こうぎ》の御裁許に片落《かたおち》[一八]なるさばきありしより事起《おこ》れり。左《さ》あればとて、忠臣共《ども》を褒賞《ほうしやう》すれば、公義の始《はじめ》[一九]の下知《げち》が無になり、上のあやまりになるゆへ、仕置《しおき》[二〇]立たず、上の威光の落《おち》ん事を恐れ、忠臣なれども勧《くわん》[二一]賞《しやう》を加《くはふ》ることもならず、公義にも忠臣義士を殺す事は非義《ひぎ》なる事とは知りなが

七 自分に罪があるとして。
八 えらく。非常に。
九 ひたすら。
一〇 中国の戦国時代の法家の思想家、韓非の著した書。
一一 武威をふりかざす過酷な政治をやってきても、人々の不満が爆発して世が乱れるというようなことはないので、の意。
一二 近世の一部の武家の間に、この語を愛用する風があったのであろう。熊沢蕃山の集義和書・一〇に「旧友問ふ、日本は武国なり。しかるに仁国と云ふは何ぞや。云ふ、仁国なるが故に武なり。仁者は必ず勇のある理、明らかならずや」というのは、その儒教的正当化。
一三 和製漢語。天皇が世を治めていた時代。奈良時代・平安時代を指していう語。
一四 遣唐使。
一五 唐の制度を典拠として、それに倣い。
一六 文化が生み出すもろもろのもの。政治制度・学問・芸術等々。
一七 直接。じかに。御公儀を憚らず、その根本の原因に接近して眺めれば、という気持ちでいう。
一八 浅野内匠頭に対する幕府の処置の不公平を指摘し、主君の仇を討った浪士たちを忠臣と称すべしとする議論は、討ち入り当時からあったが、宝永六年(一七〇九)正月の五代将軍綱吉の死去以来、おおっぴらに行われるようになった。
一九 浅野を一方的に断罪し、吉良はお咎めなしとした、幕府の最初の処置。
二〇 統治が成り立たず。
二一 善行をたたえて賞を与えること。

ら、是非なく古今希《け》有なる忠臣共に、一[一]言を飾り罪をいひおほせて、一人も残さず殺されし也。此時《このとき》に於ては天下の万民、心あるも心なきも、憤怨《ふんゑん》してこれを冤《ムジツ》とし、涙を落さぬものは一人もなかりき。是只《これただ》その本《もと》を考ふれば、武威を張つて我慢[二]に好《ム》レ勝《コトヲ》の心、且《か》つは又《また》威光の落《おち》ん事を恐るゝ心より起る事也。

世に忠臣孝子一人でもあれば、即ち勧賞を加へ、天下に旌表《せいへう》[三]する事は、古代よりの政《まつりごと》なるに、いかなる事のあればとて、かゝる四十七人の忠臣に罪をいひかけ、一人も残さず一時に殺さるゝ事はいかなる政《まつりごと》ぞや。唐《から》にもついに聞かぬ事也。

かくのごとくなる武威熾盛《しせい》[四]なる世に、又近代は軍学[五]とて、かの権謀功利《けんぼうこうり》の道に仁義の名を借り、面白く理屈をとり合せ、これを以て武家の大事とし、甚だ尊敬する事、聖人の教《をしへ》〔こ〕に越へたり。軍学に[六]仁義の理を傅会《ふくわい》すること、前にいひし茶儒《ちやじゆ》[七]の同類と云《いふ》べし。軍学の主意と仁義の道とは氷炭《ひようたん》の如く也。そのゆへは孫子も直《すぐ》[八]に「兵は詭道《きだう》[九]なり」といひて、軍中にては敵を売騙《タバカリダマス》事を以て主とし、万事姑息《タフザマカナヒ》[一〇]にする事を専《せん》とし、小股《コマタ》[一一]をとつてなりとも人に勝つ事を道としたるもの也。

しかるに戦場に臨《のぞん》で仁をのみ存《そん》せば、早速に負《まく》べし。さるゆへ左伝《さでん》にも宋襄《そうじやう》[一二]

一 言葉巧みに浪士たちに罪を着せて。荻生徂徠が浪士たちの切腹を主君の柳沢吉保に進言したことは景山も知っていたであろうから、ここは徂徠への批判でもある。
二 我意を通して人を押さえつけることを好む。
三 忠孝の人の家の門に天子の旗を立てて、褒める意を表わすこと。底本「旗表」。天理本等により改。
四 勢いの盛んなさま。
五 兵学ともいう。近世に行われた、戦争のやり方を説く学問。楠正成・武田信玄・上杉謙信の戦術を伝えると称する楠流・甲州流・越後流などの流派に分かれ、高名な軍学者には大名が入門するほど盛んなものもあった。
六 軍学諸流では、古くから知られた孫子・呉子などのほかに様々な理論を借りて、自家の説を潤色する。

軍学を重んずる武家の風潮が偏狭な心持ちを生む

七 →一五五頁注一九。
八 直截に。端的に。
九 戦争とは、敵をあざむき迷わす方法である。孫子・始計に見える有名な語。
一〇 当座まかない。一時しのぎ。その時その場の状況に対応することだけを考えること。
一一 相撲の手、小股すくいから出た語。正面から勝負を挑むのではなく、相手の隙をついて。
一二 春秋・僖公二十二年に、宋の襄公が楚軍と戦った時、敵の陣立てが整わないうちに攻めるのは君子にあらずとして、楚軍が整うのを待って攻め、大敗した。これを無用の情けの意で「宋襄の仁」という。

之《の》仁《じん》と云《いふ》ことあつて、大きに咲《わら》ひ種《グサ》となれり。孟子の「義戦《ぎせん》」[一三]といはれし事は、何のいひぐさ由緒《ゆいしよ》もなきに、只《ただ》人の国を攻め取《とら》ふとして起したる軍《いくさ》にてはなく、義に迫《せま》りやむ事を得ずして起したる軍の事を褒《ほ》めて、義戦とはいへる也。義兵といへるも同じ事也。

しかし戦陣《せんぢん》に臨《のぞ》んでは詐略権謀《さりやくけんぼう》もいる事あるべし。治世になりては、かつていらぬ事なれば、古聖人《こせいじん》の世には、弓[一四]を袋に入れ干戈《かんくわ》を廃し、「偃《フセ》[一五]レ武《ヲ》修《シテ》レ文《ヲ》帰《ヘシ》レ馬《ヲ》放《ツ》レ牛《ヲ》」とも云《いへ》る事なるに、我朝《わがてう》[一六]の武家は武威を護《ご》する為に、治世《ちせい》に成ても やはり一向《いつかう》に軍中の心を以て政《まつりごと》をしたるもの也。少しでも武威が落つれば、人に天下をつい取られうかと安い心もなく、平生に気をくばり、用心をしたるもの也。それゆへ司[一七]馬法に「天下雖《ドモ》レ安《ト》忘《ルレバ》レ武《ヲ》必《ズ》危《シ》」と云《いふ》事を口実とし、軍学を以て吾《ガ》道也と心得《こころえ》、これを尊信するゆへ、ついにいつとなく我知らず人の心《しん》[一八]術《じゆつ》を悪《わる》ふし、只《ただ》もの人に卑下《ひけ》をとらじとし、何事にても人に勝つ事を専《もつぱら》とする気に移り、人に智恵をつけらるゝ事を大きな恥辱と思ひ込み、現[一九]在に悪るふても我《が》を立てとほすやうに皆人《みなひと》の心がなれるは、軍学の失《しつ》也。是又《これまた》かの人の諫《いさめ》を拒《こば》む根本《こんぽん》となり来《きた》れり。

武を忘れぬといへるは、平生じつと心に武を忘れず、用心をせよと云事にて

一三 正義のための戦い。孟子・尽心・下「春秋(時代)に義戦なし」。

一四 太平の世に、武器をしまい込み、また捨てること。干は盾、戈はほこ。武器の代表的なものとしていう。

一五 (周の武王は)戦争をやめ、文化を整え、軍用の牛馬を山野に戻した。書経・武成の一節。「帰馬放牛」は原文では「帰$_{二}$馬于華山之陽$_{一}$。放$_{二}$牛于桃林之野$_{一}$」とある。

一六 徂徠先生答問書・下に類似の意見が見える。「(わが国では)世久しく戦国になり候故、世皆軍中の法令を以て国を治め候。其後天下一統しても、何れも文盲にて、古へを稽(かん)へ文徳に返る事を知らず。太平の今に至るまで、官職も軍中の役割を其の儘に用ひ、政治も軍中の法令を改めず候。是れによりて武威を以てひしぎつけ、何事も簡易径直なる筋を貴び候事を武家の治めと立て、是れ吾が邦に古へより伝はり候武道に候などと、文盲なる者の存じ候にて御座候」。

一七 兵書の名。春秋時代の周の司馬穣苴(じようしよ)の説などを伝えたもの。次の引用は司馬法・仁本に見えるが、正しくは「忘レ戦必危」。天下が治まっていても、戦争の備えを怠れば必ず危機に見舞われる。次の段落を「武を忘れぬといへるは」と説き起こすから、誤って「忘レ武」と思いこんでいたか。

一八 心の持ち方を不正にして。「人の」はここでは「他人」の意ではなく、軍学が人の心を悪くするという意味合いで言ったもの。

一九 目の当たり。みすみす。

はなし。治世にも、武備《ぶび》を一向に思ひも出《いだ》さぬやうにして怠《おこた》り忘れぬやうに、時々吟味《ぎんみ》せよと云事也。古《いにしへ》は治世には武士と云《いふ》もの一人もなく、「隠《ス》ニ兵《ヲ》於農《ニ》ニ」といひて、皆百姓《ひやくしやう》にして、平生は田を耕《たが》へさせ、軍事ある時は百姓をすぐに軍兵《ぐんびやう》にするやうにしたるもの也。[二]井田《せいでん》の法と云もの、即ち軍の時の組分《くみわけ》となるやうに積[つ]もりたるもの也。後世の軍家《ぐんか》[三]八陣《はちぢん》の法なども、やはり井田の法より出たる事也。先王の政に、[四]四時の猟《れふ》を民にさする事、軍中の法を以て獣を猟《か》るは、武備を忘れさせぬ為也。その上に「[五]講《ズ》レ武《ヲ》」とて、武官の者に仰せ、武芸[六]軍旅の事を調練《てうれん》さする事などばかりあるは、即ち武を忘れぬと云事也。それをあしく心得て、朝夕片時《かたとき》でも万一の事あらふかと用心[七]要害《えうがい》し、寝ても寤《さ》めても武を忘れぬ事と思ふは、文盲の甚しき事也。かくの如く心得たるものゆへ、すべて世の武士の心持《こころもち》と云《いふ》ものは、[八]大形偏急狭迫《おほかたへんきふけふはく》にて、万事を手とり早く仕舞《しま》ひ、油断せず、つい物の埒《らち》を[九]明《あけ》てのくやうにとばかりして、寛雅優美《くわんがいうび》なる事を生温《ナマヌル》き事と思ふゆへ、[一〇]物を容《イル》る事ならぬやうになり、人の諫を我《わ》が腹中《ふくちう》へ容れておく事はならぬなり。

しかれば「忘《レバ》レ武《ヲ》必《ズ》危《シ》」と云ことを口実にして、武士の道と云ものを立てたる事ゆへに、我国は元来武国《ぶこく》ゆへ、武を用ひて治りたる事なれば、武士は武士

一　兵士を農民の中にひそませる。出典未詳。
二　周代の土地制度。田地を井の字の形の区切りによって九等分し、中央を公田とし、周囲の八区画を私田として八戸に与える。これが戦時には軍隊の編成に利用されるという説が、一部の軍学者の間にあったのであろう。次注参照。
三　軍陣を八つに分かって、あるいは八角形に張ること。孫子・呉子・諸葛孔明などの名で種々の方法が伝えられている。景山は八つに分かれた陣という説に従っているようである。八陣図説(寛文七年〔一六六七〕序刊)に「黄帝始めて丘井の法を立て、…真中は公田也。八方は八家の百姓作りて私田とする也。是を井田の法と云ふ也。さて其の八家を十六合すれば百二十八なり。是れ丘の数也。陣の法、これより出づ」。
四　左伝・隠公五年に「(君主は)春は蒐、夏は苗、秋は獮(せん)、冬は狩(と狩猟に命名して)、皆農隙(農業の合間)に於いて以て事を講ず(戦争の演習をする)」。
五　武術の講習をする。国語・周語・上に「三時(春・夏・秋)農を務めて、一時(冬)武を講ず」。
六　「旅」は軍隊の意。
七　防備。
八　余裕がなく、狭量なさま。
九　「のく」は「やってのける」などの「のける」。「してしまう」の意を添える。
一〇　物事を寛容に包容する。

の道ありて済《す》みたる事なれば、学文は本《もと》は唐山《カラ》の事、唐流《カラりう》孔子《こうし》流《りう》にしやうとて、[一一]青表紙《あをべうし》の分にては中々国家は治《をさま》るものならず、唐《カラ》流だてをせうとする間には、つい人に国を取られて仕舞ふなどと、かの「武を忘れば必《ズ》危《あやふ》し」と云事をわるく心得て、民を治《をさむ》る処《ところ》へまで急迫《きふはく》なる見《ケン》[一二]をつけたるもの也。

別《べつ》して近世の風《ふう》は古聖人の道を借らず、日本にはおのづから武士の道ありとて一流を立[一三]ちやふとするも、やはりかの武家の威を張る我慢の風、又は軍学を聞き込みたる蔽《へい》の錮《カタマ》りたるゆへ也。中華にても、周の末に戦国諸侯の風も、今の世の風に似たるものにて、孟子など王道《わうだう》を説きありかれたれども、その時分は皆[一四]申韓蘇《しんかんそ》張《ちやう》などが[一五]刑名功利《けいめいこうり》の道、[一六]狙詐《そさ》縦横《じゆうわう》の術を近道《ちかみち》とこゝろへて、孟子のいへる事は迂《う》遠《ゑん》にて事情に遠きこと、今の世の風《ふう》にはあはぬとて、聞きいるゝ諸侯一人もなかりし事、今の大名の風に似たる事也。

しかし日本の軍学と云もの、仁義を傅会《ふくわい》したる事などは、治世《ちせい》に出来《いでき》たる事にて、乱世戦国の時にはかつてなき事とみへたり。戦争の時世には、直《ちき》に干戈《かんくわ》の間にて自然と軍法にも調練《てうれん》する事なれば、今のやうな軍学を講釈《かうしやく》する暇《ひま》はあるまじく覚ゆる也。その上《ウヘ》、軍中の詐略《さりやく》は、前方《まへかた》からしておかるゝものならず、権謀《けんぼう》はその期《ご》に臨んで出来《いでく》るものなれば、一度した事はかさねて用には立たぬ

一一 儒書。近世の儒書の版本の多くが、濃紺の表紙を付けたことからいう。

一二 物の見方。

一三 読みは「タチョウトスル」。正しい仮名遣いは「立てやうとする」。立てようとする。

一四 申不害・韓非・蘇秦・張儀。戦国時代の諸子。前二者は法家。後二者は縦横家。

一五 刑は形の意。外に表われた形(実際)と名(名分。言論)との一致不一致によって賞罰を行うべしという説。法家の議論。

一六 陰謀。

今の軍学は平時にも戦時にも役に立たぬ

もの、[一]柱《コトヂ》に膠《ニカワ》して瑟《しつ》はひかれまじき事也。

[二]軍用の器《うつは》なども、当世面々[三]に流《りう》を立て、[四]利方《リカタ》とて余り用害[五]をし、飾《かざり》をしすぎたるは、殊《こと》の外《ほか》重くて、働《はたらき》の為には悪かるべし。古《いにしへ》の名将の具足《ぐそく》[六]などは、甚だ質朴《しつぼく》なるもの也。或は神社などへこめ物[七]にしたる武具は、[八]別に美を尽してわざと拵《こしら》へたるものといへり。鎧《よろひ》に金銀などを鏤《ちり》ばめ、あまり用害《ようがい》をしすぎたるは、戦場に臨《のぞん》で必用《ズ》に立たぬ事とみへて、[九]大坂御陣《おほさかごぢん》の時にも、兵士の内に花やかに[一〇]おどして目にたつ鎧武者《よろひむしや》のありしを、[一一]神君《しんくん》御覧ありて咲《わら》はせたまひ、あれにては働らかれまじと仰せられしに、案の如くとりあひ[一二]に成て、かの武者の鎧[一三]樹《き》にかけてありしと也。

その内にも[一四]組分《くみわ》け、隊立《ソナヘダテ》、城立《しろだて》などは、大将たる人の常に工夫《くふう》し、古来[一五]家々の規格《きかく》をも考へおくべきこと也。今の軍学いかなる事かは知らねども、孟子の[一六]「不㆑如《カ》㆓人和㆒」といはれしこそ真の軍学にてあるべし。信玄流、謙信流の軍学を平生に学ぶよりは、人和を得る軍学を平生に学びたる方が、肝要《かんえう》にてあるべしと覚《おぼゆ》る也。人和がなくては、何流の隊立、いかなる城立にても、崩れやすかるべき事也。

さて中華には、古来代々に[一七]諫官《かんくわん》とて、学者を選びその役人とし、遠慮なく上《かみ》

一 琴柱（ことじ）を膠で固定して瑟（琴の一種）を弾く。融通の利かないことのたとえ。
二 戦争で用いる道具。武具。
三 （その道の専門家が）それぞれ製法について流派を立てて。
四 利益のある方法。
五 要害。防備。
六 よろいかぶと。
七 奉納物。
八 特別に美麗に（実用とは無関係に、奉納用に）わざわざ。
九 大坂冬・夏の陣。以下の逸話、典拠未詳。
一〇 「おどす（縅す）」は、よろいの札（さね）を糸や革ひもで綴り合わせること。
一一 徳川家康を指す。
一二 もみ合い。
一三 戦闘の邪魔になるので脱いだことを意味する。
一四 部隊の編成、部隊の配置、築城法。
一五 その家その家のおきて。
一六 孟子・公孫丑・下の一節。原文には「地利不㆑如㆓人和㆒（地の利は人の和に如かず）」とある。戦争において、地形が要害堅固であるよりは、その国の人々が団結していることの方が大切だ、の意。
一七 天子を諫めることを任務とする役職。秦以後、歴代王朝に置かれた。

中国は古来臣下の諫言を重んずる国柄。日本はその反対

の非を申し上《ゲ》、政の是非を議論する人を多く立ておかれ、その役所を立て、諫《かん》[一八]林院《りんゐん》と号《がう》せり。昔より器量《きりやう》ある大儒《たいじゆ》、多く諫官の中より立身し、宰相《さいしやう》となれる事也。その外《ほか》に諫官の役ならでも、中華の風俗として、町人百姓の内にても、誰と云《いふ》にかぎらず、所存《しよぞん》あれば、かつて遠慮なく上書《じやうしよ》して、公義の政の悪き事を申し上《あぐ》る事也。たとひ表向《おもてむき》に已《すで》にきつと勅詔《ちよくせう》の下《くだ》り、相《あひ》すみたる事にても、その非を申し上る風《ふう》になりて、咎《とが》めはなき事也。

上の事のみならず、民の自分の冤《ムジツ》[一九]にあひたる事をも、直《ぢき》に天子へ言上《ごんじやう》する事の自由になるやうに、登聞鼓《とうぶんこ》[二〇]など云て大鼓を朝廷に設けおき、何程の賤《いやし》き者たりとも、どこへつけとゞけ[二一]する事もなく、大鼓のある所へゆき、鼓《つゞみ》を打つと、その声早速《さつそく》天子の御聴《ごちやう》に達するやうにして、その役所の取次《とりつぎ》の者その訴状《そじやう》をうけとり、直《ぢき》に上《かみ》へさしあぐる事也。その役所を登聞鼓院《とうぶんこゐん》といへり。古《いにしへ》にてはこれを諫鼓《かんこ》といへり。是《これ》即ち古聖人《こせいじん》の遺教《ゐけう》也。

かくの如く上を諫《いさむ》る事の自由になる風俗なれども、古来人君《じんくん》の諫をきゝ容《いる》ること希有《けう》なるに、況《いはん》や日本の武風《ぶふう》に於て、下《しも》として上《かみ》の仕置《しおき》をとやかうと批判するは、理非《りひ》の差別なしに、先《ま》づ慮外無礼《りよぐわいぶれい》の至極《しごく》とする、急迫厳酷《きふはくげんこく》なる風習なれば、何として大体《たいてい》の気量の人君にては諫を容るゝと云事あるまじき事也。し

一八 諫院の誤り。諫官が勤務する役所。秦以後、置かれた。明代に設置された官庁、翰林院(天子の詔勅を作成する役所)との混同がある。儒者の景山がこのような誤りを犯すとは考えられないので、後人の書写の間に生じた誤りであろう。

一九 無実の罪で咎められたこと。

二〇 以下に説明する通りのもので、古代の聖天子、尭の時から置かれていたと伝える。

二一 ここでは届け出の意。

かれば一命をすつる心ならでは上を諫る事はならぬゆへ、下としても亦《また》上を諫むる者は希有なること也。日本の武風も秦《しん》[一]の始皇《しくわう》の政治の風《ふう》ありて、下として上を議するを忌《い》み悪《にく》み、只《ただ》むきに威《ゐ》と法とを以て民を治《をさ》めふとしたる、かの申《しん》韓《かん》商鞅《しやうあう》[二]が刑名法家《けいめいはふか》の術より出たるもの也。人君たる人はそのはずの事也。

下ざまの者の父子兄弟夫婦朋友の間にても、人の意見にあひ、それを納得し、尤《もつとも》と感服して、乍《たちま》ちに我が過悪《くわあく》を改めなをすと云事はありがたき事也。況《いはん》や人君として下を下知《げち》し、自由に引まはす身にて、我がしやうと思ひ込んだる事を打やめて、下の意見にしたがひ、諫を容れ用る事は、大体の事にては成《なり》がたき勢《せい》と知るべし。かの「不[三]レ好《マ》レ臣《トスルコトヲ》二其《ノ》所《ヲ》一レ受《ル》レ教《ヲ》」といへるは、誠によく人情に通じたる語也。是《これ》古今人君の通患《つうくわん》[四]にして、今に始めぬ事と見へたり。

されば聖人と云《いふ》者の、凡人と各別《かくべつ》なると云は、此《この》やうな所の違ひばかり也。傍《ワキ》から思へば、人君となつたりとも、能く合点し、心[五]を死なして勤めて、下の諫を容るゝ事は、なりやすさうな事と思はるれども、聖人の気量《きりやう》なければなりにくき事なればこそ、「禹《う》[六]湯《たう》罪《シ》レ己《ヲ》其興《ルコト》　勃焉《タリ》。桀紂《けつちう》罪《シ》レ人《ヲ》其亡《ブルコト》　忽焉《タリ》」と、罪《スル》レ己《ヲ》、罪《スル》レ人《ヲ》とのかはりばかりにて、国家の興亡《こうばう》の験《しるし》[七]を心やすさうにいへる事も、げにさること也。その外《ほか》に聖人の徳を称美して、「好《ム》[八]レ問《フコトヲ》」とも、「好《ムデ》[九]

一　民衆を押さえつける過酷な政治で聞こえる。

二　戦国時代の法家の政治家。秦の孝公の宰相となり、厳しい法律を施行したことで知られる。

三　→一七〇頁注二。

四　共通する欠点。

五　自分の欲望・感情を殺して。

六　禹(夏王朝を創始した聖天子)・湯(殷王朝を創始した聖天子)は自己を厳しく律したために、勢力を伸ばすことがすみやかであった。桀(暴虐ゆえに滅んだ夏王朝最後の天子)・紂(同じく滅んだ殷王朝最後の天子)は他者に厳しく当ったために、滅亡することがすみやかであった。出典未詳。

七　証明をいとも簡単にいうのも。

聖人とは諫言を容れる器量のある君主のこと

八　謙虚に人にものを尋ねることを好む。中庸に「舜、問ふことを好む」。

九　卑しい者の卑俗な言葉のうちにあるものを考察することを好む。中庸の前注引用個所に続けて、「好んで邇言を察す」。

一〇　草刈りや木こりのような卑しい者にも相談をかける。詩経・大雅・板の一節。

一一　魏志・武帝紀注に引く魏書に、曹操が自分は普通の人間であって、「四目両口有るにあらず」

察《ス》二邇言《じげん》ヲ一」とも、「[一〇]詢《トフ》二于蒭蕘《すうぜう》ニ一」ともいへることは、聖凡公私《せいぼんこうし》のわかれめは、外の事はなく、此《この》やうな所にて、その気量の大小、こゝにて知るゝ事也。

世上《せじやう》文盲なる人は、聖人と云ものは唐《から》の人にて、仏や仙人などのやうに思ている事なれども、聖人と云はやはり常の世上人並《ひとなみ》の人なれば、曹操《さうさう》がいひし如く、[一一]四目両口《しもくりやうこう》のあるにも非《あら》ず。心も形もさしてちがふた事なく、何事もなき人也。只《ただ》その人にかはりたることは、その心公《おほや》けに平《たひら》かにして少も我意《がい》なく、かの我慢なる気味微塵《みぢん》もなく、気量の大きなるばかり也。是《これ》凡人の及ばぬ事なればこそ、[一二]孔子の徳を「意必固我《いひつこが》なし」と称美したる事也。

その上[一三]聖人と云名《いふ》は、古《いにしへ》は大形《おほかた》みな徳を以て天下を治め得たる天子の事にて、無位《むゐ》の人を聖人と称する事は、孔子一人に限る事也。孔子の徳は、天子となり、天下を治められでは叶《かな》はぬ人なれども、天運のあしき時代に生れあはれしゆへに、一生無位に不遇にして終り玉《たま》へり。故に礼記《らいき》にても、「[一四]作者謂《フ》二之《ヲ》聖《ト》一」とあつて、作者と云は、一代の天子なり。天下の[一五]礼楽《れいがく》を作り、民を教へ、風俗を正しふせられし人のことなれば、天子とならで礼楽を作る事はならぬ事也。[一六]聖人の教《をしへ》といひ、道と云ことも、上に立て下民を教導《けうだう》なされし掟《おきて》の事也。

諫言を容れた漢の文帝

さて[一七]漢の文帝《ぶんてい》と[一八]唐の太宗《たいそう》とを、古来三代以下の明君《めいくん》と並べ称する事も、よく

といったとある。
一二 論語・子罕に「子、四を絶つ(孔子には四つのものがなかった)。意(恣意)なく、必(強引さ)なく、固(固執)なく、我(我執)なし」。
一三 聖人を単に道徳的にすぐれた者というだけでなく、古代の政治支配者であるとし、その点で孔子を聖人に数えるのは例外であると論ずるのは、荻生徂徠の影響と考えられる。徂徠の弁名・聖一に「聖なる者は作者(文物制度の制作者。帝王)の称なり。…孔子に至りては、則ち生まるること時に遭はず、制作の任に当たること能はず。…其の一二、門人と礼楽を言ふ所の者もて、制作の心は得て窺ふべし。故に当時の高第の弟子…既に称して以て聖人と為す者は、ただに其の徳を以てするのみならず、また制作の道の存するが為の故なり」。
一四 文物制度を制作する者を、聖人という。礼記・楽記の一節。
一五 礼制と音楽。社会秩序を整え、人の心を和やかにする、重要な政治手段として、重視された。
一六 徂徠の弁道・四に「先王(古代の聖天子)の道は先王の造る所なり。天地自然の道にあらざるなり。蓋し先王…天命を受け、天下に王たり。その心は一に天下を安んずるを以て務めと為す。是を以て其の心力を尽くし、其の知巧を極め、是の道を作為して、天下後世の人をして是れに由りて之を行はしむ」。
一七 漢の第三代の皇帝。徳を天下に施し、治世は太平であったので、名君と称される。
一八 →一六三頁注一四。

諫《いさめ》を容《い》れ用ひられたるゆへの事なれば也。その内《うち》文帝はその実徳《じつとく》あること、漢書にのする[一]勅詔《ちよくせう》を見ても知るゝ事なり。その上に通鑑・漢書等にも、文帝[二]外《そと》へ出御《しゆつぎよ》の時、途中にて人の上書《じやうしよ》して直訴《ぢきそ》する者あれば、いつでもそのまゝ[三]輦《れん》を止めさせ、それを御覧あり、用ゆべき事なれば、そのいふ言を采《と》り、又《また》用にたゝぬことは、そのとおりにしておき、用べき事をも用ゆまじきをも、どちらへも称《シ》レ善《ト》たまひ、尤《もつとも》なることを申上ぐると甚だ御褒美《ごほうび》なされしとあり。万事について自然と罪《スル》レ己《ヲ》の意みゆる也。

太宗も同く能く諫を容れ用《もちひ》られし事、その罪《スル》レ己《ヲ》の意あれば也。是《これ》即ち二君の明君たる所以《ゆゑん》也。なれども太宗の方《かた》には、心根を穿鑿《せんさく》してみれば、功利の意あつて拵《こしら》へたるやうな事多く、少《チ》と[四]名聞《みやうもん》くさき気味あれば、実徳の[五]はゐぬきとはいはれまじき也。通鑑・唐書《たうじよ》などにて考へ見れば、彼の[六]六月四日の事に、[七]「推《セス》二刃《ヲ》同気《ニ》一」の譏《そし》りを貽《のこ》し、その上《ウヘ》[八]弟元吉《げんきつ》の妃に通じ、子明《めい》を生れし事、さつぱりとせぬ事もあれば、その実徳は文帝には及ばれぬとみへたり。

[九]欧陽永叔《おうやうえいしゆく》の太宗の「放囚論《はうしうろん》」に、[一〇]人の見出《みいだ》しにくき事を能く見つけられしは、さてく欧公の卓見《たくけん》也。それよりとくと気を付《つけ》て太宗の始終の事を考《かんがふ》れば、欧公の論に符合《ふがふ》する事多くある也。すべて名聞を飾ると云は、気量の狭きゆへ也。

一 漢書・文帝紀には多くの詔勅が収められて、いずれも自己の不徳を反省し、万民の安泰を願う気持ちを表わす。特に即位二年五月の詔勅では、諫言をしにくくする法律を廃止せよと述べる。

二 資治通鑑・一三・(漢)文帝二年十一月条「上(文帝)朝する毎(ごと)に、郎従官、書疏を上(たてまつ)る。未だ嘗て輦を止めて其の言を受けずんばあらず。言の用ふべからざるは之を置き、言の用ふべきは之を采(と)り、未だ嘗て善しと称せずんばあらず」。「途中」、底本「進中」。天理本等により改。

三 天子の乗る輿。

四 名声を意識するさま。名声をねらったような。

五 生得。生まれつき。

唐の太宗の名君ぶりには功利の気味あり

六 唐の太宗(李世民)は高祖(李淵)の次男であったが、武徳九年(六二六)六月四日、皇太子である兄の李建成が自分を討とうとしているとして、これを襲って殺害し、皇太子となり、ついで高祖の譲位を受けて即位した。

七 (自分に向けられた)刃を兄弟に押し戻して報復する。資治通鑑・一九一・(唐)高祖武徳九年六月条の司馬光の論讃に太宗を批判して、「刃を同気に推し、譏りを千古に貽す。惜しい哉」。

八 太宗の弟。李建成の一味であるとして共に誅された。太宗がその妃に通じて明を生ませたことは、唐書・太宗諸子伝の明のくだりに見える。

九 宋の欧陽修。永叔は字。「放囚論」は正しくは「縦囚論」(欧陽文忠公全集・二十九)。太宗が死刑囚三百人を、必ず戻って刑を受けると約束させた上でいったん釈放したところ、期日までに全員が戻った。これを恩徳をもって極悪人を君

太宗は身に過《あやま》りのある覚《おぼえ》あれば、天下の人によく思はれ、譏《そしり》を銷《キヤ》さうとする心より、名聞を飾られしと思はるゝ也。魏徴《ぎちよう》[一一]が諫を容れられし事の内にも、実徳の方《かた》から出るよりは、名聞を思ひ、世上《せじやう》をつくらふ心より、勉強[一二]して心を忍び、無理にしたやうな事、けやけき[一三]仕形《しかた》多く見へたり。

然れども夫《そ》れは一等[一四]の上の詮議でこそあれ、何にてもせよ気量《きりやう》なくては、能く諫を容るゝと云事は決してならぬ事なればこそ、三代以下に並《ならび》なき人君と古来称美したる事也。如此《かくのごとく》三代以下に只わづか二人の明君なるに、精《くはし》く一等をあげて深く吟味《ぎんみ》してみた時は、太宗ははへぬきの実徳にてもなければ、無我《むが》にして諫を用る事は、古今にありがたきと知るべし。

殊《こと》に況《いはん》や日本は中華に合《あは》すれば小国[一五]なるゆへ、自然と人の気量も狭く、かの武風《ぶふう》も畢竟はみな気量の狭きより起る事也。漢の高祖は実徳はなけれど、自然と気量のひろき人ゆへに、円い物を転《コカ》す如く、能く人の諫を用られ、我が過《あやま》ちを早く悟られしゆへに、よき人も手下《てした》に多く集り、小軍を以て項羽《かうう》の大軍に勝ち、漢の四百年の基《もとゐ》を開かれし事也。それゆへ寛仁大度《くわんじんたいど》[一六]と称美せり。大度なれば、物を容るゝところあつて料見《れうけん》[一七]よく、自然と仁徳《じんとく》もあるはずの事也。項羽は勇気はあれども甚だ小量にして、物を容るゝ事ならず。人に疑ひ深く我慢な

子に変じたものとして称える論があったのを、欧陽修が駁した文章で、太宗と死刑囚たち双方が互いの気持ちを試し合った卑しさを見るべきであると批判する。
一〇 太宗の善行らしく見える事跡の底にひそむ問題点。
一一 唐の太宗の功臣。直言をもって聞こえ、太宗に諫言すること二百余回に及び、ために太宗に厚遇された。↓一六三頁注一三。
一二 しいて。努めて。
一三 いやに目立つ。あざとい。
一四 常識的な評価から一段上の次元の。
一五 日本が中国に比べて小国であるということは古くからいわれてきたが、近世の知識人はおおむね南蛮渡来の世界地図についての知識があり、そのことを科学的に知っていた。景山に学んだ本居宣長は呵刈葭(かかいか)において、景山と正反対の国粋的な立場からいう。「かの図(世界地図)、今時誰か見ざる者あらん。また皇国のいとしも広大ならぬこと、誰か知らざらん。凡て物の尊卑美悪は形の大小にのみよる物にあらず。…いかほど広大なる国にても、下国は下国なり。狭小にても、上国は上国なり」。

武威を恃む君主は狭量怯懦

一六 寛容であわれみ深く、度量が広い。漢の高祖について用いられる形容。「寛仁にして人を愛し施すことを喜び、意豁如たり。常に大度有り」(漢書・高帝紀)。
一七 物の考え方が立派で。

る人ゆへ、只《ただ》我が武威の強く人の懼《おそ》るゝを恃《たの》みとし、大軍でありながら人和なく、好《よ》き臣下も皆亡《ニゲ》散りて、ついに高祖に亡《ホロボ》されし事也。小量なる人は必《ズ》我慢なるもの也。是《これ》自然の符《ふ》[一]也。

凡常《ぼんじやう》の人君は、大形《おほかた》[二]が我が手にあひ、[三]自由に下知《げち》にまはる者ばかりを臣とし使ふ事をすきて、下《しも》ざまの人の方《かた》から此《こ》の方《はう》へ智恵をつけられ、我が自由にならぬ者、我より分別《ふんべつ》のよき者を使ふ事を忌《い》みそねみて、すき好まぬ事、孟子のいはれしに違はず。只《ただ》もの我慢にして、罪《ミスル》レ人《ヲ》ばかりの料見なるゆへ、それに仕《つか》ふる臣下も、先づ己《おの》れが身がかわいさに何事もおしだまり、智恵のある者も智恵をかくし、[四]悪るいと見ゆる事があつても、面々に機嫌をそこなはん事を恐れて、いはぬやうにする也。

そのうへに上たる人の威光を恃《たの》みにし、推しつけ人を帰服さする事は、武勇なるやうに見ゆれども、能《よ》くたちかへりて思ひてみれば、けつく却《かへつ》て怯《ヲクビヨウ》なる事とも云《いふ》べき也。そのゆへは畢竟《ひつきやう》その威を張り強《つよ》ふして、人をおどして帰服さするは、万一に上の威が落《おつ》れば、人が上をあなづり、それから違背《ゐはい》せふかと恐るゝからの事なれば、我が心の内に省《かへり》みて、[五]その人君たる徳がかいなきゆへ、気づかはしく疚《ヤマ》しき事あれば、人の我に帰服せまじきかと恐るゝ卑怯《ヒケウ》なる心よ

一 符号。二つのもの(ここでは小量と我慢)がぴったり一致すること。
二 自分の手に負える。
三 勝手気ままに動かせる。制御することの出来る。
四 君主の言動に、欠点と見えるところがあっても。
五 その君主としての徳に甲斐がない(それだけの値打ちがない)ために。

り起る事也。

三代聖人の我が徳を以て天下を治め得られしを思ふに、その内に省みて何の気づかい、疚《ヤマ》しき心はあるまじければ、別に何の用心要害《えうがい》はいるまじと思はるゝ事也。それゆへに「無為《ニシテ》而治《ル》」[六]とも、「垂拱《シテ》而天下治《ル》」[七]とも、称美せる事也。内に省み何の疚しき事なきゆへに、無為《むゐ》にして垂拱《すいきよう》するのみ也。これでこそ天下を泰山《たいざん》[八]の安きにおくと云《いふ》べき也。

威光のみを恃みとして国家を治《をさむ》るは、譬《たとへ》ていはゞ間《カン》[九]をしたる酒などの如く、酒は元来冷《ひへ》たる物に、当分[一〇]の火気を借て煖《あたた》めたるものなれば、火気のある内ばかりは煖《あたた》かなれども、少しにても火気の威光がさむれば、そのまゝひへて水となる也。あぶなきもの也。徳を以て国家を治むるは、名香《めいかう》の如く、その下地《したち》[一一]から無垢《むく》[一二]に香気《かうき》を十分持つているものなれば、元より火気を借て焚《タカ》いでも香気あり、焚けばいよ〳〵馥《カウバシ》き也。焚《タキ》すがり[一三]、火気が消へ尽きても、猶《なほ》その香気は跡《あと》までも物にとまり、坐中にも時を経て残るもの也。されば徳の「馨香《けいかう》[一四]」とも、「明徳維《こ》れ馨《かんば》し」ともいひて、徳を古より香に譬《たと》へたる也。

一　武士[一五]の道と云《いふ》こと、世上武家《ぶけ》に常にいひ習はせる事なれども、愚拙《ぐせつ》はこの

六 論語・衛霊公に「無為にして治むる者は、其れ舜なるか」。人為的なことは何もせずに天下を治めたのは、古代の聖天子、舜であろうか。
七 書経・武成に「(周の武王は)垂拱して天下治まる」。「垂拱」は、手をこまねいて何もしないでいること。
八 山東省にある山の名。古来、名山とされる。泰山の安きは、泰山のようにどっしりと安定しているさま。
九 燗。酒を温めること。
一〇 さし当たっての。
一一 生まれつきの本来から。
一二 汚れのないさま。
一三 香が燃え尽きようとして。「すがる」は、尽きる、衰えるの意。
一四 よい香り。すぐれた君主の徳化にたとえる。書経・君陳に「至治(善政の極み)の馨香、神明を感ぜしむ。…明徳維れ馨し」。
一五 以下の武士道批判には荻生徂徠の影響がある。徂徠先生答問書・下の、一七三頁注一六所引箇所に先行するくだりに、「世上に武士道と申し習はし申し候一筋、古への書にこれ有り候君子の道にもかなひ、人を治むる道にも成り申すべくやの由、御尋ね候。何事も道理を申しつのり候へば、国天下を治め候道にもかよひ申し候物に候。…殊に世上に申し候武道と申し候は、多くは戦国の時分の名将の筋を説き伝へて、軍者などの申すにて候。元より国をも治め、士卒を引き廻し申され候人の道にて候へば、よき事なきにしもあらず候。然れども聖人の道にたくらべ候はば、何としてまさり申すべく候や」。

4 天下を治めるには武威よりも徳

道と云ふこと不審に思はるゝ也。先《ま》づ武士の道とする事はいかやうの事にや。軍旅《ぐんりよ》の事か弓馬[一]の事か。是《これ》なれば武士の事《ハザ》[二]にて、ことごとし(く)道とはいはれまじき事也。事《ワザ》にはなに事にもそれ〴〵の筋道仕形《しかた》あるものなれば、即《すなは》ち道なれども、世上にいへるは事《ワザ》の意にあらず。武士と云ものゝ武士たる所以《ゆゑん》の理《ワケ》をいへば、軍旅の事、弓馬の事をいへるにはあるまじ。さらば義に臨《のぞ》み一命をすつる事を主としたる事か。是を武士と云者ばかりの道と思ふは甚だ狭き見識にて、文盲なる事也。

又は只《ただ》むきに人より少《すこし》にても卑下《ひけ》を取らず、人に手をつきあやまらぬ[三]やうにしやうとする事を主としたる事か。是も我身を能く修め、自然とあやまりなく、恥辱《ちじよく》をとる事なき事を主とすれば、好《よ》き事なれども、左《さ》[四]にてはあるまじ。前にいへる如く畢竟はかの我慢の心根《こころね》より出《いづ》る事にて、仁義《じんぎ》忠信《ちうしん》の道にてはあるまじと思はるゝ事也。その上に人は微塵《みぢん》も過《アヤマ》りのないやうにすると云《いふ》[五]事は、たとひ聖人たりともなりがたき事、聖人も不慮《ふりよ》の過《あやまち》はある事なれば、過ては即座《そくざ》に改めなをすこそ善き事と云《いへ》る事也。孔子も、「易《えき》[六]を学びたらば大きな過はあるまじ」とのたまへば、聖人にても過の少《すこし》もなきやうにはなりがたき事と見へたり。

武士の道を重要そうに言い立てるのは間違い

一　弓術と馬術。武芸の代表的なものとしていう。日本ではさらに、武士の家柄を弓馬の家、武士道を弓馬の道などという。

二　技術。技能。振り仮名の「ハザ」は「わざ」と読む。「は」と書いて実際には「ワ」と発音することが多いことから生じた、誤った仮名遣いであるが、近世には慣用的に行われた。

三　謝罪しないようにしよう。

四　そうではないだろう。「左」は宛て字。

五　論語・学而に「過ちては則ち改むるに憚ることなかれ」。

六　論語・述而に「子曰く、…五十にして以て易を学べば、以て大過なかるべし」。五十歳になって、易の勉強をすれば、自分はもう大きな過失は犯さなくて済むだろう。朱子の注では「五十」を「卒（つひに）」の誤写とする。朱子学派の景山はそれに従って、「卒に以て易を学べば」と読んでいたかも知れない。

しかるに武風には只《ただ》[七]もの過《あやま》りたる事を跡《あと》から改めかゆる事を卑下《ひけ》恥辱《ちじよく》と覚《おぼゆ》る事、大きなるはきちがへ也。我が過を飾り繕《つくろ》ひ、過りながらあやまらぬ顔をして、まぎらかして仕舞《しま》ふ事は、却《かへつ》て卑怯《ひけふ》な弱き事と思はるゝ也。これ亦唯《またただ》前にいへる如く、只々《ただただ》威の落《おつ》る事を恐るゝから起る事と見へたり。

又は「衽《シキネニシテ》[八]二金革《ヲ》一而死《シテ》而不《ズ》レ厭《ハ》」といへる如きを武道とせる事か。是亦《これまた》君子たる人の甚だきらふ事、彼《か》の果敢《くわかん》にして人に勝つ事をのみ専《もつぱ》らとする強者の事にて、血気《けつき》[九]一偏《いつぺん》にして、「暴虎馮河《ひようが》[一〇]。死《シテ》而無《キ》レ悔《ヒ》者」の類なれば、孔子の「不《ル》レ与《クミセ》」同心になき事なるゆへ、議論に及ばぬ事也。

又は前にいへる如く一種和流《わりう》軍学者とて、権謀功利《けんぼうこうり》の学を主とし、表向《おもてむき》に仁義の説を借て、飾り拵《こしら》へたるものを武道といへるが、是《これ》即ち孫子がいへる詭道《きだう》にして、「賊《ソコナフ》[一一]二夫《カノ》人之子《ヲ》一」の学術なれば、聖人の仁義忠信の道とは氷炭胡越《ひようたんこゑつ》[一二]の如く相違せし事にて、一向《いつかう》ともに論ずるに足らぬ事也。此等《これら》の外《ほか》に武士の道とする事、いかなることのあるにや。平生不審なる事也。

「士[一三]」と云《いふ》字を、和訓《わくん》には「さぶらひ」といへるゆへ、文盲な人は武士の事と心得れども、士の字義は元来男子を通じておしなべて称する字にて、天子《てんし》諸《しよ》侯卿大夫士《こうけいたいふし》とつゞきて、大夫以下の官位俸禄《ほうろく》ある人を、貴賤を普通[一四]に士と云事

七 ひたすら。

八 (戦いに出て)刀や甲冑などを敷物にして野宿し、戦死することをも気にかけない。中庸で、孔子が北方人の強さを説明していった語。

九 血気ばかりで。血気にかたよっていて。

一〇 虎に素手で立ち向かい、大河を徒歩で渡ること。ともに無鉄砲な勇気の例としていう。論語・述而に「暴虎馮河。死而無レ悔者。吾不レ与也」。「与(くみ)せず」は、同意しない、その仲間にならない、の意。

一一 あの若者を駄目にする。論語・先進で、孔子の弟子の子路が、おとうと弟子の子羔(しこう)が費の町の長になるようにはからった時、孔子のいった語。この文脈では、未熟な若者を重要な位置に就けるのは、本人のためにならない、の意であって、権謀功利や詭道を批判していったわけではない。

一二 かけ離れたもののたとえ。胡は北方の国、越は南方の国。

一三 もとは成年の男子の意。さらに官吏の意となる。身分制に当てはめた時は、天子・諸侯の臣で、卿・大夫の次に位する者。

「士」も「さぶらひ」もいわゆる武士の意はなし

一四 おしなべて。

なれば、士の内には文官も武官もあつて、武官に限る事にあらず。武官ならば武士と称すべし。日本にていはゞ公家も武家も共に士と云べき事也。武家に限りて士と称するは、文盲なる事也。

その上に元来が武士といへる名目《みやうもく》は賤《いや》しき名目と見へて、史記「淮陰侯伝《わいいんこうでん》」に「[一]帝使《シム》二武士《ヲシテ》一縛《セ》レ信《ヲ》」とあれば、武士は[二]捕手《〔とりで〕》の者などの事也。[三]淮南子《えなんじ》の「覧《らん》冥訓《めいくん》」の内に、「勇武一人為二百夫《ノ》長《ト》一」といへる、[四]高誘《かういう》が註に、「武士也《ハ》。謂《テ》レ士《ヲ》為レ武《ト》也」とあり。これらより日本にて武士と云ふ名目を云ひふらしたるものと見へたり。是本《これもと》は江淮《かうわい》の俗語にして、[五]聖賢《せいけん》の書、古き[六]書伝《しよでん》になき名目なる上に、淮南子にいへるも、軍兵士卒《ぐんぴやうしそつ》の内に勇ある者を選び、雑兵百人の[七]長《フレガシラ》とすると云ことなれば、[八]面目《めんもく》らしき名目にもあらず。貴人大将[九]分上《ぶんじやう》の人の武士武士とは称すまじき事と思はるゝ也。

士大夫、士君子などゝ称するは、かの男子の通称を以ていへる事也。その上に「[一〇]さぶらい」と云和訓は、元来は「侍」の字の訓なれども、「士」の字を武士と必覚《ズおぼ》ゆるより、「士」の字をも通じて「さぶらい」と云へるとみへたり。

「侍」の字の「さぶらい」と云訓《いふ》は、[一一]侍衛《じゑい》の心にて、番兵警護の事なれば、大将分上の人のかりそめにも称する詞《ことば》にはあらず。古き物語などの書に[一二]遠侍《トヲサブラヒ》と

一 帝は武装兵に命じて韓信を縛らせた。淮陰侯は高祖の功臣の韓信。高祖が韓信に謀反の意図ありと疑うくだりの一節。

二 罪人を捕らえることを任務とする役人。

三 漢の劉安の著した書。「覧冥訓」はその編名。引用は正しくは「勇武一人。為二三軍雄一(勇武一人、三軍の雄たり)」とあるべきところ。勇士は一人で三軍の兵力に相当する、の意。

四 後漢の人。淮南子の注釈書である淮南鴻烈解を著した。右の箇所の注に、「武士也。江淮間謂レ士為レ武(武は士なり。江淮の間、士を謂ひて武となす)」とある。江淮は、江蘇省・安徽省あたりの地。その地方の方言で、士のことを武という、の意。

五 聖人の書物。四書五経。

六 古人の事績を記した書。

七 注三に見るように「百夫長」は景山の記憶違いであるが、そのまま説明している。「百夫の長」という語自体は書経・牧誓に見えており、景山のいう通りの意。振り仮名は「触れ頭」の意。上の命令を下へ伝える役目の者。

八 晴れがましい、名誉ある名称。

九 その身分に所属すること。

一〇 動詞「さぶらふ(目上の人のそばに控えている。付き従う)」の名詞形。漢字「侍」の本来の字義に相当する。

一一 貴人のそばにいて護衛すること。

一二 屋敷内で、主人の居所から離れた所に設けられている、警護の者の詰め所。

云ことあるを以て見れば、軍兵侍衛する番所《ばんしよ》の事にて、「さぶらい」と云意は、警護の為に[一三]はんべりさぶらふ者と云こと也。しかれば[一四]国老職の人や大将たる人の、必ず武士さぶらいなど〻自分から称することは、文盲の至りと云べき事也。

日本は清盛・頼朝以来は、王政の衰《おとろへ》たるに乗じ、武家の威勢《ゐせい》さかんに成り、武力弓馬《きうば》ならでは天下は取られぬ事と思ひ込み、その武功《ぶこう》にほこるよりして、自然と風俗となつて、武力を面々に鼻にかけ、只《ただ》もの武威を張り耀《カヤ》かし、武士と云名目を結構なること〻心得たる也。又弓馬の家とことぐ〵しく面目らしふ思ひ称するも、大きなる違ひなるべし。弓馬は[一五]勿レ論《ろんなく》武芸なれば、大将たる人のあまり[一六]手を下《ヲロ》す事にてはなし。賤《いや》しき事《ワザ》也。しかれども弓の射やう、馬の乗《のり》やうは、大将もよく修練せねばならぬ事ながら、畢竟《ひつきやう》大将の職は弓馬のみを主としたる事にはあるまじき事也。たとひつ〻弓をよく引き、馬上達者《たつしや》也とも、[一七]一人にしては働かれまじきこと也。

[一八]楚《そ》の項羽《かうう》の弱年なりし時に、[一九]季父《きふ》の項梁《かうりやう》、項羽に[二〇]剣術を習はせられたれば、項羽すこし学びて、剣は一人の敵にしたるものなれば、大将の用にた〻ぬもの也、万人を相手にしたる事を学びたしとて、剣術は学ばれざりければ、項梁又《また》軍法を教へられしに、項羽これを喜び学ばれたれども、これもその大概《たいがい》を知り

一三 「はんべり」は「はべり」の転。動詞「はべり」は「さぶらふ」とほぼ同意。
一四 一藩の家老の職。

武力・軍法だけで天下を治めることはできない

一五 いうまでもなく。
一六 みずから実践することではない。大将は戦局全体を観察し、指揮をとるのが役目で、直接戦闘行為をするのは下々の兵卒の役目。
一七 個人芸の武術だけでは、大きな働きはできない。
一八 史記・項羽本紀に見えるエピソード。
一九 すえの叔父。
二〇 史記の原文を読み下しで引く。「項籍(籍は項羽の名)少き時、書を学んで成らず。去つて剣を学ぶ。また成らず。項梁これを怒る。籍曰く、書は以て名姓を記すに足るのみ。剣は一人の敵(を相手にする術)、学ぶに足らず。万人の敵(を相手にする術)を学ばんと。ここに於いて項梁、乃ち籍に兵法を教ふ。籍大いに喜ぶも、ほぼ其の意を知つて、また肯へて学を竟(を)へず」。

て、学び遂《トゲ》ざりしと也。是《これ》こそ実に大将の気量《きりやう》とも云《いふ》べけれ。

漢の高祖は匹夫《ひつぷ》より起り、天下をとる大英雄にして、古今の将門《しやうもん》[一]に仰ぐ人なれども、弓馬の事はかつて沙汰《さた》[二]もなく、大勢の軍兵《ぐんびやう》をそれ〴〵につかひ、軍《いくさ》をする事さへ、我が手下《てした》の大将韓信《かんしん》[三]にはおとりたりしと也。しかれどもかく勇謀《ゆうぼう》無双《むさう》の韓信も、陛下[四]は軍をする事は我には及ばれまじけれども、手下の大将共《ども》を我が自由に引まはして、将《タル》レ将ニ[五]ところの気量あるゆへ、我は中々陛下には及ばじといひて、高祖に畏《おそ》れ服せし也。

その上《ウヘ》高祖寛仁大度《くわんじんたいど》[六]にして人和《じんわ》を得られたれば、遂《つひ》に天下を取られし也。項羽は大将の気量は高祖にもまさりたれども、気の狭き生れつきにて、人を疑[七]ひ妬《ねた》む処《ところ》あるゆへ、高祖よりは一倍大軍なれども、敗軍せられしは、英雄の気量ありても、人和なければ用に立《たた》ぬとみへたり。我朝《ガ》にても、太閤秀吉公[八]なども将《タル》レ将の気量ありし。これらをこそ武家に慕ひ学ぶべき事なるに、何んぞ只武士と云ことを面目とし、これに安んずる事ぞや。

たとひ又所謂《いはゆ》る武士[九]の道と云ことに各別《かくべつ》なる事あるとも、又は英雄名将の威力にても天下をとり得て、兵戈《へいくわ》[一〇]の事終りて、国家を治め民を安んずる場に成《なり》ては、一途《いちヅ》に武力ばかりにては中々国家は治《をさま》るまじき事也。

一　武門。武将の家柄。
二　(高祖が武道にすぐれているという)噂。評判。
三　↓一八六頁注一。「百万の軍を連ねて、戦へば必ず勝ち、攻むれば必ず取るは、吾、韓信に如かず」。
四　史記・淮陰侯伝に高祖と韓信の次のような問答を伝える。「上(高祖)問うて曰く、我が如き、能く幾何(いくばく)にか将たると。信曰く、陛下は能く十万に将たるに過ぎずと。上曰く、君に於いては何如と。曰く、多多益々善きのみ(兵が多ければ多いほど結構です)と。上笑つて曰く、多多益々善き、何為れぞ我が禽(とりこ)となると。信曰く、陛下は兵に将たること能はずして、善く将に将たり。此れ乃ち信の陛下の禽となる所以なり。…」
五　兵卒を指揮するのではなく、指揮官を指揮する。
六　↓一八一頁注一六。
七　史記・高祖本紀に高祖の臣の言として、「項羽、賢を妬み、能を嫉(にく)み、功有る者はこれを害し、賢者はこれを疑ふ。戦ひ勝つて人に功を予(あた)へず。地を得て人に利を予へず。此れ天下を失ふ所以なり」。
八　秀吉を褒め称えることは、徳川氏の治下においては若干気をつかわねばならないことであった。ここでこのようにいえたのには、本書がもともと非公開の私信であったこと、景山が幕臣ではなかったこと、将軍のお膝元を離れた京都の人であったこと、などの条件がある。
九　仮に武士道というものに特別にすぐれた一面があるとしても。
一〇　戦争。

その証拠は、漢の陸賈《りくか》[一一]と云者《フ》、高祖の前にて聖人の書を引き、政事を議論せしに、元より儒者ぎらひの高祖の、我は古《いにしへ》の聖人の天下を取られしとはちがひ、馬上にて天下を取りたれば、聖人の事は用ひぬとて、陸賈を大きに罵叱《ノリシカ》られければ、陸賈いへるは、陛下は馬上にて天下を得られしと思召《おぼしめ》せども、なにとして馬上にて天下は治《をさま》るまじきぞと云《いひ》ければ、大英雄の高祖も陸賈が答には閉口せられて、それより陸賈を信向《しんかう》[一二]し、即《すなは》ち陸賈に命じ、古聖賢《こせいけん》の語を引き、その意を主とし、天下を治《をさむ》る道を論じたる新語[一三]と云書を作らせられしに、一篇出《いで》て指《さ》し上《あぐ》るたびごとに、その意味を聞かれては、一々に尤《もつとも》なりと感服ありしと也。

高祖は元《モト》不学なる人なれば、始《はじめ》は儒者は用に立《たた》ぬもの也とて賤しみ嫌はれし事、ちやうど日本の文盲なる武士の心によく似て、馬上を以て天下を取られし事を自慢に思ひ、我《ガ》武威を以て推さば勢《いきほひ》にて天下は自由に治《をさま》るものと思ひ込まれしに、陸賈が語を聞き忽《たちま》ち悟られしは、さすが大英雄の気量あれば也。是《これ》その漢四百年の基《もとゐ》を開かれし所以《ゆゑん》也。それより儒者を信向《しんかう》し、叔孫通《しゆくそんとう》[一四]に命じて古聖人の礼を用ひ、斟酌《しんしやく》[一五]して漢一代の礼式を製作せしめ、朝廷の儀式事《ぎしきごと》そなはり、万事厳重になりければ、始て[一六]天子と云ものゝ貴き事を覚へたりといはれし也。何程に思はれても、馬上の心ばかりにて天下は治《をさま》るものにてなき也。

一一 漢の高祖の臣。史記・陸賈伝に、「陸生(陸賈)時時前(すす)んで説いて詩書(詩経と書経)を称す。高帝(高祖)之を罵って曰く、廼公(だいこう=俺様)馬上に居りて之を得たり。安んぞ詩書を事とせんと。陸生曰く、馬上に居りて之を得とも、寧んぞ馬上を以て之を治むべけんや。…高帝懌(よろこ)ばずして、慚づる色有り。廼ち陸生に謂って曰く、試みに我が為に、秦の天下を失ふ所以、吾の之を得る所以の者は何ぞ、及び古への成敗の国を著せと。陸生廼ち存亡の徴を麤述し、凡そ十二篇を著す。一篇を奏する毎に、高帝未だ嘗て善と称せずんばあらず。…其の書を号して新語と曰ふ」。

一二 信仰。近世までは信向と書くこともあった。

一三 陸賈の著書。全編、孔子の言を引き、その教えを祖述する。

一四 高祖の臣。漢朝の儀式を定めた。

一五 あれこれ照らし合わせて取捨すること。

一六 史記・叔孫通伝に、高祖の宮殿の長楽宮において、叔孫通の定めた荘重な朝賀の儀式を初めて行なったところ、高祖が「吾廼ち今日、皇帝たることの貴きを知る」といったという。

[一]御当代の天下長久なるも、[二]神君の武勇の威光《ゐくわう》ばかりではなし。その天性寛《くわん》仁《じん》の徳に自然と人心《じんしん》感服し来《きた》る事久しければ、天下ひとりでに御手に入し事也。信長、秀吉、信玄、謙信などの武力一途《いちづ》なるを以て引合せみれば、[三]いやといはれぬ事ある也。

只《ただ》むきに武威《ぶゐ》ばかりを恃《たの》みとし、無理やりに推《おし》つけ、人を勢を以て服させたるは、なるほど一旦《いつたん》は人の服するものなれども、少《すこし》にてもその威光が落《おつ》れば、そのまゝに人心はなれ、天下が乱るゝはずの事也。[四]彼の燗〔かん〕をしたる酒の如く、油断したらばつい冷《サメ》さうで危《あやふ》く、常住の気遣ひ絶《たゆ》る間はなき也。徳を以て人心を感服させたは、人が実に帰服するゆへ、気遣ひなく安穏《あんのん》にて、その徳の光耀《くわうえう》すなはち威光となつて、自然の威光なれば何程《なにほど》にてもさむる事なく、人が[五]違背《ゐはい》する事のならぬは、是《これ》こそ真の威光とも云《いふ》べけれ。

それゆへ書経「甫刑」に「[六]徳威惟威。徳明《ハ》惟《レ》明」といへり。三代聖王の世の長くつゞけるは、聖人の徳が人心にいつともなく[七]浹洽《シミコミ》て、聖人[八]先王《せんわう》は没《シ》レ世《ヲ》すぎ去て久しけれども、いつまでも先王の徳を思ひ慕ひ、万民忘れぬゆへに、後世に少《チ》と不徳なる人主あつても、脇から人がその天下へちつとも[九]指をさす事ならぬ也。詩に、「[一〇]於戯《アア》先王不レ忘《レ》」と詠じたるも、先王は没してすでに久しくな

一 徳川氏の治世。
二 東照神君。徳川家康の尊称。その神号、東照大権現からいう。以下、徳川氏治下にある者として通常の考え方。たとえば駿台雑話・三にも同様のことをいう。「(東照神君は)常に御威光を屈せられ(お押さえになって)、下の義気を御取り立てなされしかば、群士も勇気をくじかれ奉らざる程に、御ために命をすつる事をつゆいとふ心なかりき。かの織田・北条・武田・上杉の主将も、智謀勇略は世にすぐれけめども、専らに己が威力にほこり、下の勇気をひしぐをもて手柄とせし程に、一旦は盛んなるやうなれども、上一人の威勢ばかりにて、下の義気おとろへては、久敷くはつづかぬものなり。さればこそ、いづれも遂に亡びしぞかし。是をもて、東照宮御思慮のふかきをしるべし。其のころ御弓矢(軍勢)のつよかりし事、天下にならびなかりしは、いはれなきにあらず。然れども、今世の人、大かたは御武運つよかりしとばかりいふめり。もとより御仁徳ふかかりし故に、天命にかなひ給ひしは、自然の道理にして、それは詮議の及ぶところにあらず(理屈で説明できることではない)」。
三 納得せざるを得ない。
四 →一八三頁注九。
五 背くことができない。
六 「徳の威は惟《こ》れ威《いか》しく、徳の明らかなるは、惟れ明らかなり」。徳の威光こそがふるうべき威光であり、徳の明らかさこそが示すべき明らかさである。
七 漢字は「あまねく行き渡る」の意。
八 中国古代のすぐれた帝王たち。尭、舜、夏の禹王、殷の湯王、周の文王・武王。
九 指で触れる。手を出す。介入する。

れども、その徳恵を思慕敬戴《けいたい》して忘れられぬと云《フ》事なれば、かの[一〇]名香の聖徳なれば、その馨香《けいかう》はいつまでも人の心に染《シミ》とまりて失〔う〕さらぬ也。

中華にて、秦の始皇帝[一一]は武力を以て、一旦は天下の人を推しつけ服させられたれども、只《ただ》その身一代ばかりにて、わづかの間に滅亡せしは、その武威《ぶゐ》のみ恃《たの》み、全く我慢の心を以て自身の愚なる事をしらず、狭き心より、天下の人が[一二]古《いにしへ》の聖賢の書を見るゆへ、古のことを善しとし、今の世を譏《そし》り、口がしこきことをいひ、上《カミ》へ帰服せぬと思ひ込み、天下の万民をことごとく愚かにする為めに、古聖賢の書を人に見せぬやうにせんとて、天下の書を焚《やき》すて、きびしく禁制して、書を持ている者あれば刑罰せられしは、俗に云《フ》鼻[一四]のさき智恵《ちゑ》と云べし。

漢も同じく武力を以て天下を取れる事なれども、高祖は天然と寛仁大度《くわんじんたいど》の徳ありて、その仕形《しかた》始皇と大きにかはり、気量ひろきゆへに、人も実に感服せし事也。その上に守文《しゆぶん》[一五]の君文帝《ぶんてい》、三代[一六]以下に並《ならび》なき明君《めいくん》にておはせしかば、その徳恵《とくけい》自然と人心に浹洽《せふかふ》して、天下四百年[一七]迄《まで》久しくつゞけり。

なれども三代の聖人[一八]の治めかたとは大きにかはれり。総じて三代以下の政《まつりごと》は、大概《たいがい》は威と法とを恃《たの》みにして天下を治むる事なれども、その内にも人の実

一〇 詩経・頌・烈文の末尾の一句。正確には「於乎（ああ）前王不レ忘」。ああ、昔の帝王の徳はいつまでも忘れられない。
一一 →一八三頁注一四。
一二 戦国時代、秦を含めて七国に分裂していた中国を、前三世紀末、強大な軍事力によって統一した。→一七八頁注一。
一三 以下、いわゆる焚書についていう。史記・秦始皇本紀と李斯伝によれば、丞相の李斯が発案建議して、始皇帝が採用したもの。
一四 目先のことにとらわれた、浅はかな知恵。
一五 祖業をよく継承し、法律・制度に従って国を治める君主。
一六 理想的な時代であった夏・殷・周の三代（→一五八頁注一二）以後。「以下」は三代を含めないでいう。十五行目も同じ。
一七 途中で王莽に帝位を簒奪された時期を挟んで、ほぼ前漢二百年、後漢二百年。
一八 禹・湯・文・武の諸王と、武王を補佐した周公を指す。徳によって国を治めた。

徳に感服すると、只《ただ》表向《〔うわむき〕》の威法《ゐはふ》に畏服《ゐふく》するばかりとのちがひめの験《しるし》は、聖人一ほどの徳ならでも、相応《さうおう》の奇特《きどく》はある事、古今符節《ふせつ》を合せたる如く也。史を読みてとくと考へて見れば知るゝ事也。

さて又文武二道と云《いふ》ことを世俗にいへる事も、少《チ》と心得ちがひあること也。古書に文武と並べて称する事は、多くは聖人の徳を表して称美したる詞《ことば》にて、論語などに「文武の道」二とあるは、周の文王《ぶんわう》・武王《ぶわう》の政道の事をいへる也。本《モト》文王を文といひ、武王を武といへるも、その徳を以て称したる事也。その外《ほか》に文武といへるも、必《ズ》文と武と相並《あひなら》べて称し、両輪翼《ツバサ》三の如く、どちらもはなす事はならぬ都合四したる事にして、武の一偏《いつぺん》五ばかりを称する事はかつてなき事也。中庸《ちうよう》にいへる智仁勇《ちじんゆう》六の三徳の名も、三つ相並びて、智ばかりでもならず、仁ばかりでもならず、勇ばかりでもならず、三つでちやうどつりあふたる事、一つでもはした七になれば、用にたゝぬものになる事也。智ばかりにて仁なければ、智も邪知《じやち》也。仁ばかりにて勇なければ、仁も立たぬ事が出来《いで》き、勇ばかりにて仁なければ、血気《けつき》の勇にて害をなす事ある也。聖人の武勇はその徳の光輝《くわうき》八にして、内より自然と持つて出たるものなれば、いつまでも衰《おとろ》へ変ずると云《いふ》事はなきもの也。武士の武勇と思ふは、みな人の血気より出来《いでき》たる客気《かくき》九と云ものにて、

一 聖人のように完全な徳でなくても、君主の徳に応じてそれなりの徳治の効果があることは、昔と今で、割り符がぴったり合うように同一である。

血気の武勇よりも徳から生まれる武勇

二 論語・子張「文武の道、未だ地に墜ちず。人に在り」。
三 馬車の左右の車輪と、鳥の左右の翼。
四 そのように出来上がっている。「都合」は、工面、算段の意。
五 片一方。
六 中庸「知仁勇の三者は、天下の達徳（天下古今に共通する徳）なり」。
七 数がそろわないこと。余るのにも不足するのにもいうが、ここは不足すること。
八 輝き。徳の輝くような現われ方の一つとして武勇がある、の意。
九 はやり立つ心。

いつまでもあるものにてはなし。当分の客人《きやくじん》のやうなるもの也。その勇気、血気のなすわざなれば、人の血気は年の老《おゆ》るに随ひ衰へゆくものゆへ、身が衰ふれば心底《しんてい》にまかせず、恃《たの》みとせし武勇も衰《おとろふ》るもの也。一日に千里を飛ぶ騏驎《きりん》[一〇]も、年老ひ血気衰れば、駑馬《どば》にも劣《おと》る如く也。

しかればかの血気の武勇は恃みにはならず。中々ゆきとゞかぬ所あつて、始《し》終《じゆう》の用には立たず。外客《ぐわいかく》[一一]ゆへに身にならぬもの也。徳より出来《いでき》たる武勇ならでは、とても始終の用には立たぬと知るべし。いかなれば[一二]、「和《シテ》[一三]而不レ流《セ》。中立《シテ》而不《ル》レ倚《ラ》」の徳より天然と出来《いでき》たる武勇なれば、いかなる色慾、酒慾、名慾《めいよく》[一四]、利慾などいへる、神通力を得たる魔王[一五]の大敵、右往左往[一六]よりどのやうに責〔せ〕めつけたればとて、ちつともたじろかず、人の克《か》ちおほせられぬ強敵に能《よ》く克ちおほせたる、聖賢克己《せいけんこくき》[一七]の大武勇には、名将勇士もかつて及まじき事と覚《おぼゆ》る也。古来唐《から》も大和もさしもの名将勇士、みな色慾の大敵に出合《であふ》ては、ほろ[一八]をみだし勇気を失ふ類あまたある事なれば、武士の武勇はつよいやうで、亦《また》どこやらに弱き所あつて、ゆきとゞかぬ也。何程《なにほど》でも武威《ぶゐ》一偏《いつぺん》にて天下は治《をさま》らぬ事に極《きま》りたるを、武門の士は我《ガ》を立て、一途《いちづ》に武勇を以て吾道《わがみち》と心得て、武威ならでは天下治らぬものじやと思ふは、大きなる違ひ也。

一〇 一日に千里を行くという駿馬。日本の諺に「騏驎も老いては駑馬(駄馬)に劣る」というが、もとは戦国策・斉策に「騏驎の衰ふるや、駑馬これに先んず」として見える。

一一 自分の内部から現われるのではなく、外側からやってくるもの。

一二 なぜかというに。「いかんとなれば」とあるべきところ。

一三 中庸の、君子の「強さ」を説いた一節。「故に君子は和して流れず。強なるかな、矯たり(君子は人と協調するが、引きずられ流されるということはない。何と強いことだ)。中立して倚(かたよ)らず。強なるかな、矯たり」。

一四 名誉欲。

一五 上の色欲・酒欲等々の欲望の強さを、神通力を備えた悪魔にたとえる。

一六 無秩序に入り乱れるさま。現代語の「あたふた。うろうろ」とは違う。

一七 自制。自分の欲望を抑えること。

一八 取り乱し。「ほろ」は保呂羽(ほろは)。鳥、特に鷹の両脇の羽毛。「ほろを乱す」は、鷹が保呂羽を乱す意から、取り乱すさまをいう。

その上《ウヘ》日本を武国《ぶこく》也とて自慢すれども、元来日本は聖人の国なる事、いやといはれぬ近き証拠あれど、人が気がつかぬ也。その故《ゆゑ》は清盛・頼朝以来は、武士の方からは武家の天下じやと心得ていれども、今の世にても[一]天子を奉《ほう》じて主とせざれば、忽《たちま》ち天下の人心の離れ叛《そむ》く事明白なる事也。[二]御当家も官職は内大臣ぎりにて昇進なされず。実はその権威を以て推さば、大政大臣に進ませられても、[三]一向《いつかう》の事に[四]天子を推し下《オロ》して、取《とつ》て代《かは》らせられうと儘《まま》の事なれども、じつと謙損《けんそん》し天朝を尊仰《そんぎやう》なさるゝ事、御尤《ごもつとも》なる事と思はるゝ也。

武家の天下とて、武威を以て天下の政《まつりごと》は自由になれども、兎角《とかく》に表向《うはむき》の名《みやう》代《だい》は、天子を君と仰《あふ》ぎ、自身は臣下となつておらねばならぬと云《いふ》事は、どうもやめてもやめられぬ、いやといはれぬ事あれば也。

我《ガ》国[五]人皇《にんわう》の始《ハジメ》、神武《じんむ》天皇と申し奉るは、日本創業《さうげふ》の君、天照太神《あまてらすおほむがみ》より[六]五代の孫にて、[七]今上皇帝《きんじやう》までは[八]三千余年に及び、[九]皇統相承《くわうとうあひう》けて一王の血脈《けつみやく》相続し、万民是《これ》を天子と仰ぐ事、実は中華にも例《タメシ》なき事也。しかれば日本国中の人は、今の世に至り、天照太神の御子孫を日本の主と思ひ込み、天子を戴《いただ》く心は、日《じつ》月《げつ》の如く也。昔より度々の乱世ありしに、いかなる大英雄が出ても、天子に刃《は》向《むか》へば即時に朝敵の名を被《かうむ》る也。朝敵と名がつけば、人の心ことごとく離れ叛《そむ》

武家が皇室を憚ってきたのは、日本が実は聖人の国である証拠

一　天皇を尊んで支配者として扱わなければ。
二　徳川家。当主は歴代、征夷大将軍のほかに律令制の太政官の官職に任ぜられるが、家康・秀忠の内大臣が最高位で、家光以下は大納言どまり。
三　いっそのこと。
四　天皇を強引に位から下ろして。ここを含めて、以下の皇室と徳川家の関係についての諸論点には、先の豊臣秀吉への評価以上に、公刊の書物には載せにくい、危険な議論が多い。
五　神武天皇以後の天皇を、それ以前の神々と区別してこのようにいう。
六　天神七代地神五代といういい方がある。記紀神話のクニノトコタチからイザナギ・イザナミまで七代を天上の神、アマテラスからウガヤフキアエズまで五代を地上の神とする。神武天皇はウガヤフキアエズの子供であるから、アマテラスの六代の孫というのが正しいが、地神五代という成語に引かれて五代といった。
七　桜町天皇(在位一七三五―四七)。
八　日本書紀で神武天皇即位の年という辛酉を紀元前六六〇年辛酉に当てる通常の説に従うと、本書成立の寛保二年(一七四二)まで二千四百年あまり。これを誇張していったか。
九　日本の皇統が万世一系で、中国のように王朝の交代がなかったことは、近世、神道家や国学者が儒者と日本・中国の優劣を論争する際に必ず持ち出した日本優位の論拠。儒者の景山がそれをいうのは興味深い。
一〇　土が崩れるようにもろいさま。
一一　荘子・逍遥遊の一節。名目は実体のお客(実体を主人とする)である。荘子の原文の文脈では、名よりも実の方が優先するという意である

き、忽《たちま》ち滅亡する事、[一〇]土崩《どぼう》の勢なる事、いやおゝならぬ神妙不測《しんめうふそく》なる事也。「[一一]名は実の賓《ひん》」と荘子《さうじ》がいひし如く、名と云《いふ》もの大切なるもの也。[一二]その実のある名でさへあれば、どうもおすに推されぬものと知るべし。

さしも[一三]横紙をさかれし清盛の如き英雄、[一四]天子を我婿《がむこ》とし、太上皇《たいじやうくわう》を推しこめ、朝廷の政《まつりごと》を我儘《わがまま》にし、[一五]例《ためし》もなき大政大臣となつて、[一六]人臣《じんしん》の極官《ごくくわん》まではなられたれども、平家物語を見るに、新大納言成親卿《なりちかきやう》謀叛の時に、清盛の「[一七]朝敵と成《なつ》て後は、いかに悔《く》ふとも益《やく》あるまじ」と云《いは》れしを思へば、清盛も朝敵の名を被《かうむ》るをば大きに懼《おそ》れられしと見へたり。清盛の武威にては、天子に取《とつ》て代《か》はる事もいと安かるべき事と思はるれども、朝敵といはるゝ事をさへ懼れられたれば、何程にても天子の位を冒《ヲカ》す事はならなんだと見へたり。

清盛の以後には、室町家の時にも、[一八]義満《よしみつ》大政大臣になつて、武威ことの外熾《ほかし》盛《せい》にして、内心に王室《わうしつ》を亡《ほろぼ》し、自身《じしん》天子とならんと支度せられしかども、どこともなく気味わるかりしにや、それも遂《つひ》に果さず。大明《だいみん》へ使《つかひ》を通じ、厚く礼をなし、黄金を多く贈られしゆへに、明より返簡《へんかん》に、日本国王とかき来《きた》りしを、大きに悦《よろこ》ばれけれども、それも内証《ないしよう》の事ばかりにて、日本にては王と称する事を憚《はば》かられしは、兎角《とかく》に懼《おそ》ろしひところのあればなり。

が、景山は名・実を対等のものとする論拠として引いている。 一二 (単なる名目であっても重大な意味があるのに)日本の最高支配者としての天皇というのは、実体のある名目でさえあるのだから。 一三 横紙破り。慣例にはずれたことを無理にやろうとすること。

一四 娘の徳子(建礼門院)を高倉天皇の中宮とし、自分の意に従わない後白河法皇(太上皇は天皇の父の意)を幽閉した。 一五 太政大臣になれるのは、公家の中でもしかるべき少数の家柄の者だけという慣例が平安時代を通じて形成されていた。公家でさえない清盛が太政大臣になって、その慣例を破ったことを「例もなき」という。

一六 人間としてなれる最高の官職。その上は天皇しかいない。 一七 平家物語二・教訓状の一節。成親など後白河院の近臣たちに反平家の策動があることに怒った清盛が、平家追討の院宣が出て朝敵にされてしまう前に、先手を打って院を幽閉しようと考えるくだり。

一八 足利幕府第三代将軍。日本百将伝抄・四「源義満」に、「応永元年、義満、征夷大将軍ヲ嫡男義持ニ譲リ、其ノ身ハ太政大臣ニ任ゼラル。…武家ノ相国ニ任ズルコトハ平清盛ノ外ハ其ノ例ナシト、公家イササカ難渋ノ体アリケレバ、義満怒テ、然ラバ公家ノ領ヲコトゴトクヲサヱ(没収し)、我自ラ帝王ト成テ、細川ヲ以テ摂家トナシ、斯波・畠山等ヲ清花トスベシ(細川・斯波・畠山は足利幕府の重臣の家柄。摂家・清花は高位の公家の家柄)ト沙汰セラレケレバ、公家恐レテ異儀ニ及バズトナン。…大明国ヘモ数度使者ヲ渡サレケレバ、彼ノ国ノ皇帝、…或ル時ハ書簡ヲ贈リ、道義(義満の出家名)ヲ日本国王ニ封ゼラレ、大明ヨリモ日本ヘ使者ヲ渡サレケルトナン」。

其《それ》以後に又太閤《たいかふ》秀吉公、[一]中華をも攻取《せめと》らふと企《くは》だつる程《ほど》の大英雄なりしも、[二]太閤となり、人臣の極官《ごくくわん》迄にはなられたれども、[三]皇統を絶ち、天子に取て代る事は懼ろしければこそ、一生の内遂《つひ》に人臣の位にて終られし事也。

清盛も秀吉もわづか二代目に滅亡したれば、いかさま御当家の、官職を[四]内府《ないふ》ぎりにて御謙損《ごけんそん》なさるゝ事、御代長久《ちやうきう》の験《シルシ》と見ゆる也。御当家の国初《こくしよ》より[五]足利家の先例に依《よつ》て、[六]天朝より代々王子《わうじ》を人質の気味にとり、関東に日光の宮門跡《みやもんぜき》を建《たて》おかるゝ事は、[七]まさかの時に朝敵といはれんことを恐れて、何時《いつ》にても関東に天子を立《たつ》る為めの謀《はかりごと》とみへたり。是偏《これひとへ》に朝敵の名をのがるゝ為めの御用心也。

されば朝敵と名がつけば、日本国中の人心忽《たちま》ちに離ると云は、別の事にてはなく、只《ただ》天照太神、聖神《せいしん》の徳、数千年を歴《へ》て、[八]今澆季《げうき》の世になりても、日本国中の人心に浹洽《せふかふ》していまだ失《〔う〕》さらず、「[九]於戯前王不ルレ忘」の所以《ゆゑん》也。[一〇]伊勢参宮とて、日本国中の人、西より東より南より北より、其子《そのこ》を[一一]繦負《きやうふ》して、一人も参宮せざるものもなく、小児《せうに》の内からはや参宮の志出来《〔でき〕》て、遠国《をんごく》から小児女子まで必《かならず》参宮はする事にて、外《ほか》の神社にはなき事なるは、是《これ》即ち天照太神の聖徳の馨香《けいかう》は、数千年を歴《へ》て人心に薫陶《くんたう》して失《〔う〕》さらぬゆへの事なれば、天照太神は至

一 本居宣長の馭戎慨言（ぎょじゅうがいげん）・下・下に「（天下平定後の秀吉は）いよいよかのもろこしの国までも御手に入れんとはおもほしなりしなり。まづ朝鮮をしたがへて（明国へ攻め入る）道しるべせさせてんとおぼして」とあるなど、秀吉が朝鮮侵略の次に明への侵略を意図していたことは広く知られていた。

二 関白を後嗣に譲った者の称。天正十九年（一五九一）関白を秀次に譲って後の秀吉を太閤と称する。

三 秀吉が天子に取って代わることを検討し、断念したということを伝える文献未詳。出自を皇胤とする系譜を偽作したこと、後陽成天皇の弟の智仁親王を養子にしたことなどを根拠に、そういう噂がひそかに流れたか。

四 内大臣の中国風の呼称。

五 「北条家」とあるべきところの、うかつな誤り。鎌倉幕府執権の北条氏が、源氏の将軍が絶えたのち、歴代の将軍を京都の公家から、ついで親王から迎えたことをいう。

天照大神は至徳の聖人。徳によって今に天下を帰服させている

六 日光東照宮の別当輪王寺（りんのうじ）の門跡は、代々京都から親王を迎え、かつ徳川家の菩提寺の上野寛永寺の門跡を兼務し、寛永寺に居住する慣例になっていた。これを輪王寺宮と称する。徳川幕府が輪王寺の門跡に親王を迎えたのは、徳川家の廟所たる日光東照宮・寛永寺の格式を上げるためと考えるのが普通。皇室から人質を取るという意図があるとする憶測が、京都でひそかに流れていたか。

七 朝廷と幕府の間に戦争が起こった場合、幕府が皇族の輪王寺宮を天皇にしてしまえば、朝敵の汚名を免れることができる。公開されれば幕

徳の聖人なる事いちじるし。

或説《あるせつ》に、「[一一]天照太神、女体《によたい》と云ことなれども、呉《ご》の太伯《たいはく》なるべし」といへる事、さもあるべきことゝも思はるゝ也。その上に太伯は元殷《トいん》の世の人なれば、殷の人は鬼神《きしん》を尚《たつと》ぶ風俗なるゆへ、殷の余風がのこりて、日本には神を尚ぶ事と見へたり。又《また》呉の字をつけて称すること多く、呉竹《くれたけ》、呉服《ごふく》の類など、かたがた符合する事もある也。

然れどもかく云《いへ》ることを、神道者《しんたうしや》などは、これは儒者の唐《から》びいきから云出《いひいだ》したる傅会《ふくわい》の説とて、甚《はなハダ》嫌ふ事也。神道者は只《ただ》日本は神国《しんこく》也とて、神と云《いふ》ものを奇怪幻妖《げんえう》なるものゝやうに思はせ、日本には別に日本の道ありとて、吾道《わがみち》を神妙不測にせんと拵《こしら》へたるもの也。[一三]神道《しんたう》とてあるべき事ならず。その極意《ごくい》とする[一四]中臣《なかとみ》の祓《はらへ》などを見れば、上古《じやうこ》に治《ル》レ民《ヲ》の掟《おきて》とみえて、殊勝《しゆしよう》なる質樸《しつぼく》なもの也。[一五]又神代《じんだい》の巻と云は、日本紀《にほんぎ》の初巻にて、上古の記録なれば、その詞《ことば》も日本の古語ゆへ、今みれば古怪《こくわい》なることとあるを、それに色々と後世に理《り》をつけ、或《あるい》は[一六]中《ちう》庸《よう》などの理を借り用ひ、面白く傅会《ふくわい》し拵へたることは、元来《ぐわんらい》[一七]山崎闇斎《あんさい》など、儒者の片店《カタミセ》に神道を売り出し、人の面白がるやうに建立《こんりふ》せし事也。元《もと》より理と云ものは、[一八]空《くう》なるものにて、極《きま》つて又極《またき》まらぬものなれば、何をつかまへてなり

府に逮捕されかねない、危険な意見。

八 道徳が衰えた時代。末世。

九 →一九〇頁注一〇。

一〇 伊勢神宮は格別に尊い神社として、近世には全国的規模で庶民層にまで信仰圏を広げ、伊勢参宮が流行した。

一一 子供を背負うこと。

一二 広益俗説弁・一に「また云く、天照太神は呉の泰伯なりと。この故に野馬台の詩(梁の宝誌和尚が日本の未来を予言して作ったと伝えられる詩)に「東海姫氏国」と賦せり。太神を女体といふも、姫氏をあやまれるものなり」。呉の太伯は周の太王の子。王位継承の争いを厭って南方の蛮族の地に出奔した。呉の王室の遠祖とされる(史記・呉太伯世家)。呉の太伯が日本へ渡ってきて天照大御神となったという説は、近世の諸書に見える。天照大御神は女神であるとする説は、広く行われていた。

一三 (聖人の道以外に)神道と称して別の道があるはずがない。

一四 延喜式・八に収める祝詞のうち、六月晦大祓(みなづきのみそかのおおはらえ)を「中臣の祓」ともいう。中臣は神事を司った古代の氏族。「中臣の祓」は中世以来神道で非常に重視された。

一五 神道では特に重要な聖典と考えられ、様々な神道家が注釈を著している。

一六 三種の神器は中庸にいう知仁勇の三徳(→一九二頁注六)を表わすなどという説。

一七 近世初期の朱子学者。神道を重視し、独特の説に基づく垂加神道という神道の一派を創始した。

一八 固定的な内容がなく、状況によって、また解釈によって、変動するさま。徂徠の弁道・十九の「理は形なし。故に準(一定の標準)なし」という主張の影響があるか。

とも、利口[一]にとり合せて作り拵《こしら》へらるゝもの也。又神道の土金《どこん》[二]の伝《でん》など云ること、わけもなき文盲なる詮議《せんぎ》也。

和語《わご》[三]の解も、神道者のいへるは、皆理窟を以て我意《がい》にて拵《こしら》へたるもの也。愚拙《ぐせつ》も和語の事は、幸《さいはひ》に歌学を好みし方《かた》より聞き伝ることありしゆへ、神道者流の説も粗《ホヾ》聞きたるに、皆牽強《けんきやう》したることにて一つも採《と》られぬ事也。和語と云《いふ》も、日本の古語と云ものの根本を吟味して知らねば、多くは我意理窟になりて、本意とは相違すること也。たとへば古語に物のとがりたることを「いが」[四]といへるより、転用して、「怒《イカ》る」「碇《イカ》り」「戈《イカシ》ぼこ」などゝいひ、又《また》物を入るゝ物を「つき」といへるより、「飯器《メシツキ》」「油器《アブラツキ》」「酒器《サカツキ》」などゝいへる類にて、その古語の「いか」といひ「つき」と云ことに義理[五]はなき事なるに、それを無理に我意を以て理を傅会《ふくわい》するは、蛇足を添《そふ》ると云ものにて、神道者流の和語の解の如くになる事也。

かの神道とて別に道あるやうにいひ立《たつ》るも、畢竟《ひつきやう》いはゞ前にいへる如く、茶《ちや》[六]儒《じゆ》の説と同類かと思はるる也。しかしながら神は即ち古《いにしへ》の聖神《せいしん》なれば、いかさま天照太神の聖徳、数千年の季《すゑ》まで人心に薫染《くんせん》して失《〔う〕》さらぬと云は、神妙不測[七]の事なるによつて、神国といはれんもことはりと覚《おぼゆ》るなれば、かの武国[八]といは

一 口上手に。弁舌達者に。
二 神道の秘伝の一。木火土金水の五行のうち、土と金を万物生成の根元と考える理論。中世に始まり、垂加神道で特に重視された。
三 和語(やまとことば)の語源の解釈。
四 「イガ(突起)」「イカル」「イカリ」「イカシボコ(厳めしい矛。舒明紀・祝詞などに見える語)」のイガ・イカが同語源であるという説は、近世の神道書・語学書に散見する。なお「戈」は矛の意なので、「戈(イカシ)ぼこ」という表記は不審。転写の間の誤りであろう。
五 それ以上は語源をさかのぼれないのに、の意。神道系の国語学では、語源を強いて求めて、こじつけに陥ることがままあった。宣長の宇比山踏に「語釈とは、もろもろの言の、しか云ふもとの意を考へて釈(と)くをいふ。たとへば天(アマ)といふはいかなること、地(ツチ)といふはいかなることと釈くたぐひなり。…こは大かたはよき考へは出来がたきものにて、まづはいかなることとも知りがたきわざなるが、しひて知らでも事かくことなく、知りてもさのみ益なし」。
六 → 一五五頁注一九。
七 神道家のように無理に神道の内容を神妙不測に仕立てなくとも、天照大御神の徳が数千年も伝わっていること自体が神妙不測である。
八 → 一七一頁注一二。

んよりは一理あること也。

かやうに徳の人心を服する事、先王没ルレ世の後、数千年の季まで、いかなる英雄名将にても、先王の徳に慴服《せふふく》[九]し、朝敵の名を懼《おそ》れ忌むやうにあると云は、真に[一〇]神武不殺《しんぶふさつ》の武威ともいふべし。すべて聖徳の武威は此方《このはう》に何ともせず、世話やかずして自然と人が慴服し、その人はすでに没レ世ヲて後も、なを人を懼れしむる也。

武力の武威は此方に色々と思慮計謀《けいぼう》をめぐらし、種々の仕様を拵《こしら》へ、後々まで[一一]手管《てくだ》をして、人を推しつけて服させんとして、しかも常住気遣《じやうぢうきづか》[一二]ひがやまず、たとひ人を服させおほせてからが、一旦《いつたん》の事にて、朝日まつ間《ま》の氷の如く也。清盛より近代の太閤秀吉までの成敗《せいはい》[一三]を考へて知るべし。目《マ》のあたりなる豊国《とよくに》[一四]の武威なりしに、一旦に酒の燗《〔かん〕》冷《サメ》て水よりも寒く、宗廟《そうべう》[一五]も忽ち丘墟《きうきよ》となり、亡国の社《しや》とて不[一六]ルコトレ祀《まつ》ラ忽諸《こつしよ》タリ。今は草棘森然《さうきよくしんぜん》[一七]として狐兎《こと》の逕《みち》となり、「黍離《しより》」[一八]を歌ふ人さへなきやうになりぬ。嗚呼《ああ》、殷《いん》[一九]の鑑《かが》み不レ遠カ。なげくべき哉。

一　人情に通じ諫《いさめ》を容《い》れ用る事、人君《じんくん》政治の肝要《かんえう》なる事と仰《おほ》せらるゝこと、至極の卓識《たくしき》と感入《かんじいり》候。聖人の教《をしへ》は近くいはゞ人情に通ずるまでの事也。今の世の

九　恐れて従う。
一〇　→一五五頁注一七。底本「詔に神武不殺の武威とも諛いふべし」。天理本等により改。
一一　駆け引き。
一二　(降伏した者がいつ背くかという)心配。
一三　成功と失敗。
一四　豊臣秀吉の神号を豊国大明神という。
一五　祖先の墓所。ここでは秀吉の廟。洛東阿弥陀ヶ峰に営まれたが、徳川氏の治下では参拝することが憚られ、荒廃するにまかされた。「丘墟」は荒れた土地。「宗廟丘墟」は、国が衰亡したことをいう熟語。
一六　祭祀が行われなくなって、あっさり亡んでしまった。左伝・文公五年の一節。「忽諸」は、にわかに亡びるさま。
一七　草や茨が盛んに茂るさま。
一八　詩経・王風の「黍離」をいう。周が衰えて鎬京《こうけい》から洛陽に遷都した後、鎬京に行った者が、かつての宮殿の跡が荒廃しているのを見て嘆じて詠んだ詩。
一九　詩経・大雅「蕩」の一節。殷にとっての戒めは、遠い時代にあるのではない(すぐ前の夏が暴政によって亡んだことにある)。徳川氏にとっての戒めは、豊臣氏の亡んだことにあると、当代の武断政治の酷薄さに対する批判を寓していることが明らかに読み取れる。

5　君主は人情、特に恋の情に通ずることが肝要

[一]経生儒者《けいせいじゅしゃ》などは、人情に遠く世間の事に無案内《ぶあんない》なるを、向上[二]にして殊勝なること心得、世上俗人の方《かた》からも、経生儒者の、異風《いふう》にて、世事無案内に人情にうときを見ては、各別な人じや、殊勝不凡《ふぼん》なる事、さすが儒者なりと称嘆すること、大きなるはきちがへかと思はるゝなり。儒者の業は、古聖賢の書を読み歴史に達すれば、世常凡常の人よりは各別に能《よ》く人情に通達せねば叶《かな》はぬはずの事也。

しかるに儒者によつて、人情に通達するは、[三]世間功者になつて[四]世智《せち》がしこく、卑俗なる風《ふう》なりとて忌み嫌ひ、世事不案内なるを向上なる事と心得て、我は凡俗の世人とは各別じやと高ぶり、人を[五]非《ひ》に見るやうになる事也。それからして、世人も或は嘲《あざ》けり或は悪《にく》み、儒者なるゆへ世事は知らぬはず、政事など[六]青表紙の儒者などの[七]なる事にてはなひなどゝ、用にたゝぬものゝやうに思はれ、「[八]此輩当レ束二高閣一」といへる如く、棚へあげてのけものにし、俗人の高名なる者の目からは愚に見ゆるやうになつて、今時の大名の家などにて、わるうすれば儒者を武士より各段に格を下《サゲ》て賤しむるやうになるは、無念の事也。

[九]漢の高帝の儒者をきらひ賤しまれたるも、中華にても古《いにしへ》より書生と云者がわるう心得て、人情にうとく用に立たぬ風と見へたり。ちやうど今の世の大名、

人情に通じていなければ儒者とはいえない

一　経書を研究する者。下の「儒者」は、儒を人に教える者、という程度の意味の違いで用いている。
二　「高上」の宛て字。高級。高尚。
三　「世間功者」で一語。世間への対処の仕方が物慣れて、行き届いている者。功者という語を用いて、むしろ功者であらねばならないと述べるのは、荻生徂徠に似る。一五七頁注一七所引、徂徠先生答問書・上の「学問は歴史に極まり候事に候」の次の中略箇所に「古今和漢へ通じ申さず候へば、此の国今世の風俗の内より目を見出し居り候事にて、誠に井の内の蛙に候。常ていの世上の人も、功者なる人ならでは物の用には立ち申さず候。功者と申し候は老人にこれ有る物に候。国を多く見候老人、殊に宜しく候」。
四　世俗のことに頭がよくまわり、抜け目がないさま。
五　否定的に見る。
六　儒書などの堅苦しい書物。近世、濃紺無地の表紙であるものが多かった(→一七五頁注一二)。
七　できる。やりこなす。
八　「此の輩(やから)、当(まさ)に高閣に束(つか)ぬべし」。この連中はたばねて高い棚の上に放置しておくのがよい。晋の庾翼が、無能な者は登用すべきでないという意味でいった言葉。晋書・庾翼伝の原文では「当」ではなく「宜(よろしく…べし)」。
九　高祖。↓一六五頁注一五・一八九頁注一一。

儒者をあしくあひしらい、武士の格式にさへいれぬやうにすると同じ気味なり。これ皆、儒者も自分〔一〇〕よりわるく仕むけ、俗人も文盲にて様子をしらぬゆへの事也。

いかなればとて儒医《じゆい》〔一一〕など丶云名目《みやうもく》は、文盲の甚しき事也。或は出家の僧徒や、山居の隠居や、亦は一芸を業とする文人詩人や、射御《しやぎよ》〔一二〕の師、医などの類は、世上の事を打忘れ、一向三昧《いつかうざんまい》に心を我が業に専《もつぱら》とし、他事なきゆへ、自然と世上の事は不案内〔一三〕なるが、成程妙手《めうしゆ》にもなるはず、又殊勝不凡にもある事也。儒者の業と云《いふ》ものは、五倫〔一四〕の道を知り、古聖賢の書を読み、その本意を考へ、身を修め国家を治むる仕形《しかた》を知る事なれば、人情に通ぜずして、何を以てすべきにや。世間の俗人をはなれて、五倫はいづくに求めんや。

孔子も、「鳥獣〔一五〕には不レ可ニ与同《ス》レ群《ヲ》。吾非ニ斯《ズシテ》人之《ノ》徒与《トトモニスルニ》一而誰与《トニセンヤ》」と仰られしにあらずや。「斯の人」と云は、斯の現世世間の俗人にあらずして、いづ方にあるべきや。五倫はこと〴〵く斯の人なれば、人情をしらいでは其教《ノ》を施すべきやうはなきなり。仏者〔一六〕などは斯の人をはなれ、五倫を絶つて教を建立したるものなり。聖人の教は斯の人を教る事のみなれば、かの仏者の世間法〔一七〕とて、凡夫の道といひ、一等に卑《ヒキ》き事にしたるものが、即ち儒者の道とするもの

一〇　自分の方から無能扱いされるようにもってゆき。
一一　儒業と医業を兼ねる者。景山と同時期の京都の医師香川修庵が儒と医は根本は同一という儒医一本の説を唱えたため、儒医を自称する者が増えた。
一二　弓術・馬車を扱う術の師匠。六芸(士が嗜むべき六つの技芸)のうち、射と御をまとめていうことが多いのによる。
一三　不案内な者が。「なるが」の「が」は格助詞。
一四　人が常に守るべき五つの道。父子の親、君臣の義、夫婦の別、長幼の序、朋友の信。
一五　論語・微子の一節。「鳥獣には与(とも)に群を同じくすべからず。吾、斯の人の徒と与にするにあらずして、誰と与にせんや」。鳥獣とは一緒にいることが出来ない。この人間の仲間と一緒にいるのでなくて、誰と一緒にいよというのか。
一六　徂徠先生答問書・上に「荘老の道は、山林に籠もり居り候一人ものの道にて候。釈迦と申し候も、世を捨て家を離れ、乞食の境界にて、夫(それ)より工夫し出したる道にて候故、我が身心の上の事ばかりにて、天下国家を治め候道は説き申さず候。此の故に、聖人の道も専ら己が身心を治め候にて相済み、己が身心さへ治まり候へば、天下国家もをのづからに治まり候と申し候説は、仏老の緒余(余ったはしっこの部分)と思し召さるべく候」。
一七　仏語。王法に同じ。俗世を超越した法である仏法に対して、俗世の支配者が施す法令や政治。

にて、聖人の教これより外に向上なる事を求めぬを、至極とせり。

一部の論語は、皆是《これ》求ルレ仁ヲの事より外はなき事なれば、仁と云ものは人の本心なるゆへ、人情に通ぜずして仁は求め得べからざること也。人情を知るは、求ルレ仁ヲの手がゝりにして、学者最初の工夫《くふう》なり。孔子の「[一]能く近取て譬《たとふ》るは、可キレ謂二仁之方ト一也已」と仰《おほ》せられしにても知るべし。人情に通ぜずんば、何として近く我が身にある事を取て、人の身の上に引あはせ譬てみる事はなるまじ。その「能く近く取て譬る」と云は、即ち恕《じよ》[二]のことなり。恕は即ち求ルレ仁ヲの方術なれば、人情に通ずると云は、即《すなはち》又恕をいたすの方術と知るべし。

しかる故に、孔子の門弟子《もんていし》の学文《がくもん》とて、書を読むと云事は、先づ詩経と見へたり。されば「興ル二於詩一」[三]との給へり。詩を学ぶより興発《きようはつ》して、段々と道に進むこと也。これを以てみれば、詩経は人情を知る為の書と見へたり。それゆへ論語の内の師弟の問答にも、其外の経伝《けいでん》[四]にも、書を引[五]て用ゆるに、外の書を引く事は少なく、只もの詩経を多く引けり。「[六]詩を学ばぬは、墻面《しやうめん》して立つが如し」ともの玉へば、学者の第一に業とするものは、詩経と知るべき事也。その外、論語に詩の事をの玉へる事多くあれば、気をつけ考へ見れば知るゝ事也。

[七]元来《ぐわんらい》詩経と云もの、上は王公大人朝廷の事よりして、下は賤《いや》しき土民の耕

一 論語・雍也の一節。上の句は通常「能く近く譬へを取るは」と訓ずる。以下の説明は「近く取つて譬ふるは」という訓に従ってなされているので、景山はこう訓んでいたのであろう。下の句は「仁の方と謂ふべきのみ」。景山の訓によって解すれば、自分にとってもっとも身近な自分自身のことから類推して、他人の身のことを考えるのが、仁の方法というものである。

二 他人のことを自分のことのように思いやる心。論語・衛霊公に子貢が「一言にして以て身を終るまで之を行ふべき者有りや」と問うたのに対して、孔子が答えて「其れ恕か。己れの欲せざる所を人に施すことなかれ」。

三 論語・泰伯の一節。詩は詩経のこと。詩経によって感興を呼び起こされる。

四 経書と、その注釈書。伝は注釈書の意。

五 「て用ゆるに」以下、二〇三頁九行目「五倫の外の人」まで一丁、底本欠。天理本によって補い、片仮名を平仮名に改める。

詩経は人情を知るための書

六 論語・陽貨の一節。孔子が息子の伯魚にいった言葉。正確には「人にして周南・召南を為(まな)ばざれば、其れ猶ほ正しく牆(かき)に面して立つがごときか」。周南・召南は詩経・国風の冒頭の二巻。人間でありながら周南・召南を学ばなければ、正面から垣根に向いて立っていて何も見えないのと同じで、何も理解できない。

七 以下、荻生徂徠の詩経論の影響が強い。弁道・二十二に、「大氏(たいてい)詩(詩経)の言たる、上は廟堂(朝廷)より下は委巷(民間)に至り、以て諸侯の邦に及ぶまで、貴賤男女、賢愚美醜、何の有らざる所ぞ。世変邦俗、人情物態、得て観るべし」。徂徠先生答問書・中に、「(詩経は)古

作の事迄《まで》を詠じたる詩を采《と》り集め、諸国の詩を載《の》せたれば、国の風俗人情こと〴〵く知らるゝ也。詩を学ぶと云は、全《まつた》く人の五倫、世上朝夕の間にをいて、貴賤上下、色々様々なる人情の善も悪も酸《すい》も甘いも、委細に知り通ずる為めと見へたり。その上にて詩人の詞《ことば》の人情にあたりたるを取て[八]、その理を転用して[九]いろ〳〵にはたらかし、我が身の上の事、又は人の身の事に引合せ見れば、無量の利益《りやく》ある事也。論語に、子貢の詩の詞を取て発明せられた事を孔子の称美なされ、「可ニ与言ヒ詩」[一〇]と仰せられたるを見て知るべし。

凡《およ》そ聖人の教は、勿論五倫の外《ほか》なるはなし。今日世界の人の相交るにも、五倫より外の人はなき事なれば、人情と云に、五倫の外の人情はなき也。詩と云ものゝ出来《いでく》るは、人の五倫、朝夕相交る間の事につけて、人の七情[一一]が動き発《おこ》り、内に鬱《うつ》し積《ツモ》つて、どうもたまらぬものが、我れと覚へずしらず詞に自然と発したるもの也。朱子詩経の序の内に、「発ニ於咨嗟咏嘆ノ之余ニ」[一二]といへるが、詩の本意也。今人の詩と云ものは、わざと心にて作り拵へたるものなれば、実《まこと》の詩と云ものは希《まれ》なる事也。

和歌と云ものも、本《もと》は詩と同じものにて、紀貫之が古今《こきん》[一三]の序に、「人の心を種《たね》として、万《よろづ》の言の葉とはなれりけり」といひ、「見るもの聞ものにつけていへの人の憂きにつけ嬉しきにつけ、うめき出だしたる言の葉に候を、其の中にて人情によく叶ひ、言葉もよく、また其の時その国の風俗を知らるべきを聖人の集め置き、人に教へ給ふにて候。是れを学び候とて道理の便りには成り申さず候へども、言葉を巧みにして人情をよく述べ候故、其の力にて自然と心こなれ、道理もねれ、また道理の上ばかりにては見えがたき世の風儀、国の風儀も心に移り、わが心をのづからに人情に行きわたり、高き位より賤き人の事をも知り、男が女の心ゆきをも知り、また賢きが愚かなる人の心あはひ(心の持ち方)をも知らるる益御座候」。

八 作者の表現が人情に的中しているのを引用して。

九 いわゆる断章取義。文章の一節を、もとの文脈の中におけるのとは異なった意味で引用し、自説の論拠などにすること。今日では文献の引用の仕方としては批判を免れないやり方であるが、孔子や弟子たちが詩経を引用する際に時に見出され、それらは、詩の新しい意味の発見として、むしろ肯定的に評価するのが普通である。

一〇 論語・学而で、弟子の子貢が詩経・衛風「淇奥」の一節を断章取義することによって、孔子の教えをよりよく理解したことを孔子が喜んで、「賜(子貢の名)や、始めて与(とも)に詩を言ふべきのみ」といった。

一一 人間の持つ七つの感情。喜怒哀懼愛悪欲。

一二 朱子の詩集伝序の一節。「咨嗟(しさ)」は短い嘆声。「咏嘆」は長い嘆声。短く長く発する嘆声では尽くせない胸中の思いから、詩が生まれる。

一三 いわゆる古今集仮名序。歌道の聖典として、中世歌学以来重視された。

ひ出せる」といへば、詩の[一]本意と符合《ふがふ》せるもの也。此「万」の字面白し。人情は善悪曲直、[二]千端万緒《せんたんばんしよ》なるものなれば、人の心の種の内にて[三]発生の気鬱《うつ》したるが、見るもの聞くものに触れて、[四]安排工夫《あんばいくふう》なしに、思はず知らずふつと言ひ出せる詞《ことば》に、すぐにその[五]色をあらはすもの也。草木の種と云もの、内には生《はえ》ようと工夫して生ずるものではあるまじ。発生の気が内に鬱して、[六]それと自然にずと生へ出るもの也。

なれども[七]人の大事に臨み、[八]自警してたしなみ、安排工夫《あんばいくふう》して、心の内にてその善悪をしらべ吟味し、詞に発する事は、皆それは作り拵《こしら》へたるものなれば、中々人の実情はしれぬ事もある也。それゆへに、「[九]簞食豆羹《たんしとうかう》に心の色をあらはす」と云て、人の心をゆるし、うつかりと思はずにふと言ひ出したる詞にて、人の実情は見ゆるもの也。俗諺《ぞくげん》に「[一〇]問《トウ》には落いで語るに落る」と云も、人の思はず知らずふつと実情をいひあらはす事也。これが詩となるものにて、人の底《ソコ》心《ごころ》骨髄からずつと出たるもの也。しかればその詞を見るによつて、世上の人情の酸《すい》も甘《あまい》もよく知らるゝ事也。

詩は[一一]三百篇あれど、詩と云ものはことごとく、只一言の「[一二]思無ㇾ邪」の三字より出来《いでこ》ぬ詩と云ものは、一篇もなき也。孔子、「思無ㇾ邪」の三字を[一三]借つて、

一　和歌と詩を本質において同一とする考え方は、古文辞派の影響によるものであろう。太宰春台の独語に「異国(中国)も我が国も、古へも今も、人情は異ならざるに、詩も歌も心の声にて、性情を吟詠する物なれば、唐と日本と詞の変はるのみにて、性情を吟詠する事は少しも変はる事なし」。
二　複雑多様な現われ方をするものなので。
三　外に現われようとする気運が盛り上がった人情が。
四　(道徳に抵触しないようになどと)整えたり工夫したりすることなしに。
五　様子。趣き。
六　そのものとして、自然にずいと。
七　人が重大な事態に当たって(ここでは公式の場に歌を提出するような場合をいう)。
八　みずから注意して慎み。
九　竹器に盛った飯と木器に入れた汁。孟子・尽心・下に「苟も其の人にあらざれば、簞食豆羹にも色に見(あら)はる」。人間が出来ていなければ、一杯の飯、一椀の汁にも、ものほしげな気持ちが様子に現われる。
一〇　人に問われた時には、用心して本心を明かさないが、自分から話すときにはつい本心を明かしてしまうものだ。
一一　詩経には三〇五篇の詩が収められているが、概数で三百と言い習わしている。
一二　論語・為政「子曰く、詩三百、一言以て之を蔽(おお)へば、曰く、思ひ邪(よこしま)なし」。詩経の特徴を一言で覆い尽くすとすれば、気持ちに邪なものがない、ということである。「思無邪」は詩経・魯頌「駉(けい)」の一節。

「思無ㇾ邪」ということ

詩と云もの出来る訳《ワケ》を解釈し玉ふ也。此の「邪」の字を、朱子[一四]は人の邪悪の心と見られたれども、それにては味なきこと也。人の邪念より出ぬ詩をよしとする事は勿論なれども、詩三百篇の内には、[一五]邪念より出る詩も多くある事也。心の内に安排工夫をめぐらし、邪念を吟味して、邪念より出ぬやうにと一《ヒト》[一六]しらべして出来たるものは、詩にてはあるまじきと思はるゝなり。只その邪念は邪念也、正念は正念也、[一七]我しらずふつと思ふとおりを云出すが詩と云ものなるべし。その詩を見て、邪念より出ると、正念より出ると云事を知り分つは、それは詩を見る人の上にこそあるべけれ、詩と云ものゝ本体にてはなき事也。詩を作り出す人は、邪正はかつて覚へぬ也。

それゆへ詩と云ものは恥かしきものにて、人の実情の鏡にかけたるやうに見ゆる事なれば、善悪邪正ともに、人の内にひそめたる実情のかくされぬものは、詩にある事也。[一八]聖人、人に人情の色々様々なるを知らさん為めに、詩を集め書として読せらるゝに付て、「思無レ邪」の一言を借つて、元来の詩と云ものゝ本義を解釈なされ、三百篇ある詩は只此の一言で以て、詩の義は此の内に蔽籠《ヲヽヒコモル》とのたまひし事なるべし。

愚拙、経学は朱学を主とする事なれども、詩と云ものゝ見やうは、朱子の註

一三 「思無邪」はもとの「駉」の中では「思いが専一である」の意であるのを、孔子が断章取義(→二〇三頁注九)して引用したもの。

一四 朱子学の道学主義的文学観の発揮されるところ。その論語集注の「思無邪」の解釈に「凡そ詩の言、善なる者は以て人の善心を感発し、悪なる者は以て人の逸志を懲創す(悪心を懲らしめる)。其の用、人をして其の情性の正しきを得しむるに帰するのみ」。

一五 国風の中の鄭風・衛風などには男女の密会の喜びを歌ったものがあり、古来淫奔の詩といわれている。徂徠先生答問書・下に「詩経は淫奔の詩多くこれ有り候。朱注(朱子の注釈)には(勧善懲悪主義の立場から、淫奔の詩が詩経に収められているのは、こういうことをしてはいけないという戒めのためであるとして)悪を懲(こら)しむるためとこれ有り候らへども、却て淫を導くために成り申すべく候」。

一六 一度気持ちを整えてから。

一七 伊藤仁斎の論語古義に「思ひ邪なしとは、直なり」と述べる。直は率直の意。詩経の特徴とは、思うことを、偽らず飾らず、ありのままに述べることであるという解釈である。詩経を道学主義から解放するこの画期的な解釈は、儒者ばかりでなく、国学者にも影響を与えた。景山も仁斎の解釈に従っていると思われる。→二一〇頁注二。

一八 ここでは孔子を指す。詩経の編纂者。

その意を得ざる事也。「思無レ邪」と云を、[一]朱子は人の詩を学ぶ法をのたまへると見られたるゆへに、[二]論語の此所の註に、勧善懲悪の事とせられたるなり。しかれども勧善懲悪と云は、[三]春秋の教にてこそあれ、詩の教にてはなき也。礼記にもすでに人の[四]温柔敦厚《をんじうとんこう》になるやうにとするが、詩の教じやと云てある事也。

こゝにのたまひしは、詩の教を説きたまひたるにはあるまじ。只詩と云ものゝ[五]一体を解釈して人に示したまふことと見へたり。[六]朱註にいへる如く、淫佚《いんいつ》なる詩を見て、我が淫慾の邪念を戒め懲《こ》らす程の人ぞならば、やがてはや[七]思ひ過レ半ニと云ものにて、その人の天質あまり淫慾の深き人にてはあるまじければ、[八]必ず詩を見ぬとて淫奔《いんぽん》に至る事はあるまじき事也。しかし淫慾のなき人はなければ、たとひ淫慾の少き人にても、[九]婬媟《いんせつ》の詩の醜きを見ては、いよ〳〵懼《おそ》れつゝしみ、戒め懲らす益はあるべければ、[一〇]それは左《さ》もあるべき事なれども、かの天質淫慾ふかき人が[一一]鄭衛《ていゑい》淫奔の詩を見たらば、いよ〳〵慾火《よくくわ》のたきつけになつて、その風《ふう》には移りよきもの也。

[一二]おぼろげの人だに戯場《ぎぢやう》《シバイ》の[一三]淫劇を見たり、春画の状態を見て、忽《たちま》ちに心うつり、[一四]淫慾の媒《なかだち》となるものなれば、況《いはん》や下地《したち》の生質淫慾ふかき人に於てをや。それゆへにこそ、顔子《がんし》の政《まつりごと》を為《す》る事を孔子へ問はれし御返答にも、天下の人へなべ

一 朱子は、孔子が、(詩経の詩そのものではなく)人が詩経を読んで教えをくみ取る時の心構えをおっしゃったものと考えられたために。
二 論語集注の、二〇五頁注一四所引箇所の直前に、「凡そ詩の言(詩経の個々の詩)、善き者は以て人の善心を感発し、悪しき者(前出淫奔の詩の類)は以て人の逸志(放逸な気持ち)を懲創す(懲らしめ戒める)。其の用、人をして其の情性の正しきを得しむるに帰するのみ」。
三 勧善懲悪を特に春秋を結びつけたのは、春秋が独特の筆法で善悪を書き分け、「孔子、春秋を成して、乱臣賊子懼(お)る」(孟子・滕文公・下)と評される書物であったから。
四 礼記・経解「温柔敦厚は詩の教へなり」。穏やかで誠実な人格の涵養が詩経の教えである。
五 一面。あり方の一つ。
六 注二所引部分を指す。「淫佚」は、甚だしく淫らなさま。
七 思ひ、半ばに過ぐ。推測によって大体は分かる。淫奔の詩を見て自己の淫欲を慎むということから、以下のことが推測できる、の意。
八 淫欲を戒めるために詩経に収められたと朱子がいうところの、淫奔の詩を見なくても。
九 淫らでけじめがないさま。
一〇 朱子の勧善懲悪説を、否定するに先立って、まったく成立しないわけではないと、かすかに肯定する、回りくどい論法。
一一 →二〇五頁注一五。
一二 普通の人。
一三 人形浄瑠璃や歌舞伎の、心中物など恋愛を扱った演目。
一四 淫劇や春画が淫欲をそそる媒介となる。
一五 論語・衛霊公に、顔回が政治の方法を問うたのに答えて、孔子が数箇条を挙げた中に、「鄭

ての教には、「放[一五]ニ鄭声ヲ一」と仰せられたること也。

末俗《まつぞく》の事なれども、今[一六]の世上に流行する、男女相対《あひたい》にて双斃《ナラビし》する、俗にいはゆる心中と云事（唐にては女[一七]棚と云也）なども、下地浮気なる者共、かの戯場の淫劇や時様《じやう》婬奔《いんぽん》の浄瑠璃小歌《とうた》などを見たり聞たりするより、昏惑《こんわく》してその心にうつり、且は又かの仏教の、来世を期する心の愚かなるより起る事也。その如き淫慾ふかき人が鄭衛の淫風を見て、醜くき事、人のすまじき事と鑑戒《かんかい》し、忽ち発心《ほつしん》して我が淫行を懲らし直《ナヲ》すといふ人は、千百人の内には一人あるかなきか、それは甚だ希有《けう》の事と思はるゝ也。

兎角《とかく》にたゞ詩の教は、世間の人情の酸《すい》も甜《あまい》も知らする為めの事にて、人情（に）よく通ずれば、人の実情を察すること明かなるゆへ、仁恕もこれよりしてこそ求め得る手がかりもあるなれば、元来詩を学ぶと云は、学[一八]者以上の事にて、なべて世俗の人まなぶ事にてはなき事と見へたり。

況や人の上に立て国家の政《まつりごと》をする人は、必ず学文をして人情を能く知り、下[一九]《しも》の委曲《ゐきよく》の情をとくと察せずしては、人の実に帰服する事あるまじければ、人情に通達せずして、国家の政は必定《ひつぢやう》[二〇]にならぬ事也。されば論語に、「誦[二一]シテ二詩三百ヲ一。授レ之ヲ以スレドモレ政ヲ不レ達セ。使センニ二於四方ニ一。不レ能二専《ヒトリ》対スル一。雖レ多シト亦奚ヲ以為ン」とのた

[一五] 声を放つ（鄭の国の歌声を放逐する）」と見える。
[一六] 元禄（一六八八―一七〇四）頃から心中がしばしば行われ、事件を脚色した演劇が盛んに上演された。それが心中の流行を助長するとして、享保八年（一七二三）心中物の演劇の上演が禁止されるに至った。
[一七] 宋の上官融の友会談叢・下に、陝西省麟州府の異民族の風習として、男女の愛情が深まると、互いの首を絞め合って死ぬ。両方の親族は二人の遺骸を布で包んで縛り、険しい嶺に木で棚を作って安置する。これを女棚という、と。すなわち女棚は日本語の心中に相当する一般的な漢語というわけではなく、きわめて特異な風習の中の語であるし、心中そのものではなく、男女の遺骸を安置する棚のことである。友会談叢は近世にかなり普及していた叢書、説郛に収められるから、景山が読んでいても不思議ではないが、説明の不正確さからして、実際に読んだのではなく、誰かからの聞きかじりであろう。
[一八] 学者と、それ以上の存在（政治にたずさわる者）のなすべきこと。
[一九] 底本「下し」。岩瀬本によって改める。
[二〇] 決してできないことである。
[二一] 論語・子路「詩三百を誦して、之を授くるに政を以てすれども達せず。四方に使ひせんに、専（ひと）り対する能はず。多しと雖もまた奚（なに）を以てせん」。詩経三百篇を暗誦して、しかし政治をやらせてみると行き届かず、四方の国々に使者として派遣されても、自分の判断で相手に対応することができないならば、知識が豊かだといっても、何の役に立とうか。

詩によって人情の酸いも甘いも知ることができる

まひたれば、是れ「政に達る《ス》」と「専対」とは、詩を学びたる験《げん》[一]と見へたり。朱註の如く、詩を学ぶ験を勧善懲悪といはゞ[二]こそ、聖語[三]はいかゞ見るべきや。朱註こゝに至て、「思無レ邪」の注と不都合[四]に見ゆる也。苟《モシ》牽強傅会《けんきやうふくわい》していはゞ、いかやうにもいはるべけれども、それでは親切に覚へぬ也。

専対と云事は、春秋諸侯割拠《かつきよ》の時代は、国々互に使者のとりかはしあつて、甚だ大切なる事、使者の一言によつては、敵国へことば質《じち》をとられなどすれば、大きに国の利害にかゝる事なれば、人を随分《ずいぶん》と選びたる事也。左伝《さでん》[五]を見れば、その様子くはしく知るゝ事也。使者の行く所は、皆な敵国の事なれば、先にて色々のむつかしき事をいひかけ、詞質《ことばじち》をとり、手[六]をとらさふとする事ゆへ、使者たる人、君命[七]を辱《はづか》しめぬやうに、我ひとりの一存を以て、道理たゞしく、人のいやおうならず敬服するやうに、中《ちゆう》[八]でよいやうにいひぬけ返答するを、専対と云也。

是よく世間の事に物なれ、人情の酸《イ》も甜《イ》も知りぬきたる人にてなくては、必《ひつ》定《ぢやう》しそこなふ事也。人情に達すれば、自然と人の気量も闊《ひろ》ふなり、料見《れうけん》[九]よくなるものゆへ、いかやうのことに出逢ふても、づら〳〵処置《サバケ》てゆくはづもあれば、敵国へゆき、先よりいかやうのむつかしき事をいひかけ、仕むけたりとも、さ

一 効果。効き目。なお、伊藤仁斎の息、東涯の詩経解説書、読詩要領に論語のこの一節を引いて、「畢竟詩といふものは、人情を写したるものなり。人情に通ぜざれば、世間に出でて人付き合ひすることもならず、政事も取り行はれざるによりて、かくのたまふなり」。
二 「いはゞ」を強調する。「いうのなら、一体全体」という気持ち。
三 聖人の言葉。論語の右の一節を指す。
四 整合しないこと。
五 たとえば、僖公二十六年、強国の斉が魯を侵攻した。魯の使者として斉侯に面会した展喜は、武威を誇示する斉侯を巧みな弁舌で説得し、撤兵を承知させた。襄公二十五年、鄭が陳を討った。鄭の使者として宰相子産が、諸侯の盟主であった晋へ釈明に赴き、陳の捕虜を献上した。晋は鄭が陳を討った理由について次々と厳しい質問を浴びせたが、子産は弁舌さわやかに切り抜け、ついに晋は鄭の陳侵攻を正当なものと承認した。孔子がこの折の子産の弁舌を称えた。
六 まごつかせよう。後れを取らせよう。
七 論語・子路に、子貢が「士」とは何かと問うたのに孔子が答えて、「己れを行ふに恥ぢ有り、四方に使ひして君命を辱しめず、士と謂ふべし」。
八 「宙」の宛て字。書き付けを見ながらではなく、口頭ですらすらと。
九 思案。配慮。

しつかへこまることはあるまじきと覚ゆる也。さるによつて、詩三百篇をことごとく平生に誦《しよう》して学び得たりとも、人情に達する験がなくては、何の用には立たぬ事とのたまへる義なるべし。

さて又「思無ㇾ邪」の「邪」の字の義は、邪悪、邪佞などの字の気味にてはあるまじ。一〇邪行、邪視、又は邪幅《じやふく》などゝいへる邪の字の義にあるべし。元来邪字の音義に一一斜の字あれば、斜の字の意が即ち邪の字の本義にして、一二字注にも「不《ル》ㇾ正也《カラ》」とあるゆへ、総《そう》じて物の何にても横すぢかひになり、一三真《まん》ろくになき意味の字にて、正の字の反也。正の字の本義も、総じて何にても物の真《まつ》すぐにてちやうどろくなる意味の字にて、一四正立《ろくにたつ》、正坐《ろくにいる》、又は正午《まひる》、正東《まひがし》、正面《まむき》などいへる類が、正の字の本義也。その意義を働かし転じて、人の心質直《しつちよく》にて善き事に用ひ、正ㇾ心《ヲ》、正《ス》ㇾ己《ヲ》、正《ス》ㇾ言《ヲ》などいへる事なり。

しかれば邪行、邪視などいへる類の邪の字が、元と邪の字の本義にて、それから転じ働らかして、人の横すぢに曲《マガ》りて悪き事に用ひ、邪佞、邪曲などゝいへる事也。すべて文字には皆その字の本義あつて、それからその意義を働らかし、外へ転じ、意味を用ひ換《カ》へたる字が多くある事なれば、その字に意義の多くあるは、その本義を知らでは叶《かな》はぬ事也。それを弁ぜずに、邪の字など、邪

一〇 斜め。倫理的な判断を含まず、物理的にまっすぐでないさま。「邪視」は、横目、流し目で見ること。「邪幅」は、脚絆（きやはん）。歩行の便のため脚に巻く布。邪は斜めに巻き付けるの意という。

一一 漢字の音と意味。音義を説明する際に、同音同義の別の字をもってするという方法があり、ここではそれを指す。邪は、呉音ジャが慣用音となっているが、漢音はシャ。斜と同音同義の場合もあるが、それが邪の本義であるというのは、景山の独断。

一二 字書における邪字の注の意。広韻などに「不正也」とある。

一三 まっすぐでない。「ろく」は「ろくな事がない」などの「ろく」。まっすぐ、きちんとしている、などの意。「まん」は強調の語。

一四 以下「正面」まで、振り仮名は日本経済叢書本の左ルビによる。

とあれば、どこでもおしなべて必ず佞悪《ねいあく》なる事と心得るは、末を知りて本を知らぬと云もの也。しかるゆへに字義と云もの大切なるものにて、その意義をとりそこなつて、聖語の味《あぢは》ひ大きに相違すれば、聖人の意にかつてなき事を心得るやうになる事也。

朱子は邪の字の本義を知られぬと云ことにてはなけれども、詩を勧善懲悪と見られしより、邪を佞悪の義に見られし也。和語にも自然とこの意あつて、前にいへる如く和語の本《モト》あつて、「いか」[一]と云を転用して「いかる」といひ、「いかり」といひ、「つき」を転用して「さかづき」、「めしつき」といへる如く也。これを以てみれば、「思無レ邪」[二]の邪の字は本義に見て、人の心の思ふとおりずつと出てすぐにゆかうとするところを、すぐにやらず、内にて横すぢかいへひ[三]かへ、ひと思案し安排料理《あんばいれうり》[四]するは、邪也。しかるを、その思ふとほり我しらず内から自然にずつと真すぐに出て、実情[五]を吐露《とろ》したところを「無シレ邪」と云意なるべし。

孟子の「乍[六]見ル二孺子ノ入ルヲ一レ井ニ」と云《いふ》「乍見」の意味が、此の「思無シレ邪」の所也。詩と云ものは、内に思ふとほりまつすぐにずつといひ出せる「思無キレ邪」ところより出来たるもの也。貫之が「心を種として、見るもの聞ものにつけていひ

一　→一九八頁注四。

二　以下は二〇五頁注一七に引いた伊藤仁斎の説を敷衍したごとき説明。伊藤東涯の読詩要領にも「思無邪」の章を挙げて、「詩といふものは、人の心に思ふことをありやうに言ひあらはしたるもの也。三百篇の詞を見るに、…あるひは聖人の功徳を称賛し、或は乱世の風俗を歎息し、

「思無レ邪」とは、善悪の分別以前の真情をいう

或は父子兄弟の恩義を思ひ、或は男女夫婦の情をよする、そのことさまざまなりといへども、いづれも心に思ふことをありやうに詞に述べたるゆへに、(論語の文章を挙げて)とのたまふなり。…人たるものは、ただ物事すなほにありやうにあれといふことなり」。景山が同じ京都の地の先輩儒者である仁斎・東涯の著述から学ぶところがあったと見るのが妥当であろう。

三　控え、の意。引き留め。抑え。

四　(道徳に抵触しないようになどと)ほどよく整え処理する。

五　底本「情実」。宣長抄録(解説参照)により改。

六　孟子・公孫丑・上「乍《たち》(ま)ち孺子(じゅし)の将に井に入らんとするを見るに、皆怵惕惻隠(じゅつてきそくいん)の心有り」。人は誰も「忍びざる心(他人の不幸を見過ごしに出来ない心)」を持っている、ということを論ずるくだり。子供が井戸に落ちようとしているのを見た瞬間、誰しも、思慮分別をめぐらす余裕もなく、反射的に、驚愕し、かわいそうにと思うであろう、と述べる文章の一節。「乍見」は、見た瞬間、そのとっさの場合、の意で、思慮分別が生ずる以前の段階をいうことになる。

出せる」といへるも、此義にかよひて面白き事也。

しかれば人情善悪の実を知らふとなれば、「思無レ邪」なるところの詩を見て知らるゝ事也。なれども[七]その善悪の分れて知らるゝは、「思無レ邪」より発出したる以後の事にて、「思無レ邪」なる時に於ては、いまだ何の善悪の差別《しやべつ》もなく、我しらず無念無想にずつと出るもの也。もしそこにて安排工夫を運《めぐ》らし、少しでも善悪の差別をする気味あれば、それは「思無レ邪」とはいはれぬこと也。

近く譬《たと》へていはゞ、人の腹痛するに、大体に痛む分は、誰れでも先《ま》づじつとだまりこらへて居らるゝものなれども、甚しふ痛んでくると、はやどうもたまられず、内よりずつと呻吟《しんぎん》の声が発出し、吾思はず詞《ことば》にあらはれ、「あゝいたひ」などゝ云は、[八]底心《そこごころ》骨髄から、[九]味もしやしやりもなく、内で一《ひと》ひかへ横すぢかひへひかへて、思案する間も何んにもなく、思はず知らずにずつと出たところを、[一〇]「思無レ邪」とはいへる也。

又は人の[一一]音曲《おんぎよく》糸《し》竹《ちく》の操《アヤツリ》を聞に、[一二]大体功者なる人のするを聞ては、誰でも左《さ》のみ感心はせぬものなれば、先《まづ》皆だまつて聞終り、只表向《うはむき》の挨拶ばかりなどをするものなれども、至極の上手の妙境《めうきやう》に至りたる人のする芸を聞く時は、衆人《しゆうじん》こぞつて自然と肝《キモ》に徹して感にたへぬゆへ、我を忘れ思はず知らず、内より

七 詩の作者自身、自分の抱いている気持ちが道徳的に正しいかどうかということを判別できるようになるのは、思慮分別以前の心の状態のまま思いを表わした、それ以後のことである。表われた思いをほどよく整えようとし、すこしでも道徳のことを気にするならば、それはもはや思慮分別以前とはいえない。

八 心の底、骨の髄から。

九 味も素っ気もない、に同じ。「しゃしゃり」は淡泊なさま。味がないどころか、淡泊という域にさえ達していない、無味乾燥なさま。ここでは「痛い」ということ以外の何物をも含んでいないことを強調していう。

一〇 この譬喩は、「按排工夫を運らし、少しでも善悪の差別をする気味」に相当する部分が抜けている。あえて補えば、あまり痛がるのは体裁が悪いので、控えめにいおうとか、逆に人の同情を引くように大げさにいおうとか考えると、腹痛を訴えても、それはもはや「思無邪」とはいえない。

一一 音楽の演奏。「糸竹」は弦と竹管。楽器の意に用いる。

一二 並み一通りにうまいという程度の人。

「[一]あゝしたりや」などゝ詞に発出するもの、是も亦「思無レ邪」也。又は人の[二]我知らぬ声を発し咲《わらひ》つ啼《な》いつするなども、皆是「思無レ邪」より発したるところ也。

詩は三百篇あれども、一々皆な人の「思無レ邪」より発出したるものにて、人の実情のすぐにあらはれたるもの也とのたまへることなるべし。和歌の道も此とほりに少しもかはる事はなきもの、只[三]唐山《カラ》大和と人の語言《ごげん》のちがひたるばかりにて、共に人の「思無レ邪」になるところより発出せるもの也。別しては[四]万葉集時代の和歌は、詩経の詩に能く似たるもの、殊勝なるもの也。

男女の欲はもっとも切実な人情

さて人情の事を論ぜば、即《すなは》ち礼記に「[五]飲食男女は人の大欲存《ス》焉」とある聖語の如く、人情の最も重く大事なるものは男女の欲也。しかるゆへに、人の五倫の内にて能く吟味して見るに、夫婦の間ほど人の実情深切なるものはなき也。大方の人が、父母兄弟にもいはぬ事を、夫婦の間にては言ひあかすもの也。

親子の間は、[六]人の喉《ノド》をしめて問ふたらば、わるうしたらその内の実情深切なるところは、表向《ウハムキ》の半分もなき人が多くあろうが、夫婦の間は表向はわざと左《さ》もなく疎遠《そゑん》なる顔つきにて、その内の実情深切なるところを探して見たらば、親子の間より[七]一倍にもあるべしと思はるゝ事也。されば清少納言が枕草紙に

一 ああ、よくぞやったものだ。「したり(やった)」は、事がうまく運んだ時に感動詞のように用いる。
二 自分でも(声を出していることに)気づかないで声を出して。
三 唐山は中国のことを洒落ていう語。
四 近世の歌論の流れの上で、万葉集を真情主義・無技巧主義として高く評価するのは少数派に属する。景山は契沖の著述に接する機会があったから(解説参照)、万葉代匠記総釈・雑説の次の論の影響があるであろう。「此ノ集ノ歌ヲ譬(たと)ヘバ、仮山(庭園の築山)ヲ作ルニ、高ク大キニシテ、ナリハ奇怪ナラズ。草木ハ、強イテモ心ヲ入レズシテ殖(う)ヱ渡シタラムガ如シ。古今集ノ歌ハ…(山の)ナリモヤヤ面白キヤウヲ作リ、草木モ心ヲ著(つ)ケテ由アルサマニ植ヱタラムガ如シ。後ノ歌ノヨキハ、(漢詩に)「危峰欲レ堕レ江」ト作レル如クナルナリヲ、イカデ作リ出デテシガナト巧ム意、巧拙ハアルトモ、アラハレタリ」。
五 礼運篇。飲食と男女の間柄には、人間の大きな欲望が存在する。
六 首を絞めて、絶対に嘘をいわせないようにして、本音を聞いてみたなら。
七 二倍の意。
八 枕草子春曙抄・八「とをくてちかき物」に「ごくらく、舟の道、男女の中」。
九 「欲に」から次行の「天性自然の」まで、宣長抄録により補。ただし片仮名を平仮名に改め、読点・濁点を施す。
一〇 「寡欲」という言葉は、孟子・尽心・下に「心を養ふは、欲を寡くするより善きはなし」と見え

「遠[八]ふて近きものは男女の中」とかけるは、実によく人情に通達したることなるべし。

欲と云ものは即ち人の情にて、人に様々の欲あれども、その内にて最も重く大いなれば、「大欲」とのたまへる也。欲といへば悪き事のやうにのみ心得《こころう》るは、大きな違ひ也。欲は即ち人情の事にて、これなければ人と云ものにてはなき也。欲は天性自然に具足したるものなれば、人と生れて欲のなきものは一人もなき也。欲のなきは木石《ぼくせき》の類也。その天性自然の欲[九]にあしき事はなけれども、人と云もの天性自然のとほりにしては居《ゐ》ぬものにて、色々様々に己《おの》れが身勝手な事を思ひ、私の料見《れうけん》を出して造り拵《こしら》ゆるからして、理義にそむき、あらぬ事を欲しねごうゆへに、私欲と名がつけば、悪しきものになりゆく也。

しかるゆへに、此人の欲と云ものゝ上からしてこそ、心の善悪邪正は分るゝ事也。仏者の教には、人の欲を絶つて無いようにせよと教ゆれども、聖人の教にはかつて人の欲を絶てよと云ことはなくて、只人は欲[一〇]を寡《すくな》ふするやうにせよと教へらるゝは、人の欲は何程にても絶つて、とんと無いやうにする事は、聖[一一]人でも決《ケツ》してならぬ事なれば、聖人と云ものも元より木石にあらず、肉身《にくしん》を具足せる人なれば、などか男女の欲なかるべきなれども、その男女の欲の上《ウヘ》など

るが、孟子のこの言は朱子学の人欲抑圧主義の根拠ともなっている。ここでは、寡欲という語は孟子から借りて、論は荻生徂徠の弁名に依拠すると考えられる。礼記・楽記に「先王の礼楽を制するや、以て口腹耳目の欲を極むるにあらざるなり。将に以て民に好悪を平らかにして、人道の正しきに反(かへ)るを教へんとするなり。人生まれて静かなるは、天の性なり。物に感じて動くは、性の欲なり。物至り知(ち=知性)知り、然るのち好悪形(あら)はる。好悪、内に節なく、知、外に誘はれて、躬(み)に反ること能はずんば、天理滅す」。弁名・理気人欲・五に右の一節を挙げて、「謂はゆる人欲なる者は、即ち性の欲なり。即ち好悪の心なり。其の文意(右の楽記の文章を指す)を味はふに、ただ礼楽以て耳目口腹の欲を節して、其の好悪を平らかにすることを言ふのみ。初めより人欲の浄尽する(人欲がすっかりなくなる)ことを求むるにあらざるなり」。

一一 聖人を至徳の人格者、道徳的修養の目標とする朱子学よりも、聖人は先王(古代の帝王たち)であり、天から特別の能力を与えられてはいるが、特定の歴史的存在であり、人間であるとする徂徠学に近い考え方。徂徠の弁道・十一に、「聖人の道は、其の大なる者を立つれば、小なる者自ら至る。…(小さなことにこだわると、大きなことを見失う、と述べて)…其の(後儒の)聖人を論ずるも、また渾然たる天理にして、一毫の人欲の私なしと謂ふ。是れまた一己の見を以て聖人を窺ふ者なり。(尭・舜・周公・孔子に小さな失敗や行き過ぎがあったことを述べて)吾、其の何を以て嘲りを解くかを知らざるなり(聖人が完全無欠でなければならないとすれば、これらは弁解のしようがない)」。

にこそ、最も人心の善悪邪正のわかるゝ場なれば、こゝに於て聖人と凡人との分れめも知るゝ事也。人情の内にて男女の欲こそいち重く大事なるものと知るべし。

易の序卦伝にいはく、「有《テ》二天地一[一]然《シテ》後有《リ》二万物一。有《テ》二万物一然後有《リ》二男女一。有《テ》二男女一然《シテ》後有《リ》二夫婦一。有《テ》二夫婦一然《シテ》後有《リ》二父子一」といひ、「夫婦之《ノ》道[二]不《レ》レ可《テ》二以不《ル》一レ久《カラ》也」ともいひ、また礼の郊特牲篇に「男女有《テ》レ別[三]。然《シテ》後父子親《シ》。父子親《シテ》然《シテ》後義生《ズ》」ともいへれば、夫婦と云ものあつて後にこそ父子も兄弟も出来《いでく》る事なれば、夫婦の情は父子の情よりは最初に出来る事なるによつて、男女の欲をば聖人も最も大事にし重じて、慎《つつしみ》ある事也。されば「夫婦は人倫の始め也[四]」とも宣《ノタマ》ひて、男女の欲は全く是《レ》人情の起る本原なる也。

しかるに男女[五]の欲は、人たるもの誰にてもこれには溺《おぼ》れ惑《まど》ひよきものにて、何程の高明[六]なる人も、大英雄の士でも、必ずこれには惑ひ溺れて、平生の心をとり失ふ事なるゆへ、人の最も第一にこれを大事とし、慎み畏るべき事、甚だ危《アブ》なき場にして、これに於て克《ヨク》念へば聖ともなり、念はざれば狂ともなる分れめの所と知るべし。

朱子の淫欲を戒められし詩に、「世[七]上無《シ》レ如《シクハ》二人欲《ノ》険《ナルニ》一。幾人到《カテ》レ此《ニ》誤《ル》二平生《ヲ》一」と

一 「天地有つて、然してのち万物有り。万物有つて、然してのち男女有り。男女有つて、然してのち夫婦有り。夫婦有つて、然してのち父子有り」。

二 「夫婦の道は、以て久しからざるべからず」。夫婦の間柄は永遠のものでなければならない。

三 「男女、別有つて、然してのち父子親し。父子、親しくして、然してのち義生ず」。男女が正しい礼をもって交わってこそ、親子の親愛の情が生ずる。親子の親愛の情があってこそ、義が生ずる。

四 列女伝・召南申女に「以為(おも)へらく、夫婦は人倫の始めなり」。ただしこれは申女という民間の女性の言なので、「のたまふ」という敬語を用いるのはおかしい。聖人の言と記憶違いしたのであろう。

五 本居宣長の石上私淑言・二に「この色に染む心は人ごとにまぬかれがたきものにて、この筋に乱れ乱れそめては、賢きも愚かなるも、おのづから道理にそむけることも多くまじりて、つひには国を失ひ、身をいたづらになしなどして、後の名(後世の評判)をさへ朽(くた)し果つるためし、昔も今も数知らず」。

六 徳が高く聡明なさま。

七 世の中で人欲ほど危険なものはない。古来どれほど多くの人がこれで生き方を誤ったことだろう。朱子の七言絶句「宿二梅渓胡氏客館一観二壁間題詩一自警二絶」其二(朱文公文集・五)の第三・四句。「世上」は正しくは「世路」。

作られしは尤なること也。人、男女の欲は甚だ険難《けんなん》なる場なれば、一足ふみそこなへば、聖と狂とわかるゝ雲泥《うんでい》の違ひ、危《アブナ》き事限りなき所也。聖人も欲は凡人とかはる事はなけれども、その欲が凡人より甚だ寡《すくな》ふして、いかな事溺れ惑ふなどゝ云事は思ひもよらぬ事也。是こそ聖人の聖人たる所以《ゆゑん》なるべし。

しかれば男女の欲は人情の最も重き事にて、聖人の第一に慎み畏れたまふところなるゆへに、詩経の始めに先《ま》づ関睢《くわんしよ》[八]の詩を載せ、夫婦の間、琴瑟相和《きんしつあひわ》[九]するの正[一〇]大高雅なる風、詩を以て人に示[一一]めし玉ひ、しかのみならず、「関睢[一二]ハ楽ンデ而不レ淫セ」とことわりたまふ也。こゝに能々《よくよく》[一三]心を平《たひらか》にし、公《ヲヽヤ》けにし、とくと気をつけて体究[一四]して見るべき事也。夫婦の間に楽むと淫するは、どうやら似たやうなもので、わるうしたらば蹈《ふ》[一五]みそこないそうな危《アブ》な場にして、然もその情思の邪正相判《あひワカ》るゝ事は氷炭《ひようたん》[一六]の違ひ、こゝこそ聖人と凡人との境《さかひ》め也。

楽むと云意味《いふイ》は、天性自然のなりにて一物《いちぶつ》のわだかまりなく、互[一七]の心、物ずき、ゆきあひ打くつろぎ、琴瑟鐘鼓《しようこ》の調子《てうし》拍子《ひやうし》よくあひ、少しも違ふことなく、相共《あひとも》に和楽して、温柔敦厚《をんじうとんこう》[一八]に、春風[一九]の中に坐する如き情思をいへる也。淫すと云は、私愛に溺れ、淫欲染《シミ》[二〇]しつこく、何も角《か》も打忘れ、昏迷流蕩《こんめいりうたう》[二一]して、自《おのづか》ら女私愛《をんなしあい》[二二]の昏惑《こんわく》によつては、夫《ヲツト》は万事を女房のいひしだいにし、何を云ても女

八 詩経の最初の篇である国風の、最初の部である周南の、最初に位置する詩。君子がその人にふさわしい配偶者を求めて、これを得る次第を詠ずる。
九 琴と瑟(琴の一種)がよく調和するように、夫婦が仲むつまじいさま。関睢に「窈窕たる淑女は、琴瑟これを友とす(しとやかな淑女は、琴と瑟とがよく調和するように、君子に似合いの相手となる)」とある。

男女の欲に淫しないのが聖人の教え

一〇 道に則して正しく雅びやかなものであるさまを。
一一 主語は聖人。ここでは詩経の編纂者とされる孔子。
一二 論語・八佾「関睢は楽しんで淫せず」。関睢の詩は、楽しげでありながら、淫らでない。
一三 (男女の欲についての先入観を持たず)心を公平に持ち。
一四 徹底的に究明する。恋愛を体験して究明する、の意ではない。
一五 楽しむ気持ちがつい淫らな気持ちへ迷ってしまいそうな。
一六 冷やす物と熱する物。正反対な物のたとえ。
一七 夫婦お互いの気持ちや嗜好が、調和して、余裕があり。
一八 →二〇六頁注四。
一九 宋の朱光庭が程明道のもとで学んだことを「春風の中に在りて坐し了(はを)ること一箇月」(近思録・十四)といったことに由来する表現。
二〇 「しみしつこし」で一語。非常にしつこい。
二一 理性を失って男女の欲に迷い、流されて。
二二 女に対する道にはずれた愛欲。

房の云ふことを信向《しんかう》するやうになれば、女もそれに乗つて、夫の云ふ事為《ス》る事にても、脇から指出《さしで》て我が勝手のよいやうにし、後には夫は却《かへつ》て女房を恐れ、女房は夫を何とも思はず、人の前にても夫に口をあかさず、いひこめておくやうになり、俗に云ふ尻にしくと云ふ如くになりよきものなるゆへに、夫婦分《わか》ちも立《〔た〕》ゝず、[一]男女内外の差別《しやべつ》なくなる也。こゝを随分《ずいぶん》大事にし、私愛に迷はぬやうに畏れ慎むを「[二]有《リ》レ別」といへる也。

女と云ものは、詩経に、「[三]無レ非無レ義」とて、女は非《アシ》き事は云ふに及ばぬ事、儀《ヨキ》ことにてもせぬが女の道なりと戒め、易にも「[四]無《ク》レ所レ遂。在二中饋一」とて、女は何事にても[五]我《ワレ》一分《いちぶ》して事を仕遂《しとげ》て材智《さいち》を出す事をせず、[六]只内証の味噌塩《しほ》を世話をやき、台所むき朝夕に食物の事ばかりをつかさどつて、[七]表向公儀すぢの事には微塵《みぢん》も指出《さしで》ぬ筈の者と、古の聖人の戒めおかれたる通り、男は外向の事、表立ちたる事をさばき、女は内証勝手向きの事のみをさばくが、男女内外の別也。

此意を以て、[八]それから朝夕のちよつとした事までも気をつけ、「[九]男女不《ハ》レ同二椸《い》枷《かヲ》一」などは礼記にいひて、夫婦の衣類でも衣桁《イカウ》に一所《いつしよ》にはかけぬものと教へたり。是は今の人の気ではあまり偏屈《へんくつ》な事のやうなれども、このやうな事が

一 男は世間向きのことを務め、女は家庭内のことを務めるという区別。
二 礼記・郊特牲の一節。男女がそれぞれの立場をわきまえ、礼を守ること。→二一四頁注三。
三 詩経・小雅・斯干。「義」は正しくは「儀」。「非なく儀なし」。女というものは、悪事をすることもなく、善事をすることもない。
四 易経・家人「遂ぐる所なく、中饋(ちゅうき)に在り」。「中饋」は食事の世話をすること。女は自分で物事を成し遂げることはなく、食事の世話に従事する。
五 一人の分際。職責。責任。
六 表向きでないこと。家庭内のこと。
七 表向きと公儀は同意。公的なこと。社会的なこと。
八 このことを心得て以来。そのうえに、の意ではない。
九 礼記・曲礼・上。正しくは「男女は雑り坐せず。椸枷を同じうせず」。男女は居場所を別にし、衣桁を共用しない。

聖人の教へには最第一《もつとも》とする事、かの敬《けい》[一〇]と云ふものなり。

敬と云は、物事を畏れつゝしみ、前方前方《まへかた》[一一]に気をつけること也。悪しき事も、わづかな事には、大形《おほかた》の人が、こりやこれほどの事は大事なひ〳〵と自《おのづか》ら許《ユル》しておくものゆへ、その時は気がつかねども、積りつもりて大きに悪ふなつたる時に、始て気がついて、俄《にはか》に驚き当惑するもの也。すべて物事には僅の事から して崩れよいものにて、蟻の穴から大きな堤も崩るゝなれば、その前方に僅かな時に随分大事にかけ、畏れ慎む事を、敬と云こと也。

男女の衣服を一所に衣桁にかけたと云ても、当分[一二]何んの悪しひ事はなき事なれども、それからして物事がじだらくになり、崩れて来て、外《ほか》の事へも心安だて[一三]が出来てくる也。こりや大事ないと許《ユル》せば、それから覚へず知らずに流蕩《りうたう》して、昏迷する基《もとゐ》となるもの也。こゝをのがさず、細かに気をつけ、前方に少しその機《き》[一四]の見ゆる始めを油断せず、畏れ慎み吟味するが、聖人の敬の教也。

譬へば鳥銃《てうじゆう》の臬《ケントウ》[一五]の如《ごと》く、未だ弾《タマ》を発せぬ前に、臬が手前にて毫《ふで》の先ほどちがふても、那辺《なへん》[一六]へ往《ゆき》ては大きにちがひが出来《いでく》る也。一分程に東へよつたと思へば、那辺では五尺も七尺も東へゆく。手前にては毫末《がうまつ》[一七]と思ふても、那辺へ往ては東西と違ふて分るゝなれば、臬[一八]のさきは甚だおそろしき大切至極の場也。彼の善

一〇 儒学で重視する徳目の一。朱子学では、特定の上位者を尊び敬うことではなく、心を敬虔謙抑な状態に保つことをいう。以下に述べられる景山の、万事につけて用心深く、乱れが生じないように気を配る、という解釈はそれをやや拡張している。

一一 何につけても、前もって、あらかじめ。

一二 さしあたり。

一三 遠慮・緊張を失って、礼儀を欠くこと。

一四 きざし。きっかけ。

一五 「けんとう」は見当あるいは剣頭の字を宛てる。銃の照準器。「臬」は音ゲツ。弓などの的。ここでは照準器の意に用いている。

一六 あちら。

一七 ほんのわずか。

一八 照準器の先端。

悪の機の、微塵《みぢん》ほどにてこりや大事なひと見ゆるところの、鳥銃の梟の如くなれば、こりや大事なひと軽く思へども、それが[一]功《とう》じた後は善悪邪正と相判《あひわか》るゝこと也。衆人のくせとして、必ずそこを[二]なぐつて、その機を見る事がならぬものなるは、智の明かならぬゆへの事也。

彼の楽みと淫と分《わかる》る機が即ち[三]此場にて、夫婦の間とりわけ心安過《〔す〕》ぎじだらくになりよく、且つその機は僅かに毫末の事、似たやうなことゆへに、つい蹈《ふみ》そこなひさうで甚だ危きところ、畏れ慎むべき事なれば、夫婦の間には常に別《べつ》を立つる事を忘るゝなと教へられしと也。

さて和歌の「歌」の字の字訓を「うた」と云は、本《ト》「うとふ」にて、[四]訴《ウツトフ》と云意也。人情の内に積もりたまつてある不平の事を訴へて、その鬱《うつ》を晴らす義也。是亦《これまた》その内に鬱したるもの、思はず知らずにずつと「思無ㇾ邪」なるより出るものなるに因つて、[五]和歌は詩と同一轍《どういつてつ》なるもの也。

和歌は我朝《ガ》古来宗匠の論にも、[六]恋の歌を以て最も大事とし、重き事としたる事も、夫婦の情は人情の本原にて、和歌のよつて起るところなれば、万葉集にも、[七]相聞《さうもん》とて恋の部の歌を巻首に載せ、全体にこひの歌多く入れられ、[八]後の代々《よよ》の撰集にも、恋の歌を最多く載せて、これを主とする事也。万葉時代の恋《こひ》

一「高ずる」「昂ずる」の宛て字。甚だしくなる。つのる。　二 手を抜いて。いい加減にして。

三 この最初のうちはほんのわずかの違いにしか見えない段階。　四 谷川士清の日本書紀通証・五に見える神道家玉木正英の説に「歌(うた)は謳(うたふ)なり。訴(うつたふ)なり。その志を言ひて、その懐ひを述ぶる者なり」。一部の神道家の間で行われていた説であろう。

五 賀茂真淵の古今集注釈書、続万葉論の序に「歌のまことといふは…たとひ思ふごとくは不義にまれ、ひとへに思ひ乞ふ事をそのままにいひ出だすをまこととはいふなり。…唐歌(からうた＝漢詩)も古へはさこそありけめ。「思ひ邪なしてふは直なり」と解きて、その事はよくまれ悪しくまれ、思ふ事を直ちにいへるを崇みたるを…」と、「思無ㇾ邪」の伊藤仁斎の解釈を引いて、和歌・漢詩の本質同一論を説く。進んだ儒者・国学者の間の定論となりつつある意見だったのであろう。

歌も「思無ㇾ邪」から出るものゆえ、恋の歌が多い

六 古今集の恋の部が全二十巻のうち五巻を占めることについて、契沖の古今余材抄・六に「此の集は四季雑等をわかつ事、多きも上下に過ぎぬを(各部立は多くても上下二巻に過ぎないのに)、ひとり恋のみ五巻にわかつ事は、恋の歌は多きうへに、歌は恋を先とするゆゑにや。万葉集には四季の歌をさへ、春相聞・秋相聞等といふに対して、相聞ならぬ花紅葉などの歌をば、春雑歌・秋雑歌といへり。相聞は恋なり」。

七 元来は漢語で、相互に消息を尋ねるの意。万葉集では雑歌・挽歌・譬喩歌などと並んで部立の名称となっており、「相手に親愛の情を述べる」

歌《うた》は、後世の恋歌とはちがひ、その様子質直《しつちよく》なること、かの九温柔敦厚《をんじうとんこう》の雅《が》なる風に見ゆるが多くして、楽《たのしむ》と云気味に似たるもある事也。一〇風雅集の序に歌の様を論じて、「艶なるは婚《タハ》れやすく、一一木強《ぼくきやう》は雅馴ならず」といへる、即ちかの楽と淫との分れめの意味にかよひ、詩の本意にも自然と相叶《あひかな》ひ、和漢古今の人心すこしもかはらざる事、殊に目出たし。

俊成卿《しゆんぜいきやう》の歌に「一二恋せずば人は心のなからまし物のあはれはこれよりぞ知る」と詠ぜられしは、左《さ》のみ秀歌にはあらずとも、その意趣一三向上《かうじやう》なることにして、人情によく達したること也。

しかしかやうにいへば、何とやらん恋を人に勧むるやうに聞ゆれども、左にてはなし。すべて恋といへば、只大方《おほかた》の訳《ワケ》を知らぬ一四片むくろなる人などは、一《いち》途《づ》に淫慾一五交会《かうくわい》の事に志ざし、性《しやう》のわるき事のみに心得《こころう》れども、恋と云ことはあながちに左様の事ばかりにてはあるまじき事と覚《おぼゆ》る也。

勿論かの今様《いまやう》世上の娼女《セウジヨ》舞妓などに溺愛し、一六長夜の飲を至楽これならではと思ひ、或は一七閨深き処女などを虚言して摟《ソヽロ》かしたりする、軽薄虚蕩《きよたう》に淫慾をのみ目あてとする無下《むげ》の俗人の蓬心《キタナきこころ》からは、その事のみを恋と心得るなるべし。いかなればとて、左様の一八婬媟穢醜《インサウクハイシウ》の事を君臣父子の間に詠吟《えいぎん》し、一九朝廷の重典《ちやうてん》

歌を収める。相手は親子・兄弟・友人であることもあるが、ほとんどは恋人で、古今集以降の恋の部にほぼ相当する。「巻首に載せ」というのは事実に反する。八 古今集が四季・賀・離別などと並べて恋の部を立てて以来、勅撰集で恋の部を持たないものはない。私撰集・私家集もそれに倣う。九→二〇六頁注四。
一〇 南北朝期の勅撰和歌集。真名序と仮名序とがあるが、次の引用は仮名序の「えんなるはたはれすぎ、つよきはなつかしからず」という一節を書き直したもの。あまりに美しい歌風は浮ついた心を誘いやすく、素朴でごつごつした歌風は優しさや穏やかさがない。一一 底本「本強」。意改。「木強」はぶこつで一徹なさま。
一二 俊成の家集、長秋詠藻に収める。正しくは「恋せずは人は心もなからまし物のあはれもこれよりぞ知る」。宣長の紫文要領・下にも、「俊成三位の…(この歌を引いて)…とよみ給へる、この歌にて心得べし。恋ならでは、物の哀れのいたりて忍びがたきところの意味は知るべからず」。一三「高上」の宛て字。程度が高いさま。
一四 かたくなな。一五 男女の交合。
一六 夜が明けても、窓を閉め燭を灯し、宴会を続けること。殷の紂王が耽った贅沢の一。
一七 宣長の石上私淑言・二に「歌の恋は定まりたる夫婦(いもせ)のなからひのみにはあらず、あるは深き窓のうちにかしづきて親も許さぬ女(むすめ)を懸想じ、あるはしたしき閨の内に居(す)ゑて人のかたらふ妻に心をかけなど、すべてみだりがはしくよからぬことのみなるに、それをしもいみじきことにいひ思ふはいかに」という問いを設けて、そういう恋を詠むのも、抑えきれない思いの切実な表われとして肯定するのは、それといわずに師の景山に反論したもの。「そそろ

となれる雅歌と云べきやうやある。殊更に和歌は古[一]くも我朝《ガ》の治道《ちだう》の助けとなり、その時代の和歌の風を見て、政《まつりごと》の善悪、世の盛衰を考ふる事といへることとなれば、その訳あるべき事也。

愚拙これを論ずるに、恋といへるは夫婦の思慕深切《しんせつ》なるところの実情をいへることとなるべし。如レ此《かくのごとく》いへば、又かの今様無下《いまやうむげ》の俗人の蓬心《きたなきこころ》からは、その夫婦の実情[二]と云ものゝ因《よつ》て起る本原《ほんげん》を尋てみれば、全く淫慾よりして生ずる事なれば、交会《かうくわい》の事なくて、いかゞその実情は出来まじき事と心得る也。

かの蓬心から思はゞ左《さ》もあるべき事、全く淫慾(に)昏惑《こんわく》せる上からは、何程いふて聞《キ》かせたればとて、合点すべきやうなければ、此義は是非の論には及ぶまじき事也。しかれども先づとくと心を平かに公《おほや》けにして見ば、あながち左様ばかりにてはあるまじき事と思はるゝ也。

恋と云事は、畢竟《ひつきやう》その淫慾の外に、ゑもいはれぬ自然夫婦の情と云ものある也。夫婦の情ばかりならず、親の子を思ふ心も即ち思慕深切の実情なれば、亦《また》これ恋にあらずや。親の子を思ふ心づかひの程は、夫婦の間よりも事によりい[三]やましなる事もあるべし。是亦《これまた》天性自然との事なるべし。子の親を思慕する孝心は、人により厚薄[四]の不同あるものなれども、何程に不孝なる子と云とも、そ

かす」は、誘惑する。

一八 みだらで汚らわしいさま。振り仮名は「インセツワイシウ」とあるべきところ。

一九 平安初期以来、勅命によって当代の和歌の選集が編纂され、叡覧に供する習慣があったことをいう。

一 古今集仮名序に「いにしへの代々の帝、(種々の機会に)さぶらふ人々を召して、事につけつつ歌をたてまつらしめ給ふ。(献上された歌に表われた臣下たちの)心々を見給ひて、賢し愚かなりと知ろしめしけむ」と、和歌によって廷臣の賢愚を判別する慣習があったかのようにいう。以後、これが和歌の政治的功用を主張する思想の論拠となる。のちに宣長が石上私淑言・三において、これが和歌の史実にも本質にも合致しない、まったくの虚構であることを論じた。

二 「実情」、底本「実性」。天理本等により改。

夫婦以外に、親子・兄弟・君臣・朋友の交わりもすべて恋

三 いっそう多大である。

四 手厚いとか薄情とかの違い。

の思慕の実情はどこやらさすが相応にあるものにて、こゝは[五]いやといはれぬ事、天性自然なれば、子の親を思慕するも亦これ恋にあらずや。

兄弟と云ものになつては、又親子の間とは少しちがひ、各別に面々の厚薄不同あるものゆへ、[六]鄙諺《ひげん》にも兄弟は他人の始まりといひ、古今人情はかわらぬものと見へて、詩経にも[七]「兄弟閲《セメグ》レ牆《かきニ》」と詠じて、世上の間には兄弟不和なる事、他人より甚しきもあれども、又世に兄弟思ひといひて、甚だ相互《あひたがひ》に思慕深切なる事、親子の間の如き兄弟もあるもの也。兄弟も[八]同胞《どうはう》骨肉にて血を分けたるものなれば、たとひ閲《ゲ》レ牆の輩《やから》たりとても、詩に又[九]「防《フセグ》ニ其侮《アナドリヲ》一」と詠じ、我が兄弟の事を他人が侮《アナ》づれば、忽《たちま》ちに腹立して、閲レ牆にて[一〇]不通ぐらいにても、吾が兄弟に[一一]卑下《ひけ》恥辱をとらせじと、[一二]人に指《ユビ》をさゝせぬやうにとする心が出来《いでく》るものは、是れ何となく[一三]どこやらにいやといはれぬ思慕して、実情の天性自然なるところある也。是れまた恋と云ものなるべし。

勿論人の五倫の中にて父子兄弟の交り、その本《もと》が血を分けたるものゆへ、天性自然なるはずの事也。君臣朋友《ほういう》などの交りに至ては、本が他人と他人との出《で》合《あひ》なれども、是亦どこともなく[一四]やめてもやめられぬ、[一五]黙然《モダシ》がたきもの、即ち俗にいへるとをりの義理あひと云ものが自然と出来《いできた》りて、君と名がつき臣と名が

五 子として親への孝を拒否することはおのずと出来ないことで。

六 ことわざ。

七 詩経・小雅・常棣「兄弟(けいてい)牆に鬩げども、外其の務(あなど)りを禦(ふせ)ぐ」。兄弟は垣根の内側では争うこともあるが、外部から侮りを受けることがあれば、内輪の争いをやめ、力を合わせてそれを防ぐものだ。

八 胞は「えな(胎児を包んでいる膜)」。同胞の原義は、同じ父母から生まれた者。

九 右の常棣の詩。「防其侮」は正しくは「禦其務」。

一〇 縁を切ること。

一一 →一七〇頁注四。

一二 人に嘲笑されないようにと。

一三 兄弟の間柄のどこかに。下の「ある也」にかかる。

一四 やめようと思っても、やめられない。

一五 (その関係を断ち切らねばならないような状況になった場合)黙っておとなしくそれに従うことができない。

つけば、いかなる人にても相応に忠節を励む心になつて、たとひ[一]渡り並の[二]半季《ハンキ》居《ゐ》の僕婢《ぼくひ》の類に至るまで、僅《わづ》か半年の間《あひ》だにても、主人と頼み家来に約束してからは、[三]その内は主人を主人とあがめ奉公し、違背《ゐはい》する者は十人に一人もなき也。

朋友の出合には誰にても必ず信実を守り、相互に[四]おれそれが出来《いでき》て底意《そこい》なく、不実なる事を羞《は》ぢ悪《に》くみ、やめてもやめられず、義理合の自然とあるは、是亦《これまた》[五]他人と他人との交りなれば也。勿論《もちろん》父子兄弟とはちがひ、君臣朋友の交《まじはり》には、[六]正身《しやうしん》の表向《ウハムキ》ばかり、[七]義理あひ一偏《いつぺん》なる人が多き事なれども、たとひ表向ばかりにもせよかし、その自然と何となくやめてもやめられぬ、もだしがたく心のすまぬ事あつて、その心の出来《いでく》る根原《こんげん》を吟味して見れば、[八]かつて作り拵《こしら》へ云て出来たるものにあらず。とりもなをさず彼《か》の思慕深切の実情にして、君臣朋友の間も是亦天性自然のものなれば、人の五倫に具《そな》はれること也。すれば畢竟《ひつきやう》君臣朋友の交も亦恋と云ふべし。

[九]尤《もつとも》父子兄弟は云に及ばぬ事、君臣朋友の交までも思慕深切の実情にして、天性自然のものなるゆへにこそ、天地の間、古往今来《こわうこんらい》日月の地に墜《お》ちぬ如く、人の[一〇]五倫のなる道の廃すると云事は、つひになき事也。

一 渡り奉公。奉公先をあちこち転々とすること。
二 半年契約。五年なり十年なりの年季奉公に対して、毎年三月と九月の出替(でがわり)期までの半年・一年契約の奉公を出替奉公という。下級の奉公人は出替奉公が普通。
三 その奉公の期間内は。
四 何やかや(の関わり)。「おれそれ」、底本「おれ」。天理本等により改。
五 上に「信義を守るべき」と補う。
六 本当の。
七 義理一方。ただ義理だけ。
八 決して。下の「あらず」にかかる。
九 なるほど。いかにも。
一〇 五倫が成就する。「なる」、岩瀬本なし。その方が文章は落ち着く。

これを以て観れば、夫婦の間思慕深切の実情は、かの軽薄虚蕩なる事より出《いで》来《き》たるものにあらざれば、あながちに淫慾交会より出来たるものとばかりも思はれず。是亦かの何となく黙止《もだし》がたくて、やめてもやめられぬ、天性自然といふより出来たるものなれば、夫婦と云もの、人の五倫の内にて最も重きものなればこそ、「有テ二夫婦一然後有リ二父子一」[一一]とも、又は「人倫の始」[一二]ともある事也。

しかるに此ノ人の思慕深切の実情と云ものを能《よ》く考ふれば、即ち孟子のいはゆる「不ルノレ忍ビレ人ニ之心」[一三]と云ものにて、とりもなをさず是れ仁の本体[一四]にして、人の本心、性の善なるところ也。かの「物のあはれを知る」と俊成卿の詠ぜられしも、此ノ場[一五]を見つけ得られたりと覚へて、殊勝なること、尊仰《そんぎやう》すべき歌と、平生目《め》出《で》度《たく》おもへる事也。「心のなからまし」と詠ぜるは、俗にいへる「心なひ」[一六]と云ふ成ルなれば、人としてもし人情にうとくあらば、物事に細かに気がつかず、覚へず[一七]と心なひことが出来て、ふつゝか[一八]なるむごい事あるべし。人情に通達せずしては、何として物のあはれは知るべきやうはなき事といへる、俊成卿の意なるべしと思はるゝ也。

しかる[一九]故に、人情に通ずるは仁を求るの方術《テダテ》也。なれども此ノ訳は、今様の世上淫媟《いんせつ》の貪慾《たんよく》に昏迷せし蓬心《きたなきこころ》からは、それは何程[二〇]にても見ゆまじき事、たと

一一 →二一四頁注一。
一二 →二一四頁注四。

思慕深切の実情こそ仁の本体

一三 人に忍びざるの心。人の不幸や苦痛を見過ごしに出来ない心。孟子・公孫丑・上、二一〇頁注五引用箇所の直前に、「人皆、人に忍びざるの心有り。…人に忍びざるの心を以て、人に忍びざるの政(まつりごと)を行はば、天下を治むること、之を掌上に運らすべし(簡単なことだ)」。
一四 孟子・公孫丑・上、二一〇頁注六引用箇所で、人はみな人に忍びざるの心を備えているということの論拠として挙げた「惻隠の心(哀れみ痛ましく思う心)」について、続けて「惻隠の心なきは、人にあらず。…惻隠の心は仁の端(端緒)なり」という。端緒に対する本体が人に忍びざるの心。
一五 ここのところ。
一六 思いやりがない。
一七 思わず。
一八 意図したわけではなくとも、配慮が行き届かないため冷酷な仕打ちになってしまうこと。
一九 底本「しかるうへに」。岩瀬本により改。
二〇 何としても。

ひ又[一]風《フー》流《ル》那《ナ》の如き弁舌を以ていひ聞せたりとも、中々合点《がてん》はゆくまじければ、[二]一向に是非の沙汰には及ぶまじき也。

今、一つの譬《たとへ》を以ていはんに、今世に流行《ハヤル》三線《さみせん》は、[三]人の耳近く、花手《ハデ》にして面白すぎたる声にて、打きくに[四]人の心を蕩《とろか》し躁《さは》がし、起りもせぬ淫慾を誘《サソ》うもの也。琵琶と云ものは、紫式部も[五]「らう〳〵じきもの」といひおき、高古《かうこ》遠雅《ゑんが》にさびて、しめやかなる音にて、[六]打あがりたるものなれば、聞く内には自然と人の心もしづまり落つき、いつともなく清浄になるやうに覚ゆるもの也。三線とは只その絃《イト》[七]一筋のかはりにて、打きゝたるところ雲泥にちがひたるもの也。

[八]三線は今様の淫風《いんぷう》によくあひたるものなれば、彼《か》の淫貪無下《いんたんむげ》の俗人、これならではと面白がり、嗜《たしな》み耽《ふけ》るゆへに、世上に流行《ハヤル》事也。無下の俗人の三線をこれこそと、真《まこ》との楽《がく》[九]と思ひきく蓬心《きたなきこころ》からは、琵琶の音に真の面白い、高古遠雅にして清整なる意味ある事を、何として聞き知るべきや。琵琶を聞かすれば、[一〇]さてもやくたいもなきもの、これがどこが面白き事あるぞと、一曲もすまぬ内からはや[一一]精を尽《つく》す。これ大方はその坐[一二]にもこたへぬもの也。

此《ノ》三味線と琵琶との音を聞く人の心の相違にても、かの楽《たのしみ》[一三]と淫との気味違ひも推量して知るべき事也。古今の人情は同じき事にて、礼記にある如く魏文侯《ぎのぶんこう》

一 普通は「富楼那」の字を宛てる。釈迦の十大弟子の一人。雄弁をもって聞こえた。
二 まったく善悪の議論をしても仕方のないことだ。
三 抵抗感なく耳に入って。聞きやすく。
四 底本「人の心の」。天理本等により改。
五 気品があって落ち着いている。源氏物語・少女「琵琶こそ、女のしたる、にくきやうなれど(女が弾いているのは可愛い気がないが)、らうらうじきものにはべれ」。
六 高尚なものなので。
七 琵琶は四弦。
八 太宰春台の独語に「今の世の淫楽多き中に、糸竹のたぐひには三味線、うたひ物類には浄瑠璃に勝る淫声なし。…今の三味線は甚だしき淫声なり。其の作り琵琶に似たるやうにて、琵琶にくらぶれば形甚だいやしく、是を弾ずるさまも極めて見にくし。此の声纔かに発すれば、忽ちに人の淫心を引起こして、放僻邪侈に至らしむ。其の害いふばかりなし。士君子のかりにも聞くべき物にあらず」。
九 「楽」、底本「楽み」。天理本等により改。振り仮名「がく」を補う。
一〇 役にも立たない。埒もない。
一一 (聞く)根気が尽きる。

楽しむと淫するの違い——音楽の場合

一二 琵琶を聞く座にも耐えられない。
一三 →二一五頁注一二。

のいはれしに、「[一四]我れ古楽《こがく》を聞けばそのまゝ眠気《〔ねむけ〕》がついて、只臥《ふ》さんかと気づかうばかりなるが、鄭衛《ていゑい》の音を聞けば、いつまでも倦《う》み厭《あ》く事は覚へぬ」と也。今、琵琶は亦古楽にて、三線は亦鄭衛也。古今自然の符合《ふがふ》也。

なれども人情と云ものは大概同じきものなれば、かの三線と云もの、本《もと》は人を面白がらすやうに拵《こしら》へて[一五]調らべたものなれば、誰れでも聞いて、これはいやなもの、面白ふないものじやと、[一六]身にたへて嫌ひ悪《に》くむと云ものはなき也。しかるにそれを嫌ひ悪くむと云は、人情にあらぬ事なれば、生れつき偏屈《へんくつ》異風《ふう》なる人か、又は[一七]内心はなるほど面白けれども、表向《うはむき》をつくろい、名聞《みやうもん》を思ひ、賢者ぶりを作り拵へる人か。是亦人の実情にてはあるまじきことなり。

聖人の教にも、「[一八]放ツ二鄭声ヲ一」とはあれども、鄭声を嫌ひ悪くむとは、つひに宣《のたま》はぬ也。「放」とはあたり辺《ほと》りへ寄せ付けぬやうにし、兎角《とかく》それに出合《であは》せぬやうにする事也。鄭声の淫なるは、三線の面白すぎたるに同じ事なるべし。聖人もそれを悪くむとは宣はず、只放《はな》つてそれに出合はぬやうにとあるは、聖人たりとも[一九]我輩《がやから》の人にて、さすが巌木《いはき》ならねば、なべて人の面白いと思ふ事を、人情にうとく、身にたへていやと思ひ、悪み嫌ふごとき偏屈なる事は、あるまじきと思はるゝ也。

一四 礼記・楽記の一節を訳したもの。「古楽」は、周の王室に伝わる由緒正しい音楽。正楽。雅楽。「鄭衛の音」は、鄭・衛(春秋時代の国名)の音楽。淫らであったという。礼記・楽記に「鄭衛の音は乱世の音なり」。

一五 調律してあるものなので。

一六 一身上にこらえて。精一杯。とことん。

一七 このあたりの論理は、のちに本居宣長が儒教・仏教を、うわべをつくろって賢げに見せる偽善の教えとして攻撃する際に、拡大再生産して活用した。石上私淑言・二に「(中国は)いささかのわざにも善さ悪しさをわきまへ争ふをいみじきことにして…人ごとに己れ賢こからんとのみするゆゑに、かの実《まこと》の情《こころ》の物はかなく女々しきをば恥ぢかくして言にもあらはさず、まして作り出づる書《ふみ》などは、うるはしく道々しきことをのみ書きすくめて、かりにもはかなだちたる(頼りなさそうな)心は見えずなんある。…これみな作り飾れるうはべの情にて、実の心の有様にはあらざるなり」。

一八 →二〇七頁注一五。

一九 我々の仲間の人間で。

「悪《ム》[一]㆔鄭声《ノ》之乱《ルヲ》㆓雅楽《ヲ》㆒」と宣《のたま》へるは、鄭声を全く嫌ひ悪む事ばかりとは見へぬ也。此段の語は「紫[二]の朱を乱るを悪む」と宣へる次にあれば、上よりこれ[三]も語の同例にて、鄭声の内に正しき雅楽《ががく》に似せて調《シラ》べたるが有て、世上に元来は鄭声にして、しかも雅楽のやうに聞へて、乱《みだ》しまぎるゝ楽《がく》[四]一流あるを指して宣へる也。鄭声と雅楽とは、ちやうど三線《さみせん》と琵琶との気味にて、どこで聞いてもか[五]つてまぎるゝものにてはなかるべし。されば「乱」の字にて知るべし。打みだれて、どちらがどうやら知れず、取りまぎらかす意味也。その鄭声にてあるを、人が雅楽じや、真《ホン》のじやと思ひ込《こ》み、とりまぎらかすを、悪《にく》むと宣へる事也。是《これ》大きに雅楽の邪魔になる事ゆへに、これを悪み嫌はるゝ事也。

我朝《ガ》に伝はれる天朝《てんてう》[六]楽部の音楽は、元来隋唐の楽と見へたり。此中にさへ、聞けば雅楽と思はるゝと、淫楽《いんがく》らしきとがまじつてあると聞ゆる也。面白すぎて浮《ウ》蕩《キ》て躁《さは》がしきは、たしかに淫楽と聞ゆる也。是らも鄭声の雅楽を乱る気味なるべし。世上の人は一様にみな雅楽じやと思ふ事ゆへに、雅楽の邪魔になるを悪むと云《フ》事也。

総じて音楽の音節[七]繁急《はんきふ》にして面白すぎたるは、忽《たちま》ちに人心を浮き躁がし、それより起[八]らぬ淫慾も感動さするものなるゆへに、音楽は人心を感動さする事早

一 論語・陽貨。「鄭声の雅楽を乱るを悪む」。鄭の国の音楽が古来の由緒正しい音楽とまぎらわしいのを憎む。
二 右の一節の直前にある文章。正しくは「朱を乱る」ではなく、「朱を奪ふ」。間色の紫が正色の朱よりも人々に好まれるのを憎む。
三 同一の構文で、紫そのもの、鄭声そのものを憎むのではなく、「朱を奪ふ」「雅楽を乱る」という点についてのみ憎むといっているのだ、の意。聖人の教えは、耳に快く、人々に好まれている音楽(鄭声・三味線)を問答無用で禁圧するような、不寛容なものではない、ということをいいたいがゆえの議論。
四 ある種の音楽。
五 「本来ならば」「よくよく聞けば」などと補って読む。
六 宮中において音楽(雅楽)を管掌する組織。現在も宮内庁の一部署として存在する。雅楽は奈良時代に唐や朝鮮から伝わった音楽が和風化したもの。
七 テンポが速く、メロディーの変化が激しくて。春台の独語に「三味線も寛文延宝の頃(十七世紀後期)までは、調子ひくく、引く手もまばらにして、…うたふ唱(たう)も詞やさしく節もゆるやかにて、俗調といひながらいやしげすくなかりき。近き頃(十八世紀前期)は調子高く、引く手も甚だせはしく、こまかなり。うたふ歌も詞いやしく拍子つづまりて、いそがはしさいふばかりなし。淫娃(いんあ)の至極、人の心をやぶる事、是に過ぐるものなし」。
八 (音楽を聞かなければ)起こらない淫らな欲望を刺激し、動かすものであるから。

きものにて、人心に関係《アツカ》る事の重く大切なる事也。それゆへ古聖人の天下を治るに、九礼と楽との二つを以て人を治めたまふ事也。礼は人の行儀の作法を教へ、楽は人の心を正しふさする教也。

かの鄭声は殊《こと》の外《ほか》面白すぎたるものゆへ、凡人がこれを聞きては、これより淫慾もいろ〳〵盛になる媒《なかだち》なれば、人の教には必ずこれを放《はな》たしめ、随分これを遠ざけ、出合せぬやうにさするが、聖人の心づかひなり。しかるに朱注の如く、一〇鄭衛の詩を人に見する事は、人の悪心を懲《コラ》す為《タ》めといはゞ、此《ノ》「放《ツ》二鄭声《ヲ》一」の教とは大きに相違する事也。一一鄭衛の詩を人に見する教の心なれば、鄭声を放つには及ぶまじきと思はるゝ也。

楽と云ものも、上古の時分にはや礼記にや「一二蕢桴《クハイフシテ》《クサノバチ》而土鼓《ツチノツヾミ》す」と云て、尭舜以前の時代よりあるもの也。人と云ものは、常住《じやうぢう》窮屈な、一三おりつめた事ばかりにては続きがたきものなれば、必ず打くつろいで心を和《やは》らげ、遊び慰む事なければ叶《かな》はぬ也。その心の和らぎ打くつろぎたる時には、だまつて居《を》られぬものにて、必ず音声を発し拍子《ひやうし》をとり、歌ひつ舞つせねばならぬ。是れ自然の事也。

上古の時分からはやある事なれば、楽《ガク》と云ものは、元来人情のやめてもやめ

九 儒学で重視する文化の様式として、並称されることが多い。論語・八佾に「人にして仁ならずんば、礼を如何せん。人にして仁ならずんば、楽を如何せん」。

一〇 →二〇五頁注一五。

一一 勧善懲悪のために、あえて鄭衛の淫らな詩を読ませるというのなら、鄭の淫らな音楽も聞かせてやればよいということになる。

一二 礼記・礼運の一節。土製のばちで土製の鼓をうつ。上古の音楽の素朴なさまをいう。「クサノバチ」という振り仮名は筑波大本にも見えるが不審。

一三 窮屈な。

られぬ、黙止《もだし》がたき事也。[一]米ふみの歌、木やり歌も、自然の楽也。礼記に「[二]舂《ウスツクニ》不レ相《キウタセ》」といひ、詩に「[三]伐《ル》レ木《コト》許《ヲ》々《タリ》」と詠じ、淮南子《ゑなんじ》に「[四]挙《ル》二大木一者《ハ》呼《ブ》二邪許《ト》一」といへるを、「挙《ゲ》レ重《ヲ》勧《ムルノ》レ力《ヲ》之歌也《ナリ》」といへり。舂《うす》つく時の相歌《きうた》も、大木をひく時の木やり歌も、古《いにしへ》よりある事自然の事也。

それゆへ聖人は情によつて人を教へ玉ふ事なれば、楽《ガク》を以て教として、人の心をそれにてすぐに[五]揉通《もみとほ》すやうにしたまふ事也。かの鄭声を放《はな》ち遠ざけ、平生《へいぜい》に正しき雅楽を人に聞かせ、いつともなくかの鄭声の事を打忘れさせ、雅楽を面白いと思ふ心に移るやうにさせたまふ為めと見へたり。

聖人の作らせられし雅楽を琴瑟《きんしつ》にしらべ、隙《ひま》なる時は平生人に聞《キカ》すやうにすれば、いつともなく我れしらずかの我慢私欲の蓬心《きたなきこころ》を打わすれ、[六]温柔敦厚《をんじうとんこう》、[七]易直子諒《いちよくしりやう》の心に移りかはり、人の心自然と正しふなる也。天下の人心たゞしふなれば、自然と風俗はよくなるものなれば、「[八]移《シ》レ風《ヲ》易《ルハ》レ俗《ヲ》、莫《シ》レ善《キハ》二雅楽《ヨリ》一」とも宣《のたま》へる也。それゆへにまた「[九]士無《レバ》レ故不《ヘ》レ撤《セ》二琴瑟《ヲ》一」とも教へられたり。

[一〇]楽の教《をしへ》は後世には廃《すた》れたれども、今にて考るに、彼の三線《きみせん》を聞けば、どこともなく淫慾を引き起し、何ともなき心も忽ちに浮躁《ウキサハガシ》くなるを思ふに、人の心は物の音《ネ》に感じやすく、忽《たちま》ちに変じ、移しよきものなれば、かの聖人の作らせ

一 精米のために踏み臼を踏む。その労働の際の歌。また木材を大勢で運ぶ時に、動作を揃えるために歌う歌。
二 礼記の曲礼・上と檀弓・上に重複して見える文。「隣りに喪有らば、舂くに相せず」。隣家が喪中であれば、臼をつく時に音頭をとらない。「きうた」は杵歌。杵をつく時の歌。

淫楽から雅楽へ導くのが聖人の教え

三 詩経・小雅・伐木。「木を伐(き)ること許許(ここ)たり」。許許はかけ声。よいしょよいしょ。
四 淮南子・道応訓「今それ大木を挙ぐる者は、前は邪許(やこ)と呼び、後ろもまた之に応ず。此れ重きを挙げ力を勧むるの歌なり」。大木を持ち上げる者は、前の者がよいしょと叫び、後ろの者もこれに応ずる。これは重い物を持ち上げ、力を出すための歌である。邪許は許許に同じ。
五 柔らかくもみほぐす。
六 →二〇六頁注四。
七 重苦しくなく、素直で、慈愛深く、誠実な心。礼記の楽記と祭義に重複して見える文に、「楽を致して以て心を治むれば、則ち易直子諒の心油然として(盛んにわき起こるさま)生ず」。
八 孝経・広要道章の一節であるが、「雅楽」は正しくは「楽」。「風を移し俗を易ふるは、楽より善きはなし」。風俗をよい方向に変えるには、音楽によるのがもっとも効果的だ。
九 礼記・曲礼・下。「撤」は正しくは「徹」。ここでは撤に同じく、取り去るの意。「士、故なければ琴瑟を徹せず」。士は事故がない限り、琴瑟を身から離さない。
一〇 書物で伝わった聖人の教えに比べて、音楽による教え(古代の正しい音楽)は、後世には伝わらなかった。

られし雅楽を琴瑟の正律《せいりつ》に調らべて、平生に聞きたらば、我しらず自然と人の心も正しくなるべき事と思はるゝ也。孔子の「[一一]三月不レ知ラ二肉味ヲ一」と云趣《おもむき》はいかばかりの事ならんと、[一二]想望感念《さうばうかんねん》の至りにたへざる事也。今の琵琶を聞てさへ、どこともなく私欲を打忘れ、心が清浄になるやうに思はるゝに、真の古《いにしへ》の琴瑟の雅音をきゝたらば、いかようにあるべきかと覚ゆる也。今、人心の淫楽によつて移り変ずるを以て[一三]推量してみれば、雅楽にても人心の移り変ずまじきものとも思はれぬ事也。

古聖人の楽を以て人に教へ、人心を正しふし、風俗を移易《いえき》なさるゝと云事は、[一四]雅楽も伝はらず、聖人も世に出ず、その教へ一向に廃したる事なれば、楽の教と云事は、今の人に何程にいふて聞しても合点せぬ事なれども、仮りに琵琶と三線《きみせん》との気味を以て推察して知るべき事也。

しかれば聖人たりとも、鄭声《ていせい》を聞き玉ひ、いやなものと悪《にく》み嫌はるゝ事、悪臭を悪む程まではあるまじけれども、雅楽を聞たまひて、その正雅高遠《せいがかうゑん》にして、心もこれによつて正直清浄になり、肉味をだに忘れ玉ふばかりの、真実に面白ひ味ひを知らせたまひ、かの鄭声のいやしき[一五]淫哇浮躁《いんあいふさう》なる声を聞き玉ふとは雲《うん》泥《でい》に思召さるゝところが、聖人の心の凡人とかはりたる事と知るべし。鄭声を

一一 論語・述而に「子、斉に在りて韶を聞く。三月、肉の味いを知らず」。孔子が斉の国で古代の韶という音楽を聞いて感動し、三か月というもの、肉を食べても味が分からなかった。

一二 遥かに思いやって、深く感ずること。

一三 淫楽によって人心が悪い方へ変わる、音楽の持つその強い感化力から推し量れば、雅楽も人心をよい方へ変える、同程度の感化力を持つであろう、の意。

一四 上に「今のわが国では」と補う。「聖人も世に出ず」という断定は、荻生徂徠の学則・一の冒頭に「東海(日本)、聖人を出ださず」というのに似る。

一五 音楽が淫らなさま。「哇」、底本「洼」。意改。

聞きては忽ちそれに心を蕩《ウカラ》され、雅楽を聞ひてそのまゝ精《せい》[一]を尽〔つ〕かし、眠む気の来るが、世上大方《おほかた》の人の蓬心《きたなきこころ》也。こゝにおいて聖凡の分れめはある事也。

富といへば、金銀財宝を沢山にたくはへ、万事自由にする事なれば、人欲の最も目あてにする事也。是れ誰にてもいやな事にてなければ、富を欲し願ふが人情なり。しかるにそれをいやがり悪《に》く》み嫌ふと云は、人情にあらぬ偏異《へんい》なる事也。愚俗を暁《さと》らせん為めの方便にて宣《のたま》ひたるにもせよ、聖人たりとも此肉身《にくしん》を具《そな》へたる人なれば、富をいや也とは思召れぬかして、「富《ニテ》而可《クンバ》レ求《ム》也。雖《ドモ》二執鞭《ノ》之士《ト》一吾亦為《ン》レ之」と宣ひ、富と云ものが求めて得る事のつ[三]ひなるぞならば、馬の鞭を執《と》り、人の僕御《ぼくぎよ》《ツカイモノ》となり、いかやうなる下賤の事をしてなりとも、求めたいとあるは、実に人情は聖人も凡人と同じければ也。

なれども富貴[四]は在レ天《ニ》ものにて、求め得たいと無理に是非ともと思ひ込み、急にもがきたればとても、何程でも叶《かな》わぬ事、人力の及ばざる事也。貧賤なりとも是非[五]に及ばぬ事、何とぞして逃《のが》れたきもの、いやなる事なれども、兎角《とかく》にたゞ天命と云ものあれば、一向[六]あなた次第にしておき、迚《ト》てもならぬ事をとやかうと思ほふよりは、そこを早く悟り、我が心の真実に面白ひと思ひ好む事は、古聖人の書を読み、学文《がくもん》をし、義理を分別《ふんべつ》し、心を清浄にする方がはるか安楽

一 根気を失い。

聖人・凡人の分かれ目

二 論語・述而「富にして求むべくんば、執鞭（しつべん）の士と雖も、吾また之をなさん」。富が求めてもよいものであるならば、それを得るためには馬車の御者のような賤しい仕事でも、私は甘んじてしよう。論語の原文では、続けて「もし求むべからずんば、吾が好む所に従はん（求めてはならないものであるならば、私は好きなように生きたい）」とある。本文の次の段落でそのことを説いて、二三一頁三行目に「吾が好む所に従はん」を引用する。

三 はからずも可能だということならば。「ぞ」は強調の終助詞。

四 論語・顔淵に「富貴は天に在り」。

五 どうしようもない。

六 あなた任せ。

にして増したる事、此《ノ》真実の楽みは、又何にもかへられたものではないと、かの富にて自由なる楽みと両方をくらべて、迚《トテ》もならぬ事を辛苦して求めうとするよりは、はるか此方《このはう》の楽みがましときわめて「従《ハン》二吾《ガ》所《ニ》一レ好《ム》」と宣《のたま》ひし事也。

しかるに凡人は只もの貧賤をじゆつなく七堪《た》へかぬる心から、富貴をうらやみ、ならぬ事を知りながら、是非ともと万が一を僥倖《げうかう》八し、力わざにて無理に求めんと、全く富貴名利にのみ心が入りきつて居るゆへ、外《ほか》の事には目がつかず、九羹《あつもの》に見へ墻《かき》に見へ、夢うつつにも忘れがたく、何程に吾が好むところの学文の道に真実の楽味ある事などをいひ聞《キカ》せたと云ても、一〇あの方へかつて徹する事はなき事也。その心に好むところの趣向《しゆかう》、大きに相違してあれば也。こゝが聖人と凡人とのかはりめと知るべし。なれども聖人にても富貴をいやな事と嫌ひ悪《にく》む心のなきは、人情には聖凡のかわりなければ也。

さて琵琶は元来胡国《ここく》一一より伝へ来る楽器なれば、真の雅楽の器にもあらねども、三線《さみせん》とくらぶれば、音調甚《はなは》だ高雅なる趣あるものなれば、是亦雅楽の遺音《ゐいん》ともいふべきもの也。されば三線を面白がる人の心と、琵琶を面白がる人の心は、物数奇《ものずき》が大きに相違すれば、一様《いちやう》にはいわれぬ事なるゆへ、かの鄭声と雅楽との相違、又はかの楽《たのしみ》と淫《いん》との相違の気味も、此三線と琵琶とを聞く相違の気味

七 術なく。せつなく。つらく。

八 偶然の幸運を望み。

九 あるもの(ここでは富貴名利)を深く思っていると、何を見てもそのものが幻に浮かぶという喩え。本来は中国古代の天子の舜が先代の天子の尭を深く追慕したことをいう。後漢書・李固伝「尭殂(そ)して後、舜仰慕すること三年、坐すれば則ち尭を牆に見、食すれば則ち尭を羹に覩(み)る。」

一〇 そちらの方(学問の方)へ。

一一 中国の周辺の異民族の国。琵琶は中国固有の楽器ではなく、もと西域の異民族が馬上で弾いたものと伝える。

を以て、推量して知るべき事と思はるゝ也。三線を以てこれならではとし、真の楽《がく》[一]と覚ゆる無下《むげ》の俗人に向つて、琵琶に真の面白ひ味ある事を説き聞かせたればとて、馬[二]の耳に風の吹く如くにて、合点すべきやうはなき也。

　これと同じ事にて、和歌の道に大事とする恋と云ふ事は、夫婦思慕深切、天性自然の実情なる訳《ワケ》を、かの今様《いまやう》淫慾交会《かうくわい》の事のみ恋と思ひ込みし、無下の俗人にいひきかせたればとて、中々淫慾の口実とするやうに成りゆき、いはぬが[三]ましなるべくして、是非に及ばぬ事也。なれども、上に段々いへる如く、五倫の内にては夫婦の間の思慕深切なる実情は、いち大事なる重き事なれば、我《ガ》朝和歌の道も、自然とこゝを以て大切とする所以《ゆゑん》也。

　夫《そ》れ和歌の起る本原を尋ぬるに、陰陽《いんやう》[四]の二神の「熹哉《アナニヘヤ》」の語を祖とし、八[五]雲の神詠三十一字より始まり、人の代《よ》に至り、その実情を訴《ウッタ》へて鬱《うつ》をはらすものなれば、万葉集にも相聞を始めとし、恋歌を取り多く載せ、詩経にも自然と関雎《くわんしよ》の詩を以て始とせしは、夫婦の道は人情の最《もつとも》重きものにして、聖人のこれを大事とし、重んじ慎《つつし》まるゝところなれば也。又其言《ノイ》ひつゞくる詞《ことば》までも、自然と詩も五言七言にて、和歌も又五字七字にさだまれり。唐の詩、大和の歌の道の、符節《ふせつ》を合せたる如くなるは、是亦《これまた》天地自然の事也。

一 →二二四頁注九。
二 →一六五頁注一二。

夫婦の道は人情の根本

三 恋は重大なことであるなどと、なまじ言わない方がましのようで、如何ともしがたいことである。

四 イザナギ・イザナミの二神。二神の天の御柱をめぐっての唱和を歌の始まりとすることは、古今集仮名序の古注にいう。二神ともに唱和の歌は、日本書紀によれば「熹哉」の語を冒頭に置く。「熹哉」の訓は、書紀の訓注にアナニヱヤとある。

五 記紀にスサノオノミコトが詠じたと伝える「八雲立つ出雲八重垣妻ごめに(古事記では「妻ごみに」)八重垣作るその八重垣を」の歌。これを三十一字の歌の最初とすることも、古今集仮名序にいう。

その上に夫婦は五倫[六]の始《はじめ》也とも聖人の宣《のたま》ひ、礼の内にても婚姻[七]の礼をわけて重き事とせられたるは、兎角《とかく》にたゞ夫婦の情は五倫の内にて最も重きものなれば、是は人情の本《もと》なる事を知る也。人情の本を知り、五倫の間の人の実情を察する事明かなれば、心が公《おほ》やけに平かになり、気量《きりやう》が大きになつて、料見《れうけん》よく物を容《い》るゝによつて、すべて人を憐憫《れんびん》し、自然と人の諫《いさめ》をも容れ用るやうになる事也。

人情にうとく、人の身の上になりかわつてその情にとくと通達する事ならずば、万事に気のつかぬ事多く、事によつて我しらずとむごい事が出来《いでく》るもの也。しかれば人情に通ずるは、とりもなをさず即《すなは》ち是恕《じよ》[八]の道也。人情に通じ、恕をなし得て、その恕に熟した時は、即仁に至る事なれば、前に云へる如く、とかく人情を知るは仁を求るの端《はし》となる事也。

人情に達するは、国家の政《まつりごと》をせば、古聖人の徒《ともがら》ともなるべき事なれば、人情に達するは又政の本《もと》に達すると云もの也。然れども此夫婦の情が人情の本たると云事は、能《よ》く心を公《おほや》けに平かにし、吟味せねば、真実に合点ゆかぬ事、言語の上にては尽されぬ事也。人情に疎《ウトキ》[九]経生儒者などの気のつかぬ事也。俗にいへる以心伝心《いしんでんしん》[一〇]の場なれば、聊爾《れうじ》[一一]には無下の俗人や又は年若き初学の書生輩など、

六「五倫」は岩瀬本に従って「人倫」と改めるべきか。そうすると二一四頁注四と符合する。この言を聖人の言と思いこんでいたのであろう。
七 儀礼に士昏礼、礼記に昏義の篇があって、婚礼の儀式を詳細に述べるが、昏礼を冠礼や葬礼よりも重大とすること、未詳。
八 →二〇二頁注二。
九 →二〇〇頁注一。
一〇 本来は禅宗の用語で、言語では表わせない真理を、師の心から弟子の心へ直接に伝えること。
一一 うっかりと。思慮なしに。

説《キ》聞かすべき事にあらず。わるふ心得たらば、これより淫慾《いんよく》を恣《ほしいまま》にする口実となり、詞質《ことばじち》に取らるべきなれば、必ずその人を見て説くべき事也。妄《みだ》りに説《トク》べからず。穴賢《あなかしこ》〳〵。

一 [一]八《や》雲《くも》の伝授と云ふ事、世上に秘訣《ひけつ》とする事、其訳《そのわけ》はしらねど、理屈を臆断《おくだん》にてこしらへたるものと思はるゝ也[二]。惣じて秘伝と云ふ事は、大道にはかつてなき事なればこそ、夫子《ふうし》も「[三]吾無レ隠乎爾」と宣《のたま》ひし也。[四]和歌の道は我朝の大道なれば、元来和歌の道に[五]秘伝と云ふ事あるべしとも思はれず。八雲の伝は全《ク》後世の拵《こしら》へ事なれば、一向議論には及ばぬ事、これも又かの[六]茶儒《ちやじゆ》の類なるべし。

さりながら[七]古《こ》今伝授《きんでんじゆ》と云事、今は[八]朝廷の重典になり来《きた》り、事々しき公事《くじ》の沙汰になりたるは、いかがしたる事にや。和歌の道の極意は、[九]古《こ》今《きん》の序に言を尽くし、その外よみ方心持《こころもち》は、[一〇]詠歌大概《えいかのたいがい》、又は[一一]八《や》雲《くも》御抄《みせう》「用意」の部、[一二]頓阿《とんあ》法師が愚問賢注《ぐもんけんちう》にて、何の伝授もいらぬ事と思はるゝ也。和歌の道も亦いわゆる以《い》心伝心《しんでんしん》なるものなれば、委細に言句《ごんく》伝授などにて言ひつたへらるゝ事にてあるまじければこそ、「[一三]大概」といへる名にても知るべし。至極《しごく》に中《あた》りたる名目《みやうもく》也。詩の道も又同じ事にて、天然と和漢符合《ふがふ》したるは、人情の同じければ也。

一 八雲の神詠(→二三二頁注五)をめぐる秘伝。室町時代の神道において形が整えられ、歌学でも重んぜられるようになった。二 宣長抄録ではこの次に「畢竟カノ世ワタルハシニシタル事也」という一文がある。「世ワタルハシ」は一五五頁注二一を踏まえるから、宣長の付加でなく、景山の原文にあったものと見るべきか。三 論語・述而「吾、隠すことなきのみ」。私は何も隠し立てはしていない。孔子が弟子たちにいった言葉。四 本居宣長の排芦小船・四十四に「問、和歌ハ吾邦ノ大道ナリト云フコトイカガ。答、非ナリ。…」とあり、当時通用していた説であるが、初出の文献は未詳。五 平安末期から歌学の世界に生じた習慣。古今集、源氏物語などの古典の特定の用語の注釈などを秘伝とし、限られた少数の者にしか伝えないというもの。歌学の権威を守り高める手段として中世歌学の中で盛んになり、伝授に際しての事々しい儀式などが定められた。六 →一五五頁注一九。七 歌学の秘伝の中でもっとも重大視された古今集に関する秘伝を伝授すること。八 戦国時代に後陽成天皇の弟の智仁親王が細川幽斎から古今伝授を受け、智仁親王が後水尾天皇に授けて以来、古今伝授の諸系統の中に御所伝授という一流が成立し、近世後期まで、天皇・皇族・高位の公家の間に行われた。九 古今集の仮名序。一〇 藤原定家の歌論の代表的なもの。一一 順徳院著の歌学書。類書のうちもっとも大部で整備されたものとして重視され

6
和歌の道は公明正大、誰にでも開かれている

和歌に秘伝なく、身分の差別もない

我朝《ガ》古来歌道において、別《べつに》秘する事は少しもなきと見ゆれども、近代[14]に及んでは古今伝授などいへる事出来《いでき》て、和歌はよまれぬものゝやうに事むつかしうなり、その上《ウヘ》公家ならでは歌はよまれぬ事、地下《ぢげ》[15]の人は歌といふものはよまぬ事にて、地下の歌をこのむは僭称《せんしよう》[16]らしき事のやうになり、公家も地下の者の歌はたとひよくても、真の事でなひなど[17]こなし、堂上家《たうしやうけ》[18]の物となりゆく事、いかなる事にや。

いよいよ此《この》ようの事ならば、日本の人は今[19]と昔と人の生れつきかはりたるにや。公家も地下も人にかはりなければ、歌をよまんに数奇《すき》[20]で志さへ深かゝらば、堂上《たうしやう》地下《ぢげ》の差別はあるまじき事也。定家卿《ていかきやう》の集められし百人一首の内には、地下[21]の者十七人までのせられたり。勿論《もちろん》古今集より始め廿一代集[22]に、地下の人の歌を載《の》する事その数を知らず。その内にもさのみ歌人と名を呼れざる地下の者も、秀歌なればにや撰集《せんじふ》に入たる歌多くある事なれば、昔[23]の歌道の盛んなりし代《よ》には、かつて堂上地下の差別なき事と見へたり。

古今伝授の事、世上に流布《るふ》せる説には、紀氏《きし》[24]より段々と女に伝はり、後に左《さ》金吾《きんご》基俊《もととし》石山に参籠《さんろう》し、古今《こきん》の事を祈られしに、夢中に女来《きた》りて、「我は志賀の辺に侍《はべ》る者也。殊の外《ほか》貧に侍れば、恵みたまへ」といふと見て夢さめぬ。よ

た。「用意」は巻六で順徳院の歌論を述べる。
一三 南北朝期の歌人。「愚問賢注」は、公家歌人二条良基の和歌に関する種々の質問と、頓阿の答えとをまとめた書。
一三 定家卿が自分の歌論書に「大概」という名を付けたことによって知ることができる。実に歌の本質に的中した書名である。
一四 近い時代。ここでは戦国時代以来を指す。
一五 本来は六位以下の、清涼殿への昇殿を許されない下級官人。転じて、下々の者。庶民。
一六 身分を越えた奢り。正しくは「僭上」。
一七 見下し。軽蔑し。
一八 三位以上、また四・五位のうち清涼殿への昇殿を許されている官人。殿上人。転じて、公家。
一九 昔は歌を詠む資格として身分が問われることはなかった、の意。 二〇 →一六五頁注一九。
二一 細川幽斎の百人一首抄・巻末の「作者之部類」に「地下十七人」として「文屋康秀・大江千里」などを挙げる。 二二 平安時代中期の古今和歌集から室町時代初期の新続古今和歌集に至るまでの、全二十一集の勅撰和歌集。 二三 荷田在満の国歌八論・官家論にも、「歌の本来を知らざる故に、歌は堂上のよむ物にして、地下の知るべからざる事と称す。…歌において祖とし宗とし仰ぐ所の人麻呂・赤人をば、いかばかりの人とやは思へる。…また古今集の撰者にも甲斐少目凡河内躬恒、右衛門府生壬生忠岑あり。並びに卑賤の人ならずや。何を以てか歌を地下の知る物にあらずといはん」。

古今伝授は根拠のない弊風

二四 紀氏は貫之。古今集の主撰者。基俊は藤原氏。平安後期の歌人。左金吾は左衛門佐(さえもんのすけ)の唐名。後出の「古今系図」は、古今伝授の系統

つて志賀辺を尋てかの女に逢ひ、古今伝授の事を女より基俊の伝授され、それより俊成卿《しゆんぜいきやう》相伝して、[一]二条家に伝来せりと也。是れ古今系図と云《いふ》もの丶説に見へたり。

それより南北朝戦国の時に至り、二条家断絶せし処に、二条家は南朝に仕[二]東《とう》の野州常《やしうつね》縁《より》より古今《こきん》を宗祇《そうぎ》へ伝へ、宗祇より[三]実枝《さねき》逍遥院殿《せうえうゐんどの》へ伝授し、実枝公より[四]細川玄《ほそかはげん》旨《し》へ伝へられし也。細川玄旨の丹後の[五]田辺《たなべ》の城を石田治部少《ぢぶせう》輔攻め囲む事十数日にして、すでに落城に及ぶべきよしを後陽成院《ごやうぜいゐん》きこしめし、烏丸光広《からすまるみつひろ》、西三《にしさん》[六]条公条《でうきんえだ》を勅使として田辺の城へぞつかはされ、古今を伝授せしめたまひ、古今相伝の内に合戦を止《や》むべきよし勅詔《ちよくせう》あり。さて古今相伝おはりて後、又玄旨《げんし》は天子和歌の御師範なれば、これに敵するは朝敵也と[七]宣旨《せんじ》下りければ、寄手《よせて》の諸[八]軍牙《きば》をかみて引退《ひきの》きしと也。是《これ》より代々天子の事とし、古今伝授、近代に至りては事々しき重典のやうになれり。

或人《あるひと》のいへるに、「紀氏古今《こきん》を撰《せん》して、自《みづか》ら伝授と云事を拵《こしら》へて伝へ侍《はべ》らん理はなき事也。すべて作者の後すでに数年を経《へ》て知る人まれなるより、伝授秘密と云《いふ》ことは出来《いでく》る事也。[九]古今集を貫之の心には十成《じつせい》せざるにや、[一〇]新撰三百六十首を撰んで、古今の歌二百八十首を載《のせ》て、「[一一]今撰《えら》むところ、玄《げん》の玄也」とい

により内容に多少の相違があるのであろう。宮内庁書陵部蔵「当流切紙」所収の「伝授之次第」は、ここの記述とやや異なるが、貫之に始まって、何人かの女性を経て基俊に至り、さらに俊成に伝わるという点は同じ(京都大学国語国文資料叢書『古今切紙集』)。

一 中世歌学の師範の家柄。定家の子、為家の三人の子によって家が二条・京極・冷泉の三つに分かれた。その一。室町初期に血統が絶える。 二 室町中期の美濃郡上の領主。東は姓。野州は下野守を意味する。歌人でもあり、二条家歌学を継ぐ僧侶歌人尭孝(→二三八頁注二)から古今集の秘伝を授けられた。これをさらに連歌師宗祇に伝えたのが、形式的に整備された古今伝授の初めという。 三 正しくは実隆。三条西氏。逍遥院は院号。室町後期の公家歌人。宗祇から古今伝授を受けた。実枝は実隆の孫。 四 細川幽斎。玄旨は別号。戦国時代の武将。足利義昭・信長・秀吉・家康に仕えた。肥後細川家の始祖。著名な歌人・古典学者でもあり、三条西実枝から古今伝授を受けた。 五「の城」、宣長抄録により補。「石田治部少輔」は三成。関ヶ原の合戦の際、幽斎は東軍に加わったため、丹後田辺の居城を三成指揮下の西軍に包囲された。幽斎が戦死すれば古今伝授が絶えることを案じた後陽成天皇が勅使を派遣して調停し、西軍は包囲を解いた。 六 正しくは実条(さねえだ)。実枝の孫。田辺城一件落着ののち、幽斎からもともと自家に伝わっていた古今伝授を受けた。 七 天皇の言葉。 八 非常に無念に思うこと。 九 以下、次行の「といへり」まで、愚問賢注の一節。古今集を、貫之の心では完全無欠の集と満

へりと、頓阿《とんあ》もいへる事なれば、その[一二]古今集さへいまだ十成の撰集《せんじふ》にはなかりしと見へたり。又基俊の石山へ祈られし事、式部源氏[一三]の事に同じ。是後人《これこうじん》奇怪の事を拵へて、古今《こきん》を売るものゝ作りし事なるべし。

又俊成卿の、[一四]顕輔卿卒後《あきすけきやうそつご》に基俊の弟子となられし事を知らずして、六条家[一五]を見やぶり、二条家の伝を受けられしと云古説、これ後人の偽造の証拠なり。二条と云は、定家の二条に住まれしゆへに二条黄門《くわうもん》と云ひしより、為家卿《ためいへきやう》の後よりいひし称号也。俊成時分にはいまだ二条家と云ふ事あるべからず。二条家といふにつきても、定家の時分に古今伝授の事なき一証にて、後人の偽造なる事紛《まぎ》れなし」と也。

契沖師《けいちうし》の説に、「[一六]顕昭法師《けんせうほふし》の古今の註を顕注《けんちう》といへり。その註に定家卿考《かんがへ》を書加へて、[一七]密勘《みつかん》を作られし也。密勘の二字は、人に見すべきに非《あら》ずと云意也。是を注して密勘と名付けておかれ、外《ほか》に伝授と云事あるべきにあらず。古《いにしへ》より記録多く侍れども、定家卿の時分に伝授の沙汰なし」と云へり。契沖師は水戸[一八]の文庫の秘書をも偏《あまね》く覧《み》、その外《ホカ》歌学を極めし宏覧逸材《くわうらんいつざい》の人なれば、此《ノ》語にても、定家の時分も古今伝授と云ことなき証ともすべき。

又[一九]井蛙抄《せいあせう》に云《いは》く、「頓阿《とんあ》法師、為世卿《ためよきやう》の方《かた》へ（為家の孫にて為氏の子也）古今の事ならひにま

足できなかったのであろうか。

一〇 新撰和歌集を指す。貫之が古今集から秀歌を抄出せよとの醍醐天皇の命を受けて編纂した集で、三六〇首を収める。うち二八〇首は古今集から採る。

一一 新撰和歌集巻頭の真名序の一節。この度選んだ歌は、特に趣きの深いものである。

一二 古今集は完璧な集ではないと貫之自身が認めているのだから、そのようなものに貫之が秘伝を設定するはずはない、の意。

一三 紫式部が石山寺に参籠していて、源氏物語の着想を得たという、河海抄に記された伝説。

一四 藤原氏。平安後期の歌人。六条家と呼ばれる歌道の家を興した。ただしその没したのは久寿二年(一一五五)で、俊成が基俊に入門した保延四年(一一三八)、基俊の没年の永治二年(一一四二)よりも後れる。次にいうことはやや不審。

一五 俊成が顕輔の六条家の歌学の底が浅いのを見破り、基俊の二条家の古今伝授を受けた。

一六 「契沖師の説」というが、典拠未詳。景山は書物になっていない契沖の説を聞き知ることのできる立場にあったので(解説参照)、門人に伝わった契沖の談話か。顕昭法師は顕輔の養子。六条家の歌学を継いだ。その著、古今集註を名の一字を取って顕注と呼ぶ。

一七 密(ひそ)かに勘(かん)える、の意。顕昭の注と併せて、顕注密勘の書名で伝わる。

一八 契沖は水戸徳川家から万葉集の注釈を依頼され、注釈に必要な資料を水戸家から貸し与えられた。しかし身は大坂にいたままで、江戸・水戸を訪れたことはなかったから、「水戸の文庫の秘書をも偏く覧」というのは誇張である。

一九 頓阿の歌論書。以下の引用は巻六に見える次の記述のことか。「民部卿入道(為世)に古今

いりしが、三度まで人あり、障《さは》り侍りて、四度めには人なくて伝へられし」とあれば、是《これ》が先づ古今の伝授といはん名目《みやうもく》の始めなるべくや。頓阿の子、[一]法印経賢《つねかた》より[二]大僧都《だいそうづ》尭孝《げうかう》へ伝へられし也。尭孝は[三]後小松院《ごこまつゐん》の時代の人也。[四]康富《やすとみ》の記に云く、「尭孝は古今の事より初て、歌道の事にくはしき人也しが、死近づきけれど伝ふべき人なかりしゆへ、随身《ずいじん》の尼にぞ大方《おほかた》の事は伝へられける」とあり。これにて思へば、古今の事も尭孝にて先づは絶《たえ》たるならめ。[五]古今の地下《ちげ》の人の伝と云事は、畢竟《ひつきやう》頓阿法師より見ゆる事也。

その後に[六]東野州《とうやしう》の時に至り、古今伝授と云《いふ》名目出来《いでき》て、古今集の箱の銘を[七]天《てん》地《ち》一馬《いちば》、古《こ》今一貉《こんいつらく》、雪月風花《せつげつふうくわ》、拒攘千古《きよじやうせんこ》と、野州のかゝれしと也。是《これ》世俗に[八]箱伝授《はこでんじゆ》と云始《いふはじめ》なるべし。これを宗祇《そうぎ》法師へ伝へられしと見へたり。

今の事を以て見れば、古今の伝授は大切なること、[九]下賤《げせん》の者などが伝ふべきにあらず。しかるに野州の時より、古今伝授の[一〇]漸《ぜん》なれども、左《さ》ほど大切なる事を宗祇に伝へられたれば、野州の時にはいまだ貴賤をえらぶ事にあらずと見へたり。宗祇より[一一]逍遥院三代に伝はり、玄旨より後陽成院に伝へ奉られける。是《これ》天子御伝授の始なれば、古今伝授と云事は、元来は地下《ちげ》より公家へ伝へたる事也。伝授の名目は東野州に始まり、宗祇と玄旨とにて成就し、それより後人、

の説を受けんとて参ぜし時、法師にて聞書などはしなれたるほどに、其のために定為を具して侍りしかば、今日は差し合ふことあり。後日来たるべきのよし仰せられて、内々何とて人をば付けたるぞと申されき。よつて後日に一人まかりて説を受け侍りき」。かなり内容が異なるし、井蛙抄に著者頓阿が頓阿法師と書かれるのはおかしいから井蛙抄というのは記憶違いで、別の書物に出る話か。

一 底本「法師」。宣長抄録により改。
二 頓阿の曾孫。室町時代前期の著名な歌人。
三 室町前期、南北朝合体時の北朝の天皇。
四 室町中期の公家、中原康富の日記。以下の文章は享徳四年(一四五五)七月五日条の尭孝に関する記事を言葉を補って大幅に書き改めたもの。
五 頓阿以前の古今伝授継承者はすべて公家であったが、僧侶の頓阿は官位を持たず、また僧官もなかった。
六 →二三六頁注二。
七 文意未詳。
八 古今伝授の関係資料を箱一つに収め密封して、歌学について指導教授をするでもなく、箱のまま子孫に伝えること。古今伝授形骸化の表われの一つ。
九 宣長抄録「下賤ノ者ナトニ」。これに従うべきか。
一〇 次第に普及してゆく過程の意か。諸本異同はないが、熟さない表現で解しがたい。誤字があるか。
一一 三条西家の実隆・公条・実枝。

朝廷の大事となりしを見て、いよ〳〵伝授をたてゝ、古今を売る輩《やから》色々の説を造作《ざうさく》せる事と見へたり。

契沖師の歌学を[12]今井《いまゐ》自《じ》閑《かん》と云者に伝へられしに、自閑も[13]宏覧《くわうらん》の達者なりしが、その頃の宗匠、[14]中院内府通茂卿《なかのゐんないふみちもち》を我が隠栖《いんせい》へ招請せられし時に、自閑そと[15]古今《こきん》の事をいひ出されたれば、通茂卿の御答に、「自閑は故実記録を大分所持すれば、古今は残らず合点しぬらん。[16]古今残らず合点ゆくこそ即ち伝授なれ。[17]その方《はう》が口などから、伝授と云事きつとあるやうに思ふは、不審なるべし」とのたまひしといへる、たしかなる物語りを聞し事也。是《これ》さもあるべき事、通茂卿の語を以ても、古今に伝授と云事のなき明証とすべし。

偏へにたゞ朝廷歌道の御伝授と云ことは、「[18]熹哉」の詞《ことば》を始め、八雲の神詠より伝はりたる道こそ、最も大事の御伝授、これに越へたる事はあるまじ。古今伝授と云事は、頓阿を始めとし、東野州よりこのかたの事なれば、大方《おほかた》は地《ち》下《げ》より事起れば、左《さ》のみ朝廷の大事、重典となるべき事とも思はれず。今いふやうの事ならば、大概[19]御抄《みせう》、賢注《けんちう》などに、少《チ》となりとも沙汰なき事はあるまじき事なれば、[20]古今伝授せねば和歌はよまれぬものと云《フ》事にはなき事、明白也。

和歌は我朝の大道也。すべて大道分明にして、少しも隠す事なきはずの事に

一二 正しくは似閑。京都の商人。契沖に入門し、特に万葉集を学んだ。契沖関係の資料を多く含むその収蔵書が今日上賀茂神社に三手（みて）文庫の名で残っている。
一三 広く書物を見ている、すぐれた人物。
一四 近世前期の公家歌人。後水尾院から古今伝授を受けた。
一五 そっと。遠慮がちに。自分に古今伝授を授けてほしいと願ったさま。
一六 古今集については完全に理解しているだろう。
一七 おまえほどの学者の口から、伝授ということが確かにあるように思っていると聞かされるのは、おかしなことだ。
一八 →二三二頁注四。
一九 八雲御抄・愚問賢注。ともに古今集の秘伝に関する記述はまったく見えない。
二〇 宣長の排芦小船・六十一に「全体歌ト云フモノニ、伝授アルベキモノカ。ヨクヨクコレヲ工夫シ玉へ。人ノ心ヲ種トシテヨミイデタル歌ニ、何ノ伝授ノアルベキゾ。伝授ニアラデハ心得ラレヌ歌ナラバ、ソノ歌ハ無用ノモノナリ。歌ニアラズ」。

再び、和歌に秘伝なし

て、秘密する道は狭小《けふせう》なるものなれば也。和歌と云もの、人の「思無レ邪」なるところより出《いつ》るものにして、人[一]に堂上《たうしやう》地下《ちげ》のかはりはなき事なれば、元より和歌をよまんに人の差別はあるまじき事也。紀氏《きし》のいへる、「人の心を種とし」たる和歌なれば、彼《か》の無下《むげ》の俗人の蓬心《きたなきこころ》からは、[二]大雅《たいが》の風《ふう》は読み出すま[三]じき事と思はるゝ也。わるうすれば地下の人よりさもしき心の公家も多ければ、心の種には貴賤のへだてはなき事と知るべし。

その上に秘伝によつて歌がよまるゝものなれば、歌道は狭き小《ちひさ》きものにして、取るに足らぬ事也。古今集は上もなき撰集なるに、[四]游女《いうぢよ》のよみし歌をも入れられたれば、撰集においては人の貴賤良奴《きせんりやうど》[五]の差別をさへ、古《いにしへ》はせざりし事と見へたり。兎角《とかく》にたゞ「人の心を種として」といへるは、[六]古今《ここん》の絶唱と思はるゝ也。和歌をよくするは我が朝の大道と思はるゝを、何ぞや秘伝といひて自《みづか》ら狭く小くする事ぞや。嘆くべく悲むべき事也。

[七]軍学などこそ其本原を尋れば、皆陰謀を主意[八]としたる事にして、人を売騙《ばいへん》[九]する術なれば、広く人に知らせては物[一〇]がなくなるゆへ、秘事とし伝授するはず也。それゆへその門人とならねば、かつて人に説き聞かせず。弟子となるには、誓《せい》紙血判《しけつぱん》して他言させず、秘授口訣《ひじゆくけつ》[一一]するを見ても、その道の正大なるものにあら

一 排芦小船・十三に「何ゾ情ニヘダテアラン。タマタマ堂上ノ歌ハ多クハヨクテ、地下ノ歌多クアシキ事アラバ、ソレハソノ歌人ノ情ト才智ト修行トニヨルベシ。堂上トテモ一向ニエヨマヌ人モアリ。地下トテモスグレテヨクヨムモアリ。其ノウチニ、地下ノ人ノ歌ヲバ、スグレタルヲモサノミモテハヤサズ、ウヅモレガチナリ。悲シイカナ、惜シイカナ。…人丸(人麻呂)・貫之、堂上ニアラズ。当代、コノ道ニ限リテ地下ヲイヤシムハ、何ゴトゾヤ」。

二 詩経の詩体の一。周の王室の祭儀の時に歌う詩。聖賢でなければ作れない、光明正大な詩とされる。

三 底本「まじ」欠。天理本等により補。

四 巻八に歌が採られている白女(しろめ)という女性は摂津江口の遊女で、大和物語、大鏡にも登場する。

五 良民(普通の民)と奴婢(賤民)。

六 すぐれた言葉。

七 ↓一七二頁注五。

八 底本「立意」。宣長抄録により改。

九 売り渡しだます。

一〇 成り立たなくなる。

一一 秘伝を文書にすると漏れる恐れがあるので、口頭でのみ伝えること。

ざる事明白也。[一二]「賊フ二夫ノ人ノ子ヲ一」道なる事、軍学にしくはなし。聖人の道の正大なる事、日月の天[一三]に中する如く、人みな仰ぐものに、秘し隠す事何もなき也。和歌は我朝《ガ》の大道なれば、秘伝と云ことあるべきにあらず。

一　[一四]学文《がくもん》をすれば必ず人を非に見るやうになり、人柄あしくなると云《フ》事、俗論なれども、現在[一五]俗人の内に多くある事也。俗人にかぎらず、中々学者にさへ多き事也。いかにとなれば、先づいはゞ俗に云ふ[一六]生兵法《なまびやうはふ》とやらんにてもあるべくや。さりながら畢竟《ひつきやう》は学文をしたゆへの咎《とが》にてもあるまじき事と思はるゝ也。

心を平かに公《おほや》けにしてその病根を案ずるに、かの我慢高慢と云《フ》病《やまひ》より起る事にて、学文を以て口実としたる事也。学文したる人は誰にても必定《ひつぢやう》人柄あしくなるものにてもなければ、[一七]学文にかゝりたる事とも見へず。但《ただ》しは世上文盲なる人が、彼《か》の学文をして人を下《サ》げしみ、我《が》を立つる輩《やから》を見ては、それをよい事にして、学文を非とする口実とし、[一八]学文しだてをすれば、大方《おほかた》が誰にてもあのやうになるによつて、人は学文はせぬ方が却《かへつ》てましぢやと、学文に罪を負《おほ》せ、いよ〳〵学文をきらい、人にさせぬやうにする也。これは譬《たと》へば一旦《いつたん》ひよつと[一九]熱羹《あつもの》にて舌をやきたるに懲《こ》りて、冷虀《なます》を見ても吹ひてさまして食ふやうにする

一二 →一八五頁注一一。

一三 天の真ん中に位置する。底本「天に」欠。天理本等により補。

7 我意を捨てて聖人の道を学ぶべし
学問をすれば人柄が悪くなるということ

一四 →一五四頁注四。

一五 上に「学問をしたために人がらが悪くなった実例が」と補う。

一六 ことわざに「生兵法は大怪我のもと」。ここでは、すこし学問をかじったからといって、何につけても学問を振り回すので、人に嫌われる、の意でいっている。

一七 学問に責任がある。

一八 学問したことをひけらかすこと。「だて」は「隠し立て」などの「だて」。ことさらにすること。

一九 ことわざに「羹に懲りて膾を吹く」。ここでは、あるものの少しの不都合に過剰に反応して、それを極端に遠ざける、の意で用いている。

如く也。

　しかれどもその文盲なる人の、学文にきづをつけて非とするも、とくとその実情をさがし吟味してみれば、実に底心《そこごころ》から学文をあしきもの、人柄を害するものと思ひ込むにもあらず。その身が無学なるゆへ、学文のある人に出逢ては切々《せつせつ》[一]こなされ[二]、恥をかく事多く、いかさま学文は人のすべき事、せではならぬものと知りながら、もはや我《ガ》身年も老ひ、俄《にはか》に大学の素読《そどく》[三]するもおとなげなくて恥《はぢ》かはしく、心外に空しく年月を暮したる輩《やから》や、又は一向に疎懶《そらん》[四]の惰夫《だふ》、遊《ゆ》山酒色《さんしゆしよく》にのみはまりて、虚蕩軽薄《きよたうけいはく》なる心より、学文のむつかしきを、唐《から》の事、ちんぷんかんにて、日本にはいらぬ事とて、実に嫌ひ忌《い》む輩や、又は一向生れつき不肖《ふせう》に、人並にはづれ無器用《ぶきよう》なる上に、記憶もすきとなく、一旦《いつたん》勤めて学んで見ても、ゆかぬ[五]ゆへに、嫌ひ怠たりたる輩や、又各別《かくべつ》聡明なる人は、別して我慢の心つよきものなれば、たとひ文盲なればとて、人に手を下《サ》げ物をならひ学ぶ事を小無心《こむしん》[六]におもひ、学文を嫌ひ悪《にく》む輩などありて、たま〳〵学文をする人の人柄あしくなりたるを見て、喜んで学文にきづをつけたがる事、俗諺《ぞくげん》にいへる、疫病《やくびやう》[七]の神で敵《かたき》とるの意なるべし。

　誠に学文《がくもん》して人柄のあしくなると云《いふ》は、養生をよくしたる人に疫病のとりつ

一 たびたび。「節々」の宛て字。
二 見下され。
三 漢籍を、意味の理解はさておいて、まず声に出して読むこと。漢文学習の初歩。
四 投げやりな怠け者。
五 はかどらない。
六 自分から頼んでおきながら、相手のことが小癪にさわる、の意か。
七 憎い相手に疫病神が取り憑いて、その命を奪ってくれる。自分で手を下さずに、望み通りになること。ここでは、嫌いな学問が、悪い面を暴露して、しないでも済むようになることをたとえる。

きたるに似たる也。游惰《いうだ》軽蕩《けいたう》の人の学文を嫌ひ忌むは、一向《いつかう》議論に及ばぬ事也。我が無学ゆへ人になさるゝが口惜《くちをし》きとて、学文は人のせで叶《かな》はぬもの、好《よ》き事とは知りながら、無学なる方がけつくましじやといふ事は、畢竟これ又人の我慢の心より起る事なれば、学文した方も学文せぬ方も、どちらも同じ我慢高慢ながらの、学文をして人を下《サ》げしむ咎《とが》よりは、無学の人の学文を非にいひなす方の咎は、一等も罪は重かるべしと思はるゝ事也。

[八]前にいふ如く、無学の人も、その内心には学文せねばならぬものと知りながら、我慢の心からして、学者になされ卑下《ひけ》をとる事を無念口惜き事と鬱憤《うつぷん》して、かの学文して高慢になり、人柄あしくなりたる人を見出しては、そりやこそ学文をしだてすれば、皆あのやうにけつく人がらわるくなるによつて、あれでは一向学文のない方が、[九]くはつとまし也といひ、又は学文は唐の事なれば、我《ガ》邦はもと[一〇]武国《ぶこく》にて、武を以て治まりたる事なれば、畢竟間《マ》にあはぬ事、武士は武士の道と云ものあつて、なまぬるき儒者の青表紙の上などにて云ふ事は、国家は治《をさま》るものにてはないなどゝ云ふ輩あり。

是れその内心の実には、せねばならぬ事と欲し願へども、我がゑせぬ事なるゆへ、かの我慢の心からして、表向《うはむき》には左《さ》もなひ顔つきをして、辞《ことば》を造り拵《こしら》へ、

八 前頁の所論を指す。

九 程度の甚だしいさま。発音は「かっと」。

一〇 →一七一頁注一二。

あしくいひなし、その事をいひ銷《け》す人なれば、その実情を匿《か》くして偽《いつは》り飾るゆへ、その心根《こころね》が甚だあしければ、是《これ》[一]も孔子の春秋の法を以て見れば、必ず誅《ちう》すと心うべき事也。内外邪正[二]のちがひはあれど、是も「疾[三]三夫《ノ》舎《テ》レ曰《コトヲ》レ欲レ之《ヲ》而必《ズ》為《ツクルコトヲ》ニ之《ガ》辞《ヲ》一」の類なれば、かくの如き輩は決して孔子に疾《い》まるゝ人也。

一向に学文をせずばよし。[四]そのとをりの事するからは、とくと学びおほすればよけれども、片[五]そつぺらを聞《きき》はつり、下地《したぢ》の我慢の助けとし、書をよめども皆我意《ガ》の勝手のよいやうに、私《わたくし》の料見《れうけん》を以て理屈をつけるゆへに、そのやうな人の学文は、名は学文をするといへども、畢竟文盲と同じ事、俗に云ふ、論語よみの論語しらずなれば、真の事にてなきゆへ、学文をしたるゆへ人のあしくなれるにはあらざる也。

大方《おほかた》の人は皆な我慢の心あるものなるに、況《いはん》や貴族侯家《こうか》に生れあひたる幼少[六]より、随分気儘《きまま》にそだち、何事も言ひ次第、仕次第《ししだい》にして、飽《あく》まで我慢高慢の心を養ひ立《たて》たるものなれば、たとひ学文をせらるゝとても、天性高明にして嗜《たしな》まるゝは各別《かくべつ》の事也、大方は下様《しもざま》の人のする如く、学文に精をいれ苦労をするものにてなければ、その学文と云ても大名芸[七]《だいみやうげい》と云ひて、先づ大方は片そつぺらの聞《きき》はつりばかりの事なる上に、上様《かみざま》の人の習ひ、「[八]不レ好《マ》レ臣《トスルコトヲ》ニ其《ノ》所《ヲ》レ受《ル》

一　↓一六七頁注一〇。

二　個人の心がけと対外的な行動、悪いこと(他国の領土の占領)を欲するか、よいこと(学問)を欲するかの違いはあるが。

三　論語・季氏。「君子は、夫(か)の之(他国の占領)を欲すと曰ふを舎(お)きて、而して必ず之が辞を為ることを疾(に)くむ」。君子は、他国を占領することを欲していながら、それを口に出していうのをやめて、言葉を飾る、そういう態度を憎む。学問を欲しながら、学問が悪いことであるようにいいなすことを、類似の態度とする。

四　型通りに学問をするからには。

五　ほんの一部分。↓一五四頁注一。

大名・武士の高慢

六　↓一六三頁二行目以下。

七　身分の高い人が、苦労も努力も要しない程度に身につけた学芸。殿様芸。旦那芸。

八　↓一七〇頁注二。

レ教ヲ」と、下様の人の物を習ふ事を必ず心よく思はれぬもの也。幼少よりかの我慢の習慣自然の性と成りきつてあれば也。

殊更《ことさら》我朝ガ武家の政《まつりごと》となりて、[九]師傅《しふ》の役を立《たつ》る事もなく、その上軍学の功利陰謀の事を第一と心得、[一〇]只《ただ》むきに武威を以て人を推し、権を取る風習なるゆへ、人に智恵《ちゑ》をつけらるゝ事を卑下恥辱《ひげちじよく》と覚へ、威を張る事をのみ専《もつぱら》とするによつて、必ず学文は唐山《から》の事、武士は武士の道あり、聖人は昔の人にて、当代の風にはあはぬ事と、いよ〳〵我慢の威風を張るやうになれば、何程にても学文の方《かた》へは移らぬはづの事なる也。

[一一]周季《しうき》、春秋戦国の時分の風は、我朝ガの近代に似たるもの也。武家の習ひは武一偏《いつぺん》のみを主とし、片時《かたとき》も心に武を忘れぬやうに心がけ、物いひ形様《かたちざま》まで武に造り、[一二]露頂《ろちやう》し、短衣を着《〔き〕》、脛《すね》を出《いだ》し、長剣を横たへ、随分[一三]とりまはしをりゝしく、少しも[一四]温柔緩滞《をんじうくわんたい》の風をなまぬるき事とていやしみ嫌ひ、全体只《ただ》武を鼻にかけ、ひけらかしたるもの也。その内にわけて武士の武士くさき人が多くあるもの也。

総じて何によらず、物の臭気《しうき》のするはわるきものにて、味噌《みそ》のみそくさき、鰹節のかつをくさき、人で学者の学者くさき、武士の武士くさきが、大方《おほかた》は胸

九 →一六一頁注一四。
一〇 →一七一頁一行目以下。
一一 周代の末期。
一二 冠をかぶらず、頭部を露出すること。以下、粗暴で武張ったさまをいう。底本「頂露」。意改。
一三 風体。様子。
一四 穏和でゆったりしているさま。

のわるい気味がするもの也。是れ俗語にいへる、一 無い樽《たる》の鳴ると云ものにて、内に一ぱい物がつまらず、いまだ不足なるゆへ、少しある物ゆへ、人が知るまいかと思ひ、人に知られたくなり、ひけらかす心あつて、こちから人にならして見せる也。亦唯《またただ》自慢高慢の心より、人を推二して我《が》を立てふと競《きそ》ふ仕形《しかた》と見ゆる也。無い樽の鳴るは、外からつひその内が知れて、却《かへつ》て信向《しんかう》がさめるもの也。只々心を公《おほや》けに平かにして、少しにても我を立て私意を指し出さぬやうにせねば、真実に聖人の道は見つけられまじき事也。

三 右冊子不㆑知㆓何人所《ナルコトヲ》㆒㆑抄《スル》。或謂《ラク》芸之《ノ》文学堀貞助所《ト》㆑答《フル》㆓於其《ノ》大夫岡本大蔵㆒也。今閲《ルニ》㆓此《ノ》論《ヲ》㆒。雖《ドモ》㆓一時《ノ》所《ト》㆒㆑述《ル》。而切《ニシテ》㆓於事情《ニ》㆒。最有《リ》㆑功㆓於勧学《ニ》㆒。因《テ》謄《シテ》以《テ》充《ツ》㆓童蒙読《ムノ》㆑書《ヲ》之資《ニ》㆒。原写展転《シテ》致《ス》㆓孟浪《ヲ》㆒。衍文誤字不㆑少《カラ》。乃闕《テ》㆑疑《ヲ》俟《ツ》㆓後校《ヲ》㆒。

東海波臣某跋

一 中身の入っていない樽は、叩くとよく響く。内容のない人間ほど派手に振る舞う、の意。

二 押しのけて。

三 底本と筑波大学本に共通する奥書。(訓読)右の冊子、何人(なんびと)の抄する所なることを知らず。或るひと謂へらく、芸の文学堀貞助の其の大夫岡本大蔵に答ふる所と。今此の論を閲(み)るに、一時の述ぶる所と雖も、事情に切にして、最も勧学に功有り。因って謄(つう)して以て童蒙書を読むの資に充(あ)つ。原写展転して孟浪(まうらう)を致す。衍文(えんぶん)誤字少なからず。乃ち疑はしきを闕(か)いて後校を俟(ま)つ。

東海の波臣某跋す

(大意)右の書物は誰が書いたものなのか分からない。ある人がいうには、芸州藩の儒者堀貞助が藩の重役岡本大蔵の質問に答えた文章であると。今この論を読んでみると、ふと思い立って述べたものに過ぎないが、大事な問題の要点を押さえており、学問にいざなうのにきわめて有益である。ゆえに写して若者の読書の一助にしようとする。原本がすでに転写を経ており、文章は乱れて、重複や誤字が少なくない。そこで疑問点はそのままにしておき、後日の校訂の機会を待つことにする。「東海の波臣」は荘子・外物所収の車轍の水たまりにもがく鮒の寓話において、鮒が自称する語。東海に住む魚の意。跋文の筆者の一時の戯号であるが、何人であるか未詳。

筆《ふで》のすさび

日野龍夫 校注

著者の菅茶山(一七四八―一八二七)は、近世後期の漢詩人として知られた人である。備後国神辺(現広島県深安郡神辺町)に住み、田園の風物や日常生活の中の感慨を温和平明に詠ずる親しみやすい詩風を特徴とした。その詩風と長寿とによって、茶山は辺陬の地にありながら天下の詞宗と仰がれ、広く三都・西国の詩人たちの敬愛を集めた。

本書は、老年に入ってからの茶山が、関心を持った事柄や胸中の思いなどを、折々に筆にまかせて書き綴って成ったものと思われ、近世の随筆雑著の常として、様々な話題が体系も脈絡もなく雑然と並べられている。しかし本書の場合、それは何事にも子供のように素直に好奇心を働かせ続けた茶山の生き生きした精神の現れとして、雑然というよりは多彩と評すべき特徴であろう。

多彩な話題の収集を可能にした茶山の人脈の豊富さも、一驚に値するものである。茶山は、京坂へ何度か出かけ、江戸に二度下った以外は、生涯を神辺で過ごした人であるが、本書には、全国にわたる話題が、それも書物から得たのではなく、知人から得た話として、収められている。たとえば「豆小豆の降たる事」(二五八頁)に、文化十三年(一八一六)四月、豊前中津で空から豆が降ることがあって、知人からであろう、実際にその豆が届けられたという。「薩州甑島」(二七〇頁)では、その地へ行った人から、島の様子をあれこれと聞いている。「唐山漂流紀文」(二七三頁)は、知人を解して入手した、中国に漂流した薩摩藩士の記録である。本書に冠された後藤松陰の序文に、茶山が来客から珍しい話を聞くことを喜んださまが述べられているが、話し甲斐のある聞き手のもとにはおのずから人も寄ってきて、異事奇聞が集積される。これらの記事からは、茶山をめぐるそのような人の往来が浮かんでくるのである。

包容力のある人柄が作り上げた人脈は、風雅のネットワークとしても機能する。「中秋の月」(二六〇頁)は、中秋の夜の陰晴はどこの土地でも同じだという蘇軾の説を検証する話であるが、文化十三年の中秋、神辺が快晴だった夜の、讃岐・播磨・備前尻海・須磨・三河岡崎・備前北方・岡山・京都・伊勢・大和・筑前の陰晴を、茶山は知人を通して知ることができたのである。無用の閑事を知りたがる人と知らせてくれる人の、交遊がなつかしい。

余嘗謂漢人記事。随聞随録。至若其虚実有無。則聴読焉者各自評論之。邦人則不然。毎聞人談話。輒先置虚無二字於胸中。其可疑者。不問実与虚。臆断不録。是奇談異聞。所以不伝。豈東西人気根。有強弱邪。将時世人情所使然也邪。但我茶山菅翁則不然。文化戊寅。余従山陽先師西遊。至神辺駅。始得謁翁。遂寓其塾三旬許。翁日夕飲酒。輒必呼余侍焉。酒間。問以異聞奇事。及国産。余亦偶問以其所著冬日影。翁咲曰。人心率貴遠賤近。喜新厭陳。近来重西洋学。而軽漢学。擩染之至。或以被髪侏離語為至極。吾為之懼而作也。今無用。付諸丙丁矣。一日奥人某来。投謁曰。向者西游。今也東還。一挹芝眉而帰。則吾願足矣。翁時年方七十。患疝。辞而不見。但命館於駅中。既入夜。某復来曰。先生有病。不可如何。願与塾中諸君。以詩会一餉時。何如。乃相共鬮韻談咲。頃之。翁手自提煙盤来坐。蔽火光。一問一答。不自覚膝之前席。某竟不知其為翁也。一日翁謂余曰。吾子必以筆墨成名者。僕有三訣。授之否。余避席曰。敢請。乃曰。凡以文筆成業。勿以飲食費陰晷。唯調和酢与醬於小瓮。投以甲州白梅。乾蘿菔等。至春月。或点以山椒芽焉。可以下酒。可以過飯。是一訣也。凡始遊之境。雖疲矣。勿乗輿。往々錯過奇景。是二訣也。凡以儒得名者。諸方必多寄詩文乞改正。々々之有法。不可不知也。是三訣也。曰改正之方。如何。翁咲而不答。固請。竟不言。蓋欲使余思而得之也。此距今三十又九年。翁有世文政丁亥三十年矣。頃書肆某得翁随筆四冊。携来乞一言。嗚乎。小子何足以弁言翁書。而強匃不止。豈以余猶及識翁也歟。此著在翁。則所言桂林一枝。昆山片玉耳。而亦可以見其用心異常矣。因書此与之。或足以補随筆之一則也耶。

安政丙辰重陽雨窓

後進　後藤　機

雲山

余、嘗《かつ》て謂《おも》へらく、「漢人[一]の事を記す、随《したが》つて[二]聞き随つて録し、其の虚[三]実有無の若《ごと》きに至つては、則ち聴読《ちやうどく》する者各《おのおの》自《みづか》ら之を評論す。邦人《はうじん》[四]は則ち然《しか》らず。人の談話を聞く毎《ごと》に、輒《すなは》ち先づ虚無[五]の二字を胸中に置く。其の疑ふべき者は、実と虚とを問はず、臆断《おくだん》[六]して録せず。是れ奇談異聞の、伝はらざる所以《ゆゑん》なり。豈《あ》に東西[七]の人の気根《きこん》、強弱有るか。将《は》た[八]時世人情の然《しか》らしむる所か」と。但《ただ》我が茶山菅翁《ちやざんくわんおう》は則ち然らず。

一 中国人。
二 聞くとすぐに書き記し。
三 その事がうそか本当か、実際にあったのかなかったのかなどということは。
四 日本人はそうではない。
五 うそではないか、ありもしないことではないか、という二つのこと。
六 推量で決めて、書きとどめない。
七 東(日本)・西(中国)の、人間の性根に強弱の差があるのだろうか。事実か否かにこだわる日本人を、性根が弱いとする考え方。
八 記録の書かれた時代や人の気持ちの違いがそういう結果をもたらしているのか。
九 文化十五年(一八一八)。四月二十二日に文政と改元。茶山七十一歳。
一〇 頼山陽。この年三十九歳。京都に在住していたが、正月三十日に、この序文の筆者である弟子の後藤松陰(二十二歳)を伴って茶山を訪問。二泊して広島へ発ち、父春水の三回忌に出席、さらに九州旅行に出かけるが、松陰はしばらく茶山のもとに留まった。
一一 茶山の出生かつ居住の地。現広島県深安郡神辺町。山陽道の宿場町だったので、駅という。
一二 茶山が開いていた学塾。廉塾という。かつて山陽も学んだ。
一三 夕暮れ。
一四 茶山翁は私に珍しい噂、不思議な出来事を尋ね、またその話題の国の産物をも尋ねた。

[九]文化戊寅《つちのえとら》、余、[一〇]山陽先師の西遊に従つて、[一一]神辺駅《かんなべえき》に至り、始めて翁に謁《えつ》することを得たり。遂《つひ》に其の[一二]塾に寓すること三旬許《さんじゆんばか》り。翁、[一三]日夕《につせき》に酒を飲む。輒《すなは》ち必ず余を呼びて侍《じ》せしむ。酒間、[一四]問ふに異聞奇事を以てし、国産に及ぶ。

余亦《また》偶《たまたま》問ふに、其の著《あらは》す所の『[一五]冬の日影《ひかげ》』を以てす。翁咲《わら》つて曰《いは》く、「人心率《おほむ》ね遠きを貴んで近きを賤《いや》しみ、新しきを喜んで陳《ふる》きを厭《いと》ふ。近来、西洋の学を重んじて、[一六]漢学を軽んず。[一七]擩染《じゆせん》の至り、或いは[一八]被《ひ》[一九]髪侏離《はつしゆり》の語を以て至極《しごく》と為《な》す。吾、[二〇]之が為《ため》に懼《おそ》れて作る。今、用なし。諸《これ》を[二一]丙丁《へいてい》に付さん」と。

一日、[二二]奥人某《あうじんぼう》来たる。[二三]謁《えつ》を投じて曰く、「向《さき》に西游し、今や東に還《かへ》る。一たび[二四]芝眉《しび》に拕《てこまぬ》きて帰らば、則ち吾が願ひ足《た》る」と。翁、時に年方《まさ》に七十。[二五]疝《せん》を患《わづら》ふ。辞して見《まみ》えず。[二六]但館《ただくわん》を駅中に命ず。既に夜に入る。某復《ま》た来たつて曰く、「先生病《やま》ひ有り。如何《いかん》ともすべからず。願はくは塾中の諸君と、詩会[二七]一餉時《いつしやうじ》を以てせん。何如《いかん》」と。乃《すなは》ち相共《あひとも》に[二八]韻《ゐん》を鬮《くじとり》して談咲《だんせう》す。頃之《しばしして》翁手に自《みづか》ら[二九]煙盤《えんばん》を提《さ》げて来たり坐す。[三〇]火光《くわくわう》を蔽《おほ》ひて、[三一]一問一答し、自《おのづか》ら[三二]膝《ひざ》の席《むしろ》より前《すす》むを覚《おぼ》えず。某、竟《つひ》に其の翁たるを知らず。

一五 茶山の著した教訓書。儒教の礼・楽を重んずべきことを仮名混じり文で平易に説く。中にキリスト教を批判した一節がある。
一六 古来からの中国伝来の学問。
一七 すっかり染まってしまって。
一八 髪を伸ばしたままにしておき、まげを結わないこと。夷狄(ここでは西洋人)の風俗をいう。
一九 外国語が意味不明であるさまをいう語。ちんぷんかんぷん。
二〇 こういう風潮のために古来の伝統が失われることを心配して。
二一 燃やしてしまおう。丙も丁も五行説で火に配するので、火の意に用いる。
二二 奥州の人。
二三 名札。姓名や出身地などを記して、人を訪問する時に差し出す紙。今日の名刺に相当する。
二四 ご尊顔を拝して帰郷できるものなら。「芝眉」は顔つきを敬っていう語。「拕」は、胸の前で両手を組み合わせて丁寧に挨拶すること。
二五 下腹部が痛む病気。
二六 その人を宿泊させることを、宿場の者に命じた。茶山の生家は神辺宿の本陣の一族。
二七 わずかの時間。「餉」は、旅人が持つ携帯用食糧。食べるのに時間がかからない。
二八 詩会では、参加者が古人の有名な詩句をくじ引きで一字ずつ分けるなどして、押韻する字を定める。
二九 煙草盆。
三〇 灯火の光をさえぎって。話に夢中になって、相手の前に身を乗り出すさま。
三一 相手の話に深く関心を持ち、何かいえば、すぐそれについて質問するさま。
三二 身を乗り出すため、膝が座布団からはみ出すさま。

一日、翁、余に謂《い》つて曰く、「[一]吾子《ごし》、必ず[二]筆墨《ひつぼく》を以て名を成《な》さんには、僕に[三]三訣《さんけつ》有り。之を授《さづ》けんや否《いな》や」と。余、[四]席を避けて曰く、「敢《あ》へて請《こ》ふ」と。乃《すなは》ち曰く、「凡《およ》そ文筆を以て業を成す、飲食を以て[五]陰晷《いんき》を費《つひ》やすことなかれ。唯《ただす》酢と[六]醤《しやう》とを[七]小瓮《せうをう》に調和し、投ずるに[八]甲州の白梅、[九]乾蘿菔《かんらふく》等を以てす。[一〇]春月に至れば、或いは点ずるに山椒《さんせう》の芽を以てす。以て[一一]酒を下すべく、以て飯を過ごすべし。是れ一訣なり。凡そ始めて遊ぶの境、疲れたりと雖《いへど》も、輿《こし》に乗ることなかれ。往々[一二]奇景を錯《あやま》り過ごす。是れ二訣なり。凡そ儒を以て名を得る者、諸方必ず多く詩文を寄せて[一三]改正を乞《こ》ふ。改正の法有る、知らざるべからざるなり。是れ三訣なり」と。曰く、「改正の方、如何」と。翁咲《わら》つて答えず。固く請ふ。竟《つひ》に言はず。蓋《けだ》し余をして[一四]思うて之を得しめんと欲するなり。此れ、今を距《へだ》たること三十又《いう》九年。翁の世に有りし[一五]文政丁亥《ひのとゐ》より三十年なり。

頃《ちかごろ》[一六]書肆《しよし》某《ぼう》、翁の随筆四冊を得て、携《たづさ》へ来たつて一言を乞ふ。嗚乎《ああ》、[一七]小《せう》子《し》何ぞ以て言を翁の書に弁ずるに足らん。而して[一八]強冈《きやうきやう》して止《や》まず。豈《あ》に[一九]余を以て猶ほ翁を識《し》るに及ばんや。此の著の翁に在る、則ち言ふ所の[二〇]桂林《けいりん》の一枝《いつし》、昆山《こんざん》の片玉《へんぎよく》のみなるも、亦《また》以て其の[二一]心を用ふるの常に異なるを見る

一 あなた。友人間で親しみを込めていう語。
二 文筆。
三 三つの秘訣。
四 恐れ慎んで、座布団から降りること。
五 時間。
六 味噌。
七 ちいさな瓶。
八 梅の実は豊後・肥前産がよいとされる(本朝食鑑・菓部)。甲州産のものに定評があったということはない。
九 干した大根。
一〇 正月。
一一 酒のさかなにもなるし、ご飯のおかずにもなる。
一二 すばらしい景色をうっかり見落とす。
一三 添削。
一四 考えて自得させようと望まれたのであろう。
一五 文政十年(一八二七)。茶山八十歳。この年八月十三日没。
一六 本書の版元は、奥付(三七三頁参照)に連名の六肆のうち、大坂の河内屋喜兵衛と河内屋和助。そのどちらかであろう。
一七 私などがどうして翁の書物について物をいうことができようか。
一八 強く乞うて、騒ぎ立ててやまない。
一九 (おそばにいたことのある)私でも、どうして翁の人物の大きさを理解することができよう。
二〇 桂の林の中のほんの一枝、崑崙山で産する宝玉の小さなかけら。茶山翁の博大な人柄のほんの片端を表わしたものに過ぎないことのたとえ。
二一 心の用い方(事柄への関心の持ち方や、批評の仕方など)が非凡であることは知ることができる。

べし。因つて此《これ》を書して之に与ふ。或いは以て随筆〔二二〕の一則を補ふに足らんか。

〔二三〕安政丙辰重陽《ひのえたつちようやう》の雨窓《うさう》

後進　後藤〔二四〕機

機張

二二 (茶山翁の人柄を語ったので)その人の随筆に一箇条を補う役には立ったであろうか。

二三 安政三年(一八五六)九月九日、雨の降る窓辺で。

二四 後藤松陰。頼山陽の門人。名は機。字は世張。大坂に住した。安政三年に六十歳。

茶山翁の随筆《ずゐひつ》の筆のすさびといへるが、四巻ばかりありけるを、まづ一巻をやつがれに校《かう》[一]しうつさしめ給ひて、

　[二]かきよせしかひこそなけれやまかはにおふる藻くさはたまもまじらず

とよみて、[三]なほもうつしてんやとありければ、

　[四]やまかはのやまずやなほもかきよせん藻くさにまじるたまはつきせず

とよみてまゐらせけるに、[五]其年の夏の頃より翁病ひにわづらひ給ひけるをとひ[六]まゐらせければ、余《あまり》の三の巻をもやつがれにたまひて、わがなくなりての後に[七]いかにもなしてよとのたまはせけるに、つひに其秋身まかり給ひける。かくては翁の記念《かたみ》なりとおもひて[八]かしこくひめおきけるを、いまの世の人、翁の書給へるものとだにいへば、たふとがりて[九]見まくほりするによて、浪速の書肆なにがしが[一〇]桜木に鐫《ゑり》て世に伝へまく[一一]せちにこふまゝに、またつぎ〱の巻を校して、其[一二]故よしを巻の端にかきつけてさづけぬる。時に[一三]天保七といふ年の丙申の春のはじめなりし。

木[一四]邨雅寿

一 校訂し、清書させて。
二 書き溜めた甲斐もないことだ。田舎の川に生えた藻のようにつまらない私の随筆には、宝玉など混じっていないのだから。「かきよせし」は「掻き集めた」の意を含み、「藻」の縁語。
三 さらに清書してくれるかとお尋ねなので。
四 やめないで書き続けられるのでしたら、さらに清書いたしましょう。藻草とおっしゃる文章の中には宝玉が尽きることなく混じっているのですから。「やまかはの」は「やまず」を出すための序詞。
五 文政十年(一八二七)。
六 お見舞にうかがったところ。
七 どのようにでも取りはからってくれ。
八 慎んで秘め置いたのを。
九 見たがるので。「ほりす」は「欲りす」。
一〇 版木に彫って。版木には桜の木を用いることが多かった。
一一 切に。
一二 由来。本書の原稿を自分が所持していたいわれ。
一三 一八三六年。
一四 木村考安。邨は村の異体字。名は雅寿。茶山の門人。備後府中(現広島県府中市)の医師。茶山没の文政十年に三十七歳。天保七年に四十六歳。

茶山翁筆のすさび　巻之一目録

一　盗を追ふに可㆓心得㆒事　　一　火災《くわさい》の時可心得事
一　小督《こがう》局　　一　五岳
一　異木《いぼく》　　一　石分娩《ぶんめん》
一　カツテの字　　一　蜂《はち》
一　地中声《こゑ》を発《はつ》す　　一　地名
一　曾我物語義経記　　一　熊茄子《なすび》をいむ　　一　詩句

茶山翁筆のすさび　巻之一

備後　菅晋帥礼卿 著

木村雅寿考安 校

一　月蝕《ぐわつしよく》　文化丙申《ひのえさる》[一]七月既望《きばう》の月蝕《ぐわつしよく》は、鏡《かゞみ》に匣《はこ》[二]の蓋《ふた》を覆《おほ》ふごとく、東よりかゝり、皆既《かいき》におよびて、紫色《むらさきいろ》に見えたり。余姪万年《わがおひまんねん》[三]名は公寿、字は万年、俗称は長作こゝろをつけて見しに、月中《つきのなか》に一帯《ひとすぢ》の黒気《こくき》[四]起《おこ》りてまた暗《くら》くなり、復《ふく》[五]する時又黒気見えしが、これはそのまゝ剥《おち》たり。其黒気は月中のみにて外には見えずといふ。乙亥《きのとのゐ》[六]十一月の月蝕、皆既《かいき》の時は西南よりかゝりて、はじめは盤《ばん》の中に墨汁《すみしる》をこぼし入れたるごとく、たゞ黒くしてそことも見えわかず、傍《かたはら》なる星《ほし》は爛々《らん〳〵》[七]たり。丙午[八]元日の日蝕《につしよく》、皆既は日色《ひのいろ》茶色に見えて薄暮《はくぼ》のごとく、雀《すゞめ》など棲宿《せいしゆく》[九]せり。[一〇]寛保二年壬戌五月日蝕は、白昼烏黒《はくちうくらやみ》にして星宿《せいしゆく》[一一]爛々《らん〳〵》たり。さながら夜のごとくなりしと云伝ふ。天学家[一二]も、「日行至て高く月行至て低き時は、暗《くら》きことは甚《はなは》だしかるべし。されど星の見えしはいかゞありしにや」[一三]といひし。

一　壬申(文化九年(一八一二))の誤り。この年七月既望(十六日)、月食があった。ただし次行に見える「余姪万年」は文化八年七月に三十九歳で没しているので、ここにいう月食は文化九年七月既望のそれでもあり得ない。茶山の記憶の混乱があり、正しくはいつの月食であったのかは、分からない。
二　鏡匣(かがみばこ)。手鏡を収める専用の箱。月食を丸い手鏡に蓋をすることにたとえる。
三　茶山の次弟猶右衛門の子。茶山の養子となる。
四　黒い気配。
五　光がもどる時にまた黒い気配が見えたが、これは(拡大せず)そのまま(月の表面から)抜け落ちた。
六　文化十二年(一八一五)。
七　光り輝くさま。
八　天明六年(一七八六)。
九　夜、巣に宿ること。
一〇　一七四二年。茶山の生まれる六年前。
一一　星座。
一二　天文学者。
一三　「日行」「月行」は太陽・月の運行。「日の天は高く月の天は低くして、常に其の行く道を異にす」(和漢三才図会・日蝕)。

一　雷臍《かみなりへそ》を取るといふ事　雷の臍《へそ》をとるといひて小児などを警《いまし》むるは、雷《らい》[一]震《しん》のときは俯伏《うつぶし》するものは死せず、仰仆《あふむけ》する者はかならず死するによつてなり。失火《しつくわ》の烟《けぶり》たちこめて息《いき》をつぎがたき時は、土[二]を舐《ねぶ》れといふも同じをしへなり。

一　豆小豆（まめあづき）の降《ふり》たる事　文化[三]乙亥の夏《なつ》、長崎《ながさき》筑[四]の前後の辺に豆をふらせしよし。丹波には竹に実のること多かりしとぞ。備後《びんご》にもこれありし。思ふに寛政[五]の前二年、備後[六]深津《ふかつ》郡に麦菽蕎麦《むぎまめそば》などふりしことあり。夫《それ》を拾《ひろ》ひたる人余《よ》に見せしに、真のものによく似《に》たりしが、其翌《よく》[七]年は大に饑《うゑ》しなり。日本書紀《やまとふみ》[八]等《たう》にも此事あり。其後かならず凶《きやう》年なり。唐土《もろこし》[九]の史類《しるひ》にも記するもの多し。天[一〇]地の気常に変《かは》りて、異気異物《いきいぶつ》を胎孕《たいよう》するならん。丁[一一]亥の今年は豊なるが、明年はいかゞあるべきや。丙子[一二]四月十五日、豊[一三]前中津に大小豆ふりて、城下《ぜうか》にては夜行の傘にはら〳〵と音するほどなりしとなり。其二豆を伝へ来りて見しに、前年[一四]備後に降《ふり》しよりは実[一五]して見えし。小豆は色赤からざりし。

一　黒気《こくき》　文化[一六]丙子正月廿七日夜、讃[一七]州金毘羅山の末に大麻《おほあさ》といふ処より、黒気一帯《ひとすぢ》、幅《はゞ》[一八]一間あまり長さ一里余《あまり》なる、東西へ靡《なび》き、久しくして漸々《やう〳〵》に薄《うす》く

一　落雷。
二　後出「火災の時心得べき事」(二七七頁)参照。
三　文化十二年(一八一五)。
四　筑前・筑後。
五　熟さない奇妙な表現。寛政元年の二年前の意か。ならば天明七年(一七八七)となって、注六に見える天明六年の出来事の年次を誤ったものか。
六　現広島県福山市一帯。福山志料・一にこの事象が天明六年(一七八六)春にあったことが記される。福山志料については三一九頁注二〇。
七　福山志料・一に、注六のことを記した次に「明年、山陽米価一石金二両二歩ニイタル。都会ノ地(どんなに暴騰したか)想フベシ」。
八　「灰零(ふ)れり」(書紀・天武九年六月二日)、「夜、京の中に往々飯雨(ふ)る」(続紀・天平十四年六月五日)など。
九　「五雑組に云、天、毛を雨(あめふら)し、土を雨す。史伝に載せて多し。元の至元二十四年、土を雨し七昼夜に至る。…按ずるに、穀類を雨し、毛土を雨し、紅雪を雨し、綿を雨すなど、華和(中国と日本)これ有りて、多くは荒饉の表なり」(和漢三才図会・怪雨)。
一〇　天地の気配が平生と異なって、奇異な動きや物をはらむのであろう。
一一　文政十年(一八二七)。
一二　文化十三年(一八一六)。
一三　現大分県中津市。
一四　先年の意。注六の出来事を指す。
一五　実っているように見えた。
一六　文化十三年。
一七　金刀比羅宮のある象頭山の山脈の終わるところに。「大麻」は現善通寺市大麻町。
一八　一間は約一・八メートル。一里は約四キロメートル。

なり、西方へさら〳〵となだれ行《ゆく》。其疾《はや》きこと風のごとくにして見えずなりたり。はじめは紫に見え、漸《やうや》く黒《くろ》くなりて後は濃《こき》こと墨《すみ》のごとく、途中《とちゆう》にて見たる人は一九身のけたちしとかや。小児は怖《おそ》れて家にはしり入たり。其さま雲《くも》とも烟《けぶり》とも見えざりしと、其地の人二〇牧《まき》周蔵 名は昌、字は百穀 より書簡《しよかん》にていひ来りぬ。

一　バタバタ　　芸州広島の辺にバタバタといふ異物《いぶつ》あり。夜中、屋上《やのうへ》或は庭《には》際に声ありて、ばた〳〵と聞ゆる故に名とす。たとへば畳《たゝみ》を杖《つえ》にて打《(うつ)》音《おと》に似たり。好事《かうず》の人々是を見あらはさんとてそこに行て見れば、七八間も彼方《かなた》にきこえて見窮《みきは》むることあたはず。二一川下に六町目といふ町有て、其辺最《もつとも》多く、他の町々城内にもあり。狐狸《こり》の所為《しよゐ》かといへどもそれにもあらずといふ。

一　肥前国に火の降《ふ》る事　　二二肥前に火のふることあり。夫《それ》を防《ふせ》ぐには革《かは》のつきたる二三雪踏《せつた》を以て扇《あふ》ぎ逐《お》へば、火外《ほか》の家にうつるとなり。故に或は官《おほやけ》に訟《うた》へて、今度の火災は何某《なにがし》が屋上にふりかゝりしを、雪踏にて追《お》ひし故に吾屋《わがいへ》に火つきたれば、新家を造作《ざうさく》の費《ついえ》は何某より弁ぜしめたまへと願ふの類ありとぞ。

一九　身の毛がよだつ。ぞっとする。
二〇　牧東渚。通称信蔵とも。讃岐の人。茶山ときわめて親しかった。
二一　広島市中を流れる太田川の下流。
二二　現佐賀県。「佐嘉にては時として天より火毬降ることあり。…火毬おつると地上を転ず。人これを視れば即ち簇《むら》(がり)り逐ふ。逐ふとき念仏を高唱す。逐へば乃ち回転して逃ぐるが如し。因て郊外に逐ひ行きて野に転び入れば災なし。逐はざれば人家に転び入りて火を発すと云ふ」(甲子夜話・九)。
二三　竹の皮の草履の裏に牛馬の革を貼った履物。

一　中秋の月　　中秋の月は[一]四海[二]陰晴《いんせい》を同じくす、といふは[三]東坡《とうば》の説なりとて、[四]五山の僧の対州に在番せしが、いづれの年か京と陰晴殊《いんせいこと》なりしを見ていぶかしく云たり。[五]今年文化丙子中秋、予《よ》が郷《さと》の神辺《かんのべ》は[六]快晴《くわいせい》たりしに、讃州は陰《くら》かりたりとて、友人の僧[七]義立《ぎりう》歌をよみ示せしに、

[八]はるゝやと雲にむかひてこふ月の丑みついまはたのまれぬ哉

同夜播州もくもれりとて、友人[九]菅岱立《すがたいりう》が書中に詩を見せけるに、

[一〇]方開二焦土一起二家楼一《まさにせうどをひらきてかろうをおこす》
[一一]工役紛囂属二仲秋一《こうえきふんがうちゆうしうにぞくす》
[一二]頼レ有三佳期存二閏月一《かきじゆんげつをそんするによる》
[一三]従侘此夕少二清遊一《たよりこのゆふべせいゆふすくなし》

同夜、備前[一四]武元立平《たけもとりうへい》は、[一五]尻海《しりみ》といふところに舟を泛《うかべ》しに「天気不快《ふくわい》。尚閏月《なほじゆんげつ》は如何と[一六]刮目《くはつもく》する」と、書中に云ひ来り、且其詩に、「[一七]西嶺夕霞《せいれいせきか》魚尾《ぎよび》赤《あかし》。東洋雲《とうやううん》気《き》鰲頭黒《がうとうくろし》」といふ句あり。[一八]北条霞亭《かてい》、此夜須磨《すま》の月を賞《しやう》する歌に、

[一九]こよひしもいづくはあれど須磨明石《すまあかし》淡路島山かゝる月影

[二〇]つひの身のおもひ出ならん須磨の浦秋のもなかの有明の月

かくよみて書中にいひ来りしに見れば、須磨は清光なりしとおもはる。[二一]参州岡

一 陰暦八月十五夜の月。
二 曇り・晴れはどこでも同一である。
三 蘇軾。北宋の文人・政治家。唐宋八大家の一人で宋詩の第一人者。「東坡「中秋の月」の詩に、「嘗て聞く此の宵の月、万里陰晴を同ふす」。…蕉中師の云、天明丁丑の歳(天明に丁丑なし。元年辛丑の誤りか)、余対馬に在て中秋に値(あ)ふ。海天四面、寸の雲気なし。…然るに其後京師よりの信に、中秋は陰雨なり。定て島上の詠(ながめ)も好からじと。此を見て且嘆じ且笑ふ」(葛原詩話・中秋陰晴)。
四 右の葛原詩話(茶山の知人、詩僧六如(→三二三頁注一五)の著)に見える大典、号は蕉中(→三四〇頁注八)を指す。徳川幕府は朝鮮との外交に当たらせるため、以酊庵に京都五山の僧侶を輪番で詰めさせた。「対州に在番」とはそのことをいう。
五 文化十三年(一八一六)。 六 「(文化十三年八月)十五、晴。月を私宅に賞す」(富士川英郎『菅茶山』所引「茶山日記」。以下「日記」と略称)。
七 奈良松荘。名は広葉、字は洗心。出家して義立という。讃岐の人。茶山門人。
八 中秋の名月の夜、晴れてくれるかと雲に向かって願っていたのに、丑みつ時になっても晴れてくれず、もう雲はたよりにできないことだ。「丑みつ」は「憂し見つ(つらいことを見た)」との掛詞。拾遺集・雑賀に収める連句の「人ごころうしみつ今は頼まじよ」を踏まえる。
九 菅野彊斎。名は景知、字は岱立。播州竜野藩儒。西山拙斎門。 一〇 火事の跡を片づけて家を建てたばかりだ。 一一 大工仕事のごたごたがちょうど八月に当たった。
一二 幸いに今年は八月に閏がある(閏の八月十五日に名月を楽しもう)。詩の傍訓と返り点は茶

崎昌光寺《しやうくわうじ》の万空《まんくう》上人の書中に無月のよしにて、詩《し》に、

[二二]水霧《すいむ》山雲《さんうん》晩未レ収《くれいまだをさまらず》
[二三]風吹ニ過雨一《かぜくはうをふきて》入ニ林頭一《りんとうにいる》
[二四]嫦娥《ぢやうがこんや》今夜難レ堪レ冷《れいにたへがたし》
[二五]付ニ与陰虫一訴ニ 暗愁一《いんちゆうにふよしてあんしうをうつたふ》

ときこえければ、雨ふりしなるべし。後に備前北方《きたがた》[二六]の友人より来書に、「中秋、[二七]初更《しよかう》まで陰《くも》り、二更より暁《あかつき》まで快晴《くわいせい》なりしに、岡山はこれに反《はん》す」といふ。参州は百里、須磨は四十里、播州は三十里にたらず、尻海《しりみ》は二十里、讃州は僅《わづか》に十里許《ばかり》、岡山は十三里、岡山と北方の間九里なるに、かゝる陰晴《いんせい》のたがひあり。常年もかゝるべけれども、今年はじめて心つきてしるすなり。其九月中旬、[二八]霞《か》亭《てい》伊勢より帰《かへ》りて話《はな》しけるは、中秋、京は陰翳《いんえい》ふかく、須磨の清光《せいくわう》をかたりても人信ぜぬばかりなりし。伊勢は風雨にて戸をひらき窓《まど》をあくる人もなく、大和にて芳野《よしの》は殊《こと》に大風なりしと聞しよし。其後筑前の月形七介[二九]来り話せしは、其地は近年稀《まれ》なる大清光なりしとなり。

一　列宿《れつしゆく》　[三〇]觜宿《ししゆく》は、参宿《しんしゆく》のうちにありて、畢参觜《ひつしんし》とかぞふべきに、参の第二

山自身が施したものではなく、誤っている。「頼(さいは)ひに佳期の閏月を存する有り」と訓ずるのが正しい。文化十三年は八月に閏月があった。一三 ままよ、初めの八月十五日の今夜は月見の興が少なくとも。この傍訓も誤り。「従佗」は「さもあらばあれ」と訓む。一四 武元北林。名は正恒、字は君立、通称立平。岡山藩儒。一五 現岡山県邑久(おく)町尻海。一六 注意して見ている。一七 西の山の夕焼けは魚の尾のように赤いが、東の海の雲は海亀の頭のように真っ黒だ(月は見えそうもない)。一八 名は譲、字は景陽、通称譲四郎。廉塾の都講(講師)で、茶山の姪の婿。この年八月十日に郷里の志摩へ向かって発つ(日記)から、その旅中の詠であろう。一九 今夜こそ、どこがいいといって、須磨・明石・淡路島にかかる月の光が一番だ。「かゝる」は「掛かる」と「このような」との掛詞。二〇 一生の思い出となることだろう。須磨の浦で見た、明け方になっても残っている中秋の月は。二一 三河岡崎(現愛知県岡崎市)の昌光寺住持。拙庵と号する。二二 川にかかった霧や山の雲は夕暮になってもまだ晴れない。二三 風は通り雨をともない林を吹き抜ける。二四 月に住む嫦娥は今夜冷たさに堪え難いのであろう。「嫦娥」は中国の伝説上の美女神で、仙女西王母から与えられた不死の薬を盗んで月へ逃げたために蟾蜍(せんじょ。ヒキガエル)と化した。月の異称でもある。二五 雨空に鳴く陰虫に託して晴れない愁いを訴えている。「陰虫」は蝦蟇(がま。ヒキガエル)のこと。ヒキガエルとなった嫦娥の愁いと晴れない空模様への恨みを重ねている。二六 現岡山市北方。二七 初更は午後七—九時頃、二更は九—十一時

星を首《しゅ》とし数《かぞ》れば、畢觜参となると、[一]乾隆《けんりう》二十年の頃の人の説あり。しかるを[二]安井算哲《さんてつ》が[三]貞享暦議《ていきやうれきぎ》に既《すで》に道破《どうは》せり。貞享は[四]康熙《かうき》二十三年にあたると、[五]備中大江の人、[六]谷東平が話《わ》せし。

一　渾天《こんてん》之説　[七]文化辛未八月、[八]彗星《けいせい》北斗の下にあり。[九]初昏《こん》西北に見え、暁東北にあらはる。漸々《やうやう》に[一〇]天旋《せん》におくれて、十月十九日の夜は牽牛《けんぎう》の中星と一つになりて、[一一]芒《ばう》ばかり見えたり。[一二]渾天の説を常人は疑《うたが》ふもありしに、此星にて皆信ぜり。

一　地震《じしん》せざる家　備後の[一三]山南《さんな》村何某が家、地震に動《うご》かず。其家の下、一面の大石なり。[一四]徂徠《そらい》が「峡中紀行《けふちゆう》」に、石室の僧に地震の事を問けるに、近年の大地震にも動《うご》かざりしと答し事あり。されば[一五]火脈《みやく》の力も大石を動かすことあたはざるか。また石も[一六]無尽底《むじんてい》より根ざせしものありや。備後深津村の[一七]王子《わうじ》山も地震なしといふは信《まこと》にや。

一　普賢嶽《ふげんだけ》焼出　[一八]寛政四年亥歳、肥前雲仙岳《うんせんがく》の傍《かたはら》、[一九]普賢嶽、火もえて、[二〇]太谷《みたに》

頃。二八 霞亭は九月十五日に神辺に戻る(日記)。二九 月形鷦窠(しようか)。名は質、字は君璞、通称七助。福岡藩儒。三〇 觜・参・畢は星の名。それぞれ二十八宿(天球の星宿の数)のうち。

一 一七五五年。「乾隆」「康熙」は清朝の年号。
二 渋川春海とも称する。通称助左衛門。幕府天文方。元・明の授時暦(→二七五頁注二二)を参考に貞享暦を作成し、貞享元年(一六八四)それまでの宣明暦に代えて幕府に採用された。
三 貞享は通常「ジョウキョウ」と読む。春海著の貞享暦(七巻)は、暦議(三巻)・推歩(二巻)・立成(二巻)から成る。
四 一六八四年。貞享元年。
五 現岡山県倉敷市。
六 未詳。文化十一年(一八一四)五月に茶山が江戸下向の折、備前高屋まで出迎えていることが日記に見える。
七 文化八年(一八一一)。
八 振り仮名は正しくは「すいせい」。「文化八年未七月立秋の頃より、彗星初昏西北の方北斗の上に、大尊と太陽守との間に麗(か)りて、尾の光芒長からず。亦暁東北に現れて尾の光芒長し。…霜降、立冬と漸々南東に昇りて…冬至の頃に天に昇りて竟に肉眼に見えず」(司馬江漢・春波楼筆記)。「北斗」は北斗七星。彗星との上下関係はどちらが是なのか未詳。
九 日没直後の頃。
一〇 天球全体の運行。
一一 光の先端部分。
一二 中国古来からの天体論の一説で、天地の関係を卵と卵黄のようなものとし、地はすべて天に包まれるとする考え。
一三 現広島県沼隈郡沼隈町。

は僅《わづか》のうちに山となる。終に[二一]城に及《(およば)》んことをおそれ、人民其難をさけむとするうち、[二二]四月一日、泥水湧《わき》出て過半漂没《くわはんへうぼつ》す。[二三]三郷はあともなくなり、其外小き山いくつも出来たり。たまく逃《のが》れ生たる人も其ときのことをおぼえず。あるひは湯の中をはしり遁《のが》れたるやうに覚えたるもあり、また水中泥中また火中を遁れたるやうに覚えたるもありとなり。其禍《わざはひ》[二四]浅間に十倍《ばい》す。地の没《ぼつ》したるは肥後の方かへりて多《おほ》かりしといふ。

[二五]又寛政の初、長崎の南の海中に一里許のうち、潮《うしほ》一方えながれて瀬をなせし処あり。彼方へ通ふ船人、数年あやしみ語りしが、後に[二六]雲泉嶽《うんせんがだけ》の変《へん》あり。山裂《さ》け崩れ潮出《しほいで》て、[二七]邑里《ゆうり》あまた蕩壊《とうえ》して、隔岸《かくがん》の肥後海浜《かいひん》まで[二八]漂尽《へうじん》す。此夜逃《のが》れ走《はし》りて死をまぬかれし人、熱湯《ねつたう》の中を走《はし》るごとくなりしといひし。崩壊《ぼうえ》せしは[二九]前山とて雲泉の前なる山なり。はじめ火の燃《もえ》出し時は、近傍《かたはら》の人こゝかしこに逃《のがれ》避《さけ》しが、数月なにごともなき故漸々立帰り、後は酒肴などもて、のぼりて遊覧《ゆふらん》せし人もありしとなり。

一　新島　　桜島の中に出来し[三〇]新島、いまは松杉も生じ水も湧出《ゆしゆつ》するとて、島原の前にも[三一]新島出来たり。[三二]日本書紀にも伊豆の神島といへるも、おなじく地中

一四 荻生徂徠。近世中期の大儒。柳沢吉保に仕え、宝永三年(一七〇六)九月、主命により柳沢家の領地甲斐へ赴いた。「峡中紀行」はその折の紀行文。徂徠集・十五に収める。
一五 地下にあると考えられていた火の通路。
一六 地の底。
一七 現広島県福山市。王子山城があった。
一八 寛政四年(一七九二)は子歳。
一九「肥前国島原の温泉山・普賢山鳴動せしより、泥土吹出し湯煙立上り、二月に至り…かなたに新山を出し」(徳川実紀・寛政四年正月十八日条)。
二〇 深い谷。 二一 島原を指す。島原藩の城下町。
二二「肥前国島原の地、酉の刻過る頃海上より津波をし上げ、肥前島原・肥後熊本の地、家屋の流失男女の死亡又甚し」(徳川実紀・同年四月一日条)。 二三 未詳。雲仙岳東側の三つの集落か。
二四 天明三年(一七八三)七月に浅間山の大噴火があり、関東一円に大被害をもたらした。
二五 以下の記述、ここまでと重複するところがあって不審。草稿の初案と改案を誤って並列するなどの校訂の不手際があるか。
二六 注一九の寛政四年の噴火を指す。
二七 村落は多く全壊して。
二八 流れ着いた。この災害を俗に「島原大変、肥後迷惑」と呼んだ。
二九 現在は眉山と称する。雲仙岳の東側、海岸近くに位置する。
三〇 安永八年(一七七九)十月の大噴火時に出現した。
三一 九十九島(つくもじま)。島原大変によって島原湾に出現した。
三二「伊豆島の西北、二面、自然に増益せること、三百余丈。更に一つの島と為る。則ち鼓の音の如きは、神の是の島を造る響なり」(書紀・天武十三年十月)

の火脈の怒発《はつど》[一]せしと見えたり。

一　蝦夷《えぞ》

蝦夷[二]は大抵《てい》三角《かく》なる地にて、東西二百六十七十里。シレトコ[三]崎といふ処《ところ》に大なる石あり、是北端《これきたのはし》なり。北面《おもて》百里許《ばかり》あり。西北角《いぬゐのすみ》にソウヤ[四]と云処あり。それより松前[五]まで二百里にたらず。地多くは山にて大河も潮《しほ》もあり。東面ヱリモ[六]といふところまでは粟稗《あはひえ》をつくり食す。其人させる異なることなし。それより奥《おく》は魚鳥《うをとり》のみをくらふ。眉《まゆ》[七]一文字につゞきて鬚《ひげ》長く多し。東北にクナジリ[八]といふ一島あり。またヱドラフ[九]といふあり。其地の山、六月に扇《あふぎ》の柄《え》にて堀《ほ》れば、砂底《すなのそこ》皆氷《こほり》なりといふ。会津樋口《ひぐち》平蔵[一〇]、其辺まで行し記あり。頗《すこ》ぶる詳《つまびらか》なり。カラフト[一一]はソウヤの西北二十里許はなれて北へながく、はては海なり。西は山旦《サンタン》[一二]といふ夷《えびす》[一三]にちかく、海をへだつ。西へゆきて、満州《まんしう》[一四]より役人の出張る処あり。常陸の人間宮《まみや》林蔵[一五]、其地まで行て、清《しん》の役人に逢《あふ》て帰りし記[一六]あり。

一　旱《ひでり》米穀を不レ傷《やぶらず》事

「明和庚寅《かういん》[一七]の大旱《ひでり》に、宇治川を小児かちわたりするほどに水涸《かれ》しに、平等院《べうどうゐん》の上より鹿飛《しょと》[一八]び迄、両岸《りやうがん》皆石にて種々《しゆぐ》の形《かたち》をなし、魚《ぎよ》虫鳥獣《ちゆうてうじう》の形《かたち》皆そなはる」と、那波魯堂《なばろだう》[一九]先生の記《き》にあり。京より游観《ゆふくわん》するもの

一　振り仮名に従って、漢字を「発怒」と改めるべきところ。
二　北海道。
三　知床。北海道北東端部。
四　宗谷。北海道最北端部。
五　北海道南西部、渡島半島南端の町。
六　襟裳。日高地方南端部。
七　アイヌを指していう。
八　国後島。千島列島最西端の島。
九　択捉島。国後島の北東方にある千島列島最大の島。
一〇　会津藩士。古賀精里門。その蝦夷紀行というもの未詳。会津藩は文化五年(一八〇八)、幕命により蝦夷・樺太の防備にあたった。
一一　樺太。サハリン。
一二　山靼・山丹とも書く。黒竜江下流地域、またはそこに住む種族をいう。
一三　異国、または異国人。
一四　中国東北地方の通称。
一五　徳川幕府の蝦夷地御用雇。文化五―六年(一八〇八―〇九)、幕命により樺太を探検し、樺太が島である(大陸と地続きでない)ことを確認した。
一六　東韃紀行。文化八年(一八一一)成立。
一七　明和七年(一七七〇)。「(明和七年)夏至の時分より八月上旬迄雨ふらず、旱魃す。全体当年中大いに日照りなし、京洛中も水かれて、川原に井を掘り、別して上京は水なし」(摂陽奇観)。
一八　瀬田川を膳所から十キロメートルほど下ったあたり。川幅が狭まった地形で、弘法大師が鹿の背に乗って飛び渡ったという伝説がある。
一九　名は師曾、字は孝卿、通称主膳。京都の朱子学者。茶山の師。ここに引用の記については未詳。

多く、川中に処々茶酒の店など出してにぎはひしとぞ。[二〇]前年七月頃彗星《けいせい》を見る。占者《せんしや》は洪水《こうずい》の兆《しるし》なりといひしが、かへつて[二一]大旱《ひでり》にて、五月廿七八日雨ふり、六月、閏六月、七八月、雨なく、天気は日々陰《くも》り、夜は晴朗《せいらう》にて涼しく、六月のはじめに白く丸き笠のごとくなる者、初昏《くれ》中天《なかぞら》に見え、五六日の間漸《ぜん》々に北へゆきて消《しやう》す。六月三日の夜、一星月中に入る。木星なりしや火星なりしや、今よく記《き》せず。[二三]七月に一夜赤気北方に見え、暫時《ざんじ》のうちにひろごりて天に弥《わた》る。[二二]明年辛卯《かのとのう》も又大旱《ひでり》なれども、旱は米に宜しとて米価《べいか》さまで高くもならざりし。

[二四]余《よ》十五六歳のころ、前後豊年《ほうねん》打つゞき、いづくまでもゆたかなりし。[二五]寅年大旱の後、滂雨《ながあめ》しきりなりしより、世態《せたい》人情も一変《ぺん》しぬと見ゆ。前年丑七月、彗《けい》星西方に見ゆ。一頃は伏《ふく》してまた初更に見ゆ。十月頃なり。[二六]西海南海、大水を主《つかさど》るなどゝ人いひあへりし。其翌《よく》年寅、五月廿八日の後、閏六月、七月、八月までも雨ふらず。此年水すくなき土地は、稲の穂《ほ》出ざるも多かりしが、ならして豊年にて、山陽の米価《べいか》[二七]五十目に過《すぎ》ず。其翌年もまた旱損《ひそん》なれども、米価はおなじく賤《いや》し。それより雨滂《ながあめ》つゞきていやし。同月[二八]浅間嶽《あさまのだけ》やけぬけて、隣郷《りんがう》に火石灰など降《ふり》、昼夜を弁ぜざること五六日、刀根《とね》川へ泥水押出して、人畜《ちく》多く死す。此前年[二九]薩摩の桜島焼《やけ》ぬけて、是も死亡《しばう》多かりし。

二〇 「(明和六年七月)同月中旬より稲星といふ珍星出て、八月中旬に消ゆる。またまた十月上旬より珍星あらはるる」(摂陽奇観)。
二一 この「大旱」は、次に「閏六月」とあることから明和七年のこと。前行の「前年七月」の彗星と一年後の日照りを結びつけていて、やや不審。脱文あるか。「凡そ彗星見(あらは)れて、必ず大風・大旱・地震・災疾を主(つかさど)る」(和漢三才図会・彗星)。
二二 「(明和七年)七月廿八日夜、戌之刻より子之刻迄、北の方に赤気あらはれ大火のごとし。初めは子の方専ら赤く、亥の五刻ばかり専ら広くなり、寅の方と戌の方にひろがる」(摂陽奇観)。
二三 明和八年。「五月上旬より五十余日旱。畿内近国、苗を植ゑざるもの過半なり」(続皇朝史略)。
二四 宝暦十二、三年(一七六二―六三)頃。「宝暦十三年は至て豊年にて、田畑共何品に依らず、地にこぼれたるは生(はへ)のり宜しと申せり」(宝暦現来集)。なお、この段落にもここまでの記述と重複するところがある。二六三頁注二五と同様の問題があるか。
二五 明和七年。
二六 西海道(九州と壱岐・対馬)と南海道(紀伊・淡路と四国)。
二七 銀五十匁。米一石の価格。
二八 天明三年(一七八三)七月の噴火(→二六三頁注二四)を指すはずなので、前文との脈絡なく「同月」というのは不審。脱文があるか。
二九 安永八年(一七七九)十月の噴火を指す。

一　鳥柱　伊豆《いづ》の海中に鳥柱《とりはしら》といふものあり。晴天に白《しろ》き鳥数千羽、[一]盤舞《ばんぶ》して高く颺《あが》る。空《そら》は眼力《がんりき》の及ばざるに到る。大なる白き柱《はしら》を海中に立たるがごとし。八丈島より南にありとぞ。

一　蠔山《がうさん》　[二]松前の海中に、牡蠣《かき》かさなりて小き島《しま》をなしたるがありとぞ。唐土の書に所謂《いはゆる》[三]蠔《がう》山も是なるべし。

一　毒井《どくせい》　備中に[四]新兵衛新開《しんかい》といふ処《ところ》あり。七夕に井《ゐ》を渫《さら》へて、四人井中《ゐのうち》に死す。天明年中の事なり。其時[五]笠岡《かさおか》御代官竹島左膳《たけしまさぜん》といふ人の支配所なるゆゑ、訴へ出しかば、「夫《それ》は多くある事にて検視《けんし》するにもおよばず。此薬を飲《の》ましめ試《こゝろみ》よ。[六]程遠ければ甦生《そせい》すること有まじけれど」とて、[七]散薬《さんやく》を与《あた》へられしよし。其後また笠岡にて七夕に二人死す。予、其井を見しに、海に至て近く、浅き井なりし。[八]文化八年辛未、備後[九]浦上村に井を堀りて水出ざれば、[一〇]火を焼《たき》て是をよぶとて、其灰燼《くわいじん》をとりに入りしが、立所《(たちどころ)》に死せり。翌年《よくねん》壬申八月、同国[一一]千田村に失火して、家の焼たる其灰燼《くわいじん》、井中に入りしを渫《さら》へるとて、一人井中にて死

一　ぐるぐると舞い飛ぶこと。
二　北海道の地名(→二六四頁注五)。
三　「初め生ずる、止(だん)に拳石の如し。四面漸く長じて一二丈に至る者、嶄巌、山の如し。俗に蠔山と呼ぶ」(本草綱目・牡蠣)。
四　横山入江新田(現岡山県笠岡市入江)。享保十五年(一七三〇)、鳥越新兵衛らが開発した町人請負新田。
五　笠岡は天領で、代官が置かれていた。
六　時が経過しているので。
七　粉薬。
八　一八一一年。
九　現広島県福山市春日町浦上。
一〇　井戸の底で火を焚いて水を呼び寄せる。
一一　現広島県福山市千田町千田。

せしかば、夫《(それ)》を救《すくは》んとて二人また死せり。其時井に臨《のぞみ》たる人、悪臭衝来《あしきかつき》りて少時《しばらく》も向ひ難《がた》く、顔《かほ》をそむけて死骸《しがい》を引揚《あげ》たりとぞ。凡夏秋《およそなつあき》の間《あいだ》、井中に毒あり。井中に鳥羽《とりのは》を投《とう》ずるに舞《ま》ふて下らざれば、かならず毒ありと、[一二]聴雨紀談《ちやううきだん》に見ゆ。或人のいへるは、[一三]挑燈《てうちん》に火をつけて井中へ下し、毒あれば火必きゆるといふ。笠岡にて死せしのち、新開地は井不レ宜《よろしからず》とて、其辺の井を皆塡《うづみ》たるよし。

一　蛇昇天之事　[一四]文化二年丁丑三月廿一日、[一五]京都雷電《らいでん》して雹《あられ》をふらす。大きさ桃梅《もゝうめ》の実《み》のごとく、[一六]六寸許《ばかり》もつもりけると。芸州広島《ひろしま》、[一七]友子映雪二尼《えいせつふたのあま》、東寺へ参る途中《とちゆう》にてこれにあひて、ある人家《じんか》に逃《のが》れ避《さけ》しとぞ。廿三日に京を出て帰るに、途中《とちゆう》足の冷なることいふべからずと、帰路《きろ》予を訪《とむら》ひて語る。[一八]筑前侯、此日伏見を発《はつ》して大坂に下り給ふに、枚方《ひらかた》にて遥《はるか》に雷声を聞たりしが、雨もふらざりしと、扈従《こしやう》せし[一九]月形《つきがた》、[二〇]梶原《かぢはら》などの士、予に語る。後にきけば、東六条善久[二一]寺といへる一向宗の寺の妻女《さいぢよ》、此日頭痛《づつう》すること甚だしく、髪際《かみぎは》より小虫《ちいさきむし》はひ出て、見るがうちに小蛇《へび》となりしゆゑ、怖《おそ》れて戸外《とのそと》へ掃出《はきいだ》すに、忽《たちま》ち黒雲下《くろくもくだ》りて、其蛇を乗《の》せて昇《のぼ》りしかば、頭痛《づつう》はわするゝごとくに愈《いえ》しと、京都の人越[二二]後屋多兵衛が話《はなし》なり。同日、[二三]備中松山にも雹《あられ》ふりて、一二村は麦油菜《むぎなたね》みななく

一二 明、都穆撰の随筆。ただしこの記述は見えない。茶山の記憶違いか。和漢三才図会に次のようにいう。「古き井へ入るべからず。毒有りて人を殺す。夏月は陰気下に在り。尤もこれを忌む。但鶏の毛を以てこれに投ずるに盤旋して舞て下らざる者は必ず毒有り」(水類・井)。

一三 「古井に大毒あり。…金掘共が穴中へ灯火をともし持入る。…灯火消ると、急に逃出るとかや。是等もみな、古井に入て死ぬると同じ理也」(塵塚談・上)。

一四 文化二年(一八〇五)は乙丑。以下の記事は文化十四年丁丑(一八一七)のことであると、注二〇の日記などから判明する。

一五 「三月二十一日、京師雷電大雨。雹、麦を殺す」(十三朝紀聞)。

一六 約二十センチメートル。

一七 未詳。

一八 福岡藩主黒田斉清。参勤を終えて国元へ帰る途次。

一九 →二六一頁注二九。

二〇 梶原南柯。名は翼、字は子儀、通称七太夫。福岡藩士。文化十四年三月二十九日、藩公に従って国元へ帰る途中の月形・梶原らは茶山を訪れた(日記)。

二一 天和二年(一六八二)、僧了致開基。

二二 太兵衛とも。文化十五年三月、茶山上京の折、しばしば面会している(大和行日記)。

二三 現岡山県高梁(たかはし)市松山。

なりしよし、京と同時なりしと云。京の雹《あられ》も、[一]山科《やましな》十村ほどは田畑《たはた》のものなにもなくなりしよしなり。

一　衝風《しやうふう》人に傷《きづゝ》くる事　[二]文化丙子七月十日、[三]清水の滝の近所にて、[四]一陣の衝《しやう》風人を吹倒《たふ》し、大宮通四条下る処の手伝ひ清兵衛といふものゝ妻、そこにて仆《たほ》れ、背《せ》に二箇処《かしよ》、股《また》に二箇処、刀《かたな》にて切りたるごとき創《きづ》ありしに、衣類はきれず、筋骨《すぢほね》にも痛《いたみ》なく、療治《れうぢ》して程なく愈《いえ》しが、其処此処《そこゝ》に此事ありて、京中に十二三人も此患《うれひ》にかゝりし者ありしと、是も越後屋多兵衛が話《かた》りき。

一　潮州《てうしう》　[五]韓文公《かんぶんこう》の左遷《させん》ありし[六]潮州《てう》といふ処は、極南の辺鄙《へんぴ》にて、人も住かぬる所ならんと思はるれど、近頃《ちかごろ》潮州の人の漂流《へうりう》して奥州につき、語りしに、[七]祠廟《しべう》は文公の廟《べう》、寺は[八]大顚《てん》の庵など、頗《すこぶ》る壮麗《さうれい》なりとぞ。(そ)れを聞てもさせることゝは思はざりしに、[九]広東名勝志《かんとうめいしようし》に、[一〇]黄景祥《くわうけいしやう》といふ人の記《き》を抄《しやう》するをみれば、「[一一]城西に湖山《こさん》といふ山あり。そこに浮瀾亭《ふらんてい》あり。其上より見れば、[一二]鰐渚《がくしよ》其《その》前《まへ》を繞《めぐ》り、[一三]浮図《ふと》其上に矗《いよや》かに、[一四]環顧《くわんこ》すれば[一五]平林畳巘《へいりんでふけん》、紛然《ふんぜん》として状《かたち》を献《けん》じ、[一六]俯《ふ》瞰《かん》すれば万家鱗次《まんかりんじ》、一眄《いちめん》にあつまる」といふ。されば人居《じんきよ》も[一七]稠密《ちうみつ》なるべし。又

一　現京都市山科区。
二　文化十三年(一八一六)。
三　京都清水寺にある音羽の滝。
四　ひとしきりの突風。
五　唐の韓愈。文公は諡(おくりな)。唐宋八大家の一人。仏舎利を宮中に迎えることの非を憲宗に諫言して怒りを蒙り、潮州刺史に左遷された。
六　現広東省潮安県。
七　神や貴人・先祖の霊をまつる殿堂。
八　唐代の僧。潮陽(広東省潮陽県)の西にある霊山に住居し、韓愈と親交があった。
九　大明一統名勝志のうち。その巻五、潮州府海陽県の条。
一〇　「郡人黄景祥の記に云ふ」として見えるが、以下の引用とは小異がある。
一一　市街の西方。
一二　鰐のいる川辺。広東には鰐がいたとされる。
一三　寺塔が厳かに高く聳え立ち。
一四　あたりを見回すと。
一五　平地にある林や重なり連なった山々が、入り混じってひとつの景観を形作り。
一六　高所から眺め見下ろすと、多くの人家が立ち並び、ちらっと眺めただけでも目に入る。
一七　密集すること。
一八　「潮州韓文公の祠に異木有り。世伝ふ、退之(韓愈の字)の手植なりと」(竹坡詩話・一)。
一九　その花の咲き具合の善し悪しによって、その土地の人の科挙の成績を占う。
二〇　中国南西端の省。
二一　明代に設けられた行政区画。中国全土を十

韓木《かんぼく》といふものあり。文公[一八]の手《て》植《うゑ》にて、名しれざればかくいふとぞ。其花の繁《はん》[一九]稀《き》をもて其土《そのど》人《じん》の科第《くわだい》の盛衰《せいすい》を卜《ぼく》すとなり。人物の盛《さかん》なるも亦おもふべし。

一　雲南省

雲南省《うんなんせう》[二〇]は唐土[二一]十五省にて最《もつとも》辺僻《へんへき》[二二]なれば、諸葛武侯《しよかつぶこう》[二三]も七擒《しちきん》[二四]七縦《じゆう》にて打おき、宋芸祖《そうのげいそ》[二五]も吾《わが》土地にあらずとてすてられたり。其地、鳥《とり》には孔雀《くじやく》、鸚歌《おうむ》、秦吉了《しんきつれう》[二六]、獣《けもの》には象《ざう》も生ずる所にて、辺僻《へんへき》といへども、また事かはりたる事おもひやるべし。然るに其臨安府《りんあんふ》[二七]は、雲南省よりまた四百余里の辺鄙《へんぴ》なれば、其臨安《りんあん》に隷《れい》する通海県《つうかいけん》[二八]といふは、又辺鄙《へんぴ》小邑《しやういう》なることしるべし。其県令《けんれい》の廨舎《やくしよ》より南六十里に秀山《しうさん》といふ山あり。頂《いたゞき》に湧金寺《ゆきんじ》といふ寺あり。其記に、「浮図《ふと》三ツあり。湧金《ゆきん》を勝《しやう》[二九]とす。仰《あふひ》[三〇]で天光《てんくわう》を射《い》、俯《ふ》して巨浸《きよしん》[三一]に臨《のぞ》む。城郭居室《じやうくわくきよしつ》の壮《さう》盛《せい》なる、山林島嶼《たうよ》[三二]の蟠虬《ばんきう》[三三]せる、晨鐘暮鼓《しんしようぼこ》[三四]、隠々《いん〱》[三五]として天上に在るかと疑《うたが》ふ也」と、雲南名勝志《うんなんめいせうし》[三六]に見ゆ。巨浸《こしん》は海をも江をも湖《みづうみ》をもいふなり。此は湖なり。周囲《めぐり》八十里にて、一名長《ちやう》河とも海子《かいし》ともいふとぞ。凡雲南《うんなん》かゝるところすくなからず。永昌《えいしやう》[三七]などは又西千余里にありて、人物も多し。其外処々繁華《はんくわ》の地あり。雲南省は大都会《とくわい》なり。楊升庵《やうしやうあん》[三八]も永昌《えいしやう》に流《なが》され、終に七十余にして其地に没《ぼつ》せらる。其[三九]書を乞《こ》ふ人、娼婦歌妓《しやうふかぎ》などにたのみ、酔《ゑふ》たる時を候《うかゞ》ひてかゝせたり

五省に区分した。北直隷(北京)・南直隷(南京)・山東・山西・河南・浙江・湖広・江西・陝西・四川・福建・広東・広西・貴州・雲南。

二二　辺境の地。

二三　諸葛亮。字は孔明。三国時代の蜀漢の宰相。劉備に三顧の礼をもって迎えられた。戦略家として知られる。

二四　七縦七檎とも。敵を七回捕らえて七回釈放すること。諸葛亮が南蛮の王の孟獲を捕らえた際の故事。南方平定の後、諸葛亮は官吏を派遣せず、現地人にその統治を委ねた。

二五　宋の太祖。

二六　九官鳥の異称。

二七　雲南省の府のひとつ。

二八　雲南省臨安府の五県のひとつ。

二九　景色のすぐれた地。

三〇　ふり仰げば日光がそそぎ。

三一　大きな湖。

三二　振り仮名は「とうしよ」とあるのが正しい。島をいう。

三三　曲りくねったさま。

三四　朝夕の鐘の音。

三五　幽かに響き。

三六　大明一統名勝志のうち。その巻四、臨安府志勝の条。

三七　雲南省の府のひとつ。

三八　楊慎、字は用修。明代の文人・政治家。世宗の大礼の議における諫言によって左遷される(→二五七頁注二二)。

三九　以下の逸話は芸苑卮言に見える。雲南の異民族の長たちが楊升庵の書を欲し、升庵に侍する妓女たちに白い衣裳を贈った。酒間、妓女たちが書を乞うと、升庵は白い衣裳に筆を走らせた。長たちはその衣裳を得て表装した。

といふ。雲南は辺僻《へんへき》にて、娼妓《しやうぎ》はいづれにかあるべきなど思はるれど、此方の山陽南海《さんやうなんかい》[一]などに比《ひ》すれば、人才《じんさい》もさらにひらけたりと見ゆ。道路《だうろ》のうちにも名ある橋《はし》多し。其橋の幅《はゞ》のひろさを見ても、往来の隙《ひま》なきをおもふべし。されば何処《いづく》の果《はて》までも、年を逐ふて人も多くなり、文物もひらくることしるべし。

一 薩州甑島《こしきしま》　薩摩の甑島《こしき》[二]といふは、其国を距《さ》ること西へ二十里許《ばかり》の海中にあり。其辺僻《へんへき》いはんかたなくおもはるれど、文化中ある人かしこに行たるに問て聞《(きく)》に、上甑《こしき》[三]島は村数《かず》六ツありて、戸数《いへかず》千二百余。其内郷士《がうし》[四]三百ばかりありて、島の広《ひろ》さ東西二里許《ばかり》、南北二里半もあり。近辺に野《の》[五]島、二子《ふたご》島、弁慶《べんけい》島などいふ島四ツあり。西南二里程《ほど》に下甑島[六]あり。村数八ツ、戸数《とすう》二千余。其内郷《がう》士《し》二百五十人許ありて、島のひろさ東西二里許、南北五里余ありて、又唐島[七]、由良島などいふ小島あり。上下甑《こしき》島にて貢入《ねんぐ》の歳額《たか》[八]三千石許もあり。山も高きこと二町[九]にすぎず。海の深さ二十尋以下《ひろよりした》[一〇]なり。唐に対《たい》[一一]する方の山は石多く樹木生ぜず。鳥獣《てうじう》草木もみなかはることなく、稲麦《いねむぎ》を作る。綿は見えず。上甑島に里村[一二]、下甑島に浜市といふて町家もあり、神祠《しんし》[一三]仏寺《ぶつじ》もあり。女子は三絃《さみせん》を弾《ひ》く者ありとぞ。昇平《しやうへい》[一四]の化《くわ》かゝる荒陬《くわうすう》[一五]までにおよぶこと如レ此《(かくのごとく)》なるは、忝《(かたじけ)》なき世

一 山陽道(播磨・美作・備前・備中・備後・安芸・周防・長門)と南海道(紀伊・淡路と四国)。

二 現鹿児島県薩摩郡。上・中・下甑の三島からなる。

三 近世には上・中両島を上甑島と称し、八村からなる。惣家数八九四軒・郷士二九八軒(九州東海沿海村順。文化十年〔一八一三〕頃成立)。

四 身分は武士ながら、農林漁業に従事する者。

五 三島ともに甑島列島に属する無人島。

六 近世には六村。茶山の記述は上・下甑島の村数が事実と逆になる。

七 唐島は未詳。由良島は甑島列島に属する無人島。

八 収穫。所惣高三五一七石余(薩摩政要録。文政十一年〔一八二八〕成立)。

九 一町は約一〇九メートル。最高峰は下甑の尾岳で標高六〇四・三メートル。

一〇 一尋は約一・四―一・八メートル。

一一 中国に向いた側。東シナ海に面した側。

一二 現薩摩郡里村。里村は上甑八村のひとつ。浜市は浜之市浦で、下甑六村のひとつ手打村(現下甑村手打)のこと。

一三 神社や寺。里村には新田八幡宮・西昌寺、浜市には八幡新田宮・大性寺など。

一四 天下太平の影響。

一五 遠い国の果て。

の中なり。また近江の僧海量《かいりやう》[一六]、薩《さつ》の鹿児島《かご》にありし時、鬼界島《きかい》[一七]より来りて仕ふる人の、老病《ろうびやう》にて帰郷し、医薬保養《いやくほやう》したきよしを乞ふを見て、かの島にも医人《い》ありや、老病を養ふべき閑雅《かんが》のこともありやと尋《たづね》しに、今は昔にかはりて、呉服屋などの商《あきびと》もかしこに行《(ゆき)》かよふよし聞えしとなり。[一八]俊寛僧都《しゆんくわんそうづ》の流されしより六百年許《ばかり》にて、いまかくなりたれば、蝦夷《えぞ》の「アツケシ」[一九]「ソウヤ」「ヱトロフ」「クナシリ」などいふ処も、ゆく〳〵はかくなるべきにこそ。

一　里程《りてい》　我邦《くに》の一里は西土《から》[二〇]の十里にあたること、彼方《かなた》の書にてもしば〳〵見ゆれば、記事《きじ》の文或は詩にても、吾土《わがくに》の一里は十里といひても通ずべきこと論なし。然れども誦《じゆ》[二一]して響《ひゞき》のよろしからぬ事もあるやうにおもはるれば、是を[二二]竹山先生に問ひしに、竹山の云《いへ》るは、「周時《しうのとき》の書になほ夏正《かせう》[二三]を用ゆるもの多し。吾邦《わがくに》の里程《りてい》今の法に改りしは、何時《いつ》の事か明ならざれども、奥羽《あうう》[二四]の地は猶昔《むかし》の里程《みちのり》にて計《はか》るとぞ。されば、官府《くわんぶ》え奉る文書にもあらず、私《わたくし》に記《き》するには、いづれにても然るべきならん」と。これに依て余《よ》が詩《し》にも百里を千里と用ひしなり。

一六 字は宝器、寒巌窟と号する。諸国を行脚し、歌人として名高い。
一七 大隅諸島の硫黄島のことかといわれている。
一八 治承元年(一一七七)、平家討伐の謀議が発覚し、藤原成経らとともに鬼界島に流された。翌年の大赦にもひとり許されず、島に残された。
一九 厚岸。釧路の東部。カギ括弧、底本のまま。
二〇 中国。清代の一里は五七六メートル。
二一 声に出して読んで。
二二 中井竹山。名は積善、字は子慶。大坂の懐徳堂の二代学主中井甃庵の長男で、のち第四代となる。
二三 中国古代の周の前の王朝、夏の時代に定められた暦法。
二四 このこと未詳。

一　山陽の海を江《え》と称《しやう》する説

[一]山陽の海は所謂《いはゆる》[二]海技《ぎ》なり。[三]島嶼《たうこ》とりかこみて[四]湖泖《こばう》に似《に》たればとて、[五]朝鮮人《てうせんじん》の詩に湖《こ》と称す。余《われ》は多く江《こう》と称す。或人是を規《たゞ》して、[六]江は岷山《みんざん》より出て、其源《そのみなかみ》に濫觴《らんしやう》の目《もく》もあり。川の大なる者にて其一流《ひとながれ》の名《な》なり。これを冒《おか》して此処の名とすべからずといふ。是は正理《せいり》なり。然ども[七]江南《こうなん》は水を皆江《みなこう》と称す。既《すで》に[八]浙江《せつこう》、[九]三江なども岷江《みんこう》にはあらず。それを単《ひとへ》に江《こう》と称せしも見ゆ。近頃[一〇]査慎行《さしんかう》が詩《し》にも「小水《しやうすい》も亦《また》江と称する」の句《く》あり。されば山陽の海も、一帯《ひとすぢ》千余里にして形《かたち》よく似《に》たれば、江と云とも可《か》なるべし。水[一一]鹹《しほはゆ》ければ必《かならず》海といはゞ、岷江《みんこう》も[一二]潯陽以東《じんやうよりひがし》は淡《たん》水にあらず、江といひがたし。[一三]銭塘江《せんたうこう》も亦しかり。吾友《わがとも》[一四]広瀬《ひろせ》台《だい》八（名は典、字以寧、奥白川侯儒官）此頃《ごろ》余が説を憶《おも》ひて記せしとて、随筆一則《ずいひついつそく》を寄示《よせしめ》す。左に録す。（此文もと漢文なるを、今幼稚の見易からんためにこゝに[一五]和解す）

余[一六]二十年前の夜、船に乗《じやう》じて竹原《ちくげん》を発《はつ》し、菅茶山《かんさざん》に投《とう》ず。月明《あきらかに》蒼々《さう〳〵》、遠近山色隠映《いんえい》、波穏《なみおだや(か)》にして[一七]席《せき》の如《ごと》く、其水[一八]深積《しんせき》といへども亦空闊《くうくわつ》にして、涯際《がいさい》なきに至らず。余以其観《もつてそのみ》る所をもて茶山《さざん》に語《かた》る。茶山曰、「中国之海、恐《おそ》らくは海にあらず。江湖《こうこ》耳《のみ》。我此説《せつ》を持《ぢ》して以《もて》、[一九]西山拙《せつ》斎、中井竹山と論ず。二子皆可《か》とせず。今、子独《ひとり》我に[二〇]左袒《さたん》する者に似たり」。因掌《よつてたなごゝろ》を搏《うつ》

一　瀬戸内海を指す。
二　自然が巧みな技で作った海。
三　島。
四　現上海市松江県にある湖。
五　徳川将軍の代替わりごとに訪問してくる朝鮮通信使一行は、下関から大坂までは瀬戸内海を舟行する。その折に詠じた詩において、の意。
六　江は（本来は長江という特定の川のことで）岷山（四川・甘粛両省に跨がる山脈）に発し、その源流は濫觴（杯を浮かべるほどの小さな流れ）という名もある。
七　長江の南側。
八　浙江省を流れる大河で、杭州湾に注ぐ。
九　太湖の支流。今の呉淞江。
一〇　字は悔余。初白と号する。清代の詩人。詩集に敬業堂集があるが、この詩句は見えない。
一一　塩分が多い。
一二　今の江西省九江県。
一三　浙江の下流。海水が逆流して起る浙江潮で有名。
一四　蒙斎と号する。柴野栗山門。白河藩儒。
一五　「わげ」と読む。外国語を日本語に直すこと。ここでは漢文を訓読すること。
一六　寛政八年（一七九六）、広瀬台八は頼山陽に同行して竹原の頼春風（春水の弟）を訪れた後、十一月二十九日に神辺の茶山を訪れた。
一七　畳を敷いたようである。
一八　深いけれども広々とし、海岸も見渡せる。
一九　備中鴨方在住の儒者。那波魯堂門で茶山の先輩。解説参照。
二〇　味方する。

て大笑《たいせう》す。余が拙斎に寓《ぐう》するに当《あたつ》て、また書に寄て曰、「江海之論、勝敗《しやうはい》竟《つひ》に何如《いかん》。拙斎竹山、極《きはめ》て大敵と為す。苟《いやしくも》[二一]舟を焚《やき》、罌《もたひ》を破《やぶ》るに非《あら》ずんば、則これと[二二]周旋《しうせん》すべからず」。是皆一時の戯話《たはむれ》といへども、亦復《また》以て[二三]其豈弟《そのがいてい》切磋《せつさ》之楽《たのしみ》を見るに足る。文化七年春、[二四]我公海防《かいばう》の命《めい》を奉《ほう》ずるを以て、余[二五]相房《さうばう》の間に到り、其形勢《かたち》を観《み》るに、二州[二六]綰束《くわんそく》して、山、岸に薄《せま》り、水面曲折《きやくせつ》、狭《せまく》して而且《かつ》長し。復《また》[二七]江戸品川の望《のぞ》む所のごとくならず。因て憶《おもふ》、昔年《せきねん》茶山《さざん》、中国江海の語《ご》を出す。[二八]自語て曰、「[二九]是又墨水《ぼくすい》の末流《まつりう》稍《やゝ》大なる而已《のみ》。[三〇]相房二州の港口《みなとぐち》に出るに非《あら》ずんば、則何ぞ復《また》海を以て之を称するを得んや」。乃《すなはち》前論を[三一]補葦《ほい》して以《もて》、諸《これ》を先達に質《たゞ》さんと欲《ほつ》す。拙斎、竹山、已に[三三]木に就《つい》て、茶山の説[三二]独伸《どくしん》を得たり。人事の変遷《へんせん》、是に於ても亦感《またかん》ずるものあらん。

一　唐山漂流《へうる》紀文　　御医《い》[三四]福井近江介、薩摩の人より得しとて写し示《しめ》さる。左に録《ろく》す。唐山に漂流《へうりう》するもの多けれども、かゝる事に心をとむる人少し。此外にも尚おもしろき事多かるべし。此文本漢字。いま和解して是を録す。閲者《みるもの》宜しく拙きを笑ふことなかれ

二一　自ら退路を断つほどの決死の覚悟で臨まなければ。「罌」は食料貯蔵用のかめ。
二二　対等に議論ができない。
二三　和やかで、かつ学問的に裨益し合う楽しい交友。
二四　白河藩主松平定信。広瀬蒙斎の主君。文化七年(一八一〇)二月、幕府は異国船防御のため、白河藩・会津藩に相模・安房の沿岸に砲台の構築を命じた。
二五　相模と安房の間。船で江戸湾の入口あたりに至り、相模と安房を一望に収めたことをいう。
二六　繋がったように接近して。
二七　江戸の品川から海を眺めたような、広々とした様子とは違っている。
二八　(私=広瀬台八の)独り言にいうには。
二九　江戸湾は墨田川の下流がやや広くなっているだけのことだ。
三〇　相模・安房の、外洋への出口に行くのでなければ。
三一　補うこと。
三二　死去して。
三三　それだけが広まること。
三四　福井棣園(ていえん)。名は晋、字は貞吉。通称近江介。典医(御所出入りの医師)。

本藩《ほんはん》之士、税《ぜい》所[一]子長、古後士節《しせつ》、染川伊甫《そめかはいほ》、祗役《き》[二]を小琉球に抵《いた》す。乙亥[三]の秋八月、将に帰《かへ》らんとす。洋中颶《やうちゆううみかぜ》に遇《あ》ふ。漂流《へうる》する事数十日。冬十月、始て唐山広東省《かんとうせい》の碣石鎮《かつせきちん》[四]に抵《いた》り、広東《かんとう》より江南《こうなん》を経《へ》て、凡六月にして浙江《せつこう》省の乍《さ》[五]浦《ほ》港《こう》に抵《いた》り、留滞《りうたい》五月にして遂《つひ》に日本に還《かへ》るを得《え》たり。其南、雄《ゆう》[六]州より南安府[七]に赴《おもむ》く也。大庾嶺《たいゆれい》[八]を経《へ》たり。時に孟春[九]に属《ぞく》し梅花盛《さかん》に開《ひら》く。道《みち》の左りに唐《たう》の賢相《けんしやう》張九齢《ちやうきうれい》[一〇]の墓《はか》あり。芳流二千古一《はうせんこにながる》[一一]の四字を碑表《ひのおもて》に題《だい》す。又数歩《すうほ》にして張公《ちやうこう》の祠堂《しどう》あり。遺像儼然《いざうげんぜん》。左の巌窟中《がんくつちゆう》に六祖[一二]大師の坐像《ざざう》を安《あん》す。神霊如レ存《しんれいいますがごとし》。側《かたはら》に泉《いづみ》あり。六祖清泉《りくそせいせん》といふ。磴道《とうどう》[一三]里余にして山頂《さんてう》に至る関《くはん》を得《う》。門[一四]に扁《へん》するに嶺南《れいなん》第一の四字を以てす。関を度《こえ》て下る左壁《さへき》に梅嶺《ばいれい》の二字を勒《ろく》[一五]す。陟降竟日《しやうかうきやうじつ》[一六]、眼之触《めのふ》るゝ所悉《こと〴〵》く奇観《きくわん》ならざるはなし。時に清国嘉慶《せいこくかけい》[一七]二十一年正月十一日也。実《じつ》に本朝文化十三年丙子正月十一日たり。子長往々《わう〳〵》これを図す。齎《もたら》し帰《かへ》り以て示《しめ》さる。士節《しせつ》、伊甫《いほ》、又曲《つぶさ》にこれを言《い》ふ。余《よ》乃《すなはち》其図《づ》を写《うつ》し其言《そのこと》を記《き》し、以峩山《がさん》の月江師《げつこうし》[一八]の清翫《せいぐわん》に贈《おく》る爾《しかり》。

己卯[一九]八月薩摩梅隠有川貞熊。

一　六惑星《ろくわくせい》の説

ちか頃六惑星《ろくわくせい》[二〇]の説《せつ》あり。この世界さへ渺々《べう〳〵》としてかぎりな

一　振り仮名は誤り。税所は薩摩の姓で、「さいしょ」と読む。
二　勤番。琉球は薩摩藩の支配下にあり、薩摩から役人が派遣された。その勤務をいう。振り仮名は誤り。祗役は「しえき」と読む。
三　文化十二年(一八一五)。
四　広東省海豊県の東南。
五　浙江省平湖県南東。杭州湾に臨む。
六　広東省南雄県周辺地域。
七　江西省大余県周辺地域。
八　五嶺のひとつ。大余県の南。
九　正月。
一〇　唐の政治家・文人。大庾嶺に梅を植えて梅嶺と名付け、以後梅の名所となる。
一一　芳しい名声は千年後までも語り伝えられる。
一二　中国の禅宗の第六代の祖、慧能大師。
一三　石段の坂道を上ること一里余りで、山頂に向かう関所に到着する。
一四　門には「嶺南第一」の額が掲げられている。
一五　彫刻する。
一六　登り降りすること終日。
一七　一八一六年。
一八　未詳。
一九　文政二年(一八一九)。
二〇　地球を含めた六つの星(他に水星・金星・火星・木星・土星)が太陽の周りを回っているという説。地動説。本木良永の天地二球用法(安永三年[一七七四]成立)などで紹介され、さらに司馬江漢・山片蟠桃らによって広められた。
二一　天空について分かったようなことをいうとは、また珍説もあるものだ。
二二　授時暦。中国元代の一二八〇年に完成された暦法。日本の貞享暦はこれに拠って案出された。

く、またあらたにいかなる国を見出さんもはかりがたきに、二二空中《くうちゆう》世界もまた奇見なり。天文は二三授時《じゆじ》の外は何《なに》事に用あらんや。二三無用の弁、不急《ふきう》の察《さつ》、いづれかこれにしかんや。二四聖人も死をしらずとのたまへば、又それより遠きは論じ給はず。二五隠《かくれ》たるを索《もと》むとのたまへるは、二六北溟《ほくめい》の大鵬《たいぼう》、二七十万億土《おくど》の仏《ほとけ》の類《るひ》、又此惑《わく》星の説《せつ》などなるべし。余常陸《ひたち》に二八遊《あそ》びし時、二九青塚《あをつか》といふ所より三〇東洋《とうよう》の浜を過《すぐ》るに、はてなき海を望みて、三一河伯亡羊《かはくばうよう》の嘆《たん》のみならず、三二一詩《し》を賦《ふ》す。

三三空中世界《くうちゆうせかい》惑星光《わくせいひかる》
三四自レ古《いにしへより》談レ天《てんをだんず》総《すべて》渺茫《べうばう》
三五此去《こゝをさつて》同倫《どうりん》知二幾国一《いくばくこくをしらん》
三六滄波《さうは》万里《ばんり》大東洋《だいとうよう》

一　盗《たう》を逐《お》ふに心得べき事　三七備中吹屋村、大塚《つか》理右衛門、名は宗俊《むねとし》は、銅山《どうざん》の事に達せし人なり。或夜ぬす人入て物ぬすみ出んとするを、「やよ、ぬす人よ」と大音上て追かけしかば、盗人《ぬすびと》あはてゝ、盗みし物もおとし置て逃《のがれ》さりぬ。其声《こゑ》におどろき家内のもの皆々馳《はせ》集りしとき、宗俊云、「はじめ盗人入りて、我鼻息《はないき》を伺《うかゞ》ふこと再度《さいど》にして、爰《こゝ》かしこを捜《さが》し出し、静《しづか》に荷物《にもつ》をとゝのへて出

二三 不必要なことを述べたり、調べ立てたりすること。「無用の弁、不急の察は棄てて治めず」(荀子・天論)。
二四 孔子を指す。「(季路)曰く、敢えて死を問う。(孔子)曰く、未だ生を知らず。焉(いづくん)ぞ死を知らん」(論語・先進)。
二五 物事の隠れた道理を探し求める。「賾(さく)を探り隠を索(もと)む」(易・繫辞上)。繫辞伝は孔子の作とされる。
二六 荘子・逍遥遊に見える想像上の大鳥。北溟(北の大海)の鯤(こん)という魚が化したものとされる。
二七 十万億仏土。娑婆世界から極楽浄土に至るまでに存在する無数の仏土。
二八 文化元年(一八〇四)五月のこと。五十七歳のこの年二月、藩主阿部正精に呼び寄せられて、初めて江戸に出た。
二九 現茨城県鹿嶋市青塚。
三〇 東の海。鹿島灘。
三一 「亡羊」は「望洋」の誤り。河の神が大海の広さに圧倒されるさま。荘子・秋水に見える話。
三二 次の七言絶句の後半二句は、黄葉夕陽村舎詩・七「常遊雑詩十九首」其十一の後半二句とほぼ同じ。別案か。
三三 天空には惑星が輝く。
三四 古来天に関する論議は多いが、どれもあてにならない。
三五 この地のかなたに、同じ人間の住むどれほどの国があるのだろうか。
三六 青い波の果てしない、東の大海原よ。
三七 現岡山県川上郡成羽(なりわ)町。吹屋銅山があり、享保七年(一七二二)から大塚理右衛門家が採掘を請負っていた。

んとす。其時われ枕刀《まくらがたな》をぬきて進《すゝ》み出たるなり。始《はじ》めは盗人の心専《もつぱら》にして勢《いきほひ》もさかんなり。其時に向へば或は怪我《けが》あらんもはかりがたし。彼《かれ》心のまゝに仕課《おふ》せて、今は気勢《きせい》もゆるみたるときに、進[一]みかけしによつて、ぬすみし物もおとし置しなり」と語りければ、みな感服《かんぷく》せしとなり。

同じ国何某《なにがし》村に、昼《ひる》盗の入しを主人《あるじ》はるかに見て、棒《ぼう》を提《さ》げ其跡を追ゆき、[二]今市といふ町を過《すぐ》るにも声をかけず、町を一町ばかりもすぎて、「待《まて》よ盗人。町を過《すぎ》る時声をかけなば、わかきものどもの棒ちぎり木[三]にて馳集《はせあつま》り、汝を害《がい》せんも計《はかり》がたし。こゝにて呼《よび》かけしは汝《なんじ》をたすくるの一計《いつけい》なり。盗《ぬす》みし物をこと〴〵く返《かへ》さば外に望《のぞ》みはなし。いかに〳〵」と近《ちか》よりしに、盗人土《つち》に手をつき詫言《わびごと》して、取しものはこと〴〵く返して去《さ》りけるが、其後《そのゝち》一年ばかりすぎて、この盗人筑紫《つくし》のかたより帰りぬとて、よき脇指《わきざし》一腰《こし》をもて来りて、「過《すぎ》し昼《ひる》、盗《ぬすみ》してゆるされし命《いのち》の恩《おん》をむくいん」といひしかば、主人《あるじ》、「[四]汝が物をとらんとならば、其時其儘《まゝ》にてかへさんや」と叱《しか》りたれば、盗人涙《なみだ》をおとして辞《ぢ》し去りぬとぞ。今かゝる御治世に生れて、[五]水と火と盗との外はおそるべきものなし。水は其きたること漸《ぜん》[六]あれば、預《あらかじ》め用心もなるべけれど、火と盗は不意にいづれば、人皆心得べきことなり。

一 近づいていったので。
二 現岡山県井原市。
三 両端を太く中央部をやや細く削った棒。物を担うためのものであったが、喧嘩や護身用にも用いられた。
四 お前の物を取り上げようというのであれば。
五 水害・火事・盗賊。
六 前兆。

一　火災《くわさい》の時心得べき事　備後福山、[七]安永の失火《しつくわ》に、何某といへる者客《きやく》と双《すご》六《ろく》うちて居《ゐ》たりしが、すは近火《きんくわ》よと呼《よば》はるをきゝて戸外《とのそと》に出れば、火燼《くわじん》既《すで》に面前《かほのまへ》に飛来《とびきた》る。某《なにがし》、内に馳《はせ》入て、先《まづ》双六盤《すごろくばん》を引かゝへて土蔵の口に行、さて思ひ見れば、帳面銭箱《ぜにばこ》など、これより大切なるものいくつもあり。双六盤は焼《やく》ともまゝよとて又持かへりて、もとの処におきたりと。火後《ひのゝち》に此事を予に語りて一笑しつ。かゝる時には先第一に其家にて大切の物何々、是は第一、是は第二と、分別《ふんべつ》を定むべき事なりといひにき。

江戸[八]寛政《くわんせい》の失火に、麻布《あざぶ》の[九]光明寺の後《うしろ》の岡《をか》にて死せし者十余人《よにん》、其内一人《ひとり》、土中に顔をいれて息絶《いきたえ》居《ゐ》たりしを、引出して見れば、胸腹《むねはら》猶あたゝかなる故に、とかくものしたれば蘇生《そせい》せしとぞ。すべて火煙《くわえん》に取まかれたる時は、土に顔をあてゝをるべきよし、[一〇]平井直蔵が話《はなし》なり。

土蔵は[一一]ひきゝをよしとす。予《わ》が郷《さと》、[一二]文化の失火は大風にて何も残らず。唯雪《たゞせつ》[一三]隠《いん》、湯殿《ゆどの》のみ大屋の下風に残りたる多し。[一四]伴蒿蹊《ばんのかうけい》が続畸《ぞくき》人伝《じんでん》に、失火のときの心得べき事をあぐ。皆肝要《かんえう》の事にて、中にも土蔵なきものは、急火にて器財《きざい》を遠く出す間なき時は、塀《へい》をくづして[一五]打おほひ置て逃《のがれ》去るべし。[一六]車長持といふ

七　福山市史には、安永元年から九年までの間の、福山の火災五件が記載されている。そのどれかであろう。

八　寛政六年(一七九四)正月十日の大火か。麴町五丁目から出火し、芝新銭座辺りまで焼失(武江年表)。

九　港区芝神谷町にあった寺。

一〇　名は業、字は可大、通称直蔵、澹所と号する。桑名藩儒。

一一　低いのを。

一二　文化四年(一八〇七)二月十八日、神辺に大火があり、茶山の家も類焼した。「失火之事、折節大風にて、在所之火事には大事に候ひき」(文化四年三月朔日付け、青木新四郎宛て茶山書簡)。

一三　便所と浴室。

一四　名は資芳、通称庄右衛門。閑田子とも号する。京都の歌人・国学者。続近世畸人伝は、寛政二年(一七九〇)刊の近世畸人伝の続編で、三熊花顚の草稿に蒿蹊が加筆訂正して寛政十年に刊行された。巻四「雇人要助」の項に天明八年(一七八八)正月の京都の大火のことが見え、それに関連して花顚の言として、「平日心得置べき火災の備へ」が述べられている。

一五　その土を器財の上にかぶせておいて。

一六　長持(衣類などを入れる長方形の箱)に車輪を付けて、移動に便利にしたもの。

もの用にたゝぬよし。[一]考安がいふ、近所皆焼たる時、はや土蔵の戸を開きて内を見るべし。かならず[二]大根《だいこん》を口にくはへて、それをかみながら内に入るべし。また煙にまかれて卒絶《そつぜつ》《めまひ》したるに、大根の自然汁《しぼりじる》を口に灌《そゝ》ぐべし。

一　小督局《がう》　[三]小督《こがう》の局《つぼね》は、天子の寵姫《ちようき》にて、逃《のが》れかくれ給ふに、[四]今のはたばりにてはしれがたき事あるべからず。まして月夜に箏《こと》ひき給ふをや。されば其頃は嵯峨《さが》山まで家たちかさなりて、紛雑《ふんざつ》たづねがたきならん。[五]木曾が狼藉《らうぜき》のとき、御舟神泉苑《しんせんゑん》をわたり給ふなどを見るに、これより西いかばかりか[六]邸第市廛《ていていしてん》《ヤシキマチ》ならん。略《ほゞ》おもひ見るべし。然るに[七]南郭《なんくわく》が詩《し》に、「[八]東村西落秋寂々《とうそんせいらくあきせき〳〵》。唯聞唧々《たゞきくそく〳〵》草虫鳴《そうちうなく》」と作《つく》りしは、今のさまにしてもなほ荒涼《くわうれう》にすぎたり。当時も[九]負郭窮巷《ふくわくきうこう》にてはあるべけれども、王公の別荘《べつさう》など多かりつらん。されば二句は[一〇]詩地不肖《しちふせう》ともいふべし。[一一]孔雀楼主人《くじやくろうしゆじん》は御史中丞《ぎよしちゆうじよう》を弾正少弼《だんじやうせうひつ》にしたしといへりしも、詩[一二]佳《か》なれば、なほ佳《か》にせんとおもへるならん。

一　五岳《ごがく》　「登岱五十韻《とうたいごじふいん》」は[一三]銭謙益《せんけんえき》が詩なり。「[一四]清晨《せいしん》上《のぼり》リ二泰山《たいざんに》一。下《くだれば》レバレ山《やまを》ヲ未《いまだ》二昏黒《こんこくならず》一」といふことを見れば、さばかりたかき山とは見えず。[一五]韻流《いんりう》の遊山見物

一　本書の校訂者。二五四頁注一四。
二　「火災にあへるもの、蘿蔔(だいこん)を口にふくみて走れば、煙に咽(むせ)ず。また火焔にまかれ煙に咽て死したるには、はやく蘿蔔のしぼり汁を口へそゝぎ入るれば甦生すと、中山三柳子が醍醐随筆に見えたり」(燕石雑志・五)。
三　平家物語・六「小督」のヒロイン。宮中一の美女、かつ琴の上手として知られ、高倉天皇に寵愛されるが、中宮の父である平清盛に憎まれ、嵯峨に身を隠す。勅命を受けた源仲国は琴の音を頼りに小督を探し当て宮中へ連れ戻すが、清盛によって再び追放される。
四　今の(嵯峨の)広さ。
五　木曾義仲が後白河院の御所、法住寺殿を焼き討ちにしたとき、後鳥羽天皇が船を浮かべて避難したのは法住寺殿内の池であって、神泉苑(大内裏の南に造営された禁苑で、その内に神泉池があった)ではない(平家物語・八・法住寺合戦)。記憶違いのまま、神泉苑が現在の二条城あたりにあったので、そこから西方へ市街地が続いていたように想像したもの。
六　邸第は「ていだい」と訓むべきで、貴人の邸宅のこと。「市廛」はまちなか。邸第市廛を「ヤシキマチ」と訓訳する。
七　古文辞派の詩人、服部南郭の七言古詩「小督詞」(南郭先生文集三編・一)。小督の物語を詠じた長編。文集では初めの句を「西落東村秋一色」とする。
八　東も西も村落はひっそりとして秋の気配がもの寂しい。ただ微かな虫の音が聞こえるだけだ。
九　町はずれの片田舎。
一〇　詩の表現と実地が合致していないこと。
一一　清田儋叟。京都の儒者。孔雀楼と号する。その随筆、孔雀楼筆記・四に南郭の「小督詞」の

もあり遊憩《ゆふけい》[一六]もありて、所謂《いはゆる》折[一七]かへしにはあらざるべし。又五岳遊草諸記述《ごがくゆふさうしよきじつ》[一八]などに暑中《しよちう》の雪《ゆき》をいふものなし。されば其高さ想《おも》ふべし。娥眉《がび》[一九]、点蒼《てんさう》[二〇]なども、五岳よりは高《たか》かるべし。されどさせる事はなしとなり。

一　異木《いぼく》　讃州金毘羅《こんぴら》[二一]より二十町許《ばかり》の処、某村に異樹《いじゆ》あり。幹枝《かんし》は桃《もゝ》にて葉《は》は桜《さくら》なり。花は梅なり。実《み》もまた桃《もゝ》なりといふ。

一　石分娩《ぶんめん》　予州三津浜《よしうみつのはま》[二二]、何某《なにがし》が家に盆石[二三]あり。それを裏座敷《うらざしき》の違棚《ちがひだな》の上に置しに、文政庚辰[二四]の大三十日に一小石を産《う》む。翌日《よくじつ》見るに傍《かたはら》にありて、其形《かたち》母石《はゝいし》に少しもかはらず。白き筋《すぢ》などもあり〳〵と見えて、小なるのみ。正月中見る人市《いち》をなせしと。同国松山人岸恵造《きしけいざう》[二五]が、辛巳《かのとのみ》[二六]二月廿五日に話《かた》る。

一　カツテ　近体《きんてい》[二七]の詩にカツテといふは「曾《かつて》」を用ひ、このといふは「此」を用ひて、「嘗《かつて》」「斯《この》」二字は全《まつたく》唐詩に見えず、といふ人あり。夫《(それ)》を聞て心[二八]をつくるに、「嘗」も「斯」もあり。只[二九]「曾」「此」よりすくなきと見ゆ。

第六句「御史中丞臣仲国」について述べ、「仲国が称号、弾正大弼にて、幸に四字なれば、そのままに用ゆべし」とある。
一二　詩がよくできているので。
一三　明末・清初の政治家、文人。初め明に仕え、後に清に仕える。その牧斎初学集・十一に五言古詩「四月十一日登岱五十韻」を収める。山東省の名山、泰山に登ったことを詠ずる。次の引用はその冒頭二句。
一四　清らかに晴れた早朝。
一五　詩人たちの観光。
一六　気晴らし(の登山)。
一七　途中で引き返すこと。それほど登るのが大変な山。
一八　五岳遊草(明、王士性撰)やその他五岳(中国で古来から崇拝された五つの霊山。泰山はその一つ)について書かれた様々の書物。
一九　娥眉山。四川省娥眉県西南にあり、中国仏教の三大霊場のひとつ。
二〇　点蒼山。雲南省大理県西にある名山。
二一　金刀比羅宮。香川県仲多度郡琴平町にある有名な神社。　二二　現愛媛県松山市のうち。
二三　盆上に趣のある自然石や砂を配置し、小型の風景を作って観賞するもの。
二四　文政三年(一八二〇)の大晦日。　二五　未詳。
二六　文政四年(一八二一)。
二七　律詩と絶句。古詩に対していう。
二八　気をつけて見てみると。
二九　大典の詩語解に「嘗は曾なり。文に用ひて詩に少なし」。文語解に「曾。コノ字、嘗ト同義ニシテ少シ重シ。古文ニ多ク嘗ヲ用ヒテ、曾ヲ用フルコト少ナシ」「斯。コノ字、此ノ義ニ用ヒテ此ヨリ軽ク、是ノ義ニ用ヒテ是ヨリ軽シ。論語ニ多シ」。

一　蜂　[一]赤石退蔵《あかしたいざう》来り話《はな》す。[二]備前尺所村荒神祠《こうじんやしろ》の榎《えのき》、半朽《なかばくち》て蜂《はち》を生ず。其蜂《はち》の尾《を》、樹《き》を離《はな》れずして多く死す。未死《いまだしせざる》を剪刀《かみそり》にてきりたれば、よろこび顔に飛《とび》去る。常《つね》の蜂《はち》は尾《を》すなはち剣《けん》、別《べつ》に腹《はら》にあり。[三]形《かたち》かくのごとし。奇《き》といふべし。文化の末に二年ばかりかくの如くにして、其後生ぜず。又[四]考安《かうあん》が話に、其ころの事なりし、[五]備後田房に考安が[六]外家《ぐわいか》あり。其家に冬薪《たきゞ》を多く買《かひ》て積たりしが、其中に[七]槲《かしは》の半朽《くち》たるに多く蜂《はち》あり。前《まへ》の形《かたち》のごとくして、数箇《すこ》珠数《じゆず》のごとく一条《ひとすぢ》の馬尾《うまのを》に蜂を貫《つらぬ》きてあり。かくのごときもの数十条《すぢ》なりし。考安も、一条《すぢ》に三四《みつよつ》箇もつらぬきてありしをとりて帰り、紙《かみ》につゝみおきしが、後には尾おのれときれはなれ、其つゝみたる紙を食たり。朽木《くちき》に馬尾のかかりたるが[八]化生《くはせい》したるにやといひし。

一　地中声《こゑ》を発《はつ》す　[九]文政二年春三月、[一〇]備後深津郡引野村、百姓仲介が宅《たく》の榎《えのき》の根《ね》の地中に声あり。人の[一一]呻吟《しばふき》のごとし。其家にては常《つね》の人の息《いき》のごとくきこえ、三四町よそにては余程《よほど》大きにきこゆ。よもすがら鳴《な》りしは[一二]三五日の間、前後二十日計にて、昼《ひる》は声なし。夜もまた聞えぬ夜もあり。次第々々に[一三]諒闊《りやうくわつ》になりて、終にやみぬ。今に至りて凡三年になれどもかはりたる事もなしと、[一四]松岡

一　医師。備前の人。名は希範、字は宋相。槐蔭と号する。
二　現岡山県和気郡和気町尺所。
三　茶山の自筆原稿には、「かくのごとし」に対応する図があったものか。
四　→二五四頁注一四。
五　現広島県甲奴(こうぬ)郡一帯。
六　母方の親類。
七　柏に同じ。
八　変化して発生したのであろうか。
九　一八一九年。
一〇　現広島県福山市引野町。
一一　咳をするような音。
一二　十五日間。
一三　途絶えがち。
一四　広島藩旗奉行、松田清記の誤記か。

清記来り話す。

一　地名　　[一五]武陵桃源《ぶりやうたうげん》の事を用ゆ、[一六]其地に小桃源といふ処あるによるか。近日の人、[一七]あまりにわけもなき地名を用ゆるに懲《こ》りて、かりそめにも地名の文字によりて其故事など引用ゆるを咲《わら》ふ。然ども[一八]唐人かくのごとくなれば、[一九]中条といふ処ありて中条の事を用ひ、牛首《ぎうしゅ》といふ所ありて牛首の事を用ゆるは、くるしき事にもあらざるべし。

一　曾我物語義経記　　[二〇]小野本太郎説に、曾我物語、義経記は、むかし物語の一変せしにて、其事によりいろ〳〵の事を[二一]演説《えんぜつ》したること、二三分その実事にて、七八分は虚飾《きよしよく》なり。殊更《ことさらじ》児女《ちよ》を悦《よろこば》しむるを宗《むね》として、[二二]桑間牒上《さうかんてうじやう》のあらぬことをとりそへて作り、和歌などをもつくりて其間にはさみ入たる事多しといふ。かゝること、[二三]人物多き処にては、勿論看出《みだ》す人もあり。またかたりつたへて人も皆しるべし。[二四]草野孤居《こきよ》の人にはめづらしき見也。[二五]凡《(およそ)》此類をしるせしに、よく人のしりたる事も多からん。我も同じく草間孤居《さうかんこきよ》の人なれば、めづらしとおもふてしるすのみ。今按ずるに、実録《じつろく》と見ゆる書にもをり〳〵奇話を挿入《さし》たる

一五　「桃源」は陶淵明の桃花源記に見える想像上の別天地。武陵郡(現湖南省北西部)にあったとされることから武陵桃源と称される。

一六　ここの文意は不明瞭。脱文があるか。中国の誰かの詩に、武陵とは無関係の地で作られたのに、武陵桃源の故事が用いてある。それはたまたまその地に小桃源という地名があるからであろうか、の意であろう。

一七　「あまりにわけもなき地名を用ゆる」の主語は「近日の人」ではなく、一昔前の古文辞派(荻生徂徠の門流)。彼等は奇異な地名を好んで詩文に用いた。例えば信州の諏訪湖を州名に因んで中国信州(現江西省上饒県西北部)にある鵞湖と称する類(→三五一頁注一四)。

一八　中国人がすでに小桃源に武陵桃源の故事をこじつけているので。

一九　「中条」という地名は神辺にあり、また「牛首」は不詳ながら、福山に「牛ノ首」という地名がある。それらに山西省の中条山、江蘇省の牛首山のことをこじつけても構わない、の意。

二〇　名は務、字は伯本、蘇庵と号する。備前長尾村の人。桂園派の歌人として知られる。

二一　講釈。

二二　桑間濮上(そうかんぼくじょう)の誤り。桑間も濮上も、古代中国において音楽がみだらなことで聞こえた地。ここは、「それらの地で歌われたような、とんでもない色恋沙汰を付け加えて話を作り上げ」の意。

二三　都会では、いうまでもなく見抜く人もいる。

二四　田舎住まいで学問仲間もいない人にしては、めずらしい見識である。

二五　概して新説を記したつもりが、すでに周知のことであったことも多いだろう。

あり。[一]続太平記にある、堂上《だうじやう》を海に沈《しづ》め、其妻をとり、その妻、尼になりて後に夫に逢《あひ》しこと、[二]重編応仁記《ちようへんおうにんき》の雪たゝきのことの類、諸書に少からず。其内に実事もあるべけれど、拠《よりどころ》としがたし。

一　詩句

丹波人[三]植木簡脩《かんしゆ》名は文剛がいふ、人と会《くわい》して詩を作るに、[四]其坐の事か其人の事かより趣向《しゆかふ》をたてざれば、数月前につくりてもよし。会集など某月某日と[五]戒ありてより、先《まづ》つくりおき持出てもよし。[六]李于鱗《りうりん》が[七]秋前一日諸子と会せし詩など、「城頭客酔蘆山月《じやうとうかくゑふろさんのつき》」と云句、会飲《くわいいん》の語と見ゆれども、客の飲《のま》ぬ席もなく、月のなき夜飲《やいん》もすくなければ、是も何れの[八]筵《むしろ》にても用ゆべし。されば三日五日前につくりたるも同じことなり云々。其言、[九]議ありといふべし。明《みん》にて名作といふ、[一〇]高啓《かうけい》が「[一一]百年父老見二衣冠《いくわんみる》一」、また「如今江左是長安《ぢよこんこうさこれちやうあん》」など、[一二]謝《しや》榛《しん》が「[一三]黄金先賜霍嫖姚《わうごんまづたもふくわくへうえう》」、また「脊令原上草蕭々《せきれいげんじやうくさしやう〱》」など、[一四]浮泛《ふへん》ならぬ処あり。これらにても佳《か》なるを見るべし。さりとて其座のこと一々つくり出さば、また混雑《こんざつ》して観《み》るにたらざる詩となるべし。[一五]劉禹錫《りうしやく》が金陵懐古《きんりやうくわいと》の事、[一六]随園詩話《ずいゑんしわ》にくはし。こゝに贅《ぜい》せず。又ある[一七]詩話に、「詩佳《しか》なれば春遊に秋の詩をつくり、[一八]道観《だうくわん》にて仏寺の詩をなしても苦しからじ」などいふたるは、興《きよう》のさめたる

一 杉岸芳通著、三十二巻。貞享三年（一六八六）刊。後光厳院の応安元年（一三六八）から後土御門院の文明年間までの約一二〇年間のことを記した軍記。以下の内容は巻三十「公家衰困事」に出る。「堂上」は公家をいう。この話は浅井了意の仮名草子、伽婢子《おとぎぼうこ》・三「梅花の屛風」に取り上げられている。
二 小林正甫著、二十巻。宝永八年（一七一一）刊。前・広・後・続後集から成り、応仁の乱（一四六七—七七）前後のことを記した軍記。「雪敲事」は後集・巻中に収める。泉州堺の商家の妻が、夫の留守中に密通の相手と間違えてある武士を屋敷内に引き入れ、事情を悟ったその武士が妻の実家の父親に談じ込んで、主家再興の挙兵に金品の援助をさせるという話。都賀庭鐘《つがていしよう》の短編読本集、莠句冊《ひつじぐさ》・五「猥瑣道人水品を弁じ五管の音を知る話」に取り上げられている。
三 未詳。
四 その詩会や参加者に特に因んだ趣向を立てるというのでないのならば、数か月前に作った詩を詩会で披露してもよいのだ。
五 通知の意か。戒には「至る」の意がある。
六 李攀竜。于鱗は字、滄溟と号する。明の詩人。王世貞とともに古文辞派の代表的な存在で、荻生徂徠を初めとする日本の古文辞派に多大な影響を与えた。
七 「秋前の一日、元美・茂秦・呉峻・伯徐・汝思と同じく城南の楼に集ふ」詩の一節。「蘆山月」は滄溟先生集・七では「燕山月」に作る。
八 会席。
九 議論の余地がある。
一〇 字は季迪、青邱子と号する。明代初期の詩人。
一一 いずれも「沈左司の汪参政の陝西に分省する

ことなり。

一　熊茄子《なすび》をいむ事　　熊は茄子《なすび》をいむ、深山の人薪《たきぎ》をこりにゆくに、かならず茄子を帯《お》ぶことを見れば、熊かならずはしりさる。茄子《なすび》野にある時は熊胆《ゆうたん》小なり、茄子なき時は大なり。茄子を見せてとりたる熊は胆《きも》かならず小なりとぞ。一九又馬に恐《おそ》る狼《おほかみ》は馬をころし、其狼は熊に制《せい》せらる。物性《ぶっせい》いかなればかくあるにや。二〇高橋文亮話

に従ふを送る」詩の一節。
一二 字は茂秦、四溟山人と号する。明の詩人で、李攀竜らと行動をともにした。
一三 いずれも「謝少安、師を固原に犒(ねぎら)ひ、因(よっ)て蜀に還り兄の葬に会するを送る」詩の一節。「脊令」は四溟山人全集・明七子詩解に「鶺鴒」に作る。
一四 実感が籠り、切実なところがある。
一五 字は夢得(ぼうとく)。唐の詩人。白居易から詩豪と称された。
一六 清、袁牧撰。十六巻、補遺十巻。文化元年(一八〇四)に和刻抄出本が刊行された。その巻十に、「劉夢得の金陵懐古は、(その土地に関わることとしては)只王濬(おうしゅん)楼船の一事を咏じ、而して後四句(律詩の後半四句)全く是れ空描(その土地に結びつかない、一般的な事がらを述べること)なり」。ただし劉禹錫に「金陵懐古」という詩はあるが、ここでいうのはそれではなく、「西塞山懐古」という七言律詩。冒頭二句に「王濬の楼船益州より下り、金陵の王気黯然として収まる」という。晋の将軍王濬が益州から軍船を率いて攻め下り、呉の首都の金陵を滅ぼしたことを詠ずる。
一七 未詳。
一八 道教の寺院。
一九 文意、不自然。熊が馬を恐れると述べて、馬・狼・熊が三すくみであることをいうのが本来の茶山の文章か。
二〇 未詳。

茶山翁筆のすさび　巻之二目録

茶山翁筆のすさび　巻之二

備後　菅晋帥礼卿 著
木村雅寿考安 校

一　道は一なり行ふにも亦《また》二なしの条

[一]魯《ろ》堂《だう》先生の話のいまに耳《み》にとゞまりたる中にも、道の事を語られしに、「道は一なり。行《おこな》ふにも亦二なし。仁義礼智、[二]至《し》善《ぜん》中庸《ちゆうよう》、克己《こくき》慎独《しんどく》等、人にはやく知《しら》しめんため、とく入《いら》しめん為に教《をしへ》たる名なり。人心は一なり。豈数多《あにあまた》の[三]岐《こ》径《みち》あらんや。[四]其名に、本より工夫《くふう》の着手《ちやくしゆ》する処より成功《せいこう》をいふあれども、皆一に仁《じん》をするの術《じゆつ》なり。[五]其名の異《こと》なるところを知れば、同じきところ自明なれども、今時の人同じき所に意《こゝろ》を著《つく》る人少し。人、一事を行ふに、是より外によきしかたのなきを至《し》善《ぜん》といふ。行ひの過《すぐ》る事も及《およば》ざる事もなく、心の中に[六]一己《いつこ》の私《わたくし》なきを中《ちゆう》といふ。仁は人《じん》なり。天は能《よ》く生じ、人は能く愛《あい》す。其理《そのり》おなじ。[七]愛《あい》は仁の見《あらは》れたるなり。されど人は[八]形気《けいき》の私《わたくし》によりて其愛《あい》の理《り》にあたらぬあり。譬《たと》へば父母よりも妻子《さいし》を愛し、兄弟よりも朋友《ほうゆう》を愛し、人よりも馬を愛するの類、また其父母《ふぼ》を愛《あい》するの中にも、父

一　→二六四頁注一九。
二　大学「大学の道は…至善に止まるに在り」。中庸「仲尼曰く、君子は中庸す」。論語・顔淵「子曰く、己れに克ちて礼に復るを仁と為す」。中庸「君子は其の独りを慎む」。
三　分岐した小道。
四　その名目には、もちろん修養の方法によって得られる徳(の違い)をいい表わすということはあるが。
五　異なる徳の名目が、それぞれ他とどのように異なっているのかをしっかり理解すれば、みな同じく仁に帰するということも自明のはずなのだが。
六　利己心。
七　論語・顔淵「樊遅、仁を問ふ。子曰く、人を愛すと」。
八　利己的な気質。

母の心に順《したが》ふを孝とすれども、[九]父母過《あやま》ちあるを、諫《いさめ》を奉らずして其意《こゝろ》に順《したが》ふも、亦《また》愛の理《り》にあたらぬがごとし。義は其愛の理にあたらぬを制《せい》して、理にあたるやうにするをいふ。されば仁《じん》を成《なさ》んとするの具[一〇]なり。礼は愛を身に行ふに、其行《おこな》ひを文[一一]にするなり。是も亦仁をするの具なり。智は愛の理にあたるをも、行ひの文になるをも、其是非《ぜひ》を分別《ふんべつ》するなり。是も亦仁を成《なさ》んとするの具なり。この三[一二]具を以て、愛する心も行ひも皆《みな》一様に理にあたらしむれば、仁なり。一[一三]人を成就《じやうじゆ》するなり。三具は仁より出て、仁を成就して一となるなれば、仁義礼智、合して全仁なり。「克レ己慎レ独」《おのれにかちひとりをつゝしむ》は、仁を養《やしな》ふの術《じゆつ》なり。中庸《ちゆうよう》は仁の成[一四]《せい》功《こう》なり。至善《しぜん》は仁をするの標的《へうてき》[一五]なり」と。此言、浅易《せんい》[一六]に説《と》きしやうに聞ゆれ共《ども》、いろ〳〵と深くいへば却《かへつ》て惑《まど》ふ者ある故に、かくは云《いへ》るなり。すべて魯《ろ》堂《だう》の道を語るゝはかくのごとく、穿鑿《せんさく》[一七]に過《すぎ》て岐径《こみち》に迷《まよ》ふを恐れしなり。

一　変化気質《へんくわきしつ》　目《め》は視《み》、耳《みゝ》は聴《きゝ》、口は味《あぢ》を知る。天下の人皆同じ。目は横《よこ》に、鼻《はな》は直《すぐ》、頭《かしら》は円《まろ》く、是もまた人にかはる事なし。人の性《せい》[一八]も然り。視《み》るに明《めい》あり昏《こん》あり。聞《きく》に聡《さとき》あり聾《つんぼ》あり。味《あぢ》をしるにも嗜好《ぎかうこと》[一九]異なるあり。目に大小、鼻《はな》に高《たか》低《ひく》、頭《かしら》に長短あり。これ気質《きしつ》[二〇]なり。かゝ[二一]る事を争《あらそ》ふ人多きはあやしむべしと。

[九] 論語・里仁「子曰く、父母に事《つか》ふるには幾《やゝ》く《おだやかに》諫む」。
[一〇] 道具。手段。
[一一] 筋目正しくする。
[一二] 義・礼・智。
[一三] 仁は人なるゆえに、仁の成就は人の成就となる。
[一四] 成就した結果・成果。
[一五] 目標。
[一六] 深く掘り下げないで。安っぽく。
[一七] 細かなことにこだわり過ぎて。
[一八] 本性。天理の本然。朱子学では、存在する万物・万人には天理が内在するとする。
[一九] 振り仮名は正しくは「しかう」。
[二〇] 存在する万物・万人を形成している物質的原理。朱子学では人は気質の混濁を純化して天理の本然に返るべしとする。
[二一] 万人は、天理の次元では同一であるし、気質の次元では差異がある。その当然のことについて、やかましく議論する人が多いのは不審だ。

此話を考安[一]にせしかば、かれも又云《(いへ)》るは、薬《くすり》[二]の温涼《うんりやう》は性《せい》なり。形色気味《けいしよくきみ》は気質《きしつ》なり。譬《たと》へば桂枝《けいし》[三]の温《うん》は桂枝の性なり。是を粉にすれば形《かたち》も変《へん》じ、炒《い》るときは色も変《へん》じ気も薄《うす》くなれども、これを嘗《なめ》て辛温《しんうん》なるところは変《へん》ぜざるなり。然るを薬の性《せい》を云ふを非《ひ》とする医《い》人のあるも、気質《きしつ》[四]の変化《へんくわ》と天理《てんり》の本然《ほんぜん》を疑《うたが》ふの余《よ》弊《へい》なるべし。

一　性悪《せいあく》之説　　或人の云、「性悪《せいあく》といひ、三品[五]ありといふ者、人と争《あらそ》はんとて仮《かり》にいふにはあらず。深く考へ、潜《ひそか》に思ひ定《さだめ》たるなり。気稟《ひん》[六]の甚《(はなはだ)》濁《にご》りたる人は、いかほど深く考へても、善《ぜん》なる所は見出すことあたはざる故に、天下の人皆如レ此《みなかくのごとく》ならんとて、一に悪《あしき》とは断《だん》ぜしなり。三品も又是に同じ」と。此は深く識得《しきとく》[七]せる人の説なるべし。

一　罪レ我者其惟春秋乎《われをつみするものはそれこれしゆんじうか》之語　　聖人《せいじん》[八]の言《こと》のたふとき事、いまさらいふもおろかなり。さるを学者《がくしや》はよく知れども、童子《どうじ》の輩《(やから)》はこゝに心つかざるべし。一日孟子を講《こう》じて、「罪レ我者其惟春秋乎《われをつみするものはそれこれしゆんじうか》」[九]といふ処に至《いた》りて、おぼえず感《かん》涙《るい》を落《おと》せし事あり。此《(ここ)》に人あらん。其家僕《けらい》三人あるを、一人はあしく、一人は

一　→二五四頁注一四。
二　薬の、服すると人体を温めたり冷やしたりする作用は、本性であるし、形や色や香りや味は気質である。
三　健胃・鎮痛薬として使用される。「桂枝は乃ち肉桂木の枝皮也。…気味微辛温甘」(和漢三才図会・香木類)。
四　物の気質は変化しても本性は不変であるという道理を疑う儒学界の悪弊(徂徠学を指していう。徂徠学では万物万人への天理の内在を認めない)が、医学界に及んだものであろう。
五　人間の本性には上中下の三等級があるとする思想。三品説。孟子の性善説、荀子の性悪説の一元論に反対して、後漢の荀悦、唐の韓愈などが立てた説。
六　生得の気質。自分自身の生得の気質が濁っている人は、いくら考えても自分の内部に善を見出すことができないので、人はみなそのようなものだと思って、人の性は悪と断定したのだ、の意。
七　識見の備わった人。
八　ここではもっぱら孔子に限定していっている。
九　孟子・滕文公・下。孔子が自分の著した春秋についていった言葉。「我を知る者は、それ惟春秋か」に続く一節。自分の真意を分かってくれる者があるとしたら、それはこの春秋という書物によってであろう。自分の責任を問う者があるとしたら、それはこの春秋という書物によってであろう。世の乱れを正すために、心血を注いで春秋を著したという気持ちを述べる。

よし。一人はよき事もあり、またあしき事もあらんに、あしゝと知たるは出《いだ》し黜《しりぞ》け、よきと知たるはとゞめ、よきもあしきも交《まじ》れるは、悪《あく》は禁《きん》じ善《ぜん》は勧《すゝ》むべし。是[10]は何の法によりてか施《ほどこ》すべき。己が心のまゝにものしなば、此《(これ)》の非《ひ》は彼《かれ》の是《ぜ》となるべし。此に一定《いちぢやう》の権衡《けんかう》[11]なければ、所謂《いはゆる》毫釐千里《がうり》[12]にて、人間世界《げんせかい》あやしき世界となるべし。幸に聖人《せいじん》の規矩《きく》準縄《じゆんじやう》[13]あればこそ、其裁断《さいだん》[14]も多くはたがはざらめ。縦《たと》[15]ひ私《わたくし》に物するも、右を顧《かへり》み左を慮《おもんばか》りて、大なる違《たがひ》もなきは、聖人の恩沢《おんたく》ならずや。

一　欲レ無レ言《ことなからんとほつす》の語　孔子の欲レ無レ言《ことなからんとほつす》[16]とのたまへるは、空言[17]の人にい(へ)る事、浅きをおぼしたまへるにや。易《えき》[18]の爻《かう》にて人事をさとし、春秋の事実にて邪正《じやしやう》をあかし給ふは、神《(しん)》とも妙《めう》ともいはんかたなし。われ人おろそかに看過《みすぐ》すまじきは論なし。

天は物を生ずるを職《しよく》[19]とし、地は物を育《いく》するを職とし、聖人は物を成[20]すを職とす。聖人は天地の生育《せいいく》のとゞかぬ所を輔相《ほしやう》[21]する者なれば、其恩《おん》の広大《くわうだい》なるは言《げん》語《ぎよ》の及《およ》ぶ処にあらず。此心を以て聖人の教《をしへ》を視《み》れば、其深遠不測《しんゑんふしき》の所を窺《うかゞ》ふべし。

一〇 その善悪の区別は、どういう規範によって定めたらよいのか。自分の心のままに善悪を決めると、同じことでもこちらの悪があちらの善になるという不都合が生じよう。孔子が春秋を著して、よるべき善悪の規範を明確に定めてくれたので、判断に迷うことがなくなった、という気持ちでいっている。
一一 尺度・基準。
一二 諺、「毫釐の差は千里の謬り」。少しの違いが大きな誤りをもたらすということ。
一三 規範。
一四 善悪の判断。
一五 たとえ個人的に判断するとしても。
一六「子曰、予欲レ無レ言」(論語・陽貨)。私はもう何もいうまいと思う。
一七 言語という空しい手段では、人への伝達が浅い次元でしか行われないとお考えになったのであろうか。
一八(言語によらない伝達として)易経が爻(卦を構成する六本の横棒)の組み合わせで人の運命を教え、春秋が歴史の事実によって善悪を明らかにされるのは。
一九 職務。
二〇 完成させる。
二一 補佐する。

一　老子　老[一]も釈《しやく》も聖人《せいじん》の為《す》る所をするに心あれど、別に一道を開《ひらき》しは私意《しい》ある事をまぬがれず。末流《まつりう》に至りて、世の人の害《がい》をなす事極《きはま》りなし。釈の害《がい》は世の人皆知る所なればいはず。老の、[二]礼楽《れいがく》を舎《すて》て一道を開《ひらき》しも一理あり。[三]三代の礼楽《れいがく》も年久しくなりて[四]末弊《まつへい》出《(いで)》きて、礼は皆[五]虚文《きよぶん》となり、人はます〳〵狡猾《かうこつ》になり下るによつて、かの[六]無為《むゐ》といふ事をいひ出して、世を太古《たいこ》の淳朴《じゆんぼく》にかへさんとせしにて、あしき心にもあらざれども、これより聖教《せいけう》をも薄《うす》んずる人の出《(いで)》きて、人の心かへつてむかしにあらず、[七]其言《こと》、政《まつりごと》に施《ほどこ》して行《おこな》はれず、遂《つひ》に刑《けい》殺《さつ》を用ひて、[八]商鞅《しやうおう》、[九]獄《うたへ》を聴《きゝ》て千里に血《ち》を流《なが》すに至《いた》る。其血《そのち》、万世《ばんぜ》の下、万里の外《ほか》まで、今猶《なほ》をさまらず。されば其[一〇]これを始《はじめ》て開《ひら(き)》し人は、千古の大罪人ともいふべけれど、かくなりゆかんとはおもひしにもあらざるべし。

一　孟子《まうし》　[一一]孟子《まうし》を時勢《じせい》をしらぬ人なりとて誹議《ひぎ》する者あり。若其誹議《もしそのひぎ》者の言のごとく、其時の人情《にんじやう》に合するやうに種々《しゆ〴〵》の[一二]権謀《けんぼう》を用ひなば、孟子も亦[一三]蘇張《そちやう》の徒《と》ならん。孟子《まうし》、当時《たうじ》一策《いつさく》をも出《(いだ)》さず、正理をのみ[一四]斉梁《せいりやう》の君に対《こた》へ給ひしは、天理《てんり》人義《じんぎ》の極致《ごくち》にて、尭舜《げうしゆん》其時に生ずるも、これに過《す》ぎたる事なし。彼《(か)》の誹《ひ》

一 老子(道家)も釈迦(仏教)も、儒教の聖人のなさったこと(人の道を行うこと)をしようという気持ちはあったのだが、儒教に従わず、別の道を開いたのは、わがまま勝手があったことは明らかだ。二 礼儀と音楽。儒教では社会と人心の安定に寄与するものとして尊重した。老子はそうした儒教的価値をすべて否定する。
三 中国古代の三王朝、夏・殷・周。
四 末代の弊害。五 空虚な修飾。
六 無為自然。道家の中心思想。儒家の尊重する礼儀や道徳といった人為を退け、個人や社会を太古の自然状態に復帰させることを理想とする。
七 聖教の言は政治に活かされず。
八 戦国時代の政治家。韓非とともに法家の代表的人物。秦の孝公の宰相となり、厳格な法治主義を行う。その結果、多くの者が死刑に処せられた。九 告訴を受理して(判決を下して)。
一〇 法家の商鞅の思想が老子に由来するというわけではないが、法家のような強引で短絡的な思想が生じた遠因に、老子のもたらした反儒教の風潮があると見ているのである。
一一 弱肉強食の戦国時代に道徳を説いてやまない孟子はすでに生前から、時勢に疎い理想主義者として敬遠されていた。史記・孟子列伝「(孟子は)斉の宣王に游事す(天下を遊歴して、仕えた)。宣王用ふること能はず。梁に適(ゆ)く。梁の恵王、言ふ所を果たさず(孟子のいった通りにしなかった)。則ち見て以て迂遠にして事情に闊(ほと)しとなす」。一二 臨機応変の謀略。
一三 戦国時代の縦横家、蘇秦と張儀の併称。「徒」は仲間の意。雄弁・詭弁を「蘇張の舌」という。一四 孟子は斉の宣王、梁の恵王に仕え、その諸問に応じて正義を述べた。

議《ぎ》する人を其時出さば、如何《いか》なる事を為さんや。必商鞅《しやうおう》のごとくなるべし。明《(みん)》の王元美《わうげんび》[一五]は宋儒《そうじゆ》[一六]を悪《にく》みし人なれども、其言に、「我中庸《ちゆうよう》[一七]を読《よみ》て、孟子は子思《しし》の弟子なる事を知《し》り、戦国策《せんごくさく》を読《よみ》て、独《ひと》り孟子の賢者《けんじや》なる事を知る」とあり。古人の論は悪《にく》んでも、其中[一八]に取《と》ることありて、公論にちかき処も見ゆ。今の世の子弟《してい》の、己がこゝろのごとくに人を見て、古人を是非《ぜひ》して、道に正すにもあらず、口にまかせていひ出すは、かなしぶべきにあらずや。

一　石材《せきざい》　白川藩士田井《かちう》[一九]柳《りう》蔵の書中に、「但馬木[二〇]の崎《さき》の温泉《おんせん》に石窟《いはや》あり。栗《りつ》[二一]山翁《ざんをう》これに名づけて玄武洞《げんむどう》[二二]といふよし。其地に黒崎玄沖《くろざきげんちゆう》[二三]といふ老医あり。此巌《がん》窟《くつ》へ題《だい》[二四]名せんとて、先年寡君《くわくん》[二五]之書を小生迄乞《こひ》来《(きたり)》候間、さらば何方へ題《だい》し、如何程にて宜歟《よろしきか》、尋遣《たづねつかはし》候所、此図を指越《さしこし》候。如レ此《(かくのごとく)》に候間、題《だい》すべき処無レ之《(これなく)》候。此洞前《とうぜん》の傍《かたはら》に立石有レ之《(これあり)》。此石にも鐫《へる》[二六]べき歟《(か)》と申来り候。如レ此之絶壁《ぜつぺき》ゆゑ、洞《とう》中壁上《ちゆうへき》、猶可レ題《なほだいすべき》所も可レ有レ之《(これあるべし)》と申遣候へども、決断《けつだん》[二七]して未二来申一候《(いまだきたりまうさず)》。備後よりは数十里隔《へだゝ》り候へ共《(ども)》、嘸《さぞ》其地この窟《いはや》を見たる人も可レ有歟。先生へ御相談申上候。奥州南部《なんぶ》、蝦夷《えぞ》を望候地に材木《ざいもく》村といふあり。其村辺《そんへん》、山野海島に至る迄、皆材木のごとし。方[二八]四五寸ばかり。村民《そんみん》これを取て屋下《やのした》の床《ゆか》に用ゆ。或

一五　王世貞、元美は字。弇州山人《えんしゆう》《さんじん》と号する。明代の文人。李攀竜とともに古文辞を唱え、李王と併称される。
一六　宋代の学者。特に朱子学者。
一七　引用の前半は、王世貞の読書後・四「読中庸」の冒頭「中庸を読みて、孟子の子思の門人たること疑ひなきを知る」による。後半の典拠未詳。中庸はもとは礼記の一編であるが、朱子学において四書のひとつとして尊重された。孔子の孫の子思の作とされる。戦国策は、戦国時代の縦横家の献策を国別に集録した雑史。漢、劉向編。この引用全体の大意は、「子思の著の中庸を読むと、孟子に通ずる点があり、孟子は子思に学んだという説が確認される。戦国策を読んで、縦横家たちの権謀術数のために戦争の絶え間がないさまを見ると、平和の理想を説いた孟子は賢者だったということが分かる」。
一八　その否定する古人の論(ここでは宋儒の議論)の中に採るべき点(孟子を称賛すること)があれば採り上げるので、公平な議論といってよいところがある。　一九　未詳。文化十一年の茶山二度目の江戸下向の頃から交流が確認できる。
二〇　兵庫県、城崎温泉。
二一　柴野栗山。名は邦彦、字は彦輔。昌平黌教官。寛政の三博士の一人。讃岐高松の人。
二二　城崎温泉の南にある玄武岩の洞窟。栗山が文化四年(一八〇七)来湯の時に「洞中仰げば紋理亀腹の如し。縦に見れば直立垂蛇の如し」と述べ、命名した。　二三　未詳。
二四　「玄武洞」と書いた額を掲げるなどしよう。
二五　徳の寡《すく》《な》い君主。他国の人に対して自分の君主を謙遜していう語。ここでは白河藩主松平定信。　二六　彫刻する。発音は「える」。近世に慣用された誤った仮名遣い。

は橋《はし》に架《わた》し候。石質堅《せきしつかた》く鉄《てつ》に類し、又[一]奥州出羽の界《さかひ》に[二]小坂峠《とふげ》といふ所有レ之候。此山中、材木石あり。山岨崩落《がけくづれおち》かゝるを見れば、半《なかば》倒れて掛りて、扇の骨《ほね》を立るごとし。長数丈なり。亦《また》四五寸角なり。同州会津辺《へん》にも材木石あり。土人、橋に作り欄干《らんかん》に作《つく》り、皆此石を用ゆ。対馬《つしま》にも木板石あり。長四尺許《ばかり》、広《ひろさ》四尺許、厚《あつさ》三四寸、土人、橋となし畳《たゝみ》になす。天然《てんぜん》の板石なり。此石重畳《ちようでふ》して、対馬《つしま》一島をなすと申事に候。木の崎の石窟《いはや》もまた此等の類か。件の石辺《へん》、竹の節《ふし》のごとき者見え申候。図《づ》を以て考るに、此節間の処より欠落《かけおち》候者歟と被レ存《ぞんぜられ》候云々」。此書によりておもふに、筑前にも一島皆石にて、束《つか》ねたる薪《たきゞ》を積《つみ》たるがごときあり。内は洞穴《ほらあな》にして船出入す。福岡より西にて遠《とほ》からず。備後の[三]山野村といふに、面背平《おもてせたひら》かにて厚二寸余にして、かんなにて削《けづ》れるが如《ごとく》なる石あり。庭《には》の飛《とび》石などに宜《よろし》けれど、取用ゆる人少し。

一　徂徠学《そらいがく》

[四]堤《つゝみ》兵蔵 京の人、号は一雲 の話《はなし》に、「朱子《しゆし》の学《がく》は、老人の子弟に教《をしへ》るに、謹慎《きんしん》なる事のみをいひて、不善《ふぜん》なる事は必《かならず》してはならぬ、よからぬ人とは狎交《まじは》るな、酒《さけ》ものまぬがよし、大食《たいしよく》もすなと、日夜にくりかへしていふがごとし。徂徠《そらい》の教《をしへ》は、[五]老人の偏屈《へんくつ》な事をいふごとくにもならぬ、年少《としわか》き時は酒も少しは

二七　まだ決めていってきておりません。
二八　その村では、一辺四、五寸の材木のような石材が、地表の至るところに露出しているということ。

一　現在の山形・秋田両県地域。
二　秋田県鹿角郡小坂町。
三　広島県福山市山野町。
四　未詳。
五　上に「物事は」と補って解する。徂徠の儒学説は政治学的な性格が強く、個人道徳はほとんど論じない。また朱子学を、個人道徳にかまけて天下の政治的安定という大目的を見失っていると批判する。徂徠の門流には道徳にこだわらない不羈奔放な生き方をよしとする風潮があり、すでに宝暦頃(十八世紀中頃)から、不品行、不行跡と評する向きがあった。

飲《のみ》てもよし、娼妓《しやうぎ》の席《せき》にも時々は遊《あそ》んで見ねば人情にも通ぜず、智もひらけぬといふが如し。それを当時はおもしろき事におもひて、我も〳〵と其説《せつ》を演述《えんじつ》したれども、近頃《ちかごろ》は、それ程に勧《すゝ》めずとも、わかき時は放蕩《はうたう》にはなり易《やす》き者《もの》なれば、[六]老人の深切《しんせつ》にいはれし言はすてられぬ、といふ所に心のつきし人あれども、一度ゆるせし放蕩《はうたう》は容易《ようい》にひきかへし難《がた》し。畢竟《ひつきやう》するに、よからぬ処へはゆかぬがよきと云人多し」と。また或人の云、「悪事を為《な》せば地獄《ぢごく》に堕《おつ》ると云によりて畏《おそ》れし者を、[七]悪事は為《な》しても極楽《ごくらく》に生るゝと云の教《をしへ》あるも、彼少き《かのわかき》時は放蕩《はうたう》も少しはくるしからぬといふに同じ心にや」と。

或人の言に、「徂徠《そらい》の教にては子弟放蕩《していはうたう》になりやすくて、其親兄弟も学問《がくもん》をする事を制《せい》するやうになり、今また朱子学を為《（なす）》にも珍《めづら》しからぬによつて、少しはかはりし事をいはねばおもしろくなきと思ひて、[八]陸王《りくわう》の学を唱《とな》へる人も出来しなり。皆時好《じかう》に趨《はし》るにて、己《をの》が為《（ため）》にするの学にはあらず。其心は放蕩《はうたう》をゆるすも格別《かくべつ》の違《ちが》ひはなし」と、考安が来りて話せし。

一　学問行実《がくもんぎやうじつ》　凡《（およそ）》[九]大なる者を立《（たつ）》れば、小なる者は夫《（それ）》に従《したが》ふ。学問の第一は[一〇]行実《ぎやうじつ》なり。其行《おこな》ひを先として聖経《せいきやう》の[一一]帰趣《きしゆ》を求《もと》め、[一二]時論に応《おう》じて道を衛《まも》り、[一三]異《こと》な

六 老人がねんごろにいってくれた言葉はおろそかにできない、ということに気がついた人はいるけれど。

七 いわゆる悪人正機説を、誤解されやすい卑俗ないい方でいったもの。

八 南宋の陸象山と明の王陽明の学。知行合一を唱え、陽明学として大成される。近世前期には中江藤樹・熊沢蕃山らの陽明学派が世に出た。近世中期以降も、学派としてのまとまった活動はなかったが、陽明学に関心を寄せる者はしばしば出現した。中期の三輪執斎、茶山との交わりもあった佐藤一斎、幕末大坂の大塩中斎などが知られる。

九 根本的なことを確立すれば、末梢的なことは自然とそれに従うものだ。孟子・告子・上「先づ其の大なる者を立つれば、則ち其の小なる者も奪ふこと能はず(しっかりしてくる)」。

一〇 実際の行為、実績。

一一 帰するところ。帰着点。

一二 その時々の風潮を反映した議論。

一三 道に背くものを退ける。

るを闢《ひら》くを勤《つとむ》るは、学問《がくもん》の大処[一]なり。宋賢《そうけん》[二]の業、是《(これ)》なり。今時の人、訓詁《くんこ》[三]文字の異同を正すを事とするは、小[四]なる者従《したが》ふなり。前[五]に諸君子なくんば、老仏《らうぶつ》の盛《さかん》にして、後の学者これを闢《ひら》くに暇《いとま》あらざるべし。大処既《すで》に明らかなれば、今時小処を捜索《さうさく》するも可なり。されど其行実を心とせざるは、今の人の目の着《(つか)》ざるか、抑《そも〳〵》自棄《じき》[六]して小成に安んずるか、疑《うたが》ふべきなり。

一　不弟《ふてい》を誡《いまし》めし事　一弟ありて、其兄と同じく学問《がくもん》をなして、名望《めいばう》[七]の兄にしかざるを恥《はぢ》て、やゝもすれば人に対《たい》して兄の短[八]を云ふ。或人これを教《をしへ》ていふ、「足下《そくか》[九]と令兄《れいけい》と、博学《はくがく》ひとしく詩文ひとしく、手[一〇]かきすることまで、何一つも令兄に劣《おとり》たる事なくて、名望《めいばう》令兄にしかざるは、徳行《とくかう》のおよばざる故なり。若《もし》足下《そくか》、令兄《あに》にかたんとおぼさば、今より心を改めて徳行《とくかう》を脩《をさ》めなば、やがて令兄よりも上に立《(たち)》なんこと必せり」といひて、弟大《(おほい)》に悦び、日夜言行を慎《つゝし》み、二年許《(ばかり)》も経て、二[一一]難の誉《ほまれ》あるに至りしかば、弟の驕慢《けうまん》いつのまにかやみて、兄をそしる事なきのみならず、兄を敬ひつかへて、人の耳目《じもく》を驚《おどろか》せし事あり。孟子、斉梁《せいりやう》の君に王道を勧《すゝ》められしも、斉梁の君、若《もし》よく孟子の言に従《したが》ひ、王[一二]者の徳《とく》に同じくなりなば、周室《しうしつ》をいかゞせられんや。周王《しうわう》もまた二国の君をい

一 重要な箇所。根幹。
二 朱子など、宋代のすぐれた儒者たち。
三 四書五経の字句の解釈や本文の校訂。
四 大なる者に小なる者が従っているのである。
五 もしも先に宋代の先生方がいなかったとすれば、異端の老荘思想や仏教が盛んになっていて、後の世の学者たちはそれらを退けるのに忙しい思いをしなければならなかったであろう。(宋代の先生方のお蔭で)学問の根幹がすでに明らかになっているので、今では字句の解釈や本文の校訂などの小さな詮索をやっていられるのだ。
六 最初から諦めて、小事を成すことで満足しているのか。　七 名声と人望。　八 短所。
九 あなたと兄上と。　一〇 巧みに字を書く。
一一 兄たり難く弟たり難いこと。優劣つけ難い兄弟。
一二 孟子は王道(徳による支配)を重んじ、覇道(武力権謀による支配)を否定した。孟子・公孫丑・上「孟子曰く、力を以て仁に仮る(仁に見せかける)者は覇たらん。…徳を以て仁を行ふ者は王たらん」。もし斉の宣王、梁の恵王が二人とも王道を行う徳を身につけていたなら、中国全土の本来の支配者でありながら衰えていた周の王室を、どのように助けたであろうか。
一三 わがまま勝手。　一四 逆らう。
一五 怒りが顔つきや体全体に現われ。
一六 じっとしておられないさま。
一七 下女と下男。召使。　一八 他人の目から見れば。　一九 (冷静に気を落ち着かせることなく)自分で自分の心を駆り立てて。
二〇 孟子・公孫丑・上のいわゆる「浩然の気」を論じた章。「(弟子の公孫丑が)敢へて問ふ、何をか浩然の気と謂ふ。(孟子が)曰く、言ひ難し。その気たるや、至大至剛、直を以て養ひて害

かゞなし給はんや。孟子を読《よむ》もの、此等の事をおもふべし。

一　肝積《かんしやく》もちの事　今の世に肝積《かんしやく》もちといふ者、幼少より親の愛を恃《たの》みて驕《けう》[一三]奢放肆《しやはうし》にそだち、富《(とめ)》るとて人にかしづかれ、位ありとて人に諛《へつらは》れて、何事も吾《わが》意《い》のごとくなるより、一度《たびい》意に忤《さか》[一四]ふ事あれば、俄《にはか》にはらたち、顔[一五]色四体《したい》に見《あらは》れ、或は物へゆかんとおもひしに、さはりありてゆく事を得《え》ざれば、庭[一六]の内をあるきまはりて坐し得ざるあり。或はありあふ器物《きぶつ》を庭に投《な》げ、柱《はしら》に打つけて砕《くだ》くもあり。或は妄《みだ》りに人を罵《のゝし》り、また妻子《さいし》婢《ひ》[一七]僕《ぼく》を打擲《てうちやく》するもあり。甚しきは刀をぬき鎗《やり》をひらめかすもあり。或は一日に幾度《いくたび》となく手をあらひて、人の物をば皆けがらはしくおもふもありて、大抵《(たい)てい》[一八]他人よりは、かほどの事は堪忍《かんにん》もなるべきにと思はるゝ事を、己《をの》[一九]が気より心をおしたてゝ、自《(みづから)》やめとゞまる事のならぬは、皆幼少《ようせう》よりの驕奢放肆《けうしやはうし》にて、一種の気質《きしつ》をやしなひたてゝ、所謂肝《いはゆるかん》積《しやく》もちとはなりたるなり。予、浩然《かうぜん》[二〇]章を講ずるに、此説[二一]をいふて、直《(ちよく)》を以て養《(やしなふ)》の反対《はんたい》とす。

一　過《あやま》ちを飾《かざ》るの説　凡《(およそ)》吾《わが》なしてよからぬとおもふ事も、不レ得レ已《やむことをえざる》にせま

(こそ)なふことなければ、則ち天地の間に塞(み)つ」。

二一　わがままな気質を養い育てた者は癇癪持ちになるという説を述べて、これは右の孟子の「直を以て養ふ(素直な気質を養い育てる)」ということの正反対だと論ずるのだ。なお茶山の文集、黄葉夕陽村舎文・一「浩気説」は本項を漢訳したような趣旨の文章。

以下二九六頁

一　意気阻喪する。孟子・公孫丑・上に、前頁注二〇引用箇所に続けて、「其の気(浩然の気)たるや、義と道とに配し、是れなければ餒(う)うるなり(義・道と一体のもので、それらがなければ、浩然の気は衰えしぼんでしまう)」。

二　(自分の行為が道徳にかなっておらず、気が滅入ることが多いのを)義を知らない告子のように平然としていようというのか。「告」の本来の漢字音はカウ。コクは慣用音。告子をカウシと読む習慣もあった。孟子の論敵で、性善説に対して、人間の本性は善でも悪でもないと主張した。浩然の気を論ずる本章では、孟子は自分の思想を明確にするために告子の説を引き合いに出して批判するという論法を採っており、注一引用箇所に続けて、「我、故に告子は未だ嘗て義を知らずと曰ふ」とある。

三　論語・子張「子夏曰く、小人の過つや、必ず文る」。　四　漢字は「羞悪」とあるべきところ。自他の悪を恥じ憎むこと。孟子・公孫丑・上「羞悪の心なきは、人にあらざるなり」。

五　司馬昭の誤り。三国時代の人。魏の簒奪を図り、主君の曹髦を弑逆した。炎は昭の子で、魏の元帝を追放して晋を建て、武帝となる。父の昭に文帝の号を追贈した。

六　心が落ち着かない。

られては是《(これ)》をなし、またなすべき事と思ふ事も、已む事を得ず迫《せま》られて是をなさゞれば、人の笑ひ誹《そしら》んもはづかしく、また吾心にも慊《あきた》らずして、かの気《き》[一]餒《うゆ》る事多かるを、告子《かうし》[二]が心にならへるか。亦《(また)》[三]小人の過《あやま》ちを文《かざ》る類にて、人めをまぎらして吾が羞愧《しうを》[四]をゆるめんとする歟《(か)》。古人にもこれあるに似《に》たり。司馬炎《しばえん》[五]が君《きみ》を弑《しい》しても、何《なに》とやらん安[六]からぬ所ありて、阮籍《げんせき》[七]・嵇康《けいかう》等を至孝至慎《しかうししん》[八]などいひて、人の視聴《してう》をまぎらし、阮籍《げんせき》・嵇康《けいかう》等も亦佯狂《いつはりきやう》[九]して、荘老《さうらう》の道はかくあるべし、必しも名教《めいけう》[一〇]に拘《かゝは》らずと、人にも思はせんとするの類、王安石《わうあんせき》[一一]・張商英《ちやうしやうえい》[一二]が類《るひ》、仏[一三]に佞《ねい》して聖人《せいじん》の教《をしへ》を必《かならず》とせざる意《い》を示《しめ》す。近時《きんじ》に阮亭《げんてい》[一四]・嵇庵《けいあん》[一五]など号《がう》せる人あるも、弁髪髠頭《べんぱつこんとう》[一六]を愧《はづ》る心やるかたなく、是[一七]に托《たく》して意気《いき》を作《な》すべし。[一八]三代以来《いらい》、人物多し。徳行事業《とくかうじげふ》[一九]に論なし。酒《さけ》を嗜《たし》む人、詩文に長ぜし人、遊衍《ゆふえん》[二〇]を好《この》む人、其人亦《(また)》少からず。それ[二一]をすてゝ嵇阮《けいげん》をしたふ心、さても庾《ゆ》[二二]しがたきに似たり。

一　荘子《さうし》　荘子《さうし》は身《み》を危《あや》ふ(く)する事を第一の恐《おそれ》とす。故《ゆゑ》に危難《きなん》[二三]の地《ち》に臨《のぞま》ぬ事を主《しゆ》とせり。長沮《ちやうそ》[二四]・桀溺《けつでき》・荷蕢丈人《かきちやうじん》[二五]・接輿《せつよ》[二六]の類《るひ》の既《すで》に聖人《せいじん》[二七]に取られざるを見て、必《かならず》しも名教《めうけう》を信《しん》ぜざる旨《むね》を説出《ときいだ》し、四人[二八]の者の如きの嘲《あざけり》を解《と》き、己《おのれ》が礼法《れいほふ》

七 いずれも竹林の七賢に属する。老荘的隠者生活を送り、詩・酒・音楽などに耽った。
八 きわめて孝行で、きわめて慎み深い。世説新語・徳行「晋の文王(司馬昭)称す。阮嗣宗(阮籍)は至慎なりと」。至孝は晋書・阮籍伝に「性至孝」とあるが、司馬昭が評した言ではない。茶山の記憶のあいまいな点があるか。
九 狂人のふりをして。魏から晋への王朝交代期は、すこしのことで謀反の志を疑われて処刑される恐怖政治の時期だったので、竹林の七賢は世俗の利害に関心がないことを示すため、突飛な言動をあえてした。
一〇 名分を明らかにする教え。儒教。
一一 北宋の政治家・文人。政治改革を実行し、新法党と呼ばれる勢力を作り上げたが、後世からは悪評されることが多い。
一二 北宋の政治家。新法党に属する。
一三 仏教に媚びて。王安石の学問には仏教・老荘的一面があり(宋史・王安石伝)、張商英は仏教を学んで無尽居士と号した(東都事略・一〇二)。
一四 王士禎。字は貽上。阮亭また漁洋山人と号する。清の詩人。
一五 徐夜。字は東痴。嵇康を慕って嵇庵と称する。清の文人。
一六 頭髪の周囲を剃り、中央部を編んで後ろへ垂らす男子の髪形。満州族の風俗。清が中国を制圧すると、漢民族もこの髪型を強制された。
一七 名前だけでも阮籍・嵇康にあやかって、漢民族の意気を示しているのだろう。
一八 中国古代の三つの王朝。夏・殷・周。
一九 徳行に励んだ人が多いのは言うまでもないが。
二〇 気ままな遊び。
二一 それら多様な人物たちに関心を持たず、ただ嵇康・阮籍を慕う気持ちは。
二二 本文・振り仮名ともに誤り。「廋(そう)」とあるべきところ。字義は「隠す」。その気持ちは隠し

を廃棄《はいき》するのいひわけを上手《じやうず》にせしなるべし。其心《そのこゝろ》は阮亭《げんてい》・嵇庵《けい》にいくばくも異《こと》なる事なし。

一 道《みち》のうへに異説《いせつ》をなす事　或人《あるひと》の、「宋以後《そういご》は、明清《みんしん》、亦吾土《またわがど》にも、洛《らく》[二九]閩《みん》の学《がく》を用ひらるゝはあやしき事なり」といへり。今細論《こまかにろん》にはおよばず。聖《せい》[三〇]人《じん》の道《みち》を行《おこな》ふに、我身《わがみ》を脩《をさむ》るを始《はじめ》として、実用《じつよう》をむねとし、異端《いたん》を闢《ひら》きて、疑《うたがは》しき事なくせられし故なるべし。後世宋学《こうせいそうがく》を詆《ねぶ》[三一]る人、前《まへ》に洛閩《らくみん》の諸君子《しよくんし》なくんば、己《をの》れかの諸君子には及ばずとも、宋賢《そうけん》の如《ごと》き学《がく》はいふべし。大[三二]事を窮《きは》めずして、訓詁《くんこ》文字の小事にてはやむべからず。余思《よおも》ふに、宋以後の学者達《がくしやたち》は、洛閩《らくみん》の諸君子既《すで》に道《みち》を明《あきら》かにせられたれば、洛閩《らくみん》の諸君子にまかせて置《お》くことゝなるべし。たまく道を論《ろん》ずれば、「道[三三]は本《もと》なき者《もの》なるを、聖人の造作《ざうさく》し出せるなり」といふに至《いた》る。あまりに異《い》を立《たつ》るにあらずや。

一 偽書《ぎしよ》　賓[三四]興《ひんこう》の政《まつりごと》すたれて、英俊《えいしゆん》の士《し》、進[三五]取《しんしゆ》の道に游説《ゆふせつ》の外せんすべなく、聴用《ちようよう》せられんことを求《もとむ》るに急《きう》なるより、種々《しゆく》の虚[三六]説《きよせつ》をなす。周[三七]公《しうこう》の吐[三八]握《とあく》、伊[三九]尹《いゐん》、寺[四〇]人《じ》瘠環《じんせきくわん》、百[四一]里奚《けい》の事のごとき、孟子これを弁《べん》ぜられずば、後世誰《こうせいたれ》か其

がたい。明白に現われている。論語・為政「子曰く、其の以(もち)ひる所を視、其の由(よ)る所を観、其の安んずる所を察すれば、人焉(いづくん)ぞ廋(かく)さんや」。二三 積極的に社会や政治に関わると、身を危険にさらすこともある。それを避けて、隠遁生活に閉じこもることを第一とした。二四 以下四人、論語・微子に見える。四人とも隠者の立場から孔子を批判した。初めの二人はともに楚の隠者。子路が田で働いていた二人に渡し場を尋ねたところ、孔子のもとを去って自分たち隠士の仲間に入るよう勧めた。二五 正しくは「荷蓧(かてう)丈人」。竹籠を背負った老人の意。孔子にはぐれた子路が「夫子(先生)を見かけなかったか」と問うたところ、「勤労をしたことのない人間が、何で先生なものか」といって、子路の質問を無視した。二六 楚の隠者。狂人のふりをして、孔子の政治への志を批判する歌を歌いながら過ぎ去った。二七 (荘子は四人が)孔子に肯定されていないのを見て取って。狂接輿に対する孔子の意見は論語に明白には示されていないが、他の三人については、隠遁は人間として正しいあり方ではないという孔子の意見が示されている。一方、狂接輿の歌は、論語に見えるのよりも長い詞章で荘子・人間世に肯定的に掲げられている。二八 四人のようなタイプの生き方を世間の嘲りから擁護し、自分が社会秩序を正すための礼儀作法を省みないことの言い訳を。二九 程朱の学、宋学。程顥(ていかう)・程頤(ていい)兄弟は洛陽、朱熹は閩中(びんちゆう)の人であったことによる称。三〇 以下の論は、「洛閩の諸先生が、聖人の道(儒教)を行う上で、個人道徳から社会的活動まで、行き届いた方法を示し、仏教・老荘などの異端を退けて、何の疑問点も残らないように明

非《ひ》を覚《さと》さん。みな己《おの》が出進《しゆつしん》の道に恥《はぢ》る事多き故に、人の誘《そしり》を防《ふせ》ぐ為《ため》にこしらへたるなるべし。[一]当時《たうじ》の勢《いきほひ》と人心《ひとごゝろ》ども思ふべし。漢興《かんおこ》りて[二]挟書《きやうしよ》の律《りつ》を廃《はい》し、[三]献書《けんしよ》の道開《ひらか》れしより、[四]一書を出す人は名《な》も利《り》もそれに従《したが》ひしと見えて、さま〴〵の[五]偽書《ぎしよ》を作《つく》り著《あらは》せしなり。大抵《てい》[六]孟《まう》荀《じゆん》老《らう》荘《さう》韓《かん》非《ぴ》呂覧《りよらん》等の外は、真物《しんぶつ》はまれなり。今の書を読《よむ》もの、[七]此二事《このにじ》をしらざれば、無用に力《ちから》を費《つひや》し心を惑《まどは》す事多からん。

一　卜筮《ぼくぜい》　[八]卜筮《ぼくぜい》の験《しるし》あるは、何《なに》を以てしれる事にやと問《と》ふ人ありしに、或《ある》人のこたへに、「[九]嫌疑猶予《けんぎゆうよ》を決《けつ》するに、[一〇]奇《き》か偶《ぐう》かと物を擲《なげうち》て占《うらな》ふが如し。其[一一]応否《おうひ》は問《と》ふに及ばぬ事なり」と云《いふ》。余《よ》はしからずとて、[一二]中庸先知《せんち》の事を援《ひき》ていひし事ありしが、今おもふに、遠《とほ》く書を引て云をまたず。凡《（およそ）》[一三]天地人は一気にて、此《（ここ）》に呼《よ》べば彼《かしこ》に応《こた》へ、感《かん》ずれば通《つう》ずるの類にて、一つも験《しるし》なきはあらず。[一四]肉《にく》眼《がん》こと〴〵く見《み》る事を得《え》ざる故なるべし。或はきざして変《へん》じ、きざゝずして忽《こつ》然《ぜん》と出来《いできた》るもあるべし。故に人こと〴〵く是《これ》を見《み》ず、見ても信《しん》ぜず、意《こゝろ》とせざるにや。俗諺《ぞくげん》に「[一五]人をそしらばめしろをおけ」、「呼《よび》にやるよりそしるがはやき」のごとき、[一六]其人来《（きた）》らんとする機《き》既《すで》に此《こゝ》に応《こた》へて、おぼえずしらず其人を思《おも》ひ出《いづ》るに因《よ》りて、誹謗《ひばう》の言も出すなり。此等の事にても[一七]思ひ半《なかば》に過《すぎ》んか。

白に整備したので、それが当然のことになってしまって、洛閩の諸先生の功績が意識されなくなっているのだ」の意。

三一 なめる。字は「舐」とあるべきところ。宋学をかじる、宋学に首をつっこむ、の意。

三二 学問の根本を究めないで、末梢の訓詁ばかりやっているわけにはいかなかったであろう。

三三 徂徠学の主張。徂徠学では、道とは、中国古代の天子たちの定めた政治制度のことであるとする。弁道・四「先王の道は、先王の造る所なり。天地自然の道にあらざるなり」。

三四 周代の官吏登用法。地方君主がその地の優秀な人物を賓客として饗し、天子に推薦した。

三五 立身出世の方法には、諸国を遊説して回って自分を売り込むしかなく。

三六 後文からすると、売り込みのための誇大な自己宣伝の意ではなく、自分の浅ましい売り込み活動を弁護するため、昔の有名人も同様のことをやっていたと言いふらすこと、の意。

三七 以下四人のうち、あとの三人は売り込む側で、それに関する論評が孟子に見えるが、周公は採用する側で、孟子に論評が見えない。

三八 「吐哺握髪」の略。周公は食事や沐浴の時、来客があると口中の食べ物を吐き、洗いかけの髪を握って出迎えたという故事。為政者の賢人を求めるに急なたとえ。

三九 殷の湯王に仕えた名臣。孟子・万章・上で、出仕を望んで、料理人になって湯王に取り入ったという伝説を挙げ、孟子がそれを誤伝と否定している。

四〇 孟子・万章・上に見える人名。身分や品行が卑しいとされた者。諸国遊説中の孔子が斉において この者に宿を借りたという伝説があり、孟子は作り話として否定している。

一　史類《しるひ》を読《よむ》に可ニ心得《こゝろうべき》一事　　白石《はくせき》[一八]の説に、「史類《しるひ》を読《よむ》には、勝方負方《かちかたまけかた》といふ事を看破《かんば》せざれば、実事《じつじ》を思ひ取りがたし」といへり。陸秀夫《りくしうふ》[一九]の舟中《しうちう》にて大学を講《こう》ぜし、平家《へいけ》[二〇]の舟中にて除目《ちもく》を行《おこな》はれし事など、後《のち》の世《よ》のわらひぐさなれど、衆心《しうしん》の動《うご》かざる為にせし一策《さく》なるべし。[二一]さなきとて舟中にて軍《いくさ》の手配《てくばり》の外《ほか》に、何のなすこともなければ、将《しやう》は降《くだ》らんとし、士卒《しそつ》は逃《のが》れんとするの謀《はかりごと》をなさんも、はかるべからざればなり。玄旨《げんし》[二二]公の嬰城《えいじやう》[二三]の中にて和歌《わか》を講《こう》じ給ひしも、別意《べつい》にあらざるべし。されど是《これ》をそしる人なきは、勝方《かちかた》なればなり。

一　楠公　　楠公《なんこう》[二四]父子は、南朝《なんてう》の忠臣《ちうしん》にあらず、吾国の皇統《くわうとう》の忠臣なり。尊氏《たかうぢ》[二五]謀反《むほん》して、先大塔宮《(まづ)だいたふのみや》[二六]を弑《しい》し奉りしより以後《いご》のしわざ、「八幡太郎義家《よしいゑ》[二七]の、子孫《しそん》に必天下《かならずあめがした》を取《とら》しめんといはれし」などいふ言《こと》をこしらへし事を思ひ合するに、数箇度《すかど》の敗衂《はいぢく》[二八]なくば、綸旨《りんし》[二九]を申下《もうしくだ》す意《こゝろ》を生《せう》ずることはなかるべし。尊氏《たかうぢ》[三〇]初意のごとくならば、今日いかなる天下になりなんもはかるべからず。されば北朝《ほくてう》のたち給ひしは、楠公諸将力《なんこうしよせうのちから》による事あきらけし。

四一　秦の穆公の功臣。孟子・万章・上で、奴隷の牛飼いになって穆公に見出されようとしたという伝説を挙げ、孟子がそれを否定している。

以上二九七頁

一　出世を求めるに急な、当時の時勢と人々のものの考え方。

二　秦の始皇帝の時、医薬・卜筮・種樹(農業)の書以外を民間で所蔵することを禁じたが、漢の恵帝の四年(前一九一)に禁令が廃止された。

三　「広く献書の路を開く」(漢書・芸文志)。漢は秦の暴政のもとで衰えた学問を興すため、民間に眠っている書物の発掘に努めた。

四　書物を一つ献上すれば、それに応じて名誉と褒賞を受けることができる。

五　たとえば漢代には書経のテキストが幾つも出現し、中には偽書もあるといわれている。

六　孟子・荀子・老子・荘子・韓非子・呂氏春秋。

七　古典籍には、自分の醜行を弁護するための虚説が多いことと、名利を求めるための偽書が多いこと。　八　卜法と筮法。占い。

九　疑いや躊躇を払い捨て、決定するのに。

一〇　奇数か偶数か。　一一　占いの当否。

一二　中庸に述べられている、至誠を凝らせば物事を予知することができるという思想。「至誠の道は、以て前知すべし。国家のまさに興らんとするや、必ず禎祥あり。国家のまさに亡びんとするや、必ず妖孼(ようげつ=禍い)あり。…禍福のまさに至らんとするや、善も必ず先づこれを知り、不善も必ず先づこれを知る。故に至誠は神のごとし」(中庸)。

一三　天と地と人は同じ一つの気から成っていて。

一四　こちらで行うある言動に、あちらが感応する、そういう効果がないように思われるのは、人間の目ではすべての感応現象を把握すること

一　小早川黄門《くわうもん》[一]　小早川《こばやかは》[二]中納言殿、三原《みはら》[三]の館《やかた》におはしける時、京[四]の人来りて、此頃《このごろ》京わらんべの謡《うたひ》に、「おもしろ[五]の春雨《はるさめ》や。花のちらぬほどふれかし」とうたふよし語りければ、中納言殿感《かん》じ給ひて、「夫《(それ)》はすべての物事に渉《わた》りてことわりある謡《うたひ》なり。いかばかりおもしろき物も、能程《よきほど》といふ事ありて、茶《ちや》や香《かう》やおもしろくても、猿楽《のう(がく)》[六]がおもしろくても、学問《がくもん》がおもしろくても、本業《ほんげう》を喪《うしなは》ぬほどになすべき事なり」と仰られしよし。いかにも茶香猿楽《ちやかうのう》の類《たぐひ》はさる事なれども、学問して本業《ほんげう》を喪《うしな》ふとおほせしは本意《ほんい》違《たが》へり。学《がく》問は身を脩《をさ》め家を斉《とゝの》へ、国天下を平治するの道《みち》なれば、其本業を失《うしな》ふは学問にはあらず。身脩《をさま》り家斉《とゝの》ひては、いかで本業を失ふべきや。此人[七]は当時学校《がくこう》を建《たて》給ひし事もあるに、其時真儒《しんじゆ》[八]に遇《あひ》給はぬは、千歳の遺恨《いこん》ならずや。詩文博識《はくしき》にふけりて、身をも家をも忘《わす》れて、乱世《らんせい》には国を喪《うしな》ひ、治世《ちせい》には父母妻子を饑寒《きかん》に至らしむるの輩《ともがら》、すくなからず。此等《これら》をのみ見給ひて、真《しん》の儒学《じゆがく》は当時なかりし故に、かくはのたまひしなるべし。今時また己《をの》が身《み》をも反視《かへりみ》ず聖言《せいげん》をも畏《おそ》れずして、妄《みだ》りに論《ろん》[九]孟《まう》の註《ちう》を著《あらは》し、古賢《こけん》の伝註《でんちう》[一〇]を毀《そし》る者あり。聖賢《せいけん》の語と己《をの》が身の行《おこな》ひとをくらべ見ば、いかゞあらんや。

がでないからだろう。一五 どちらの諺も、人の悪口をいえば不思議とその本人が必ず姿を現わすものであるという意。「めしろ」は目代。見張り番のこと。一六 その人がやってこようとする前兆にこちらの気持ちが感応して。
一七 察しがつくというものだ。
一八 新井白石。朱子学者で、徳川六代将軍家宣の時に幕政に参与した。以下の引用の典拠不明。似た言として、安積澹泊宛て書簡に「大かた本朝の是非は、勝ち候方、いつも〳〵是にて、負け候方、いつも〳〵非になり候様に候か」。
一九 南宋滅亡期の忠臣。元軍に敗れて南方の海浜に至ったが、流浪の船中でも平然として幼帝に大学を講じ、やがて幼帝を背負って入水した(宋史・忠義伝六)。
二〇 すでに敗色濃厚の平家が福原の都で除目(官吏の任命式)を行い、一門の者たちの官位を昇進させた(平家物語・九・三草勢揃)。
二一 そうでなくとも、追いつめられた船中では、戦争の手配以外には何もすることがないので、放置しておけば将官も兵卒も投降・逃亡を図るかも知れない(彼等の気持ちを引き付けるために、大学の講義や除目を行なったのである)。
二二 細川幽斎。名は藤孝。玄旨は別号。武将ながら戦国時代最大の歌人。慶長五年、居城丹後田辺城が石田三成軍に包囲された時、古今伝授の当時唯一の伝承者だったため、後陽成天皇が伝授の途絶えることを恐れ、勅命によって石田軍に包囲を解かせた。
二三 籠城。二四 楠木正成・正行父子。
二五 足利尊氏。足利氏は八幡太郎義家から出る源氏の名流。尊氏は鎌倉幕府を倒すまでは後醍醐天皇に協力したが、後に背き、北朝を立てて室町幕府を開いた。

一　大石良雄《よしを》　一一大石内蔵介《くらのすけ》、細川侯《ほそかはこう》の邸《やしき》に在《あり》し時、一二茶坊主《ちやぼうず》二人を附て、其便《べん》用《やう》に供《きよう》せらる。其明日は切腹《せつぷく》ときはまりし前夜に、内蔵介後架《こうか》一三にゆかれしに、彼《かの》茶坊主、一人は手燭《しよく》を持ち、一人は湯をとりて従《したが》ひしが、たがひに涙《なみだ》を流し声《こゑ》を呑《のみ》てかなしびければ、内蔵介《くらのすけ》これを見て、何故にさは泣《なか》るゝにやと尋《たづね》られしかば、二人答へて、「吾等《われら》此ほど御傍《そば》にありて御懇意《こんい》をうけ申せしに、明日は御別《わか》れ申になり候ひぬ。御名残《おんなごりを》惜《し》く候て、覚えずかくはなげき候」といひつゝ、又むせかへりて泣《なき》ければ、内蔵介は顔色《がんしよく》もかはらず、「こは吾覚悟《わがかくご》にもなるべき事を、よくこそしらせたまひつれ。扨《さて》久しき間御苦労《くろう》にあづかりし事一方《ひとかた》ならず。吾もなごりをしく候。何ぞかたみに参らせたく候へども、持来たりし物も候はねば、是は持《もち》ふるしたるものなれど」とて、一人には紙いれの嚢《ふくろ》、一人には腰《こし》さげの巾着《きんちやく》を与《あた》へられけるを、その二人の家《いへ》に今に宝《たから》とし伝へたり。大石はかりそめにも人のなつきしたしむ人なりしと、一四西依《にしより》先生の話《はなし》なり。

一　軍中艱難《ぐんちうかんなん》　軍中の一五艱難危殆《かんなんきたい》は、いふことをまたず。一六水野侯《みづのこう》日向守《ひうがのかみ》勝成　西国におはせし時、一七宇土《うと》の城攻《しろぜめ》に従《したが》ひ給ひて、寄手《よせて》既に一八堞下《てうかへイシタ》に逼《せま》りしに、後《うしろ》より呼《よば》りて、「それなるは六左衛門様　日向守、はじめは六左衛門と称す　にておはさずや。私《わたくし》は主人《しゆじん》を見《み》

二六 後醍醐天皇の皇子、護良親王。建武政権成立に功績があったが、父帝に疎んぜられて鎌倉に幽閉され、尊氏の弟、直義に殺害された。二七 尊氏の簒奪を正当化するために、八幡太郎義家の置き文(遺言)と称する文書が作り出された。「義家の御置文に云ふ。我が七代の孫に吾生れ替りて天下を取るべしと仰せられし」(難太平記)。二八 敗北。九州落ちに至るまでの尊氏の不利な戦い。二九 勅語。ここでは尊氏が九州落ちの途中、密かに持明院統の光厳上皇に願って、新田義貞誅伐の院宣を獲得したことを指す。これにより足利軍も官軍(北朝軍)となり、謀反が正当化された。楠公などの後醍醐軍(南朝軍)にたびたび苦杯をなめさせられたことが、かえって尊氏の謀反の意志を刺激した、という考え方。三〇(鎌倉幕府を倒すために後醍醐天皇に協力した)最初の気持ち。

——以上二九九頁

一一 中納言の唐名。一二 小早川隆景。戦国時代の武将。天正十年(一五八二)、本拠を三原城(現広島県三原市)に移す。天正十五年、筑前名島城主となり、文禄四年(一五九五)、三原城に隠居し、三原中納言と呼ばれる。一三 以下の話、陰徳太平記・七十九「隆景卿行状事」に出る。一四 陰徳太平記によれば、林吉兵衛入道梅林という人物。一五 隆達小歌の詞章。一六 能楽を猿楽ともいったことから混同した用字。一七「我国初以前、宇内兵乱打続き、儒教文籍は地を払て絶し時、小早川隆景、筑前の名島において学校の設けせしと云ふ」(甲子夜話・十八)。また福山志料・五には、「隆景、慶長元年(一五九六)ニ足利学校玄修軒ヲ招キ、聖堂ヲ建立シ、家頼(けらい)ノ士ヲ儒学堂ニ入ラシメテ聖道ヲ励マシ

失《うしな》ひ候へば、御供《とも》に召連《めしつれ》くだされよ」といふ。侯《こう》、其声《そのこゑ》をはやくも聞《きゝ》しりて、[一]「清吉《せいきち》なるか。はやく来《きた》れ」と仰らる。清吉悦《よろこ》び、侯《こう》に近附《ちかづく》時、忽《たちま》ち銃丸《てつぽう》に中《あた》りて仆《たふ》る。銃《てつぽう》は[二]矢挟間《やさま》よりさし出《いだ》して打《うつ》を見《み》て、侯《こう》とびかゝりて、もぎ取給《とり》ひし事《こと》あり。かゝる事は聞《きく》もおそろし。清吉が主人《しゆじん》は手負《ておひ》て、半途《はんど》より帰《かへ》りしなりとぞ。

又備後《びんご》神辺《かんのべ》に[三]軍《いくさ》ありける時《とき》、一女《ひとりのをんな》、[四]豇豆《さゝげ》を採《とり》て帰《かへ》るを見て、軍兵《ぐんびやう》ども声々《こゑ〴〵》に、「其豇豆《そのさゝげ》を沢山《たくさん》に採《とり》て、[五]ひたしものにしておけよ。やがて立《たち》よらん」といふ。女《をんな》はおそろしながら其言《ことば》のごとくにせしに、程《ほど》なく多勢《たぜい》入り来《きた》りて、手《て》ごとに取《とり》くらひ、銭《ぜに》をあまた投出《なげいだ》して帰《かへ》りける。其家《そのいへ》には余程徳《よほどとく》つきたるよし。

[六]今七日市《なぬかいち》といふ巷《まち》の、中程の南側《がは》の家《いへ》なりしといふ。[七]杉原《すぎはら》の時《とき》の事なるべし。

又同《おな》じ処《ところ》に尾道屋《をのみちや》といへる酒造家《さかや》あり。其頃《そのころ》、軍《いくさ》ある処《ところ》を聞《きゝ》て、遠方《ゑんばう》までも酒《さけ》を舟《ふね》にて運送《うんさう》し、うりあるきけるが、いづれの酒造家《さかや》も皆《みな》かくのごとくなりしが、尾道屋一《ひと》とせ[八]九州《きうしう》の軍《いくさ》に酒《さけ》あまた売《うり》て利《り》を得《え》しかば、又の軍《いくさ》にも行《ゆか》んとせし。隣村《りんそん》に[九]中条《ちうでふ》といへる処《ところ》の寒水寺《かんすいじ》の住僧《ぢうそう》、占《うらな》ひをよくして、「此度《このたび》の軍《いくさ》には、利《り》なくして怪我《けが》あるべし」といひし故、ゆかざりしに、外《ほか》の行《ゆき》しものは皆《みな》損亡《そんまう》して返《かへ》りしとぞ。

ム」とある。八（学問とは人それぞれの本業を妨げるようなものではないことを教える）本物の儒者。九 論語や孟子の注釈書。
一〇 注釈。「伝」も注釈の意。
一一 名は良雄。赤穂藩家老。赤穂義士の頭領。元禄十五年（一七〇二）十二月十四日、吉良邸討ち入りの後、熊本藩主細川綱利の高輪下屋敷にお預けとなり、翌年二月四日、切腹を命ぜられた。
一二 主語は細川侯。お預かりの義士たちに手厚い待遇をしたという。一三 便所。
一四 京の儒者西依成斎か。茶山は面識があった。茶山より四十六歳年長で、一五 困難や危険。
一六 戦国時代の武将。天正十五年（一五八七）豊臣秀吉の九州征伐に従い、そのまま肥後にとどまって、佐々成政・小西行長などに仕えた。のち備後福山藩主。一七 熊本県宇土市。小西氏三万石の城下町。ただし以下の話は水野記・三に見え、天正十七年の天草一揆鎮圧時のことで、正しくは志岐城（現熊本県天草郡）とあるべきところ。
一八 城壁の下。

一 水野記によれば、阿波鳴渡之助召仕いの小姓。
二 内側から鉄砲や矢を射るため、城壁や櫓に設けた小窓。
三 天文十二―十八年（一五四三―四九）、大内義隆の神辺城（城主杉原理興）攻撃が断続的に行われた。
四 マメ科の一年草で、莢（さや）や種子を食用とする。五 野菜をゆでて醬油や酢にひたしたもの。
六 現神辺町内。七 杉原理興は天文七年（一五三八）神辺城主となる。同十二年に尼子氏に通じ、大内氏との間に戦いが始まった。
八 豊臣秀吉の九州出兵か。
九 現神辺町内。寒水寺も現存。真言宗。
一〇 現広島県尾道市。

又同国《どうこく》の尾道《をのみち》[一〇]に住屋《すみや》といふ酒造家《さかや》あり。大坂陣《ちん》[一一]の時、酒《さけ》をつみのぼりしに、とある道《みち》にて塙団《ばんのだん》[一二]右衛門に行逢《ゆきあ》ひしに、団右衛門《だんうゑもん》初《はじ》め浪人《らうにん》して尾道《をのみち》にありし故《ゆゑ》に、住屋《すみや》も時々《とき〲》出会《いであは》せし事ありて、相識《あひし》るによつて、馬上《ばじやう》より声《こゑ》をかけて、「尾道《をのみち》に在《あり》しときは大ひに御世話《おせわ》に成《なり》たり。無事《ぶじ》にて目出《めで》たく候へ」といひ捨《すて》て、鞭《むち》を揚《あげ》て行《ゆき》しとなり。されば戦《たゝかひ》なき時は又ゆるやかなる事もあるにや。

一　伊達政宗《だてまさむね》[一三]　伊達中納言殿《だてちうなごんどの》は、耶蘇《やそ》[一四]の本国《ほんこく》、阿媽港《あまかは》[一五]、呂宋《るすん》[一六]などの国《くに》を征伐《せいばつ》せんの志《こゝろざし》のおはして、酔余口号《すひよくがう》[一七]の作《さく》に、

[一八]邪法迷レ邦唱不レ終《じやほふくにをまよはすとなへおはらず》
[一九]欲レ征ニ蛮国一未レ成レ功《ばんこくをせいせんとほつしていまだこうをなさず》
[二〇]図南鵬翼何時奮《となんのぼうよくいづれのときかふるはん》
[二一]久待扶揺万里風《ひさしくまつふようばんりのかぜ》

かくはおほせしかど、事故《じこ》《コトユヱ》[二二]しげくして、終《つひ》に及《(およば)》ざりしとぞ。又此人《このひと》の詩《し》[二三]に、

四十年前少壮時《しじふねんぜんせうさうのとき》
[二四]功名聊復有ニ私期一《こうめいいさゝかまたひそかにきするあり》
[二五]老来不レ識干戈事《らうらいしらずかんくわのこと》

一一　徳川家康が大坂城に籠もる豊臣家を滅ぼした戦い。慶長十九年(一六一四)十一月の冬の陣と翌年四月の夏の陣がある。
一二　戦国時代の武将。名は直之。加藤嘉明・福島正則らに仕えるが、のち浪人し、大坂冬の陣では豊臣方に加わり敗死。近世後期から幕末にかけて、岩見重太郎・後藤又兵衛とともに、実録・講談の世界で三豪傑としてもてはやされ、様々な伝説が作られた。
一三　戦国時代の武将。仙台藩主。独眼竜と称された勇将。キリシタン・南蛮文化に関心をもち、慶長十八年(一六一三)に支倉常長らを遣欧使節としてローマへ派遣した。
一四　キリスト教。　一五　マカオ。
一六　ルソン。フィリピン諸島のひとつ。
一七　仙台藩による政宗の公式伝記、貞山公治家記録では「南蛮を征せんと欲し、此詩を作る」と題する。
一八　邪法(キリスト教)はわが国を迷わし、今なお衰えない。
一九　邪法の野蛮国を征伐しようと思いながら、いまだに果たせない。
二〇　南海遠征の大志をいつの日にか遂げたいものだ。
二一　自分を万里の南海へ運んでくれる旋風が吹くのを、もう長い間待っているのだ。荘子・逍遥遊「鵬の南冥に徙(うつ)るや、水に撃すること三千里、扶揺に搏(はう)ちて上ること九万里」。
二二　支障が多くて。
二三　貞山公治家記録では「酔余口号」と題する。八句一首ではなく、七言と五言の絶句二首。
二四　手柄を立てようとひそかに自分に期するところがあったのだ。
二五　年老いるにつれて、戦争も収まってしまい。

[一]只把春風桃李卮《たゞとるしゆんぷうたうりのさかづき》
[二]馬上青年過《ばじやうせいねんすぎ》
[三]還レ家 白髪多《いへにかへりてはくはつおほし》
[四]残軀天 所レ縦《ざんくてんのゆるすところ》
[五]不レ楽 其如何《たのしまざればそれいかん》

[六]一にはの三句を「[七]昇平今若レ此《しようへいいまかくのごとし》」に作《つく》る。[八]伊達譜《だてふ》に見《み》ゆ。

一　曹源院画賛《さうげんゐんぐわさん》　備前の[九]曹源院《さうげんゐん》殿といふは、[一〇]芳烈公《はうれつこう》の[一一]令嗣《れいし》なり。ある時[一二]許由《きよゆう》の画《ゑ》をもて芳烈公《はうれつこう》に賛《さん》を乞給《こひたま》ひければ、

[一三]耳をあらふ心の水はきよけれど流《ながれ》はくまじ世《よ》をめぐむ身《み》は

とかゝせ給ひしとぞ。此公《このこう》の心、うたにもしられたり。

一　後藤基次《ごとうもとつぐ》　[一四]後藤《ごとう》又兵衛戦死《せんし》すといふ、偽《いつはり》にて、潜《ひそか》に落失《おちうせ》て、豊後《ぶんご》日田《ひだ》の近側《かたはら》、[一五]山中村《やまなかむら》に住《ぢう》す。筑前《ちくぜん》の[一六]野村新《のむらしん》右衛門といふは又兵衛が聟《むこ》なり。これにかたみに遺《のこ》せし鎗《やり》などありとなり。又兵衛こゝに住てひまをうかゞひしと見え、年を経《へ》しが、一日遠方《あるひゑんばう》に行暇乞《ゆくいとまごひ》なりとて、村中の人を招《まねき》て酒《さけ》など飲《のま》せて、人去《ひとさり》

一　ただ春風そよぐ桃李の下で酒を飲むだけだ。
二　騎馬で戦場を駆け回っているうちに若い時代は過ぎてしまい。
三　帰還してみればすでに白髪の目立つ老人となっていた。
四　余生はどう過ごそうと天も見逃してくれよう。
五　存分に楽しませていただくことにしよう。
六　一本には。別のテキストには。
七　天下の泰平であること、今やかくの通りだ。
八　未詳。
九　岡山藩第二代藩主池田綱政。
一〇　岡山藩初代藩主池田光政。
一一　跡継ぎ。
一二　中国古代の伝説上の高士。尭帝が天下を譲ろうというと、汚れたことを聞いたといって潁水(えいすい)で耳を洗い、箕山(きざん)に隠れた。その耳を洗った水は汚れているといって渡らなかった巣父(そうほ)とともに、隠者の典型として画題となる。
一三　俗事を厭うその心根の清さは認めようが、同調するわけにはいかない。為政者たる身としては。
一四　名は基次。黒田孝高・長政父子に仕えるが、のち浪人し、豊臣方の武将として大坂夏の陣で敗死した。講談では大坂落城の際、秀頼・真田幸村らとともに鹿児島へ落ちのびたとされるが、大分県耶馬渓町にはその墓とされるものが伝わる。「耶馬渓中の、柿坂と云ふ処に古き墓あり。土人、後藤又兵衛の墓と云ふ」(九桂草堂随筆・七)。
一五　大分県大野郡三重町。
一六　未詳。

て後《のち》に腹切《はらきり》て死せしとぞ。大なる墓《はか》、今尚《いまなほ》その村の山中にあるよし、平岡玲蔵《ひらおかれいぞう》[一七]の話《わ》なり。

一　源実朝《さねとも》大船を造《つく》りし説　鎌倉右大臣《かまくらのうだいじん》[一八]、もろこし[一九]何某《なにがし》和尚の後身《こうしん》なりとて、大なる舟《ふね》を造《つく》らせて渡唐《ととう》せんとせられしに、其船《そのふね》あまりに大なるによりて海浜《かいひん》にうかばず、其事終《そのことつひ》にやみにけり。当時《たうじ》鎌倉《かまくら》も穏《おだやか》ならず。いかで此狂謀《このきやうぼう》をばなし出《いだ》し給ふべき。今思ふ、其身《そのみ》権臣《けんしん》[二〇]に制《せい》せられて、やがて害《がひ》せられん勢《いきほひ》の朝夕《てうせき》に見《あらは》れし故《ゆゑ》に、いかにもして北条《ほうじやう》を謀《はから》んとせられしなるべし。果《はた》して其謀《はかりごと》のごとく、多勢《たぜい》を引具《ひきぐ》して舟にうかびて、畿内中国《きないちうごく》にもあれ、筑紫《つくし》にもあれ、旗《はた》挙《あげ》し給んに、味方《みかた》せざる人《ひと》あらんや。たとひ運《うん》つたなくして討死《うちじに》し給ふとも、銀杏樹下《いてうじゆか》[二一]の惨《しん》にはまさりなん。右大臣殿《うだいじんどの》、心《こゝろ》なきにしもあらざるべし。周宣《しゆうのせん》[二二]帝《てい》の宇文護《うぶんご》を手刃《しゆじん》《テウチ》[二三]せしは、格別《かくべつ》の手段《しゆだん》なり。和漢前後希有《わかんぜんごけう》の事なり。

一　韓厩《かんきう》　備後三原《びんごみはら》の城中《ぜうちう》に韓厩《かんきう》[二四]といふものあり。小早川中納言殿《こばやかはちうなごんどの》[二五]の建《たて》られしなり。是《これ》は大将《たいせう》の居間《ゐま》ちかく馬《うま》をつなぎて、大将つねに束帯《そくたい》或《あるひ》は甲冑《かつちう》にて騎《の》り試《こゝろ》み、或は手《て》づから草《くさ》[二六]かひなどする為《ため》なり。さなければ大将《たいせう》を見知《みし》らず馴《なれ》ず、

一七　未詳。

一八　源実朝。鎌倉幕府第三代将軍。鶴岡八幡宮での右大臣拝賀の儀の帰途、甥の公暁(くぎよう)に暗殺される。

一九　吾妻鏡・建保四年六月十五日・十一月二十四日・同五年四月十七日条に、宋人陳和卿が実朝の前生を宋の医王山の高僧であると告げたところ、それが実朝のかつて見た夢の内容と一致したために和卿を信仰し、医王山巡礼のために渡宋を思い立ち船を造らせたが、巨大すぎて浮かばず、そのまま砂浜で朽ち果てたことが記される。

二〇　権勢のある家臣。当時、執権の北条義時が政治の実権を握っていた。

二一　実朝暗殺の際、公暁は鶴岡社境内の銀杏の木陰に隠れて実朝を待っていたという。「西の方に銀杏樹あり。…公暁、此銀杏樹の下、女服を着て隠れ居て、実朝を殺すとなり」(新編鎌倉志・鶴岡八幡宮)。

二二　周の武帝の誤り。宣帝は武帝の子。南北朝期の北周では権臣の宇文護が専横を極め、初・二代の皇帝を次々に弑した。第三代の武帝は隠忍して実力を蓄えた後、宇文護を誅殺した。

二三　みずからの手で殺すこと。左側の振り仮名は「手討ち」。

二四　名称の由来、未詳。以下にいう通りの、大将の居室近くに設けられた厩(うまや)であろう。

二五　小早川隆景。→三〇〇頁注二。

二六　餌をやること。

またよそほひのかはりたるを見《み》て驚《おどろ》きなどして、事《こと》に臨《のぞ》みて意《こゝろ》のごとくならざる事《こと》ある故《ゆゑ》に、常《つね》にかく習《なら》はしむるなりとぞ。[一]桑名《くはな》少将《せうしやう》公、集古《しふこ》十種《じふしゆ》編輯《へんしふ》し給はんとて、古書画《こしよぐわ》・古器《こき》の類《たぐひ》を捜《さが》し求《もと》め給ふ時《とき》に、此図《このづ》を見《み》給ひて、小早川殿《どの》の故実《こじつ》に達《たつ》し給ひし事《こと》を歎賞《たんしやう》したまひしよし。

一　堀田《ほりた》筑州《ちくしう》金言《きんげん》　[二]麾下《きか》の士《し》何某《なにがし》の町奉行《まちぶぎやう》になられし時、[三]堀田《ほつた》筑前守殿の「必《かな》らず相手《あいて》にならぬやうにあれかし」と申されしに、何某其時は合点《がてん》ゆかざりしが、訟《うたへ》を聴《きく》にいたりて始《はじ》めて心付《こゝろつき》しといはれしとぞ。訟《うたへ》を聞《きく》は公《おほやけ》の事ながら、悪《にく》しとおもひ、[四]むつかしとおもへば、必其人《かならずそのひと》を我《わ》が相手《あひて》と思《おも》ふやうになる者《もの》なり。我詞《わがことば》するどくなれば、[五]其人言《そのひとこと》を尽《つく》すことあたはず。[六]必かたきゝになりて、取《とり》さばき[七]平《たいら》かならず。相手《あひて》になるなと言《いは》れしは金言《きんげん》なりと、子孫《しそん》にもいひ置《おか》れしとなり。

一　物は漫《みだり》に棄《すつ》べからざる説《せつ》　魚《うを》の骨《ほね》はすてゝ猫犬《ねこいぬ》も喰《くは》ず。長門《ながと》の人何某《なにがし》が家《いへ》に滝川《たきがは》あり。そこにてさらすこと数月《すげつ》の後に、粉《こ》にして味噌《みそ》にまじへくらふに、其味《あぢ》甚だ美《び》なりと、[八]円識《ゑんしき》上人のかたられし。余《よ》が家には滝川《たきがは》なし。是《これ》を

一 松平定信。白河松平氏は文政六年(一八二三)伊勢桑名に移封されたのでいう。定信編する集古十種は古器物・古書画の図録で、全八十五巻。鐘銘・碑銘・兵器など十種に分類する。松平家蔵版。寛政十二年(一八〇〇)の儒臣広瀬典の序を有する。次行にいう「此図」は韓厩の図か。集古十種にそれに該当する図は収められていない。

二 幕府旗本。

三 堀田正俊。近世初期の幕府大老。下総古河藩主。

四 煩わしい。

五 相手は威圧されて、言い分を十分に述べることができなくなる。

六 一方の言い分のみを聞くようになって。

七 公平にならない。

八 尾道福善寺の住職。茶山の知人。

聞《きゝ》て後に、一大壺《ひとつのおほつぼ》を地に掘入れて、すべて捨《すつ》べき魚骨《ぎよこつ》を其内に入《い》れて水《みづ》をたゝへおき、時《とき》を以て樹木《じゆもく》の根《ね》にうづむに、樹木《じゆもく》の蕃茂《はんも》[九]する事常ならず。物はみだりに捨《すつ》ることあるべからず。敗物《はいぶつ》[一〇]とて用をなさゞるものなし。

一　家語《けご》の註《ちゆう》　岡白駒《をかはつく》[一一]が孔子家語《こうしけご》の註《ちう》をつくりしは、太宰《だざい》[一二]が同じ註をつくるよしをきゝて、其日《そのひ》より筆《ふで》を起《おこ》して、やがて彫刻《てうこく》す。其時、太宰《だざい》が註《ちゆう》はいまだならざりしと。魯堂《ろどう》[一三]先生まのあたり見《み》しまゝをわれにかたられし。四十年前《ぜん》の事なり。叢談《さうだん》[一四]にかきしは其実にあらず。

一　奇病《きびやう》　此頃《このごろ》友人小寺清光《せいくわう》[一五]がかける記事《きじ》を見るに、其事奇《き》なるに依《よつ》て左《さ》にしるす。

文政[一六]五年夏《なつ》、本邑《ほんゆう》[一七]篁後巷、文助者《ぶんすけといふもの》、癰《よう》[一八]を患《うれ》ふ。六月二十四日、癰潰《ようつぶれ》て二鯼魚《ふたつのいしもち》[一九]あり。膿血《うみ》に随《したがふ》て出づ。癰《よう》亦稍《やうや》く愈《い》ゆ。其子茂《も》平異《へいあやし》みてこれを語《かた》る。以《も》て文助に問《と》ふに曰、「信《まこと》なり。其長《そのなが》さ寸余《すんよ》[二〇]、尾《を》ありて首《かしら》なし。鱗鰭《うろこひれ》並《(ならび)》に全《まつた》し。蓋是嘗《けだしこれかつ》て此魚《このうを》を好《この》む。其沙礫《されきおほ》[二一]多きを以て、皆其頭《みなそのかしら》を去《さ》る。然《しかれども》已《すで》に食《しよく》せざること数月《すげつ》。今出て鮮《あたらしく》 且全《かつまた》きは何ぞや」。予《よ》、文介《ぶんすけ》の

九　繁茂。
一〇　廃品。
一一　大坂の儒者。竜洲とも号する。茶山の師、那波魯堂の師。その著、孔子家語補註は元文二年(一七三七)序、寛保元年(一七四一)刊。
一二　太宰春台。名は純。字は徳夫。江戸の儒者。荻生徂徠の高弟。その著、孔子家語増註は元文元年序。寛保二年版が存在して、ここにいうところに従えば、それが初版ということになる。
一三　→二六四頁注一九。
一四　先哲叢談。原念斎著。近世の儒者の伝記集。文化十三年(一八一六)刊。その巻七・岡白駒の項に「竜洲嘗て書商を通り、新鐫(しんせん)の春台が増註孔子家語を見、即ち以為へらく、我更に註を作り、以てこれを圧倒せんと。…已に帰りて始めて筆を秉(と)り、補註を作る」。
一五　小寺清先(きよさき)の誤り。通称は常陸介。楢園(ゆうえん)と号する。備中笠岡の笠岡稲荷の神職。国学者としても知られる。茶山と同年。
一六　一八二二年。
一七　当村の意。笠岡を指す。篁後巷は未詳。
一八　腫れもの。
一九　海魚。体長約三〇センチメートル。
二〇　一寸余り。約三センチメートル。
二一　頭部には砂粒が多いので、調理するときにはすべて頭部を落とした。

言《こと》を聞《きゝ》、益《ます〳〵》其異《あやし》きを嘆《たん》ず。夫《それ》熟《じゆく》[一]して後《のち》食レ之《これをくらひ》、糜《び》[二]してこれを咽《のむ》。安《いづくん》ぞ鮮《あたらしく》且《かつ》全《まつたき》を得《え》んや。人の腹中《ふくちゆう》、食《しよく》を受《う》くる所《ところ》あり。また何ぞ背《せ》[三]よりして出《いづ》るを得《う》るや。稗官小説《ひくわんしやうせつ》[四]、或《あるひ》は怪疾《くわいしつ》[五]を載《のせ》て、未《いま》だ斯類《このるひ》の事あるを聞《き》かず。是《これ》によつてこれを観れば、世《よ》の奇怪非常《きくわいひじやう》を伝ふるもの、概《がい》[六]して妄誕《まうたん》とすることを得《え》ず。文助少《わかう》して我《われ》に傭《よう》[七]す。故《ゆへ》に其事を詳《つまびらか》にすることを得《え》たりといふ。備中笠岡《びつちうかさおか》、小寺清光記《きす》。

一　珍書考《ちんしよかう》　此頃珍書考《ちんしよかう》[八]といふ書《しよ》をよむ。彼書はやごとなき[九]家の著述《ちよじゆつ》にて、珍書といへば奇妙《きめう》なることゝ思ひしが、さはなくて、俗説弁《ぞくせつべん》[一〇]の類《たぐひ》なるものにて、世俗《せぞく》のあやまれることを摽出《えらびいだ》すれども、さして学者の用をなさず。日本と[一一]諸越《しよゑつ》《モロコシ》[一二]と同じことも多かるべき(に)、皆諸越《みなもろこし》の事より誤《あやま》り伝《つた》へし、などいふ事を決《けつ》せし書なり。然《しかれ》ども予《わ》が輩《ともがら》の書《しよ》をよむこと少《すくな》き人には大益《たいえき》あり。みな人よむべき書なり。蟬丸《せみまる》[一三]の事を証《しやう》せしなど、かの延喜《ゑんぎ》[一四]の朝《てう》にかゝることあるべしとも見えず。こと〴〵敷弁《しくべん》ずるにも及ばぬ事なれど、其引証《いんしやう》[一五]は一つの異聞《いぶん》なり。書よまぬわれらがごときは、よみてたすけを得《う》る事多かるべし。

一　煮て。
二　字は「おかゆ」の意であるが、ここでは煮崩れるまで煮るの意で用いているか。
三　腹に入ったはずのイシモチが背中に出てきたことをいう。
四　通俗的な小説。振り仮名は「はいくわん」とあるべきところ。
五　奇妙な病気。
六　一概にでたらめとはいい切れない。
七　雇われて働いていた。
八　和漢珍書考。別名、水戸史館珍書考。鵜飼信興著。元禄元年(一六八八)序。鵜飼信興は、水戸彰考館の儒者、鵜飼錬斎の一族であろう。
九　水戸藩の彰考館の刊行物であることをいう。
一〇　広益俗説弁を指す。井沢蟠竜著。正・後・遺編は享保二年(一七一七)、付編は同四年、残編は同十二年刊。巷間の俗説を和漢の諸書をもって批正した書。
一一　日本と中国とで、似たような説話や風俗が相互に無関係に存在することも多いはずなのに、日本のものをみな、中国から伝来して歪曲変形されたものと断定した書。
一二　中国。モロコシをモロとコシに分けて「諸」「越」の字を宛てたもので、「しよゑつ」という読みはあり得ない。
一三　平安時代の歌人。醍醐天皇第四皇子との伝承がある。和漢珍書考・二十二「或問、世ニ蟬丸ノ事ヲ色々ト云。誰人ノ子タル事ヲサダカニ知レル人ナシ。イカン」に、「爰ニ秘説有リ。唐、南朝文帝ノ諱ヲ延基ト云ヘリ。延基ノ三男ノ子、繦褓ノ時ヨリ啞ニシテマタ瞽タリ。遂ニ是相関ト云フ処ニ棄テ給フ。此ノ子ノ名、弾児ト云フ。…」という話を挙げて、延基を延喜、弾児を蟬

一　菅谷《すがや》何某《なにがし》　[16]河相周二《かあひしうじ》が話《はなし》に、赤穂《あかほ》義人のうち[17]菅谷《すがや》何某、[18]国除《かいえき》の後《のち》、備後[19]三次《みよし》にありしが、足跛耳聾《ちんばつんぼ》にて、毎日いでゝ魚を釣《つ》り遊ぶを、市童《しどう》あつまり[20]調《てう》笑《しやう》す。かくて半歳《はんとし》ばかりにして、近隣《きんりん》に暇乞《いとまこひ》て出しが、其後三次の郊外《まちはづれ》二里ばかりにて、三次の人他所より帰《かへ》るに行逢《ゆきあ》ひければ、聊《いさゝか》の用によりて故郷《ふるさと》へ帰《かへ》るとて、いとま乞《ごひ》して過《すぎ》し。其顔色《そのがんしよく》常《つね》よりもゆゝしく、足《あし》も跛《ちんば》ならず、耳《みゝ》もよくきこゆと見《み》ゆ。其人あやしみて人に語《かた》りしが、後におもひあはすれば、復讐《ふくしう》の前《まへ》、さらぬ体《てい》にもてなし居《ゐ》たるなるべし。考安云、かの菅谷《すがや》、三次《みよし》に伯母《をば》のありて、其家に[21]寓居《ぐうきよ》せしが、毎日沈酔《まいにちちんすい》して[22]酒債《さい》《カケ》もおほかりしが、つねにつぐなひがたくてこまりたるを、伯母《をば》のともかふもしてつぐなひつかはしけるが、其三次《みよし》を去《さ》りし後《のち》に見れば、一々[23]債家《さいか》の名を録《しる》し、銭《ぜに》を残《のこ》しおきたるとなり。考安[24]外家《ぐわいか》に一老母《いちろうぼ》あり。其父はよくその事を見聞《けんもん》せしよし。

一　亡国弊政《へいせい》　赤穂《あかほ》国除《かいえき》の前つかた、[25]大野某　政《まつりごと》を執《と》り、[26]蠹弊《とへい》はなはだ多く、大石より〳〵諫《いさめ》をいるれども、用ひられず。閉門逼塞《へいもんひつそく》など年《とし》に両三度《りやうさんど》にくだらざりしに、国除《だんぜつ》せられけるを、国人はかへりて其[27]弊政《へいぜい》のやまんことぞとおもひて、悦《よろこ》びしとなり。小人用《しやうじんもち》ひらるれば君子退《しりぞ》き、下の人其憂《うれ》ひをうく。其鑑《かゞみ》あ

丸、相関を逢坂の関、などと作り替えて、蟬丸の話は出来上がったと論ずる。

一四　醍醐天皇の御代(九〇一―九二三)。「かゝること」は蟬丸の一件。蟬丸の話はもともと事実であるはずのないことなのだから、わざわざ論ずる必要もないのだが、の意。

一五　種々の書物を引いての論証は、それ自体がひとつの面白い読み物としての価値を有する。

一六　名は保之、字は君推、通称周次郎。松風と号する。備後西中条の豪農で、茶山の遠縁にあたる。

一七　菅谷半之丞政利。

一八　幕府は松の廊下の刃傷事件の翌日の元禄十四年(一七〇一)三月十五日、赤穂藩改易を命じている。

一九　現広島県三次市。菅谷半之丞政利の郷里。

二〇　からかう。

二一　居候。

二二　酒代の借金。

二三　金を借りた相手。

二四　→二八〇頁注六。

二五　大野九郎兵衛。家老職にあったが、大石内蔵助と意見が合わず、赤穂開城を前にして逐電したことで知られる。

二六　弊害。

二七　大野九郎兵衛の悪政が終わりになることだと。

きらかならずやと、[一]大川良平《りやうへい》の話《はなし》なり。良平は赤穂の人、其二三十歳の頃《ころ》は[二]元禄の変《へん》の頃の人。幾年《いくねん》も存生《ぞんぜう》して、其事を歴《れき》々といひしとぞ。[三]西山翁話。

一　熊谷直実遁世《なほざねとんせい》　[四]熊谷直実《なほざね》、出家《しゆつけ》して敦盛《あつもり》の菩提《ぼだい》を弔《とぶら》ふといふこと、[五]太宰《だざい》徳夫《とくふ》さへ実事《じつじ》と思ひ、[六]文《ぶん》にもかけり。僧[七]円識《ゑんしき》は長門の人なり。其話に、「[八]大江広元袖日記《ひろもとそでにき》といふもの長門にあり。[九]直実、一族《いちぞく》と田地の堺《さかひ》を争《あらそ》ひ、訟《うつたへ》に及びしに、直実[一〇]口吃《きつ》して対決《たいけつ》に負《まけ》て、其憤《いきどふり》にたへず出家すと見ゆ」と。又考安《かうあん》云、[一一]法然《ほふねん》上人伝記《でんき》に、法然上人、[一二]月輪殿《つきのわどの》にて経《きやう》を講《こう》ぜしとき、供《とも》に候《こう》せし僧《そう》、次の間にて欠伸《あくび》す。月輪殿、「いまのあくびは[一三]坂東《ばんとう》声なり。いかなる人ぞ」と問給ふ。上人こたへて、「これは聞し召も及ばれ候はん。熊谷二郎直実と申て、弓《ゆみ》取《とり》の剛《がう》の者に候ひしが、[一四]鎌倉殿《かまくらどの》に恨《うら》みありて、遁世《とんせい》いたし申たるにて候」と申さることあるよし。其後[一五]東鑑《あづまかゞみ》を見しに、かの事詳《つまびらか》に載《のせ》たり。直実《なほざね》はきはめて[一六]はらあしき人と見えて、おばむこの[一七]直光《なほみつ》といふ者と訟《うたへ》におよび、[一八]梶原《かぢはら》平三が直光に党《たう》するを憤《いきどふ》りて、訟《うたへ》の庭より逐電《ちくてん》せしとなり。

一　児教《じけう》　詩の工拙《こうせつ》にかゝはらず、悦《よろこ》ぶべくかなしぶべき事にあたりて作れ

一 赤松滄洲。通称大川良平。名は鴻、字は国鸞。静思翁とも号する。浅野家の次の次に赤穂に移封されてきた森家の藩儒、さらに家老。太宰春台が赤穂浪士を批判した赤穂四十六士論に反駁し、赤穂四十六士論評を著した。
二 赤穂事件は滄洲誕生以前のこと。
三 西山拙斎(→二七二頁注一九)。
四 源頼朝の家人。武蔵熊谷の住人で次郎と称する。建久三年(一一九二)、出家して蓮生と号した。平家物語では、一谷の戦いで平敦盛を討ち、それを契機に出家を志し、法然の弟子となったとされるが、吾妻鏡・建久三年十一月二十五日条では、頼朝御前での叔父久下直光との領地争いに敗れたことが出家の原因とされる。
五 太宰春台(→三〇七頁注一一)。
六 春台先生紫芝園後稿・六「平敦盛死する事を紀す」。七 円識上人(→三〇六頁注八)。
八 この書、未詳。大江広元は鎌倉幕府政所別当。
九 以下の話は吾妻鏡と同内容。
一〇 言葉に詰まって。
一一 法然上人行状画図・法然上人伝記などに以下とほぼ同様の記事が見える。
一二 関白九条兼実。後法性寺殿とも呼ばれる。晩年に法然に深く帰依した。
一三 関東訛り。一四 源頼朝。
一五 吾妻鏡とも。頼朝の挙兵から六代将軍宗尊親王までの幕府の歴史を記す。
一六 気の短い。一七 久下直光。
一八 梶原景時。平三は通称。「党」は仲間。
一九 杜甫。字は子美。盛唐の詩人。「諸将等の作」は、七言古詩「洗兵行」。第一句に「中興の諸将山東を収む」という。二〇 唐の詩人韓愈の「左遷されて藍関に至り、姪孫湘に示す」詩。
二一 北宋の詩人蘇東坡の「予、事を以て御史台(よぎ

るもの、杜子美《としみ》[一九]諸将《しよせう》等の作、韓吏部《かんりほう》[二〇]の藍関《らんくわん》、東坡《とうば》[二一]の獄中《ごくちゆう》、陸放翁《りくはうをう》[二二]の臨終《りんじゆう》、文天祥《ぶんてんしやう》[二三]・方孝孺《はうかうじゆ》[二四]等の忠憤《ちうふん》[二五]の作などをあつめ、小伝をそへて集となし、今《いま》の子弟《してい》の三体詩《さんたいし》[二六]・唐詩選《たうしせん》[二七]等にかへて読しめば、人を導《みちび》く便《たより》となるべしと、人にかたれども、人是《(これ)》をせず。ひとり西山翁のみ、是がために岳武穆《がくぶぼく》[二八]を吊《てう》する詩、たれかれがつくれるを数首《すしゆ》抄《しやう》出しておくらる。余《よ》病懶《びやうらん》、いまだなすことあたはず。考安も吾邦《わがくに》の正史《せいし》[二九]野史《やし》の中《うち》より、聖主《せいしゆ》・賢臣《けんしん》・烈士《れつし》・貞女《ていじよ》の詔勅《せうちよく》・文章《ぶんしやう》・詩歌《しか》を集めて、其時の事実《じつ》を小序《しやうじよ》にかきて、一書《いつしよ》となさまくおもふよし語りしが、いまにならざるや。

一 楢崎景忠《ならざきかげたゞ》

楢崎《ならざき》[三〇]十兵衛尉景忠《かげたゞ》といふ人、備後の府中《ふちゆう》[三一]に住《ぢう》す。水野侯入国《こうにうこく》[三二]の時に、景忠がことをたづねられしに、此もの大坂[三三]籠城《ろうじやう》の士なれば、咎《とがめ》あるべしとおもひけるにや、処《ところ》の里正《しやうや》[三四]より既《すで》に死《し》せしよしをいつはり申ければ、勝成《かつなり》公歎息《たんそく》して、「大坂城中《ぜうちう》にて二十四反《したん》の母衣《ほろ》[三五]をかけ、貫木《くわんのき》[三六]を飛越《とびこ》したるをまのあたり見うけぬ。大力《だいりき》の精兵《せいひやう》、当時《たうじ》名誉《めいよ》かぐはしかりしもの。あはれ世《よ》にあらば、禄《ろく》千石《ごく》はをしからず」とのたまひける。里正《しやうや》これを聞《きゝ》て悔《くゆ》れども、詮《せん》かたなかりし。楢崎《ならざき》は同国《どうこく》久佐村[三七]二子城《ふたこのしろ》にありし、楢崎《ならざき》加賀守豊氏《とようぢ》といふ人の後《のち》な

いしだ)の獄に繋がる。獄吏、稍(やや)侵さる。自ら度(かは)るに堪ふる能はず。獄中に死して、子由と一別するを得ざらん。故に二詩を作りて、獄卒の梁成に授け、以て子由に遺る」詩。
二二 南宋の詩人陸游の「児に示す」詩か。
二三 字は宋瑞。文山と号する。南宋末の忠臣。元軍に捕えられた時、宋朝への忠節の念を詠じた「正気歌」が有名。
二四 字は希直。遜志斎と号する。明初の学者。建文帝に仕えていたが、燕王(後の永楽帝)が帝位を奪った時、「燕賊簒位」と大書したため処刑された。死に臨んで作った「絶命の辞」が知られる。
二五 国家や皇帝に対する強い忠誠心を持ち、夷狄の侵攻や奸臣の跋扈を憤ること。
二六 南宋、周弼編。中・晩唐の作品を中心とする詩集。近世前期に流行した。
二七 明、李攀竜編。盛唐の作品を中心とする詩集。徂徠学派が尊重し、近世中期に大いに流行した。
二八 岳飛。字は鵬挙。武穆は諡号。南宋の忠臣で、高宗から「精忠岳飛」の旗を賜るが、秦檜(→三六九頁注一四)に謀られ獄死する。
二九 官撰・私撰の各種の歴史書。
三〇 福山志料・八では楢崎十兵衛景豊という名で以下の逸話を記す。 三一 現広島県府中市。
三二 水野勝成。元和五年(一六一九)、大和郡山から転封される(→三〇一頁注一六)。
三三 大坂の陣の際、豊臣方に味方して籠城した武士。 三四 庄屋。 三五 鎧の背に付けて飾りや標識とし、また流れ矢を防いだ大形の布帛。
三六 門扉をさしかためるための横木。かんぬき。
三七 現広島県府中市久佐町。「二子城」は楢崎城とも。

り。豊氏《とようぢ》[一]、正慶《せうけい》二年、足利《あしかゞ》より蘆田郡《あしたこほり》[二]の地頭《ぢとう》に補《ふ》せらる。

一　大和小学《やまとしやうがく》　大和小学[三]は闇斎《あんさい》[四]先生の著《ちよ》なり。其中《そのなか》に、「礼《れい》[五]は、朱子《しゆし》の儀礼《ぎらい》[六]経伝通解《けいでんつうかい》に、黄勉斎《くわうべんさい》の続《ぞく》をくはへ、其上に三礼[七]を見るべし。春秋《しゆんじう》は、四伝《しでん》[八]、扨《さて》通鑑綱目《つがんかうもく》[九]を見《み》て筆法《ひつぽう》[一〇]をかたり、易《えき》は、啓蒙《けいもう》[一一]・本義を本とし、程易《ていえき》[一二]は別に見よ。楽《がく》[一三]は、蔡季通《さいきつう》の律呂新書《りつりよしんしよ》[一四]」などゝあり。然《しか》るに今の闇斎学《あんさいがく》をいふ人、一口《ひとくち》に「四書《ししよ》[一五]・小学にて何事もすむ」といひて、他書を読[一六]ざるはいかなる故ぞや。読《どく》に前後緩急《くわんきう》はあるべけれど、人のよむをもこのまぬやうに見ゆるは、あやしむべし。こゝにはさとらざれどもかしこにて知《し》り、東《ひがし》にて通《つう》ぜざるも西《にし》にはとゞこほらざることあり。人の性質《せいしつ》いろ〳〵あるゆゑに、聖賢《せいけん》もさま〴〵に教喩《けうゆ》したまへり。これ[一七]を大事と見定《みさだ》めて、其余《そのよ》をすべるは、浮屠《ふと》[一八]の一宗《いつしう》を立《たつ》るに似《に》たり。ひとつにてすむといはゞ、孝経《かうきやう》[一九]にてもあまりあり、小学[二〇]にても足らざることなし。

一　三国人傑《さんごくのじんけつ》　三国[二一]の人才《じんさい》、諸葛公第一《しよかつこうだいゝち》[二二]は論《ろん》なし。余《よ》、其亜《つぎ》を魯粛《ろしゆく》[二三]と断《だん》ず。魏《ぎ》の強大《きやうだい》と呉《ご》主《しゆ》の才能《さいのう》とをはかり、二《に》国力《こくちから》[二四]をあはせざれば必魏《かならずぎ》のために亡《ほろぼ》さ

一 福山志料・二十一では「檜崎加賀守豊武、正慶二年(一三三三)足利尊氏より芦田郡の地頭職を給ふと云」とする。
二 現広島県芦品郡・府中市・福山市にわたる地域。
三 朱子の小学(→注二〇)に倣い、和漢の嘉言・善行を和文で記したもの。
四 山崎闇斎。名は嘉、字は敬義、通称嘉右衛門。近世初期の儒者。朱子学を修め、道徳的に極めて厳格な教えを説いた。その学派は崎門(きもん)派と呼ばれる。
五 以下の引用は、「敬身第三」の記事を適宜抄出したもの。
六 儀礼経伝通解。朱子の著。同続編は朱子の門人、黄勉斎の著。
七 周礼・儀礼・礼記。
八 春秋左氏伝・公羊伝・穀梁伝・胡氏伝。
九 資治通鑑綱目(→一六七頁注八)。
一〇 →一六七頁注一〇。
一一 易学啓蒙。周易本義。ともに朱子の著。
一二 易伝。四巻。北宋、程頤(ていい)撰。
一三 楽経。六経のひとつであるが、秦代に亡びたとされる。
一四 律呂新書。朱子の門人、蔡元定の著。音楽の研究書。
一五 四書と小学さえ読めば、万事につけ用が足りる。崎門派は道徳の実践躬行をひたすら重視し、読書による学問の重要さをほとんど認めなかった。那波魯堂の学問源流に「凡そ読む所の書、数種に止まり、歴史子書の類は一切に読むに益なしとてこれを禁じ、…ただ四書朱注・近思録の類を専らとし」。
一六 読む書物の順序とか速度とかの差はあって当然だが、人が読書をするのまで制止しようとするのは不可解だ。

れんを知《し》り、荊州《けいしう》[二五]をばとらぬ心《こゝろ》と見ゆ。其智《そのち》、公瑾《こうきん》[二六]・子明《しめい》[二七]が上《うへ》に出《いで》たり。仲謀《ちゆうぼう》[二八]、これを呂子明《りよしめい》におよばず、みだりに大言《たいげん》せる人なりといふは、非《ひ》なり。

一七 ある一つの教えを重要と決めて、それによってそれ以外の事柄をすべてひっくくってしまおうとするのは。
一八 仏教において、一つの教典を絶対視するなどのことから一つの宗派を立てるのに似ている。
一九 十三経のひとつ。中国戦国時代に成立。曾子門流の撰とされる。孝道を説いた書。
二〇 朱子の指導の下、劉子澄撰。洒掃・応対などの作法や嘉言・善行を集めた日常道徳書。
二一 魏・呉・蜀。
二二 諸葛亮。蜀の軍師。衰えゆく国家を支えようとした忠節で知られる。
二三 字は子敬。周瑜（しゆゆ）の推薦で呉の孫権に仕え、蜀漢との外交同盟に活躍した。
二四 呉と蜀。
二五 呉・蜀連合軍が魏に勝利した赤壁の戦いの後、荊州を占拠し続ける劉備に対し、非戦的態度をとり、結果的に荊州分割に成功する。
二六 周瑜。字は公瑾。呉の孫策・孫権に仕え、諸葛亮との知謀の攻防で知られる。
二七 呂蒙。字は子明。呉の孫策・孫権に仕え、晩学ながらその学識は魯粛を驚嘆させ、関羽を陥れて荊州奪回に成功する。
二八 孫権。字は仲謀。呉の初代皇帝。以下の論は三国志・呂蒙伝において、周瑜・魯粛・呂蒙三者の人物評を陸遜としたときの孫権の発言を要約したもので、「これ」は魯粛を指す。

茶山翁筆のすさび　巻之三目録

茶山翁筆のすさび　巻之三

備後　菅晋帥礼卿　著
木村雅寿考安　校

一　知行貫ツモリ[一]の事　天正[二]以前の知行《ちぎやう》千貫といふは今の二千五百石に当《あた》ると、土佐の戸部《とべ》[三]助五郎良熙《よしひろ》の説《せつ》のよし。もと聞し説には、永楽銭一貫文、銀六拾匁にあたりて、米一石の直《あた》ひ六拾目と定めて、一貫は即一石なりと。いづれか是《(ぜ)》なるや。備後の杉原[四]盛重《もりしげ》は知行七千五百貫といひ伝ふるに、乱世《らんせい》に城五ケ所もちて、それ〴〵に軍兵《ぐんぴやう》を籠《こめ》置て、軍《(いくさ)》しても強《つよ》かりしかば、一貫といふもの、右の二説より多かりしにや。

一　烏有《うゆう》[五]先生　「垂氷《たるひ》[六]広信《ひろのぶ》は烏有《うゆう》先生なり。垂氷《たるひ》といふ姓《せい》は昔より聞《(きか)》ず」といふ人あり。然ども姓氏《せいし》[七]録《ろく》に、「垂見史《たるみのふひと》は彦狭島命《ひこさしまのみこと》之後《のち》」、又「垂《たる》水公《きみ》は賀表真雅命之後」と見ゆ。北条[八]士譲《じやう》は志《し》摩人《まのひと》なり。伊勢には今なほ広信の裔孫《えいそん》ありといふ。近頃南方[九]紀伝を見るに、京より伊勢を攻し時、国司より垂氷《たるひ》・鳥屋《とや》・

一　積もり。計算。
二　戦国末期の元号。一五七三―九二年。
三　土佐藩儒。号、愿山。明和六年(一七六九)成立の随筆、韓川筆話・一「田貫数」に「按ずるに、永楽はびたの三四銭にあたれる由、北条五代記の中に有。信濃国なんどは、永楽壱貫といふを二石五斗にあて、今にいたり何拾貫の地と免定をなせるよし」。
四　戦国時代、毛利氏に属した武将。天正九年(一五八一)没。播磨守を称し、山中鹿之介の好敵手であった。その活躍は陰徳太平記に詳しい。「コレヲミ、カレヲキケバ智謀軍術マコトニ当時ナラビナシトゾキコエシ」「盛重ハ備後神辺・山手、伯州泉山・八橋・尾高、凡五城ノ城主ニテ、知行一万五千貫ト云」(福山志料・七)。
五　架空の人物。
六　「垂氷」は振り仮名とともに「垂水(たるみ)」の誤り。以下同。南北朝期の伊勢の武将。これを架空の人物とする説は、たとえば広益俗説弁・附編・二「垂水広信が説」に「俗説云、後醍醐天皇御宇に伊勢国住人垂水広信といふ者あり。はじめて朱子の註せる書をよめり。広信が著す所の書を嘉文記と名づくといふ。今按ずるに、園大暦記・南朝記・参考太平記等の旧記実録を考ふるに、垂水広信といふ者なし。ことさら嘉文記といふ書かつて聞き及ばず」。清田儋叟(→二七八頁注一一)は芸苑譜において実在の人物として扱い、「元弘建武ノ頃、伊勢ニ垂水広信ト云フ人アリ。上書シテ帝ヲ諫ム。キカレズ。因テ名ヲカクシテ野ニ耕ス。…」と述べる。
七　新撰姓氏録。弘仁六年(八一五)成立の系譜集。垂水史は左京皇別・下に、垂水公は右京皇別・上に載る。
八　→二六〇頁注一八。

尾方《をかた》等を岩田川・雲津川に遣《つかは》してこれを防《ふせ》ぎ、垂水藤方に何某々々等の城を守らしむる事あり。

一　勇将文学《ゆうしやうぶんがく》の事　出羽米沢の人神保甲作《じんばうかうさく》[10]が話に、かの藩中《かちゆう》に直江《なほえ》[11]山城の訓点《くんてん》したる唐本の両漢書《りやうかんしよ》[12]、前田[13]慶二郎が自《みづから》輯《あつ》めたる円機《ゑんき》[14]活法《くわつぽふ》の如き書あり。大巻《たいくはん》一本にて、軍中常《ぐんちうつね》に首にかけて往来せしものと見え、末巻には自作《じさく》の詩歌を録《ろく》せりとぞ。慶二郎が勇猛《ゆうまう》なる事は野史《やし》[15]《グンシヨ》にても多く見たれど、かゝる事は聞も伝へず。すべて野史の類、其勇猛をのみ伝《つた》へて、風流《ふうりう》[16]文字の事はもらすもの多し。謙信《けんしん》の詩に、

露《つゆ》[17]下《くだりて》二軍営《ぐんえいに》一夜《や》気《き》清《きよし》

数《す》声《せい》過《くは》雁《がん》月《つき》三更《さんかう》

といへるもあり。

一　大西南畝《なんぽ》　いつのことにや、大西南畝《なんぽ》といへる医《い》人ありて、讃岐の高松《たかまつ》侯《こう》に召出され、十五口俸《にんふち》を賜ひけるに、藩例《はんれい》[18]にて礼廻りとて老臣[19]の家に歴《れき》拝する事あり。かれはそれをせず、

九　元弘元年(一三三一)―長禄二年(一四五八)の漢文編年体史書。近世中期以降の好事家による作とされる。以下の記述は巻下に見える。
一〇　未詳。
一一　直江山城守兼続(かねつぐ)。米沢初代藩主上杉景勝の重臣。六臣注文選を出版するなど、学問に関心が深かった。
一二　漢書と後漢書。
一三　前田利太(としたか)。前田利家の兄利久の養子。前田家を離れて上杉景勝に仕え、関ヶ原以後は浪人して生涯を終えた。その武辺咄やかぶき者としての逸話は、常山紀談や続編武林隠見録等に多く収録されている。
一四　中国明代に出版された作詩の手引き書。近世を通じて広く利用された。
一五　正史に対する語。民間で編纂された史書。歴史読み物というほどの意で用いられる。「グンシヨ」は軍書。野史の多くは軍記物。
一六　和歌漢詩など文雅の嗜み。常山紀談・十六に前田慶二郎について「風月を楽しみ歌学に心を寄せ、源氏物語を講じて世を終れり」とある。
一七　上杉謙信が能登遠征の折に詠じた有名な七言絶句の第一・二句。日本詩史・二では「露下りて軍営秋気清し。数行の過雁月三更」。第三・四句は「越山丼(あは)せ同じうす能州の景。遮莫(さもあらばあれ)家郷遠征を憶ふを」。

一八　高松藩の慣例。
一九　藩の慣例として、重臣宅を一軒一軒、召し抱えられた御礼を述べて廻る。

千里[一]ゆく末たのみある荒駒のはむにはたらぬ露の下草

といふ歌をかき出せしよし。不敬《ふけい》といへどもまた異人《い》なり。

一　加藤清正相法《きよまささうほふ》[二][三]を学びし事　「宋朝《そうてう》[四]の美なければ免《まぬかる》る事難《かた》し」とのたまへるを、男色といふ説あれども、色には盛衰ありて久しきを保《たも》ち難《がた》し。凡《およそ》人にやさしくて愛すべき顔色あり。其人[五]の物をそしりなどするは、さばかり人意に忤《もとら》ざる者なり。又にくさげなる顔色の人は、物を誉《ほむ》る話《はなし》をしても人信ぜぬあり。美なるを是等より推て思ふべし。或法吏《よりき》[六]の話に、「訟《うたへ》を聴《きく》に其人の顔《かほ》を見ず。美なるのこは必其言やさしく聞え、醜《みにくげ》なるは其言もまたにくさげに聞え、臆病《おくびやう》なるは眼睛《がんせい》[七]定まらず。人を惑《まよは》す事多し」と云ひしよし。加藤清正の、人[八]の視《み》がたきを苦《くるし》み、相術《さうじゆつ》を学れしとぞ。其心崇《たつと》ぶべく、亦あはれむべし。

一　朝鮮人の説　「四方[九]の国、北狄《ほくてき》より強《つよき》はなく、琉球《りうきう》より貧弱《ひんじやく》なるはなく、朝鮮《てうせん》より礼儀《れいぎ》なるはなし」と書中に見えたれど、今時[一〇]の朝鮮人、威儀《いぎ》なき事甚し。膳案《あん》をさゝげゆくに、半途《はんと》にて其中の嘉味《かみ》をとり食ひ、又燭台《しよくだい》に立たる蠟燭をぬすみ食ひ、或は席上に尿《ゆばり》し、坐側《ざそく》に唾《つばき》す。僕従《ぼくじゆう》など、庁前《てうぜん》に鼾睡《いびき》するも

一　千里を翔る名馬にとって、露にしおれた木陰の草が食べるにも値しないように、将来有望な人物である自分にとって、この低い扶持は貰うにも値しない。「はむ」は食べる。

二　戦国・近世初期の武将。豊臣秀吉に仕えて多くの戦功を立て、関ヶ原では徳川方に属して肥後一国の領主となった。

三　名将言行録・三十五に「清正、剛の者を得んと欲し、一生の間、目利(めき)に心を尽くし、人相までを稽古せしかども、其術を得ず」。

四　論語・雍也「子曰はく、祝鮀(しゅくだ)の佞(ねい)有りて、而も宋朝の美有らずば、難いかな、今の世に免がるること(世間を切り抜けてゆくことは難しい)」。宋朝は春秋時代の宋の公子。美男子で聞こえるが、論語のこの条を男色の対象と解する説は未詳。

五　美しい容貌の人が他人の悪口をいうのは、聞いていてそれほど人意にそむかない(不愉快ではない)。

六　「よりき」は与力。幕府・諸藩ともに存した職名。職務は様々であるが、宛て漢字のように司法にたずさわることが多かった。以下のこと、藩翰譜・五に伝える板倉重宗の次の言が類似する。「明障子を隔てゝ訴へを聞く事は、凡そ人の面貌を打見るに、憎さげなると憐れがましきとあり、かたましきあり。…見る所の誠しきと思ふ人の云ふ事は誠と聞かれ、かたましきと見ゆる人のなす事は何にても皆詐りと見ゆ。又あはれがましき人の訴へはまけられたる所あるよと思はれ、にくさげなる人のあらそひはひがごとならんと覚ゆ」。

七　ひとみ。

八　外見にとらわれずに人の本質を見分けることの困難なのに苦しんで。

九　明の謝肇淛の随筆、五雑組・四「夷狄の諸国、朝鮮より礼儀なるはなく、…韃靼より悍(けん)きはなく、倭奴より狡なるはなく、

あり。物しれる輩《ともがら》も、詩を人に送るに号《がう》[一一]を書するの類、あげて数へがたし。箕《き》[一二]子《し》の化も年久しくてかくなり下《くだ》りしか。唐山[一三]の人、これを礼儀なりといふもいぶかし。

一　備後三郎[一四]姓氏《せいし》　備後三郎高徳《のり》は児《こ》島《じま》三郎とも云。児島は在名《ざいみやう》[一五]にて、姓は三宅《みやけ》なり。父備後守なりし故、備後三郎と称す。佐々[一六]木盛綱《もりつな》に児島を賜りし事ある故、其子孫ならんと推量《すゐりやう》して、系図《けいづ》[一七]などあつめし書に近江源氏なりといふは、謬説《べうせつ》[一八]なり。

一　忠僕《ぼく》[一九]伊平・左平の事　伊平・左平が忠義《ちゆうぎ》といふこと曲本《きよくほん》に見え、いづれも烏有《うゆう》先生なりとおもひしに、備後[二〇]の府志を脩《をさむ》る時、六郡志《(りくぐんし)》[二一]といふ書に「本州安那郡《やすなこほり》[二二]湯野村の人」とある故、こゝかしこの古墓《はか》を捜《さ》ぐり尋たれども、しれず。此頃聞《このごろきゝ》しに、其西隣《にしどなり》[二三]道上村に伊平・左平が墓ありて、除地《じよち》[二四]二十歩あり。今は伊平が子孫のみありて、左平が田宅《でんたく》も伊平が子孫に併《あは》せたもつとぞ。其墓《はか》古塚にて、二三百年の後[二五]のものとは見えず。伊平・左平は入江といふ家の家僕にて、入江は杉原の家族《ぞく》、藪路《やぶち》[二六]村の塢主《(をしゆ)》[二七]なりとぞ。

琉球より醇(つあ)きはなく…」、同「琉球国、小にして貧弱、自立すること能はず」による。

一〇 朝鮮通信使(→二七二頁注五)一行に対する感想であろうが、近世最後の使節である文化八年(一八一一)の一行は対馬までしか来ていない。その前は茶山十七歳の明和元年(一七六四)のことである。本書成稿より数十年以前と思われるその時の見聞を「今時」と称したか。　一一 学者・文人の雅号。問合早学問・下に「すべて号は、他人より格別うやまふ時よぶものなり。みづから字(あざな)を書き、号をかくは、大に不敬とするべし」。

一二 殷の紂王の叔父。王の悪行を諫めて聴かれず、身を保つため狂人を装ったが、紂王を討った周の武王によって朝鮮に封じられた。「化」は徳化。徳を及ぼして風俗を改めること。

一三 中国。注九の五雑組の記述を指す。

一四 児島高徳。南北朝時代の南朝方の武将。太平記にその事跡が記されている。

一五 住んでいる土地の名を取ってつけた苗字。現岡山県児島郡を指す。

一六 源頼朝に仕えた武将。近江源氏の家柄。元暦元年(一一八四)十二月、備前児島に城郭を構えた平行盛を攻め落とし、その功によって児島を賜った(平家物語・十)。　一七 系図纂要・十四に、児島高徳の父の備後守範長に注して「実は佐々木の族」とする。　一八 間違った説。振り仮名は「びうせつ」とあるべきところ。　一九 福山志料・十四・安那郡湯野村「伊平左平二人墓」に、「ムカシヨリコノ村ニアリト云ツタフ。今ソノ所ヲシラズ。二人ハ入江大内蔵ガ家僕ナリ。大内蔵ヨリ以前ノ事ナルヤ、主人、親ノ讐ヲ報ズルトキ忠ヲ尽セシト云」。入江大内蔵は前出杉原盛重(→三一六頁注四)の家来。伊平・左平のことを取り入れたという曲本(浄瑠璃本)は未詳。

一　高山彦九郎[一]の伝　彦九郎は上野新田《にった》[二]の人なり。余、はたち[三]許《ばかり》の時、来りて一宿す。其話、中古より王道《わうどう》の衰《おとろ》へし事を嘆《なげ》きて、甚しき時は涕流《ていりう》をなす。歴代《れきだい》天子の御諱《いみな》、山陵《りやう》[四]まで暗記《あんき》して一つも誤《あやま》らず。乱世には武者修行《しゆぎやう》と云て天下を周遊《しうゆふ》する者あり。今治世なれば、徳義《とくぎ》学業《がくげふ》の人を尋ねありくも少年の稽古《けいこ》なりとおもひて、六十余国を遊観《ゆふくわん》せんと志し、一冬袷衣《あはせ》一つを着《き》て露宿《のじく》して試《こゝろ》みしに、風をもひかざりしによつて、出遊をはじめしなりといふ。其人、鼻《はな》高く目深く、口ひろく、たけたかし。総髪《そうはつ》[五]なり。此人、備前の閑谷《しづたに》[六]の学校《がくこう》に宿《しゆく》して、其学制・規約《きやく》などを尋しかば、教授《けうじゆ》の人、本一冊を出して示し、其翌早《あくるひはや》く、かの寝たる所にゆきて見れば、彦九郎はなほ灯《とう》に対《たい》して其本を写《うつ》し、既に半頁《けつ》ばかり残りたるをやがて写し終りぬ。凡五十葉《よふ》[七]許の写本なりしよし。

それより播磨に赴き、姫路《ひめぢ》の北郊《ほくかう》に相識《しる》の人ありて一宿す。翌日晩際《ばんさい》にいとまを乞《こひ》て出んとするを、主人とゞめて、「時は節季[八]なり。日はくれかゝれば、明朝たゝれ」といへども、「但馬[九]にゆきて年内に京へ出で、内侍所《ないし》[一〇]の御神楽《かぐら》を聞に日数限りあれば」とて、強(しひ)て出しが、扨(さて)其翌春、かの姫路北郊の百姓、小罪ありて獄《ごく》に入り、其赦《ゆる》され帰《かへ》りて獄中《ごくちゆう》の事どもかたる中に、山賊《ぞく》と同じ獄に

二〇 福山志料。茶山が編集した福山藩の地誌。文化六年(一八〇九)成立。二一 備陽六郡志。福山藩士宮原直倁(なおゆき)の著した地誌。安永五年(一七七六)以前の成立。二二 現広島県深安郡神辺町湯野。二三 現神辺町道上。二四 租税を免除された土地。歩は一坪。約三・三平方メートル。二五 以前の意。二六 現福山市千田町藪路。藪路は「やぶろ」と読むのが正しい。二七 村長。

一 近世後期の勤皇家。蒲生君平・林子平とともに寛政の三奇人と称される。十三歳の時、太平記を読んで祖先は南朝方の新田氏につながることを知り、学問に志す。諸国を遊歴して勤皇を提唱し、著名人と交遊を重ねたが、幕府の忌むところとなり、寛政五年(一七九三)久留米で自刃した。
二 群馬県太田市。
三 茶山二十歳は明和四年(一七六七)。彦九郎は十八歳の明和元年に京都に来て、同三年まで滞在した。茶山は十九歳の明和三年に京都に遊学したので、この年何かの縁で知り合ったのであろう。
四 陵墓。天皇・皇后の墓。
五 男の髪型の一つ。月代(さかやき)を剃らずに全体の髪を伸ばす。頭頂で束ねて結うものと、後ろへなでつけて垂らすものとがある。彦九郎は前者。儒者、医者、浪人、神官、山伏などに多い髪型。
六 岡山藩の庶民教育機関(郷学)。藩主池田光政によって寛文八年(一六六八)創設された。遺構が岡山県和気郡備前町に現存する。
七 葉は紙一枚。袋綴じにして表と裏があるので、五十葉は一〇〇頁。
八 ここでは年の暮れの意。
九 現兵庫県北部。
一〇 宮中の温明殿(うんめいでん)の別名。三種の神器のう

在て、いろ〳〵の話《はなし》に、「[一一]そこら多年《たねん》山賊《さんぞく》をなして、深山に夜を明して、おそろしき獣《けもの》などにあひしや。又天狗などいふ者を見しや」と問しに、賊のいへるは、「十余年山に棲《すみ》て、一度もおそろしき者を見ず。唯一度有レ之《これあり》。去年何某《なにがしの》月《つき》何某夜《なにがしのよる》、何某の山中にたゝずみ、人を待しに、大なる男一人出来るを見て、吾等四人立ふさがりて酒銭《さかて》を乞《こひ》しに、其人大音にて、[一二]慮外者《りよぐわいもの》めと叱《しか》りて、傍《かたはら》に人なきがごとく、[一三]のか〳〵として過行しかば、四人はおの〳〵尻もちつきて暫《しばら》く物もいはざりし。[一四]其声の大けさ山に響《ひゞき》てすさまじく、やゝあつて其人を見れば、[一五]半町許《ばかり》も行過て、跡を見かへりし眼光《まなこ》りて、おそろしき事限りなかりし。是こそ天狗《てんぐ》などいふものにてもありつらめ」といひし、其賊《ぞく》の顔もおそろしげなりしと。此事を彼《かの》主人聞て月日を数へ、其時刻《じこく》と其地とを考《かんが》ふるに、其人は必らず彦九郎ならん。かの山中を節季《せつき》の夜半に一人すぐる人、外にはよもあらじと、舌《した》を巻しよし。

彦九郎江戸に在し時、新田のあたりに[一六]百姓一揆《いつき》起《おこ》りしと聞て、取るものも取あへず急ぎ帰る。頃は未《ひつじ》すぎ[一七]申《さる》の時許《ばかり》なりしが、相識人《しる》のもとに立よりて、其人の妾《てかけ》にしか〴〵と語りて出づ。其夫の帰るを待かねて其よしをいふに、其夫驚《おどろ》きて、「夫《それ》は聞捨にならず。彦九郎は正直にて[一八]気はやきをのこなれば、事に

ちの神鏡が奉置されていた。御神楽は内侍所の南庭で、十二月中旬に年中行事として行われた。

一一　おまえ等。

一二　無礼者。

一三　「のっかのっか」とも。胸をはり肩肘をいからせ、大股でゆったりと歩むさま。

一四　彦九郎の大声は生前から有名だった。「彦九郎最後の宿りとなった、久留米の森嘉膳の孫始《はじめ》伝えていう、…又木曾山中ニテ賊ヲ叱セシ事ナド、高山ノ話セシ事ヲ聴キ、頻リニ大声一喝ヲ所望セシニ、高山笑テ曰ク、「衆人ノ耳ヲ驚カサン事ヲ恐ル」トテ止ミタリシガ、或一日、座敷ニテ大喝一声セシニ、其声障子ニ震ヒ、折柄《おりから》茶ヲ汲ミ来ラントセシ下婢、台所ニテ驚キ倒レタリトナン」（野間光辰『日本の旅人 高山彦九郎』）。

一五　一町は一〇〇メートル余。

一六　天明元年（一七八一）八月、上野で絹糸貫目改所設置に反対して二万人の農民が蜂起したといわれる大一揆。

一七　未は午後二時頃。申は午後四時頃。

一八　血気盛んで性急な。

よりては命を捨んも計《はか》りがたし。吾は是より追付《おひつき》て一事をはからん。汝《なんぢ》はたれかれにも告《つげ》しらせよ」と云つゝ出ゆけり。夫《それ》より人々にいひつぎて、追々にしたひゆくほどに、凡《およそ》同志の輩《ともがら》三十人許、夜道《よみち》をいとはず、路程《ろてい》二十里余り、彦九郎は翌早《よくはや》く馳《はせ》つけ、外《ほか》も追々二午時ばかりに追付、集《あつまり》しが、一揆《き》は既にをさまりしかば、晩《ばん》に打連て江戸へかへりし由。三頼万四郎《らいばんしらう》、其ころ江戸に在て、くはしく其事を知りて、此輩乱世にあらば、四一方をふりむけて大功《こう》を立べしと、時々かたりて嘆称《たんしやう》す。

扨《さて》五其地に偉人《いじん》あるは村吏などの悪《にく》むこと、いづかたも同じ事なるや。彦九郎が郷里《きやうり》は、ある御旗《はた》本の領地《りやうち》なり。其名主・年寄などいふ者六いかに云いれしや、ある時領主《れうしゆ》の邸《やしき》へ呼寄て、彦九郎は百姓にて、平生長き大小を横たへ、家《か》業《ぎやう》を勤《つと》めず書物のみ読は、不審《ふしん》の者とて、七門側《ながや》の一室におしこめて、数月の間置るゝに、懇意《こんい》の朋友、酒肴を携《たづさ》へ問来るもの、八虚日《あきひ》なし。ある日九大府の一有司の邸《やしき》に召れて、「其方何故に諸国を遊行《ゆぎやう》し、名ある人を尋ゆくや。子細あるべし。一々申上よ」と命ぜられければ、彦九郎、「乱世《らんせい》には武者修行《しゆぎやう》といふ事の候由承候《うけたまはりさうらふ》。今太平の御代に候へば、諸国に名ある人を捜《さが》し求めて、よき事を聞んずるにて候。其よき事と申も、忠孝の事より外にても候はず」と申け

一 (彦九郎並びに仲間の者たちと)事を企てよう。
二 正午頃。
三 頼杏坪(きょうへい)。春水の弟、山陽の叔父。広島藩儒。
四 合戦の際に一つの方面を受け持たせて。
五 その土地の民間に偉い人物がいると、村役人などが煙たがって憎むのは。
六 どのように告げ口したのであろうか。
七 振り仮名の「ながや」は長屋。武家屋敷では、門を入ると直ぐそばに、下級の武士や中間たちの住む長屋があった。
八 空いた日がない。一日も欠かさず、連日の意。
九 幕府のある役人。松平定信のこと(古典日本文学全集『江戸随想集』森銑三注による)。

れば、「さらば此書を講釈《こうしやく》せよ」と論語を一巻出されけるに、彦九郎ちつとも臆《おく》せず、弁説《べんぜつ》あざやかに講説《こうせつ》し終りけるによつて、またもとの領主《りやうしゆ》の邸《やしき》にぞ下されける。かくて数日ありて、又かの有司の邸《やしき》に召れて講釈させられて、次の間に人ありて、其説を書とめらる。其後また数日ありて、召出れて命ぜられけるは、其方事、苗字《めうじ》を名のり大小を帯し、諸国遊歴《ゆふれき》する事くるしからざる旨《むね》、命ぜられける。また年を経て、薩摩に遊びてかへるさ、一〇久留米《くるめ》の何某が家に宿りて、腹切《はらきり》て死てけり。其故をしらず。或人の話に、「村吏《そんり》の誣《しひ》し事を何の尤《とが》めもなく免《ゆる》されしは、何某侯《なにがしこう》の一一当途《とうど》の時なり。其後かの侯職《しよく》を辞《じ》したまひければ、一二其身も便《たより》なき事におもひて、失《うせ》にけるにや」と。されど命《いのち》を捨る程の事にもあらざるべきに。猶此人の奇事偉行《きじいかう》、一三聞及びし事もあれども、よくも覚えざれば録《ろく》せず。

一　鳥群《とりのむれ》　寛政八九年の頃なりしや、嵯峨野《さがの》に一四蝋觜鳥《ろふしてう》多く集《あつま》り、木毎《きごと》にむれゐること、一樹百二百羽にくだらず。山多く樹茂《しげ》りたる処なれば、いづくを見ても此鳥ならぬ所もなかりしかば、京より見に行く人多くて、茶酒の店などもこゝかしこに設《もふく》るほどの事なりしよし、一五六如上人《ろくじよ》より告知せらる。其より四

一〇 久留米藩士森嘉膳。→三一一頁注一四。

一一 重職にある時。「何某侯」は前出「大府の一有司」(松平定信)を指す。

一二 自分の身も頼るものがなくなって不安だと思って。

一三 茶山の詩集、黄葉夕陽村舎詩・後編一に七言律詩「或るひと高山彦九郎が事を話し、戯れに賦す」を収める。

一四 雀の一種。まめまわし、まめ鳥。嘴(くちばし)の色が蝋に似ることからの命名。

一五 振り仮名は「りくによ」とあるべきところ。天台宗の僧侶。詩人として聞こえる。解説参照。

五年も後なりしや、吾郷備後神辺《かんのへ》[一]にうそ鳥[二]多く来り、予が庭の樹竹、軒《のき》ちかき枝まで、この鳥ならぬ処もなかりし。かの蠟觜鳥《ろふしてう》も、その年の前後に常より多かりし事もなかりしとなり。予が郷里《きやうり》のうそ鳥もしかり。山中雪ふりければ、鳥多く里に出るといへども、其歳わきて雪多くもあらざりし。さらば此鳥のみ多くもあらざるべきに。

一　武内宿禰小野小町之説

武内宿禰《たけうち(すくね)》[三]、一人なれば三百余歳。遍鵲《へんじやく》[四]も、一人なれば二百余年。小野小町[五]も一人とは見えず。これらのこと、古書茫々《ばう》[六]として論定すべからず。撰書《せんしよ》の人、疑《うたがひ》を伝へ聞まゝに記したるなるべし。今其人[七]の疎《そ》漏《ろう》といふも、誣《しひる》にちかし。たゞ聞《(きき)》のまゝに記しおかば、後の考もあるべしと思ひつゝ居る中に、蜉蝣《かげろふ》[八]の年もたもちがたく、任《にん》[九]を後人に残すこと多かるべし。「前不レ見二古人一《まへにこじんをみず》[一〇]。後不レ見二来者一《のちにらいしやをみず》」といふ詩、感《かん》ずるにあまりあり。かくいはゞ、古書は用にたゝぬものとやいはん。されど其中に、一人[一一]の行のためにし、天下の治《ち》の為にして余りあることは、巻軸《くわんじく》にみてり。しかるを是をすてゝ、いたづらに字句の異《い》同をのみ論ずるは末なり。至竟《しきやう》[一二]書籍《しよじやく》[一三]は学者談話《だんわ》の資《たすけ》とのみなるは、かなしき事ならずや。

一　振り仮名は「かんなべ」とあるべきところ。
二　スズメ科の小鳥。雄は背が青灰色で頭と尾と翼は黒、頬からのどにかけて紅色。雌は全体に褐色で紅色を欠く。文化五年(一八〇八)六月十日の茶山の日記に「陰…鳥の東園に集れる有り。文彩非常(色が変わっている)。余、其の颺去《(ようきよ)》するを見たるに、皆の嘴長く、尾短く、灰色にして紅黒を帯びたり」。或いはこの時のことをいうか。文化五年は寛政九年から十一年後。
三　振り仮名は「たけのうち」とあるべきところ。古代史上の伝説的人物。景行・成務・仲哀・応神・仁徳の五代に仕え、日本書紀では三百歳を越える長寿を保ったとされる。「一人なれば」は、同じ名を何人かが名乗ったのでなければ、の意。
四　中国戦国時代の名医。しばしばインドの耆婆《(ぎば)》と並称される。史記・扁鵲倉公伝にその事跡を載せる。
五　平安時代初期の女流歌人で絶世の美女。若年時の色好みから衰老に至る多くの小町伝説があり、「七小町」と称される謡曲群のシテともなっている。
六　はっきりしないさま。ぼうっとしていて。
七　現在の目から、史書の編纂者の手落ちだと批判するのは、無理に罪を押しつけるのに近い。
八　人の命はかげろうのようにはかなく、長生きしないで。
九　ここでは、誤伝の訂正という任務。
一〇　唐の陳子昂《(ちんすごう)》の七言古詩「幽州の台に登る歌」の第一・二句。人の命は短くて、自分の前に過ぎ去っていった人々にも、自分の後から現われてくる人々にも、会うことはできない。
一一　一人の人間の修業のためにも天下の政治のためにも、十分すぎるほど有益な教えが、書物には満ちている。巻軸は巻物。転じて書物の意。
一二　畢竟。つまるところ。　一三　書物の役割が学

一　不レ撤レ薑《はじかみをすてず》の語　「[一四]不レ撤レ薑《はじかみをすてず》而食」は、[一五]聖人のこのみ給へるものにもよるか、味《あぢ》の和《くは》にもよるか、又能毒《のうどく》にもよるか、其故はしらざれども、論語には聖[一六]人の行事を記して其旨をいはざるは、[一七]不敏《ふびん》を避《さく》る也。[一八]朱註《しゆちう》に能毒《のうどく》を書《か》れたるは、[一九]只たしみ給へるのみにてもなきやといふ意《こゝろ》をおもはせがほに、[二〇]本草の文を其まゝに引れたるなるべし。[二一]夫《(それ)》を朱子の、聖人も通神明の功能《かうのう》をからんとて、心をこめて食給《くひ》ふ、とおもへるよしにとりなして、そしる者あり。此説はいつの頃にいひ出せしを、近頃又[二二]読かたしらずと失笑《しつせふ》せる説もありて、そしる人の非は世間皆しりたるならんと思ひしに、此頃見たる書に猶其説あれば、ちなみにこゝにしるす。

[二三]神は、詩に「神を傷《いたま》しむ」といふときも、日本の大明神・八幡宮などいへるごとき神とおも[二四]へるなり。書をよみてかく解《げ》しなば、解せざる書多かるべし。[二五]あまりなる事なれば、くはしくはいふべくもあらず。本草などに「[二六]久服軽身《きうふくけいしん》」すなどいへるは、必《(かならず)》[二七]鶴《つる》にのりて飛行《ひぎやう》する類とおもふべからず。[二八]服食家の言混《こん》じて、さおもはるゝこともあれど、本草は本草にてよみかたあるべし。これらは一々[二九]弁駁《べんばく》するもをさなきことなめり。

者のおしゃべりのネタに終わってしまうのは。[一四] 論語・郷党「薑を撤(す)てずして食らふ」。(孔子は)肉の添え物のはじかみを捨てないで、食べた。[一五] はじかみが孔子の好物だったためか、肉との味の調和のためか、解毒作用のためか。「能毒」は解毒の意であろう。[一六] 孔子の行為だけを書き記して、その行為の理由を説明しないのは。[一七] 孔子の意図が理解できず、間違った説明をする結果になることを避けたのだ。[一八] 朱子の論語集注に、「薑は神明に通じ、穢悪(わいおい)を去る(はじかみは頭脳を明晰にし、体内の汚れを除去する)。故に撤てず」。[一九] ただ好物だったというだけではなく、何か深い理由があったのだろうと示唆したくて。[二〇] 注一八に挙げた箇所は、朱子自身の文章ではなく、何か本草関係の書物をそのまま引用したのだろう。本草は、薬用となる動・植・鉱物に関する学問。[二一] 次の段落からすると、朱注に見える「神明に通ず」を、(はじかみを食べると)神通力を得ることができるの意に解し、孔子がそれを欲して敬虔な態度ではじかみを食べた、と朱子が理解していると歪曲して、朱子を非難する者がいる、の意。このこと未詳。[二二] 注二一の朱注歪曲の説を、論語の読み方を知らないものだといってあざ笑う説。この説のことも未詳。[二三] 精神。こころ。「傷神」は「傷心」と同意。「詩」は特定の作品を指すのではなく、一般的にいう。[二四] 主語は、注二一の朱注歪曲者。漢語の「神」を日本語の「かみ」と同一視している。[二五] あまりにお粗末なこと。[二六] 長く服薬すれば体を軽やかにする。本草綱目・十二・人参「主治、五臓を補い、精神を安んじ…久しく服すれば身を軽くし、年を延ばす

一　盗人縊死《ぬすびとくびくゝり》をとゞめし事　或家に盗宵《ぬすびとよい》より忍《しの》び入りてうかゞひ居けるに、夜ふけて家内の人みな寐《いね》て後、一女子ひとりおきゐて、髪《かみ》ゆひけはひ[一]などするあり。丑《(うし)》みつ[二]いまはたのまれずと、待[三]わぶる者もあらんと思ふうち、さはなくて、硯《すゞり》を出してこま〲と一通の書をしたゝめ、さて梁《うつばり》[四]に縄《なは》をかけて自ら縊《くびくゝ》りて、前へ飛んとするに臨《のぞ》みて、盗おぼえず声をあげて、「やよ、人々おき給へ」といひつゝ、抱《いだ》きとゞめたり。家内の人、其声に驚《おどろ》きて、其ゆゑよし[五]をとひければ、えさらぬ[六]ことありてかくは物せしなりとて、只なきに啼《なき》ぬるを、さま〲とときなだめ[七]、二人の人に守らせ、「さて其とゞめたるは如何《いか》なる人ぞ」と問へば、盗なり。これもあからさまに其よしを述《のべ》ければ、銭そこばくとらせてかへしたりとなり。又人の妻をぬすみかよひし人あり。ある時、其妻の許《もと》に忍《しの》び居たるに、其妻、青赤竜子《とかげ》[八]を膾《なます》に調じて、酒をあたゝめて本夫《(ほんぷ)》にすゝむ。本夫は夢《ゆめ》にも知らで、頓《やが》て喰《くは》んとせしを、密夫《まをとこ》覚《おぼ》えずはしり出て、「其膾《なます》には毒《どく》あり。かまへてな食ひ給ひそ」とおしとゞめければ、本夫はおどろきて、其人の忍び居たる事など問ひけるに、是もあからさまにしか〲のよしを答《こた》へしかば、其妻を追出し、密夫《まをとこ》は命の親なりと悦びて、兄弟の約をなして睦《むつ》びしと

(長生きさせる)」など。
二七 (「軽身」は、身動きが軽やかになるの意であるのに)神通力を得た仙人が鶴に乗って飛行するという類のことと誤解してはならない。
二八 道家(道教の専門家)をいう。食物や薬の服用について研究して、不老長寿を得ようとする。本草書を読解する際に、道家の説が混入してきて、健康を得る法として説かれていることが仙術を得る法のように思われることもあるけれど、の意。 二九 反論するのも大人げないことだ。

一 化粧。
二 丑三つ(真夜中過ぎ)になっても、あの人はやってこない。つれない心が分かって、もうあの人のことは当てにできない。「丑三つ」は「憂し見つ」との掛詞。→二六〇頁注八。
三 この女が、忍んでくるのを待ちわびている男がいるのだろう。
四 柱と柱の上に渡して、屋根を支える建材。
五 (首をくくろうとした)理由。
六 やむにやまれぬ、どうにも仕方のない事情。
七 説得して、なだめすかし。
八 本朝食鑑・十二・蜥蜴「(青とかげは)最も毒多し。古へより人に毒する者、采(と)りて之を収め貯(たくは)ふ」。

かや。此二事、一は西山拙斎[九]、一は中山子幹《しかん》[一〇]、二子の話《はなし》なり。人の本性、ものにふれて覚えず発見《はつけん》[一一]すること、かゝる事世に多かるべし。

一 病源薬性之説　近日医師《いし》に、病[一二]は一気の留滞《りうたい》より生ずといふは、さもあらん。魚《うを》は水に生じて水に養れ、人は気に生じて気にやしなはるればなり。此説につゞひて、万[一三]病一毒といふ者あり。これは通じがたきにや。たとへば胎毒《たいどく》[一四]・結毒《けつどく》[一五]は人にあり。魚毒・菌《くさびら》毒は物にあり。風[一六]毒・陰[一七]陽毒は気にかゝる。これ皆毒とも云べし。打撲顚躓《うちみてんしつ》[一八]にてわづらひ、火傷《やけど》水溺《でき》にて死に至り、刀剣《とうけん》の傷《やぶれ》よりして命を殞《おと》し、過食《くわしよく》にていたむは、抑《(そもそも)》何の毒なりや。米麦もと毒なけれども、多食より病をひき、挺刃《ていじん》[一九]もと毒なけれども、傷より患《うれ》ふるなれば、毒といはんか。さらば河豚《ふぐ》・烏《(う)》喙《たく》[二〇]の類、其ものにたくはへし毒とは一[二一]にあらず。病を生ずるものをさして皆毒といはゞ、万病一病といひても可なり。また薬[二二]に寒《かん》温《うん》なしといふ説《せつ》ありて、試《こゝろみ》に水をあげて、汝が性いかにととはゞ、水こたへて冷《ひやゝか》といはん、沸湯《ふつたう》にしてとはゞ、熱といはんなどゝいへり。今試《こゝろ》みに酒を挙《あげ》てとはゞ、温《うん》といはんや、冷といはんや。大抵はやく人を驚《おどろか》し、門戸[二三]をたてんとおもふ人は、必かゝることある者なり。独儒者《ひとりじゆしや》のみにあらず。さりとて其人

九 →二七二頁注一九。
一〇 後出「中山貞蔵伝」。→三五四頁注六。
一一 発現に同じ。
一二 一気留滞論。近世中期の医家で、古医方の確立者とされる後藤良山《(こんざん)》の唱えた病因論。すべての病気は人体の内に満ちている元気が滞ることによって生ずる、とする。
一三 万病一毒説。近世中期の医家、吉益東洞の唱えた病因論。良山の一気留滞論を否定し、人体に後天的に生じた毒がすべての病気の原因であり、その毒の活動によって発病する、とした。
一四 乳児の頭や顔にできる皮膚病の俗称。胎内にいるときに母親が毒になるものを食したり、生まれ出るとき穢血を飲んだためになると考えられていた。
一五 梅瘡の毒気が筋骨の間に滞り、全身が痛み、腫れ物を生じるに至った段階の梅毒。
一六 風邪のために体が変調を来たし、しびれ・痛み・腫れ・膿などが生ずる病気。
一七 未詳。
一八 転んで怪我をすること。
一九 刀を抜くこと。
二〇 振り仮名「たく」は「かい」とあるべきところ。烏喙《(うかい)》は毒草のトリカブトのこと。
二一 同じではない。
二二 説の内容、未詳。
二三 医者として成功しよう。

愚昧《ぐまい》なるにもあらず。亦信ずべきこともまゝあるべし。かゝる不稽《ふけい》[一]の説ありとて、悉《ことごと》くもすつべからず。予、香川《かがは》[二]氏の行余医言《ぎやうよいげん》[三]・薬選《やくせん》[四]などをよみて、その卓識《たくしき》に服せしことも多けれども、また疎漏《そろう》の説もあり。後藤《ごとう》[五]・吉益《よします》等の書はいまだ読《よま》ざれども、佳説《かせつ》もあるべし。大抵近時の人の書は、是非相半するものなれば、一概に信じがたし「病は丙の字なり」[六]といふ説、輟耕録《てつかうろく》[七]に見えて妙なり。今ことごとく記《き》せず。人は一気の陽《やう》もて生存す[八]。この陽常ならざれば病なり。強人[九]さむくして振ふも、弱《じやく》人の寒になやむも、皆陽気の変《へん》にて、証[一〇]に寒熱《かんねつ》といふは枝葉《しよふ》の論なり。療治にいたりて、或は温《うん》、或は涼《りやう》、[一一]或は発散《はつさん》し、或は収濇《しうしよく》するは、療治の手段にて、ここにいふをまたず。

一　節分に菓木《このみ》をうつ事　五島《ごたう》[一二]の俗、節分《せつぶん》に童子きそふて菓木をうちたゝき、「来年は枝のたわむまでなれ〳〵」といふ。「蜡後《さくご》[一三]、草木をむちうち萌動《ほうどう》せしむ」といふこと、おもひあはせておもしろし。

一　張良[一四]隠遁《いんとん》　唐土《もろこし》の三代[一五]以後は、有力《ゆうりき》[一六]の人天子となる故に、大臣疑《うたが》はるゝ者多し。張良《てうりやう》が赤松子に従ふを始て、堂々《どうどう》たる李鄴侯《りげうこう》[一七]・陶《たう》[一八]隠居なども其類なり。

一 無稽。根拠のないでたらめの説。
二 香川修庵。近世中期の儒医。儒学を伊藤仁斎に、医学を後藤艮山に学び、「儒医一本説」を唱えた。古医方の大家。 三 一本堂行余医言。天明八年(一七八八)刊。一本堂は修庵の号。二十二巻。修庵の医術医論を集大成した名著とされる。
四 一本堂薬選。全四編で上・中は享保十六年(一七三一)刊、下は同十九年刊、続編は元文三年(一七三八)刊。薬物一八〇種について効能・鑑定・自説を述べたもの。 五 →前頁注一二・一三。
六 文意未詳。次に輟耕録に見えるというが、輟耕録にこの記事は見出せない。「妙なり」はすぐれている、の意。 七 明の陶宗儀撰の随筆。
八 人間は、自分を形成している気(気質に同じ。→二八七頁注二〇)が陽の状態にある(活発に活動するさま)ことによって生存する。以下、茶山の医論が述べられる。茶山は若いとき京都で医学を学んだことがあり、神辺でも一時医者をしていたらしい。
九 丈夫な人でも寒い時はふるえるのも。
一〇 「証」は「症」に同じ。症状において寒気がするとか熱があるとかいうのは、末梢的な議論だ。
一一 未詳。悪い要素が出てゆくように体を開放し、また悪い要素が入り込まないように体を収縮させる、の意か。 一二 長崎県五島列島。
一三 振り返名は「さご」とあるべきところ。「蜡」は陰暦十二月に行う祭り。その祭りのあとで、草木をむち打って刺激して、芽生えさせる。史記・三皇本紀に医術の祖とされる神農氏について、「蜡祭を作(な)す。赭鞭(赤い鞭)を以て草木を鞭つ」というのによるか。
一四 漢の高祖の功臣。史記・留侯世家によれば、晩年「願はくは人間(じんかん)の事を棄て、赤松子(せきしよう)に従ひて遊ばんと欲するのみ」と語った。「赤

其言、痴人《ちじん》と見ゆる計《ばかり》なること多けれども、「其愚不レ可レ及《そのぐはおよぶべからず》」[一九]の類なるべし。

一　諱字《いみな》の説　諱《いみな》に木火土金水を次第《しだい》[二〇]してつくること、いつの頃に始りしや。宋人ことに多し。張浚《しゆん》[二一]の子、名は栻《しよく》[二二]。朱子[二三]の父は松、子は塾《じゆく》、在。後に浚《しゆん》[二四]あり。その子余多《あまた》有けれども記《き》せず、明《みん》の天子、或は朱子の遠孫なりとて、代々の諱《いみな》これに従《した》がはれしといふ。これ王相《(わうしやう)》[二五]の説にとるにはあらざることしるし。世[二六]遠くなり、扁傍《(へんつくり)》によりて、誰はたれの兄弟、何某《(なにがし)》は何某の子孫などいふをしるに便《たよ》りあり。排行《はいぎやう》[二七]の称呼すたれし後は、これ亦《(また)》益《えき》あり。吾邦近世は、俗[二八]薄くして、兄弟といへども、貧なれば歯《よはひ》[二九]せられざる者あるにいたる。五行[三〇]を必とせず、一門はよくそれとしれる称を用ひて、やゝ流弊《りうへい》をたむるにたよりすべきにこそ。

一　通称《つうせう》之説　記事[三一]の文に、近代の人、諱《いみな》しれざるは、何某《なにがし》右衛門・何某兵衛とかくべきは論なし。しかるを文字俚《り》《イヤシ》[三二]なりとて、弥三郎を単《ひとへ》に弥と称《せう》し、又太郎を又、平右衛門を平とかきしあり。学[三三]びがてらに一話を記するごときはいふにたらず、記録史志《きろくしし》の類ならば心あるべし。太郎次郎は通用にそへて称す

松子」は太古の仙人。政治生活から引退したいという気持ちを表わした言。一五 中国古代の夏・殷・周の三王朝。それ以前の三皇五帝時代は茫漠とした神話の領域。一六 力のある者が他の候補者を滅ぼして帝位を継承するので、皇帝ないし帝位を狙う者は臣下の謀反に神経質になるのが常で、大臣で忠誠心を疑われる者が多かった。一七 李泌。唐の人。玄宗に召し出されてから、信任と他人の嫉視に拠る左遷を度々繰り返した。事に当たって諫言することの多い人物であった。一八 陶弘景。南朝梁の人。神仙にあこがれて山中に隠棲したが、大事に際しては武帝の諮問を受け、山中宰相と呼ばれた。一九 その愚直さは真似ができない。論語・公冶長で、孔子が衛の重臣の甯武子(ねいぶし)を評していった言葉。二〇 順番に付ける習慣。二一 南宋の人。宋の回復を志して金を押さえたが、秦檜(→三六九頁注一四)のために左遷させられた。二二 南宋の学者。朱子と親交があり、南軒先生と呼ばれた。二三 この父子の諱の漢字は、「さんずい」の次が「きへん」で、木→火→土→金→水(→木)の順の循環法則を説く、五行相生説によっている。二三 朱子の名は熹で「れっか」。木(松)→火(熹)→土(塾・在)(→金)→水(浚)。二四 朱浚。朱在の孫。二五 木火土金水の五行それぞれが、四季のうち盛んに活動する時とそうでない時とがあるという説。木火土金水を機械的に順番に付ける習慣が、王相説を採用してのものでないことは明らかだ。二六 その時代が遠い過去のこととなったので。二七 中国において、同じ一族の、兄弟だけでなく従兄弟をも含めた、同一世代に属する者を、年齢順に並べた順番のこと。某一、某二などと呼ぶ。二八 風習が薄情で。

るなれば、はぶきてもよしとせば、弥《や》・又《また》は、親《おや》も三郎、子も三郎なれば、其子を弥三郎・又三郎などゝいふにて、弥も又も同じく通用の称なり。其人の名にはあらず。平右衛門・源兵衛は、もと平氏の右衛門、源氏の兵衛なり。さればこれも名とはいひがたし。今時称謂《となへ》みだれて、かゝるけぢめもなければ、せんかたなく何某右衛門・何某兵衛とかくの外なし。

一　在名　　庶人《しよじん》は在名[一]《(ざいみやう)》を名乗《なのり》ることをゆるされず。然るを姓[二]を禁《きん》ずといふはしからず。源太郎・平二郎、皆姓なり、誰も咎《とが》められし人なし。秩父《ちゝぶ》・熊谷などは在名なり。これには禁あり。今座頭盲目《ざとうまうもく》に在名[三]といふ格《かく》あるにてもしるべし。

一　韓公排仏[四]《かんこうはいぶつ》　　退之《たいし》、仏[五]を排《はい》するに、遊手多[六]《ゆふしゆおほ》くなりて世わたりのかたくなるをいふ。後世、其説浅易[七]《せんい》なるを満足せざる人多し。されども[八]推究《すゐきう》して論ずれば、こゝにとゞまるなり。

一　仏法八宗[九]　　近世、仏家に八宗をわかち、各々其主領[一〇]をたてられしは、良《りやう》

二九 付き合わない。「歯」は仲間の意。
三〇 五行でなければならないというのではないが、同じ一族の者はすぐそうと分かるような呼び名を用いて、(同族でも貧しい者とは付き合わないという)昔からの薄情な悪習を改める手がかりにしたいものだ。 三一 漢文で事件・事実を記した文章。 三二 (漢文の中に日本の名前をそのまま書くのは)文字が俗っぽい。
三三 漢学書生が漢文の勉強のついでに話を一つ漢文で書いてみたなどというのは、論ずるにも及ばないものだが。

一 →三二九頁注一五。「名乗」の振り仮名は「なの」とあるべきところ。 二 (庶民は)姓を名乗ることを禁止されている、というふうに理解するのは、間違っている。 三 盲人に授けられる官位の一つ。座頭の四位の第一位。
四 唐の韓愈。退之はその字。→二六八頁注五。
五 仏舎利を宮中に迎えることに反対して、仏教排斥の「仏骨を論ずる表」を皇帝にたてまつった。
六 無為徒食のやから。仏教徒が現世を軽んじ、生業をおろそかにすることを、韓愈は批判した。
七 論点が皮相安易であること。
八 茶山は随筆「冬の日かげ」(天明八年成立)坤十八でも「侯伯朝覲(大名の参勤交代)のしきりなる、僧道遊手のしげきは(多いのは)、民力おとろふるの本也」という。 九 本来の八宗は、平安時代に公認されていた三論・法相・倶舎・成実・律・華厳・天台・真言を指すことが多いが、ここでは徳川幕府が寺院法度を出した天台・真言・浄土・臨済・曹洞・一向・日蓮・時宗の八宗。
一〇 各宗派の本山。 一一 わが国の国風は。
一二 将来、この世が単一の宗派でまとまって。
一三 戦国時代、十六世紀末の年号。その当時、

策《さく》なり。邦俗《はうぞく》[11]、ものにまよひやすき故に、此法なければ末々[12]天下一宗となりて、国家の変《へん》をなさんことはかられず。元亀《げんき》[13]・天正の事にてもしるるし。

一　諸侯室家《しつか》[14]　諸侯《しよこう》、妻子《さいし》を具《ぐ》して都下《とか》[15]に住すること、古今になき良図《りやうと》[16]なり。創業《さうげふ》[17]の人、功臣をうたがふこと、昔より多し。大国に封《ほう》ぜられ、遠方《ゑんぽう》にはなれ居るもの、万夫の雄《ゆう》、韓信《かんしん》[18]がごとき、もとより高祖のおそるゝ処なり。一旦[19]の讒口《(ざんこう)》、かりにも叛逆《むほん》のことをとかば、危《あや》ぶまざる人はあらじ。是を都下《とか》に置て、常々に相見るならば、讒もいりがたく、疑《うたが》ひも生じやすからず。されば妻子とゝもに都下におくは、国家の備《そなへ》のみにあらず、諸侯をたもちやすんずるの良策《りやうさく》なり。但豊臣《とよとみ》家の時は、都下《とか》[20]の住居にものなれずして用度[21]多く、領地疲弊《ひへい》し、人心[22]もあやぶみたりしかど、今の世はさもあらず。

唐土は、幅員広《ふくいんひろ》[23]ければ、此法はとても行《おこな》はれがたかるべし。殊に今の都《みやこ》、燕《えん》[24]なれば、雲南省《せい》[25]よりは万里にすぎ、往来一年も経《ふ》べし。然ども成都《せいと》[26]あたりにて任《(じん)》[27]子《し》を生長させ、そこにて妻子をもたくはへ、子をそだてさせ、数年滞《とゞかふ》るうち、北京へもゆきなどすること、やすかるべし。広東《かんとう》[28]西は杭州《かうしう》、秦隴《しんろう》[29]は洛陽《らくやう》などゝさだめ、遠近によりて其法をたてなば、[30]さばかりかたかるまじきにや。[31]其国主

頻繁かつ大規模に繰り広げられた一向一揆の勢いを念頭に置いていう。一四　一族。
一五　(参勤交代で一年おきに)江戸に住むことは。
一六　良い政策。一七　天下を奪って王朝を創始した人が、手柄のあった家臣を、その有能さゆえに謀反を起こすのではないかと疑うことは。
一八　漢の高祖の功臣。張良(→三二八頁注一四)・蕭何とともに三傑の一人であるが、高祖十一年(前一九六)、呂后や蕭何によって謀反人として殺された。
一九　ひとたび誰かが讒言で大名の謀反のことを幕府に告げたならば、本当かと危惧の念を持たない者はいないだろう。
二〇　秀吉は諸大名に大坂、次いで伏見に屋敷を設けさせ、住まわせた。二一　経費。二二　領民がこの先どうなるのだろうと不安に思ったが。
二三　面積。二四　燕京。現在の北京の古称。
二五　→二六九頁注二〇。
二六　四川省の省都。中国南西部の交通の要所。
二七　父親が高い官職にあるので、任官が決まっている者。高官の跡継ぎの意でいう。
二八　広東・広西の意。ともに中国南端の省(広西は現在はチワン族自治区)。北京までの中継ぎの都市として杭州を挙げる。
二九　秦と隴。どちらも陝西省の地名。
三〇　(日本風の参勤交代方式も)それほどむずかしくないのではなかろうか。
三一　中国の前近代は郡県制で、地方長官は領主ではない。その子がまたその土地の長官に任ぜられるとは限らないので、「国主」という表現は当たらない。大名の後嗣は原則として父の領地をそのまま継承するという、封建制のわが近世と同じようには考えられないので、茶山の主張は無理がある。

死して、任子《じんし》必らず跡《あと》をつぎ、其子また其地にのこりて任子とならば、のちには[一]そこを家とする心にもなりて、[二]さのみはうれへざるべし。[三]其本国にもまた[四]佗《た》国《こく》に儲《もうけ》の主人ありとしらば、乱を防《ふせ》ぐの道《みち》もまた其中にあるべきにや。

一　国家良図《りやうと》　今時の制《せい》、[五]もとよりありける大国の諸侯《しよこう》を、もとのごとく立おき給ひ、[六]譜第《ふだい》の家をば大国にも封ぜられず、[七]爵位《しやくゐ》もさばかりあがめたまはざるは、[八]国家謙譲《けんじやう》の美事《びじ》にして、いふをまたず。譜第《ふだい》の諸侯も、[九]我より国大に位《くらゐ》の高き人多きゆゑ、[一〇]心ゆるぶ事なく、国家をいたゞくの念ふかし。此制も又いにしへなき所の良図なるべし。[一一]晋《しん》の呉《ご》を亡さんとする時、[一二]張華《ちやうくわ》・山濤《さんとう》など、[一三]敵国外患《ぐわいくわん》なき時はあやふきよしをいひ、呉をたておくを良策《りやうさく》といさめしかども、用ひられずして、呉につゞきて晋も滅《ほろび》たり。是は利害《りがい》を見ていひしなれば、遠《ゑん》慮《りよ》ふかしといふべし。[一四]国家は仁義《じんぎ》もて物したまへるなれば、雲泥《うんでい》の異《ことなる》はあれども、暗合《あんごふ》せる処もあらん。予この説を持して久しくいひ出ざりしを、十余年前、[一五]頼《らい》千秋父子と竹原に会せし時、歴史《れきし》を論ずるによりていひ及ぼせしに、座上にてはいら[一六]へもゐざりしが、数月の後、[一七]かれより書中に卓見《たくけん》なりとゆるし来れり。

一　成都・杭州・洛陽など、地方長官が妻子を住まわせると定めた土地。
二　長官は任地へ行っていても、それほど妻子のことが気がかりではないだろう。
三　長官の任地。
四　よその土地(成都等々)に、主君の跡継ぎがいると知ったならば、人質になるその身を案じて、謀反を起こすことに慎重になるであろうから。
五　(関ヶ原の合戦)以前からその土地を領していた大国の大名を、そのまま立てておき。加賀の前田、薩摩の島津などの外様大名を指す。
六　譜代大名。代々徳川家に仕えている家柄。譜代大名は概して石高が少ない。
七　形式的に朝廷から任ぜられる官位。
八　国家(ここでは徳川家を指す)の、譜代の家より外様の大国を重んずるという謙譲の美徳。
九　外様大名を指す。
一〇　心がたるんで油断することなく、徳川家の治世を大事にする気持ちが深い。
一一　太康元年(二八〇)、晋が呉を滅ぼし天下を統一する。
一二　ともに晋の武帝に仕え、また文名もあった人物。山濤は竹林の七賢の一人。
一三　孟子・告子・下「敵国外患なければ(緊張感が欠けるので)、国恒(ねつ)に亡ぶ」。ただし張華は呉を伐った人物であり、晋書にも通俗三国史にも二人の諫言のことは記述がない。茶山が何によったのか未詳。
一四　わが徳川家は仁義にのっとって天下を平定なさったので、利害の観点から議論した張華や山濤とは雲泥の差があるが、(外様の大国を立てておくことと、呉を完全には滅ぼさない方が得策だということと)おのずから合致するところがあるだろう。

一　大食会《くわい》　いつのころか、備後福山に大食会《しよくくわい》といふことをはじめしものあり。其社《そのしや》《ナカマ》の人皆夭折《わかじに》せり。ひとり[18]陶三秀《すゑさんしう》といふ医者《いしや》ありしが、これははやくさとりて其社を辞《じ》して、六十余までいきたり。予が若《わか》き頃《ころ》、三秀が甚だ小食なるを見て其よしを問ひしに、其社中皆異病《いびやう》にて死し、おのれ減食《げんしよく》してまぬかれしといふ。其後、近村[19]平野村にまたこの事はやりて、人多く異病をやみぬ。其社中《しやちゆう》に清右衛門といふ若者あり。膂力《ちから》も人にすぐれ無病《むべう》なりしが、ふと[20]遺溺《いねう》す。それよりしげくなりて、つひに[21]坐上に溺《ゆばり》するを覚えず。発狂《はつきやう》して死したり。食ふてすぐに[22]食傷《しよくしやう》はせざれども、つもり〳〵て不治《なをらぬ》の病となるなり。一日に五合の食は吾邦《わがくに》の[23]通制《つうせい》なり。是にて飛脚《ひきやく》をもつとめ軍《いくさ》にもいづるなり。されば人々心得べき事にこそ。[24]軍行には一升、戦《たゝかひ》の日は二升のかては、其時々の事にて、常にあらず。

一　大酒　備後[25]中条村に三蔵といふ人あり。其家僕《かぼく》に酒を好《この》むものあり。或日、三蔵其ものを見て、「汝、酒いかほど飲なば飽《あ》くべきや」と問ひしに、其もの、「生来貧《まづ》しければ、心のまゝに[26]たふべしことなし。大抵一升にてはたりなん」といふ。さらばとて一升飲《の》ましめければ、忽《たちまち》にのみつくしぬ。「こはめ

一五　頼春水・山陽親子。千秋は春水の字。「竹原」は現広島県竹原市。頼家の父祖の地であり、菩提寺(照蓮寺)もあった。茶山が竹原で頼父子に会ったのは、文化二年(一八〇五)九月。

一六　返答も貰えなかったが。何の反応もなかったが。

一七　向こうから(春水の方から)手紙ですばらしい意見だと認めてきてくれた。

一八　未詳。

一九　現広島県深安郡神辺町平野。

二〇　小便を漏らすこと。

二一　座ったまま小便を漏らしても、自覚がない。

二二　食あたり。

二三　いつでもどこでも当てはまる慣習。近世の武士の俸禄を扶持米で計算する際、一人一日五合とするのが通例であった。

二四　軍学書などにそのような規定があるのであろうが、未詳。「かて」は食糧。

二五　現広島県深安郡神辺町東中条・西中条。

二六　飲んだことがない。「たふぶ(正しくは「たうぶ」)」は「食(た)ぶ」に同じ。飲食する、の意。

づらしき上戸《じやうご》なり。なほも飲や」ととへば、いよ〳〵悦《よろこ》ぶを見て、又一升をあたへける。これも苦《く》もなく飲て、やがて臥《ふし》たりけるが、其夜半に死てけるとかや。外にもかゝる事三四度も聞たり。是は三蔵にきゝしまゝなり。すべて酒は小杯《はい》にて一日半日ものむは、覚えず量《りやう》をすごし、つもりては病をなす。大杯《はい》にておのれが量だけ一度に飲むものは、[一]酒の力一時に出つくす故に害《がい》なし。是は予が数十年見およびし人皆然り。されども量を過《すご》せば、大杯にて一度にのむの害《がい》は、小杯《はい》にてながくのみしにまさると見えたり。

一　詩歌語勢強弱《ごせいきやうじやく》　[二]「あら海や佐渡に横《よこ》たふ天の川」などいふ発句《ほく》、[三]興象《きやうしやう》は論なし、語《ご》つよくおもみありて、[四]たけたかく、今の人の句、語弱《よわ》くかろく、[五]格《かく》ひきく、僅《わづか》十七字にてもその体のわかるゝこと、語勢自妙の妙処《めうしよ》なり。詩歌はさらに心つくべきにや。歌に、

[六]まつ人の麓《ふもと》の路やたえぬらん軒端の杉に雪おもるなり

これらの意《こゝろ》は尋常なれども、語はおもくしてつよし。[七]撰出《えらびいで》ば多かるべし。[八]老杜が詩をよみて後に、後人の詩を見れば、いづれも弱《よわ》く軽《かろ》くおもはるゝうち、明の[九]李《り》空同《くうどう》のみ、杜が[一〇]遺響《いきやう》ありといふ。

一 酒の影響力。酔い。二 芭蕉の「奥の細道」中の句。三 詩趣がすぐれているのはいうまでもないとして。四 歌学用語。高雅な品格があって。五 品格が低く。六 新古今和歌集・六・冬、藤原定家の歌。ただし、第二句「麓の道は」。私が待つ人のやってくる麓の道は埋もれてしまっただろうか。軒端の杉に積もる雪は重たくなった。七 こういう詩歌を選び出せば、数多くあるだろう。八 唐の杜甫。古今の詩聖。九 明の李夢陽。空同はその号。古文辞派の主導者で、「文は必ず秦漢、詩は必ず盛唐」と説き、格調を重んじた。一〇 余韻。

二 南宋の楊万里の誠斎詩話(誠斎は楊万里の号)。以下の引用の大意は、北宋の詩人、黄山谷の詩「猩々の毛筆」(正しくは「銭穆父が猩猩毛の筆を詠ずるに和答す」)などは、その中の「平生幾両の屐。身後五車の書」という聯についていうと、「平生」は論語を、「身後」は張翰の伝を、「幾両の屐」は阮孚の伝を、「五車の書」は荘子を、それぞれ典拠とする。この二句は、典拠のある四箇所が一体となって趣きを作っているのだ。猩猩は猿の一種で、屐(はきもの)を履くのが好きで、その毛は筆の材料となる。引用中の二句の意は、猩猩は一生の間に何足の屐を履くだろう。多分ただ一足だろう。しかし死後には筆となって、車五台分ほどの書物を書くのだ。

三 論語・憲問「久要は平生の言を忘れず」。いつもいっていた約束の言葉を、昔のことになってしまってからでも忘れない。

一三 晋の人。「我をして…」の言は晋書・張翰伝に見える。「身後の名」は死後に残る名声。

一四 晋の人。「幾両(量)屐」は、晋書・阮孚伝に見える。一五 荘子・天下に「恵施(荘周の同時代人)は多方(博学)にして、其の書は五車」。

一　古文辞《ぶんじ》　[一一]楊誠斎詩話《やうせいさいしわ》、「如₌山谷猩々毛筆₋。平生幾両屐《へいぜいいくりやうのげき》。身後《しんご》五車《しやの》書。[一二]平生の二字、論語に出づ。身後の二字、[一三]張翰《ちやうかん》云、我をして身後《しんご》の名《な》あらしめん。幾両屐《げき》は、[一四]阮孚《げんふ》が語《ご》。[一五]五車の書は、荘子《さうし》の言《こと》、恵施《けいし》。此両句の四処合し来る」といひ、これらの句を妙なりとす。妙ならざるにあらざれども、詩は[一六]歌謡《かよう》なり。必しもかく心を用ゆべからず。[一七]同頁《おなじひら》に、四六に古語《こご》を丸にて出し、一二字かへて取用《とり》たるを妙とす。明の[一八]于鱗《うりん》が古文辞《ぶんじ》といふもの、古語と古語とを続《つぎ》あはすること、これらより出るなるべし。当時の[一九]元美《げんび》が輩《ともがら》、[二〇]宋《そう》人の才なきをそしる。その[二一]肯綮《とうきん》をしらざるに似たり。[二二]「北斗欄干南斗低《ほくとはらんかんなんとはたる》」などいふ句、[二三]陸放翁《りくはうをう》にあり。于鱗《うりん》にも此類多かるべし。是ぬすみたるにあらざれども、其[二四]意念《いねん》遠からざるを見るべし。今の人々、宋《そう》と明《みん》とは事ごとに雲泥《うんでい》のたがひあるやうに思ふは、いかにぞや。

一　扇を[二五]笏《しやく》のごとくもつ説　今の人、神を拝《はい》するに、扇を笏《しやく》のごとくもつことあり。曾我物語に、あらためて礼をするとき、「扇を[二六]笏《しやく》にとりなほして」といふ詞あり。又[二七]考安いふ、笏なきときは、[二八]たゝふ紙を用ゆること、故実《こじつ》のよし。

一六 茶山の持論。冬の日かげ・乾八に「詩はもとより歌謡也」。
一七 誠斎詩話の、同じ頁ではなく、かなり後の方に、四字・六字の句に、古典の一節をわずかに変えて引用する手腕の巧みさを論じたくだりがある。「四六に、古人の語を截断して、補ふに一字を以てすること、天成の如き者有り。古人の語を用ひて、其の字の形を易(か)へず、其の意を易ふる者有り。漢書に云ふ、「漢庭に在りて其の右に出づるなし」と。論語に云ふ、「文子と同じく諸(これ)を公に升(のぼ)す」と。而して翟公巽(宋の文人、翟汝文)の「蔡攸の少師に除せらるるを賀する啓」に云ふ、「朝廷其の右に出づるなし。父子と同じく諸を公に升す」と。既に其の語を截断して、補ふに一字を以てして、読者其の補を覚えず。また文子を易へて父子となす。子の字同じと雖も、文子は乃ち人名、父子は人名にあらず。此れ巧みの至りなり」。
一八 李攀竜(→二八二頁注六)の字。古文辞の作風は、秦漢の文、盛唐の詩から選んだ用語を点綴する。
一九 王世貞の字。→二九一頁注一五。
二〇 たとえば王世貞の芸苑卮言に「子瞻(蘇軾の字)が詩を読むに、学を見る。然れども絶えて才なき者に似たり」。
二一 肯綮(こうけい)の誤り。「肯」は骨についた肉、「綮」は筋と肉を結ぶところ、転じて物事の急所、かんじんかなめ。
二二 北斗星はきらめき、南斗星は沈む。「欄干」は「闌干」とあるべきところ。李攀竜の七言絶句「重ねて元美に寄す」其三の第一句。荻生徂徠編の絶句解に収める。これに似た陸游の句として、「秋夕露坐の作」に「南斗は闌干北斗は明るし」、「夜、水次に坐す」に「北斗は高く掛かり南斗は傾く」などがある。後世の明の古文辞派が類似の句を詠ずるほど、宋の詩人にも「才がある」例

御厨子所《みづしところ》[一]預《あづかり》[二]高橋若狭守が、禁庭《きんてい》にて鶴[三]の庖丁《はうてう》せし時に、上[四]より物賜りければ、笏のかはりに懐中《くわいちゆう》のたゝふ紙をもて拝《はい》せしかば、一時[五]の公卿、其故実《こじつ》に達《たつ》したるを誉《ほめ》給ひしとなり。

一　ナゲシ[六]敷居　上《かみ》はなげし、下はしきゐといふ。そは近世のことなり。一間ごとに其間にたかきしきゐありしを、なげしといふこと、源氏《げんじ》[七]にも見え、また義経記[八]にも見ゆといふ。荒木為五郎話[九]

一　裸形《らぎやう》の国　数年前、芸州[一〇]の人、漂流《へうりう》して一国にいたる。其国みな裸体《はだか》にて、褌《ふどし》のみをまとふ。国の酋《をさ》ときぐ巡視《みまはり》するにあふに、王も后もみな裸体なり。芋《いも》多く生じて、土中に入れて煨《おきひ》[一一]しくらふ。其葉を植おけば又芋をなす。外に穀食《こくしよく》することとなし。この裸国《はだか》へ芸人《(げいじん)》大海中に難船《なんせん》せしを、蘭船《らんせん》きたりたすけて、この裸国へあづけおきて、翌年日本につれ来れるなり。かやうに漂流《へうりう》人を連来れば、日本人に限らず、しらぬ国人にても、褒美《はうび》[一二]金を賜る故なりといふ。武元景文[一三]、其人に逢《あふ》て其話をきゝ、詩に作れり。今はわすれたり。

として挙げた。二三 南宋の詩人、陸游。号は放翁。詩風には田園趣味と憂国の至情が混在する。わが近世後期によく読まれた。二四 宋の詩人と明の詩人とで、気持ちがそれほどかけ離れていないということが分かる。
二五 束帯を着用する際に、右手に持つ細長い板。上は丸く下は方形で狭くなっている。二六 巻九に「十郎、扇笏にとりなおし、かしこまって」。
二七 木村考安(→二五四頁注一四)。
二八 畳紙。懐紙や鳥の子紙を折りたたんで懐中し、鼻紙や歌の詠草として用いる。

一 宮中の厨膳奉仕を職とする役所の長官。
二 高橋宗直。有職故実の学者であった。
三 将軍の献上した鶴を、一月十七日に清涼殿で料理して天皇に捧げる儀式。
四 天皇。
五 同時代のすべての公家。
六 柱と柱の間の上下に渡した装飾的な横木。上にあるものを上長押(かみなげし)、下のものを下長押という。本文にいうのは下長押。現在いう敷居(しきい)に当たる。
七 賢木「御簾ばかり引き着て、長押におしかかりてゐ給へり」、東屋「長押にかりそめにゐたまひて、簾のつま引き上げて物語りし給ふ」。
八 巻三「弁慶は長押の際を足駄履きながら彼方此方(かなたこなた)へぞ歩きける」。
九 未詳。三三八頁五行目に「(備中)松山人」とある。
一〇 安芸国。現広島県西部。
一一 (芋を)灰の中に入れて、蒸し焼きにする。
一二 漂流者を連れてきた船に対して、裸国から。
一三 武元登々庵(ととあん)。漢学者、詩人、書家。備前国和気郡北方村の大庄屋の息。茶山に私淑し

一　怪異《くわいい》　世に不思議《ふしぎ》なる事は種々これあるものを、仏者《ぶつしや》は怪異《くわいい》は吾家《わがや》の家業のごとく、儒者《じゆしや》[一四]はつとめてこれを排《はい》するを、これも亦家業のごとくおもふこと、常となりたり。伏羲《ふくぎ》[一五]いまだ出ざる前に、釈迦《しやか》未生《みしやう》の前も、天地はおなじことなるべし。いかでかくはわかれ、異なる事になり来りしや。こゝを覚悟《かくご》[一六]せる人、世にいくばくぞや。大徳[一七]知識《ちしき》と指《ゆび》さゝれ、吾身も大悟《だいご》[一八]徹底《てつてい》とおもへる人も、「何某寺《なにがしでら》にもと水なかりしを、住吉大明神[一九]、その開山《かいざん》とやらんを帰依《きえ》して、水を献《けん》じたまひしより、湧泉《ゆせん》あり」といふやうなることをもて、儒生にむかひても誇《ほこ》る者あり。またある儒生、「周易[二〇]のしるしあることを奇《き》か偶《ぐう》かといふ、辻[二一]占におなじ」といふもあり。皆一笑[二二]の資《たすけ》といふべし。

讃州金毘羅の町、文化[二三]丙子臘《ろふ》月に十三四家焼失す。其前数日の間、所々に豆《とう》腐《ふ》蒟蒻《こんにやく》等すてゝあり。天狗か狸《たぬき》のせしにやとあやしみ居《ゐ》たりしが、のちにきけば、祈禱《きたう》をする僧の、いづくともなく来りて、「近きあひだに火災《くわさい》あらん。是を遁《のが》れんには、金いくばくを捨よ。豆腐《とうふ》こんにやくいくばくを捨よ」などゝいふによりたる事なりしと云。世にかゝるふしぎ多かるべし。

一　柳に数種ある事　予が塾《じゆく》に柳三種あり。一は京の下[二四]河原に摘星楼《てきせいろう》[二五]とて、

ていた。
一四 論語・述而に「子は怪力乱神を語らず」とあって、怪異譚に関心を示さないのが儒者の嗜み。
一五 中国古代の伝説上の皇帝である三皇の最初。蛇身人首。
一六 認識している人。
一七 大徳も知識も、高徳の僧侶の意。
一八 仏語。完全に悟りきって何の迷いもない。
一九 摂津住吉に鎮座する、表筒男命・中筒男命・底筒男命の三神。住吉大明神がその寺を創始した僧侶に帰依して。
二〇 易経による易占が効験あらたかなことを奇数偶数で説明するのは。易経・繫辞・下「陽卦は奇、陰卦は耦(偶)」。
二一 本来は、四辻に立ち、通行人の言葉によって事の吉凶を占うことをいうが、ここでは辻占売りが売り歩く、占いを書き付けた紙片をいっているのであろう。
二二 笑いの種。
二三 文化十三年(一八一六)十二月。
二四 現京都市左京区南禅寺下河原町一帯。
二五 次頁に見える六如の庵室の名。黄葉夕陽村舎詩・付録上・恥庵詩草の「病中作七首」第七に「摘星楼下垂楊の樹。曾て一枝を折りて故山に栽う」。

[一]六如上人の房の庭にありし柳の枝をさせるなり。もと絮綿《じよめん》[二]多かりしが、水土[三]によればにや、今はすくなし。一は蘇州府《そしうふ》[四]の種《たね》とて、長崎の徳見《とくみ》[五]茂四郎より送り来る。一は蜀柳《しよくりう》[六]にて、荒木為五郎より得たり。此柳は、西洞院《にしのとうゐん》[七]風月入道殿、主上[八]より賜りしを、わかちて平松[九]宗致《むねとし》に賜ふ。宗致、備中松山人ゆゑ、故郷《こきやう》へもわかち植たるなりといふ。荒木は松山人なり。予と善し[一〇]。蜀柳は近頃枯たり

一　雅事《がじ》[一一]之説　凡《(およそ)》用事[一二]と雅事《がじ》とかねざるは、真の雅事《がじ》にあらず。障子《しやうじ》の腰《こし》に絵《ゑ》をかきたるは、はめかふるとき、右よ左よとまよはず、又趣もありてよしといふ。この事、万事にわたるべし。何某公の領内の沮洳《そじよ》[一三]の地を、堤《つゝみ》して湖《みづうみ》となし給ふ。形勝《けいしよう》もまさり、又灌漑《くわんがい》をたすく。この類世間に多かるべけれど、吾[一四]便宜《びんぎ》に志す人は人の不便をもはからず、雅事に志す人は吾家[一五]の不利をも省《かへりみ》ざる者多し。但雅事のみにしてよきは、家を子弟《してい》に譲《ゆづ》りて隠居《いんきよ》せし人と僧《そう》とのみなり。膏腴《かうゆ》[一六]の地をすてゝ柳桜を植たるのみは、いかゞあらん。隠者《いんじや》といふものも、世わたりの業《わざ》はなくてはかなはず。長沮《ちやうそ》[一七]・桀溺《けつでき》も、耦耕《ぐうかう》するは世わたりなり。陶朱公《とうしゆこう》[一八]があきなひも同じ。隠者といへば風月[一九]のみにて、家のいとなみもなさゞる者とおもふは、世界もしらぬなるべし。孟子のいへる抱関撃柝《はうくわんげきたく》[二〇]も隠者なり。

一 →三二三頁注一五。
二 わた。種子についている細かい毛。風に乗って飛び、種子を遠方に運ぶ。
三 水質や土壌の違いによるのであろうか。
四 中国江蘇省の都市。
五 長崎の有力な商人。糸割符年寄四人の内の一人。江戸往還の途中、何度か茶山を訪れ、種々の土産を贈っている。
六 枝垂れ柳の一種。
七 西洞院時名。近世中期の公家。宝暦事件に連座して永蟄居(ながちつきよ)、さらに落飾を命ぜられて法号を風月と称した。安永七年(一七七八)に永蟄居を免ぜられた。
八 天皇。
九 未詳。
一〇 私とは親しい。
一一 風雅なこと。
一二 実用的なこと。
一三 土地が低くて水につかりやすいところ。
一四 自分の都合のよいようにばかりしたがる人。
一五 風雅を重視したため実生活に不便になる点。
一六 肥えた土地。
一七 論語・微子に登場する隠者。→二九六頁注二四。「耦耕」は二人並んで耕すこと。
一八 中国春秋時代の越王勾践(こうせん)の家臣、范蠡(はんれい)のこと。勾践が覇者となった後、范蠡は小船に乗って越を去り、名前も変えた。陶では朱公と称し、交易によって巨万の富みを得た。
一九 清風と明月。転じて美しい自然。またそれに親しむこと。
二〇 孟子・万章・下「尊きを辞して卑きに居り、富めるを辞して貧しきに居るは、いずれか宜しき。抱関・撃柝なり」。「抱関」は門番、「撃柝」は夜警。道の実現のためではなく、生活のために仕官す

二一膠鬲《かうかく》が魚塩《ぎよえん》も隠者なり。二二僧の托鉢乞食《たくはつこじき》して世をわたるよりして、みづからなす者をそしるは、誣《しゆ》るなり。

一　盗入たる時可二心得一事　いつの頃にか、備中二三さいちといふ所に、細見勘介といふものありける。ある夜、盗の入らんとするを知りて、其腕《うで》をとらへて格子《かうし》へ引こみ、其うちにて物に縛《しば》りつけて、扨《さて》刀をとり出す。盗たまりえず、自身其かいなを斬《きり》て逃《にげ》ぬ。或は同類の盗きりたりといふ　其のち数月にして盗また来り、勘介が寐入たるを刺殺《きしころ》して去る。又甚五郎といふ者、其所は忘たり　盗を二四追懸《おひかけ》いで、あやまちてつまづき倒《たふ》れしかば、盗たち帰り一刀刺《いつとうさ》して去る。是も死したり。其後、大坂などの町中にて、巾着《きんちやく》きりの盗の人の懐中《くわいちゆう》をさがすを、傍《そば》より見たる人、其人に知らせなどすれば、後に盗必らず其知らせし人に害《がい》をなす。或は人多き処にて密《ひそか》に小刀にて股脇腹《もゝわきばら》などを刺《さゝ》れて、死ぬる人もあり。また人家に盗いりたるを、隣家《りんか》より助けなどすれば、これも後日に二五其家へ仇《あだ》をなすとなり。されば夫《それ》と知りてもしらぬ顔にて、たすけ救《すく》ふことなし。よりて盗は公然として横行《わうぎやう》す。其地の人はかゝることをしれども、田舎よりたまさかに行し人は、其心得あるべきにこそ。

る場合には、なるべく低い地位にいるべきであるという趣旨。

二一　孟子・告子・下「膠鬲は魚塩の中より挙げらる」。「魚塩」は魚売り。殷の遺民の膠鬲は、魚売りをしているところを周の文王に見出され、登用された。

二二　僧侶が、自分は托鉢乞食をして命をつないでいるからといって、世俗の仕事に従事している者を卑しいとそしるのは、いいがかりだ。

二三　現岡山県井原市西江原町に才児（さいち）の地名が残る。

二四　追いかけて（家の外へ）出て。

二五　助けた隣家。

一　盗を防《ふせ》ぐべき説　備後の鞆《とも》[一]の祇園会《ぎをんゑ》[二]に、某屋といふ小間物屋の前街に、人の群聚《くんじゆ》する中にて盗の物をとらんとせしを、人に見付られて、海浜へ引出して海へ投《とう》ぜんとするを見て、店主人《みせのあるじ》走り出て、其罪を詫《わび》てすくひければ、会終《ゑをはり》て後、一人つと入来り、「私は先日御たすけにあづかりし盗にて候。一命の御恩を謝《しや》し申さんとて参り候」といひしかば、主人も其本心のいまだ亡《うしな》はざるを憐《あはれ》みて、酒のませて物がたりし、其意届て[三]盗人を止させんとなり。盗も感泣《かんきう》して別れける。其ものがたりのうちに、「凡ぬす人のいるは、表の戸、裡《うら》門のあきたるを見て心を生ずる事多し。人みな寐《ね》んとするとき、必らず門戸《もんと》はとざせども、或はわかき男女のあそびありきなどに出、頓《やが》て帰るべしとおもへど、とくにも[四]帰らず。或は戸ざし[五]すれども、眠《ねむり》ながらにしてかたくさしえずなどする事あり。戸ざしはかならず主人おのれ自身すべきこと肝要《かんえう》なり。壁《かべ》をうがちているぬす人、おどりこみ[六]などは、此例《れい》にあらず。此用心はまた格別《かくべつ》[七]なり」といひて、返りしとなり。

一　僧大典[八]　大典は僧伽《そうか》[九]の文章家《ぶんしやうか》なりし。柴博士《しばはかせ》[一〇]と同じく洛にありて、一面[一一]

一 現広島県福山市鞆町。
二 鞆町の祇園宮(現沼名前神社)の祭礼。福山志料・二十五「祇園宮…祭礼　神輿六月四日夜ニ舞台ヘ出シ、七日ニ行廟ニユキ、十四日ニ宮ヘ還ル。七日ニ通物(一名ダンジリ)ト云物一ツヲ出シ、十四日御山ト云物三ツヲ出ス。京都ノ山鉾ト云モノニ似タリ」。
三 その主人の心が先方の胸に届いて。先方のことを親身になって考えてやって。
四 早くには。
五 戸を締めること。
六 強盗をいう上方語。押し込み。
七 まったく別物。
八 近世中期の禅僧。京都の相国寺に住した。漢詩文に名声が高く、詩文集のほかに、漢語用法解説書『文語解』『詩語解』『詩家推敲』などを著した。
九 僧侶のこと。
一〇 柴野栗山。天明八年(一七八八)に幕府に招かれる以前は京都に住んでいた。→二九一頁注二一。
一一 一度も対面したことがなかったが。

もせられざりしが、或とき権門《けん》[一二]の席にてはからず出あひて、大典声をかけて、「そなたは柴先生ならずや。始て御目にかゝり候は大幸に候へ」とて、近寄《よ》られければ、柴博士《しばはかせ》、「われ京に在りしこと二十年計《ばかり》に候ひしに、上人とは嵯峨《が》の花の下、広沢[一三]の月の前にも見参《げんざん》[一四]可レ申に、今日は不思議《ふしぎ》の処にて接見《せつけん》いたし候」と申されしかば、同座《どうざ》の人々一時目を属《ぞく》[一五]せしに、大典すこし赤面せられしよし。其座に有し人、「大典はさる人[一六]にはあらず。そこにて赤面せしは、さすがに学者なりし」といひけると也。

一　川之説　備後横尾[一七]の鶴が橋は、もと鶴[一八]が渡《わたり》とて舟わたしなり。其時の舟の櫓棹《ろかい》など、今の橋守《はしもり》の宅に残れり。いつの頃の失火にや焼失せりとなり。今は川水至てあさく、やゝもすれば乾涸《かんこ》す。同じ川上、国分寺《こくぶんじ》の西に、烏岩《からすいは》[一九]とて高さ三間あまり、柱《はしら》のごとき立石ありて、烏年毎《からすとしごと》に其うへに巣《す》くふ。三十年前の川浚《さらへ》のとき、里の老人、昔の烏岩は此あたりにありしとて、長き竹もて沙中《さちゆう》にさしもとむるに、竹にさはるものなかりしとぞ。川の埋《うづも》れたること、思ふべし。すべて此川のみにあらず。山木[二〇]つきて川高くなり、左右の良田汗邪《をや》[二一]になる事、いひ伝ふことなり。近頃は田地の湿淫《しついん》[二二]、洪《こう》水の憂ひのみならず、井泉[二三]わく

一二 身分高く権勢のある人が催した会合。
一三 嵯峨の広沢池。古来観月の名所。
一四 お目にかかっていてもよいはずなのに。
一五 注目。大典と栗山に皆が注目した。
一六 そんな人ではない。満座の中で人の視線を集めることに平気でいるような、世間慣れした人ではない。
一七 現広島県福山市横尾町鶴橋。
一八 福山志料・十三「鶴橋　長サ二十一間、欄干アリ。横尾ニアリテ隼屋川ニワタス。東ハ京、西ハ九州、北ハ本国府中・出雲・石見、南ハ府城ヘノ大路ワカル。橋ノモト楊柳アリ。昔ハ鶴ガ渡シトテ舟ヲソナヘ、渡守人マデモアリシガ、イツノ頃ヨリ橋ヲカケシニヤ。舟人ノ家、櫓擑ナドツタヘモチテ、近年ニ至リシガ、天明六年ノ失火ニ焼失ス」。
一九 福山志料・十四「烏岩　国分寺西トウゝ川中流ニアリ。今埋レテミエズ。此石、川中ニ直立シテ柱ノ如ク、高二丈アマリ、人攀ヂ上ルコト能ハザル故、毎年烏巣ヲツクル。因テ名ヅク。五十年前ノ川浚ノトキ役夫アツマリテ、烏岩ハタシカニ此処ニ在リト、竹竿ヲ刺コミテサガシミレドモ、手ゴタヘセズ。コヽカシコト尋ヌルヲ八十ノ老翁ミテ、烏岩ナラバ今ハ二丈バカリモ砂底ニアルベシト云シユヘ、ヤメタリト云」。
二〇 山に木がなくなって、雨水で土砂が流されやすくなり、それが川に流入して川床が高くなる。
二一 川床より低いため泥水が流れ込む地。
二二 じめじめしていること。
二三 地下水の水位が高くなっていて、掘るとすぐ湧いてくるさま。

ことたかく、水あしくなり、[一]黄胖《くわうはん》等の病わづらふ人多くなりしやうに覚えらる。[二]眼前の損益《そんえき》見えざれば、上たる人も打すて給へるにや。

一　亀卜《きぼく》[三]

亀卜《きぼく》は対《たい》州にのこりてあり。其法、亀甲《べつかふ》をうらより小刀にて穿《うが》ち、一寸程を薄《うす》くするを鑽亀《さんき》といふ。彼地にて[四]タフといふ木は、刺《はり》ある木なり。それを箸のやうにして其先に火をつけ、彼薄らげし処を裏《うら》より灼《や》き、表にひらき入たる紋《もん》出来たるが灼亀《しやくき》といふ。其紋のさけやうを見て、吉凶《きつきよう》を卜す。其法は或時[五]吉田家より望まれしかども伝へず。甲《かう》は乾《かは》きたるを用ゆ。生亀《いきかめ》にあらず。

一 血液中の赤血球の欠乏によって起こる、貧血症とよく似た病気。
二 その現象のもたらす利害が、すぐ目に見える形では分からないので。
三 亀の甲を焼いて、ひび割れ方で吉凶を占う神事。わが国の上古に行われたが、やがて亡び、対馬にのみ今日まで伝えられている。
四 恐らくは「ダラ」の誤り。ウコギ科の落葉喬木「針桐(はりぎり)」の異名を「た(だ)らの木」という。ダラには鋭い刺(とげ)があり、亀卜に用いられた。
五 京都吉田神社の神官。唯一神道の宗家。古くは亀卜をもって宮中の神祇官に仕えていた。

茶山翁筆のすさび　巻之四目録

茶山翁筆のすさび　巻之四

備後　菅晋帥礼卿　著
木村雅寿考安　校

一　[一]水野義風《よしかぜ》雨乞《あまごひ》和歌　備前士人、水野三良兵衛、名は義風《よしかぜ》。食禄《しよくろく》千石、舟大将なり。和歌を好《この》む。一年大旱の時、義風が采地《ちぎやうしよ》の百姓ねがひ出けるに、「主人、和歌に堪能《かんのふ》[二]にましませば、[三]昔《むかし》の小町が例《れい》に、雨乞《あまごひ》の歌よみて給ひ候へ」と申《(まうせ)》しかば、義風さま〴〵辞《じ》すれ共きかず、つひに一首をよみて与《あた》へければ、百姓よろこび帰り、これを産神《うぶすな》[四]にそなへて、祈《いの》りてぞしるしを得たりける。夫《(それ)》より今に至り六七十年、旱《ひでり》すれば必《かなら》ず其歌《うた》を出して祈《いの》るに、しるしなきことなしとかや。其歌、

[五]世をめぐむ道し絶《たえ》ずば民草の田ごとにくだせ天の川水

一　烏《からす》の巣《す》より火出る事　烏《からす》の巣《す》より火出ることあり。或は野にある焼土などの、たきさし[六]の竹木をくはへ来りて、屋上におとすことあり。「筑前には、

一　岡山藩士。歌人。茶山よりやや前の時代の人。
二　上手。
三　小野小町が雨乞いの歌を詠むと、天が感応して雨を降らしたという説話が諸書に伝わる。その歌は「ことわりや日の本ならば照りもせめさりとてはまた天が下とは」(なるほど道理だ。日の本という国なのだから、照りつけるのも。けれども、この国をまた天(雨)が下ともいうから、雨が降ってもよさそうなものだ)というものとされる。
四　その土地の守り神。鎮守の神。
五　世の中に恵みを与えるという天の道が途絶えていないのなら、人々のすべての田に天の川の水を降らしてほしいものだ。
六　燃えきらずに残ったもの。燃えさし。

村落《そんらく》の近きあたりに巣をつくらんとするをば、必らず追《おひ》ちらせよと、胥吏《しより》[一]より触《ふれ》知らせることあり」と、竹田器甫《きほ》[二]が話也。

一　野寺の歌　　備後宝泉寺《はうせんじ》[三]は野中[四]にあり。或ときそれに会[五]して、保之《やすゆき》[六]が、

松[七]幾《いく》木山と見るまで生そひて野中の寺ぞふりまさりける

とよみしを、歌よむ人見て、「野寺はよみがたきものなり。[八]かはりにはたれ〳〵もよみ得ざらん」といひける。末の句、「年ふりにける」にてありしや。よくも覚《おぼ》えず。

一　旧習《きうしふ》改めがたき事　　予、江戸に在し時、柴野《しばの》[九]先生に食卓《しつぽく》[一〇]と小榻《たふ》[一一]四つをおくる人あり。八月十四日[一二]、その具にて七宝[一三]羹《かう》を饗《きやう》せんとて数人を招《まねか》る。其夜雨降て、遠人は来らず。予と尾藤博士《びとうはかせ》[一四]と主人と、その榻《しゞ》に踞《きよ》して対酌《たいしやく》[一五]す。久くして主人勝手《かつて》[一六]に入られしあとにて、尾藤、予をかへりみ、「主人の居ぬうちは暫《しばら》く下りて[一七]休息《きうそく》せばいかん」といひて打わらはれしに、予もまた絶倒《ぜつたう》[一八]す。やがて主人いで来り、其よしをきゝ「実《(げに)》も久しく馴《なれ》たることは改《(あらため)》がたく、堪《たへ》[一九]がたき事あり。聖堂《せいだう》[二〇]の釈菜《しやくさい》[二一]に一事を勤《つとめ》てんと願ふ人あり。其人老たれば、事少なき役

一　下級の役人。
二　茶山の弟子で、その詩才を愛された。号、榛斎。福岡藩儒。
三　浄土真宗本願寺派。広島県神石(じんせき)郡油木町油木にある。
四　地名ではなく、野原の中の意。
五　そこで会合を開いて。
六　河相保之。字は君推。備後国安那郡西中条村(現広島県深安郡神辺町西中条)の豪農。茶山の遠縁に当たる。歌を能くした。その邸宅松風館を茶山はしばしば友人とともに訪れている。↓三〇九頁注一六。
七　松の木が何本も、山と見まちがうほどまで、寺に添うように繁って、野中の寺はいっそう古びていることだ。
八　この人に代わってこれほどの歌を詠むことは、誰にもできないだろう。
九　柴野栗山。↓二九一頁注二一。
一〇　「しっぽく」は「卓袱」(卓は机、袱はそれをおう布)の唐音。中国風の食卓。
一一　小さな椅子。
一二　文化元年(一八〇四)、福山藩主阿部正精(まさきよ)に召されて初めて江戸に下った折のこと。
一三　粥に七種の菜を加えたもの。七草粥。
一四　尾藤二洲(じしゅう)。近世後期の儒者。栗山に続いて寛政三年(一七九一)に幕府に招かれ、昌平黌の教官となった。寛政の三博士の一人。
一五　向き合って酒を酌み交わした。
一六　台所。
一七　椅子から下りて。座り慣れない椅子に疲れたので、畳に座って休息しよう、の意。
一八　笑いころげた。
一九　「新しいことには」と補う。
二〇　孔子を祭った廟。ここでは幕府の建てた湯

をなさしめしに、一器《き》を持て久しく立てあるうち、目眩《たちくらみ》して倒《たふ》れし事あり。吾《わが》邦《くに》の人は、坐[二二]にならふで、立にならはず。今夜の下りて休息《きうそく》も宜《むべ》[二三]なり」とて、又互《たが》ひに笑ひてわかる。文化元年の事にて、今より十四年前なり。某先生久しく瘧《ぎやく》[二四]を患《うれ》ひて、いえし後に疲労《つかれ》をやしなふこと数日、「其間にはやく髪《かみ》そり鬚《ひげ》きらんとのみおもひし。かくて[二五]は清人《しんひと》の弁髪も昔にかへらんこと難《かた》かるべし」とかたらる。凡《およそ》生来ならひしこと遽《にはか》に改んこと、皆此類なるべし。

一　変革《へんかく》　筑前の川には、蜆貝《しじみがひ》次第に川上にのぼりて、山川の石川[二六]、清流にも生ず。宝満山《はうまんさん》[二七]は五十町計《ばかり》も上る山なれど、そこまでも多し。川[二八]と海とのさかひは今もあれども、海を遠くしてあり来し処は、年々少くなりて、今なき処多し。文化のはじめ頃よりのことなり。玲蔵《れいぞう》[二九]すめる木屋瀬《こやのせ》[三〇]村、もとは蜆《しじみ》多かりしが、今は少しも生ぜず。十里計も上流へのぼるといふ。瀬田[三一]の蛍《ほたる》、いまは大[三二]日山といふ処にうつりて多く、瀬田は尋常《よのつね》なり。この類の事、余所《よそ》にも多からん。

又筑前古川[三三]村の近き岡に、昔《むかし》より貝《かひ》多く、日々石灰を焼出《やきいだ》す。いく千駄《だ》といふことをしらず。海より五六里を隔《へだて》たる所なり。備中大島のみだけ[三四]といふ山の

島の聖堂。昌平黌と密接に結びついていた。
二一 振り仮名は「せきさい」とあるべきところ。釈奠《せきてん》の略式なもの。ここでは釈奠の意でいう。孔子とその弟子を祭る儀式。湯島の聖堂では春秋二度行われた。
二二 座ることには慣れていても、立っていることには慣れていない。
二三 もっともなことだ。 二四 おこり。間欠的に発熱する病気。マラリアの類。
二五 月代《さかやき》や髭を剃る習慣が身についていると、それが伸びるのに堪えられない。これでは、清朝の人は弁髪(→二九六頁注一六)の風習が身についてしまったので、明以前の、髪を伸ばす風習に戻ることはむずかしいだろう。
二六 川の上流の浅くて底に小石が多いあたり。
二七 福岡県太宰府市・筑紫野市にまたがる。標高八六八・七メートル。「五十町」は約五・五キロメートル。
二八 川と海の境界には今もしじみはいるが、海から遠く離れてしじみが生息していたところでは、年々少なくなって、今は生息していないところが多い。
二九 前出(三〇五頁一行目)の平岡玲蔵であろう。
三〇 現福岡県北九州市八幡西区木屋瀬。
三一 琵琶湖畔瀬田川東岸の地。滋賀県大津市瀬田。古来、蛍の名所。
三二 瀬田川を膳所から五キロメートルほど下った東岸、大戸川と瀬田川の合流点の北側にある山。現大津市のうち。寛政六年春から秋にかけて茶山は妻を伴って長期間の上方旅行に出かけた。その間、五月七日に大日山で蛍を見ている。「(五月)七日…石山の逆旅に宿す。夜、船を賃して(雇って)蛍を大日に観る」(日記)。
三三 現福岡県筑後市のうち。
三四 岡山県笠岡市の御嶽山。標高三二〇・一メートル。

峰《みね》にけやきの大木あり。樹身一間計《ばかり》、上に穴ありて貝を生ず。人とり尽《つく》しても又生ず。貝[一]は海にあるあらん。たひしやく[二]と名づくる貝なりといふ。

一　奇樹《きじゆ》　寛政の中頃、予京に有しに、美濃《みの》よりからたち花　平地木《へいちぼく》[三]・地金牛の類　十盆《ぼん》を駄[四]し来りひさぐ。数日の中かひて来り集《あつま》りて、ひさぐ人百余金[五]を得て帰る。其頃此ものはやりて、甚だしきは三百金余にあたる。数寸の盆栽《はちうゑ》なり。其後、紀州に蘭《らん》をうゝる[六]ことはやり、是も大金を費《つひや》す故、官より禁《きん》ぜられても、其禁をきかず。はては官吏《くわんり》[七]家々にふみこみ、其根株《ねかぶ》を断《だん》じたり。其後石菖蒲《いはあやめ》[八]はやりて、京の一医《いちい》、一盆《ぼん》を十六金にて買ふを見る。近頃文化亥子丑《ゐねうし》[九]の頃、牽牛花《あさがほ》[一〇]奇を争《あらそ》ひ、佳種《かしゆ》百品、七十金にあたる。備中の人、一方金《いちぶ》[一一]にて一種を求《もと》めしに、名種はこれ[一二]ばかりにて買ふべきはなしとて、こぼれ種《だね》といふ名もなき数種《すしゆ》を得てかへる。其後江戸にも此事はやりて、岡花亭[一三]その記[一四]をつくりて余に示す。文政のはじめなり。享和《きやうわ》のころ備中備前に文鳥《ぶんちやう》を畜《か》ふことはやり、これも一羽数十金にあたる。岡山藩《をかやまはん》よりいたく禁《きん》じられて、つひにやみぬ。

芥川《あくた(がは)》[一五]といふ書に其時の事を記せし中に、「芸州広島の上流にて、一僧、仏具を川岸《きし》にあらひしが、一花の流れ来るを見れば、椿《つばき》の奇種《きしゆ》也。其まゝとりて

一　その貝の中には、海で取れる種類のものもあるのであろう。
二　タイシャクギセルガイ（左巻きの紡錘形の巻貝キセルガイの一種）であろう。広島県帝釈峡およびその付近の石灰岩地に多い。
三　「平地木」は植物の名。「地金牛」も同様か。
四　馬に積んで。
五　百両余り。「金」は一両。
六　植える。終止形「植う」。
七　役人が蘭を栽培している家に踏み込んで。
八　石菖（せきしよう）の異名。近世には園芸品種が多数作られた。
九　文化十二・十三・十四年（一八一五―一七）。
一〇　文化十四年八月七日に茶山が伊沢蘭軒に宛てた手紙に、当時の朝顔流行のことが語られている。「牽牛花大にはやり候よし。近年上方にてもはやり候。去年大坂にての番附、坐下にこれ有り。御目に懸け申し候。ことしのも参り候へども、此頃見え申さず候」（富士川英郎『菅茶山』）。
一一　一分金。一両の四分の一。長方形なので「方金」の字を宛てた。
一二　こんな小銭で買えるものはない。
一三　岡本花亭。江戸後期の旗本。漢詩人としても聞こえる。「岡」は岡本を中国人風の一字姓に略したい方。
一四　「朝顔の記」などという文章。
一五　飛鳥川の誤り。近世初期の医師、中山三柳の随筆。以下の引用は、その上・十二。
一六　地面に挿す、の意。
一七　振り仮名は「しようせき」とあるべきところ。
何か（ここでは椿）が存在した痕跡。あとかた。
一八　広島は慶長五年（一六〇〇）福島正則が移封されてくるまで毛利氏の領地。

挿《さしはさ》[16]み、三四年に奇花をひらく。城下の人日々に見に来り、川上に其種ありやと尋るに、蹤迹《じゆうせき》[17]なし。さて奇異《きい》の花なりといひ伝へて、いよ〳〵来客多くなりぬ。ある人たはぶれに、貴僧《きそう》の椿《つばき》名花なりとて、国主より所望《しよもう》あるよしをかたりければ、其日其花を鉢植《はちうゑ》にして、其夜亡命《かけおち》せしよしを載《の》す。毛利家、[18]広島におはせし時なり」。かゝる事、をり〳〵にあることにや。

一　血気《けつき》[19]之説　人の血気《けつき》、母に受《うく》ること多きにや。容貌賢愚《ようばうけんぐ》も母に肖《に》たる人多し。周勃《しうぼつ》[20]、文帝を立る、母[21]の賢《けん》なるをえらびしは妙なり。

一　四声　むかしの人は四声《しせい》[22]をわかちて誦読《じゆどく》[23]す。善道真貞《よしみちなほさだ》[24]、博学《はくがく》にて、大学助、陰陽頭《おんやうのかみ》などをつとむ。三伝三礼[25]にくはしかりしが、此人四声を弁《べん》ぜず、教授《けうじゆ》みな世俗蹐訛《せきくわ》[26]の音《おん》を用ゆるよし、日本後紀[27]等に見ゆ。考安云[28]、「今高野[29]の学寮《がくれう》に、しやうよみとて四声をわかちて誦読《じゆどく》することあり。又其秘教《ひけう》の中に、オ[30]コト点《てん》を用ゆる者あり」とぞ。彼処《かしこ》には古代の遺風《いふう》存せるにや。

一　渡瀬気候《わたるせきかう》[31]　奥州《あうしう》渡瀬といふは、梁《やな》[32]川より西北にあり。白石[33]へいづる川の

一九　血液と気息。生命を維持する力の源泉。
二〇　漢の高祖の功臣。高祖の妻呂氏の一族が漢室を弱めようとした時に、これを誅し、文帝を立てた。
二一　史記・呂后本紀に、呂氏一族の誅滅後、諸大臣が劉氏の諸王から皇帝を選び出す相談をし、実家の善悪も考慮して文帝に決めたことが記される。しかし周勃が強い発言権を有していたとか、文帝の生母の薄姫が特に賢であったとかの伝えはない。
二二　漢字音の四種類のアクセント。日本では早い時期にその区別が失われたが、儒学の家柄や僧侶の世界では後々まで保存された。
二三　読誦。声を出して読むこと。
二四　奈良朝後期から平安初期にかけての学者。令義解の撰修に参画した。「真貞」は「まさだ」と訓むのが普通。
二五　春秋左氏伝・公羊伝・穀梁伝と、周礼・儀礼・礼記。
二六　語義未詳。国史大系頭注に「蹐駁（しゅんばく＝物事が無秩序に乱れるさま）」の誤りかとする。文脈からすれば、四声の区別が乱れているさま。
二七　続日本後紀の誤り。右のこと、承和十二年二月二十日条に見える。
二八　→二五四頁注一四。　二九　高野山金剛峰寺において僧侶の修学する施設。
三〇　漢文を訓読する補助として、漢字の四隅・上下・中間などに点や線を付けて、活用語尾や助詞を示したもの。平安時代によく用いられたが、やがて片仮名による送り仮名に取って代わられた。　三一　振り仮名は「わたらせ」とあるべきところ。現宮城県刈田郡七ケ宿町渡瀬。
三二　現福島県伊達郡梁川町。
三三　現宮城県白石市。川は白石川。

川上にて、出羽《では》往来の地なり。渡瀬の半道ばかり南に、六月に寒《さむ》く氷《こほり》あり、石などの下は皆氷にて、樹は紅葉《こうよふ》するものあり。冬はかへりて暖《あたゝか》にて雪なし。仙台領《れう》なり。

一　蜂《はち》馬を螫《さ》したる事　[一]文政元年九月、讃州高松の東三里、[二]石塚《いしづか》といふ処の百姓、嗣《つぐ》右衛門といふ者の馬を、馬士《まご》近所の岡に牧《ぼく》し、馬を[三]叢祠《そうし》の側《かたはら》の古墓につなぎて、おのれは草をからんとせし時、蜂多く出て馬を螫《さ》す。馬士《まご》見てはしり行て打払へば、馬士にも数しらずあつまり螫《さ》す故、たへかねて馬をひき帰りしに、馬人ともに大に腫《はれ》て、馬は二日を経《へ》て死す。馬を屠《ほふ》りて見るに、毛の間に蜂十四五くひつきて居たりしと。近所の人、[四]池戸村周蔵といふもの、九月六日に吾塾《じゆく》へ来り、其家をいづるまで馬士は死せざりしが、とても治すまじきよしをかたる。予若き時、[五]備後府中の僧、大酔《すい》して山中に臥《ふし》たるを、大蜂あつまり螫《さ》して死せしよし、画史《ぐわし》[六]墨随《ぼくずゐ》が語りし。其後はじめて此異《い》をきゝぬ。

一　[七]和習《わしう》　[八]大日本史《だいにほんし》に、朝廷《てうてい》の公事《くじ》、[九]或《あるいは》人の称号《しやうがう》、地名等の類、みな用ひ来れる字にてかゝれたり。たとへば「[一〇]歌あはせ」を「歌合」とかくの類、[一一]此方

一　一八一八年。
二　現香川県木田郡三木町田中に石塚の地名が残る。
三　茂みの中のほこら。
四　現香川県木田郡三木町池戸（いけのべ）。
五　現広島県府中市。
六　画家、片山守春。墨随斎と号した。福山志料・十に「片山守春　俗称友八。後ニ墨随ト云フ。府中ノ人。画ヲ能クスルヲ以テ法橋ニ任ジ、藩朝月俸ヲ賜フ」。「画史」は画家の意。
七　日本人が免れがたい、漢詩漢文を作る際の日本風の癖。
八　水戸家で編纂された紀伝体の日本史。徳川光圀の命により明暦三年（一六五七）に編纂が始められ、明治三十九年（一九〇六）に完成した。神武天皇から後小松天皇に至る。全三九七巻。幕末に至るまで刊行されることはなかったが、写本である程度流通していた。
九　清田儋叟・芸苑談「文章を書に、字句の上は俗習を誡て、事は吾国の掟を守るべし、地名官名其外も、唐土に混ずべからず」。
一〇　歌人伝に「寛平中、禁中の歌合に、（紀）友則、左列に与（あづか）す」など。
一一　わが国の一つの故実（由緒あるしきたり）なので、（中国風にいい換えないで）日本で行われて漢字表記に従ったのである。
一二　城に食糧を運び込むこと。大日本史にそのまま「兵糧入」と書いてある、の意か。
一三　御厩河岸。江戸の地名。現東京都台東区蔵前三丁目一帯の隅田川に面した地。ウマからこじつけて、漢詩文で白馬津（中国河南省の地名）と称することがある。
一四　江戸の地名。「黒」を「驪（黒馬）」にこじつけ、驪山（中国陝西省にある山）と称する。

の一故事になること故、其称にしたがひたるなり。[一二]兵糧《ひやうらう》入れの詞も其類なり。世の文人といふ者、和習《わしう》といふことをいやしき事におもひ、しひて雅《が》にせんとおもふより、却《かへつ》て和習になること多し。「[一三]御馬屋かし」を「白馬津《（はくばしん）》」といひ、「[一四]目黒」を「驪山《りさん》」といふ類、みな和習なり。これらの吟味は[一五]水府にはもとより精《くは》し。

一　[一六]田道公碑《たみちこうひ》　田道公の碑《いしぶみ》といふもの贋作《がんさく》なりといふに、「蛇」の字を「虵」に作るは古体にあらずと。予曰、碑は贋作《がんさく》にてもあらん。「虵」字はいにしへになきとて、これを以て決《けつ》するはいかゞあらんや。「[一七]情竇《じやうとう》」といふ字出処なしとて、近頃の儒者《じゆしや》たち捜索《さうさく》して、[一八]閑情偶奇《かんじやうぐうき》より看出《みいだ》せし事あり。これはちかく[一九]都氏《とし》文集にも見えたり。都氏は[二〇]延喜已前の人なれば、[二一]ふるき文字にもなるべけれど、今時ありふれたる書に見えじ。凡《（およそ）》昔には多けれども、書中に残ることの稀《まれ》なるもあるべし。「[二二]仁義礼智信」とつゞきたる語、むかしになし。漢儒《かんじゆ》、[二三]陰陽災異《さいい》などより「信」をそへしなどいふ説あり。これもむかしの書多く存《そん》せざれば、ありても伝らざるもしるべからず。

一五 水戸家。日本の地名・習慣などを中国風に表記することの可否についての吟味を、精密にやっている、の意。
一六 仁徳朝の征新羅・蝦夷将軍。現在は「たじ」と訓むとされる。新羅には勝利したが、蝦夷の反乱鎮圧に遣わされて、伊峙水門（いしのみど）で戦死した。その後、蝦夷が田道の墓をあばくと、大蛇が出てきて蝦夷を殺した（日本書紀・仁徳五十五年）。碑については、「いにし享和元年春、陸奥国牡鹿郡石ノ巻虵田村より「霊虵田道公墳」とゑりたる石碑を掘り出せる事あり。…右の墳は全く後人の偽造と云ふ事後に知れて、今は誰も諾なふ者もなしと云へり」（飯田武郷『日本書紀通釈』四十）。一七 愛情のきっかけ。「竇」は穴の意。人情が通るところ。
一八 清の李笠翁が戯曲について種々述べた書。その七・四に「（女性に読書習字を指導するには）門に入るは情竇未だ開かざるの際に在るを貴ぶ」。「情竇開く」は、年頃になって色気づく、の意。
一九 平安時代の漢詩人、都良香（みやこのよしか）の家集。現存三巻。「情竇」は巻三「白楽天讃」の中に見える。
二〇 良香は元慶三年（八七九）没。延喜は九〇一―九二三年。二一 情竇は古くから存在する言葉ということにはなろうが。
二二 穂積以貫・経学要字箋・中「仁義礼智信の五常と称すること、始めて漢の董仲舒が文に見へ、…仁義礼智の四つに、信の字を加へて五常と云ふことも、聖賢の旨になきこと也。孟子の書已に仁義礼智の四つのみを云て、信の字を加ふることなし」。
二三 陰陽説に基づく災難除けのまじないとして「信」の字を加えた。この説未詳。

一　雖字　[一]五山僧徒《そうと》詩会に、一人「雖《いへども》」の字を得て、一句に「[二]薄命《はくめい》小僧得レ韻雖《いんをうるといへども》」とつくりし事あり。[三]魯堂先生これを朝鮮《てうせん》の[四]南秋月にかたられしに、秋月、「朝鮮にも同じ事あり。「[五]詩人自レ古韻無雖《いにしへよりいんなしといへども》」とつくりし。枕の一名を「吟雖《ぎんすゐ》」といふ外に、雖に熟字《じゆくじ》なし」といひしよし。後に[六]長慶集《ちやうけいしう》に四雖吟《しすいぎん》あるを見たり。余この事を大坂にて[七]子琴《しきん》にかたりしが、其のち子琴[八]二律《にりつ》をよせて、「吟雖」を押《お》したり。[九]余それを和して「四雖《しすい》」を用ひし事あり。また其後に宋人既に「四雖」を押せし事を[一〇]佩文韻府《はいぶんいん(ぷ)》にて見たり。

一　豊後山国川　豊後の[一一]日田より豊前の[一二]中津へ、廿里計《(ばかり)》みな峡中《かふちゆう》なり。川を山国川といふ。左右の[一三]峰巒樹石《ほうらんじゆせき》、奇姿妙態《きしめうたい》をきはめて、道も平らかなり。千里を遠《(とほし)》とせずして往遊《わうゆふ》するも、[一四]所謂《いはゆる》一来を枉《ま》げざるなりといふ。以下[一五]久太良話

一　薩《さつ》州風土《ふうど》　薩摩の山は多くは肥後の山の流尾《りうび》にて、高山なし。[一六]海門・桜島・霧島《きりしま》のみ[一七]崛起《くつき》して、壮観《さうくわん》なりといふ。城下は[一八]富庶《ふしよ》にして金銀多きよしに見ゆ。[一九]琉《りう》人多《おほ》く入こみ、人家往来すること[二〇]土人のごとし。人少き家にては琉人に子を抱《いだ》かせ、其間に水を汲《く》みなどするをも見しといふ。琉僧《りうそう》は薩《さつ》にて学問《がくもん》せざ

一　臨済宗の最高の寺格。京五山と鎌倉五山があるがここは京五山。南禅寺を五山の上とし、以下天竜・相国・建仁・東福・万寿。この五山及び下位に属する寺の僧侶によって、室町時代に漢文学が大いに栄え、五山文学と称された。

二　返り点と振り仮名は誤り。「薄命小僧得二韻雖一(薄命の小僧〔せうそう〕韻の雖を得)」と訓む。「運の悪いこの私は、詩会で雖という韻字を得た」の意。詩会においては、押韻する字をくじ引きなどで割り当てる。「雖」は、この字を下に置く熟語が存在しないため、押韻がむずかしい。その字を与えられたことを「薄命」と嘆じた。

三　那波魯堂。茶山の儒学の師。→二六四頁注一九。

四　明和元年(一七六四)の朝鮮通信使の随員。わが国の文人たちと唱和した漢詩が多く伝えられている。

五　返り点と振り仮名は誤り。「詩人自レ古韻無レ雖(詩人古へより韻に雖なし)」と訓む。「詩人は昔から韻に雖という字を用いることはないのだ」の意。

六　白氏長慶集。白居易の詩集。「四雖を吟ず。雑言」あり。「聴三我吟二四雖一(我が四雖を吟ずるを聴け)」の句があって、「雖」が韻字になっている。「四雖」は「年雖レ老」「命雖レ薄」「眼雖レ病」「家雖レ貧」で、句末にあるわけではない。

七　葛子琴(かつしきん)。橋本貞元。本姓葛城を一字に略し、字と合わせて葛子琴と通称される。大坂の詩社、混沌社の中心的存在で、茶山は京坂遊学以来親しく交わった。

八　葛子琴詩に「菅礼卿(茶山の字)の書並びに人日の詩を得て、却って寄す。壬寅」と題する七言律詩二首がある。壬寅は天明二年(一七八二)。その第二首に「酒は荷葉を傾けて四雖を並ぶ(酒は杯の代用の蓮の葉を傾けて飲み、枕を並べて昼寝をする)」の句がある。

れば、国例《こくれい》[一一]寺を持つことならずといふ。近頃は芝居《しばゐ》も常にあり。上方問屋《かみがたとひや》といふ家五六あり。上方の歌妓《うたひめ》百人計(ばかり)もわかれ宿して、日夜出て技《わざ》を売《う》り、士人[一二]の家にも往来す。他処[一三]にておもひやりしに異《こと》なり。士人に容貌言語《ようばうげんぎよ》仕《し》付方《つけかた》などいふ職《しよく》ありて、風俗をたゞすこと、これも近頃始りしよしなり。地は暖多く、秋ふけて樹上に蟬《せみ》なき、樹下に蛬《きり〱す》なく。蟾蜍《ひきがへる》は十月までもいで、蛙《かはづ》もなくたぐひ、他国に見なれぬ事多しとぞ。九州に蟾蜍《ひきかへる》[二四]を「ワクトウ」といふ。久留米《くるめ》の樺《かば》[二五]島勇七、毎日酒をのむに、蟾蜍[二六]のいで来るときを期《き》とす。故に人皆、「樺《かば》島《しま》がワクドウ酒」といふと云。

又肥後より豊後の竹田[二七]にゆくに、九重山《きうちやう》[二八]をこゆ。至高《しかう》の所を上下すれども、路《みち》ひろくして険阻《けんそ》なしといふ。筑後肥後の平地、四五十里、寸歩の上下なし。たゝみの上をゆくごとし。秋後鶴《つる》の多きこと、他国の烏《からす》の如しといふ。

一　柳絮海腸《りうぢよかいちやう》　柳花[二九]、柳絮《りうじよ》と異《こと》なること、同所[三〇]に見ゆ。然れども花の後に絮《まゆ》となるなれば、絮《まゆ》を花といふも詩などには妨《さまたげ》なきにや。吉貝《きつばひ》[三一]の花を布となすといふも、絮《まゆ》を花といふなり。今俗に云海蛆腸《このわた》[三二]は、子にて腸《わた》にはあらず。然ども古人の詩に腸《わた》となしたれば、余また腸として作りたることあり。よく見れば異《い》

九　黄葉夕陽村舎詩・一に七言律詩「子琴の寄せらるるに次韻す。壬寅上巳」二首がある。第一首に「聊(いささ)か且(しばら)く樽を開いて四雛を吟ぜん(まあちょっと酒樽を開けて、白居易の四雖の吟を歌おう)」の句がある。一〇　清の康熙帝の勅命によって編纂された、韻字別語彙用例集。その「雖」の項に、宋の王禹偁の詩の「琴酒は三楽を図り、詩草は四雖に効ふ」という聯が挙がる。一一　現大分県日田市。一二　連なった山々と樹木、岩石。一三　現大分県中津市。頼山陽がこの風景の美に感動して、この地を耶馬渓と名付けた。以来、山国川という本来の川の名は忘れられ、もっぱら耶馬渓と呼ばれる。一四　一度行ってみることは無駄ではない。一度行ってみる値打ちはある。一五　久太郎は頼山陽の通称。山陽は文政元年(一八一八)から二年にかけて九州各地を旅行した。耶馬渓に至ったのは元年十二月。二年二月末に神辺に来て茶山に対面。その折の土産話であろう。一六　開聞岳。薩摩半島の南端にあり、薩摩富士と称される。一七　群を抜いて高くそびえたっている。一八　人が多くて豊かなさま。一九　沖縄の人。二〇　土地の人。もとからの薩摩人。二一　琉球へ戻っても寺の住職にはなれない、の意。国礼(国のならわし)の「国」は薩摩を指すのであろう。二二　武士階級。二三　よその土地で(薩摩のことを)想像していたのと、実際とは違っている。二四　物類称呼に「ひきがへる…西国にて○わくどう」。二五　樺島石梁。久留米藩儒。茶山を神辺に訪れたこともあった。二六　夕方、庭に出てくるのであろう。二七　現大分県竹田市。二八　阿蘇国立公園のうちの、久住山を中心とす

なり。

一　和漢合意《わかんがふい》　大阪なる人、妓《ぎ》[一]を納《いれ》んとせし時、其友播磨の瓢水とやらんいふ[二]の俳句《はいく》に、[三]「うちへいれなやはり野で見よげんげ花」といふを贈《おく》りし。清人《せいひと》もまたおなじことに、[四]「間花只合二間中看一《かんくわたゞかんちゆうにみるべし》。一折帰来《いつせつかへりきたり》便不レ鮮《すなはちせんならず》」といふ句あり。絶域同《ぜついきどう》[五]情《じやう》を見るべし。

一　中山貞蔵伝[六]　佐渡人中山貞蔵、名は惟楨《いてい》、字は子幹《しかん》。其地の瓦田《かはらだ》[七]といふ処の豪農《がうのう》なり。はじめ郷師《がうし》[八]に従《したが》ひて徠学《らいがく》[九]をなし、論語集覧《しふらん》[一〇]などを悦びしが、後に覚《さと》ることありて、朱子を信《しん》じて行事に心を用ひ、子幹《しかん》が父は養子にて、其家の血脈《けつみやく》にあらざる故、血伝《けつでん》[一一]の人をいれて其家を嗣《つが》しめ、おのれは雁坂といふ処に隠居《いんきよ》し、数年の後京に来り住《ぢう》して教授《けうじゆ》す。貞蔵もと五兵衛といふ。其名は嗣《つ》[一二]ぐ人に譲《ゆづ》りて、後の名にあらたむ。其雁坂といふ処に有しは、嗣人[一三]の行事を試《こゝろみ》たるなり。其国にて一二と数へられし富《とみ》をすてたるにて、其後の行《おこな》ひも知るべし。佐渡の家に、一室妖怪《ようくわい》ありとて人のゆかぬ所あり。貞蔵試《こゝろ》みに二三夜寐《ね》しかども何事もなき故、其後は人もおそれずなりしよし。余が貞蔵の遺像《いざう》[一四]の

る標高一七〇〇メートル級の火山群の総称。
二九　春先に葉の間に出る、穂状で淡い黄色の花。「柳絮」は、花が咲いた後の白い綿毛のある種子。
三〇　文意未詳。　三一　綿の木。また綿布のこともいう。　三二　なまこのはらわたの塩漬け。次に「子にて腸にはあらず」というのは、「卵巣であって、はらわたではない」の意であろうが、それは茶山の誤解。

一　遊女を身請けして、妾にしようとした折に。
二　続俳家奇人談「瓢水居士…平生したしき人の難波に遊女を根引(ねびき)せんと云へるをいさめて、手にとるなやはり野におけ蓮花草」。瓢水は松木淡々門の俳人。ただし続俳家奇人談の刊行は茶山没後の天保三年(一八三二)。　三　家へ持ち帰らない方がよい。やはり野原に咲いているのを見るのがいいのだ、げんげ(レンゲ草に同じ)は。
四　「間花」は野に咲いている花。転じて遊女の意。野の花は、野で眺めるのがよい。折り取って持ち帰ってくると、美しさを失ってしまう。
五　遠く離れた土地なのに、考え方は同じ。
六　那波魯堂門下で、茶山が最も親しく交わった友人。晩年には聖護院宮の侍読となった。寛政二年(一七九〇)没。　七　河原田村。現新潟県佐渡郡佐和田町のうち。　八　郷里(佐渡)の師匠。
九　徂徠学。荻生徂徠の唱えた儒学説。
一〇　論語徴集覧(宝暦十年刊)か。松平頼寛編。徂徠の論語徴を中心に、諸家の論語注釈を集成した書。　一一　その家と血のつながりのある人。
一二　五兵衛という名は、家を継ぐ人(右の「血伝の人」)に譲って。　一三　家を継ぐ人の行動が、安心して家を任せられるものかどうかを観察したのだ。
一四　形見に残された肖像画。寛政五年(一七九三)秋、

賛《さん》に「曾吹《かつてふく》叔夜燭《しゆくやのしよく》」といひしは、その事なり。凡《(およそ)》その詩につくりたること、一々その実事なり。今時めづらしき人なり。方面《はうめん》[一五]にて色すこし黒く、肥《こえ》[一六]しゝにて温藉《うんせき》[一七]なる人がらなりし。一儒生《じゆせい》の不義《ふぎ》なる行ひありしを見て絶交《ぜつかう》せしなど、威厳《いげん》のありて全徳《ぜんとく》の人なり。

一　池沼《いけぬま》　文衡《ぶんかう》山《(ざん)》[一八]が濯足剣池詩《てきそくけんちのし》に、「都《すべて》[一九]将《もつて》ニ双足《さうそくの》塵《ちりを》一。濯《そゝぎて》向《むかう》千年ノ沼」といふ句あり。池・沼、わかつことなきにや。此類《このるい》多し。

一　歌道評論《へうろん》　江戸[二〇]の友人、長流[二一]・契沖《けいちゆう》[二二]以下の古体《こてい》[二三]をよむ人の歌をあつめて一書をなす。或人見て、「真淵《まぶち》[二四]已後の人、中古の歌をそしる者多し。内々[二五]は何《(なに)》某公《がしこう》の歌の中にてもきこえぬあり、などゝいひてそしるもあり。今其そしられし人々の歌をかくあつめ見ば、此集と孰《いづ》れかまさらん。もし今[二六]の集まさらずば、そしりし人々、心に慚《はぢ》ざらめや」といひし。此言はわれ人[二七]きゝて自《みづから》警《いまし》むべき事なり。

近頃の歌といふものは、拘《かゝは》[二八]ること多くしておもふ事もいひがたかりしを、長《ちやう》流已下《りういか》の人々打やぶりしは、言葉《ことば》の道の大功なり。これより女文字《をんなもじ》[二九]の文もよく

貞蔵の長男中山子徳が父の肖像画を携えて茶山を訪れ、茶山は「中山子幹の遺照に題す」という長詩を作った。三十二韻」(黄葉夕陽村舎詩・四)という長詩を作った。「曾吹叔夜燭」はその第五句。「叔夜」は嵆康(↓二九六頁注七)の字。嵆康が灯下に琴を弾いていると、妖怪が現われた。嵆康はじっと見てから灯を吹き消して、妖怪と灯火を共有するのは恥だ、といった(太平広記・三一七)。一句の意味は、かつて嵆康と同じく妖怪を恐れず、灯火を吹き消したことがある。　一五 四角い顔。

一六 太っていること。「しゝ」は肉(しし)。

一七 振り仮名は「うんしや」とあるべきところ。包容力があって、性格態度が穏健なさま。

一八 文徴明。衡山はその号。明の詩人・画家。以下の詩はその甫田集・五の五言古詩「履仁と同じく足を剣池に濯(すす)ぐ」の最後の二句。詩題には池といい、詩中には沼という。ここの「向」は「於」と同意。　一九 下の句の訓読は誤り。「濯ニ向千年沼ニ(千年の沼に濯がん)」と訓む。両足の塵を千年昔からの水をたたえた沼で洗おう。

二〇 この条に後出する木村定重のこと(定重は茶山の記憶違いか。正しくは定良)。旗本で、加藤千蔭に学んだ歌人。橿園(かしぞの)と号した。「一書」は類題草野集(文政二年(一八一九)刊)を指す。その巻頭近世の歌人の歌一万首余を収録する。その巻頭「凡例」に「此集は近来古学の歌よみ、長流・契沖・春満をはじめとして、県居(真淵)の門人の限りを集め、又さらぬもふること学ぶたぐひの人々の歌どもを類題して…」。

二一 下河辺長流。江戸時代前期の歌人・和学者。万葉集の研究で知られる。　二二 近世前期の真言宗の僧侶で国学の基礎を築いた人。

二三 近世歌壇にありふれた二条家風の平板な詠みぶりを克服した、復古の趣きの見える歌風。

する人出づ。京に[一]蒿蹊《かうけい》、江戸に[二]春海《はるみ》など、[三]其選《せん》と見えたり。蒿蹊・春海、みな[四]男文字をもよくよむ人なり。[五]春海、予に逢しとき、「昔の歌よみ人は多《た》半儒生《はんじゆせい》なり。[六]古今集の撰者《せんじや》の官職《くわんしよく》にても見るべし」などかたりし。春海、名山の詩をこひあつむとて、予に浅間岳《あさまがだけ》の詩をつくらしむ。其後程なく身《み》まかりしとき〻ぬ。其詩いくばくかあつまりけん。

同じ時[七]千《ち》蔭《かげ》にもあひし。みな木村定重《さだしげ》を介《なかだち》とす。定重、俗称俊《ぞくせうしゆん》蔵といふ与《よ》力衆《りきしゆ》なり。千蔭は隠居《いんきよ》して総髪《そうはつ》なり。顔色容貌《ようばう》、さしも歌人と見えたり。耳[八]しひて、息女《むすめ》を傍におきて彼此の言を通ず。春海は[九]半髠《はんびん》にて、頭大に下ほそりたる顔《かほ》なり。一面旧知《きうち》のごとく、[一〇]磊落《らいらく》の人なりし。

蒿蹊《かうけい》は近江八幡の人、京に住す。小男にて剃髪《ていはつ》す。[一一]音吐大《(おん)とつだい》によく談ず。

一　徂徠《そらい》先生　或云、「徂徠《そらい》先生、一生楷字《かいじ》をか〻ず。[一二]安澹泊《あんたんばく》に答《こたふ》る書に、「楷書《かいしよ》は得《え》か〻ず。性則《すなはち》然《しかり》」など〻見ゆ。此人[一三]唐《から》すきにて、和習《わしう》といふこともて人を誹《そし》られしこと多けれども、是も和習の一なり。[一四]唐山《(もろこし)》に生れたらば[一五]及《きう》第《だい》もなりがたく、学者《がくしや》の[一六]林《りん》にも入られざるべし」と。余《よ》おもふに、此人唐《このひとから》に生《うま》れたらば、[一七]文は一時《いちじ》の選《せん》なるべけれども、[一八]儒学《じゆがく》の見《けん》は異《い》なるべし。たとひ奇説《きせつ》

二四 賀茂真淵。近世中期の国学者。歌人としては万葉調の斬新な歌風を切り開いた。後出の村田春海・加藤千蔭はその門人。二五 内々のところでは、中古の歌人だけでなく、当代の人についても、某のお殿様の歌は意味の通らないものがある、などと悪口をいう。二六 類題草野集を指す。二七 自分も人も。二八 制約が多くて。古くさい歌道の煩瑣な約束事をいう。二九 平仮名。

一 伴蒿蹊。→二七七頁注一四。二 村田春海。近世中後期の国学者・歌人。真淵没後の江戸の国学を、加藤千蔭とともに継承し発展させた。富商の子として生まれたが、家産を蕩尽したこともよく知られる。文化八年(一八一一)没。三 その点で選べば入る人たちであろう。四 漢字。漢学に通じている、の意。五 文化元年(一八〇四)最初の江戸下りの折のこと。六 撰者のうちの紀友則の官職は大内記。これは儒者の官職。七 加藤千蔭。旗本で、真淵門下の国学者・歌人。八 聞こえなくて。九 未詳。一〇 心が広く、細事にかかわらないさま。一一 振り仮名は「(おん)と」とあるべきところ。声が大きくて。一二 安積(あさか)澹泊。近世前期の儒者。水戸藩士で、彰考館総裁に任ぜられた。「安」は安積を一字姓に略したもの。徂徠の文章は「安澹泊に復す」其二(徂徠集・二八)に「不佞(自分は)楷に拙にして、喜んで草書を作(な)す」とあるのを指す。一三 中国びいき。徂徠は、儒学の古典を本当に理解するためには、古代の中国人の気持ちになりきらなければならないとして、中国文化を尊重模倣した。漢詩文の和習(→三五〇頁注七)を否定するのもその一環。一四 中国の意。

多くとも、今見るごとくにはあらざるべし。幸《さいはひ》に日本に生れて、文字[一九]の竅《あな》をひらきたること多し。小疵《しやうし》を求めてそしるべからず。

又徂徠《そらい》先生の書に、「如《ぼくぎのごとく》二[二〇]濮議一宋儒聚《そうじゆうたへをあつむ》レ訟。雖《ていしゆにこうといへども》二程朱二公一無《めいべんあることなし》レ有二明弁一。今《いま》考《これをぎらいにかんがふるに》二之儀礼一。不須多言《すべからくたげんすべからず》。本自了々《もとおのづかられうれう》たり」とあるよし。文字人にきゝたる故、たがひあらん。然るに欧陽公《おうやうこう》[二一]の議《ぎ》を見れば、第一に儀礼《ぎらい》をひき、詳細《つまびら(か)》に弁《べん》ぜられたり。又清詩《せいし》[二二]別裁《べつさい》に、楊升庵《やうせうあん》[二三]が竄《ざん》せられしを程朱《ていしゆ》の正論といふ。これは嘉靖《かせい》[二四]の事をいへども、なほ同事なれば、清朝《せいてう》にても正論といふを見るべし。先生たま〳〵わすれしにや。

一　唐土《たうど》四百州　東坡《とうば》[二五]上書に、「毎州催欠《まいしうさいけつ》[二六]の吏卒《りそつ》、五百人に下らず。天下を以て是《これ》をいへば、これ常《つね》に二十余万《よまん》の虎狼《こらう》[二七]、散《さん》じて民間《みんかん》に在《あ》るあり云々」。宋《そう》の天下、北《きた》に遼《れう》[二八]あり。西《にし》に夏《か》[二九]あり。雲南《うんなん》[三〇]はもとよりすてたれば、幅員漢唐《ふくいんかんたう》[三一]のごとくひろからず。このつもり[三二]にて二十万は四百州にあたる。されば四百余州[三三]といふは宋の時のつもりにや。しかし一州に催欠《さいけつ》五百人といへる、一州はなにほどの戸数《こすう》なりや。さも仰山《ぎやうさん》なることなり。王安石虐政《わうあんせきぎやくせい》[三四]のあとゝいへども、胥吏《しより》も戸数《こすう》も格《かく》別の減少《げんせう》はなかるべし。されば唐山土地のつもりも思[三五]ひしられ、

一五　科挙の試験に合格すること。科挙の答案は楷書で書く。　一六「林」はものが多く集まるさま。儒林は学者の世界、学者仲間の意。
一七　文章は、その時代のすぐれたものとして選ばれるだろうが。
一八　儒学上の意見は（中国という環境の中では）別なものになっていたであろう。仮に、正統の儒学に比べて変な説が多いとしても、今、目に見る徂徠学のような（誤った）説にはならなかったであろう。
一九　漢字の誤用を明らかにしたこと。徂徠の著書、訳文筌蹄に、同訓の漢字の意味の違い、日本人の犯しやすい誤用などを説明してあることをいう。
二〇「安澹泊に復す」其三（徂徠集・二八）。文字は小異がある。「不須多言」は「多言を須(もち)ひず」と訓むべきところ。徂徠集では「不竢多言（多言を竢(ま)たず）」とある。「濮議」などは、宋の儒者が多くの議論をして、程子・朱子の二先生でさえ、はっきりしたことはいえなかった。今、儀礼を参照してみれば、ごちゃごちゃいう必要はなかったのであって、もともと明瞭なことなのだ。「濮議」は、北宋が英宗を皇帝に立てた時に生じた、父の濮王にどういう資格待遇を与えるべきかという議論。
二一　欧陽修。宋の文人。唐宋八大家の一人。ここでいう「議」は「濮の安懿(あんい)王の典礼を議するを論ずる箚子(さっし)」。論の最初に儀礼の喪服記を引いている。徂徠がろくに調べもしないで宋儒を批判したことを指摘したもの。
二二　振り仮名は「しんしべっさい」とあるべきところ。正しい書名は国朝詩別裁集。清の沈徳潜が清の詩人を集成した詩集。次注参照。
（以下三七二頁へ続く）

[一]此邦三十万石の邦《くに》、民数《ひとかず》大抵《たいてい》三十二万人。これに五百人の胥吏《やくにん》[二]を設けて、其年中のつとむべきこと、催促すべきことをつもりて見ば、大抵にしらるべし。其内《そのうち》、[三]里《り》正《せい》里《り》甲《かう》、もとよりあるべき役人は、此[四]冗官のうちにはかぞへぬなるべし

国々《くに》もとより大小あれども、大抵《てい》[五]一村に一人ありて、五百村に五百人なれば、一州五百人のつもりなり。勿論現今《もちろんげんこん》の一村、千石の村に一人にてあるべし。或は二三百石の村あり。又三四千石の村もあり。大抵にいふべし。

一　詩の一二字に同母字《どうぼじ》を用ゆ　詩《し》[六]の第《だい》一第《だい》二の句、同母の字を用《もち》ゆるをいむ。それ故起句《きく》に通韻《つういん》[七]・傍韻《ばういん》[八]を用ひたる多しといふ。然ども「去年此日泊二氐《きよねんこのひはしうにはく》[九]洲《す》一、衰柳蕭々《すいりうしやう〳〵》客繋レ舟《かくふねをつなぐ》。白髪天涯嘆二流落一《はくはつてんがいりうらくをたんず》。今宵聴レ雨古宜州《こんしやうあめをきくこぎしう》」といふあり。

一　知己《ちき》　「知己」をおのれを知《し》るといふは、「不レ知レ己《おのれをしらざる》[一〇]」より出るなるべし。

一　韓氏《かんし》[一一]の文《ぶん》　孤山《こざん》[一二]の智円法師《ちゑんほふし》[一三]の閑居編《かんきよへん》[一四]に、徒弟《とてい》多く韓文《かんぶん》を信仰《しんこう》のあまりに、「韓氏《かんし》の文字《もんじ》に仏《ほとけ》をそしるあり。文は学《まな》ぶべし。僧《そう》として仏をそしるべから

一　日本では、石高三十万石の領地では、人口はだいたい三十二万人だ。　二　下級の役人。
三　庄屋など村に本来いなければならない役人。
四　いなくても済む役人。
五　主語は「胥吏」。
六　七言詩の第一・二句の韻字には、同じ韻に属する字を用いることを嫌う。この主張の根拠未詳。
七　東・冬・江のように、互いによく似た韻を通用すること。第一・二句が同韻になるのを嫌って、第一句の韻字は通韻を用いることが多い、の意。
八　第一句の韻字に通韻を用いること、の意か。詩轍・四に「傍韻ハ、通韻ニテ起句ヲ補ヒタル也。是ハ起句ニ限ルコトナリ」。
九　第一・二句の韻字(洲・舟)が同韻(下平声尤韻)である例として挙げた詩。作者未詳。第一句の「氐洲」の振り仮名は、この字なら「はいしう」とあるべきであるが、恐らくは「瓜洲(くわしう)＝江蘇省の地名)」の誤り。
一〇　「不ㇾ己知ㇾ」の誤りであろう。論語・学而「不ㇾ患ㇾ人之不ㇾ己知ㇾ(人の己れを知らざるを患(うれ)へず)」。本条の趣旨は、「知己(自分のことをよく分かってくれる人)」の用例より先に「不知己」の用例がある、ということ。「知己」の初出例は戦国策で、論語より後れる。
一一　唐の韓愈。→二六八頁注五。
一二　中国浙江省の西湖のほとりの景勝地。
一三　宋代の僧侶。孤山の瑪瑙院に住んだ。
一四　智円の文集。「韓を師とする議」という文章があり、韓愈のすぐれた文章と排仏論(→三三〇頁注五)とについて、「仏徒の身で韓愈を学ぶ者は、韓愈が儒学を尊んだように仏教を尊んでこそ、真に韓愈を師とするものというべきである」と論ずる。

ず」と戒《いまし》めし文あり。予いまだ其集を見ず。[一五]西山翁の話なり　余此頃おもふに、[一六]欧陽公《おうやうこう》はじめて韓《かん》文をとなへ、やう〱ふるき本をさがし出せしよし見ゆ。智円《ちゑん》は公よりやゝ先輩《せんばい》なり。其時僧徒《そうと》まで称せし韓文の、欧陽《おうやう》公の時稀《まれ》なりしもいぶかし。

一　白楽天劉禹錫唱和《はくらくてんりううしやくしやうわ》[一七]の事　白楽天は劉禹錫《りううしやく》とも韓《かん》[一八]公ともよし。柳子厚《りうしこう》[一九]も韓《かん》とも柳《りう》[二〇]ともよし。然るに柳と白との集にそのうは[二一]さ少しもなし。唱和《しやうくわ》は勿論なり。劉《りう》は別して柳とは同党《どうとう》[二二]の人にて、劉白[二三]唱和《しやうくわ》集もあれば、白ともしたしき友なり。されどそのさたなきことはなかるべきに、いぶかしき事なり。西山翁話

一　[二四]人面瘡《さう》の話　仙台の人、怪病《くわいびやう》の図《づ》並に記事《きじ》、左《さ》に載《の》す。本文、漢語を以てすといへども、今児童の見やすからんために和解す。覧者これを察せよ　[二五]王父月池[二六]先生、嘗《かつ》て余に語《かたり》て曰、祖《そ》[二七]考華君《かふくわくん》[二八]の曰、城東材《ざい》[二九]木町《もくまち》に一商あり。年二十五六。膝下《ひざのした》に一腫《しゆ》を生ず。逐漸《ひをおふてやうやく》にして大に、瘡口《かさくち》泛《ひろ》く開き、膿口《のうこう》[三〇]三両処、其位置《ゐち》略《ほゞ》人面《めん》に像《かたど》る。瘡口《きづぐち》時ありて渋痛《いたみ》し、満《みつ》[三一]るに紫《し》糖《たう》を以てすれば、其痛《いた》み暫《しばら》く退《しりぞ》く。少選《しばらく》あって再《ふたゝ》び痛むこと初のごとし。夫（それ）人面《にんめん》の瘡《さう》は固《もと》より妄誕《まうたん》[三二]に渉《わた》る。然るにかくのごときの症《せう》、人面瘡と倣《な》すも亦可《か》

一五　西山拙斎。→二七二頁注一九。
一六　欧陽修。→三五七頁注二一。その「旧本韓文の後に記す」という文章に、「子供の時、友達の家の壁の中に古書を入れた箱があるのを見つけた。開くと韓愈の文集があり、乞うて持ち帰った。これが韓愈の文章に接した最初である。その後、韓文が評価されるようになってから、昔得た本を補綴し、また他人が所有する韓文の古書を求めて校訂した」と述べる。
一七　中唐の詩人。白居易と親しく、盛んに詩の唱和をした。
一八　韓愈。唐宋八大家の一人。
一九　柳宗元。子厚はその字。韓愈とともに散文改革運動の旗頭となった。
二〇　「劉」の誤り。劉禹錫を指す。
二一　お互いのことに触れた文章などがまったく見えない。
二二　劉禹錫と柳宗元は同じ王叔文の党に属しており、叔文が失脚すると二人とも左遷の憂き目にあった。
二三　唐書・芸文志に「劉白唱和集三巻」と見え、白氏文集に「劉白唱和集解」という文章があるから、この題名の書がかつて存在したことは間違いないが、現在は伝わっていない。
二四　悪性の吹き出物の一種。多くは膝の上にでき、外見は人の顔にそっくりで、言葉も発する。現実には存在しないが、近世の小説・随筆類には好んで取り上げられた。
二五　祖父を尊んでいう呼び方。
二六　代々幕府に仕える蘭方医であった桂川家の四代目、甫周（ほしゆう）。月池はその号。解体新書の翻訳にも関わった。
二七　亡くなった祖父。
二八　桂川家二代目、甫筑。名は国華（くにてる）。
二九　江戸城の東に位置する材木町。現東京都中央区日本橋江戸橋・宝町あたり。
三〇　膿（のう）の出る口が三箇所、大体両眼と口の位置に当たり、人の顔に似る。
三一　傷口に黒砂糖を塗り込むと。
三二　でたらめな話である。

ならん乎。蓋瘍科《けだしやうくわ》[一]諸編を歴稽《れきけい》するに、瘡名極めて繁《しげ》し。究竟《くつきやう》[二]するに、其症一《しやういち》因《いん》に係《かゝり》て、而発《はつ》する所の部分《ぶゞん》、及び瘡の形状《かたち》を以て、其名を別《わか》つに過《すぎ》ざるのみ。人面瘡のごときも亦是なり。今茲《こゝ》[三]に己卯[四]中元、仙台の一商客、門人[五]に介《なかだち》して曰、或人遠くより来て治を請《(う)》く。年三十五[六]を加ふ。始十四歳のときにありて左の脛《はぎ》上に腫《はれ》を生ず。潰《つぶれ》て後、膿《うみ》をながして不竭《つきず》。終に朽骨《きうこつ》[七]二三枚を出す。四年を経て瘡口漸《やうや》く収《をさま》る。只全腫不消《ぜんしゆしやうせず》、歩《ほ》[八]頗《すこぶ》る難《かた》し。故《ゆゑ》に温泉《おんせん》に浴《よく》し、或は委中《いちゆう》[九]の絡《らく》[一〇]を刺《さし》、血[一一]を瀉《なが》す。咸《みな》[一二]応ぜず。医《い》者を転換《てんくわん》するも亦数人。荏苒《じんぜん》[一三]として幾歳月、其腫却《はれかへつ》て自ら増し、膝《ひざ》を囲《かこ》み腿《もゝ》を襲《(かぶ)》[一四]せ、然《(しかして)》再び膿管《のうくわん》数《す》処《しよ》を生じ、彼収《かれをさ》まれば此《こゝ》に発《はつし》、前に比するに甚《はなはだ》同じからず。只絶《たえ》て疼苦《いたみ》なく、今年に至て瘡口《きずぐち》一処

一 瘡について書かれた医書を色々調べて考えたところ。 二 結局のところ。 三「今ここに」という訓みは誤り。「今茲(こん じ)」は今年の意。 四 文政二年(一八一九)七月十五日。 五 門人を介して次のようなことをいってきた。以下、文末までが仙谷の商人の話であろう。 六「三十に五を加ふ」の「に」脱か。 七 ぼろぼろになった骨。 八 歩くことが大変難しい。 九 腿から脛の間にある、鍼灸のつぼ(経穴)。 一〇 絡脈、即ち静脈。動脈は経脈という。経穴は経絡上にある。 一一 経穴を刺して悪血を体外に出すことは、当時よく行われた治療法。 一二 どの治療にも腫れ物は反応しなかった。変化がなかった。 一三 はかばかしいこともなく時が経ち。 一四「襲せ」の訓、未詳。あるいは「襲ひ」の誤りで、「おおひ」(「覆って」の意)と訓むか。 一五 そばの穴。 一六 ふくれあがって大きく開き。 一七 しわ。 一八 (肉が)盛り上がって。 一九「膝蓋」は「膝の皿(膝がしらにある皿状の骨)」のことであろう。(その奇怪な腫れ物の)の根本は膝の皿に基礎をおいており(膝の皿に根があって)。 二〇 患部。 二一 ゆっくりと動くさま。 二二 何か言おうとしているようである。 二三 だいたい人の顔そのものを備えているのではない。 二四 未詳。左の片仮名ルビ「ハヾキ」「モヽ」「マタ」は漢字三字に対応するのであろうが、「臁」に「けん」の音はなく、「腱」の誤りか。「ハヾキ」は脛の意でいうか。上の「脛」とは違う部位をいうのであろう。 二五 一斗入りの桝(ます)。 二六「遮」は、振り仮名は「しや」とあるべきところ。さえぎり止めること。「絡」はめぐること。 二七 手でなでてみると、堅くもなければ柔らかくもない。 二八 早くて。「数」は「さく」という音

に止《とゞま》る。即先に骨《ほね》を出すの孔旁《こうばう》[一五]也。瘡口脹起哆開《さうこうちやうきたかい》[一六]し、あたかも口を開《ひら》くの状《かたち》のごとし。周囲淡紅《めぐりうすあか》く唇《くちびる》のごとく、微《すこ》しく其口に触《ふる》れば則血を噴《ほとばし》る。亦疼痛《とうつう》なし。口上に二凹《くぼ》あり。瘡痕《かさのあと》相対し、凹内《くぼきうち》に各《おの〳〵》皺《しゆん》[一七]紋あり。あたかも目を閉《とぢ》、笑ひを含《ふく》むの状《かたち》のごとし。眼の下に二の小孔あり。鼻の孔《(あな)》の下に向ふがごとし。両旁に又各痕《あと》あり。痕の辺に各々堆起《つゐき》[一八]し、耳朶《みゝたぶ》のごとく、其面《をもて》楕円《だゑん》、根《ね》[一九]、膝蓋《ひざふた》に基《もとゐ》して、頭顱《づろ》《カシラ》の状《かたち》をなす。且患《うれ》[二〇]ふる処、惻々《そく〳〵》[二一]として動《うごき》あり。呼吸《こきう》のごとし。衣を掲《かゝげ》て一たび見れば、則言[二二]を欲する者に似《に》たり。復約略《またおほやう》[二三]人面を具するにあらず。強《しひ》て人面をもつてこれを名づくるの類なり。而《しかして》脛《はぎ》の内廉《けん》[二四]腿股《たいこ》《ハヾキモ、マタ》に連《つらな》り、腫《はれ》大にして斗《と》[二五]のごとく、青筋縦横遮絡《じゆうわうさらく》[二六]、これを按[二七]ずるに緊《きん》ならず寛《くわん》ならず。其脈《みやく》、数《さく》[二八]にして力あり。飲食減《いんしよくげん》せず。二便自可[二九]。斯症《このしやう》、固《もと》よりこれを多骨疽《たこつそ》[三〇]に得たり。多骨疽《たこつそ》の症、多くは遺毒《いどく》[三一]に出づる。而《(しか)して》其瘡勢《そのさうせい》斯《(かく)》のごとくに至るものあり。只口内汚腐《をふ》、充塡《ぢゆうてん》[三二]縁なく、餌糖《じたう》[三三]即《すなはち》貝母《ばひも》[三四]も、眉《まゆ》をあつめ口をひらくの功《こう》を奏《そう》することあたはず。文政己卯中元《きばうのちうげん》、桂川甫賢国寧記《かつらがはほけんこくねいきす》[三五]。

一　赤壁賦韓文公廟碑説《せきへきふかんぶんこうべうひ》[三六]　徠翁《らいをう》[三七]の説に、「文[三八]は体《たい》を識《しら》んことを要《よう》す。東坡《とうば》が赤壁《せきへき》は賦《ふ》にあらず。韓文《かんぶん》公廟碑《べうひ》は碑《ひ》にあらず。皆論《みなろん》なり」といへり。予おもふ

の時は「早い」の意。
二九 二便（大小便）おのずから可なり。（その患者は）大小便の具合は良好である。
三〇「多骨疽　足脛ナドニ疽ヲ生ジ、腐爛シテ細骨ヲ出ス也。一説ニ此疽ハ、母懐胎ノトキニ親類ト交合スレバ、生ルル子ニ発スルト云ヘリ」（病名彙解）。「疽」は悪性の腫物。「多骨疽に得たり」は「多骨疽だとこの症状が出る」の意。
三一 未詳。何かの原因で体内に残った毒の意。
三二「充塡」は傷口に薬などを塗り込むことであるが、「縁なく」は文意未詳。
三三 未詳。病人に与える栄養、転じてよく効く薬の意か。
三四 薬草の名。人面瘡の特効薬。仮名草子、伽婢子（→二八二頁注一）・九「人面瘡」に「金・石・土をはじめて、草木にいたりて、一種づゝ瘡の口にいるれば、みな受けてこれを飲みけり。貝母といふものをさしよせしに、その瘡、すなはち眉をしゞめ、口をふさぎて食らはず。やがて貝母を粉にして、瘡の口をおし開き、葦の筒をもつて吹き入るゝに、一七日のうちに、その瘡、すなはち痂《(ふた)》づくりて癒えたり。世にいふ人面瘡とは此の事なり」。これによれば、本文の「眉をあつめ口をひらく」は「眉をあつめ（眉をしかめるさま）口をふさぐ」でなければならない。
三五 桂川家六代目。シーボルトとの交流、また高野長英・渡辺崋山らとの親交で知られる。
三六 蘇軾の文章、前赤壁賦・後赤壁賦と、潮州韓文公廟碑。　三七 荻生徂徠。以下の引用は、徂徠集・二八「安澹泊に復す」其二による。
三八 文章を作るには、記なら記、賦なら賦、碑なら碑と、それぞれに応じた文体がある。それを知らなければならない。蘇軾のこれらの文章は、賦といっても賦ではなく、碑といっても碑ではなく、みな論の文体である。

に、赤壁は遊記《ゆふき》[一]を韻語《いんご》[二]にして賦[三]と名づけたるにて、論にはあらず。文中に論《ろん》もあれども、夫《(それ)》は客[四]のことばと自身の語にて、一座の興なり。其事を論ぜんとてこゝに遊びたるにもあらざるべし。韓廟碑《かんべうひ》[五]は、賢《けん》人[六]君子の事跡《じせき》、天下後世《こうせい》の耳《ち》目《もく》にみち〳〵たることとなれば、さらにいふに及ばず。夫ゆゑ自家の感慨《かんがい》をもこめてかきたるなり。其文の体裁《たいさい》[七]は東坡《とうば》もよく知たれども、千篇一律《りつ》になりては見る人も厭《いと》ひ、自身もおもしろからぬゆゑ、かくは物せしなり。徠翁《らいをう》[八]も其意はよく知りたれども、吾邦《わがくに》に文をよくする人もすくなく、かゝることはいかやうにいふても人のうけると思ひて、云ひ出せるなるべし。或人傍《かたはら》にありて予が語《ご》を聞て、「もし此人の文集をたづねば、記に論《ろん》あるも檄《げき》に論あるもあるべし」[九]といひし。いかゞあらんや。王安石《わうあんせき》よくかゝる[一〇]説を出して、「酔白堂《すひはくどう》[一一]は韓白優《かんはくゆう》[一二]劣《れつ》論なり」などいひし事あり。

一　書札文字死活《しくわつ》[一三]　書札の文字にも死活《しくわつ》あり。たとへば「一筆啓上仕《(つかまつり)》候《(さうらふ)》」より「御無事御堅固《けんご》云々」[一四]、「私宅無レ恙《つゝがなし》時候《こう》御自愛《じあい》」[一五]、「猶期後音云々」[一六]は、何事[一七]もなきにも、書《(かき)》しもかゝざるもしれぬ程の事なり。其間に、「此間の寒気は弊郷《(へいきやう)》[一八]は海浜《かいひん》に氷《こほり》を見」、或は「半月一月の旱《(ひでり)》なるに、よそには夕立《(ゆふだち)》すれども

一　旅行記。前・後赤壁賦は長江の景勝地、赤壁に遊んだ折の眺望・感慨を述べる。
二　ここでは韻文の意。
三　韻文の文体の種類。詩と異なって全体の句数や一句の字数は決まっていないが、押韻する。
四　前赤壁賦において、同行の「客」と作者とが無窮・無尽ということについて議論する。
五　潮州韓文公廟碑は、潮州(広東省の地名。韓愈が左遷されていた地)にある韓愈の治績を記念する廟のために書いた碑文。
六　韓愈を指す。その業績が天下に知れわたっている韓愈について書くのだから、文章がある程度の論を含むのは当然のことだ。
七　賦なり碑なりの文体は蘇軾もよく知っているのだが、賦・碑の型通りのものになっては、読む人にも自分にも面白くないので、変化を求めて、このように(現在のようなものに)仕上げたのだ。
八　徂徠もそのことはよく分かっているのだが、わが国には文章に通じている人が少なく、こんなこと(蘇軾を批判するなど常識を破る過激な意見)はどのようにいっても人は受け入れると思って。
九　もし徂徠の文集を調べれば、記や檄にそれぞれの文体の枠を越えた、過剰な論を含むものもあるだろう。「記」は事実を叙述する文体。「檄」は急を告げ励ます文体。議論好きで主張の多い徂徠の文章を揶揄する。
一〇　徂徠のような、人を驚かす説。
一一　蘇軾の「酔白堂記」という文章。「宋の大政治家、韓琦は帝の信任が厚く、引退を乞うても許されない。そこで邸内の池の側に堂を建てて酔白堂と名づけた。白は白居易のことで、悠々自適の老後を過ごした白居易の境涯を羨んで名づけたのである。…」と述べる。
一二　南宋の詩話、漁隠叢話・三十五に西清詩話を

こゝにはふらず」などいふは、おなじ寒暄《こうぢやう》[一九]を叙《のぶ》るにも、其地の気色《けしき》もおもひやられて、書状の文字も活《くわつ》するなり。月日の末に、「此書認《したゝめ》たる時は、雨しきりにふり、時鳥《ほとゝぎす》二声三声おとづれ」などかきたるは、いよ〳〵其時其人のすがたもおもはるゝ様にておもしろし。長さ三尋《ひろ》[二〇]あまりある書札《しよさつ》にても、死《しゝ》たるあり。三行四行の書にても、活《いき》たるあり。これらは書札にかぎらず、詩歌連俳《しかれんぱい》にては心づくべきことなるべし。

一　平家物語盛衰記《せいすい》[二一]　備中《びつちう》[二二]長尾村小野直吉《をのなほ》[二三]、よく書を読《よ》む。其子本太郎[二四]もまた其意を継《つ》ぐ。其説に、「平家物語は盛衰記より前に出し者なり。羅山《らざん》[二五]先生の説に、「葉室時長《はむろときなが》[二六]が作れる平家は、今の四十八巻の盛衰記《せいすいき》なり。信濃前司行長《しなのゝぜんじゆきなが》[二七]が平家は、今の十二巻にて、それは盛衰記中より択《えら》びぬきたるなり」とあれども、二書ともに作者はさだかならず。時代は鎌倉将軍藤氏《かまくらしやうぐんとうし》[二八]二代の中に作《つく》れるなるべし。源中納言[二九]の青侍《せいし》の夢《ゆめ》に、平家の方人《かとふど》し給へる厳島《いつくしま》[三〇]明神を追たてゝ、[三一]八幡大菩薩の「日ごろ平家へあづけおき給へる節刀《せつたう》[三二]を、頼朝《よりとも》に給《たまはら》ん」と仰《おふせ》ければ、「其後は吾孫《わがまご》にたび候へ」と春日《かすが》[三三]明神の仰せられし、などにても知るべし。藤原頼経《ふぢはらよりつね》、関東下向《くわんとうげかふ》なきさきに、いかでかかやうの事書きも思ひもせん。盛衰

引いて、「王文公(王安石)、東坡の酔白堂の記を見て云ふ、此は乃ち是れ韓白(韓琦と白居易)優劣の論と」。　一三 書簡、手紙。　一四 どうぞご無事にお達者に(お過ごし下さい)。　一五 私の家の者は変わりありません。時節柄、ご自愛(下さい)。　一六 猶(な)ほ後音(こういん)を期す。書簡文の締めくくりの決まり文句。　一七 変わったことは何もなく、こう書くほかなかったにしても、書いたのか書かなかったのか分からないほど、印象の薄い文章だ。　一八 自分の住む土地をへりくだっていう語。　一九 寒さと暖かさ(「暄」は暖かいの意)。時候の挨拶。振り仮名の「こうぢやう」は「口上(挨拶)」の意。　二〇 一尋は五尺(一・五メートル)または六尺(一・八メートル)。　二一 源平盛衰記。四十八巻。軍記。平家物語の一異本であるが、歴史記事や史料・説話類を平家物語より多量に含み込んでおり、別個の作品として扱われる。近世には平家物語よりも重視、愛読された。　二二 現岡山県岡山市長野・横尾。　二三 小野櫟翁。通称猶吉。長尾村の豪農で歌人。儒学では西山拙斎門下。　二四 →二八一頁注二〇。　二五 林羅山(→一三七頁注七)。以下の引用はその著、徒然草野槌・下・五六(徒然草第二二六段の注釈)による。　二六 平安末・鎌倉初期の学者。平家物語その他の軍記物の作者とする説があった。　二七 徒然草第二二六段に平家物語の作者として挙げられるが、生没年など未詳。　二八 鎌倉幕府が、源氏の将軍が絶えた後に、都の藤原氏から迎えた、第四代将軍の藤原頼経と、その子で第五代将軍の頼嗣。在職期間は二代合わせて一二一九―五二年。　二九 以下の話は平家物語・五「物怪之沙汰」による。「青侍」は下級の武士。　三〇 平家の氏神。「方人」は味方の意。

記には、「入道《にうだう》[一]将軍 頼経 の子にあたれり」とさへあり。もし親王《しんわう》[二]将軍の時ならば、「[三]天照大神又とりかへし給ふ」などあるべし。さて盛衰記は其後に平家物語と東鑑《あづまかゞみ》[四]とをあはせ作りたるものと見ゆ。既《すで》に源平と名づけたれば、源氏《げんじ》の事をもくはしくせんとて、大庭《おほば》[五]が早打《はやうち》の一段に、東鑑をとり入て、東国の軍《(いくさ)》を詳《つまびらか》にせしなり。然ども本《(もと)》の早打の処をも其まゝにおきたれば、二重になりしなどにても、源平盛衰《せいすい》記の後出なることはあきらけし云々」。

一　月を見る説　友人橋本《はしもと》[六]吉兵衛、名は祥《しやう》、来り語る。「人の月見るに、人によりて大小あり。おのれは径《わたり》二三寸のまろき物と見しが、人によりて径六七尺にも見ゆるあり。六寸許《(ばかり)》に見ゆるは、尋常《よのつね》の人の目なり。されば所謂《いはゆる》[七]ぬか星などは、おのれが目には見えざるべし」といふ。人々皆試《こゝろ》みし事にや。予ははじめてきゝぬ。

一　詩文名題《めいだい》[八]　詩体明弁《していめいべん》[九]に云。「楽府《がくふ》[一〇]、題《だい》を命ずる名称、一ならず、蓋自《けだしきん》二琴曲之外《きよくのほかより》一其放情《そのはうじやう》長言、雑にして方なきを、歌といふ。歩《ほ》[一一]驟《さうち》馳騁《へい》、疎《そ》にして不《とゞかふらぬを》レ滞、行といふ。[一二]これを兼《(かぬ)》るを歌といふ。行と述事《じゆつじ》本末、先後序あり。以

「追ひたてて」は「追い出そうとして」の意。三一 源氏の氏神。三二 天皇が将軍に賜る刀。平家から源氏へ天皇の信任が移ることの予兆。三三 藤原氏の氏神。春日明神が「源氏の後は自分の子孫に節刀を下さい」といったことは、源氏の将軍の後を藤原氏の将軍が継ぐことの予兆。こういう説話は、藤原氏の将軍の出現という現実があって後に生まれる、というのが小野本太郎の解釈。

一 巻十七「源中納言侍の夢の事」は右の平家物語・五「物怪之沙汰」と同じ話を伝え、「入道将軍」(頼経は将軍職を頼嗣に譲った後に出家したのでかく称する)という語は見えるが、ここに引くような文章はない。二 鎌倉幕府は第五代頼嗣の後、第六―九代の将軍には都から皇子を迎えた。これを親王将軍という。三 皇祖神。前述の夢のお告げの説話が親王将軍の時代に出来上がっていたなら、節刀を春日明神から天照大神が取り返したという話になっているはずだ。四 吾妻鑑。治承四年(一一八〇)から文永三年(一二六六)までの鎌倉幕府の事跡を記した編年体の史書。近世には軍書の代表的作品としてよく読まれた。五 平家物語・五「早馬」は、頼朝挙兵と石橋山の合戦の次第を大庭景親が福原の平清盛に早馬をもって報告する話。盛衰記では、その話を述べた後もう一度、吾妻鏡を利用して、石橋山から杉山山中のこと、源氏の諸将の動静などを詳細に語り、最後にまた大庭の注進が置かれている。六 橋本竹下。尾道の人。名は正しくは旋。吉兵衛は通称。茶山の門人。後には頼山陽に師事した。七 星屑。八 題を名付けること。九 明、徐師曾著。詩文の諸体について解説した書。詩に関する部分は詩体明弁ともいう。以下

其意を抽《ぬけ》るものを、引《いん》といふ。高下長短、委曲情《いきよくじやう》を尽《つく》して、以て其微《び》を道《い》ふ者を、曲といふ。吁嗟《うさ》慨嘆《がいたん》、悲憂深思《ひゆうしんし》、以其鬱《もてそのうつ》を伸《のぶ》るものを、吟《ぎん》といふ。其辞[一三]《ことば》を措《おく》の意《い》に因詞《よるをし》といふ。其篇命[一四]《へんめいづ》るの意に本《もとづ》き、篇といふ。発[一五]に発し、唱といふ。条理《でうり》あるを、調《てう》といふ。憤[一六]《ふん》にして不レ恕《ちよせざる》を、怨《ゑん》といふ。感《かん》じて言《こと》に発《はつす》るを、歎《たん》といふ」。皆詩の変体《へんたい》にして、総《すべ》てこれを楽府《がくふ》と云。「歌行、声あり詞ある者、楽府に載《のす》る所ノ諸歌、是なり。詞あり声なき者あり。後人作る所の諸歌、是なり。其名多く楽[一七]《がく》と府《ふ》と同して、咏《ゑい》といふ。謡《よう》といひ、哀《あい》といひ、別といふ。則楽府の未だあらざる所なり。蓋《けだし》事につきて篇に命ず。既[一八]に治《あらた》めざる古題を襲《つが》せ而《て》、声《せい》調《てう》亦《また》復相遠《とほ》し。乃《すなはち》詩の三変《へん》也」。以上、漢語なりしを、今是を和解す かくの如くありといへども、後世になりては構思[一九]《こうし》の時必しも何某《なん》らをわかたず。詩成《なつ》て後に題《だい》を命《めい》ずるのみ。撃壌集[二〇]《げきじやう》は古詩ごとに吟と命ず。

一 詩文長短《ちやうたん》 「饑蛟取二渇虎一[二一]《きかうかつこをとる》」、五字にて其事の了然[二二]たるを賞《しやう》す。然れども「夜何如其夜未レ央[二三]《よいかんよいまだなかばならず》」、「二十五声愁点長[二四]《せいしうてんながし》」、「仙人掌上玉芙蓉[二五]《せんにんじやうしやうぎよくふよう》」の如き、みじかきことを長くいひて味多し。是等は其詩の体裁《たいさい》、其語の勢にもよりて、みじかきを必とせざるなるべし。

の引用のうち、「楽府、題を命ずる名称」から次頁四行目の「歎といふ」まではその「楽府」の部により、次頁五行目の「歌行、声有り」から最後までは、「近体歌行」の部によるが、誤字や訓読の誤りがかなりある。茶山自身がこのような誤りを犯すことはありえないので、校訂者木村考安の誤りか。 一〇 振り仮名は「がふ」とあるべきところ。 一一 「歩驟馳騁(ほしうちてい)」の誤り。走り回ること。ここでは詩の措辞がリズミカルで早く流れるさまをいう。

一二 原漢文の訓読の誤りと誤字がある。正しくは「之を兼ぬるを歌行と曰ふ。事の本末を述べ、先後、序有り、以て其の臆を抽く」は、胸の思いを引き出す、の意。「其の臆を抽く」は、胸の思いを引き出す、の意。一三 誤字がある。正しくは「其の辞を立つるの意に因るを、辞と曰ふ」。 一四 誤字誤読がある。正しくは「其の篇に命ずるの義に本づくを」。 一五 「歌に発するを」の誤り。 一六 「憤(いきどほ)って怒らざるを」の誤り。 一七 「楽府と同じうして」の誤り。 一八 「既にして古題を沿襲せず」の誤り。 一九 詩の構想を立てる時。 二〇 北宋の詩人、邵雍(しょうよう)の詩集。正しくは伊川撃壌集。古詩に限らず、律詩・絶句を含めて、「何々吟」と題する詩が極めて多い。「古詩ごとに」の「古」は衍文と見るべきか。 二一 宋の周紫芝の竹坡詩話・二に、蘇軾の「嶺外」詩で、虎が池に水を飲みに来たところ、水中に大蛇がひそんでいて、尾を振るって虎を捕らえ、食べてしまったということを、「潜鱗饑蛟有り。尾を掉(ふる)って渇虎を取る」と簡潔に表現したことについて、「十字を以て説き尽くす」と絶賛する。茶山が「五字にて」といっているのは不審。もとの二句十字を「饑蛟渇虎を取る」の五字に勝手に縮めたものか。 二二 瞭然。あきらか。

一　塩河侯《えんかこう》[一]　塩河侯《えんかこう》は、水と魚とのたとへをいはん為に、ふとおもひ付たる名なるべし。魏文侯《ぎのぶんこう》[二]ならんといひ、塩河《えんか》の官《くわん》に侯《こう》と称せらるゝ人あらんなどいふは、笑ふべし。此書の名字みな此類なるに、これに人を当(あて)んとするは、別に意《い》ありや。

一　詩人の説　ある人もと七才子[三]の詩《し》を悦びしが、此頃幡然《ばんぜん》[四]として体を変《へん》じ、宋調《そうてう》を学んといふ。余云、「詩の妙処は宋《そう》を必とせず、明《みん》を必とせず。好処《こうしよ》は明にも宋にもあり。魔処《ましよ》[五]も亦然り。高青邱《かうせいきう》[六]・李何《か》[七]・李于鱗《りうりん》[八]がごときは、東坡《とうば》・放翁《はうをう》[九]に見せても拙《せつ》[一〇]とはいはざるべし。明人、一時宋をそしる。流俗《りうぞく》[一一]にも、宋人才なしなどいふこと常言なれども、英雄《えいゆう》[一二]人を欺《あざむ》く意《こゝろ》多し。清の王漁洋《わうぎよやう》[一三]、古来七言律《りつ》の上手をかぞへて、宋に陸放翁《りくはうをう》、明に崆峒《くうどう》[一四]・滄溟《さうめい》二李などいふこそ、平心[一五]の詞なるべけれ。今平心にて見れば、宋《そう》にも明詩《みんし》あり、明にも宋詩あり。これは自ら見てみづからしるべきにや」。

一　栗《くり》の大樹　備後の安田[一六]といふ所に栗《くり》の垂《しだれ》たるあり。遠く見れば垂糸桜《しだれざくら》の

二三 詩経・小雅・「庭燎」の第一句。夜はもう何時(なんどき)だろう。まだ真夜中にはなっていない。
二四 三体詩・七言絶句・李郢(りえい)「虚白堂に宿る」の結句。「愁点」は「秋点」の誤り。「二十五声」は夜の時報の鐘の音。「秋点長し」は秋の夜がことさらに長く感じられる、の意。
二五 三体詩・七言絶句・王建「宮詞」の第二句。「仙人掌」は、不老不死となるために天から落ちる露を集める装置。銅製で、仙人が玉杯を捧げた形をしている。「玉芙蓉」の芙蓉は蓮の花。仙人の捧げる玉杯が蓮の形なのでこういう。

一 「監河侯」の誤り。「監」と「鹽(塩の正字体)」の相似による。荘子・外物の轍鮒の寓話(→二四六頁注三)における、荘子との対話の相手の名。
二 戦国時代、魏の君主。林注荘子に「監河侯は説苑に曰く、魏の文侯なりと。また未だ必ずしも然らず。或いは是れ監河の官、侯を以て之を称するか。然らずんば則ち侯は是れ其の姓なり」。
三 明代の古文辞派の詩人たち。十六世紀前半の前七子と、十六世紀後半の後七子がいるが、李攀竜(→二八二頁注六)を中心とする後七子の方が有名。ここも後七子を指すのであろう。
四 振り仮名は「はんぜん」とあるべきところ。翻然に同じ。心ががらりと変わって。
五 欠点。
六 高啓。明代初めの代表的詩人。青邱はその号。
七 明の前七子のうちの李夢陽と何景明。
八 李攀竜。于鱗はその字。
九 陸游。放翁はその号。→三三五頁注二三。
一〇 下手。
一一 世間一般。「宋人才なし」は→三三五頁注二〇。
一二 すぐれた人物は、才気に任せてとんでもないことをいうことがある(明の人が宋の詩人をそしるのを、真に受けてはいけない)。
一三 王士禛。漁洋は号。清代の詩人。その随筆、

ごとし。高さは一丈[一七]許《ばかり》にて、はたはり[一八]二畝《せ》[一九]許もあり。栗毬《りつきう》[二〇]多《おほく》つきて見事なりしとて、外姪《とつをひ》《グハイテツ》[二一]浅右衛門、此頃図して帰り、示す。

一　詩語に白字を交ふる説[二二]　詩語限り[二三]あれば、間に字を挿《さし》入れてよく通ずるあり。孔子《こうし》の「有レ物必有レ則《ものあればかならずそくあり》」[二四]よりはじまり、程《てい》明道[二五]の詩を説くに、点掇《てんせつ》して人を省悟《せいご》せしむるといふも、其法也。徠翁《らいをう》[二六]又これにしたがふて詩をときて、語句《ごく》の間に白字をまじゆ。近頃の僧大典[二七]、むかし僧何某が創法《さうはふ》とて、こと〴〵くかきたるも、おさなきや。

一　唐商遺物《たうしやういぶつ》　京富《とみ》[二八]小路竹屋町のあたりやらんに、机硯笥《つくゑすゞりはこ》[二九]やうのもの数品《すひん》もたる家あり。是はむかし唐山《もろこし》の人年々来り、店をひらき物を売り、帰る時は、売残せし貨物《くわもつ》を其町内に預《あづ》け置くを例とす。一年かけて又来らず、十年を経し故有司《ゆうし》へ伺《うかゞ》ひければ、其貨《くわ》は一町として預りおくべきよし命ぜられ、巡検使《じゆんけんし》[三〇]のたびごとに点検《てんけん》せられしこと、四十年前まではしかありしよし。今はいかゞなりしや。其頃は京・南都[三一]へ来り店出せし唐《たう》人はいくたりもありしとなり。

居易録・三に「(七言律詩を作って)其の十分満つる者は、ただ杜甫・李頎(き)・李商隠・陸游、及び明の空同・滄溟の二李数家のみ」。一四 それぞれ李夢陽と李攀竜の号。一五 才気を見せようなどという気持ちの混じらない、平常の心。一六 現広島県神石(じんせき)郡油木町安田。一七 約三メートル。一八 広がり。一九 面積の単位。一畝は約一〇〇平方メートル。二〇 栗のいが。

二一 男がその姉妹の生んだ子を称する語。茶山の妹マツ(後、ミツ、さらに好と改名)は初め備中笠岡の河田浅右衛門政策に嫁している。この「浅右衛門」はその間に生まれた子であろう。二二 白話文に多い、あってもなくても文意に変わりはないが、ある方が文章が分かりやすくなる文字。助字の類。二三 詩は一句の字数に制約があるので、どうしても圧縮した表現になる。読解する際には、「白字」を挿入すると分かりやすくなることがある。二四 詩経・大雅「蒸民」に「物有れば則有り(物事が存在すれば、そこには法則がある)」。孟子・告子・上にこの句を引いて、「孔子曰く、此の詩を為す者は、其れ道を知れるか。故に物有れば必ず則有り」と、「必」字を挿入して文意を分かりやすくしている。ただし通常は「孔子曰く」がかかるのは「知れるか」までで、「故に」以下は孟子の語とする。二五 程顥(ていこう)。明道は号。弟の伊川とともに宋学の基礎を築いた。ここに引くのは、二程全書・外書十二「伝聞雑記」に見える次の言であろうが、話者は程明道ではなく、劉扆(りゅうこう)＝字は伯醇)である。「伯醇常に詩を談じて云ふ、並びに一字の訓詁を下さず。時有ってただ一両字を転却して、点掇地(てんてつち)に念過し、便ち人をして省悟せしむ」。決して詩を注釈せず、一、二字を他のいい方に置き換えて、部分的に音読して、

一　天竺《てんぢく》[一]徳兵衛　徳兵衛といふは高砂[二]の商にて、外国を廻り天竺《てんぢく》にもゆきし故、綽号《あだな》とす。天竺にて釈迦《しやか》の居ませし寺に遊び、礎《いしずゑ》のみ残りたるを見しこと、[三]長崎夜話《やわ》に見ゆ。近頃大坂にてカメリカ[四]国の亀甲《きつかう》を見る。其亀文《きぶん》[五]、こゝの物と大同小異《い》なり。凹《くぼ》き所は金色にて、全体、こゝの亀より丸くして遍《へん》ならず。これも徳兵衛婀《あ》[六]媽《ま》港《かは》よりとり帰りしものなりといふ。

一　産医《さんい》可レ慎《つゝしむべき》事　一老医《らうい》の話次[七]に、「鞆《とも》[八]の浦の某、難産にて、諸医穏婆《とりあげばゝ》等、みな死胎《したい》なりといふ。産婦も亦しかいふによつて、せめて母をたすけんとて、鍛工《かぢ》に命じて引出す具《ぐ》を造《つく》らしむ。具すでになりて引出さんとする時に、俄に分娩《あんざん》して健《すくやか》なる男子なりし。今尚存在《なほそんざい》せり。又何某邑《なにがしむら》の何某《なにがし》の家に難産《なんざん》あり。是《これ》も諸老医《しよらうい》多くあつまり、死胎《したい》なりとて鉤《かぎ》をもて引出《ひきいだ》せしに、産声《うぶごゑ》たかくくるしげに聞《きこ》えて、死胎《したい》にはあらずして、鉤《かぎ》の創痕《きづあと》より血《ち》したゝりてやまず。二日《ふつか》を経《へ》て死《し》したり。鞆《とも》の産《さん》は、われも与《よ》[九]謀《ぼう》して引出《ひきいださ》んとおもひたりし」と語《かた》りぬ。かゝれば今の産医《さんい》妙術《めうじゆつ》多しといへども、亦慎《つゝし》むべき処《ところ》あるにや。

一　羞悪《しうを》[一〇]　文化《ぶんくは》[一一]三年三月、妹《いもと》[一二]なりけるたねが京《きやう》に行《ゆき》しに、一日《あるひ》、因幡《いなば》[一三]薬師《やくし》の

そういうやり方で人に理解させる。二六 荻生徂徠。ここでは、徂徠が明の古文辞派の詩を注釈した絶句解において、「白字」を挿入することで詩句を分かりやすくしたことをいう。二七 →三四〇頁注八。ここでいうこと、未詳。二八 富小路は京都の南北の通り。竹屋町は東西の通り。その交差する地点をこのようないい方をするのが京都の習慣。二九 硯や筆など文具一式を入れる箱。三〇 近世、五代綱吉の時以降、将軍の代替りごとに派遣された諸国巡見使。全国を八区域に分け、天領私領の別なく監察した。三一 奈良。

一 近世初期の船乗り。海外渡航が禁止される前に、貿易船で東南アジアへ二度出かけたことがあり、その見聞記が残る。歌舞伎・浄瑠璃では、キリシタンの妖術を駆使して天下をうかがう謀反人に脚色されている。二 現兵庫県高砂市。徳兵衛はここの出身と伝えられ、墓も現存する。三 近世中期の長崎の町人学者、西川如見著の長崎夜話草。巻二に「五十年前、長崎に甚兵衛とかや聞えし逸民あり。若き頃暹羅（しゃむ＝タイの旧称）へ渡海し、仏在所を拝まんとて友人と二人、中天竺に至りぬ。今は祇園精舎も礎石のみ残りて、石碑も青苔にうづもる」。茶山はこの甚兵衛と天竺徳兵衛を混同している。なお「天竺」は近世にはインドに限らず、漠然と東南アジア方面を指す語として用いられた。四 アメリカ国の誤り。文政元年(一八一八)茶山は吉野の桜見物を中心とした長期間の関西旅行に出かけた。その折の日記「大和行日記」の五月二十二日条に、大坂の芳水堂(骨董商か)で書画や奇珍の品を見せてもらったことを記す。「其物一々記しがたし。…又アメリカの亀の甲と云ふ

戯場《しばゐ》を見《み》るに、一悪人《ひとりのわるもの》出て人を害《がい》するさま、あまりににくゝ見えければ、桟《さ》敷《じき》にをりたる一老人舞《ぶ》台《たい》へ飛上《とびあが》り、其役者《そのやくしや》を打《うち》たゝきしかば、頓《やが》て人々取押《とりおさ》へて、老人《ろうじん》をつれ帰《かへ》りけるを見《み》たりといふ。おもへば[一四]虞《ぐ》初新志《しよしんし》に其事のごとき事あり。取おさへたる人《ひと》、「あれは戯《たはぶれ》なり」といひければ、其《その》人、「若真《もししん》ならば、我《わが》刀《かたな》に[一五]膏《あぶら》せんに」といひし。何地《いづち》もおなじく善《ぜん》を好《この》み悪《あく》をにくむの[一六]懿徳《いとく》の、おもはぬ処《ところ》に[一七]発見《はつけん》すること、つねにあることなり。

一　詩歌《しか》の語　此頃雨《このごろあめ》ふりつゞきて晴《はる》る期《ご》も見えず。よりてふるき歌《うた》に、

[一八]住吉《すみよし》の松《まつ》の千歳《ちとせ》もふるばかり久《ひさ》しくはれぬ五月雨《さみだれ》の空《そら》

俳諧《はいかい》の発句《ほつく》に、

[一九]さみだれやある夜《よ》ひそかに松《まつ》の月《つき》

などいふを思《おも》ひ出《いで》て、かくあまりにふりすぎ久《ひさ》しすぎたるも、興《けう》さめて見ゆるものなり。おもふついでにまた歌《うた》に、

[二〇]ながめじと思ひすてゝもとにかくに涙《なみだ》せきあへぬ秋夕暮《あきのゆふぐれ》

これらも悲《かな》しすぎたり。春《はる》の曙《あけぼの》に命《いのち》を[二一]のばへ、郭公《ほとゝぎす》を待《まち》て幾夜《いくよ》もいねざりしなども其類にて、古人《こじん》の上手《じやうず》にも[二二]此類《このたぐひ》多けれども、余《われ》はこのまず。

を呂宋国(るそんこく=フィリピン)にて製せしとて、銅蓮葉にのせたる香炉あり。むかし天竺徳兵衛取り帰りしと云ふ。徳兵衛は高砂の人といひつたふ。足利の末、天竺へも出港、呂宋へも行商せし人にて、天竺と渾名せしと云ふ」。
五 亀甲の模様。 六 マカオ。 七 話のついで。
八 →三四〇頁注一。 九 その考えに加わって。「与」は「仲間になる」の意。
一〇 自分の不善を恥じ、人の不善を憎むこと。孟子・公孫丑・上「羞悪の心なきは、人にあらざるなり」。 一一 一八〇六年。
一二 未詳。茶山の妹はチヨ・マツの二人いる。「たね」はどちらかの別名か。 一三 京都市下京区因幡堂町にある真言宗、平等寺。俗称因幡堂。本尊が薬師如来であることから因幡薬師ともいう。その境内では芝居が興行されていた。
一四 清の張潮編の短編小説集。巻八・髯樵伝に、髭面のきこりが芝居を見に行き、秦檜(しんかい=南宋の政治家。金と屈辱的な和議を結び、多くの忠臣を殺した人物として後世極めて評判が悪い)が登場したのを見て、舞台に飛び上がり、殴り付ける。人々が取り押さえて、「これは芝居だ。本物の秦檜ではない」というと、「わかっている。だから殴ったのだ。本物ならば斧で切り殺している(真ならば吾が斧ニ膏セン)」と答えたことが見える。 一五 人体のあぶら。人を斬ると刃物に付着する。 一六 立派な徳。 一七 「発現」に同じ。
一八 出典不明。「住吉」は現大阪市住吉区あたり一帯。往古は海岸で、松林があった。第一・二句は実景であるとともに「ふる(経る・降るの掛詞)ばかり」を出すための序詞。ここ住吉の地の松は千年も経ているが、まさに千年も降り続けるかのように、五月雨の空は久しく晴れないことだ。 一九 近世中期の俳人、大島蓼太(りょうた)の発

有明《ありあけ》[一]のつれなく見えし別《わかれ》より暁《あかつき》ばかり憂《うき》ものはなし

といふを[二]古今第《こきんだい》一とし、「[三]秦時明月漢時関《しんじのめいげつかんじのくわん》。万里長征《ちやうせい》人未レ還《いまだかへらず》」といふを唐絶《たうぜつ》の圧巻《あつくわん》などいふは、眼《まなこ》たかし。近頃[四]小沢蘆庵《をざはろあん》のみ此意《このこゝろ》を知《し》れりと見ゆること多《おほ》かりし。[五]諸九《（しよきう）》といへる尼《あま》、[六]夷講《えびすこう》にて酒《さか》もりする処《ところ》にて、

[七]客《きやく》をつるいとは三筋《みすぢ》やえびす講

といふ[八]ほくしたりければ、一座《いちざ》興《きやう》ありつれども、其さま賤《いや》しければ、後悔《こうくわい》したりと、みづから語《かた》りし。かゝる体は俳諧《はいかい》の[九]俗談平話《ぞくだんへいわ》といへるにさへいやしむを、近頃詩歌《ちかごろしか》の人、好《この》みて[一〇]こゝをせにして物するは、いかにぞや。

一　機巧《からくり》　備前岡山《びぜんおかやま》[一一]表具師《ひやうぐし》[一二]幸吉《こうきち》といふもの、一鳩《きう》《ハト》をとらへて、其身《そのみ》の軽重《けいちゆう》、羽翼《うよく》の長短《ちやうたん》を計《はか》り、我身《わがみ》のおもさをかけくらべて、自《みづから》羽翼《つばさ》を製《せい》し、機《からくり》を設《もふ》けて、胸前《むねのまへ》にて操《あやつ》り搏《うち》て飛行《ひぎやう》す。地より直《すぐ》に颺《あが》ることあたはず。屋上よりは[一三]うちていづ。ある夜郊外《まちはづれ》をかけり廻《まは》りて、一所《ひとゝころ》野宴《やあん》するを下《くだ》し視《み》て、もししれる人にやと近よりて見《み》んとするに、[一四]地《ち》に近づけば風力《ふうりき》よわくなりて、思はず落《おち》たりければ、その男女おどろきさけびて逃《のがれ》はしりける。あとに酒肴《さけさかな》[一五]さはに残《のこ》りたるを、幸吉あくまで飲《のみ》くひしてまた飛さらんとするに、地よりはたち颺《あが》りがた

句。人口に膾炙する。五月雨ばかり続いていたが、ある夜ふと気がつくと、雨が上がっており、いつの間にか庭の松に月がかかっていた。

一〇 出典不明。やや似た歌に、新後拾遺和歌集・秋上に「ながめじと思ひすつれどあはれのみ身にそひてうき秋の夕暮」がある。もう思いにふけるまいと、きっぱり断念しても、何につけても涙を押さえかねる秋の夕暮れであることだ。

一一 「延ばへ」。延ばし。

一二 感情表現が誇張に過ぎる類。

一 古今集・十三・恋。壬生忠岑の歌。夜が明けたので、あの人に別れて帰ってゆかねばならなかった。有明の月がその私の気持ちに対してそ知らぬ顔をしているように見えた時以来、暁ほどつらく悲しいものはない。

二 一条兼良の童蒙抄に、後鳥羽院が定家・家隆に古今集の秀歌を問うたところ、二人ともこれを挙げたなど、古来定評のある歌。

三 唐詩選・七、王昌齢「従軍行」三の第一・二句。天にある月も、地にある関門も、秦・漢の昔と少しも変わらない。万里の彼方へ匈奴との戦争に遠征していった兵士たちは、まだ帰れないでいる。唐詩訓解のこの詩の注に、「王元美曰く、于鱗(唐詩選の編者、李攀竜の字)言ふ、唐人の絶句、当(ま)さに「秦時の明月漢時の関」を以て圧巻とすべしと」。 四 近世中期の京都の歌人。茶山は直接の交遊はなかったようであるが、頼山陽の母、梅颸(ばいし)が芦庵の門人であるなど、その存在を身近に感じていた。 五 近世中期の女流俳人。旅を好み、中国筋もしばしば訪れた。

六 商家で福の神の夷神を祭り、繁栄を祈って宴を張る年中行事。土地により日取りが異なるが、俳諧では冬の季語。 七 この句、大内初夫他編

きゆゑ、羽翼《つばさ》をおさめて歩《かち》して帰《かへ》りける。後《のち》に此事《このこと》あらはれ、市尹《まちぶぎやう》の庁《ちやう》《ヤクシヨ》によび出《いだ》され、人のせぬ事をするは、なぐさみといへども一罪《ひとつのつみ》なりとて、両翼《りやうよく》をとりあげ、その住《すめ》る巷《まち》を追放《つひはう》せられて、他《た》の巷《まち》にうつしかへられける。一時の笑柄《わらひぐさ》のみなりしかど、珍《めづ》らしき事なればしるす。寛政《くはんせい》[一六]の前のことなり。

一 子反《しはん》[一七]酒疾《しゆしつ》[一八]　左伝《さでん》[一九]の、子反《しはん》が酒《さけ》をのむこと、かゝる[二〇]ことは人間にあるまじき事なるべし。予《よ》も酒《さけ》の疾《しつ》ありていろ〳〵の変態《へんたい》をしれども、凡《(およそ)》世《よ》に心《こゝろ》のなき人《ひと》はあらじ。子反《しはん》酔《ゑは》ざればよき将《しやう》にて、酔る時事《ときこと》[二一]を敗《やぶ》るは、平生《へいぜい》の事なるべし。陣《ぢん》に臨《のぞ》み敵《てき》に対《たい》しては、かゝることはあるべからず。かゝることある人ならば、酔《ゑは》ざる時もよき将《せう》にてはあらざるべし。

凡《(およそ)》酒の疾《しつ》、酔《ゑい》て前後《ぜんご》をわすれ、身をわするゝは多けれど、大酔《たいすい》の上《うへ》の事にて、尋常《よのつね》にはあらじ。疲労《ひろう》して、しばらくこれをもて気《き》を引《ひき》たてんとするは、大酔して前後をわするゝにも至らず。子反《しはん》も中軍《ちうぐん》[二二]の大鼓《たいこ》と心《こゝろ》づかひの多《おほ》きとに、しばらく労《つかれ》をたすくる心なるを、敗軍《はいぐん》[二三]になりし故《ゆへ》、人《ひと》も奇《き》に云《いひ》つたへ、書《しよ》にも奇《き》に書《かき》しなるべし。

「湖白庵諸九尼全集」に見えない。えびす講で三味線を弾いて賑やかに騒いでいるが、その三本の糸が、えびす様が鯛を釣ったように、客を釣り寄せて商売繁盛をもたらしてくれるのだ。八 発句。九 俳論用語。卑近な俗語や普段の話し言葉。俳諧ではこれを嫌わない。

一〇 俗談平話をもっぱらの趣向にして。

一一 書や画を懸軸・屏風・襖などに仕立てる職人。

一二 渡辺知水「鳥人表具師幸吉」によってまとめる。幸吉は備前児島郡八浜の船宿、桜屋清兵衛の次男として生まれた。父親は彼の七歳の時に死亡、幸吉は岡山の紙商兼表具師に引き取られて見習工となった。天明五年(一七八五)幸吉二十九歳の夏に初めて飛行した。実際は滑走という程度のものであったらしい。本文の通り所払いとなり、一度八浜に戻って、その後静岡に移り住んだ。静岡では時計の修繕工となり、次に入歯師となった。静岡でも飛行を試み、罪を得たともいう。この幸吉については、西山拙斎も鳥人篇を記している。一三 はばたいて飛び出した。

一四 底本「地を」。意によって改める。一五 たくさんに。一六 寛政元年は一七八九年。

一七 公子側(「公」は姓。「子側」は名)。春秋時代、楚の人。子反はその字。一八 酒の上の失敗。

一九 春秋左氏伝・成公十六年に、楚が晋と戦ったとき、楚王が子反を呼んで相談しようとすると、子反は王の前に出られないほど酔っぱらっていた。楚王は遁走、楚軍は敗退。子反は責任を取って自害したことが述べられている。

二〇 こんな馬鹿な話が人間にあるはずがない(作り話に決まっている。そう考える理由を以下に述べる)。二一 酔って失敗するというのは、ふだん何でもない時のことであるはずだ。

二二 中央を受け持つ軍勢。子反は中軍の指揮官

一　夜半鐘《やはんのかね》[一]　夜半鐘《やはんしやう》のこと、呉《ご》[二]中のみにありと云《いふ》説もあり。又[三]夜《よ》あけの鐘《かね》を夜半《やはん》と認《したゝ》めし、などいふもあり。あけて後《のち》に寺《てら》を見《み》て、さては夜前聞《やぜんきゝ》しはあの寒山寺《かんざんじ》の鐘《かね》なりし、といふ説もあり。李洞《りどう》[四]が「月落長安半夜鐘《つきおつちやうあんはんやのかね》」といふを見れば、呉中《ごちう》のみにあらず。丘仲孚《きうちゆうふ》[五]書をよむに、「中宵《ちゆうせう》の鐘《かね》を限《かぎり》とす」といふも、半夜《はんや》なるべし。張継《ちやうけい》が重泊楓橋詩《ちようはくふうけうのし》[六]にも、「烏啼月落寒山寺《からすなきつきおつかんざんじ》。支レ枕《まくらをさゝへて》猶聞半夜《なほきくはんやの》鐘《かね》」といふもありて、さだかなるに、「月落烏啼《つきおちからすなく》」を夜《よ》あけのけしきに見るゆゑに、色々《いろ〳〵》の謬解《べうげ》[七]もいでくるなるべし。

であった。太鼓は軍の進退の合図に打つ。
三三 (子反は疲労回復にちょっと酒を飲んだだけなのに)敗れたため、人も書物も面白おかしく話をいい伝えたのに違いない。

一 唐詩選・七、張継「楓橋夜泊」の結句「夜半の鐘声客船に到る」に詠まれた「夜半の鐘」の考証。宋の欧陽修が「句は則ち佳なり。其れ如(も)し三更ならば、是れ鐘を打つの時ならず」(六一詩話)と批判して以来、後続の詩話にしばしば取り上げられた。
二 江蘇省呉県。呉中の寺院は実際に真夜中に鐘をつくという説。宋の葉夢得(ようぼうとく)の石林詩話に「欧陽文忠公、嘗て其の夜半は打鐘の時にあらざるを病(欠点)とす。蓋し公未だ嘗て呉中に至らざるなり。今呉中の山寺、実に夜半を以て鐘を打つ」。
三 以下の二説、典拠未詳。「認めし」は「認(と)(み)めし」と訓むべきところ。
四 唐の詩人。句は三体詩・七絶「三蔵の西域に帰るを送る」の第四句。
五 梁の人。南史・文学伝のその条に「書を読むに、常に中宵の鐘の鳴るを以て限りと為す」。
六 重(かさ)ねて楓橋に泊す。その第三・四句。「支レ枕」は「欹レ枕(枕を欹〔そばだ〕てて)」とあるべきところ。
七 誤った解釈。振り仮名は「びうげ」とあるべきところ。

（三五七頁より続く）
三二 楊慎。明の文人。升庵はその号。↓二六九頁注三八。「竄」は「讒(ざん)」の誤り。明朝が世宗を皇帝に立てた時、その父の興献王にどういう称号を与えるべきかを争う「大礼の議」という議論が起こった。嘉靖三年(一五二四)楊慎は同志の者

安政三年丙辰三月　御免
同　四年孟春発兌

三都
書肆

江戸日本橋通壱町目
須原屋茂兵衛
同弐町目
山城屋佐兵衛
京東洞院二条上ル
田中屋治助
大坂心斎橋北久太郎町北ヱ入
河内屋喜兵衛
同安土町南入
河内屋和助
備中倉敷書林
太田屋六蔵

と世宗の意向に反する主張をし、「臣等(私たち)の執(と)る所は、程頤・朱熹の説なり」と述べたため、雲南省に左遷された(明史・楊慎伝)。国朝詩別裁集・六、田雯(でん)の「碧峣書院の歌。楊升庵先生を弔す」詩に「程朱の正論臣の執る所。今昔の濮議誰か斟量す」という聯がある。二四 楊慎の主張が敗れたのは、明の嘉靖の「大礼の議」の際のことであるが、宋の「濮議」と同種の問題なので、程朱の議論は清朝においても正論とされていたことが分かる。二五 東坡は蘇軾。東坡はその号。宋の政治家、文人。唐宋八大家の一人。以下の東坡上書の出典未詳。二六 税金を催促する小役人。二七 催欠の吏卒を、人々を苦しめるものにたとえた。二八 契丹族の王朝。モンゴル・満州・華北の一部を支配した。二九 西夏。タングート族の王朝。宋の西北、甘粛・オルドスを支配した。三〇 雲南省。→二六九頁注二〇。支配の及ばない南端の辺境として放棄したので。三一 面積。三二 計算。三三 日本六十余州と同じいい方で中国全土を表わす時に、中華四百余州という。三四 宋の政治家、文人。唐宋八大家の一人。→二九六頁注一一。政治家としては新法を推進した革新派であった。そのため後世保守派から非難され、悪人という評価が定着している。三五 ここで文が終わっているので、「思ひしらる」とあるべきか。

無《む》可《か》有《う》郷《きよう》

日野龍夫
小林勇
校注

鈴木桃野(一八〇〇―一八五二)の随筆としては、早く三田村鳶魚によって『鼠璞十種』に収められ、大正五年に活字化された『反古のうらがき』が最も著名で、かつ分量も多く内容的にも近世随筆中の白眉と称せられるが、その他に『酔桃庵雑筆』『桃野随筆』、そして本書に収めた『無可有郷』が今日に伝えられている。これらは長く存在のみ知られて、その全貌が紹介されることがなかったが、昭和五十五年に『随筆百花苑』第七巻中に収められてようやく広く読まれるようになった。

「無可有郷」の語は『荘子』「逍遥遊」篇を出典とする。何もない広々とした土地、荘子の理想とした無為の仙境を意味する。この書を含め桃野の随筆には序跋の類がなく、成立年代がはっきりしないが、本文中に見える年記は天保戊戌(九年〔一八三八〕)が最も新しい。おそらくそれをさほど下らない時期の成立であろう。桃野の随筆として最も早い時期の著である(解説参照)。それ故か、他の作がいかにも無造作に命名されているのに比して、この命名にはそこに一つの別乾坤としての自己の理想郷を表現しようとするような、多少の気負いめいたものが感じられなくもない。

そうした一種の気負いのようなものは、この書の内容にもまた見られるように思う。後年の桃野の随筆は、淡々とした叙事の文章中に何とも言えない味わいのあることが知られるが、この書では自己の見識を恃んだ議論を事とする編が目立つ。文章も後年の暢達なものに比して生硬の感がある。ただ最も新しい年記を持つ「自述」の一編などには後年の桃野の面目が窺われるし、またこの文章は何よりも桃野自身が自らを語ったものとして貴重なもので、森潤三郎氏、森銑三氏などにより早くから注解を加えた紹介がなされている。

底本は国立国会図書館蔵本。三巻一冊。現在も営業中の古書肆浅倉屋がかつて傭書に写させたという比較的新しい転写本で、『随筆百花苑』の底本と同一である。『国書総目録』によれば、他に、九大本、京大本がある。九大本は未見。京大本は三巻二冊だが、底本と祖本を同じくするらしく、底本の空白部などは同様に空白となっている。本文もほとんど同じであるが、まま異同もある。注意すべきものは脚注に示した。なお森潤三郎氏も一本を蔵しておられた由であるが、それも底本と同系統のものであるとのことであった。

(小林　勇)

無可有郷目録

上巻

中巻

下巻

一 習慣となっている気分。
二 入りまじって純粋でないこと。
三 他の人々の長所をあれこれと取り入れて、自分の欠点をごまかそうとするのとは異なる。
四 細井広沢。一六五八―一七三五年。名は知慎(ともちか)。書家。撥鐙法を北島雪山に学び、文徴明(→三八〇頁注四)を重んじた。唐様(→三八〇頁注一〇)の書は広沢以後盛んになり、長子九皐を始め関思恭(→四〇五頁注三九)・三井親和等を門下に輩出した。
五 唐の杜甫の曲江詩による表現。
六 以下にもしばしば名が見え、本書下巻「夢」によれば「本田」を姓としたらしいが、この人物について詳しいことは不明。
七 汪楫。中国清の人。字は舟次。悔斎は号。詩書に巧みであった。康熙二十二年(一六八三)の冊封琉球正使(→四一五頁注一七)。
八 中国明末の文人、書家。一五五五―一六三六年。官は礼部尚書に至る。書に於ては王羲之(→注九)を宗としたが、形似よりも精神の把握

無可有郷 上巻

詩瀑山人 著

書評

元禄以前の書は皆《みな》能書なり。拙書のものもありといへども、[一]習気今の[二]駁雑なる者にあらず。故に筆法覚へしまゝに書《かき》て、些《いささか》も自己の私智を加へず。まゝ新奇に出《いつ》る人もありといへども、亦《また》[三]人の彼《かれ》を取り此《これ》をとりて、拙を蔵するものと同じからず。[四]広沢《くわうたく》先生出《いで》て書法ひらけ、広沢先生出て書法ほろぶ、歎ずべき事也。

[五]人生七十古来稀《まれ》なり。限りあるよはひをもつて、無限道を窮めんとする故に、労して功を見ず。[六]薩の香雪翁、二十余歳より初《はじめ》て書に志《こころ》ざし、清《しん》の[七]汪太史《わうたいし》悔《くわい》斎《さい》をもつて祖宗とし、家に悔斎の真跡数幅あるゆへなり[八]董其昌《とうきしやう》を加へて書す。其《その》説に、書は近き唐人の真蹟をおほく見て、筆法、[九]王羲之《わうぎし》の[一〇]集字聖教、董其昌、[一一]子昂《すがう》、[一二]米芾《べいふつ》等の

を事とし、趙子昂(→注一一)やその系統の人々とは異なる行き方を示した。禅学にも深く、書画の理論にも秀でる。清の康熙帝は特に董其昌の書を愛し、その書風は広く長く世に行われた。

九 中国東晋時代の人。三〇七—三六五年。字は逸少。右軍将軍の官に就いたことから、「王右軍」とも呼ばれる。楷書・行書・草書の三体を完成させ、書を気韻生動の芸術的域にまで高めた。後世書聖として尊崇される。

一〇 唐高宗の咸亨三年(六七二)、僧懐仁が勅命を奉じて、宮中に秘蔵される王羲之の書の中から文字を寄せ集め、玄奘を讃える「聖経序」の文章に仕立てて、碑にしたもの。王羲之の書を知る手本として広く尊ばれた。

一一 趙子昂。中国元代の人。一二五四—一三二二年。諱は孟頫、号は松雪。宋の貴族の家に生まれたが、征服王朝の元に出仕したため、その点には批判もある。宋代の書が王羲之の流れを承けつつも、顔真卿(→四〇二頁注三)や五代の楊凝式の影響を多かれ少なかれ受けていたのに対し、それを古法の乱れと捉え、王羲之の古法に帰ることを主張し、復古に努めた。その結果復古の書風が天下を風靡し、その影響は日本にも及んだ。

一二 中国宋代の人。一〇五一—一一〇七年。初名は黻、字は元章。宋三大家の一人で、蘇東坡・黄山谷の書が文人の余技であるのに対し、米芾は書画の専門家であった。その書は「集古字」と呼ばれ、諸家の長所を取り込んだものであったが、王羲之・王献之(→三八五頁注一一)から最も多くを学んでいる。書画癖から来る奇行が多く伝えられ、世に「米顚」「米痴」と称された。その書は董其昌(→注八)にも影響を与えている。

諸帖[一]に、よくかなひたる物を取りて学ぶべし。清の康熙《かうき》[二]までをよしとす。乾隆《けんりう》[三]に至りて大《おほい》におとれり。明は文祝[四]の余習[五]ありて、筆法粗率《そそつ》のものおほし。董其昌出《いで》て筆法正道に帰す。然れども、其昌の書、学ぶべし、真似をなすべからず。骨[六]なしの字となる故に、汪楫《わうしふ》[七]を学びてより董に入《いり》、其余《そのよ》ちからの及ぶだけ、真蹟を求めて学ぶべしといひて、まづ書を見るの眼力を備へんために、展玩会[八]を諸寺院にて催し、鑑定の稽古をなし、人の毀誉によつて書の善悪を定めず、見ぐるしくも筆法直《ちよく》なるをよしとし、当時名流大家と称するものは、みな黜《しり》ぞけて取らず、目《もく》して俗字とす。其《その》我意に任せて、世に媚《こび》を取《とる》を悪《にく》むなり。さて翁の書、字体工《たく》みならず、往々拙いふべからざる者あり。然れども、筆法運転[九]の間、理に戻《もと》りたるところ少し。往々唐人と分ち難きところあり。故に世の正法に志《こころざ》しある人、多く其《その》門に入《いり》て学ぶ。其故来《それゆゑきたつ》て書論を聞く人、屢《しばしば》常に戸にみつ。自から云、稍《やや》書を学ぶの要道を得たり。吾に数年を加へば、また得るところあらんといひし。

是人《このひと》、元禄以後の達見にて、世の所謂《いはゆる》唐様《からやう》[一〇]をひとつに帰せんとおもひしなり。天保五年、六十余にして卒す。二十余歳より初《はじめ》て、学ぶ[一一]こと晩年といえども、六十余歳また殀殤《えうしやう》[一二]とせず。其間四十年の修行にて、纔《わづか》に要道を得るのみ。自己

一 法帖。書の手本。布や紙に書かれたものを模刻したもので、最初から石に刻された碑に対して言う時もある。
二 清の聖祖(康熙帝)朝の年号。一六六二―一七二二年。
三 清の高宗(乾隆帝)朝の年号。一七三六―一七九五年。
四 文徴明と祝允明。ともに中国明代の文人、書家。文徴明は、字は徴仲。一四七〇―一五五九年。王羲之を宗とするが、また黄山谷の書法を多く取り入れ、その書風は一時を風靡し、日本でも北島雪山やその弟子の細井広沢らに多大な影響を与えた。祝允明は、字は希哲、号は枝山。一四六〇―一五二六年。広く古法帖を研究し、王羲之の亜流たるを嫌って鍾繇の風を慕い、古意のある楷書を書くことに努めた。
五 前から続いて残っている習わし。
六 董其昌の字は繊弱である。
七 汪悔斎。↓三七九頁注七。
八 軸装された書画幅を掛け並べて鑑賞する会。
九 筆運び。筆の使い方。
一〇 中国の特に元・明の書家を真似た書風。細井広沢以後広く行われるようになる。文人気質に応じた気象筆意を重んじ、一般人には難解な文字であった。
一一 学びはじめるのが遅い。晩学。
一二 若死に。
一三 頑固で見識が狭く、知識が少ない。「独学にして友無ければ、則ち孤陋にして寡聞なり」(礼記・学記)。
一四 日本の書道も元来は中国から伝わったもの

既に其《その》法を得たりといふべからず。是故《このゆゑ》に書に精《くは》しき人なし。或《あるいは》吾《われ》書法に精しといふ人は、皆[一三]固陋寡聞、一途《いちづ》にして迷はざる人なり。修(行)五六十年の後、はじめて眼中明らかになり、夫《それ》より稽古して、また五六十年にて成就すべし。人生百余年ならでは出来ぬ相談也。

唐様出《いで》ざる前は、書法、[一四]和流に一法の外なし。幼少より老後におよぶまで、心一途にして、学びの精粗によりて、[一五]工拙あるものなり。故にまなぶ年数おほし。[一六]自然能書多きゆへなり。広沢先生已後、書流多端になりたり。[一七]子昂《すがう》、[一八]徴明《ちようめい》を宗とするといひしかども、是《これ》のみにかたよれば、やはり和流の固陋を免かれず。[一九]遂に唐宋諸人を加へて、其善をとる、といふ説出来る。また是に継《つい》で宋人を祖述する人も出来、また継《つい》で清人を詢《はか》る人も出、[二〇]古法帖を学ぶ人も出る。其《その》[二一]俑《よう》を作るものは、広沢の子昂、文祝といひしより始《はじま》るなり。後世の人、諸名家の説を聞くに、皆一理なきにあらず。故に迷ひて[二二]適談する所をしらず。先《まづ》二三十の年までは、[二三]ふり買《がひ》にあるきて一定の見識たゝず。初《はじめ》て見定《けんさだま》るといえども、数十年の後その功をみざれば[二四]倦懈《けんかい》生じ、また[二五]顧みて佗《た》に行《ゆく》ことあり。其《その》うちに年月立《たち》て[二六]老耄《らうまう》これに及び、学ぶこと少なく、自流を立《たつ》ることをなす。天下の人皆[二七]軌轍《きてつ》なり。凡《およそ》自己一世に天下の名書とならんと思ふ人、皆おなじ心にて同じ

であり、俗に弘法大師をその祖とするが、平安朝の小野道風等三蹟の時代には既に日本独自の様式が完成し、入木道として独特の発達を遂げて行く。御家流、世尊寺流、法性寺流等の流派がある。

一五 「工」は「巧」に同じ。巧拙。

一六 これが自然と能書の人が多かった理由である。

一七 趙子昂。→三七九頁注一一。

一八 文徴明。→注四。

一九 以下、鈴木桃野が具体的にどうした人物を念頭において論じているかは不明。一般に細井広沢以後の唐様は、更に遡って晋・唐の書を学ぶ人達と、元・明の新しい書風を学ぶ人達に分かれるとされる。前者は松下烏石(→四〇四頁注一五)、その弟子の韓天寿、高頤斎(→四〇六頁注一)門の沢田東江(→四〇五頁注三八)など。後者は儒者に多い。

二〇 沢田東江(→四〇五頁注三八)らを指すか。

二一 「俑」は死者と共に埋葬する木製の人形。「俑を作る」は、殉死の風習がそのために始まったとされるところから、悪いことの糸口となるたとえ。

二二 自己の意に適った話をする、で、どの流派が最も自分に適うかわからないという意か。また「適」には「行く」意があるので、どこへ行って書の話をすればよいかわからない、の意か。

二三 いろいろの流派をかじってみる意か。

二四 いやになって怠ける気持ち。

二五 「佗」は「他」に同じ。それまで習って来た流派を捨てて、他の流派に走る。

二六 老いぼれてしまい。

二七 車の通った跡。ここでは同じ道をたどること。

道に迷ひ、終《つひ》に正道をしらず、人を罵《ののし》り世を恨みて一生を終ふ。

[一]香雪翁は、身一代、[二]邪説をひらくを以て任とす。自《みづから》謂《おもへらく》、吾《われ》天下の能書となり、人に尊ばるゝを欲するにあらず、但吾説《ただわがせつ》の行はるゝを欲す。[三]陳渉呉広《ちんせふごくわう》の、初めて暴秦《ばうしん》を伐《ばつ》して事ならず、[四]身《み》就《しう》せるが如し。後《のち》果して秦を滅すの[五]万項あらんことを欲すとなり。世の人、其自《そのみづ》から能はずして重く人をせむる、といひてそしるは過《あやまち》也。

[六]梅堂日下部氏、[七]詞学をとなへ、一時を風化せんとす。[八]王屋氏の党《ともがら》、これをそしる人多し。予、是《これ》を[九]解して曰《いはく》、梅堂自ら詞学をひらかんとにはあらず、其党より詞学にふかき人の出《いで》んを欲するなり。是亦《これまた》陳渉呉広なり。もし人々世のそしりを恐れて其端《たん》を開《ひ》らく物なくば、誰か継《つい》で成す物ならんやといひし。梅堂もまた香雪の門に入《いり》て書をまなぶ。[一〇]汪太史の風なり。詢《はか》る所同じからずといえども、其《その》志は翁と同じき也。

他人の書を誉《ほむ》るもよし、そしるもよし。誉ることとせざれば善所あらはれず、そしらざれば悪所あらはれで、[一一]褒貶の稽古も、せざれば出来ぬ者也。扨《さて》人の善悪をしりて後、自分なすことあたはず。只至《いたつ》てのろく筆を用ひて、手ふるはざる人は、其道にちかきものなり。[一二]精神気韻などゝいふは[一三]大づかみの論にて、巨

一 →三七九頁注六。 二 誤った説を退ける。 三 陳渉と呉広。秦の二世の時、暴政に対して初めて反旗を翻した。秦を打倒するには到らなかったが、そのきっかけとなったため、後世物事の端を発することのたとえとする。 四 死ぬこと。 五 不明。秦は陳勝(渉は字)・呉広の乱の後、楚の項籍(字は羽)と沛公劉邦(漢の高祖)とに滅ぼされた。 六 日下部香。字は夢香。号は査軒・梅龕・梅厳。幕臣であったが、早く官界からは身を引き、隠遁生活を送ったらしい。夢香詞の著がある(神田喜一郎氏)。「梅堂」の号は他には徴し得ないようだが、本書下巻「自述」、反古のうらがき巻四「雲湖居士」にも「日下部梅堂」として見える。 七 「詞」は「塡詞」「詩余」とも言う。中唐頃に起こり宋代に盛んになった韻文の一種。元来当時の歌曲にあわせて歌詞として作ったもの。曲が廃れてからも詞は作り続けられた。中国では宋代以後詩と並び行われたが、日本でこれを試みる人は稀であった。ただ幕末期には、漢文学隆盛の中で追々これを作る人も現われた。塡詞図譜を刊行した田能村竹田が最も著名であるが、江戸でも天保頃には野村篁園(→注一八)を領袖とする官学派詩人の間に塡詞を作る風が盛んであった。鈴木桃野作の塡詞も中根香亭の香亭遺文の中の「零砕雑筆」に一闋見える。 八 未詳。 九 他からの非難や嘲りに対して弁解する。 一〇 汪楫。→三七九頁注七。 一一 他人の作品の長所・短所を批評することで修練を重ねること。 一二 詩文書画など、生彩があり、気高い趣のあること。文人の書画ではこれを最も重んじる。 一三 大雑把。 一四 古来王書の手本として広く行われたものは、楷書では楽毅論・東方朔画賛・黄庭経など、行書では蘭亭序・集字聖経序(→三七九頁注一〇)など、草書では十七帖な

細の処を見ること能はざる人のいふことなり。王羲之は能書なり。予の肉眼にてもしるゝ処あり。諸法帖を見るに、用筆至《いたつ》て柔らかなること、習ひてみてのみに知らるゝなり。此言《このげん》誰もしる平凡のことなれども、世の人、口に是《これ》をいひて心に伏せざる処あり。故、[一四]王羲之諸帖の内に於て取捨あるにて知らるゝなり。これ他なし、形のよき処をよろこぶ故なり。故に古帖品尊しなどいふ人は、大づかみを免かれず。

予が[一五]氷雪社の[一六]闘詩は、名を隠して品等を定むる[一七]点取《てんとり》なり。評者は[一八]篁園《くわうゑん》、[一九]霞舟《かしう》の大先生にて、詩評は[二〇]月旦なり。常に両先生の詩を相談《あひかた》るを聞くに、終日違はざる、愚の如し。然して闘詩の評に至《いたつ》ては、[二一]氷炭なることあり。予、曾《かつ》て怪しむ。是《これ》、論あはざる所ある也。然らば相対して談《かた》るときは、[二二]何れか雷同の人ある。知るべし、両先生なほしかり、況んや其他をや。書を評するも又しかり。是《ここ》に於て和漢古今の書画を展玩し、各《おのおの》[二三]名を糊して、其《その》作者或は品等を[二四]入札《いれふだ》になし、[二五]目力《もくりき》を明らかにするは善法也。品の真偽を見分《みわけ》、且《かつ》たゞ人の[二六]用意を知る[二七]楷梯なり。是《これ》にて人々善と称するものは果して善なり。名を見て誉毀するは証とするに足らず。今世書画を評する人、此内に入《いり》て毎度敗北する人あり。耻《はつ》べきの甚しき也。

どである。但し当時における取捨の実体は未考。一五 京大本に「永雲社」とあるのが正。この詩社の事は下巻「自述」にやや詳しく見える(四二三頁参照)。一六 参加者が左右に分かれて詩を作り、一首ずつ組み合わせてその優劣を競う文学的遊戯。一七 元来は和歌や連歌俳諧に於て行われたもの。評者が作品の出来具合に応じて一定の点数を示す合点を付し、その点数の合計で優劣を競う。一八 野村篁園。一七七五—一八四三年。名は直温(なおはる)、字は君玉。寛政十二年(一八〇〇)学問所の試験に合格、翌年教授出役。天保三年(一八三二)儒者に進み、晩年は浜松藩儒官となる。古賀精里に学び、一代の詩宗を以て称せられた。江湖詩社などの下町派に対する官学派詩人の中心人物であり、また塡詞を善くしたことでも知られる。一九 友野霞舟。一七九一—一八四九年。名は煥、字は子玉、別号崑岡。野村篁園に従学し、文化十四年(一八一七)学問所教授方出役、天保十三年(一八四二)御儒者見習に進む。翌年から弘化二年(一八四五)まで甲府徽典館学頭を務めた。師の篁園を中心とした昌平黌関係の人々の詩社に於て重きをなす。元和から天保に至る間の詩人二百余人の小伝と作品に評言を加えた熙朝詩薈の大著がある。二〇 本来は、月の朔日あるいは人物批評の意であるが、ここは月に一度の開催の意か。二一 全く相容れないことのたとえ。二二 どちらかが自分の意見を控えて相手に合わせているのではないか。二三 署名の上に紙を貼り付けて名前が分からないようにすること。二四 各自の考えを書いた札を箱に入れること。なお酔桃庵雑筆下巻に「目利講」と題して、鈴木桃野達が刀剣の鑑定会を行う時の方法がやや詳しく述べられている。「この法書画鑑定の法なり」とあるので参考になるものと思われる。

古[一]筆本阿弥《ほんあみ》は、本職といえども和書[二]のみなり。是以《これもつ》て証とするに足らず。唐人の書を評するは片はらいたし。或人、予に其説をとふ。対曰《こたへていはく》、予党《よがともがら》多く[三]董其昌を祖とし、人々激励[四]して其法[五]を見分《みわけ》んことを欲す。而して未《ダ》ルレ能《ハ》也。世の[六]御家流《おいへりう》、寺子屋師範の書、その門人一見して鑑定するに、違ふことなし。予党、何ぞ眼力の至らざるや。退《しりぞい》て其説を得たり。他なし、唐人の書、実地[七]おほし。一定ならざる故なり。然れども、其居所[八]はつゐに変ずることなし。故に、字形用筆異なりといへども、用墨用筆、運転無理なきものをもつて真跡と定むるなり。余り位致[九]結構異《こと》なるものは、他人[一〇]の善書なりといふもよし。此《この》眼力を具すること、先《まづ》二三十年の修行にあらざれば不ルレ能《ハ》なり。如何となれば、多見[一一]多習多聞、三多の後にして、はじめて覚《さと》る故なり。而して其他子昂[一二]、徴明[一三]は、最早茫乎[一四]《もはやばうこ》としてしれず。去《さり》ながら運転[一五]逆順その理を得たる書ならば、善書たるを知るには不足なし。只《ただ》名を糊して誰々と名指しをなすはあたはず。然則《しかればすなはち》その見所《みどころ》は、用筆の理に順《したが》ふと不ルレ順《ハ》とのみなり。人々の癖を見て当るは妄といふべし。

扨《さて》、其《その》逆順をしるは、三多に非ざれば決然能はず。此説《このせつ》誰もしらん。而して本阿弥、三多のうち多習を欠く。第一の見所を知らず。手鑑[一六]《てかがみ》おほしといえども、

二五 鑑定力を養う。 二六 どれほど心を用いているか。 二七 いとぐち。手引き。

一 古筆見。古筆目利。古人の筆跡の真贋の鑑定を職業とする者。「本阿弥」は室町期以来刀剣の鑑定を世職とした家であるが、転じて各種の鑑定家を指す。古筆見は京都の平沢了佐が豊臣秀次から古筆姓を賜わったのが始まりであるが、ここは特に古筆家の当主を指すものではないであろう。

二 古筆見の鑑定の対象は、主として室町期以前の和様の書である。

三 →三七九頁注八。

四 互いに励まし合って。

五 ここでは董其昌の真筆を見分けようとする意か。董其昌の贋作は非常に多く、本人でさえ見分けがつかなかったという話もある。

六 青蓮院宮尊円法親王に始まる和様の書体。近世では公文書は御家流で書くのが決まりであった。

七 その時に用いる筆・紙・墨等の特性に応じて最もふさわしいような書き方をする、といった意か。

八 その人の本来の書法の意か。なお、京大本には「其善所」とある。

九 その人の通常の字と比べて、偏旁の構成や、そこから受ける感じなどが異なる、といった意か。

一〇 他人が上手に似せて書いた書。

一一 人の書を多く見、自ら多く臨模し、書についての博聞に努める。

一二 趙子昂。→三七九頁注一一。

一三 文徴明。→三八〇頁注四。

一四 ぼんやりしているさま。

しれざる故なり。況《いはん》や古今諸名人の書画と鏖戦《あうせん》[一七]して、[一八]各我手《おのおのわがて》に入れんと欲す。其不精[一九]しるべし。予輩《よがともがら》、博覧にはおよぶべからず、品等真偽をしるは譲らざる処なり。古人の書、一人にして同じからざる分は、仮令《たとへ》[二〇]ば文徴明や、或は羲之[二一]をなし、あるひは献之[二二]をなし、唐をなし、宋をなす。先《まづ》其用意を見分《みわく》べし。これを一概に文[二三]の筆法といふ人は、文に精《くは》しからず。其他みな然り。其《その》用意ありて、見分《みわけ》がたき程ならば、文先生といえども貴ぶにたらず。唐人の古人を臨すると、和人の古人を臨すると、同じからず。唐人はたちまち見れば[二四]自己の書にして、よく〳〵見れば全く古人の法を用ひたる所さだかに見ゆるよふに書くゆへに、妙なり。和人は忽ちみれば古人の如くにして、見る程《ほど》馬脚出る、恥かしき事なり。これ形似《けいじ》[二五]を専らとすると、精神用法[二六]を専らとすると、異なるゆへなり。唐人の臨[二七]蘭亭などを見て知るべし。

試《こころみ》に本阿弥にとふ。趙子昂《てうすがう》の書、幾種あるを知るや。子昂の書論、幾巻を読《よむ》や。子昂いかなる書を用ひたると思ふや。筆、幾分をおろしたると思ふや。たれ〳〵を学びしと思ふや。王羲之[二八]法帖の内、何といふ帖を学びたるや。其《その》自書何を似せたるや。其《その》尊ぶところ誰々ぞや。いかなる人となりたるや。其《その》ころこゝろ易く交りたる人は誰々ぞ。其後明清の人、子昂を尊び学びたる人は誰々

一五 筆使いが理に適っている。
一六 古筆見が鑑定の拠り所とするために、古人の筆跡の断片を集めて貼り込んだ帖。
一七 全力を尽くして戦うこと。
一八 書画を学ぶ人がそうした古今の諸名人の技法をそれぞれ自分のものにしようとして努力する。
一九 詳しくない。古筆見の鑑定が不正確であること。
二〇 「や」は軽く添えた間投助詞。たとえば文徴明を例に取ると。
二一 王羲之。→三七九頁注九。
二二 王献之。三四四―三八八年。字は子敬。王羲之の第七子。羲之の子の中で最も良く父の衣鉢を伝えた。その書は一般に、父に比べて自由であるが父の骨力に欠けるとされる。
二三 文徴明。→三八〇頁注四。
二四 一見すると。ちょっと見ると。
二五 精神を問題とせず、形だけを似せようとすること。文人はこの態度を特に軽蔑する。
二六 臨書の対象とする書家の精神のあり方や筆の使い方。
二七 王羲之の蘭亭序の臨書。古来無数の著名な書家が臨模している。
二八 →三八三頁注一四。

ぞや。其中《そのうち》よく似たる人は誰ぞ。精神を写したる人は誰(ぞ)や。そしりたる人は誰ぞや。よく似せながら甚だそしりたる人は誰ぞ。自己は少しも似せざるやうに見えて、甚だ尊ぶ人は誰ぞ。予、子昂の書をよろこばず。[一]目力《もくりき》及ばざればなり。故に其書を見るに深からず。然れども、前に問《とひ》たる位のことは、先《まづ》あらかた知りたり。此《これ》[二]三多より得たる所なり。されども中々真跡の鑑定出来ず。みな見る所は偽贋《ぎがん》とばかり思ひて過《すぎ》たり。其中に[三]よき物も有《あり》たるならん。予が今とふ処は余り古すぎたる者にあらず、鑑定家の心を用ゆれば力のとゞく位の処なり。故に其《その》好まざる者といへども、以て問ふ。定めて知る処あらん。もしこれを知らずんば、晋唐は[四]邈乎《ばくこ》たり、誰れにもしれず。言ふまでもなし。[五]康熙《かうき》以下は伝もしれぬ人おほし。何等《なんら》の書をよみて其名をしらん。吾が知《しり》たる人の名五六を以て、見る丈《だけ》の書に名づくるも拙《つたな》し。紙絹の古び、墨色、印章にてしる位のことならば妄ならん。然れども、[六]印章の鑑定、予、決してゆるさず。[七]印に時代ありなどいふこと、甚だ疑《うた》がはし。況《いはん》や印の善悪、[八]篆刻にふかき人(に)あらずしては知りがたし。篆刻巧みなる印といえども、[九]肉法押法《にくはふあふはふ》、其《その》よろしきを得ざれば、骨折《ほねをり》て刻したるところ見へず。此説、[一〇]印押法の条に詳説したれば、こゝに贅《ぜい》せず。

一　鑑定力。→三八三頁注二五。
二　→三八四頁注一一。
三　真筆。
四　はるかなさま。
五　→三八〇頁注二。
六　落款によって真贋を鑑定すること。
七　印章に自ずから時代の特色があって、後世に模刻したものと本物とは違いがある、というような意か。
八　篆書体の文字を印材に刻すること。実用的な印判とは異なる美的趣味的な印で、近世中期以後文人趣味の一つとしてもてはやされた。
九　印肉の作り方や押捺のしかた。
一〇　不明。現存する鈴木桃野の随筆類に、それに該当すると思われる記事は見えない。

かみの[一一]古色、絹の精粗も、品により、同時にて新しきものも古きものもあり。紙の製は、多く見たらん人は定めて見しりあらん。余が輩、是にとほし[一二]。故に紙の品多くしらず。絹も左の如し。余が輩、古書画を得たるとき、絹紙ばかり鑑定を乞ふべし。見料《けんれう》[一三]は書画の極メ《きは》[一四]と同じ程出《いだ》すべし。かならず辞することなかれ。

劇評

俳優の芸評は、古今芝居功者《こうしや》[一五]ありて、残る所なく評するゆへ、耳食《じしよく》[一六]の人といへども、格別の妄評をなさず。誰は彼に勝る、かれは誰に劣るといふといへども、天下公論[一七]あり、十目十指[一八]のがるべからざればなり。まゝ私論[一九]あり。是《これ》はひゐきといひて、其《その》拙所を知るといへども、強《しひ》てよしとするのみ。又よからざるも悪《にく》むべからざるものあれば、あながちに善を尽して[二〇]、而後誉《しかるのちほむ》るにも及ばず。たとへば、韓柳欧蘇[二一]、各《おのおの》その長を専らにする者の如し。概して短長なしといはゞ、文にふかき人[二二]に非ず。彼《かの》文は韓も柳にしかず、此《この》文は欧も蘇にしかずなどいひて、始《はじめて》公論に帰し、韓柳欧蘇の妙所あらはるべし。

一一 この事と関連して、酔桃庵雑筆下巻「目利講」の条に次のような文章がある。「尤も紙絹の古色つきたるは位つくものなり。近人の書画なりとも、古色つきたる者とかきおろしとをくらぶれば、ほとんど別人の如く見ゆる事あり。これを一寸見のよきといふ」「安永天明の比によき紙渡りたり。此ころ墨も能品渡りあり。これにてかきたる書画実に墨色よし。後人これを見て今の人及ばずといふは、紙品及ばざる也。書画のおとりたるにあらず」。

一二 遠し。よく見知っている状態から程遠い。「乏し」ともよめる。それならば、経験が少ない。

一三 鑑定料。

一四 書画そのものの真贋や筆者の鑑定。

一五 芝居を見る上でのつぼを心得た人。見巧者。ここは役者評判記の作者を指すのであろう。

一六 自分の意見を持たず、他人の説をそのまま信用する人。

一七 社会一般に通ずる公正な評論。

一八 役者の技芸は常に衆人の目にさらされているので、皆を納得させるには公正な議論でなければならない。「曾子曰く、十目の視る所、十指の指す所、それ厳なるかなと」(大学)。

一九 多くの人を納得させない偏頗な議論。

二〇 良いところをいちいち数え尽くして。

二一 韓愈・柳宗元・欧陽修・蘇軾。いずれも唐宋八大家に数えられる古文の名手。

二二 文章に詳しい。

俳優の芸評、予しばらく置《おい》て論ぜず、ひとり其《その》公論なるものを論ぜん。古今来、[一]頭《づ》のきく人幾人ある。人々其《その》数を知るや。至《いたっ》てしりやすきことなり。頭《ヅ》のきくといふは[二]生質にて、勉強の及ぶところにあらず。また学びて至るにあらず。始めよりきく人はきくなり。然れども、如《ク》レ此《ノ》論ずれば、頭のきくきかぬは、人々の面の如く、天に任せて置きてもよきよふなり。左《さ》にあらず。名人は[三]自然の人とたちまち見て分らぬよふにするを見れば、各《おのおの》生質のよからず、[四]骨の剛《こは》きを恨《うらむ》るならん。(以《テ》)レ是《ヲ》観《レバ》レ之《ヲ》、きかぬ頭をきかぬ儘《まま》にして置《おく》は、芸の至らぬならずや。頭よくきゝたりとも、外のことに至らずば、へたたるに違ひなし。然《しか》も頭の一方《ひとかた》は天然よき人ありて、名人にも勝る頭あり。芝居功者、これをも見分《みわけ》ざらん人は、芸の評論はいまだ早からんか。予、十歳ばかりより劇を見る。文化六七年の比《ころ》なれば、其《その》已前はしらず。又其比《そのころ》の人も、[五]間《ま》悪く見ざる人はしらず。其後二三十年の間の人にていへば、[六]高麗《かうらい》や錦升《きんしよう》、第一なり。[七]浅尾友蔵、[八]瀬川菊之丞、[九]沢村訥升《とつしよう》くらひのことなり。其外に[一〇]八幡山の槑《エン》之助といふ女形よきよし。予、男形をせしを見ず。此人どもは芸の工拙にあらず、[一一]骨の和《やは》らかき人なり。また[一二]手足やはらかき人あり。多分頭《づ》もよし。されども、まゝ頭計《ばか》りあしき人もあり。[一三]中村歌右衛門、[一四]関三十郎、[一五]坂東秀佳等是《これ》なり。[一六]岩井杜若《とじやく》、やゝ

一 舞台での存在感や威圧感があるというような意か。 二 うまれつき。天性。 三 演じられている対象を指すか。 四 不器用な、の意か。 五 その役者がたまたま京坂に上っていたりして、舞台を見ることの出来なかった。 六 五代目松本幸四郎。一七六四—一八三八年。高麗屋は号、錦升は俳名。四代目の子。明和七年(一七七〇)初舞台。享和元年(一八〇一)五代目を襲名。俗に鼻高幸四郎と言われ、実悪を得意とし、特に写実的演技に定評がある。化政期の生世話狂言成立に果たした役割は大きい。文政十年(一八二七)真極上上吉、天保五年(一八三四)には古今無類に位付けされた。舞台で睨むと甚だ凄みがあったという。 七 文政元年(一八一八)に江戸に下ったことが知られているが、詳しい芸歴等は不明。 八 五代目。一八〇二—一八三二年。四代目の女婿。文化十二年(一八一五)五代目を襲名。同十四年河原崎座の立女形となる。天保元年(一八三〇)大上上吉に位付けされた。 九 五代目沢村宗十郎。一八〇二—一八五三年。訥升は俳名であり、天保二年(一八三一)以後天保十五年に五代目を襲名するまでの間の名でもある。四代目の門人。嘉永元年(一八四八)立役大上上吉に位付けされた。 一〇 未詳。 一一 器用な、の意か。 一二 身のこなしがしなやかである、といった意か。 一三 三代目。一七七八—一八三八年。初代の子。文化五年(一八〇八)初めて江戸に下り、当時江戸第一の人気役者だった三代目坂東三津五郎と人気を二分した。特に変化舞踊での競演ぶりは目覚ましく、歌舞伎舞踊の飛躍的発展につながった。 一四 二代目。一七八六—一八三九年。初代の養子。文化五年(一八〇八)江戸に下り、同十四年には上上吉に進み大立者となる。「名人関三」と称された。 一五 三代目坂東三津五郎。一七七三—一八三一年。秀佳

よきよふに覚へしが、[一七]立役《たちやく》をせざれば[一八]急に見がたし。是は江戸の人計りなり。京大坂はしらず。[一九]射を学ぶ人の、[二〇]放レ口のよきよふなる者にて、其人の徳なり。[二一]丙申《ひのえさる》の葉月、[二二]岩井半四郎梅峨《ばいが》の死せる数日後にしるす。

浮世絵評

浮世画の名人は、よく其時の風俗を写すをよしとす。然れども、画の名ありてより此《この》かた、[二三]筆意といふことを言ふ故に、[二四]蘭画《らんぐわ》のごときものは品を下して[二五]画に齢《よはひ》せず。是《ここ》におゐて、[二六]祖僊《そせん》、[二七]応挙《おうきよ》の輩、写生より筆意を加へて、[二八]両全の謀《はかりごと》をなす。ひとり肖像似顔《にがほ》に至りて、苟《いやしく》もよく似たらんものを名人とす。筆意になんかあらん。[二九]扨《さて》草画の筆意とは何事をいふや。筆のあたり、あまりすぢを引きたるよふにならぬことを云ふならん。[三〇]是《これ》まだなり。[三一]筆力遒勁《しうけい》といふは何ごとぞ。早くかきてたわみなきをいふなり。是また俗説なり。古人の筆意といふは、筆に無理なく、順逆ありて、其間柔らかく円転するをいふ。要するに、筆に走られず、筆をはしらすることなり。然るときは物の形おもふ儘《まま》に出来、[三二]細毫末《さいがうまつ》に至りても、其形《かた》ち分りよくはたらきて出来る。譬《たと》へば人のはなを画くとき、

は俳名。初代の子。寛政十一年(一七九九)三代目を襲名。化政期を代表する名優で敵役を除くあらゆる役柄をこなした。深川の永木河岸に別宅を構えていたところから「永木の親玉」と呼ばれた。
一六 五代目岩井半四郎。一七七六―一八四七年。杜若は俳名であるが、天保三年(一八三二)長男に六代目を襲名させて以後それを芸名とした。四代目の子。文化元年(一八〇四)五代目襲名。文政八年(一八二五)極上上吉、同十二年には無類に位付けされ、女形として初めて座頭的格式を与えられたほどの名人であった。天保五年(一八三四)古今無類となる。
一七 歌舞伎で善人の男主人公の役柄。元禄期以後最も重要な役柄となる。
一八 すぐにそれと分からない。
一九 弓を射ること。六芸(礼・楽・射・御・書・数)の一。
二〇 矢を放つ瞬間の手際、といった意か。
二一 天保七年(一八三六)八月。但し六代目岩井半四郎の死は四月八日と伝えられる。
二二 六代目岩井半四郎。一七九六―一八三六年。梅峨(我)は俳名。五代目の長男。天保三年(一八三二)六代目襲名。前名粂三郎時代は人気の若女形であったが、父に先立って没した。
二三 筆づかい。運筆の趣。
二四 西洋画。洋風画。近世中期以後蘭学の興隆に伴い、洋風画を描く人も一部に現われ、技巧面で伝統絵画や浮世絵にも影響を及ぼした。
二五 絵の内に数えない。西洋画は写実を重んじるので、筆意を重んじ形似を軽んずる文人的立場からこう言ったもの。
二六 森祖仙。一七四七―一八二一年。名は守象。字は叔牙。猿の絵を特に得意とし、晩年「祖」を「狙」に改めた。
二七 円山応挙。一七三三―一七九五年。初名は仙嶺。字は仲選。号は僊斎。通称主水。最初狩野派の石田幽汀に師事するが、長崎派・西洋画・琳派・文人画などあらゆるジャンルの絵画を研究、伝統

はな筋より小鼻に至る迄のこゝろもちなり。画を学ぶ人、各《おのおの》こゝろへあらん。此《ここ》に[一]具説せず。筆力遒勁は、[二]鍾馗《しようき》の衣紋《えもん》など[三]破筆を用ひたるが、縦横に黒色濃淡あるをいふ人おほし。豈《あに》然らんや。よく筆を提《たづさ》へて手のふるひなき人の、上下左右に筆を用ひしこそ、遒勁ならん。[四]古人の王覇の論、こゝより起る。[五]唐画を学びし人、各《おのおの》しるところなり。然れども、近時の唐画、[六]和絵におとりて、覇のみあるをしりて、王道あることをしらず。[七]只《ただ》山水家などにていふ人あるのみ。

予が論ずる所は浮世絵なれば、右の論益《えき》なしといへども、筆意の説、論ぜざるべからざるものあり。[八]北斎、似皃《にがほ》をかゝず。あたはざるにあらず、せざるなり。[九]国貞《くにさだ》、山水花鳥をなさず。あたはざるにあらず、是《これ》またせざる也。これ王道ならざる故なり。此《この》二人、覇気の甚しきもの故、下《くだ》してやすきにつく事能《あた》はず。おもふまゝにおのれが長をもちひ、いやしくも人の上に出でんことを欲す。故に長ずる所は各《おのおの》古今一人なり。其余《そのよ》名人多しといへども、みな王覇をかねて、而して[一〇]漸なるゆゑに、何にても出来ると雖も、彼《かの》二人長ずるところの如くならず。世、北斎筆意よし、国貞形似よしといふ。皆誤りなり。北斎の画《ゑがく》ところの山水花鳥人物、みな如《シ》レ此《ノ》。[一一]筆意ならざるべからず。是《これ》を歌川家にて絵《ゑ》がゝばあしからん。国貞の画く俳優人物、その余の[一二]器械また如《シ》レ此《ノ》。筆意なら

絵画の筆意をふまえつつも写生を基本とした清新な画風を生み出した。 二八 写生という面でも筆意という面でも満足がいくようにする工夫。 二九 略画。粗画。 三〇 このように言うのはまだ十分な説明ではない、の意か。 三一 書画などの筆遣いの力強いこと。 三二 極めて細かい部分。

一 詳しく述べること。
二 疫病神を追い払う神。唐の玄宗皇帝が夢に見て呉道士に描かせたのに始まる。東洋画の画題の一。
三 不明。
四 未考。
五 中国風の様式・題材の絵。狩野派に代表される。
六 平安朝以来の日本風な様式の絵。土佐派や住吉派に代表される。
七 唐画のうち、特に山水画を専門に描く人。
八 葛飾北斎。一七六〇―一八四九年。最初勝川春章の門人となり勝川春朗を名乗る。以後様々な様式の絵画を学び、画号も俵屋宗理・画狂人・戴斗など非常に多くの号を名乗るが、一般には北斎号で最も知られる。一枚摺り錦絵、絵入り狂歌本、読本の挿絵などに多くの作品を残すが、美人画や役者絵を専らとする歌川派に対して、風景画・花鳥画に新風を示した。
九 歌川国貞。一七八六―一八六四年。歌川豊国の門人。画号は五渡亭・香蝶楼など。合巻の挿絵や一枚摺りの錦絵を多作したが、特に役者似顔絵や美人画で知られる。柳亭種彦(→三九二頁注二)の正本製(しようほんじたて)(文化十二年―天保二年)の挿絵を担当し、登場人物を実在の役者の似顔絵で描いて非常な好評を博した。以後柳亭種彦との提携が多く、同人の代表作偐紫田舎源

ざるべからず。是を北斎流にて画けばあしゝ。ゆゑ[一三]に各相容《おのおのあひい》れず。一流を立《たつ》ること、其《その》宜しきを得たり。然るに、柳川[一四]重信、歌川[一五]国直の徒、相混じて用ゆ。愈《いよいよ》其至らざるを見る。予、その人の為に一言して、迷ひを解かんと欲す。

北斎の画を見るときは、人、其筆[一六]の曲を見て眼をよろこばしむ。絵《ゑ》よふはいかなるものなりとも構ふことなし。人物の形は只《ただ》奇なるをよしとし、人物鳥獣の形《かた》ちも其理[一七]なきことをかきて、人を驚かす。何ぞ其《その》人物鳥獣に相似たるを期[一八]とせんや。往々鬼魅《きみ》[一九]魍魎《まうりやう》を画く。此《これ》、其《その》長ずる所なり。其画くところの人物鳥獣、生動[二〇]のもの、少しも心ありて働くものなし。みな作り物なり。其働く様は、みな北斎糸[二一]を引き、心を入《いれ》て働《はた》らかすなり。その物々の心にあらず。故に見て奇なり。国貞が絵は、似がほ美人、其余《そのよ》春本の仕組[二二]といへども、皆世人の目にありて、只他人のかゝざるを恨みて居たる所を、其儘《そのまま》画くあり。たまく未《いまだ》見ざることを画くといへども、人々心の内にかくあらんと思ひ、夢などにて見るやうなることとなり。故に、見る人、其心[二三]を忖度《そんたく》されたるに驚きて、筆意などのことに及ぶに暇《いとま》あらず。然《しかれ》ども、筆意無理多ければ、人々往々其《その》見るに邪魔なるを覚ゆることならん。国貞なし。また筆のきゝたる者にあらずして何ぞや。況《いはん》や春本は、作者の用意を汲取《くみとり》、邪正男女老若、此《この》人々の五情[二四]を備へざれば、

氏（にせむらさきいなかげんじ）（文政十二年—天保十三年）の挿絵も担当している。

一〇 どっちつかず、中途半端、といった意か。

一一 前後との関係から言えば「形似ならざるべからず」とあるべきか。北斎も形似を重んじないわけではない。

一二 道具、器具の類。

一三 北斎が人物の目鼻の彫り方について、「歌川風」の彫り方は「画法にはづれ候間」として、特に彫り方を注意した書簡が残っている（葛飾北斎伝）。

一四 一七八七—一八三二年。葛飾北斎の弟子で婿養子。文化九年（一八一二）以後、合巻・読本・人情本の挿絵等に多く筆を執る。画風は文化末頃までは北斎風が強いが、文政初期から歌川国貞の風に近づくとされる。

一五 一七九五—一八五四年。号は一楊斎など。戯作者春亭三暁の弟。文化六年（一八〇九）頃歌川豊国に入門。美人画・役者絵の他、合巻・滑稽本・人情本等の挿絵を多く描いた。歌川派であるが葛飾北斎の風を好んだとされる。

一六 意表をつく、変わったところ。

一七 実際にはあり得ないような形状、姿態。

一八 目的としているだろうか、していない。

一九 化け物。妖怪変化。魑魅魍魎。

二〇 人物鳥獣のような、生きて動くもの。

二一 実際にはあり得ないような状況を、北斎の筆力で現実のように見せている。

二二 全体の構成。

二三 心の中に思っていることを推し量られた。

二四 喜・怒・哀・楽・怨（または欲）の五つの感情。人間の全ての感情。

[一]本本《ほんぽん》に当らず。就中《なかんづく》[二]柳亭の[三]芝居がゝりは、狂言の筋のみにあらず、[四]役者の振りを専らとす。故に、役わり其人《そのひと》を得ざれば、趣向面白からず。国貞其意《そのい》をしり、此人此役をするときは、如《ク》ㇾ此《ノ》ならんと、心の思ふ処を計《はか》りて画くゆへに、[五]人みたることもなき古人なども、成程如《ク》ㇾ此《ノ》ならんと思ふ。これは其《その》長ずる所なり。如《ク》ㇾ此《ノ》論じて、而して後初《はじめ》て平等ならんかし。

華人書《くわじんのしよ》

或人、予に問《とひ》て曰《いはく》、華人は[六]商賈《しやうこ》といへども書よし。是皆《これみな》人の知るところ也。抑《そもそも》風土の然らしむるか、将《はた》ならひの異なる故耶《か》。余答へて曰《いはく》、是《これ》さとり易し。彼国《かのくに》のならひ、[七]士庶人の別なく[八]及第といふことあり。[九]是《これ》立身出世の初めなれば、誰人のぞまざる物なし。こゝを以て、学問[一〇]手習《てならひ》、[一一]出精《しゆつせい》せざるものなし。[一二]董其昌《とうきしやう》は聞ゆる能書なれども、其《その》初め書の拙《つた》なきを以て、第幾等《だいいくとう》とかに下されたりと、自述の[一三]画禅室随筆《ぐわぜんしつずいひつ》に見へたり。然らば尋常の人、その選に入ること能《あた》はざる、知るべきなり。此心を本として小児を教へば、寺子屋先生といへども尋常の教《をしへ》かたにあらず。其《その》習ふものも尋常の習ひにあらず。もし始めより其《その》望みなき者

一 本当らしくない。なお、京大本には「本文に」とある。
二 柳亭種彦。一七八三—一八四二年。初めは読本作者を志すが合巻に転向、生来の演劇趣味を発揮した正本製(しようほんじたて)で成功を収め、以後歌川国貞と提携して多くの作品を発表している。
三 柳亭種彦は多くの歌舞伎仕立ての合巻を書いているが、ここは正本製を指すものであろう。文化十二年(一八一五)—天保二年(一八三一)、西村屋与八刊。舞台で上演されている芝居をそのまま合巻に仕立てるという趣向で、登場人物を特定の役者の似顔絵で描き、時には舞台装置や観客の様子までを見せて、大好評であった。
四 描かれた役者の身振りの特徴。
五 柳亭種彦は昔々歌舞妓物語(天保元年—二年)では元禄歌舞伎の舞台を取り上げている(但し初編の画工は歌川国丸で、歌川国貞は二編の画工をつとめている)。
六 商人。近世日本に来泊した中国人は、多くが貿易に従事する商人であった。
七 士大夫(読書人)階級であるか、一般庶民であるかの区別なく。科挙の受験資格は原則として全ての男性に認められていた。
八 隋・唐以降清末まで行われた高等文官採用試験である科挙に合格すること。
九 六朝以来の貴族制度の崩壊した宋代以後の中国では、科挙に合格して高級官僚となることが、ほとんど唯一の立身出世の道であった。
一〇 科挙の答案は何よりも先ず謹厳な楷書で書かなければならなかった。
一一 力を注いで勉めること。
一二 →三七九頁注八。
一三 董其昌の代表的著述。四巻。第一巻で書を、第二巻で画を論じている。天保十一年(一八四〇)の

といへども、これともに筆硯をとるとせば、豈《あに》勉励せざることを得んや。況《いはん》や世のならひ如《ク》レ此《ノ》ならば、吾邦の如く、民百姓は無筆にても苦しからず、公卿《こうけい》太夫《たいふ》も能筆を撰《え》らばずといふ悪習、あるべき理なし。尋常の交りも、吾国のごとく、[一四]悪札を恥とせざる風儀は有るべからず。此《この》ゆゑに、悪札をもつて名ある武人俗吏といへども、[一五]相応にすると見へたり。吾国の無筆文盲といふ人とは、[一六]夐然《けいぜん》として別なり。[一七]霍光《くわくくわう》[一八]冠隼《くわんじゆん》の不学不術といえども、其《その》なすところ、其言ふ処をみるに、豈《あに》如《ク》レ此《ノ》然らんや。たゞ[一九]学士の如く[二〇]文華ならざるのみなり。以《テ》レ是《ヲ》観《レバ》レ之《ヲ》、風土の然らしむるにあらず、文華盛んにして、人々学び習ふこと力を用ゆれば也。

丸薬丸め法

[二一]叔氏《しゆくし》酔雪翁、画人なり。丸薬丸めの法よくし、蓋《けだし》画法より得たりといふ。其説、世人撰《えらぶ》に大小均《ひと》しからざるをうれふ。是《これ》其法を得ざるなり。人の目力も大体限りあり。其未《ダ》《ル》レ丸《メ》や、大小匾平《へんぺい》長短[二二]ありて、其長を断ち短を補ひ、丸となるに至て、[二三]細大如《キ》レ一《ノ》事を期するは、[二四]雑多といへども恐らくは能はざるところ

和刻本がある。なお、鈴木桃野が述べている記事は、画禅室随筆巻一「評法書」の条に見える。「吾が書を学ぶは十七歳の時に在り。是より先、吾が家の仲子伯長、名は伝緒と、余と、同じく郡に試す。郡守江西の衷洪渓、余が書の拙きを以て第二に置く。是より始めて発憤して臨池(後漢の張芝の故事により、手習いをすることを言う)す」。

一四 自分の手紙を謙遜して言う語であるが、ここでは悪筆の意。

一五 それなりの上手な字を書く。

一六 遥かに遠いさま。

一七 前漢の昭帝・宣帝時代の政治家。名将軍霍去病の異母弟。博陸侯に封ぜられた。禁闥に出入すること二十余年、過誤はないが不学で術に乏しいとされる。

一八 京大本に「寇隼」とあるのが正。寇隼は北宋の名臣。九六一—一〇二三年。字は平仲。真宗の時契丹を破って功を立てたが、王欽若らに妬まれて官を辞め、後再び召されて大臣となり、莱国公に封ぜられた。

一九 学者。

二〇 立派な文章を書くこと。

二一 多賀谷酔雪。一七七六—一八三九年。向陵(→三九五頁注一二)の弟。名は驥。字は仲徳。丈七と称す。兄の跡を嗣いで先手与力の職を襲った。絵を得意とし、山水画に長じた。「叔氏」は叔父。

二二 底本「あれて」とある。京大本によって改めた。

二三 大きさが全く同じ。

二四 いくら多くやってみても、の意か。

あらん。然れども、物其《その》極にいたれば、至拙の人といへども知ること易し。蓋《けだし》是を丶丶[一]流の炮術に得たり。[二]鉄炮組与力ゆへ也　発炮て当らざるは、骨筋[三]猶予《いうよ》あればなり。筋骨みな其運[四]に当るときは、少しも猶予の余地なし。故に筋骨定《さだま》つて、志すところ多くたがはず。さて丸薬の法は、煉りたる薬をひだりの指より極《ごく》ほそく捻《ひね》りいだし、右の大指[五]にて余の四指のはらに押しあて、ちからをもちひてひらむ[六]るときは、薄きこと極りて、薄ずみを付《つけた》るごとく見ゆるなり。其のいろの濃淡を見分けて、濃淡ひとしくば、丸して細大なし。これその平匾の極にいたれば、

如レ此にして後、左の手に平に推当《おしあて》、丸める也

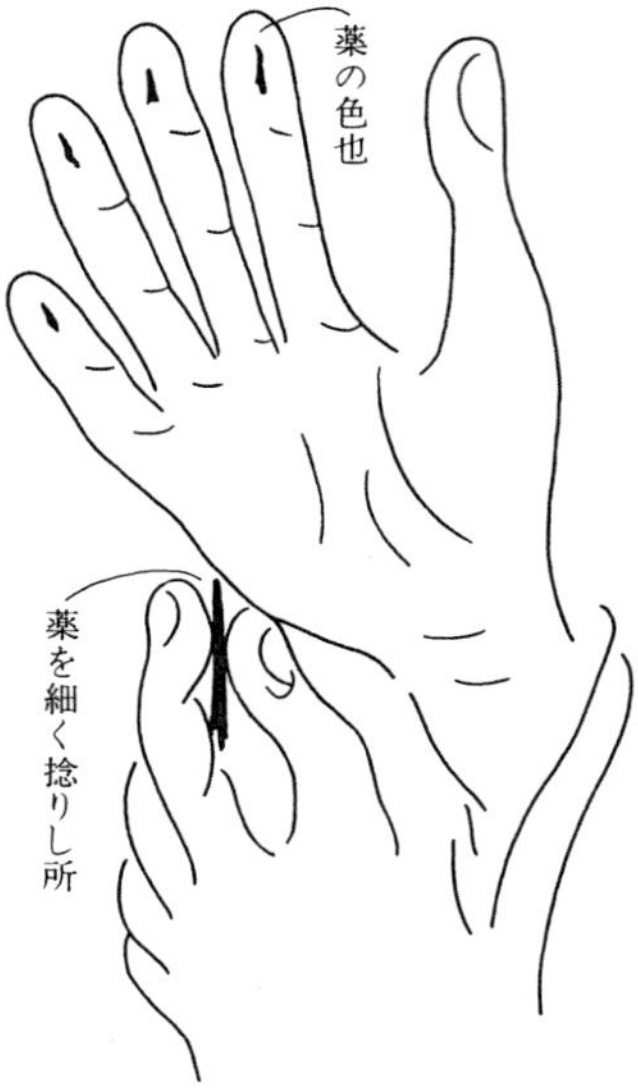

極小の丸薬といえども、余《よ》ほど分寸[七]大きになる故、大小見やすし。その厚薄は、色の濃淡にて見れば、誰にも見ゆるといふ。其図如《ク》レ此《ノ》にして、大略を見るべ

一「丶丶」は底本のまま。
二「鉄炮組」は戦時の鉄砲隊で、組頭は若年寄支配の旗本役。四組あった。「与力」は組頭支配の下級管理職の名。御家人身分であるが騎乗を許される。鉄炮組の与力は各組二十騎(二十五騎組は二十五騎)。
三 骨や筋肉の動き、位置などに、理にかなわない、無駄なところがある、の意か。
四 急所を押さえる、つぼにあたる、といった意か。
五 親指。
六 平たくする。平らにする。
七 寸分、わずかの意であるが、ここではそうしたものの大きさの意か。

し。

狗《く》説《せつ》[八]

[九]尾邸の西に[一〇]曠原《くわうげん》あり。邸中或は近きより、塵芥を捨《すつ》るところなり。予、四谷の[一一]環翠堂に至る、必ず[一二]其処より経《ふ》る。一日、狗児五六頭を棄《すつ》るを見る。白者赤者黒者[一三]駁者《ばくしや》、[一四]累々《るいるい》蠢々《しゆんしゆん》、蓋し生れて未だ十日ならざるもの也。時に天甚寒ならず、また甚暑ならず。故棄《すて》てより時刻も経たるべけれども、未だ一頭も死せず。唯[一五]嗁々《ていてい》の声、やゝ飢《うゑ》に啼くものに似たり。予が環翠堂に館を開くより、五日に必《かならず》一度至る。但し[一六]四九の日なり。五日を経てまた其処より過《すぐ》る。さきの狗なほあり。里人の食を与へしと見へて、[一七]余餐《よさん》ちとを見る。しかれども、いまだ日も経ざる狗児なれば、已に其三を失せり。二頭なを活す。ふたゝび五日を経て其所を過《すぐ》れば、唯その駁者一を活す。棄《すて》てより十余日をへて、生気少しもおとろえず、[一八]漸以《ややもつ》て長大なり。

予、大《おほい》に怪しみ、[一九]就《つい》て是《これ》を見れば、其《その》食ふところの物は、先に死せる狗児の肉なり。已に二頭を食ひつくし、残れる二頭も腹肚を破りて血を吸ふ様、乳を

八 文体の一つ。義理を解釈し、自己の意見を述べるもの。「義理を解釈して、己の意を以てこれを述ぶるなり」(文体明弁・説)。
九 尾張藩邸(上屋敷)。現在の新宿区市谷本村町、陸上自衛隊市ヶ谷駐屯地の辺りにあった。
一〇 広々とした野原。あらの。
一一 鈴木桃野の叔父多賀谷向陵(名は璞之。字は伯華。通称貞吉。向陵は号。一七六七—一八二八年。桃野の母の兄。書を以て聞え、門人は一千人に近かったという)の家の号。四谷左門町(現在の新宿区左門町)にあった。
一二 その所を通って行く。なお鈴木桃野邸は御府内沿革図書によれば酒井若狭守邸(下屋敷)の向かい側、牛込山伏町(現在の新宿区簞笥町・北町辺り)にあった。
一三 ぶち犬。
一四 重なり合ってうごめいている。
一五 泣くさま。
一六 四のつく日と、九のつく日。四日・九日・十四日・十九日・二十四日・二十九日。当時私塾の会日(講義のある日)はこのように五日目毎であるのが普通であった。
一七 食べ残し。
一八 段々成長し、大きくなっている。
一九 近づいて。その場所まで行って。

すふにひとし。これ其死《その》せざる所以なり。再び五日を経て過《すぐ》れば、更に長大にして、強健前《まへ》に陪[一]す。死狗の肉も已に尽《つき》たり。猶《なほ》食をもとめて彷徨する様、望《のぞみ》[二]て其逸物《いちもつ》[三]なるを知れり。予が家、狗を畜《か》ふことを好まざれば、是を畜ふに由なく、その後其処を過《すぐ》るごとに、心を付《つけ》てこれを見るに、いづち行《ゆき》けん、又は遂に食尽《つき》て餓死したるか、或は友狗の嚙みころしたるか、見へずなりぬ。予、狗を相《さう》[四]すること、幼よりして長ぜり。故に其相を察するに、凡物《ぼんぶつ》にあらず。然《しか》も[五]如奇事を見る。畜はずんば有るべからず。然れども家人の厭ふを想ひてやみけるは、口惜《くちをし》かりしことなり。世人、其才[六]ありて、其人に遇はず、或は遇《あひ》[七]て其際《その》会に遇はず、朽果《くちはつ》ることあり。狗児を見るによりて洪歎《こうたん》[八]をなせり。

刀説

丙申《ひのえさる》[九]の秋七月廿八日、雲楼[一〇]死して後、其手沢《そのしゆたく》[一一]なる両刀を購し得たり。隣家の地借《ちが》[一二]り大竹留七[一三]とぎ[一四]し也此刀を見て、金三両に取入《とりいれ》候へと云《いふ》。蓋し見所ある品ゆへ、すこし高価といえども、凡品を購《あがな》はんより面白きものゝよし。故に其価《そのあたひ》にして得たり。脇ざしの方、よき物のよし。刀は価なしといふ。予を以てこれを見る

一 「倍す」の誤り。
二 遠くから見て。
三 他に越えて優れたもの。
四 才能、器量、運命などを見抜くこと。
五 下に「是」「此」などの字、脱か。
六 才能がありながら、その才能を見抜いて抜擢してくれる人物に出会わない。
七 才能を見抜く人物と出会っていながら、抜擢される機会に恵まれない。
八 大きな嘆き。深い嘆き。
九 天保七年(一八三六)。
一〇 本書中巻に「雲楼書幅目」の条があり、鈴木桃野の親しい人物であったらしいが、伝未詳。
一一 長く使用している間についた、手の油のつや。転じて故人の遺愛の品を言う。
一二 他人の土地を借りてそこに自分の家を建てて住んでいる人。天保元年(一八三〇)の御府内沿革図書によれば鈴木桃野邸の隣は益山大次郎邸であるが、当時御家人層は拝領地の一部やそこに建てた家作を町人に貸すなどして収入のたしにしていたので、この場合もそのような事情であろうか。
一三 嘉永二年(一八四九)・同四年の切絵図では、益山大次郎邸が鈴木邸に移り、鈴木邸はその南隣に移って、元の益山邸に「大竹留七」の名が見える。いわゆる「御家人株を買う」ことにより、御家人となったものか。
一四 研師。刀剣を研ぐことを職業とする者。刀剣の鑑定も出来た。

に、刀は[一五]さきなしといへども、瑕《きず》多しといへども、余程《よほど》面白きものなり。もし此刀価なくして、脇差と[一六]道具[一七]小柄《こづか》等にて三両計《ばか》りのものありと[一八]いはれ、脇ざしは余程よきと見へたり。是《これ》、予が欲する所にあらず。望人《のぞむひと》あらば譲るべし。刀の方は鋒焼《さきやき》なし、瑕《きず》多し。如何の名作といふも価なきよし。是、余が望むところなり。世間如ㇾ此《シ》。其用ありて、其用に当らざるとて捨《すて》らるゝもの多し。まして況んや刀剣は武門の宝にして武夫《もののふ》の魂なれば、瑕ありては用に当らずといふ、其説尤《もっとも》なり。然れども、[一九]渾然たる美玉のごとき、一点玼瑕《しか》なきものをこしにして、斬るべき時にも斬らず、抜《ぬく》べきときにも抜かぬ、[二〇]廉恥《れんち》なき者あり。むしろぬき合《あひ》て刀うち折《をり》たらんは、格別の恥辱にも有《ある》べからず。況《いはん》やいまだ太刀折《をり》て恥辱を取りたるといふ人もなきをや。予が如きは、是等の論をもつて、此刀を愛するといふにはあらず。只《ただ》此刀の不幸にして、いまだ其用をも試みず、鋒は先《ま》づとぎ切られ、玼《きず》は人に数へ挙《あげ》られて、其用をも尽さず、まづ廃物となるを傷《いた》む。故に長く予に伴ひて、世の無用の物となるこそ本意ならんとおもふゆゑに、常に[二一]指料《さしれう》になすといふ。

一五 「さき」は鋒(きっさき)。刀の先端の最も良く切れる部分。その部分が良く切れない状態。
一六 刀装具。笄(鞘に差した金属の具)、目貫(刀の刀身と柄の小孔を貫いて、刀身を柄に固定するもの)など。凝った彫金が施され、優れた金工の手になるものは甚だ高価である。
一七 脇差の鞘に添えて差しておく小刀。その柄は凝った彫金で飾られ、笄・目貫と同じ意匠にしたものを「三所物(みところもの)」と言う。
一八 「いはば」などの誤写か。
一九 「渾然」は角やくぼみがなく丸いさま。全く欠点のない美しい玉。
二〇 恥知らずな。
二一 自分が差すための刀剣。

朱肉粘《ねば》り

朱肉の粘り、印面に付くは、多くは冬日厳寒の時なり。印の方を遠火《とほび》あるひは人膚《ひとはだ》にて温め、おすときは、印面に付かず、且《かつ》印面に朱のこる事なし。これは経験なり。

○紙の墨付悪しきに（[一]どふさ紙、[二]西のうち、[三]倭唐紙の類）大字を書くならば、先《まづ》墨をよく熱して書《かく》べし。格別に落付《おちつき》て見ゆるものなり。これも、厳寒の時よろしからず。故に、火にて硯をあたゝめ、煙りいづるとき用ゆれば、墨色よろし。墨色とは光彩のいひにあらず、濃淡浮沈、程《ほど》にかなふをいふ。書を好む人、自《おのづ》からしるところ也。

○硝子板《がらすいた》を切るに、[四]小手《こて》を赤くやき、紙をたつ如く、定木《ちやうぎ》を当《あて》て幾度も引く。扨《さて》其後、其処より折《をる》に、至《いたつ》て容易なるよし。硝子吹《がらすふき》の風鈴などを吹《ふき》、其後《そののち》はさみの如きものにてすこしきるまねの如き事をすれば、直に其所より折れると同じ法と見へたり。

一「どふさ」は明礬。また、それを溶かした水。礬水。明礬は墨や絵の具をにじませない特性があるため、膠と和して紙などにひいて用いる。
二 常陸国（茨城県）の久慈川や那賀川の流域一帯で産出される和紙の一。中でも西野内（現在の茨城県那珂郡山方町西野内）がその本場であったためこう呼ばれる。楮を原料とし、米糊を加えて漉く、厚手で丈夫な紙。
三 和唐紙。近世江戸に於て唐紙に模して漉いた紙。文化三年（一八〇六）幕府の許可を得て中山儀右衛門が始めたと伝える。
四 熱して布のしわをのばすのに用いる道具。その側面を用いるのであろう。

餓《が》[五]莩《へう》

[六]丙申の冬、餓莩路《みち》にみち、児女飢寒になく者、[七]往来相望《あひのぞ》む。それが中に、近在より出《いで》たる順礼の親子連れたるが、[八]尾州の長屋下を食を乞ひて行《ゆき》ける。見るに、其惨、他に越《こえ》たり。予、これを見るに忍びず、数銭を与へて、[九]眼前の仁心を養ふ術を行はんと思ひしが、左右を顧みるに、如《キ》レ此《ノ》もの幾十人といふを知らず。是《これ》にあたへ尽さんこと、吾が力の及ぶ所にあらず。譬《たと》へ百銭二百銭づゝ与へたりとも、幾日を支へ、幾人を活《いか》すといふにもあらず。米を与ふるも亦《また》おなじことなり。[一〇]施し米を出せし人の説は、[一一]涸轍《こてつ》を湿《うるほ》すといふといえども、予を以てみるに、是唯《これただ》快[一二]を一時に取るのみ。然しながら益なしとして与へざるは、亦《また》不仁を如何せん。予こゝに於て惑ふ。因《よつ》て一術を得たり。其術、一人来る毎に一銭を与ふ。是《これ》飢人に益少しといへども、吾《わが》仁を養ふ術に於ては得たり。如何とならば、前にいふ如く、一日百銭、或は一升米を与ふる人有《あり》とも、其後継ぐ者なき時は、[一三]数日の餓死を伸《のぶ》るのみ。[一四]遂に全治の術にあらず。譬へ一銭一撒《いつさつ》[一五]米《まい》なりとも、[一六]人々其心ならば、遂に餓死に至ることなからん。唯《ただ》天下の人同心なると、一人一個の仁心とは、其及ぶところ如《シ》レ此《ノ》。与ふるもの力を費やさず、

五 飢え死にした人。行き倒れ。
六 天保七年(一八三六)。以下は、いわゆる天保の飢饉時の惨状である。
七 路上でお互いを見る。そうした人が路上に満ちあふれているさま。
八 尾張藩邸(→三九五頁注九)の長屋の前。「長屋」は武家屋敷の表門の左右脇から延びて外囲いに藩邸を囲むようにした棟割りの建物で、江戸詰の藩士たちの住居。
九 目に見える形で、慈愛の心を満足させる。
一〇 飢饉などの際に余裕のある者が困窮者に与える米。
一一 車の轍にたまった水が涸れているのを潤す。荘子・外物篇の故事から、危急を救うことのたとえ。
一二 一時的に自己満足を得るだけだ。
一三 餓死の時期を数日間延ばすに過ぎない。
一四 結局全面的な解決にはならない。
一五 「撒」はまきちらす意であるが、ここでは同音の「撮」に通じて、一つまみの僅かな米、の意か。
一六 皆が同じ心で僅かな施しをするならば。

以下四〇〇頁

一 それは天命である。
二 文体の一つ。自家の意見を述べ主張する文。「その体たるや、則ち然否を弁正し、有数を窮め、無形を追ひ、堅を迹ひ通を求め、深を鉤し極を取り、乃ち百慮の筌蹄、万事の権衡なり」

得るもの得る所おほし。豈《あに》仁術にあらずや。予一人その術を行ふのみ。人々是《これ》に同心せずんば、是《これ》天也。是非なし。予、天を如何せん哉《や》。

無可有郷上巻終

（文体明弁・論）。三 王羲之（→三七九頁注九）と王献之（→三八五頁注一二）。四 周の文王と武王。文王は、殷王朝に仕え、西方諸国を従えて「西伯」と称された。仁徳厚く天下の賢者がその下に集まった。武王は文王の子で、殷王朝最後の暴虐な天子紂を武力で討伐して周王朝を建て、初代の天子となり、父に文王と諡した。武王の弟で周王朝の初期の国政を輔佐して制度文物を定めた周公旦とともに、儒教では聖人として尊まれる。五 あや。かざり。漢魏の書はまだ素朴でそうした芸術的美しさに欠けるとする。六 一般人の目をも喜ばせるような流麗な美しさ。七 見た目の美しさで人を喜ばせるというような意か。八 王献之。→三八五頁注一二。九 かりそめのこと。正道に対する、臨機応変の処置。一〇「湯」は殷王朝の建国者の湯王。殷の前の王朝夏の最後の暴虐な天子桀を武力で滅ぼして殷を建国した。「武」は周の武王（→注四）。「放伐」は、そのように悪逆な支配者を武力で討伐すること。儒教では権力は仁徳のある天子から同じく仁徳のある人に禅譲されるのがあるべき姿であるとされるところから、武力を用いることを「権」とする。一一 徳治の文王と放伐の武王がどちらも聖人であるように、王羲之と王献之も、その方法は異なっても最終的に目指すところは同じなのだ。一二 だから王献之も書聖なのである。一三 のっとるべき手本。一四 王羲之は他人がどう思うかに関わりなく、自分の心を満足させるように書を書いた。一五 王献之は他人がどう思うかを考えて、それにあわせて書を書いた。一六 同じ徳目でも「仁」は自分の心の問題であり、「義」は外的条件の規制の中で正しい道を行うようなものである。孟子・梁恵王章句上の「孟子対へて曰く、王何ぞ必ずしも利を曰はん。亦仁義

無可有郷 中巻

詩瀑山人 著

書論[二]

[三]二王の書を一様と思ひ、学ぶこと、心得なくては出来ぬことなり。譬《たと》へば、二王は[四]文王武王の二聖の如し。羲之《ぎし》は漢魏の素朴を受《うけ》て、唯《ただ》其[五]文ならざることを恐る。故に是《これ》にかふること[六]俗態を以てし、人をして[七]喜んで想はしむ。[八]献之《けんし》は父の文に過《すぐ》るを見て、又此《これ》に変《かふ》るに武を以てす。武とは何ぞや。[九]権也。[一〇]湯武の放伐《はうばつ》の如し。其径《そのみち》を守らざる也。而して[一一]其帰所《そのきするところ》は即ち一なり。此《これ》[一二]其聖とする所なり。其理を知りて二王を学ぶときは、各《おのおの》[一三]法とするところあり。混じて是《これ》を用ゆれば大《おほい》に謬《あやま》ることなきあたはず。然れども、其実《そのじつ》は、羲之、武ならざるなく、献之、文ならざるなし。是は一段上の論なり。いかんとなれば、[一四]羲之の法を吾に取る、[一五]献之は法を人に取る。其《それ》を学者に譬《たとふ》れば、[一六]仁は吾心よりし、義

有るのみ」の朱子の集注に「仁は心の徳、愛の理。義は心の制、事の宜なり」とある。

以下四〇二頁

一 一段劣る。 二 欧陽詢・虞世南・褚遂良・薛稷。前三者を初唐の三大家、薛稷を加えて四大家と称する。欧陽詢(五五七―六四一年)は九成宮醴泉銘などが特に知られる。また弘文館学士として芸文類聚の編纂に当たった。虞世南(五五八―六三八年)は孔子廟堂碑が特に知られる。褚遂良(五九六―六五八年)は雁塔聖教序が特に知られる。薛稷(六四九―七一三年)は信行禅師碑の拓本が伝わる。 三 「顔」は顔真卿。七〇九―七八五年。魯郡開国公に封ぜられたので「顔魯公」とも呼ばれる。王羲之の優美な書に対して男性的で剛気にあふれる書風を開き、王書と顔書とは対極に位置づけられる。「柳」は柳公権。七七八―八六五年。顔真卿の書をよく学んで「顔柳」と併称される。玄秘塔碑は有名。「北海」は李北海。諱は邕。北海郡の太守であったのでそう呼ばれる。六七八―七四七年。よく王羲之の書を学んだが、より骨力にすぐれた書風を作った。「徐曠」は唐の人で国子博士となった人であるが、特に書で有名な人ではないので、あるいは「徐浩」の誤りか。徐浩(七〇三―七八二年)は隷書に優れ、また顔真卿と近い書風であった。 四 蘇軾・黄庭堅・米芾・蔡襄。宋の四大家。蘇軾は東坡居士として名高い文人。一〇三六―一一〇一年。書では王羲之・顔真卿の書を共に学んで、両者を止揚した新しい書風を作り上げた。黄庭堅も山谷の号で著名な文人。一〇四五―一一〇五年。字は魯直。蘇軾とは生涯の親友で書風も近いが、一種の険しさがあり、その墨跡は特に禅僧の間で喜ばれた。米芾は前出(↓三七九頁注一二)。蔡襄は字君謨。一〇一二―一〇

は事によつて宜しきを取るが如し。吾よりするものは、人のよろこぶと否とを問はず。人にとる者は、如《ク》レ此《ノ》能はず。これを一着[一]を譲るとするは宜《うべ》なり。然れども、献之《けんし》をして羲之《ぎし》と一様ならしめば、書聖とすることを得ず。

○唐宋の書家、羲之を祖とする人有《あり》、献之を祖とする人有《あり》。是よりして、文は甚《はなはだ》文、武は甚《はなはだ》武、文を好む人は羲之をやはらげてまなび、武を好む人は献之をりきみて学ぶ。その学ぶところは羲献なれども、其人の書は其人の書となりて、自《おのづか》ら一家をなす。是《これ》、其《その》名家とする所以也。

○欧虞褚薛《おうぐちよせつ》[二]は、羲之に党する人なり。顔柳北海徐曠[三]等は、献之に党する人なり。柳は其中《そのうち》専ら羲之を学ぶといえども、所謂《いはゆる》りきみある所ばかりを学ぶものなり。是より以下、五代宋元に至《いたり》ては、専ら己がこのむところに党し、口、二王をいふといへども、実、唐人の内、己が好みに投ずる者を取《とり》て是を祖述す。蘇黄米蔡[四]、みな魯公[五]の儻《たぐひ》を出《いづ》ることあたはず。呉興[六]はじめて宋人《そうひと》の晋人《しんひと》を学ばする[七]の失を知《しり》て、初めて二王を唱ふ。其初《そのはじめ》はまだ宋人の鉄囲[八]をうち破ること能はず、終《つひ》に羲之の気力なきところを□[九]学ぶ。故に明人より奴《ど》書《しよ》[一〇]なりといふ譏《そし》りを受《うく》るといへども、遂に宋人の域を出《いで》て、明人大王[一一]をまなぶ者の宗[一二]となる。伯機[一三]、巎々[一四]二人は、これに党するといへども、大醇[一五]ならざる者也。明に至《いたり》ては、南帖[一六]

六七年。翰林学士などに任ぜられた。やはり王羲之と顔真卿の両者の特徴を兼ね備えた書風であった。　五 顔真卿。→注三。　六 趙子昂。→三七九頁注一一。呉興（湖州）の人なのでこのように呼ぶ。　七「学ばざる」の誤りか。　八 鉄のように固い囲み。宋人の書が概ね顔真卿や楊凝式の強い影響下にあって、そこから抜け出られなかったことを言う。　九 底本、原本にあった虫損箇所を□で表している。　一〇 いたずらに外形のみ整って、生気のない変化に乏しい書。王羲之の古法を宗とするとこの弊に陥りやすいとされる。　一一 王羲之。王献之を「小王」と呼ぶの対。　一二 おおもと。祖先。　一三 鮮于枢。中国元代の人。一二五七―一三〇二年。字は「伯幾」が正しい。王羲之の典型を宗とし、元代に於て趙子昂と並ぶ書家。特に草書に優れ、懐素（→四〇六頁注三）の書風を得意とした。　一四 康里巎巎。中国元代の人。一二九五―一三四五年。字は子山。康里はカスピ海北部トルコ系遊牧民の部族名。元代にあっては色目人に属するが、中国文化に親しみ、礼部尚書、翰林学士などの官に就いた。書は趙子昂を継ぐとされ、「北巎南趙」の称があった。　一五 それほど純粋ではない。　一六 中国の南北朝時代の書について、南朝の書は主に法帖として伝わり、北朝の書は主に石碑として伝わる、そして漢魏の古法は北碑の方に伝存しており、南帖は古法を失っているとする理論。専ら二王を模範としてきた中国の書壇に大きな衝撃を与えた。但し北碑に対する注目は清朝考証学の一環として金石学が発達して以後のもので、この理論を最初に唱えたのも清朝考証学の大家阮元（一七六四―一八四九）であり、鈴木桃野がここでこのように言う理由は不明。祝允明は王羲之より古い鍾繇を慕い、古勁な書を善くし

北碑といふこと起る。其《その》巨魁は[一七]祝董二氏なり。而して[一八]文は党する所なし。帖とは二王より以下を祖とし、碑とは漢魏を祖とするといふ。その実は、みな所謂《いはゆる》[一九]径権を分つていふなり。(以《テ》)レ是《ヲ》観《レバ》レ之《ヲ》、祝の志すところは則《すなはち》献之なり。而して尚《なほ》足らず、漢魏諸碑の[二〇]刻滅奇怪なるものを以て、己が好む所を快くす。董は大王を祖とす。唐宋諸人を兼学するといへども、尚《なほ》好むところに投ずるもの少し。たゞ[二一]呉興あり。稍《やや》ちかし。然《しかれ》ども、遂に[二二]羿《げい》を殺すの心を生じ、終《つひ》にこれを[二三]歯牙の間におこす。自ら一家の筆を出し、もつて諸人を圧せんと欲す。難ひかな。

吾朝、書を学ぶもの、亦《また》祝董二氏の囲みを出る者なし。其学ぶところ同じからずといへども、見識みな二氏に[二四]枉桔《わうきつ》せらる。終身戦《たたかひ》て捷《かつ》あたはず。然則《しかればすなはち》[二五]降《くだり》て小将になるにしかず。もし其《その》手下たらば、豈《あに》その指揮に従はざることを得んや。[二六]降て従はざるを[二七]叛人《はんじん》とす。今世、叛書おほし。是《これ》、世に洪歎《こうたん》する所以なり。

吾邦の書家といへども、口、二王を称せざるはなし。然れども、其なす所を見るに、或は[二八]時勢を逐ひ、あるひは[二九]其妙に拘束せられ、口称すると、心に欲すると、手なすところ、三ツ斉《ひと》しからず。況《いはん》や毀《そし》りを恐れ誉《ほまれ》を求《もとむ》る徒に於てをや。

たので、後世の碑学派と同一視したものか。一七 祝允明(→三八〇頁注四)と董其昌(→三七九頁注八)。一八 文徴明。→三八〇頁注四。一九 正統的なものと、変則的なもの。二〇 それが刻まれた碑面も摩滅したような、古風で奇怪な書。二一 趙子昂。→注六。二二「羿」は夏の太康の時の有窮国の君主で射の名人。逢蒙という男が射を羿に学び、その道をすっかり会得して、天下に自分に勝るものは羿だけであると思って羿を殺してしまったという故事(孟子・離婁下)。恩を仇で返すことのたとえ。二三「歯牙」は言論。董其昌がよく趙子昂と自分の書とを比較して、暗に自分の方が上であると自負していることを指す。二四「枉」は曲げる意。「桔」が「結」の誤りとすれば、「枉結」はゆがみむすぼれるさま。「桔」ならば直木の意を取って、まっすぐな木を無理に曲げる意か。いずれにせよ、祝允明・董其昌の見解の範囲に閉じこめられてそこから出るに出られない、の意であろう。二五 自分の独自色などを出そうとせず、模範とする書人のエピゴーネンとしてやっていく。二六 その見解に服しながら、異なるところを出そうとする。二七 謀反人。二八 その時の流行の書風を追いかけ。二九 けれん味のある書風に惹かれる意か。

以下四〇四頁

一 荻生徂徠。近世中期の儒学者。一六六六―一七二八年。名は双松、字は茂卿。古文辞学(→注五)の主唱者。二 金の張天錫(→注六)撰。五巻。漢から金に到る間の二百五十七人の草書を集めた書。元末に鮮于枢(→四〇二頁注一三)を加えて草書集韻と改題された。原書は早く亡びたが、日本では近世初期以来度々和刻本が出版されており、荻生徂徠の跋を加えたものもある。三 明らかである。はっきりしている。四 →三

[一]徂来翁の書、[二]草書韻会《さうしよゐんゑ》の文字をまなび、自己の筆力を用ひてなる、師事する所なしといふ。予を以てこれを見るに、古法書の文字顕然著明[三]、しかれども、用筆運腕の法、皆[四]祝允明《しゆくいんめい》より来る。隠蔽するあたはざる者あり。翁は古文字[五]の鼻祖なれば、其《その》書法もまた古ならざることを得ず。しかれども、漢已前の書おほく見るべからず。漢末の人、学ぶべき有《あり》といへども、また甚だ古ならず。因《よつ》て草書韻会[六]元張天錫とか云ふ人の書なりの文字の体計《ばか》り、覚ゆる為に習ひたる也。於テレ是ニ師とする所なしといふは宜《うべ》なり。然れども、用筆時勢に移されざること能はず。自然と祝氏風になり、あるひは時に是を学びたるならん。祝に擬古のものあり。翁の気に入《いる》所なり而して、曰、祝允明をいふを恥ぢて、遂に天下を欺きおゝせたり。翁の学派を追ふ人、於レ今書は古法帖を学ぶ。これ古法帖を喜ぶにあらず、翁の癖を学ぶなり。故に書に深きものなし。

[七]広沢老人の徒、[八]概然、[九]文祝二氏を出《いで》ず。曰、[一〇]趙文二氏を称するといえども、実は文祝なり。[一一]徴明、[一二]呉興を愛せしゆへ、亦その末流も呉興を愛せるなり。実に呉興を知る故にあらず。宋人に於て一も愛せるものなし。然れども、文祝を愛し、宋人を[一三]黜《ちゆつ》するは何故ぞや。

[一四]南郭先生、[一五]烏石流を書《かき》たる故、今に至るまで、明詩を愛する人、烏石流多し。

八〇頁注四。 五 古文辞学。古文辞派。元来は中国明代の李攀竜などによって唱えられた詩文制作上の擬古主義の主張であるが、荻生徂徠はこれを経書読解に応用し、経書が書かれた時代の古代言語(古文辞)を習得することで、後世の注釈書によらず直接に経書を理解しようとした。その結果古代の聖人の道を礼楽刑政といった全く外在的なものと規定し、それらの道は人情に基づいて設けられたもので、その人情は文学に表現されているから、道を知るためには文学に通じなければならないとした。そしてそのための手段として古文辞による詩文の制作が奨励された。こうした古文辞派の主張は一世を風靡し、以後の儒学・文学に大きな影響を及ぼした。 六 中国金代の人。字は君用。錦渓老人と号した。官は機察。 七 細井広沢。→三七九頁注四。 八 悲しみ嘆くさま。嘆かわしいことに。 九 文徴明と祝允明。→三八〇頁注四。 一〇 趙子昂(→三七九頁注一一)と文徴明。 一一 文徴明。 一二 趙子昂。→四〇二頁注六。 一三 しりぞける。 一四 服部南郭。近世中期の詩人。一六八三—一七五九年。名は元喬、字は子遷。荻生徂徠の門人で、経学には積極的な興味は示さず、専ら古文辞派の詩人として詩名甚だ高い。 一五 松下烏石。一六九九—一七七九年。名は辰、字は君岳、また神力。幼少より書を佐々木文山に学び、細井広沢らの特色をも学んで一家をなした。楷書は欧陽詢、行書は文徴明、草書は祝允明を宗としたという。 一六 近世中期の儒者。一七五二—一八一二年。名は信有。別号は孝経楼など。袁宏道(→注一九)の性霊説に拠りつつ荻生徂徠や服部南郭らの詩文を模擬剽窃として激しく攻撃、漢詩壇が唐詩風から宋詩風に赴く契機を作った。

笑ふべき事也。

山本北山[一六]、至《いたつ》て悪札[一七]なり。服氏[一八]の詩風を変ぜんとて、宋詩を唱ふ。是《これ》に継《つぐ》に、明の袁鍾[一九]《あんしよう》等の癖を加へ、一時[二〇]を交作せり。故に書風まづ宋人なり。其徒の往々宋詩を作り、二先生[二一]の党は其師の詩より書に移りしなり。

木門[二二]の儒者、書多く拙し。一白石[二三]ありといえども、文徴明と和様を等分せしもの也。中江[二四]、貝原[二五]の徒は、定《さだめ》て和様なるべし。汝園[二六]、栗山[二七]、皆宋人なり。栗の宋は上乗也 中井積善[二八]、蘇法[二九]也。春水[三〇]、趙陶斎[三一]をまなび、是より晋唐に泝《さかのぼ》る。実は宋人なり。頼山陽[三二]、宋人なり。右の数人は、皆文章八家[三三]を祖とするといふ所より、宋人を愛せし也。

精里[三四]は頼春水を学び、趙陶斎を遵奉[三五]《じゆんぽう》せしかど、其作《な》す所は二王の外に出《いで》ず。下《くだつ》て零褚[三六]の下に出《いで》ず。然るを謙[三七]して呉興なりといふ。その意、謂《おもへ》らく、二王の拙なるものは趙なり。吾書《わがしよ》、二王といふとも受難《うけがた》かるべし、趙といはゞ許す人もあらん、といふ意なり。然るを、その徒の人、皆其《その》謙辞を実とし、趙をまなぶ人多し。翁に及ぶ者なき所以《ゆゑん》也。

東江[三八]の古帖は、関氏[三九]烏石[四〇]を圧せんといふ謀なり。ゆゑに章草[四一]をおほく書す。人のせざることを尊ぶ計《ばか》り也。牛山[四二]は東江を欣羨して古帖を唱ふる耳《のみ》。

一七 →三九三頁注一四。 一八 服部南郭。 一九 袁宏道と鍾惺。袁宏道は字中郎。一五六八—一六一〇年。明末の中国で古文字派の詩文を模倣として排撃、自己の個性を自由に表現する性霊説を唱えた。兄宗道、弟中道とともに「三袁」と呼ばれ、彼らの出身地により、その詩派は「公安派」と呼ばれる。袁宏道の詩集は比較的早く伝来し、近世初期の元政なども愛読したが、山本北山が反古文辞の理論的拠り所として袁宏道の説を取り入れるに及んで改めて注目されるようになった。鍾惺は字伯敬。一五七四—一六二四年。古文辞排撃の点では公安派と共通するが、平易を旨とする公安派に対して、より新奇な着想・措辞を好んだ。彼や譚元春(字友夏)を主唱者とする詩派は「竟陵派」と呼ばれる。彼等の詩論に基づく選集も日本の反古文辞派の詩人達に広く読まれた。 二〇 時代違いの詩風をまぜこぜにしたような詩を作る。 二一 服部南郭と山本北山。 二二 近世前期の儒者木下順庵(一六二一—一六九八)の門下。新井白石・室鳩巣・雨森芳洲・祇園南海などの優れた儒者・文人を多く輩出したため、世に「木門」と称せられた。 二三 新井白石。近世中期の儒者。一六五七—一七二五年。名は君美。貞享三年(一六八六)木下順庵に入門。元禄六年(一六九三)当時甲府藩主であった徳川綱豊の侍講となり、宝永六年(一七〇九)綱豊が六代将軍家宣として襲封後は寄合儒員として幕政に貢献した。学者、詩人として名声が高い。 二四 中江藤樹。近世前期の儒者。一六〇八—一六四八年。名は原。日本に於ける陽明学の開祖として名高い。 二五 貝原益軒。近世前期の儒者。一六三〇—一七一四年。名は篤信。当時の鴻儒の一人であるが、また益軒十訓と呼ばれる啓蒙的著述で知られる。 二六 未詳。(以下四一四頁へ続く)

[一]頤斎《いさい》は実に[二]独立《どくりふ》に学ぶ。[三]懐素《くわいそ》の草書に[四]孫覆礼《そんぷくれい》を加へしものなり。其法よし。たゞ[五]知己すこし難ずべきなり。

[六]鵬斎老人は、古帖の中にて奇怪なる物を撰《え》らびて用ひ、草書は[七]素懐也といひて苦しからず。

[八]董堂《とうだう》翁の用筆、今に残れり。[九]董斎、むかし少堂といひし時より知れり。看板をかくこと上手のよし。董其昌の用筆にも似たり。董を用《もつ》て堂に名づくるは、[一〇]達礼善《たつれいぜん》が董園より来りしか。但此《ただしこの》ころの流行にて、[一一]米庵[一二]蘇寮などいひし人あり。米庵、[一三]米法よし。蘇寮は拙し。

[一四]古潤増山老侯、[一五]懶斎、みな来舶唐人を学び、是《これ》より[一六]董法天下に充満し、米菴、[一七]星池、[一八]胡兆軒、[一九]徐荷舟をまなび、彼《かれ》は[二〇]周壬禄、是《これ》は[二一]程赤城、是にて[二二]阿部侯の米[二三]董、[二四]石川悟堂侯の董、大《おほい》に好処あり。[二五]愈出《いよいよいでて》愈下《いよいよくだ》るといへども、[二六]書の人情に近くなること、此比《このごろ》より也。[二七]唐様《からやう》無筆同様といふ事、自然やみたり。

[二八]弘斎、人柄悪しといへども自在なり。[二九]行北海、楷欧陽といふ。実に大成なり。其《その》物々に随ひ、其程宛《づつ》の位《くら》ひあり。世人、米菴と上下を争ふといふ、実はしからず。[三〇]蕙斎君、不学に依《よつ》て実作なし。[三一]佐久間先生に及ばざる、遠し。碑文は達者なるもの也。[三二]零法よし。[三三]向陵翁、[三四]烏石の残党を免かれず。中年、宋人を以て

一 高頤斎。近世中期の詩人、書家。一七一五―一七七三年。姓は又深見。名は玄融。深見玄岱(高天漪)の次男。 二 独立性易。一五九六―一六七二年。姓は戴。名は笠。字は曼公。明末既に名のある書家であったが、明朝滅亡後慶安二年(一六四九)来朝。翌年渡来した隠元に就いて得度し黄檗僧となった。頤斎の父玄岱はその門人。 三 中国唐代の書家、僧侶。七二五―七八五年。草書専門とも言うべき書家で、酒を好み、我を忘れるまで飲んでから筆を執ったと言う。「草聖」と言われた。 四 「覆」は「虔」の誤りであろう。孫過庭。字は虔礼。中国唐代の書家。則天武后の頃に活躍した。その著の書譜で王羲之を古今第一の大家として推称している。自らも王羲之風の草書を善くした。 五 心安い人ならば少しは批判を加えるべきである、といった意か。 六 亀田鵬斎。近世後期の儒者、書家。一七五二―一八二六年。名は翼、のち長興。字は図南・公竜など。井上金峨門の折衷学者で、寛政改革の時期には異学者として五鬼の一人に数えられた。書名甚だ高い。 七 「懐素」(→注三)の誤り。 八 中井董堂。近世中期の書家、詩人。一七五八―一八二一年。名は敬義。董其昌(→三七九頁注八)に私淑して董堂を号とした。天明期には腹唐秋人の狂名で本町連の狂歌師としても活躍した。 九 松本董斎。江戸の書家。名は正祐。字は盛(正)義。通称正輔(助)。 一〇 未詳。 一一 市河米庵。近世後期の書家、詩人。一七七九―一八五八年。名は三亥。字は孔陽。父は詩人として著名な寛斎。寛政七年(一七九五)頃林述斎に入門、柴野栗山に従学した。父の跡を継いで富山藩儒、後加賀藩儒を務めた。生来書を好み、米芾(→三七九頁注一二)に私淑して米庵を号とする。書の門人は

するといへども、実は祝氏の拘束をうく。[三五]香雪翁は至《いたつ》て[三六]晩生なれども、[三七]汪大史[三八]と董其昌、合法より、[三九]唯《ただ》不達者を如何せん。もし是に数年を借さば、其《その》大成を見んものを。[四〇]天民、草書よし。[四一]孫覆礼といふ。最初は蘇[四二]法、後柳[四三]也　実は趙[四四]呉興の中に如キレ此ノ処あり。[四五]独立[四六]頤斎よりせしか

右の数人、各《おのおの》好むところありて一ならず。大率《おほよそ》宋人を愛すといふ人は、皆祝氏の党なり。如何なれば、其論、用筆を尊ばず、精神を尊ぶ、これ明人の流なり。董其昌出《いで》て後は、皆用筆を事として、高上の論を尊ばず。来舶人を学ばんとする人の心、[四七]肉筆之用筆を親しく見んと欲する故に、[四八]下るといへども厭はず。先にいひし、[四九]南帖北碑の論と同じことなるべし。

京大坂の学者[五〇]茗堂は、大体[五一]聖教序を学びて変化せしものなるよし。予が見るところを以てすれば、論を晋唐に取り、用筆を清人に取《とる》と見へたり。其中《そのうち》、[五二]演世憲、[五三]小石元瑞などよろし。筑前博多の[五四]長富《ながとみ》、[五五]米法よろし。坂の[五六]篠崎小竹、書名ありて面白からず。[五七]春琴、江戸風也。[五八]松窠《しょうくわ》道人、[五九]紫式部の碑は[六〇]晋唐集字のよふなり。江戸の[六一]立原翠軒、書家といへども悪筆なり。[六二]南畝、悪筆の名高し。然れども妙処あり。其余《そのよ》、[六三]屋下架屋の人は指屈《ゆび》するに遑《いとま》あらず。其《その》見識も下れる故に、論ぜず。

五千人を数えたと言われ、巻菱湖・貫名海屋と共に幕末三筆の称もある。一三 吉田蘇寮。江戸後期の儒者。生没年不詳であるが、化政・天保頃の人。名は信。字は子可。山本北山の門人で、常陸麻生藩儒を務めた。一四 増山氏は伊勢長島藩主。「古潤」は「玉淵」または「玉瀾」の誤写か。増山正賢。一七五四—一八一九年。雪斎の号で最も著名な文人大名。一五 米芾の書法。一五 曾根懶斎か。生没年不詳。文化頃に没した。名は次倚。字は子衡。号は南岳。一六 董其昌の書法。一七 秦星池。近世後期の書家。一七六三—一八二三年。名は其馨。字は子馨。江戸の人。一八「軒」は「新」の誤りであろう。胡兆新は清の人で名医であった。文化元年(一八〇四)大田南畝が長崎奉行所に出役したとき同地に滞在していた。一九 来舶清人であろうが未詳。二〇 号は睿山。また澹園・小山と号す。来舶清人(新撰和漢書画一覧)。二一 来舶清人であろうが未詳。二二 備後福山藩主阿部正精《まさきよ》であろう。一七七四—一八二六年。棕軒の号で著名な文人大名。二三 米芾流の書と董其昌流の書。二四「侯」は衍字、「悟」は「梧」の誤りであろう。石川梧堂。幕臣。名は総明。字は錫我・亀甫。嘉永五年(一八五二)六十余歳で没した。書家(書画薈粋・初編)。二五 唐様(→三八〇頁注一〇)の書が多くなればなるほど、ますます品格が落ちる。二六 唐様の書が一般の人にも親しみのあるものになる。二七 唐様の書は一般人には難しくて読めないので、それでは文字としての用をなさず、結局文字が書けないのと同じ事である。二八 巻菱湖。近世後期の書家、儒者。一七七七—一八四三年。名は大任、また任。字は致遠、また起巌。弘斎は別号。館柳湾の義弟で柳湾と同じく亀田鵬斎に従学。細事に拘らず酒好きで、酒乱の気味も

画に心を用ひ、[一]一分様《タメシ》に転折運用すること難し。これを得て而して後《のち》書に見るに、この瑕《きず》百出、心に慊[二]する者なし。人よりこれを見るに、終身拘束せられ、一歩も行く能《あたは》ざるものに似たり。是《これ》みな其《その》変化を得ざるゆへなり。董其昌の一分様は、学《まなぶ》べし、なすべからず。祝允明の放胆[三]は、学ぶべし、また為すべからず。

予は董其昌に党するものなり。一分様をする事数年、然してあたはざる也。もし手に入《いり》たらば、[四]些《いささか》の[五]疎失あるも苦しからず。精神を養ふゆゑなり。もし手に入らずして、疎失苦しからずといはゞ、[六]僭《せん》なり。少しも疎失なく書すること得てのち、すこし疎失あるものと比較して見れば、疎失ある方、果してよろし。

書画ともに、清人も[七]直筆《ちよくひつ》を学ぶ。画は[八]王石谷などの[九]韻致を愛する人より始《はじま》る。これを王道として、正法なりといふ。至つて下手らしく見へて、六ケ敷《むつかしき》法なり。其《その》妙へ至れば、[一〇]斜筆を用ひし覇道をもちゆる人より、一段上なり。書は董其昌已後、直筆なり。此[一一]二家の法を学ぶ人、口に[一二]直筆正鋒といふといえども、心に覇道を喜ぶ人おほし。[一三]速成を欲するもの也。所謂《いはゆる》[一四]銅臭ある故也。

尾陽の[一五]丹羽賀六、[一六]趙法よし。自《みづ》から[一七]鍾超京なりといふ。[一八]小楷よろし。然れど

あった。書では幕末三筆の一人に数えられる。二九 行書は李邕(→四〇二頁注三)、楷書は欧陽詢(→四〇二頁注二)を模範とする。三〇 未詳。三一 未詳。三二 零楮の書法であろうが、零楮は不明。三三 鈴木桃野の叔父。→三九五頁注一一。三四 松下烏石。→四〇四頁注一五。三五 祝允明。→三八〇頁注四。三六 本田香雪。→三七九頁注六。三七 「晩成」の誤りか。→三八〇頁注一一。三八 汪楫。→三七九頁注七。三九 下に脱文あるか。意味が取り難い。四〇 大窪詩仏。近世後期の詩人。一七六七—一八三七年。名は行。天民は字。山本北山(→四〇五頁注一六)の奚疑塾や市河寛斎の江湖詩社で詩文を学び、性霊派の新風を鼓吹した。孫過庭(→注四)風の草書を善くした。四一 →注四。四二 蘇軾の書法。四三 柳公権(→四〇二頁注三)の書法。四四 趙子昂。→三七九頁注一一。四五 独立性易。→注二。四六 高頤斎。→注一。四七 中国人が実際にどのように筆を使って字を書くかを、真蹟によって見ようとする。碑帖では用筆がわからず、これによって学ぶと形似の弊に陥り易いとする議論は中国・日本共に多い。四八 時代の下った新しいものであってもかまわない。四九 →四〇二頁注一六。五〇 未詳。五一 王羲之の集字聖経序。→三七九頁注一〇。五二 未詳。五三 近世後期の医者、文人。一七八四—一八四九年。名は竜。号は樫園など。京都の人。大槻玄沢の門人で久留米藩医を務めた。五四 近世中期の医者永富独嘯庵か。一七三二—一七六六年。名は鳳。字は朝陽。但し長門の人で晩年は大坂に住んだ。山脇東洋に入門し、古医方の大成に努めた。京大本には「吉富」とあるが、該当者未考。五五 →注一三。五六 近世後期の儒者、詩人。一七八一—一八五一年。名は弼。字は承弼。大坂の人。町儒者と

も吾徒にあらず。筆をば用ひぬ流也。

卵油黄蘗[一九]

卵油の取《とり》よふ、加賀の沢[二〇]小左衛門といふ医師の子、家塾[二一]の書生たりし時、予に授く。法、鶏卵の鮮なるを求めて、新らしき物にあらざれば油出でず。かつしろみ黄みわからず皮を去り、茶碗に入れ、また茶碗をひとつ上より覆ひ、傾けて白みをした[二二]み、黄みばかりとなし、乾きたる茶碗へ移し、また乾きたる茶碗へうつす。かくのごとくする事数度にして、白みすこしも無し。黄みの皮も破れんとするとき、文[二三]火にて煎《い》る。はじめいり豆腐のごとき時、ポチ〳〵とはねることあるべし。ふたをすべし。また箸にてかきみだし、底下のかたこげるころ、油少しづゝ出る。こげつく比《ころ》大《おほい》に出る。これを度[二四]として外の器へ傾けとる。鶏卵あたらしく且《かつ》大ならば、五つも取《とり》たらば、寸許《ばかり》の猪《ちよ》口に一杯ほども出《いづ》べし。余りおほく取らんとて、強《しひ》て焼付るときは、油色いよ〳〵くろし。冬日、暫時に凝結して蠟のごとし。数日を貯へて変ずる事なし。切《きり》きづにもよしといへども、外[二五]科みな白みを用ゆ。何ぞ油を用ひんや。

して門人の育成に尽くした。詩書共に名高い。七七 浦上春琴。近世後期の文人画家。一七七九—一八四六年。名は選。字は伯挙。文人画家として著名な玉堂の子。詩文も善くした。七八 杜徴。一七四八—一八一六年。近江の人というが、京都の産らしい。書や篆刻も善くした。中江氏。号は松巣道人。松窠道人の印も用いている。また五適と号した。七九 同人筆の物は未詳。八〇 先人の法帖から文字を集めてくること。八一 近世中期の儒者。一七四四—一八二三年。名は万。字は伯時。東里と号し、晩年に翠軒と改めた。水戸藩儒を務めたが、大日本史編集方針を巡って藤田幽谷らと意見が対立し、享和三年(一八〇三)彰考館を去った。以後は水戸と江戸の間を往来して広く当代の名家と交わった。書道に志深く、水戸咸章堂から多くの中国の法帖を刊行させている。八二 大田南畝。→四二二頁注一六。八三「屋下架屋」は無駄なことのたとえ。名を挙げても意味のないような人。

以上四〇七頁

一「一分様」は、ずたずたに試し切りをすることであるが、ここでは、そのように細かく技法を分析して、自己の創作に応用するといった意か。二 あきたりる。満足する。三 大胆で思い切った事をすること。四 董其昌の筆法を自分のものとして身につける。五 失敗。粗相。六 僭越。自己の分を越えている。七 筆の穂先を垂直にして書くこと。正鋒。八 王翬。中国清初の文人画家。一六三二—一七二〇年。号は耕煙山人など。王時敏に山水画を学び画聖と称された。王時敏・王鑑・王原祁と共に清初の四王と称せられる。なお鈴木桃野の叔父多賀谷酔雪(→三九三頁注二一)の画は、明画から入り、最後に王石谷を範としたという。九 風流な趣。風致。

痘瘡《とうさう》[一]のより、[二]面府鼻の上[三]抔《など》に集りて、かきくづす毎に血出《いづ》ることあり。かならず痘瘡[四]となる。口のはた咽《のど》のあたりなどは引釣《ひきかぎ》[五]となる。是《これ》、他なし、瘡口《きずぐち》いまだ乾かざるに、外痂《ぐわいか》[六]まづ乾き、引《ひき》よせる故なり。其《その》ときこの油をぬれば、外痂潤《うるほ》ひありて乾かず。其内、下の血の出たる瘡口癒《いゆ》ると見へたり。予、痘瘡ある家にはかならず此油を作りて授けしが、皆大痕[七]を作《な》したるものなし。唯《ただ》遅くもちひたる物はしるしなし。蓋し此油にかぎらず、油気にて潤《うるほひ》をつけ置《おけ》ば、引釣にはならぬと見へたり。然れども、痘家[八]油気を忌むゆへに、如《キ》レ此《ノ》ものを作りて用ゆるか。

予、小時より雁瘡《がんさう》[九]を患ひ、年々種々の奇法を用ひしが、すこしも験なし。蓋しみな医家の所謂《いはゆる》、毒気[一〇]秋にいたり収斂して瘡を発するなれば、癒《い》へざるも亦《また》可也。唯《ただ》うるさきを如何せん。痒《かゆ》きも忍ぶべし。痛みも忍ぶべし。公務ある人、あるひは股立《ももだち》[一一]を取る人、一二度のことにさし支《つか》へ、難義する事おほきを忍びがたし。一日直しの名法あり。内攻[一二]の患《うれ》ひなし。但し用事の日計《ばか》り直し、亦明《あく》る日より元のまゝになる。其法、黄蘗粉一両[一三]を三つ分けにして、一分を黒色に煎り、一分を黄色に煎り、一分は生の儘にて、所謂《いはゆ》る三製黄蘗なり。麻油[一四]にて煉[一五]ること、砂糖のとろけたる状のごとくなし、さて雁瘡の痂を去り、熱き湯にて

風韻。一〇 筆の穂先を横に傾けて書くこと。側筆。偏鋒。一一 王石谷と董其昌。一二 直筆(↓注七)に同じ。一三 速く上達すること。米庵墨談巻一に、近頃の日本の書に偏鋒が多いのは「態を取りやすきが故」とある。一四 銅貨の臭い。ここでは金銭を欲する心。一五 丹羽嘉六。一七七三―一八四一年。名は勗。字は子勉。号は盤桓子。名古屋藩儒を務めた。書を以て聞える。一六 趙子昂の書法。一七「超」は「紹」の誤りか。鍾紹京は中国唐代の人。字は可大。鍾繇の十世の孫で書を善くし、繇を「大鍾」と呼ぶのに対して「小鍾」と称せられる。一八 小字の楷書。一九 きはだ。落葉高木。樹皮の内側を薬用・黄色染料とする。なお本条とほとんど同じ文章が桃野随筆にも見える。二〇 未詳。二一 私設の学校。鈴木桃野の父白藤(一七六七―一八五一年。名は成恭、恭、供。字は士敬。白藤は号。幕臣で蔵書家として聞えた。なお、下巻「自述」「厄穢」の本文および四一六頁注二一・四三三頁注一六等参照)、乃至は桃野自身が門生を集めて教授していた私塾。二二 水分を残らず滴らせる。二三 弱火。とろ火。強火を「武火」と言うの対。二四 物事の基準。限度。二五 この事未詳。

一 天然痘。皮膚に豆粒状の水疱が出来、治癒後もあばたとなることが多い。当時は誰でも一度はかかる病気であった。二「寄り」で水疱の固まりの意か。或いは「折」の誤りか。三「面皰」(顔の吹き出物)の誤りか。四 桃野随筆に「瘡痕」とあるが正。あばた。五 引きつり。六 かさぶた。七 大きなあばた。特に女子の場合に忌む。八 この事未詳。九 がんがさ。脛に出来る出来物の名。秋に雁の

[一六]たで、赤はだになりしところへ、一分余の厚さにぬり、但し瘡の大さより一分ほど大きくぬるべし 其上を合羽《かつぱ》[一七]の紙にてよく包み、一夜おくべし。痛みかゆみともに去りたる時分《じぶん》出しみれば、膿水《のうすい》を出す。穴みなふさがりてあり。其のうへを一体熱き湯にて洗ふべし。

其日一日、衣服にてするとも膿水出《いで》ず、痛痒もなし。一日ばかりを経れば、粟粒のごとく膿水たまりたる所いく分ともなく出来、元のごとく潰《つひ》へ、瘡となる。されども、右の如くする度に、瘡口ちいさく成るべし。且《かつ》[一八]引かゞみ、或は脛《はぎ》の色[一九]は悪き所などは、段々[二〇]と場所を易《かふ》るに利あり。たとへば瘡口二寸径《ばか》りの丸みにて、上の方手当《てあて》いたしにくゝ覚ゆるならば、丸みの下のかたをかき潰《つぶ》せば、其所より膿水出て、上のかたは癒《いゆ》ること妙なり。この法、間断なく用ひたらば、内攻もすべし。三日に一度、あるひは隔日に用ゐるに、何の害あらん。此方より外、名法なし。もし秋口より足をつつみ、蚤《のみ》しらみにも嚙《かま》せぬよふになし、下剤かまた水理[二一]の剤をもちひ、出来ざるよふにせば、その年は休むこともあらむ。然らざれば、毒つきざる内は、幾年も癒《いゆ》ること決してなし。

来る頃に生じて、春雁の帰る頃に治るので名付けられたという。症状は痒みを主とし、かきむしると血や膿が流れ出る。完治は困難な病であった。一〇 体内の毒気が、秋になると集って、瘡となって発病する。出典未考。

一一「股立」は、指貫・袴の左右、腰の部分に当たって、縫い止めとして開いているところ。そこをつまみ上げて帯または袴の紐に挟むことを「股立を取る」と言う。袴が引き上げられ活動しやすい状態になる。活発に動き働く意。

一二 腫れ物が表面に出ないで、内部に広がって悪化すること。命に拘わるとされる。

一三 薬種・香などの量目の単位。近世では四匁四分。

一四 麻の実の油。また胡麻油。 一五 桃野随筆には「煉る。黒砂糖のとろけたる」とある。

一六 腫れ物などの痒みや痛む所を湯で蒸すこと。

一七 桐油紙。合羽の他にも湿気を防ぐための包み紙として用いる。

一八 膝の後ろの部分で、くぼんでいて、座る時にひっこむ部分。

一九 桃野随筆には「包み悪き所」とある。

二〇 そういう腫れ物の出来ては困る部分から他の所へ、腫れ物の位置を次第に移動させる。

二一 利尿剤。

以下四一二頁

一 中国明代の長編白話小説。四大奇書の一。呉承恩の作と言われる。日本には室町末期以来多く舶載され、近世後期には、通俗西遊記、絵本西遊記などの訳書も刊行されて広く読まれた。

二「平頂山に功曹信を伝ふ 蓮花洞に木母災ひに逢ふ」(二編巻一)、「心猿火に遭うて敗る 木母魔に擒へらる」(二編巻四)など多く見られる(絵本西遊記による。以下も同じ)。

木母

一西遊記の表題に二八戒のことを木母といひたること、処々にあり。三木母は梅なり。四梅の古字、某楳槑呆等の字あり。呆は五痴獃《ちがい》の謂《いひ》なり。六獃の字、亥と通じ、猪をいふなり。況《いは》んや、八戒の痴獃なるに因《よつ》て、七獃子といひし所おほし。然らば、亥を獃といひ、獃を呆といひ、終《つひ》に梅の字となし、木母といひしならん。

八糸脈《いとみやく》と陰陽

糸脈といふ事、医家、口《くち》常にこれを称すといへども、終《つひ》に為せしといふことを聞かず。蓋《けだ》しその法を知らざるなり。若《も》し病人の九脈所に糸をつけて、これを簾もしくは障子などを隔てゝ引くときは、一〇紙鳶《しえん》を上《あぐ》るに似たり。また一一鯊魚《さぎよ》を釣るに似たり。豈《あに》失笑せざることを得んや。是《ここ》におゐて、医家其法をもつて益なしとて用ひず。用ひざるは尚《なほ》可なり。唯その法を知らざるを如何せん。予、医書におゐて読むところのものは、独り一二傷寒論《しやうかんろん》のみ。豈《あ》によく医を論ぜんや。然

三「木公は松なり、木母は梅なり」(夷堅志)。
四「梅 古文 某、槑」「某 玉篇 古の梅の字」「呆 類篇 槑に同じ」「槑 梅と同じ」「楳 玉篇 古文の梅の字」「呆 類篇 槑に同じ。省なり。或いは某に作る。通じて梅に作る」(康煕字典)。
五 ばかもの。おろかもの。「呆 本草 梅桃の類。倒杏を呆と為す。俗に以て癡獃の獃と為すは誤りなり」(康煕字典)。
六 この事不明。
七「行者怒りて曰く、汝這獃子(このあはう)、這般(このば)にいたりて何をわらふや。八戒尚もわらうて曰く、哥々(あにき)我を獃子といふ」(二編巻四)など、その例は非常に多い。但しこの語は人を罵る時に普通に用いる語で、沙悟浄に対して用いられた箇所もあり、獃子が即ち八戒を指すわけではない。
八 近づくことが憚られるような貴人・貴婦人に対して、脈所に糸を掛け、その他方の端を医者が持って脈をはかる方法。
九 手首の脈をはかる所。関部・寸部・尺部の三部がある。
一〇 凧。
一一 はぜ。
一二 漢方医学書。十巻。後漢の張機(字は仲景)の著。西晋の王叔和補。漢方医学で最も重んじられる古典の一。
一三 知らないと答え。
一四 たいていでたらめばかりである。
一五 いまだにはっきりとしない。
一六 三編巻七「心主夜間に薬物を修む 君王筵上に妖邪を論ず」に見える。「話表(さても)行者は、近侍に伴はれて皇宮内院に入り、寝宮に到り門外に立つて、三条(みすぢ)の金糸を官員に与へ、教へて是を聖躬の左の手の寸脈関脈尺脈三部の上に著けさせ、線(いと)の頭(あす)を格子より引出させ、行者右の手に是を掣(と)り、左の三指を以て寸関尺の三部の脈を試み、又教へて右の手三部に是を著けさせ、行者左の手を用ひて件一(いちいち)是を試み、終に毫毛(みのけ)を以て我身に返し、高声に稟(まう)しけるは」。鈴木桃野が「遺忘し」と書いている国

れども、世の医家、書をよむもの至《いたつ》て少なし。ゆへに顕然として医家の書中載《の》するところといへども、人もしこれを問へば、おほく知[一三]らざるを以てし、まゝ答ふるところありといへども、亦《また》[一四]多く妄のみ。故に糸みやくの事しば〳〵医家に問ひしが、未《ダ》[一五]レ得二分明《ナルヲ》一。比《このご》ろ西遊記をよむに、孫悟空[一六]遺忘し国王の病を治するとき、糸脈をとる法あり。これにて見れば、糸を左右両手につけ、簾外にありて、己れが手に持《もち》て、己れが脈をとるなり。是《これ》、大に利あり。然れども、其人扁倉《へんさう》[一七]にあらざれば不《ル》レ能《ハ》ことならん。是、その法を知るといへども、後世に用ゆる能はざる所以《ゆゑん》なり。蓋し此《この》こと妄なるべし。況《いはん》や稗官《はいくわん》[一八]小説載《の》するところをや。然れども、医家の事、往々是《これ》に類する者少なからず。後世の医説《と》く所の陰陽[一九]五行、固《もと》より論なし。古書偽作多しといへども、今拠《よりどころ》とするに足るもの亦おほし。然れどもまた妄誕無稽《まうたんむけい》[二〇]のこと、書[二一]の真偽に論なく、巻[二二]開みな然り。豈《あに》後世妄誕の弊を千載《せんざい》の前に作り置《おき》しにあらずや。

傷寒論の陰陽[二三]ともに緊といえる所にて、諸医家の説、甘関人[二四]をとく。或は指[二五]の浮沈をとく。唯《ひと》り中西翁[二六]の説、按《フルニ》[二七]レ之《ヲ》、指の浮沈にあらず、脈の浮沈ともに緊と説きたるは、敬服にたへたり。

の名は「朱紫国」である。一七 扁鵲と倉公。非常な名医の意。扁鵲は伝説的帝王である黄帝の名医。倉公は前漢の名医淳于意。大倉県の長官であったので倉公と言う。一八 「稗官」は古代中国の官名で民間の物語などを集めることを任務とした。「稗官小説」は稗官が集めた取るに足りない話のこと。転じて小説を言う。一九 「陰陽」は天地間の万物を作り出す二気、「五行」は万物の構成要素である水・火・木・金・土を言う。人間の健康を含め天地間のあらゆる事象が陰陽五行との関係で理解された。二〇 でたらめ。二一 その書が真にその人の著述であるか、後世の人間が昔の人に仮託した偽書であるかに関係なく。二二 どの本を開いても皆同じ事である。二三 傷寒論・一「弁太陽病脈証并治上第一」に「太陽病は、或いは已に発熱し、或いは未だ発熱せざるも、必ず悪寒し、体痛く嘔逆す。脈陰陽俱に緊なる者、名づけて傷寒と為す」とある。二四 京大本「寸関人」に作る。「人」も「尺」と誤り易い字なので、「寸関尺」の誤りであろう。三部の脈。二五 軽く触れるとはっきり感じられ強く押すと感じにくいものを浮脈、軽く触れただけではっきりせず強く押すとはっきり感じられるものを沈脈と言い、前者は病が体表にあり、後者は身体内部(裏)にある証とする。但し「指の浮沈」「脈の浮沈」の区別は未考。二六 中西深斎であろう。近世中期の医者。一七二四―一八〇三年。名は惟忠。字は子文。京都の人。吉益東洞に入門、古医方を学んで傷寒論の研究に尽力した。傷寒名数解、傷寒論弁正等の外、脈陰陽俱緊の著作がある。二七 出典未考。傷寒論弁正の当該条には「是の故に或いは手の尺寸を謂ひ、或いは指の浮沈を謂ふ者は皆非也」等とある。

雲楼書幅目

世に書画をおほく貯へたる人おほしといえども、余が向陵翁[一]、薩[二]の香雪翁にしくものはあらじ。然れども、みな死しての後《の》ち、たれに譲るといふこともなく、人々持《もち》あぐみたる計りなり。其後、予が雲楼[三]が貯はへし書画も亦、稀世のものもありたり。亦夭折《えうせつ》して誰ありて其品をむし干《ほし》する人もなし。其《その》後家宮崎[四]厚庵の女宿[五]に帰るとき、梱載[六]して帰るよし。または親類にて預りしともいふ。予、是に感じて、書画癖の念を断ち、愛するところの亦為道人[七]の書六幅ものを分ち、竹雀[八]、梅坡[九]の二子に送り、其後また購求することなし。雲楼が所持のもの、余が見る所は、

一　明陳楨[一〇]書
一　董其昌岳陽楼記[一一]十二枚　偽物といへどもよし松坂屋[一二]の典物[一三]也
一　陳元翰[一四]草書
一　無名水理[一五]之絵図小楷

これ等はみな上出来物なり。世にある出来合《できあひ》[一六]のものと同じからず。是、雲楼が

一 鈴木桃野の叔父。→三九五頁注一一。 二 →三七九頁注六。 三 →三九六頁注一〇。 四 未詳。 五 寡婦となって実家に帰る。 六 梱包して車に載せる。 七 未詳。 八 未詳。 九 未詳。 一〇 未詳。 一一 北宋の名臣范仲淹(字は希文)が湖南省の名楼岳陽楼の修復に際して書いた記文。古文真宝後集に載せられて古来有名な名文。 一二 質屋であろうが、未詳。 一三 質入れ品。ここは質流れ品。 一四 未詳。 一五 「水理」は河川の分脈。幾筋もに分かれて流れる川を描いた絵に、小字の楷書で讃があり、画者・讃者の署名のないものか。 一六 注文を待たずに作ってあるもの。また急に作り上げたもの。 一七 冊封使。中国がその朝貢国に渡す公文書を持参する使者。当時琉球の中山王朝は清の朝貢国であった。 一八 「斉鯤」の誤り。嘉慶十三年(一八〇八)の冊封琉球正使。 一九 門人の意か。 二〇 天保九年(一八三八)。 二一 落款のないこと。

(四〇五頁より続く)

二七 柴野栗山。近世中期の儒者。一七三六—一八〇七年。名は邦彦。阿波藩儒から天明八年(一七八八)昌平黌教官に抜擢され、学制改革に従った。寛政の三博士の一人。詩文にも優れた。 二八 近世中期の儒者。一七三〇—一八〇四年。号は竹山。積善は名。父は甃庵、弟は履軒。大坂の町人によって運営された懐徳堂の教授。天明二年(一七八二)四代目学主となる。詩文を善くした。 二九 蘇軾(東坡)の書法。→四〇二頁注四。 三〇 頼春水。近世中期の儒者。一七四六—一八一六年。名は惟寛(完)。春風・杏坪は弟。宝暦十四年(一七六四)上坂、この時趙陶斎(→注三一)の知遇を得た。明和三年(一七六六)再び上坂、混沌社の詩人達と交友。天明元年(一七八一)広島藩儒に登

珍とする所以《ゆゑん》なり。琉球冊使《さくし》[一七]斎鯤《さいこん》[一八]の書は、雲楼死する日、其文《そのぶん》書肆にかへしたり。其後、予[一九]が社の梅坡購して蔵せり。亦《また》佳なるもの也。

一　贋物董其昌岳陽楼の記は、戊戌《つちのえいぬ》[二〇]七月、予、梅坡にはかりて購求し、諸《これ》と一枚づゝわかつ。梅坡は上半六枚を取る。そろひてあるより、無款《むくわん》[二一]のかたよしといふ人多し。故に落款処一枚售《う》れば、全拾二枚金四両なり。

無可有郷中巻終

用された。三一 近世中期の書家。一七一三―一七八六年。名は養。来泊清人の子として長崎に生まれ、一時黄檗の竺庵浄印の弟子として僧籍にあったが、還俗し諸国を遊歴、江戸・大坂に居住後、明和七年(一七七〇)堺に移った。門人には頼春水や伊勢長島藩主増山正賢(→四〇六頁注一四)等がいる。三二 近世後期の儒者、詩人。一七八〇―一八三二年。名は襄。春水の長男。寛政十二年(一八〇〇)脱藩、享和三年(一八〇三)廃嫡された。文化六年(一八〇九)備後の菅茶山の廉塾の後継者となるが、一年余りで上京、文人達と交友を重ね、京都文壇の一中心となった。詩文の名甚だ高く、書名もまた高い。三三 中唐期に興り、それまでの駢文に代わって文学的散文の主流となった古文の初期の大家八人。中唐の韓愈・柳宗元、宋の欧陽修・蘇洵・蘇軾・蘇轍・王安石・曾鞏。三四 古賀精里。近世中期の儒者。一七五〇―一八一七年。名は樸、字は淳風。佐賀藩儒から寛政八年(一七九六)幕府の儒員に抜擢され、柴野栗山・尾藤二洲とともに寛政の三博士と称せられた。その子侗庵は鈴木桃野の姉(→四一九頁注二七)の夫である。三五 従い守る。三六 未詳。三七 へり下って。遠慮して。三八 沢田東江。近世中期の書家。一七三二―一七九六年。名は鱗。高頤斎(→四〇六頁注一一)の門人で、宝暦末年から古法書を唱えて書道革新を図った。安永・天明期を代表する流行書家の一人。三九 関思恭。近世中期の書家。一六九七―一七六五年。字は粛。号は鳳岡。土浦藩儒を務めた。四〇 松下烏石。→注一五。四一 漢代に行われた草書の一体。八分(篆書と隷書の中間の字体)の筆法で書く草書。晋以後に用いられた「今草」に対する語。四二 箕田牛山か。江戸の書家。文化九年(一八一二)没。名は騰、また隲。字は世竜、また子竜。

無可有郷 下巻

詩瀑山人　著

自述

[一]天保戊戌《つちのえいぬ》[二]長夏無事の日、三十年前後の事を思ひ出て、自《みづ》から問ひ自から語る。久しく逢《あは》ざる人と語るに似て、よく[三]永昼の睡魔を駆り、よく浮世の[四]事故を忘る。よりて筆に任せてかひ付置《つけおき》て、後日に自ら読《よま》ば、また隔世の人に逢ふこゝちすらん。

予が幼なる時は多病にして、常に[五]吐逆の病あり。[六]月の中、灸治と[七]鰻薬とにてやう／＼壮健に至るを得たり。八歳より[八]叔氏向陵翁に随《したがひ》て楷法を学ぶ。其年の暮に五字の大字を学ぶ。来春書初《かきぞめ》として、会始の張出しや終会のとき、人多く聚《あつま》りし中にて、右の五字を書せしむ。予、一字を[九]記せず。翁側《かたはら》より[一〇]席に画して是《これ》をしらしむ。猶《なほ》あたはず。翁是《これ》が為に憮然たり。同じ年の春より、[一一]読書を

一 天保九年(一八三八)。 二 陰暦六月を言う。 三 日の長いこと。 四 出来事。 五 食べた物を戻すこと。 六 丸一箇月といった意か。 七 和漢三才図会に、鰻は「伝尸病、児の疳労を治し、其の虫を殺すなり」とある。 八 →三九五頁注一一。 九 覚えていなかった。 一〇 畳の上に字を書く。 一一 書物を音読すること。漢籍などを声をあげて読むこと。素読。当時の教育は先ず音読して暗記してしまうところから始まった。 一二 他人に対して、自分の父を言う。鈴木桃野の父は白藤。 一三 その日教えられた所をもう一度繰り返して音読する。 一四 母。 一五 多賀谷源蔵安貞の女。「智願」は法号。 一六 昌平黌の吏員高麗環の先代か先々代か(森銑三氏)。 一七 経書と史書。 一八 愚鈍で一年かかって一字も覚えられなかった。 一九 書物を前にして。 二〇 「潜」は「潸」が正。涙を流して泣く。 二一 「鞭策」はむち。むち打って励ます。 二二 鈴木白藤は学者・読書家として著名で、寛政十二年(一八〇〇)学問所勤番組頭となり、文化九年(一八一二)から文政四年(一八二一)まで幕府の書物奉行を務めたほどの人であった。→四〇九頁注二一。 二三 勉めて励むこと。 二四 御家流の書。→三八四頁注六。 二五 「頑」も「要」もたわむれる意。遊び戯れる。 二六 言葉と顔色。 二七 慚愧の思いとともに涙が流れた。 二八 この人物については未詳。京大本には「香雲」とある。なお、向陵には正妻がなく、妾相原氏の所生である。 二九 仲裁して和解させること。とりなし。 三〇 小説。ここでは特に草双紙を指している。 三一 腹一杯食べること。それほどに好んだことを言う。 三二 痘瘡。→四一〇頁注一。 三三 稀に見るほど重い痘瘡の意か。 三四 草双紙は赤本の時代から五丁一冊が慣例で、黄表紙時代になってもその約束が守られていたが、寛政中頃から

家厳《かげん》[一二]に受く。復読[一三]の時は、北堂[一四]智願[一五]夫人、助けて読《よま》しむ。夫人は高麗[一六]翁の門人にて、頗《すこぶ》る書史[一七]を知る。予、鈍根[一八]、終年にして一字を知らず。常に対書[一九]して潸《さん》[二〇]然《ぜん》として泣く。家厳そのよむを嫌ふと思ひて、痛く鞭策《べんさく》[二一]を加ふ。夫人曰《いはく》、家厳[二二]、学問をもつて家より作《おこ》つて、名四方にしく。爾《なん》ぢ読《よむ》を厭はゞ、家を出て他に行け。敢《あへ》て其《その》嫌ふ所を強ひざるなり。予、是《ここ》におゐて勉強[二三]、読《どく》を学ぶ。

九歳の春より寺子屋に行《ゆき》て、俗様書[二四]を学ぶ。是より半日の読を廃して、寺子屋に在《あり》て頑耍《ぐわんさ》[二五]することとなれば、是程おもしろき事はなし。故に朝早く行《ゆき》て一日も怠懈なし。家人其《その》好むところと思ひ、心を専して学ばしむ。其《その》としの春、向陵翁の宅に宿せし時、他の門弟子、読書を学ぶゆゑに、予をして復読をなさしむ。能はず。翁、辞色[二六]甚だ励《はげ》し。予、慚愧にたへず、泣涕《きうてい》[二七]、是に従ふ。翁また是が為に憮然たり。翁の子香雪[二八]、予より少なる事三ツ。読書、予より敏なり。翁、予が為に其《その》敏を称して、予を激す。予、深くもつて恥とす。而して魯鈍もとの如し。家厳その煩にたへず、予をして読《どく》を廃せしむ。夫人傍《かたはら》より勧解[二九]して、また読に就《つ》かしむ。如《キ》レ此《ノ》こと数多《あまた》たびなり。

予、稗史《はいし》[三〇]を好むこと飽食[三一]の如し。九歳の暮より痘《とう》[三二]を患ふ。稀痘[三三]なり。其歳より稗史の合巻《がふくわん》[三四]といふもの初《はじま》れり。文化四年なり。お六櫛[三五]、合巻の初なり。其明年は双蝶々[三六]、吃又平[三七]等、数種出る。爰におゐて楚満人[三八]豊広[三九]の輩漸々お

の複雑なストーリー展開を事とする敵討物の流行に伴って一作品の冊数が増加し、最初から数冊を合冊して出版されるようになった。これが合巻で、新版の草双紙が一斉に合巻形態に移行するのは、鈴木桃野の記す如く文化四年(一八〇七)からであるが、その嚆矢は前年の式亭三馬作、雷太郎強悪物語(いかずちたろうごうあくものがたり)であるとするのが通説である。

三五 於六櫛木曾仇討(おろくぐしきそのあだうち)。七冊。山東京伝作、歌川豊国画。西村屋与八刊。

三六 仇俠双蛺蝶(おとこだてふたつちょうちょう)。九冊。山東京伝作、歌川豊国画。泉屋市兵衛刊。

三七 大津土産吃又平名画助刃(おおつみやげ・どものまたへいめいがのすけだち)。八冊。式亭三馬作、歌川国貞画。西村源六・西宮新六刊。

三八 南仙笑楚満人。一七四九—一八〇七年。天明期から敵討物の黄表紙を執筆、当時の時流には合わなかったが、寛政改革後の戯作の変質に伴い、寛政七年(一七九五)刊の敵討義女英(かたきうちぎじよのはなぶさ)が大当たりとなり、以後の草双紙の敵討物全盛のきっかけを作った。

三九 歌川豊広。浮世絵師。一七六五—一八二九年。号一柳斎。歌川豊春の門人で、歌川豊国(→四一八頁注八)とは同門。寛政末年頃から、錦絵・絵本の他、草双紙や読本の挿絵を多く制作した。画風は豊国より地味で堅実とされる。美人画を善くし、役者絵はほとんどない。門下に歌川広重がいる。

以下四一八頁

一 式亭三馬。一七七六—一八二二年。寛政六年(一七九四)に黄表紙作者として出発。折からの敵討物流行に対しては批判的であったが、やがて自らも時流に乗りそうした作品を執筆、合巻形式を完成させた。多くの合巻を書いているが、文化期には浮世風呂・浮世床に代表される優れた滑稽本を生み出した。

二 山東京山。一七六九—一八五八年。山東京伝(→注六)の弟。文化四

とろへて、[一]三馬、[二]京山、[三]国貞、[四]春亭、[五]興子、[六]京伝、[七]馬琴、[八]豊国は、元の如し 予が稗史を好むを知る者、数種を贈れり。予、数日ならずみな暗《そ》らんず。依《よつ》て、[九]平家物語、[一〇]保元、[一一]平治、[一二]義経記等の書をよむ。これも数日ならずして読過す。これより[一三]おとぎばふこといふ怪談をよむ。是《これ》、痘瘡中より来春手習稽古《てならひげいこ》はじめ比《ころ》までの業なり。予、右等の書をよむ時は、寝食を忘れ、倦《うむ》をしらず。特《ひと》り[一四]大学、[一五]論語におゐて、一時の間もたゆる能はず。如何となれば、書もと[一六]心会《しんくわい》の処ありて面白ければなり。然るを[一七]語孟に於ては、[一八]茫々として一字を解する能はざれば、只《ただ》苦しみて[一九]句読を記するのみの物と思へり。豈倦《あにけん》を生ずるも宜《う》べならずや。

九歳より十二三歳迄、読書を懈《おこた》ること年々三四度づゝ、皆遺忘して、始《はじめ》より習ひかへす事あり。其《その》ころ[二〇]書生侍《しよせいざむらひ》、遠国より来り寓する者ありて、予が復読を助く。これにて少し先へ行くことを得て[二一]五経をよむ。稗史をこのむ事さらに甚し。年々の著作数十種づゝ出《いづ》るもの、眼を経ざるもの稀なり。故に、今二十余年を経て、人の文化年間の古稗史を蔵するものを借覧するに、一覧をへざる物幾希《ほとんどまれ》也。しかも記臆つよく、一度見しものは、[二二]始末はさらなり、[二三]絵組迄《ゑぐみまで》眼中にあり。[二四]其実《そのじつ》は画にふかき故なり。

画は十二三歳の時、人物[二五]器械、其《その》形を画くに似ざるものなし。往々[二六]新奇にな

年(一八〇七)以後専ら合巻作者として活躍し、多くの作品を残した。 三 歌川国貞。→三九〇頁注九。 四 勝川春亭。浮世絵師。一七七〇—一八二〇年。号松高斎等。勝川春英門。多くの合巻挿絵を描いた。 五 未詳。当時の草双紙・小説類にその名を見ない。 六 山東京伝。一七六一—一八一六年。浮世絵師としては北尾重政門人で北尾政演を名乗る。天明から寛政初期にかけて江戸戯作を代表する黄表紙・洒落本の名作を次々に発表したが、寛政三年(一七九一)出版禁令を犯して洒落本三部を刊行した罪で手鎖五十日の刑を受け、以後洒落本は絶筆、黄表紙も教訓を主とした作風に変化する。しかしなお第一人者として活動を続け、合巻時代に入っても多くの作品を執筆。一方、忠臣水滸伝で江戸の半紙本形読本の祖となり、読本にも多くの作品を残している。 七 曲亭馬琴。一七六七—一八四八年。滝沢氏。寛政二年(一七九〇)山東京伝に入門を乞い、翌年黄表紙処女作を発表。文化元年(一八〇四)以後読本を精力的に執筆するが、傍ら数の上ではそれを上回る多くの合巻を書き続けた。 八 歌川豊国(初代)。浮世絵師。一七六九—一八二五年。号一陽斎。歌川豊春門。美人画・役者絵を得意とし、文化期には読本や多数の合巻挿絵を手がけた。 九 軍記。十二巻。平家の一門の興隆から滅亡までを流麗な和漢混交文体で綴ったもの。板本は慶長古活字本に始まり、整版本も度々出版されている。 一〇 保元物語。軍記。三巻。保元の乱の顚末を述べる。やはり慶長古活字本以後度々整版本が出版されている。 一一 平治物語。軍記。三巻。平治の乱の顚末を述べたもの。保元物語とは常に併称され、板本の出版状況もまた同様である。 一二 軍記。八巻。源義経を主人公とする一代記で、後世の多くの判官伝説の淵

く、人のせざる物もよくす。犬を画くに、万状千態、尽《つくさ》ざる処なし。これその一技なり。[二七]予が姉は叔氏[二八]酔雪君《すいせつくん》に随ひて、菊竹等をならへり。また人物女絵に工《たく》みにして、今に至りて戯《たはむれ》に筆をとるに、稍《やや》見るべき物あり。予も画を学びたく思ひしが、父母の読書を勉めざるを怒りて許さず。ひとり窃《ひそか》に[二九]豊国等が風を見習ひ、日々筆を取《とり》て[三〇]人形《ひとがた》をなす。同門の[三一]頑童ども、机前に[三二]圜列《くわんれつ》して予が画を乞ふ。師のもとに行く時は、細画数十紙を懐《ふところ》にして、其責《そのせめ》をふさぐ。時に手習の間に画く。師これを知りて大《おほい》に禁ずれども、やまざりき。然れども、其画の筆法あるをもて、窃《ひそか》に称歎せしとぞ、後には聞けり。故をもつて、後は強くも禁ぜざりけり。

[三三]予が従弟半蔵、[三四]撃剣を[三五]鈴木丹蔵といふ人に学ぶ。予も学びたく思ひ、[三六]家翁に問ひしに、また読書の妨げならんことを恐れて、猶《なほ》早しとて許さず。予また経書を習ふをいとひ、叔氏《しゆくし》の草書を学ぶ。家厳《かげん》の許さゞらんことを恐れて、夜読のいとま窃《ひそか》に学びたり。後、家厳果《はた》してこれを知りて、大に禁ず。[三七]善種儒人、其筆道に心あるをよみして、ふかく禁ぜざらんを乞ふ。家厳曰《いはく》、読書吾に及ばざゞ、草書を作るも猶《なほ》可なり、作らざるも亦《また》可なり。況んや読書吾に及ばざらば、草書何の用ゆる所あらんや。已《や》むなくば楷書歟《か》。楷書、[三八]謄写《とうしや》の助けともな

源となった。やはり慶長古活字本に始まり、度々出版されている。一三 伽婢子。浅井了意作。仮名草紙。十三巻十三冊。剪燈新話(→四二一頁注一六)その他の中国小説に題材を得てこれを翻案した怪異譚が多い。寛文六年(一六六六)の初版刊行以後版を重ねて読み継がれた。一四 朱子学の最も根本的な経典である四書の一。もと礼記中の一編であったものを朱子が独立の一書として、大学章句一巻を著した。朱子学を学ぶものが最初に読むべき書とされる。一五 四書の一。孔子とその門人達の言行録。古来中国でも日本でも必読の古典であったが、朱子も論語集注を著し、朱子学を学ぶ者はそれに従って読んだ。一六 心に会得すること。心から理解すること。素読は必ずしも理解を伴わない単なる暗記であった。一七 論語と孟子。孟子も四書の一。孟子の言行や学説を記したもの。一八 ぼうっとしてはっきりしないさま。一九「句読」は白文の漢文に句切りを施すこと。転じて素読そのものをも言う。意味も分からずにただ文章の読み方を丸暗記する。二〇 武家の子弟で学塾に入り学問修業をしている者。ここは「寓する」とあるので、鈴木家に住み込んでいる者。二一 儒教の根本経典、易経・書経・詩経・礼記・春秋の五つを言う。朱子学では先ず四書を学んで後、五経に進むべきものとされた。二二 ストーリーの一部始終。二三 草双紙は毎丁挿絵があり、本文はその周囲に書かれている。その挿絵の構図。二四 友野霞舟(→三八三頁注一九)に師事した浅野梅堂の寒檠璅綴に鈴木桃野について「戯れに写肖をなす、甚だ伝神の妙あり」とある。二五 →三九〇頁注一二。二六「新奇をなし」「新奇にして」などの誤りか。このままでは意が通じ難い。二七 名は松。古賀侗庵の妻。二八 多賀谷向陵の弟。→三九三

らむかとなり。因《よつ》て楷法を学び、ひそかに行草を作りしが、果して手紙を作ることも不《ル》レ能《ハ》物となれり。然れども悔《くゆ》るこゝろもなくて、愐然《めんぜん》[一]として自得せしは、心得違ひにてぞ有《あり》ける。

其後、予十六歳、素読いまだ終らず。家厳煩《はん》に堪《たへ》ず、内山先生[二]に就《つき》て学ばしむ。礼記[三]の四の中より授かりたり。其年、凹鉉《あふげん》[四]の輩等、素読科[五]に出るよしにて、日々内山に集る。予、其比《そのころ》より少しく憤発の心出《いで》て、謂《おもへ》らく、彼輩はみな其父不学不術の人なり。然して其子みな如レ彼《ノ》し。予が翁[六]は人も知れる読書の人なり。然して其子として如《シ》レ此《ノ》。豈《あに》恥《はぢ》ざらんや。たとへ予恥をしらずとも、翁の恥を思はざらんやとおもひ、是より一日の懈怠《けたい》なく読書に日を終へたり。是《この》とし寺子屋も断り、楷法も止めたり。唯《ただ》終日内山先生に従ひ、復読をなすに、読[七]法相違ありて苦しき事、新たに学ぶと同じ。

射術も此年より初めたり。武芸は是が始めなれば、家厳の遠慮[八]の如く、面白きこと限りなし。然れども、読書は少しも廃することなく勉強せり。其比《そのころ》の素読科は隔年なれば、十六より十七十八と復読して、素読甲科[九]に登りしが、一体はあまりよくも出来ず。其実は素読敏捷ならず、小野竹崕《ちくがい》[一〇]、岸本[一一]梅五郎の輩には大に劣れりと、自ら覚へし。然《しかれ》ども文字[一二]のはたらきは予を第一とすと、同学

頁注二一。二九 歌川豊国。↓注八。三〇 人間の絵を落書きする。三一 ものの道理の分からない子供。いたずらっ子。三二 ぐるっと取り巻いて並ぶ。三三 鈴木白藤の姉の子、相馬半蔵。相馬文左衛門の三男。三四 太刀で斬りつけること。剣術。三五 未詳。三六 他人に対して、自分の父を言う語。三七 鈴木桃野の祖母。内海彦右衛門常富の女。「善種」は法号。「孺人」は身分ある人の妻を言う語。三八 書物を書き写すこと。鈴木白藤は書物を速く書き写すことで有名であった。

一「愐」は「つとめる」「おもう」の意であるが、「愐然」とは熟さないので、「緬」の誤りか。「緬然」は、はるかなさま。二梅悟の境地から遠い意か。また、思いに耽るさまの意があるので、ぼんやりと、といった意か。二 内山明時。大田南畝等の師内山淳時(椿軒)の子。この人物に関する面白い逸話が反古のうらがき巻三の「うなぎ」の条に見える。三 五経の一。周末から秦・漢代にかけての儒者の、礼に関する説を収録した書。四十九編。「四」は第四編檀弓下。四 未詳。五 昌平坂学問所(昌平黌)の素読吟味の試験を受ける。素読吟味は寛政五年(一七九三)に始まり、同九年以後、幕臣の子弟の十七歳から十九歳の者に対して、四書・五経・小学から出題する制が定まった。六 家翁。↓四一九頁注三六。七 新注(朱子の注)と古注(朱子以前の注)など、用いる注釈が異なれば訓読の仕方が異なるのは当然であるが、同じ注を用いても訓読の仕方は学者によって異なることがある。八 先々まで見通した深い考え。九 京大本「素読は甲科に」。素読吟味に最高の成績である甲科で及第した。一〇 反古のうらがき巻一「尾崎狐第二」に「射術の師範」と見える。詳しい伝は不

のものどもいひし。果して[一三]小学[一四]輪講などをなすに、数子の輩は[一五]示《じ》蒙句解《もうくげ》等の書を見て、猶《なほ》一字を解する能はず。予は是等の書を用ひずして、初《はじめ》より頗る其義を知る。

家厳、[一六]剪燈新話《せんとうしんわ》の[一七]和本を出して読《よま》しむ。是は[一八]児玉空々翁の伝のよし。小児輩よむを厭ふゆえんは、其《その》面白からざれば也。然るを、小学、論語を与へて、其《その》深理を求めしむるは大に悪しとて、先《まづ》其読《よみ》やすく解し易ふして、眼を歓ばしむる物を授く。其《その》書中の趣をしらしむる術なりといふ。予、固《もと》より怪談小説を好む故に、新話を見てよろこぶ、甚し。その解し難き所は、終日求《もとめ》て略《ほぼ》其義を通ず。夫《それ》より[一九]桜陰腐談《あういんふだん》、[二〇]谷響集《こくきやうしふ》等をよみ、[二一]捜神記《さうじんき》、[二二]酉陽雑俎《いうやうざつそ》等を渉猟《せふれふ》す。略《ほぼ》みな其義を得たり。是より[二三]経史を読むといえども、小説、随筆の二種に過《すぐ》るものはあらじと覚ゆ。今に至りて、此二種、癖《へき》をなす。其所以《ゆゑん》は、始《はじめ》て面白しと覚へしゆへなり。

予幼時、容姿殊《こと》に美なり。十四五までは、[二四]影を顧《かへ》りみて自ら憐むばかりなりしが、武芸をはじめてより、日々奔走して日にやけ、眼中ばかり光りて、おそろしき有《あり》さまになりたり。射術はことに好みて、日々五十本の[二五]藁砧《かうちん》を射ざれば、夜中といえども止《やめ》ず。一ヶ年に三四万づゝ射たり。武芸に[二六]会読輪講を加へ、

明。一一 未詳。一二 文脈に即した柔軟な字義の理解というような意味か。一三 大学に対し、日常躬行実践すべき道徳に関する言説を、諸書から抜粋輯録した書。六巻。朱子の編と伝えられるが、実はその弟子の劉子澄の編。一四 一つの書を複数の人間が、順番に担当者を決めてその担当箇所を講義する形式で読んでゆくこと。一五 小学示蒙句解。中村惕斎(一六二九—一七〇二)著。元禄三年(一六九〇)刊。六巻十冊。「示蒙句解」は童蒙(子供)に示すために句読を切り、仮名交じりの略解を加えた書。一六 中国明代の伝奇小説集。瞿佑(一三四七—一四三三)著。四巻二十一編。日本にも早く室町時代にもたらされ、近世の小説に直接間接に大きな影響を与えた。一七 和刻本。漢籍を日本で、多くは訓点を加えて翻刻したもの。一八 一七三五—一八一二年。名は慎。字は黙甫。空々は号。通称喜太郎。一に姓は宿谷。田安家の臣。鈴木白藤の師。この説は桃野随筆には篠本竹堂の説として見えている。竹堂も白藤の師。一九 釈梅国撰。宝永七年(一七一〇)序。二巻。和漢事物の起源や俗間の行事その他を漢文で解説した書。正徳二年(一七一二)刊本他がある。二〇 中国元代の釈善住撰。一巻。国書にも、夢窓疎石の同題の書がある。二一 中国晋代の怪異小説集。干宝編。二十巻。中国の怪異小説集の初めとされる。元禄十二年(一六九九)版以下数種の和刻本がある。二二 中国唐代の怪異小説集。段成式撰。正編二十巻・続編十巻。元禄十年版その他の和刻本がある。二三 経書と史書。二四 鏡などに映った姿を見て、我ながらほれぼれする。二五 夫を意味する語。ここでは藁を束ねて作った的の意であろう。二六 数人が寄り集まって一つの書物を読み、互いに意見を交換すること。師匠が門人を集めて行うような場合が多い。

日々虚日[一]なし。朝《あした》に出《いで》て夜に帰る。多くは二度弁当をもつて、其先々々と回り、家に居ては射を習ひ、日々の輪講の下読《したよみ》[二]に夜の更《ふく》るを知らず。

其比《そのころ》内山同社にては、飯室《いひむろ》[三]兄弟出精[四]なれば、これが許《もと》に行き、一谷《いつこく》[五]山人のもとにては詩学をまなび、松陰[六]、穆亭《ぼくてい》[七]に付《つき》て好事《かうず》[八]の談を聞く。竹崖[九]、凹鉉[一〇]を会して射を試み、日下部梅堂[一一]に会して史を読《よむ》。梅堂は番町、一名麹町三丁目谷なり。雨の夜も四つ時までは会読行《おこなひ》たり 環翠[一二]堂に至れば、荷邨《かそん》[一三]兄弟みな才子なり。礫州[一四]も友たり。これ亦《また》少年英雄なり。予が才、敏ならざれば、皆深くも交はらざりけり。然れども、予は大成を期したれば、亦恥ともせざりけり。

家大人[一五]、南畝翁[一六]と友とし善し。年に一度、或は二度づゝ、会合して劇談[一七]し、或は幽谷《いうこく》[一八]、玉崖《ぎよくがい》[一九]、穆亭、崑岡《こんかう》[二〇]など合して、詩会をなす。予、其列に入度《いりたく》おもひしかども、詩に能はざれば、少しく恥《はぢ》てせず。窃《ひそか》に一谷[二一]、松陰と社を結び、詩を作ること毎夜なり。然れども、一谷は師伝なし[二二]、松陰は早合転《はやがてん》[二三]にて、いづれも詩に深からず。故に予も詩を学ぶといへども、大ひに其道を誤る。皆二子の導《みちびき》に従ひしゆへ也。後《の》ち穆亭等が譏《そし》りに堪へず、ひとり二子の風を脱して稍《やや》正道に入《いる》。

向陵翁も詩を好みて、予と詩を談ずる、数々《しばしば》なり。亦《また》詩に深からず。少時、

一 無駄に過ごす日。 二 予習。 三 未詳。 四 特に精励している。 五 内山明時(→四二〇頁注二)の子。名は謙。 六 阿部氏。天保十年(一八三九)没。 七 山内氏。字は士徳。幕臣で大田南畝の門人。 八 趣味的な話。 九 小野竹崖。→四二〇頁注一〇。 一〇 →四二〇頁注四。 一一 →三八二頁注六。 一二 →三九五頁注一一。 一三 未詳。 一四 清水礫洲。一八〇〇—一八五九年。名は正巡。字は士遠。清水赤城の子で、随筆ありやなしやの著者。 一五 父親。 一六 大田南畝。近世中期の文人。一七四九—一八二三年。名は覃。字は子耜。晩年の号蜀山人を以て広く知られる。若年時は狂歌師四方赤良として天明狂歌・戯作文壇の盟主的存在であったが、寛政改革後、寛政六年(一七九四)幕府の学問吟味に目見得以下の首席で及第して、同八年支配勘定に召し出されてからは公務に精励し、傍ら詩文に遊んで江戸文壇の大御所的存在であった。独特の癖の有る書で知られる。 一七 立て板に水を流すように論じること。 一八 鈴木椿亭の別号。一七六五—一八二九年。名は忠恕。一名、文。字は猶人。大田南畝門。 一九 植木王崖。一七八一—一八三九年。名は飛、後に巽、さらに晃。字は居晦。幕臣。半可山人の名で狂詩に名高い。 二〇 友野霞舟(→三八三頁注一九)の別号。 二一 後文から、前出の一谷山人(→注五)とは別人。本書下巻「力員」条に見える飯尾一谷(→四二九頁注一八)か。 二二 特に先生に就いて学んだわけではない。 二三 ろくに理解しないで分かったような気になること。 二四 古文辞派(→四〇四頁注五)の盛唐詩模倣の詩風。荻生徂徠の私塾が日本橋茅場町にあったので、茅場町を中国風に「蘐園」と呼んだ。 二五 山本北山(→四〇五頁注一六)の唱えた性霊派の詩人。 二六 杜牧。晩唐の詩人。八〇三

[二四]護園風《けんゑんふう》を作し、晩《おそく》[二五]北山の徒を見ならひ、宋詩をなす。甚《はなはだ》よろしからず。予は其中を取りて、晩唐、[二六]樊川《はんせん》、[二七]義山を祖述し、傍《かたはら》[二八]楽天、[二九]放翁《はうをう》等に及ぶ。然れども、其学醇《じゆん》ならざれば、其作《つくる》ところ甚《はなはだ》よろしからず。弥《いよいよ》穆亭等が説の誤らざるを知りて、終《つひ》に正道に入《いり》、[三〇]品彙《ひんゐ》、[三一]正声《せいせい》等を学ぶ。五七律の作は、今に至るまで此風を喜び、放翁、[三二]誠斎を愛せず。絶句は稍《やや》[三三]時調を免かれず。最後、元[三四]薩天錫《さつてんしやく》等が風をこのみ、清人《しんひと》の風を渾[三五]して、淡泊をもつて清味ありとして、厚諄の味を愛せず。是《これ》、壮年までの間、種々の迷ひを生ぜし中のことなり。

此比《このころ》、[三六]闘詩《とうし》の催しありて、穆亭、[三七]翠厳、[三八]秋浪、[三九]柳渓、[四〇]秋帆、[四一]拝石、[四二]鱗川、[四三]練塘、松陰、一谷、予を合《あはせ》て十一人、[四四]関口の竜隠庵《りゆうげあん》に会し、社を結びて詩を作る。[四五]野村博士、玉匡《ぎよくがい》老人、崑岡等は、みな評者なり。追々《おひおひ》[四六]景山、[四七]南圃、[四八]裕堂の輩を加へて、此社の盛んなる、天下第一と称す。社名を[四九]氷雪社といふ。予は社中に於て稍々《やや》劣れりと思ふなり。数々《しばしば》敗北せしが、後にはさもなくなれり。刻苦の力は、暫時《ざんじ》の内といへども、術の進むこと甚《はなはだ》速かなり。此一条は[五〇]別冊に記し置《おき》たれば、こゝに[五一]

予、幼より[五二]飽食に於て淡如たり。然れども、固《もと》より一物も嫌ふ所なし。只、鴨、鰹、[五三]鰻鱺《まんれい》の三物におゐて、一も好むところなし。予謂《おもへ》らく、諸人の美

—八五二年。字は牧之。樊川は号。その詩は豪放で、杜甫を「大杜」と呼ぶのに対し「小杜」と言われる。二七 李商隠。晩唐の詩人。八一三—八五八年。義山は字。その詩は修辞を生命とし、故事を取り入れ、宋初のいわゆる西崑体の祖となった。二八 白居易。中唐の詩人。七七二—八四六年。楽天は字。その詩は平易流暢で、日本では平安朝以来広く愛好された。二九 陸游。南宋の詩人。一一二五—一二一〇年。字は務観。放翁は号。杜甫を尊敬し、愛国詩人として知られる。三〇 唐詩品彙。明の高棅撰。九十巻、拾遺十巻。唐詩を各体に分け、それぞれの中で概ね時代によって各詩を品別している。服部南郭校訂の享保十八年(一七三三)刊本、その他の和刻本がある。三一 唐詩正声。明の高棅撰。二十二巻。唐詩品彙の中から特に声律の純正なものを抜粋したもの。享保十四年刊本、その他の和刻本がある。三二 楊万里。南宋の学者。一一二七—一二〇六年。誠斎は号。詩文に巧みで陸游らと並び称された。三三 その時の流行の風。三四 薩都刺。至大元年(一三〇八)生、没年不詳。詩人。天錫は字。号は直斎。その詩文は雄健・流麗で情に富む。三五 取り混ぜて一体として。三六 →三八三頁注一六。三七 設楽翠厳。名は能潜。字は徳元。天保三年(一八三二)学問所出役。三八 中村秋浪。昌平黌の役人。三九 石川柳渓。一七九八—一八六四年。名は澹。字は若水。嘉永四年(一八五一)学問所出役。四〇 石川秋帆。一七九五—一八四五年。名は済。字は汝楫。柳渓の兄。文政五年(一八二二)学問所出役。四一 未詳。四二 川上鱗川。天保三年(一八三二)学問所出役となった川上花顛と同人か(揖斐高氏)。四三 石川氏。四四 現在の文京区関口二丁目。「竜隠庵」は幕末期には既に「芭蕉庵」と呼ばれており、現在「関口芭蕉庵」とし

とする所にして、予ひとり好まず。強《しひ》て喰ふは益なしとおもひ、遂《つひ》に嫌ひとして食はず。予が嗜《たし》む所は、甘藷《かんしよ》を第一とす。豆腐これに次ぐ。[一]萊菔と餅は大に好めり。蕎麦は飽《あく》ことしらず。砂糖は一斤を尽す。然れども皆つねに食つて飽《あか》ざるのみ。殊に求《もとめ》て食はんとするにあらず。

[二]文政戊子《つちのえね》秋七月、[三]叔氏向陵翁、[四]傷寒《しやうかん》を患ひて、終《つひ》に治することなく、月の中比《なかごろ》に逝す。同社の諸友人、[五]石川柳渓、[六]正木槐園《くわいゑん》、[七]礫州、[八]松軒、[九]小林萓邨《けんそん》、[一〇]小《を》幡桃斎《ばたたうさい》の徒、予を推《おし》て、群弟子を率《ひきゐ》て、[一一]環翠堂に於て翁の跡を継《つが》しむ。予不敏、辞すといえども許さず。[一二]酔雪翁の小子第次《ていじ》を後見して、書家の名目を継ぎ、翁所持の書画幅を譲るべしといふ。予その任の難きを知るといへども、予今堅く辞する時は、別に人の其任に当る人なし。仮令有《たとひあり》といえども、余を憚りて為さゞらんは必定《ひつちやう》なり。礫州、松軒は高弟なり。殊に筆法[一三]遒長《しうちやう》、余に過《すぐ》る遠し。然れども、礫州は初めより[一四]一家の書風也。松軒は叔氏其《その》まゝ也といへども、[一五]一丁を知らず。故に二子は辞して其任に当らず。其余《そのよ》は予にしかざる者なり。やむことを得ずして、[一六]夫子《ふうし》の席に居りしが、自《みづ》からおもへらく、厚面皮《こうめんぴ》にてぞありける。其中《そのうち》、予が書と伯仲の人いくらもあり。亦来りて[一七]□をこし、予恥に堪へず、辞するに能はざるを以てすれども、許さず。遂に書して与ふ。此《これ》、書

て史蹟となっている。四五 野村篁園。→三八三頁注一八。四六 樋原景山。名は如茂。四七 未詳。四八 木村裕堂。名は定蔚。字は豹文。友野霞舟の女婿。四九 「雪」は「雲」の誤写であろう。氷雲社は同じく友野霞舟(→三八三頁注一九)と関わりの深い牛門社と並ぶ官学派詩人の結社で、その活動期はおよそ文政後半の時期であった。文政八年(一八二五)四月の詩会の詩に野村篁園・友野霞舟が評を加えた氷雲社中詩稿が伝存している。五〇 存否、内容、共に不明。五一 京大本「こゝにいはす」。底本の脱であろう。五二 食べ物のことに関して淡泊である。五三 饅。

一 大根。二 文政十一年(一八二八)。三 →三九五頁注一一。四 腸チフスの古称。五 京大本「石川乗渓」。反古のうらがき巻一「官人天より降る」の条に向陵が「書弟子石川乗渓に語りし」とあるので、その方が正しいであろう。伝は未詳。六 未詳。七 清水礫洲。→四二二頁注一四。八 未詳。九 未詳。一〇 未詳。一一 →三九五頁注一一。一二 多賀谷酔雪(→三九三頁注二二)には二男二女があった。その次男であろう。一三 力強く優れている。一四 師に似ない、自分の癖の強く出た書風。一五 無学で文字を知らない。一六 環翠堂の塾長の任。一七 底本、原本にあった虫損箇所を□で表している。一八 持病。治らない病気。一九 汪楫。→三七九頁注七。二〇 董其昌。→三七九頁注八。二一 →三七九頁注六。二二 叔父(多賀谷向陵)の書風。二三 叔父に比べて劣ったところが。二四 叔父に似たように。二五 底本、一字分ほどの空白。二六 篆書。古代の漢字字体の一。春秋時代に用いられ始めた「大篆」と、秦の始皇帝が天下統一事業の一として文字の統一

の第一の稽古にもなるやと思ひしが、さしたる事もなく、只《ただ》畏縮するの宿疾[一八]となりたるのみなり。

予、其比《そのころ》は、清汪太史《わうたいし》[一九]の風に董[二〇]太史の風を加へ、香雪[二一]が徒となりし比《ころ》なれば、叔[二二]氏風と異なる所多ければ、格別[二三]目立《めだた》ず。彼、是よりよき処ありなどいふ人もありて、行書はやゝ似[二四]つこらしく書《かき》しが、楷草二体は大におとりたり。人の二体をこふあれば、つねに流汗背に□[二五]かりし。篆《てん》[二六]は辞して為《なさ》ず。後、篆刻《てんこく》を為せしにより、より〱篆を為せども、素習[二七]なければ、ひとの前へは出し難し。隷[二八]は漢の蔡邕《さいよう》[二九]風をよろこび、贋物陳仲《ちんちゅう》[三〇]、弓磔《きゅうれき》[三一]などを学び、大に得意の事もありし。実は手[三二]に入らず。楷は叔氏の欧[三三]陽法を学ばずして、柳[三四]玄秘塔をなせしゆへ、其奇怪を譏《そし》る人多かりし。実によろしからざれば也。

後遂《つひ》に欧陽法に復して、清人王文燡《わうぶんえき》[三五]が法を加へ書せしに、人々其力なきをいとひ、往々為《ため》に柳[三六]法を為《な》せよといふ人もありし。されど、すこしも手に入りたる方《かた》、何法にてもよろしきなり。必々《かならずかならず》[三七]変法はせぬことなり。さりとて、一所に膠柱《かうちう》[三八]するはよろしからす[三九]ものぞ。其[四〇]手継ぎありて、下より上に泝《さか》遡のぼるこそよからめ。

予、十七八より、久鉉《きうげん》[四一]、野《や》[四二]竹崖《ちくがい》を得て、断金[四三]とおもひしかども、久鉉、人と

を行なった時、丞相の李斯が「大篆」を簡略化して制定した「小篆」とがある。日常用いられる字体としては、次の「隷書」を経て漢代の「楷書」へと変化して行くが、唐の玄宗時代の頃から芸術的書として「篆書」を書く人が現われるようになった。 二七 平生から習っていること。 二八 隷書。古代の漢字字体の一。「小篆」を更に簡略化したもので、秦代に実用的な文字として用いられ始めた。漢代にはこれを更に簡略化した「楷書」が起こり、三国・西晋以後は「篆書」「隷書」は日常には用いられなくなったが、唐の玄宗時代の頃から芸術的書として書かれるようになった。 二九 後漢末の儒者。一三二―一九二年。文学・天文・音楽に通じ、熹平四年(一七五)楊賜と石経を大学門外に建てた。貴族や顕官からの碑文の依頼が多く、莫大な潤筆料を貪ったと言われる。また、「篆」「隷」の名手であった。 三〇 未詳。 三一 未詳。 三二 身についていない。 三三 欧陽詢(→四〇二頁注二二)の書法。 三四 柳公権(→四〇二頁注三)の玄秘塔碑。同人の代表的な書。 三五 米庵墨談巻三に清の筆匠として名が見えるが、詳しいことは不明。 三六 柳公権の書法。 三七 身についたものと異なった書法。 三八 融通の利かないこと、応用を知らないたとえだが、ここではある書法にのみ拘泥する意か。 三九 底本のまま。「ぬ」とあるべきところ。 四〇 時代の近い人の書法の研究から始めて、その人の範とした人の書法、さらにその人の範とした人の書法というように順を追ってより古い人の書法の研究を進めることか。 四一 未詳。前出の凹鈜(→四二〇頁注四)と同一人かどうかも不明。 四二 小野竹崕。→四二〇頁注一〇。 四三 金属をも断ち切るほど。友情が大変強いことのたとえ。

為《な》り齷齪《あくさく》[一]にして、然も奸智[二]有《あり》。友とすべき者にあらずと思ふ内に、果して読《どく》を廃し、頗る游治[三]に、但し三絃などを習ふといえ共《ども》、鈍根如レ鉄[四]。ひとつもならず。

其前より、竹崖、久鉉等、洞箎《どうしやう》[五]を学ぶ。其傭《そのよう》[六]を作るものは、小野襄水《じやうすい》[七]なり。竹崖、又予もともに吹《ふき》しかども、終《つひ》に習ふことなく、諸子の習ひ学ぶを聞取《ききとり》、或はまたつてに習ふ。予が吹所以《ふくゆゑん》は、家厳[八]もすこし吹《ふき》たれば、苦しからずと思へばなり。よくなきことは、子には見ならはせぬにしかじ。予は二三子とともに吹といえども、竹もよろしきを得ず、家厳が昔吹《ふき》たる流行おくれの竹なれば、面白からず。後、高井猪之助[九]が竹を得て、大に喜ぶ。価十三匁なり。其後、予自　謂《みづからおもへらく》、二三子のごとく、諸事を廃して吹《すい》を学ばゞ、定《さだめ》て誚譴《せうけん》[一〇]に逢はんと思ひ、一日の間、一二度づゝ出して吹《ふく》。元より恋慕[一一]虚実[一二]二曲に、葉歌[一三]二三番のみ覚へたれば、皆吹《ふき》ても丈《た》ケのしれし事なり。後智顧《ちぐわん》[一四]夫人の談に、余り竹計《ばか》り吹《ふく》ならば、禁ずべし。今の分なれば苦しからずと、家厳もいはれしよし。

是比《このころ》より、久鉉、竹崖兄弟、みな三絃を学ぶ。予はこれに党せず。是より自然遠々しくなり、かの茶飯《さはん》[一五]の会、筍《たけのこ》[一六]の会などもふつと止みけり。竹崖は弓術を専《もつぱら》とし、予は読書を専とす。ひとり久鉉なすところなし。彼《かの》二子の間も自《おのづ》か

一　こせこせしている。心が狭い。
二　悪知恵が働く。ずるい。
三　酒色に耽る。
四　どうすることもできないほど愚鈍である。
五　ここでは尺八の意。
六　悪い例を始める。→三八一頁注二一。
七　未詳。
八　父。鈴木白藤(→四〇九頁注二一)のこと。白藤は心越禅師伝来の琴に通じ、音楽にも造詣が深かった。
九　未詳。
一〇　責めとがめること。
一一　尺八の曲名。
一二　尺八の曲名。
一三　端唄。近世後期に江戸で流行した、三味線伴奏の短編の歌曲の総称。それを尺八向けに編曲したものか。
一四　鈴木桃野の母。→四一七頁注一五。
一五　未詳。
一六　未詳。
一七　疎遠。親しくないこと。

ら疎闊《そくわつ》[一七]になりしと見ゆ。

狐妖《えうこ》[一八]

堀[一九]之内在に化物出るといふ事。

青[二〇]梅街道に阿佐[二一]ヶ谷といふ村あり。堀之内より廿一丁あり 其名主[二二]を喜兵衛といふ。予が叔[二三]氏酔雪翁の婦[二四]の姻家なり。其弟を弁蔵といふ。千住[二五]に居る。大家[二六]のよし。末子直[二七]、、深川にあり。亦大家といふ。此二人は皆予が知れる所なり。

喜兵衛が別家といふ、柳[二八]園村の内に在り。虎[二九]ノ―といふよし。其家に妖怪出て、四月下旬より八月に至る、猶止《なほや》まず。七月下旬、酔雪が末子第[三〇]次、行《ゆき》て見しよし。此日さしたることなく、梁上《りやうじやう》より銭一文を抛《なげう》つ。暫くあつて、椽《たるき》[三一]の下より竹竿を出し振廻す。此のみ。外《ほか》怪しきこともなかりしよし。其後八月に至て消息を問ふに、猶《なほ》怪しきこと枚挙に遑《いとま》あらざるよし言ひ伝ふ。

予、竹[三二]崖子を拉《らつ》[三三]して朝早く出て、彼《かの》家に至る。途中に、四[三四]谷伝馬町ドウミヤ[三五]といふ薬[三六]種屋の 息子か若者か[三七] を伴ふ。阿佐ヶ谷の入口なる水[三八]茶屋にて弁当を喰ひ、また其《その》消息を問ふに、猶太甚《はなはだ》しきよし。八朔《はつさく》[三九]などは江戸の人々来て、大言に怪

一八 本条と同内容の話が、反古のうらがき巻一に「尾崎狐 第二」として、やや詳しく書かれている。
一九 現在の杉並区堀の内一・二丁目一帯の地名。
二〇 江戸より青梅を経て甲府に到る街道。新宿追分で甲州街道と分かれる。
二一 現在の杉並区阿佐谷北・南。
二二 領主または代官の承認の下に村の行政に責任を負う役人。関西では多く「庄屋」と呼ぶ。
二三 →三九三頁注二一。
二四 妻の実家と姻戚関係にある家。
二五 現在の足立区千住。日光・奥州街道の第一の宿場。
二六 地主の土地建物を管理することを職業とする者。差配人。
二七 「、、」、底本のまま。
二八 江戸近郊にこの地名はない。反古のうらがきに「同村(阿佐ヶ谷)にあり」とあるのが正。
二九 反古のうらがきには「虎甲」とある。
三〇 →四二四頁注一二。
三一 家の棟から軒へ幾本も連ねて屋根板などを支える木。
三二 小野竹崖。→四二〇頁注一〇。
三三 連れて。伴って。
三四 現在の新宿区四谷二・三丁目辺り。
三五 未詳。
三六 漢方薬の材料となる生薬を売る店。
三七 男性の従業員。年齢に関係なくこの称で呼ぶ。
三八 社寺の境内や路傍で湯茶を飲ませ、往来の人を休憩させる店。
三九 八月朔日。古来祝日であったが、徳川家康の江戸入城がこの日であったため、近世では特に重要な祝日であった。

の物語をすると、其儘《そのまま》[一]土砂を抛《なげう》ち、あるひは怪をのゝしる者は必《かならず》其祟りに遇ふよしをいふ。こゝに於て、薬種や恐るゝ甚し。予もまた謹心《きんしん》[二]にしてゆく。先《まづ》名主の宅に至り、案内を頼み、さて凶宅[三]に至る。其うち六七町なり。まづ寒温より歳[四]の豊凶など語り、小半時程《こはんとき》にして何事もなし。予黙禱《もくたう》[五]して曰《いはく》、云々。祭文[六]別にあり何の事なし。また黙禱して曰、云々。少しく責《せむ》るところあり。又子細なし。また黙禱して、少しく罵る。終《つひ》に子細なし。予、其《その》なすなきことを知る。やうやくして、主人との談、怪のことにおよび、委細を尋《たづ》ぬるに、江戸にて聞《きき》し中[七]の一もなし。たま〱有《り》レ之といへども、塼瓦《ふぐわ》[八]を抛擲《はうてき》[九]し、食を窃《ぬす》む位のことにすぎず。

是に於て、予等いよ〱以て恐るゝに足らざることを知り、終《つひ》(に)大言罵詈《ばり》、いたらざる所なし。四ツ半比《ころ》[一〇]より八ツ比[一一]まで居しが、何事もなし。興索然《さくぜん》[一二]として退く。夫《それ》より名主かたに趣き、一礼して、又青梅街道を淀橋通り[一三]へ来り、十[一四]二社にて憩《いこ》ひ、内藤新宿[一五](を)通り、帰家す。此日、実に天保八年[一六]八月七日、大風雨の一日隔《へだ》て後なれば、残暑も大に退き、遊行には甚だ美日[一七]にて有《あり》けり。

一　すぐさま。たちまち。
二　慎み深い心で。
三　不吉なことが起こる家。
四　米の出来具合。
五　心の中で祈る。ここでは妖怪に語りかける。
六　神前で誦読する文章。ここでは心中で妖怪に語りかけた言葉。反古のうらがきにはその大意が記されている。
七　京大本「十の一も」。
八　かわら。
九　なげうつ。
一〇　大体現在の午前十一時頃に当たる。
一一　午後二時頃。
一二　面白みのないさま。
一三　淀橋の少し東で青梅街道から南に分かれ、角筈村を通って十二社の方に向かう道か。
一四　角筈村の熊野十二社権現。現在の新宿区西新宿四丁目。
一五　現在の新宿区新宿一―三丁目。甲州街道第一の宿場。
一六　一八三七年。
一七　良い日。すばらしい日。
一八　反古のうらがき巻四「雲湖居士」の条に、加役を勤めていたことが見える。詳しい伝は不明。
一九　高田馬場東南にある。正式名称は高田稲荷。

力《りき》員《ゐん》

先の年、一谷飯尾《いつこくいひを》[一八]君《くん》と水稲荷[一九]毘《び》沙門山《しやもんやま》に上りし時、堂の扉に詩おほく題してあり。其中に、蘇法[二〇]をもつて墨くろく題せし詩あり。曰、

天王[二一]廟下弄ス[二二]二秋晴ヲ一　望[二三]裡無クレ人聴ク二鳥声ヲ一
欲シテレ写サント[二四]二新詩[二五]ヲ一憑リテ[二六]レ壁ニ立ツ　壁間認メ[二七]得タリ藤ノ[二八]題名

壬申[二九]重陽[三〇]前　力員道人題

とあり。誰たることを知らず。疑《うたがふ》らくは竹村[三一]介蔵ならんと思ひ、叔氏[三二]向陵翁に問ひしに、翁笑ひて不レ答ヘ。よく〳〵思ひ見るに、力員[三三]は賀の字なり。始《はじめ》てしる、これ翁の作なることを。余その詩を見し時は甲申《きのえさる》[三四]の秋なり。今茲《ことし》壬辰《みづのえたつ》[三五]の秋、ふたゝび上りて其所に至るに、堂宇[三六]熿然[三七]一新、予惆悵《ちうちやう》[三八]久し。翁の書、人の知る所なり。然れども、予就《つき》て学ぶこと数年、この詩のごとく沈着なるもの、有ること希《ま》れなり。詩はその所レ長ズル にあらず。常に悪作おほし。この詩ひとり流暢[三九]可レ誦シス。双絶[四〇]なりしを、惜しきことなり。

別当、宝泉寺。同じ境内の小高い丘の上に毘沙門堂があった。「その傍に朝日庵と云ふありて、眺望尤も幽雅なり」(江戸名所図会)。現在の新宿区西早稲田三丁目。
二〇 蘇軾の書法。
二一 毘沙門は毘沙門天王という。毘沙門堂。
二二 めでる。楽しむ。
二三 見渡す限り。
二四 書き付ける。
二五 今作った詩。
二六 もたれる。
二七 はっきりと認めることが出来た。
二八 高田稲荷毘沙門堂の本尊は藤原秀郷の念持仏と伝えられるので、秀郷の名が書かれている意か。
二九 文化九年(一八一二)。
三〇 九月九日。
三一 「介蔵」は「海蔵」の誤りであろう。竹村海蔵は、名は正信。一七八五―一八二〇年。一名は賛。字は伯実。号は悔斎。反古のうらがき巻四に「竹村海蔵」の条があり、遺事を伝えるが、そこに「向陵翁が取立ての弟子なりけり」とある。
三二 多賀谷向陵。→三九五頁注一一。
三三 「力」を「員」の左肩に書けば、「賀」の字になる。多賀谷の賀か。
三四 文政七年(一八二四)。
三五 天保三年(一八三二)。
三六 堂の軒。堂の屋根。転じて堂そのものを指す。
三七 「熿」は「煌」に同じ。すっかり新しく建て替えられて、きらめくばかりである。
三八 恨み嘆くさま。憂え悲しむさま。
三九 流暢で朗唱するに堪える。
四〇 詩も書もどちらも最高のできばえである。

球《きう》人《じん》詩《し》

天保[一] 壬辰《みづのえたつ》十一月、球人[二]来朝。江戸入《いり》より登城其外、度々雪降りければ、

球人失名

中山[三]至《レバ》レ竟《ニ》[四]是《レ》炎区[五]　冒《シ》レ雪《ヲ》何《ゾ》堪《ヘン》度《ルニ》[六]二九衢《ヲ》一
騎[七]吹今朝指[八]将《ニ》レ落《チント》　不[九]レ妨《ゲ》漫《ニ》做《スヲ》二凍人《ノ》呼《ヲ》一

此比《このころ》、人、球人を唐人《たうじん》と呼ぶ。故にしかいふ也。されども是倭人《わじん》[一〇]の口吻なり。恐らく下《タ》[一一]町の詩人の作りしならん。

柳川

同じき十一月廿七日比《ころ》か、画師柳川重信[一二]没す。葛飾北斎[一三]翁の婿なり。葛門にしてまた歌川[一四]に入る。大に時に行はる。年未だ四十(の)よし。惜むべし。此人、常々、自から沐浴[一五]して死なんといひしが、果して死期をしりて、医にむかひ、此度の病気全快すべからずといひて、沐浴して二階へ上りしが、奄然《えんぜん》[一六]として逝《せい》

一 天保三年(一八三二)。
二 琉球王国の使節が、将軍に謁見するために日本にやってきた。当時琉球は薩摩藩に服属しながらも独立王国としての体裁を保っていた。
三 当時琉球を支配していた中山王朝。琉球そのものを指す。
四 「竟」は「境」に同じ。琉球に来れば。
五 暑い地域。暑い所。
六 「度」は「渡」に同じ。「九衢」は都にある九つの大路。転じて都のこと。江戸の町をゆく。
七 ここでは馬に乗って寒風に吹かれる意であろう。
八 寒さで指がちぎれそうなほどだ。
九 日本人が我々のことをみだりに唐人などと言うが、こう凍えていては「トウジン」と呼ばれるのも仕方がない。
一〇 日本人的な口振り。「唐」と「凍」は当時の日本語では既に同音となっていたが、元来韻の所属も全く異なり、日本語でなければ洒落にならない。
一一 江湖詩社などの下町派の詩人。
一二 →三九一頁注一四。
一三 →三九〇頁注八。
一四 歌川派でもある。
一五 「沐」は髪を洗うこと。「浴」は体を洗うこと。
一六 たちまち。にわかに。

すと、[一七]銀鶏畑君《ぎんけいはたくん》語る。
[一八]田安《たやす》の[一九]堀口源蔵も死期を知り、[二〇]社中諸子を[二一]会顧して、正服して柱に倚《よ》りて逝すと、[二二]酔雪翁かたる。
[二三]松井月潭《げつたん》祖母も、病中死期を知りしにや、刻限を問ふこと四五次にして、いまだ[二四]子刻《ねのこく》ならずといえば又眠る。果して子刻に逝す。みな理の覚《さと》るべからざる者也。

白《びやく》　蓮《れん》

[二五]白蓮太田翁は南畝先生の実子なり。[二六]中年より発狂して、[二七]嫡孫承祖《ちやくそんしようそ》をもつて、[二八]鎌太郎君に世を譲り、異形に装ひ[二九]鼓舞して、自から楽しむよし。夢の記といふ書を著述して、所持すといへり。夜々のゆめを記し、此《これ》に絵をまじへて有《ある》よしなり。躍《をど》りも[三〇]自我喝《じがかつ》を跳《はね》るよし。[三一]友野君話也。

一七 畑銀鶏。近世後期の国学者、医者。一七八七―一八七〇年。名は時倚（ときはた）。字は毛義、節昂。医者で戯作者であった金鶏の子。上野七日市藩医を務めた。
一八 御三卿の一の田安家の家士。
一九 未詳。
二〇 門下生達。
二一 集めて見回す。
二二 多賀谷酔雪。→三九三頁注二一。
二三 未詳。
二四 午前零時。
二五 「太田」は「大田」が正。大田南畝（→四二二頁注一六）の長男定吉。一七八〇―一八三七年。号は鯉村。
二六 定吉は文化九年（一八一二）三十三歳で支配勘定見習として出仕したが、数年後には精神に異常を来し、職を辞した。
二七 嫡子死亡、また廃嫡などの場合に、その嫡子即ち嫡孫が家を嗣ぐこと。
二八 定吉の長男。一八〇一―一八六六年。名は畯。字は子饁。友野霞舟に就いて学んだ。
二九 鼓を鳴らしながら舞う。
三〇 自己流の踊りの意か。
三一 友野霞舟。→三八三頁注一九。なお中根香亭の零砕雑筆にも同じ記事が友野霞舟の語として出ている。

夢

余、夢《ゆめ》(に)先師向陵翁[一]に逢ひて、書法運筆を授かると見しことあり。醒《さめ》てのち大ひに喜び、其法を考ふるに、其日より一月ばかり已前、本田香雪翁[二]に問ひて覚へし運筆なり。元来知らぬこと夢に入るべき理なしと、歎息せし也。

世の人いふ、足を重ねて寝る人、重ねしあしこけ落《おつ》るとき、高き所より落るゆめを見ると。これ、理あるひは然らん。然れども、夢まづ足の落《おち》んことをしりて、高きに登り、或はふかき[三]に臨むこと、解すべからず。夢毎《ごと》に虚空飛行《ひぎやう》の夢を見る、これ殆《ほと》んど小遊仙《せういうせん》[四]なり。予、この夢を見る毎に、其醒《さめ》んことを恐る。

友人飯室君[五]、夢に馬術の師より書物を授《さづか》りて、数日の後、長持《ながもち》[六]の浚口《さらへくち》[七]より其書を得たりと語れり。其後、外へ嫁せし妹大病の時、家内みな〳〵来れりと見て、其朝病人死せしと語れり。二事ともに奇事なれども、此人愚妄にして能く人を欺く故、信じがたし。

又其後、其弟稲葉君[八]、これも劣らぬ愚妄なり。穆亭[九]の弟徳次郎[一〇]死せしとき、

一 多賀谷向陵。→三九五頁注一一。
二 前出の「薩の香雪翁」(→三七九頁注六)と同一人。
三 深い淵などの前に立つ。
四 「遊仙」は悠々と遊び楽しむ仙人。ちょっとした仙人になった気分。
五 飯室兄弟(→四二二頁注三)の兄か。
六 衣類・調度などを入れておく、木製の、長方形で大形の箱。
七 不明。
八 飯室兄弟(→四二二頁注三)の弟か。姓が異なるのは、次男以下は養子として他家を嗣ぐことが多いため。
九 山内穆亭。→四二二頁注七。
一〇 未詳。
一一 心を寄せ従うこと。
一二 てらう。ひけらかす。見せびらかす。

いとま乞ひに来りしを、家内のもの皆々見しよし語れり。これも平生《へいぜい》人の帰服[一一]せしといふことを衒《げん》[一二]せんために、如《キ》レ此《ノ》妄誕[一三]をいふと覚ゆ。名利[一四]ほど人心を昧《く》らますものはなし。

厄《やく》[一五] 穢《わい》

家翁[一六]左遷の時、人々訪ひ来りて弔慰するとき、閑叟新楽君《かんそうにひらくくん》[一七]いわく、俗説に四十二を厄年といふは、四二[一八]の声死とおなじければなり。これ、依るにたらず。古《いにし》へより、三月三日、五月五日、七月七日、九月九日、みな厄日[一九]なり。ゆゑに佳節[二〇]といひかへて祝ふことあり。其中、九日の登高《とうかう》[二一]のみは人しる所なり。其外もみな同じことゝいふこと、唐土の書には往々見へたり。

是によれば、人のとしも重数を厄年といふこと、理あるに似たりといひしが、指折《ゆびをり》みれば、家翁五十五、大孺人《たいじゆじん》[二二]七十七、夫人[二三]四十四、予二十二のとしなり。兄弟[二四]一人、十二歳なり。是、所謂《いはゆる》厄年のもの集りたるなりとて、奇事と思ひたり。

其後十年をへて、今茲壬辰《ことしみづのえたつ》[二五]のとし、また其数に逢へり。剰《あまつ》さへ荊婦《けいふ》[二六]を添《そへ》て、

一三 でたらめ。
一四 名誉と利益。名誉欲と利欲。
一五 災いとけがれ。
一六 鈴木桃野の父鈴木白藤(→四〇九頁注二一)は文政四年(一八二一)書物奉行を免職され、小普請組入りとなった。就任時の誓約書に違反して紅葉山文庫の書物を書写したためと伝えられる。
一七 幕臣。二叟譚奇の著者の一人。
一八 「四二」の音「シニ」が「死に」と同じである。
一九 荊楚歳時記には、三月三日の曲水は、漢の章帝の時、平原の徐肇という人が三月に初めて三女を設けたが、三日に倶になくなったので、村人たちが河辺で禊ぎをしたのに始まり、五月五日の競渡は、この日に屈原が汨羅に身を投じたので、その死を悼んで始まったものであり、九月九日の登高は、汝南の桓景という人が仙人の費長房から、この日に災厄があるが茱萸を入れた袋を肘にかけ、山に登って菊花の酒を飲めば災いを逃れられるだろうと言われてそうしたのが始まりであるといった説が述べられている。
二〇 三月三日は上巳、五月五日は端午、七月七日は七夕、九月九日は重陽の節句である。
二一 重陽の節句に茱萸の枝を髪に挿して高い丘などに登り、菊酒を飲んで邪気を払う行事。
二二 祖母。前出「善種孺人」とある。→四一九頁注三七。
二三 母。前出「智願夫人」とある。→四一七頁注一五。
二四 鈴木桃野の弟八之助。文化七年(一八一〇)生。後、小普請中西弥右衛門の養子となった。
二五 天保三年(一八三二)。
二六 自分の妻の謙称。鈴木桃野は前後二人の妻を娶っているが、ここは後妻。遠山氏。一八一一—一八八九年。

これ亦二十二なり。然れども、老人も健《すこ》やかに、何もかはることなし。只この夏、家翁腫物《しゆもつ》を患ひ、[一]殆どむつかしきよし、医師どもいひしが、是も害なかりき。されども四月より八九月まで歩行叶《かな》はず、殆んど足を廃せんとする程にてありしは、左遷ともいふべし。最早《もはや》今年も[二]窮景《きゆうけい》に成《なり》たれば、余日もなし。其余《そのよ》かわることもなきと覚ゆ。皆偶然のことゝ思ふべし。或はまた云、吉凶ともに此年に当るは大事なりといふ。是も其《その》しるしなし。　壬辰[三]臘月十三日夜、燈下に記す。[四]目疾未ダㇾ愈エ

画の工夫

[五]松の間の松は、四枚の大から紙に、大木の松一幹のよし。是は[六]探幽斎《たんいうさい》、[七]手燭《てしよく》の明りに、小松一本、鉢植《はちうゑ》にして是を[八]移し、図を取《とり》て画きしとぞ。また唐土の某といふ人、壁に山水を写し、一日一筆づゝと精神を込め、三年にして成就す。その後、右の画を雪景になしたらんには、猶又《なほまた》佳ならむとおもひしかども、[九]粉《ふん》を施すに尋常の法にて画かんも[一〇]本意なしとて、深くおもふこと一年、奇法を得たり。小弓を作り、筆を箭《や》となし、其尖《そのさき》に粉を点じ、これを発す。是にて神妙の趣をなせしといふ。[一一]何やらんの小説に見へたり。

一　ほとんど助かる見込みがない。
二　年末。
三　十二月。
四　眼病。
五　江戸城内の一室。
六　狩野探幽。近世初期の画家。一六〇二―一六七四年。名は守信。室町時代に始まる漢画の家狩野家の出身。永徳の次男孝信の子として京都に生まれ、元和三年(一六一七)幕府の御用絵師となる。同七年には鍛冶橋御門外に屋敷と二百石の所領を拝領、鍛冶橋狩野家の祖となり、以後近世を通じて幕府の表絵師・奥絵師の地位を独占した江戸狩野派の礎を築いた。江戸城・名古屋城・京都御所・日光東照宮などに数多くの障壁画を描いた。
七　柄がついていて持ち運べるようにした燭台。燈皿の下に二脚があり、折り曲げた柄が三本目の脚になって、置くことが出来る。主として屋内で用いるもの。
八　映し。小松の影が非常に大きくなって唐紙に映る。
九　胡粉をつける。
一〇　面白くない。
一一　未考。

先比《さきごろ》、葛飾北斎翁[一二]、御上覧[一三]の画をかきしとき、鶏尾《けいび》に藍水[一四]を濡《ぬら》し、足に臙脂《えんじ》[一五]を濡し、紙上を走らせしかば、自然と竜田川[一六]を成せりといふ。何れも画の工《たく》みなるのみならず、工夫もまた常人の及ぶところにあらず。

又近ごろ文晁《ぶんてう》[一七]翁、席上にて画を請ふもの多く、煩に堪へずとて、硯蓋《すずりぶた》[一八]の蓮根《れんこん》に墨を湿《しめ》しつゝ、扇面に印し、落款《らくくわん》して与へしを、喜びて持帰りし人あり。是も工夫といえども、前の人々に比すれば甚だ劣れり(と)見ゆ。

又南湖[一九]翁が田毎《たごと》の月、三回《みめぐ》[二〇]り等も、只《ただ》煩をはぶくのみ、何の味なし。田毎の月は、如クレ此ノするなり。上に大書して田毎の月といふ。また三回りは、扇子畳みしまゝに、上二寸程下げて墨をつけ、扇を開きて其墨のなりに横に一の字を書き、景花表[二一]を着するのみ。

大《おほ》鳥《とり》

稲毛[二二]より二三里西南に当りて一村あり。或夕暮、家のむねに励《はげ》しき音しければ、何やらんと出《いで》て見るに、大鳥あり。尾、簷《のき》よりたれたり。一村集り見るに、驚く気色もなく、悠然として立てり。色五彩[二三]にして、孔雀に似て甚だ大なり。

一二 →三九〇頁注八。
一三 将軍の御覧に供える。
一四 藍色の絵の具を溶かした水。
一五 口べに。紅色の顔料。
一六 大和国(現在の奈良県)の紅葉の名所。歌枕で大和絵の画題の一。先ず足跡で紅葉を描き、その上から尾の藍で川の流れを描いたのである。
一七 谷文晁。近世後期の画家。一七六三—一八四〇年。号は写山楼、他にも多くの号を持つ。始め渡辺玄対に就いて中国画を学ぶが、それにとどまらずに、狩野派・土佐派・文人画・円山四条派・西洋画などあらゆるジャンルの絵画を学んで画風を工夫し、江戸画壇の第一人者となった。
一八 硯箱の蓋の形にならって作った木製の広蓋。口取や菓子などを盛り合わせるのに用いた。
一九 春木南湖。近世後期の画家。一七五九—一八三九年。名は烱。号は幽石亭、烟霞釣叟。谷文晁の門人。
二〇 小梅村の三囲稲荷社。現在の墨田区向島二丁目。別当は延命寺。其角が当社で雨乞いの句を詠んだことで有名。
二一 「花表」は鳥居のこと。三囲稲荷の鳥居は隅田堤の下にあるため、隅田川あるいは対岸から見ると、鳥居の笠木だけが見え、その景で知られていた。「着する」は表す。
二二 現在の千葉市稲毛区。当時は千葉街道沿いの小さい漁村であった。
二三 黄・青・赤・白・黒の五色。

翌朝にいたりて去らず、近郷みな集る故に、[一]地頭に訟《うつた》へんとて、人を遣《つかは》せしかば、役人立会《たちあひ》にて、打留《うちとめ》んなど評議するといへども、誰ありて手を出さんとするものなし。

兎角《とかく》する中、朝日東山に升りしかば、かの鳥日に向ひ、両翼を張り、尾を振立て、舞ふこと少時、[二]戛然《かつぜん》一声して、天に[三]沖《ちゆう》し去る。其後いづち去りしや、近国には沙汰なし。或人いふ、其鳥に百鳥随ひしと聞《きき》しが、夕暮のこと故、集鳥従ふによしなし。人々[四]鳳《ほう》ならんといふ。もし然らば、[五]西狩《せいしゆ》の麟《りん》と同じ談ならんか。　[六]稲毛甚兵衛翁かたる

[七]薙《ち》髪《はつ》

[八]順治二年八月。[九]原任[一〇]陝西[一一]河西道。孔聞諤言ス。臣家ガ[一二]宗二子タリ[一三]衍聖公ニ一。己レ遵ヒテレ令ニ薙髪セバ。但ダ[一四]念フ[一五]先聖ハ為リテ二[一六]典礼ノ之[一七]宗一。[一八]章甫[一九]縫掖ハ。自レ漢リ暨ブマデ[二〇]レ明ニ。三千年未ダ二之レ有ラ一。後[二一]レ今ヨリ一旦変更セバ。恐ル二于[二二]皇上崇ビレ儒ヲ。重ンズルノレ道ヲ之[二三]典。有ルコトヲ未ダレ備ハラ。応ニ三[二四]否ヤ蓄髪シテ以テ復ス二[二五]本等ノ[二六]之[二七]衣冠統一ニ。惟レ[二八]聖[二九]裁ジテ報ジテ曰ク。[三〇]薙髪麗者。違フ者ハ無シレ赦スコト。孔聞諤ハ姑ク念ヒテ二[三一]聖裔ヲ一[三二]免ジレ死ヲ。[三三]著ム三[三四]革職シテ[三五]永ク不ラ二[三六]叙用セ一。[三七]東華録四之巻

一 領主、または代官。 二 鶴の鳴く声のさま。 三 高く飛び上がる。 四 鳳凰。想像上の霊鳥で、徳の高い天子が世に出たとき、めでたいしるしとして現われるという。鶴のような姿で五色のあやがある。 五 中国春秋時代、魯の哀公十四年春に西方に狩をして麒麟を獲たという故事。麒麟も鳳凰と同じく聖王の治世に現われるとされる想像上の獣であるが、それが乱世に現われたことに孔子は周の道の衰えを感じ、春秋を著作して獲麟の記事で筆を止めたという。 六 未詳。 七 髪を剃ること。ここでは満州人の風俗で、清朝建国後漢民族に強制された弁髪を指す。 八 一六四五年。この年の六月に「頭を留むる者は髪を留めず、髪を留むる者は頭を留めず」とする薙髪令が発せられた。 九 もとの官職。前官。元官。 一〇 「陝西」の誤写。陝西省。省都は西安(長安)。 一一 「道」は唐代および明・清代の行政区画の名。陝西省の黄河西岸地域であろう。 一二 本家を継ぐ子。嫡子。 一三 宋の仁宗時代、孔子の子孫に賜わった世襲の爵号。 一四 思う。心に掛ける。思いめぐらす。 一五 昔の聖人。特に孔子を言う。 一六 一定の礼式。儀式作法。 一七 おおもと。本家。 一八 殷代の冠。黒い布で作られたもの。孔子が用いてから儒者の冠となる。 一九 袖の下から両腋を縫いつけた衣服。孔子の着た衣。 二〇 およぶ。いたる。 二一 東華録には「改今」とある。 二二 天子。みかど。臣下が天子を言うことば。 二三 みち。基準。手本。 二四 まさに…すべきや否や、の意を表す。 二五 本分。持ち前。清は薙髪を強制しただけでなく、漢民族の伝統的な衣冠も改めさせた。 二六 東華録には「之」字はない。 二七 漢民族の衣冠の伝統の意か。 二八 これ。句首に用いる助字

先に唔禅[三八]といふ妄人[三九]、闕里[四〇]のみ薙髪せずといひしが、これにて見れば、一概に妄説計《ばかり》共《とも》覚へず。

案《あんずるに》、此文、孔聞譚、令に違《ちがひ》しことを上言するといへども、聖裔故《せいえいゆゑ》死を免ずといふ事なるか、又は令にちがひ、薙髪せざることを免《ゆる》されしか。他の書と見合《みあはせ》たらんには、何れなるか定かならん。

唐《たう》[四一] 寅《いん》 画《ぐわ》

環翠堂[四二]所蔵の唐伯虎が画の、渓蛟升騰《けいかうしようとう》[四三]の図も亦《また》奇なり。尤《もつとも》横巻也。始《はじめ》林木楼閣、次に民家の体、水辺船付《ふなつき》の体、みな風雨を帯《おび》、人々急雨に驚き、蛟《みづち》の天昇を見る体、是より後は、皆雲雨計《ばか》り也。漸《やうやく》巻末に至《いたつ》て、白き縄の如くなるもの、水中より立ち升る。是《これ》、渓蛟升騰なり。巻首は甚だ細画なり。巻末に至るまで如《ク》レ此《ノ》ならんと思ふに、中より後は雲計りといふは、最初より仕組みたる工夫と見ゆ。是もまた煩労を省くの術といえども、自《おのづ》から人意[四四]の表に出づ。

岸《きし》[四五]、名《な》、駒《く》、雅楽之助《うたのすけ》[四六]が、ゴウ天井《てんじやう》[四七]の竜を画きしは、雲中より腹ばかり見ゆ

で特に意味はない。二九 天子の裁き。三〇「麗者」は「麗旨」の誤写。「麗」は美辞で「旨」は皇帝の考え・命令の意。即ち薙髪令を指す。三一 しばらく。とりあえず。三二 しむ。命令の助字。三三 聖人の子孫。孔聞譚は孔子の子孫。三四 官職を免ずること。三五 永久に。三六 官位を授け用いる。登用。「革職永不叙用」は清朝の官員に対する懲戒としては最も重いものであった。三七 清代の蔣良麒撰。三十二巻。太祖の天明元年(一六一六)から雍正十三年(一七三五)に到るまでの、編年体の清朝の記録。乾隆三十年(一七六五)国史館を宮城の東華門内に開いてこの書を編ませた。三八 未詳。三九 わけのわからない者。ここではでたらめを言う者の意か。四〇「闕里」は孔子の住んでいた所の地名。山東省曲阜城内にあった。四一 明代中期の文人。一四七〇—一五二三年。字は伯虎。号は六如。詩人としては呉中四才子の一人に、画家としては明代四大家の一人に数えられた。四二 →三九五頁注一一。四三 渓谷に住む蛟(竜の一種で四足があり、よく大水を起こすという。また角のない竜ともいう)が天に昇るところ。四四 人の意表をつく。四五 岸駒(がんく)。近世中期の京都の画家。一七四九—一八三八年。字は賁然。号は華陽その他。特定の師には就かず、写実を基盤にしながらも、小刻みにふるえるような運筆を多用した独自の表現を確立した。特に虎の絵を得意とした。岸派の祖。四六 岸駒は有栖川宮に仕えていた時に雅楽助となった(古今墨跡鑑定便覧)。後に越前介、越前守を受領する。四七 格天井。方形に組んだ木に板を張った天井。その羽目板にはめでたいものを彩色で描く。寺の本堂、宮殿などに用いる豪華な天井。

る所也。仰ぎて見るには理宜《りぎ》[一]然るべし。然れども余り鑿《さく》[二]に渉《わた》る。

無可有郷下巻終

一 理屈はその通りだろう。
二 こじつけに属する。

仁斎日札原文

仁[1]斎日札

日東　洛陽　伊藤維楨著

(1)儒者之学、最忌《ム》二闇昧《ヲ》一。其《ノ》論《シ》レ道《ヲ》解《ク》レ経《ヲ》、須《シ》下是明白端的、若《ナル》中在《ツテ》二十字街頭《ニ》一白日作《ス》レ事《ヲ》、一毫瞞レ人《ヲ》不《カ》上レ得方《ニ》可《ナリ》。切《ニ》不レ可二傅会《ス》一、不[2]レ可二穿鑿《ス》一、不レ可二仮借《ス》一、不レ可二遷就《ス》一。尤忌三回護以掩《コトヲ》二其《ノ》短《ヲ》一。又戒《ム》下粧点以使《ムルコトヲ》中人《ヲ》悦《ハ》上。従前《ノ》諸儒、動《ハ》犯《ス》二此諸病《ヲ》一。非二惟有レ害二於論《シ》レ道《ヲ》解《クニ》一レ経《ヲ》、必大壊《ル》二人之心術《ヲ》一、不レ可レ不レ知也。又曰、要レ若《ヲ》下剝《テ》二大蒜子《ヲ》一、置《キ》二于[3]銀盤子内《ニ》一、潔々浄々、渾身透明《ナルカ》上。不レ要レ若《ヲ》下蓋二蔵《シ》臭物《ヲ》一、器[4]中《ノ》他物、亦皆触《レ》レ気《ニ》染《リ》レ類《ニ》、悉就《テ》二臭腐《ニ》一、不上レ可レ用也[5]。学問之不レ進、徳義之不レ修、一皆坐《ス》レ此《ニ》。此是儒門講学第一《ノ》心法、学者須《シ》下以《ツテ》レ此《ヲ》為《シ》二立命根基《ト》一、常[6]々体取、不上レ容二遺忘一。

1底本「仁斎」の二字を自筆本に拠って朱筆で補。 2以下「此諸病」までの三十七字分—不可作杜撰、不可用粧点、不可用回護、従前諸儒多犯此四病(吉)。自筆本は右二十四字を、朱・青・墨書で三十七字に補訂。古学別集本も自筆本と同文。 3于—諸(甘) 4器中他物—於器中至於他物(吉)。自筆本は「於」「至於」の三字を朱筆で抹消。 5也—墨書で抹消(自)。也(古・甘)。底本は自筆本と対校の印を付す。 6常々体取—常常佩服体取(吉)。自筆本は「佩服」の二字を墨書で抹消。

(2)仲尼《ハ》吾師也。凡[1]学者須レ要下以[2]《ツテ》二聖人《ヲ》一自期待《ス》上。不レ可下従《ツテ》二後世儒者《ノ》脚板《ニ》一馳[3]騁《ス》上。饒使区々《ノ》議論道[4]得是《ナリトモ》、当二終《ニ》不上レ済《サ》レ事《ヲ》。

1凡—ナシ(吉)。自筆本は「凡」字を墨書で補。 2以—皆以(古)。皆—ナシ(吉)。自筆本は「皆」字を墨書で補記してまた抹消。底本は「皆」字を抹消。 3馳騁—歩驟(吉)。自筆本は「歩驟」を朱筆で「馳騁」と訂。 4道—言(吉)。自筆本は「言」を墨書で「道」と訂。

(3)学[1]者於《テ》二聖人言語上《ニ》一、不レ可レ増《ス》二一字《ヲ》一、亦不レ可レ減《ス》二一字《ヲ》一。若二語孟二書《ノ》一、実《ニ》包二括《シ》天下古今《ノ》道理《ヲ》一尽《ス》矣。所レ謂徹上徹下《ナル》者是也。宋儒動引《テ》二仏老之語《ヲ》一、以明《ス》二聖人之学《ヲ》一。吾深識《ル》二其《ノ》非《ヲ》一也。

1以下の十三字―学者不可於聖人言語上増一字(吉・古)。自筆本は「不可」の二字を墨書で抹消し、「増一字」の直前に補記。底本も自筆本と同じ処置を施す。

(4)
仁者毎視《ル》二人之是《ヲ》一、不仁者毎視《ル》二人之非《ヲ》一。仁者必取二人之長《ヲ》一、不仁者必訐《ク》二人之短《ヲ》一。

(5)
聖門[1]学問第一字是仁。以《ツテ》レ義《ヲ》為レ配《ト》、以レ智《ヲ》為レ輔《ト》、以レ礼《ヲ》為レ地。而進修之方、専在二於[2]忠信《ニ》一。

1門(吉・自)。人(古・甘)。底本は「人」に「門」と傍書。　2於―ナシ(吉・古・甘)。自筆本は「於」字を墨書で補。底本は「於」字を抹消してまた補。

(6)
進[1]《テ》而不レ可レ治《ム》二天下国家《ヲ》一、退[2]《テ》而不レ可二修レ身《ヲ》斉一レ家者、皆不レ足二以為《スルニ》一レ学《ト》也。若二異端虚無寂滅之教、俗儒詩賦博物之学《ノ》一是《レ》已。若三近世称《スルカ》二理学《ト》一、高談《クシ》二太[3]極性命《ヲ》一、而遠《キ》二於日用《ニ》一者、亦其《ノ》亜也。観《テ》二孔孟所《ヲ》一レ説《ク》可レ見《ル》矣。豈有《ラン》下後来所レ説《ク》無レ声無レ臭、鶩レ高《ニ》憑レ虚《ニ》、若二禅荘所一レ説《ク》者上邪。此[4]其[5]《ノ》是否不レ弁而可レ知。

1進而―進焉而(吉・古・甘)。自筆本は「焉」字を墨書で抹消。底本も同字を抹消。　2退而―退焉而(吉・古・甘)。前項に同じ。　3太極性命―大極性命之理(吉)。自筆本は「之理」を墨書で「説」と訂。太極性命(古・甘)　4此―ナシ(吉・古)。自筆本は墨書で補。底本も「此」字を補。　5其是否可不弁而識焉(吉)。自筆本は「可」字を墨書で抹消。また「識焉」二字を墨書で抹消し「可知」の二字を補。底本も同じ処置を施す。其是非可不弁而識焉(古)

(7)
一《ニシ》二道徳《ヲ》一同《スル》二風俗《ヲ》一、此《ノ》二句是治《ムル》二天下《ヲ》一大規模。此《ノ》語出二礼記《ニ》一。

(8)
無レ禍即是福、不《レハ》レ凶則為レ吉。世人以《テ》二富貴貧賤《ヲ》一、論《スル》二吉凶禍福《ヲ》一者《ハ》非也。苟富貴而身多《ク》二患害《ヲ》一、子孫不肖《ナル》者、不レ若三貧賤而身長無《ク》レ事、子孫聡明之為《スルニ》二レ[1]愈《リト》也。若夫以《ツテ》二富貴貧賤《ヲ》一、論《スル》二吉凶禍福《ヲ》一者、実《ニ》市道之見也。此《ノ》論当レ破《ル》二千[2]古之惑《ヲ》一。

1為愈也―為愈遠甚矣(吉)。自筆本は「遠甚矣」三字を墨書で抹消し「也」字を補。　2千古之惑―千古之惑也(吉・自)。「也」字を抹消(古)

(9)
孟子[1]曰、惻隠之心《ハ》、仁之端也。羞悪之心《ハ》、義之端也。古註《ニ》云、端《ハ》本也、始也。又[2]曰、人皆有レ所レ不レ忍、達《スルハ》二之《ヲ》於其《ノ》所《ニ》一レ忍、仁也。人皆有レ所レ不レ為、達二之《ヲ》於其《ノ》所《ニ》一レ為者《ハ》、義也。所レ謂所《ノ》二不レ忍不一レ為者、即惻隠羞悪之心[3]也。達《スルヲ》二之於其《ノ》所レ忍所一レ為者《ハ》、即[4]拡充之謂也。此千古仁義《ノ》二字《ノ》正解、学者当三以《テ》レ此《ヲ》為二準則《ト》一。

1底本、上欄注「古註云、端者首也、疏云、端本也」。東所の筆。　2又曰—而又曰(吉・自)。「而」字を抹消(古)　3心—謂(吉)　4即—ナシ(吉)

(10)
君子之視《ル》レ人《ヲ》、無二一《ノ》不可《ナル》者一。小人之視《ル》レ人《ヲ》、無二一《ノ》可《ナル》者一。君子認《テ》二天下《ヲ》一為二己之[1]類《ト》一、小人亦認《メテ》二天下《ヲ》一為二己之[2]類《ト》一。故君子謂《ハ》二之《ヲ》悪《ト》一、則其《ノ》悪不レ可レ逃《ル》焉。小人謂《ハ》二之《ヲ》悪《ト》一、則其《ノ》悪不[3]レ可《カラ》レ不《ハアル》レ察《セ》焉。

1・2之—ナシ(吉)。自筆本は「之」両字とも墨書で補。　3不可不察焉—可察焉(吉・自)。「不」両字を補(古)

(11)
君子之修《ムル》レ身《ヲ》也、不レ務《メ》二昭々之行《ヲ》一、而積《ム》二冥々之徳《ヲ》一。其《ノ》論《スル》レ人《ヲ》也、亦不レ取二昭々之行《ヲ》一、而察《ス》二冥々之徳《ヲ》一。

(12)
人[1]説《ク》二閑事《ヲ》一、直是閑談。我説《ク》二閑事《ヲ》一、総《テ》是《レ》学問。

1人之説閑談、是実閑談、我閑談、皆是学問(吉)。自筆本はこれを朱と墨で底本の如くに補訂(「之」字を残す)。「之」字を抹消(古)

(13)
詩家最忌レ落《ルヲ》二議論《ノ》関《ニ》一、論《スルヲ》レ学《ヲ》亦然。蓋学成《リ》徳熟《シ》、胸中自有《テ》二成見一、而後[1]言々句々、莫[2]レ非《サル》二至理《ニ》一。是[3]《レヲ》謂二造道之言《ト》一。若夫思量按排、組織成レ言者、道得是当《ナリトモ》、皆巧言焉耳。議論愈精《シテ》、去《ルコト》レ道《ヲ》愈遠《シ》。義理玄微、蚕糸牛毛《ナルモ》、総《テ》落《ツ》二理解《ニ》一。視《レハ》二識《ル》レ道《ヲ》者之言《ニ》一、実天淵《ナリ》矣。宋儒談《スル》レ経《ヲ》、字釈《シ》句訂《シ》、[4]銖量寸校、要《ス》レ無《ランコトヲ》二一毫滲漏《ノ》一。不レ知学者、悦以《テ》為《シ》二精密《ト》一為《シ》二的確《ト》一、而[5]不レ知下於[6]《テ》二高明正大平易従容之地《ニ》一、大《アニ》有《コトヲ》上所《ノ》レ不二相合一。聖人之道、豈区々議論言説之所《ナラン》三[8]可二能尽《ス》一乎哉[9]。

1言々—所言(自)。「所言」を「言言」と訂(古)　2莫非—自存(自)。「自存」を「莫非」と訂(古)　3是—之(自)。「之」を「是」と訂(古)　4銖々校量総要(自)。この六字を「銖量寸校要」と訂(古)　5而—殊(自)。「殊」を「而」と訂(古)　6於—於聖人(自)。「聖人」の二字抹消(古)　7以下「聖人之道」までの十字分—疎漏殊夥矣(自)。この五字を十字に補訂(古)　8可—ナシ(自)。「可」字を補(古)　9哉—ナシ(自)。「哉」字を補(古)

(14)

知《ル》[1]レ道《ヲ》者、挙《テ》二天下之物《ヲ》一、所レ見莫レ非《サルコト》レ善。故《ニ》毎《ニ》視二人之善《ヲ》一、而不レ視二人之不善[2]《ヲ》一。不レ知[3]レ道者、又挙《テ》二天下之物《ヲ》一、所レ見莫レ非《ルハ》レ悪《ニ》。故《ニ》毎《ニ》視《テ》二人之悪《ヲ》一、而不レ視二人之善[4]《ヲ》一。孟子道《フ》二性善《ヲ》一、言必称《ス》二尭舜《ヲ》一。又曰、若三夫《ノ》為《スカ》二不善《ヲ》一、非《ル》二才之罪《ニ》一也《ト》。又曰、人皆有二不レ忍レ人之心一。今人乍見[5]二孺子将《ニ》レ入《ラント》[6]二於井一、皆有二怵惕惻隠之心一、非レ所三以《ニ》内《ル》二交《ヲ》於孺子之父母《ニ》一也。非レ所三以要《ムル》二誉《ヲ》於郷党朋友《ニ》一也。非下悪《テ》二其《ノ》声《ヲ》一而然《ルニ》上也。又曰、嘑爾《トシテ》而与《ハ》レ之《ニ》、行道之人弗レ受。蹴爾《トシテ》而与《ハ》レ之《ニ》、乞人不レ屑《トセ》也。又曰、雖《トモ》下存二乎[7]人《ニ》一者上、豈無《ナカランヤ》二仁義之心一哉。言々[8]句々、莫レ非《ルハ》[9]二斯《ノ》理《ニ》一。視《テ》[10]二人之善《ヲ》一、而不レ視二人之不善[11]《ヲ》一、非二惟孟子之学為《スルニ》[12]レ然《ト》。尭舜孔子之心亦[13]然。其於《ケル》二人之不善《ニ》一也[14]、惟識《ル》下其《ノ》陥溺之所[15]レ致《ニシテ》、而非《ルヲ》中性[16]《ノ》本然《ニ》上也。待[17]《スルニ》レ之以レ恕《ヲテシ》、不三遽《ニ》拒二絶《セ》之《ヲ》一。以三人必有《ルヲ》二悔《ル》レ過《ヲ》之心一也。学者苟於レ是自得《セハ》焉、則庶《ラン》三乎識《ルニ》二聖人之道《ヲ》一矣。若二夫[18]《ノ》小人之心一、先[19]自視[20]レ己以[21]為二不善《ト》一。況於レ人《ニ》乎。其[22]《ノ》卒至《テ》二於凡天下之人《ニ》一、皆[23]以《テ》二悪人《ヲ》一待《ス》レ之《ヲ》。所レ謂視二人之不善《ヲ》一、而不レ視二人之善《ヲ》一者也。

1知—識(自・古)　2不善—不善也(自)。「也」字を抹消(古)　3知—識(自・古)　4善—善也(自)。「也」字を抹消(古)　5見—視(自)。「視」を「見」と訂(古)　6於—于(自・古)　7乎—于(自)。「于」を「乎」と訂(古)　8言々句々—孟子言言句句要(甘)　9斯—此(自)。斯(古)　10視—所謂視(自)。「所謂」二字を抹消してまたイキにする(古)　11不善—不善者也(自)。「者也」二字を抹消してまたイキにする(古)　12為然—能若此(自)。「能若此」を「為然」と訂(古)　13亦—皆(自)。「皆」を「亦」と訂(古)　14也—ナシ(自)。「也」字を補(古)　15之所致—其心者(自)。「其心者」を「之所致」と訂(古)　16性—性之(自)。「之」字を抹消(古)　17待—故待(自)。「故」字を抹消(古)　18夫—ナシ(自)。「夫」字を補(古)　19以下「不善」までの八字分—先自暴自棄(甘)とあり、また上欄注に「先自暴自棄、一作先自以己為不善」と刻。　20視—以(自)。「以」を「視」と訂(古)　21以—ナシ(自)。「以」字を補(古)　22其卒—ナシ(自)。「其卒」二字を補(古)　23皆以悪人待之—皆以人欲視之也、若後儒之学仏老之教是已(自)。この十八字を六字に訂(古)

(15)
称《スル》二端人正士《ト》一者有レ三。為《ル》二人《ノ》所一レ楽者《ハ》上也。為《ル》三人《ノ》所二厳憚《スル》一者次《ク》レ之《レニ》。為《ル》三人《ノ》所二嫉悪一者《ハ》下也。

(16)
賈誼陸宣公有二儒者之才一、而無《シ》二儒者之学一。韓退之欧陽永叔有二儒者之学一、而無二儒者之志一。董仲舒文中子有二儒者之志一、而其《ノ》学未レ充者也。

(17)
君子見《ルルトキハ》レ用、則非《ス》二一人之福《ニ》一、乃天下之慶也。君子見《ルルトキハ》レ黜、則非《ス》二一人之不幸《ニ》一、乃天下之不幸也。

(18)
天下有《レハ》レ道、則学在二於上一。天下無《ケレハ》レ道、則学在二於下《ニ》一。天下有レ道、則君子在《テ》レ位、小人見《ル》レ黜《ケ》。故学在二於上《ニ》一。天下無《レハ》レ道、則小人在レ位《ニ》、君子奉《シテ》レ身《ヲ》而退《ク》。故学在二於下《ニ》一。学在《レハ》二於上《ニ》一則治《リ》、学在《レハ》二於下《ニ》一則乱《ル》。

(19)
新安之学、有下堂々乎張也難《キ》二与並為《テシ》一レ仁《ヲ》矣之弊[1]上。凡有レ志二於学一者、必有二此《ノ》弊一。其《ノ》不レ及者、亦潰堕不レ可レ拯《フ》焉。故依《ルヲ》二乎中庸《ニ》一為レ至《ト》。

1弊—弊也(自)。「也」字を抹消(古)

(20)
学者平生存《スル》レ心《ヲ》忠信正直《ナレハ》、則非二惟於レ事無《キニ》一レ害、或[1]雖レ臨《ト》二危[2]難《ニ》一、自無二悔吝之失[3]一。倘不《レハ》レ然《カラ》、則雖下問《ヒ》二諸《レヲ》卜筮《ニ》一、禱[4]《ルト》中於鬼神《ニ》上、不レ能レ無《キコト》二悔吝一。可レ不レ謹[5]哉。

1「必」を墨書で「或」と訂(自)。「必」を抹消するのみ(古)　2危—ナシ(自)。「危」字を補(古)　3失—心焉(自)。「心」を「失」と訂し、「焉」字を抹消(古)　4禱於—決諸(自)。「決諸」を「禱於」と訂(古)　5自筆本「謹哉」を墨書で「慎乎」と訂。謹哉(古)。底本は「哉」字に「乎」と傍書。

(21)
鵝湖異同之弁、朱陸《ノ》門徒、互相詆《ニ》譏《シ》、卒[1]《ニ》為《ル》二千歳[2]未了之論《ト》一。蓋二家之徒、各主《シ》二其《ノ》師説《ヲ》一、或《ハ》為二調停両可之説《ヲ》一、而不レ能レ析《ツコト》[3]二諸[4]《レヲ》聖《ニ》一。故自[5]二宋元一至《テ》レ明《ニ》竟無《ニ》二一定之説一。若去《ツテ》二二先生之説《ヲ》一、直求《ルトキハ》二之《レヲ》於経文《ニ》一、則[6]聖人之

旨、明白分暁、無ニ復可一レ疑《フ》焉。中庸曰、君子尊《テ》ニ徳性《ヲ》一而道《ル》ニ問学《ニ》一。言雖レ知《ト》レ道《ルコトヲ》ニ問学《ニ》一、然不レ知レ尊《フコトヲ》ニ徳性《ヲ》一、則問学不レ得三其為ニ問学一。而於ニ道之実一、不レ得ニ真知一レ之。故曰、苟不ニ至徳《ナラ》一、至道不レ凝焉。故君子先以レ尊ニ徳性一為レ本、而以レ道ニ問学一為レ功《ト》。此聖門真正之学問、而非下世俗徒知《テ》レ道《ルコトヲ》ニ問学《ニ》一、而不レ知レ本[8]《クヲ》ニ徳性《ニ》一比《ニ》上。此《ノ》指所下以先戻《ツテ》ニ乎晦翁之意《ニ》一、而於ニ象山一、則不中能レ免中乎得《テ》ニ其《ノ》一《ヲ》一、而遺《ス》ニ其《ノ》二《ヲ》一之病《ヲ》上矣。

1卒—於今(自・甘)。「於今」を「卒」と訂(古)　2千歳—数百年(自・甘)。「数百年」を「千歳」と訂(古)　3析—折(自・甘)。析(古)。折(自・甘)　4諸聖—之於聖(自)。「之聖」を「諸聖」と訂(古)　5以下「一定之説」までの十二字分—所以為数百年未了之論也(自)。この十一字を底本と同文に訂(古)　6則聖人之旨—其指尤(自)。「其指尤」を「則聖人之旨」と訂(古)　7「中庸曰」の次に、自筆本は「苟不至徳至道不凝焉故」とある十字を墨書で抹消して「不得真知之」の次に補入。底本は行間に朱筆で「草本此十字下へ入ル」と指示。古学別集本・甘雨亭本は右十字をそのまま残す。
8本徳性—本之於徳性(自)。「之於」の二字抹消(古)

(22)
参州鳥原邑《ノ》、有ニ菅谷氏者一。農夫也。質直方正、持《スル》レ身《ヲ》甚謹。嘗従《ツテ》ニ傍邑夏目氏《ニ》一、受《ケ》ニ四書及朱子《ノ》小学書《ヲ》一、崇信[1]尤篤、求レ道之志愈力。[2]延宝辛酉《ノ》春、聞《テ》三予《ノ》講《スルヲ》ニ古学《ヲ》一、従ニ参州一来《リ》、留止[3]半歳余、[4]受《テ》ニ語孟古義字義《ノ》[5]草本《ヲ》一帰《ル》。其《ノ》後又[6]偕ニ夏目氏一倶《ニ》来《ル》。戊辰《ノ》冬、又携《テ》ニ近邑好学者《ノ》一人《ヲ》一来《ル》。亦農夫也。其《ノ》将レ帰、予写《シ》ニ[7]所レ著堯舜既没《シ》邪説暴行又作《ノ》[8]論一篇《ヲ》一[9]餞《シ》、使下ニ男長胤《ヲ》一[10]従レ傍読上レ之畢。菅谷氏、乃[11]謂《ツテ》曰、[12]害《シ》ニ於人倫《ニ》一、遠《ク》ニ於日用《ニ》一、無レ益ニ於天下国家之治《ニ》一者、皆謂ニ之《レヲ》邪説《ト》一、皆謂《フ》ニ之暴行《ト》一、是一篇之警策《ト》。予愕然甚服《ス》ニ其《ノ》聡悟《ニ》一。此《ノ》篇人多伝播、[13]能得《ル》ニ其《ノ》肯綮《ヲ》一者、菅谷氏一人[14]而已。彼蓋真体[15]実践、故其《ノ》所レ得ニ於心一者迥別《ナリ》。今年正月、又使下ニ其《ノ》姪及一書生《ヲ》一来《ラ》上、迎《テ》ニ[16]門下一人《ヲ》一帰《ル》。鳥原之在《ル》ニ参州《ニ》一、最僻遠[17]之地、其《ノ》人[18]皆服《ク》ニ田畝《ニ》一、読レ書者甚希。而近来傍近《ノ》[19]数許邑、翕然嚮レ学《ニ》。家[20]蓄《ヘ》ニ聖経《ヲ》一、人[21]誦《ス》ニ孔孟《ヲ》一。亦一奇事也。夏目氏本土人、嘗在ニ備州《ニ》一、講《ス》ニ[22]王氏之学《ヲ》一。後好《ム》ニ朱学《ヲ》一。其《ノ》与ニ菅谷氏一来《ル》。与レ予欵語懽甚。頓覚《ル》ニ旧説之非《ヲ》一、帰ニ[23]参州《ニ》一、悉[24]棄テ二旧学ヲ一沛如也。時々撃テレ手ヲ歎シテ曰、某誤ル矣、某誤ルト矣。殆若二狂人ノ一。亦奇士也。今既没ス。尤可レ惜也。[25]初二一人皆厳毅清苦、与レ人寡レ与、邑[26]ノ老人将レ死セント、必勅メテ二其子ノ弟ヲ一曰、勿レ学フコト二二人之所[27]ヲ一レ為。其後二人之学、漸就二平実ニ一、無二復旧[28]日詭異之行一。故邑人皆服シ二其ノ篤行ニ一、又[29]信ス二学問之益アルヲ一レ人ニ。夏目氏嘗謂レ予曰、備州一友、有レ疑二於孟子性善之旨ニ一、深思不レ得、卒罹テ二瘵疾ニ一而斃ル。若使ハレ聞二先生之説ヲ一、必不レ至レ死。惜[30]哉。萱谷氏、字[31]太次兵衛。

夏目氏、字[32]七左衛門。備州ノ一友姓名、柴田善七。

1崇信尤篤―深信篤好(自)。「深信篤好」を「崇信尤篤」と訂(古)　2延宝―ナシ(自)。「延宝」の二字を補(古)　3止―至(甘)　4受二予之所レ著語孟古義草本一而帰(甘)　5草本―ナシ(自)。「草本」の二字を補(古)　6偕―与(自)。「与」を「偕」に訂(古)　7嘗所著論(自)。「嘗」「論」の二字抹消(古)　8作論―興(自)。「興」を「作論」と訂(古)　9餞―餞之(甘)　10従旁読而聴之、読之畢(甘)　11謂―言(甘)　12害―凡害(甘)　13而能得其主意所在者(甘)　14而已―而已矣(自)。「矣」字を抹消(古)　15体―求(自)。「求」を「体」と訂(古)　16門下経生一人(甘)　17之地―ナシ(甘)　18以下「甚希」までの九字分―皆村甿齒士列者甚罕矣(自)。この十字を底本と同文の九字に訂(古)　19数―十(自)。「十」を「数」と訂(古)　20家―家々(自)。「家」一字を抹消(古)　21人―人々(自)。「人」一字を抹消(古)　22王氏―王新建(甘)　23帰于参州(自)。「于」字を抹消(古)　24悉―殫(自)。「殫」を「悉」と訂(古)　25也―ナシ(自)。「也」字を補(古)　26邑―同邑(甘)　27所―ナシ(甘)　28旧日朱学詭異之行(自)。「朱学」の二字抹消(古)　29又能信学問之為美、靡然好学至於若此、殆有古昔之風(自)。古学別集本は「能」字を抹消し、「為美」を「益人」と訂し、以下の十四字を抹消する。　30惜哉―惜矣哉(自)　31・32字―称(甘)

(23)

荘子ノ曰、道在二太[1]極之先ニ一、而不レ為レ高ト、在二六極之下ニ一、不レ為レ深シト。予謂、二[2]句意義不レ通、下ノ句文字不レ順ナラ、当レ作下道在二太極之上ニ一、而不レ為レ高ト、在ツテ二太極之下ニ一、而不ニ上レ為レ深ト。先上二字、篆文相近、太六ノ二字、形亦相似、蓋伝写之誤耳。若謂ハレ在リト[3]二太極之先ニ一、則当レ謂レ不レ為レ遠ト、不レ可レ謂レ不トレ為レ高ト。而上文既曰ハ二太極一、則下文又不レ可レ謂フ二六極ト一。伝写之誤必ス矣。翫フニ二荘子之意ヲ一、太極ハ蓋指二太虚ヲ一而言。猶レ曰カ二八極六極ト一也。大[4]伝《タイデン》所レ謂易ニ有リ二太極一者、亦[5]当レ若レ此。蓋聖人之与二老荘ト一、其ノ道雖レ異ナリト、然於二当時事物之名称ニ一、本不レ可レ有レ異。若二天地日月草木禽獣之名ノ一是也。由レ是観ハレ之ヲ、則易之[6]太極、亦当下指テ二太虚ヲ一言上レ之ヲ。

1太—大(古)　2二—底本「上一」と傍書。上一(自)。二(古)　3太極—底本、以下の「太極」をすべて「大極」とす。今訂。古学別集本はこの条すべて「大極」。自筆本は「太極」。　4大—太(自)　5亦—蓋亦(自)。「蓋」字を抹消(古)　6之—ナシ(自)

(24)
不レ駭二耳目《ヲ》一、不レ佛二世俗《ニ》一、従容和易、楽《テ》レ善《ヲ》不レ倦。学問之道、如[1]レ斯《ノ》而已矣。若夫好《テ》為二高論奇行《ヲ》一、而無レ益二於人倫一、無[2]レ資二於日用《ニ》一者、皆不レ可三与《ニ》入《ル》二于尭舜之道《ニ》一矣。孟子所レ謂邪説暴行[3]正《ニ》謂《フ》レ此《ヲ》[4]也。

1如斯—若此(吉)。自筆本は「若此」を墨書で「如斯」と訂。　2無—不(吉・自)　3暴行—暴行者(吉)。「者」ナシ(自・古)　4也—ナシ(吉・古)。也(自)。底本は「也」字を補。

(25)
倹[1]《ナレハ》則礼興《リ》、奢《レハ》則礼廃《ス》、必然之理也。何[2]者物不レ可二以終一レ倹。倹[3]則必不レ得[4]レ不《ルコトヲ》レ為《サ》二之《ノ》節文《ヲ》一。此[5]礼之所二以興《ル》一也。文勝《テハ》則奢《ル》、奢《レハ》則力不レ給《セ》。此[6]礼之所二以廃《スル》一也。故[7]倹者、礼之本歟。後世制《スル》レ礼《ヲ》者、不レ知二其《ノ》本《ヲ》一、必以《ツテ》二備文《ヲ》一為レ事《ト》、漢[8]唐以来、雖三各有《リト》二一代之礼一、然[9]皆為《ツテ》二虚器一、不[10]《ル》レ得下若《ク》三三代之礼[11]《ノ》一、上自二朝廷一、下至二於閭巷《ニ》一、為中人家日用常行之典上者[12]、実為《ニ》レ此《カ》[13]也。

1倹則礼興—倹者礼之本歟蓋倹則礼興(吉)。自筆本は「倹者礼之本歟蓋」の七字ナシ。　2何者—夫(吉)。何者(自・古)　3倹則—故至倹則(吉)。自筆本は「故倹則」とある三字を朱筆で抹消し、「倹則」の二字を墨書で補。「倹則」ナシ(古)　4得—可(吉)。「得」(自・古)　5此—是(自)。「是」を「此」と訂(古)　6此—是(吉・自)。「是」を「此」と訂(古)　7「故倹者礼之本歟」の七字ナシ(吉)　8故漢唐以来(吉)。「故」字ナシ(自・古)　9然而皆(吉)。「而」字ナシ(自・古)　10而不得(吉)。「而」字を朱筆抹消(自)　11礼—制(吉)　12者実為此—ナシ(吉)　13吉岳氏文叢本はこの文末に「戊辰六月初六　仁斎識」とあり。

(26)
深《ク》信《ス》二古人《ヲ》一、是進レ学之極則、天下之至善也。所レ謂深《ク》信《スト》二古人《ヲ》一者、一毫不レ執二己《ノ》見《ヲ》一、不レ雑二己《ノ》説《ヲ》一、佩[1]服潜玩、十分信《シ》得及、正《ニ》謂《フ》三之《レヲ》深信《スト》二古人《ヲ》一。若不《レハ》レ然則不レ識二其《ノ》意之所一レ在、不《レハ》レ識二其《ノ》意之所一レ在、則卒不レ能レ尽《スコト》二其《ノ》理《ヲ》一、反《ツテ》為二疎略一為二差誤一、或《ハ》立二己《ノ》説《ヲ》一以遷就《シ》、或《ハ》加《ヘテ》二他説《ヲ》一以補綴《ス》。若下荀楊韓子之不レ識二性善《ヲ》一、宋儒之不[2]上レ免レ陥二於禅学之《ノ》窠臼《ニ》一、皆不三深信《セ》二孔孟之言《ヲ》一、而徒[3]《ニ》執《ル》二其《ノ》意《ヲ》一故也。可レ不レ戒乎。

1 佩服潜玩—徹頭徹尾(自)。「徹頭徹尾」を「佩服潜玩」と訂(古)
2 不免陥—不覚自陥(自)。「覚」を「免」と訂し、「自」字を抹消(古)
3 徒—漫(自)。「漫」を「徒」と訂(古)

(27)
拘《ツテ》レ法《ニ》而不レ知二変化[1]《ヲ》一、与三舎《テ》レ法《ヲ》而妄《ニ》執《ル》二己《ノ》見《ヲ》一、此二病也。天下《ノ》学者、皆在二於此《ノ》二病中《ニ》一。夫道者非三法之所二能尽《ス》一、而非《レハ》レ法《ニ》亦莫三能造[2]《ルコト》二其《ノ》妙《ニ》一。故知《ル》レ道《ヲ》者、必執二乎法《ヲ》一、而不下以《テ》二己之意《ヲ》一雑中於其《ノ》間《ニ》上焉。以下法在三乎[3]善二用之一、而本不上可レ廃[4]《ス》也。夫子之以《テ》二詩書礼楽《ヲ》一教《ル》レ人《ヲ》、是以レ法《ヲ》与《ル》レ人《ニ》也。然顔曾賜商得《ル》三各成《スコトヲ》二其材《ヲ》一者、此善用《ル》二其《ノ》法《ヲ》一也。所レ謂神而明《ルハ》レ之《ヲ》、存《ス》二乎其《ノ》人《ニ》一也[5]。夫[6]謂下舎レ法《ヲ》而有レ所二能為[7]《ル》一者、乱道之尤《ナルヲ》上也。

1 化—通(自)。底本「通」と傍書。「化」(古)　2 造—至(自)。「至」を「造」に訂(古)　3 乎—于(自)。底本「于」と傍書。「乎」(古)　4 廃—悪(自)。「悪」を「廃」と訂(古)　5 也—ナシ(古)　6 夫—ナシ(自)。夫(古)　7 為—至(自)。底本「至」と傍書。為(古)

(28)
天下莫《ク》レ易《キハ》三於知《ルヨリ》二堯舜之道《ヲ》一、亦莫レ難《ハ》三於知《ヨリ》二堯舜之道《ヲ》一。所レ謂堯舜之道《ハ》、孝弟而已矣。此其《ノ》所二以為[1]一レ易《ト》レ知也。而其《ノ》所二以難一レ知者、蓋堯舜依[2]二仁義之道[3]《ニ》一、執[4]二中和之徳[5]《ヲ》一、至正至当、天下蔑《シ》二以加《ルコト》一焉。故知[6]雖下凡世之号《シ》二至言妙道《ト》一、称《シ》二大聖大賢之言《ト》一、尊崇敬事之不レ暇者上、然無レ益二於人倫《ニ》一、無レ資二於日用《ニ》一者、皆[7]為二邪説一。而後可[8]レ知唯堯舜之道、至正至当、天下蔑《シ》二以加《ルコト》一焉。此其所二以難一レ知也。然其《ノ》易レ知与レ難レ知者《ハ》、本非《ス》二二事《ニ》一也。

1 為—朱筆で「為」と補記してまた墨消(自)。為(古)　2 依—躬(自)。底本は「躬」と傍書。依(古)　3 道—徳(自)。底本は「徳」と傍書。道(古)　4 執—建(自)。底本は「建」と傍書。執(古)　5 徳—道(自)。底本は「道」と傍書。徳(古)　6 故知—「苟知」を「若夫」と墨書で訂(自)。底本は「若」「夫」と傍書。故知(古)　7 知其皆為邪説(自)。底本「知其」の二字を傍書。「知其」ナシ(古)　8 可知—可以知(自)。底本は「以」を傍書。「以」ナシ(古)

(29)
論語云、殷因《ル》二於夏《ノ》礼《ニ》一、所二損益《スル》一可レ知也。周因《ル》二於殷《ノ》礼《ニ》一、所二損益一可レ知也。馬氏《ノ》註曰、所《ハ》レ因謂《フ》二三綱五常《ヲ》一、所二損益《スル》一謂《フト》二文質三統《ヲ》一。審[1]《スルニ》二馬氏之意《ヲ》一、殷因[2]《リ》二於夏周因於殷、下皆当[3]句絶[4]。而以二礼字属[5]下句。故不曰礼謂三綱五常、而曰所因謂三綱五常。三[6]綱五常、豈可謂礼哉。意尤分暁。孔[7]疏以来、皆於夏礼二礼字下句者、不得其解、然本文只当於殷礼下句。又[8]漢書郊祀志、有善為巧発奇中之語。按師古註当以善為巧作一句、発奇中又作一句。近世諸大家文、皆作巧発奇中使[9]。亦誤読師古之註者也。

1審―按(自)。「按」を「審」と訂(古)　2殷―於殷(自)。「於」を抹消(古)　3当―ナシ(自)。「当」字を補(古)　4絶―ナシ(自)　5属―皆属(自)　6三綱五常豈可謂礼哉―ナシ(自)。古学別集本は右九字を補。　7以下の二十八字分―孔穎達以下朱晦翁諸儒皆於二礼字下句誤甚矣(自)。古学別集本は自筆本の二十字を二十八字に補訂。　8又漢書郊祀志―西漢郊祠志(自)　9使(自・古・底)―便(甘)。自筆本の誤記とみて訓読文は「便」と訂。

(30)
論道者、当先論其血脈、而後其意味。読書者、当先観其文勢、而後其義理。蓋意味無形矣[1]、不知其合否如何。義理亦然。但血脈与文勢猶一条路子、不容一毫差錯。故合血脈而後意味可知[2]、得文勢而後義理可弁[3]。語[4]曰、回也其庶乎屢空、賜不受命而貨殖焉。億則屢中。言顔子雖箪食瓢飲亦不饒、近乎飲食不給屢至空乏者也。蓋美其[5]貧而能[6]不改其楽也。旧説以庶乎屢空為近道又能安貧、尤不得文勢[7]。或以屢空為虚中無我、是老荘之旨、而非聖門之学、亦為不知血脈也[8]。而観其不言殖貨而言貨殖[9]、則知非豊財之謂、而貨財自殖焉耳。観[10]文勢自可見矣。

1底本「矣」字を補。「矣」字ナシ(古)　2可知―得正(自)。「得正」を「可知」と訂(古)　3可矣―得当(自)。「得当」を「可弁」と訂(古)。甘雨亭本は上欄注に「可知一作得正。可弁一作得当」と刻。　4この間に、是為正道是為正義(自)。古学別集本は右八字を抹消。　5其―顔子能安(自)。「顔子能」を抹消して「其」と訂(古)　6能―ナシ(自)。「能」字を補(古)　7文勢也(自)。「也」字を抹消(古)　8也―焉(自)　9貨殖焉(自)　10観―照(自)。「照」を「観」と訂(古)。甘雨亭本は上欄注に「観一作照」。

(31)
積疑之下有大悟、大悟之下無奇特、夙興夜寐、夏葛[1]冬裘《シ》、君[2]君臣臣、父父子子、夫夫婦婦、士農工商、各安《シ》二其《ノ》業一、言忠信、行篤敬、従レ此之外、更《ニ》無二至理一。所レ謂大悟之下無二奇特一者正如レ此《ノ》。

1冬裘夏葛(自)　2君々臣々父々子々夫々婦々(自)

(32)
天道《ト》者、以二常理一而言、天命《ト》者、以《テ》レ臨レ時而言[1]。

1言―至而言(自)

(33)
孟子所レ謂莫[1]二之《レヲ》為《スルコト》一而為[2]者天也。莫[3]二之《レヲ》致《スコト》一而至《ル》者命也、皆以《テ》二必然之理《ヲ》一而言、猶レ曰《カ》二水之就《ト》一レ下《ルニ》也。非《ル》二泛辞《ニ》一也。

1莫之為―無為(自)　2為―然(自)　3莫之致―無致(自)

(34)
文章欲二簡《ニ》而意尽《ンコトヲ》一、不レ欲二冗《ニ》而理闇《キヲ》一。

(35)
文章以《テ》レ理《ヲ》為レ主《ト》、以《テ》レ気《ヲ》為レ輔《ト》、而飾《ルニ》レ之《レヲ》以《ス》レ詞《ヲ》、其《ノ》要在二於平正穏当《ニ》一。

(36)
漢之文《ハ》質実、宋之文《ハ》平正、明之文《ハ》怪譎。

(37)
韓柳各自出《ス》二一家《ノ》機軸《ヲ》一。在《ツテ》二漢之下宋之上《ニ》一、而論《スレハ》二本色当行《ヲ》一、則班馬之後、当レ帰《ス》二于欧陽公《ニ》一。

(38)
文章以《ツテ》二意深義高平正通達《ヲ》一為レ上《ト》。以《テ》二詞多理少組織粉沢《ヲ》一為レ劣《ト》。

(39)
明道范文正《ハ》好レ仁《ヲ》、伊川晦翁《ハ》悪二不仁《ヲ》一。学識議論、亦随而異《ナリ》。各雖レ有《リト》レ所[1]レ見、然学者[2]当下以《ツテ》二明道范公《ヲ》一為上レ準《ト》。

1所見―主意(自)。「是」を「所見」と訂(古)。甘雨亭本は上欄注に「所見二字。一作是」。　2者―問(自)。「問」を「者」と訂(古)

(40)
欧陽子《ノ》曰、聖人之教《ル》レ人《ヲ》、性非《スト》レ所レ先《スル》。蓋主《ト》二仁義《ヲ》一而言。

宋儒深以為レ誤。蓋宋儒之学、以レ性為二学問之全体一。其言曰、人性上不レ可レ添二一物一、故名二聖人之学一為二性学一、与下名二禅宗一為中性宗上奚異。所以深非二欧説一也。以レ予観レ之、欧説未レ可二全非一。蓋聖門之学、性与レ教[1]而已矣。故中庸曰、天命之謂レ性、率レ性之謂レ道。修レ道之謂レ教。蓋道以統レ性、而教之所二由出一。故次節特掲二道字一言レ之。以三言レ道則性与レ教在二其中一也。又曰、自[2]レ誠明謂二之性一。自[3]レ明誠謂二之教一。又曰、尊二徳性一、而道二問学一。問学即教也。論語専言レ教、而性在二其中一矣。孟子雖レ似二乎専言一レ性、然以二仁義一為レ本、而専以二性善一明レ之。其意以為性善故能居レ仁由レ義。若使三人如二犬牛[4]之性一焉、則決不レ能三居レ仁由二レ義。其所レ謂[5]拡充存養之功即教也。宋儒見二尽性二字一、便以為尽性之外、別無二学問一、殊不レ知尽二己之性一、固無レ出二己之性外一、及下乎尽二己[6]之性一、尽二物之性一、而賛中天地之化育上焉、則不レ可レ謂三之尽二己性[7]一、非二学問之功一何。論語専言レ教、而不レ言レ性、其旨豈不レ明乎。然則欧説雖レ不レ知レ尊レ性、然猶有下彼善二於此一者上、故不レ可三全非二之。

1性与教而已矣—尊性与崇教二而已(自)　2自—由(自)　3自—由(自)　4犬牛—犬羊(甘)　5謂—説(甘)　6己—人(自)。底本「人」と傍書。　7己性—己之性(自)。底本「之」傍書。

(41)

知レ性而不レ知レ教、則陥二乎虚静一。仏老之道[1]是也。知レ教而不レ知レ性、則泛濫無レ統。荀子之学是也。

1仏老之道—宋儒之学(自)。「宋儒之学」を「仏老之道」と訂(古)

(42)

仁者見二人之善一、而不レ見二人之悪一、不仁者反レ之。蓋仁者非レ不レ見二人之悪一、其心寛容慈憫[1]、有二惓惓引接不レ棄[2]之意一。其深悪[3]而遽絶レ之者、亦不仁故也[4]。

1寛容慈憫—或恕或憫(自)。「或恕或憫」を「寛容慈憫」と訂(古)　2棄—捨(自)。「捨」を「棄」と訂(古)　3悪—嫉(自)。「嫉」を「悪」と訂(古)　4故也—矣哉(自)。「矣哉」を「故也」と訂(古)

(43)
拡[1]充之充当レ訓レ大《ト》、不レ可レ訓レ満《ト》。趙岐亦以《テ》二充大《ヲ》一釈《ス》レ之《レヲ》。蓋[2]訓《スレハ》レ満《ト》則見下其《ノ》満《テ》二本然之量《ヲ》一而止《ヲ》上焉。殊《テ》不レ知仁義之良、養而不《レハ》レ害《セ》[3]、則[4]充而愈大、有下不レ可二遏止一之勢上。故曰、盈レ科《ニ》而後進《テ》放《ル》二乎四海《ニ》一。又曰、養而無《ケレハ》レ害《スルコト》、則塞《ル》二于天地之間《ニ》一。蓋満《ル》二本然之量《ヲ》一、即尽性之謂也。至《ハ》下於尽《テ》二人物之性《ヲ》一、而賛《クルニ》中天地之化育《ヲ》上焉、則教之功也。是孔門所三以貴《フ》二乎学《ヲ》一、而近世性学之所レ不レ及[5]也。観《テ》下孟子不レ曰三進《テ》至《ルト》二于海《ニ》一、而曰上レ放《ルト》二于四海《ニ》一可レ見矣、放《ノ》字亦有二放溢之意一。

1拡充之充―孟子拡充之充字(自)。「孟子」「字」の三字を抹消(古)　2蓋―得之(自)。古学別集本は「得之矣蓋」の上三字を抹消。　3不害―不害焉(自)。「焉」字を抹消(古)　4則―則有(自)。底本は「有」を補記してまた抹消。　5及―至(自)

(44)
夫子之道、忠恕而已矣。尭[1]舜之道、孝悌而已矣。皆[2]一句説破、明《ス》三其《ノ》無《キヲ》二多端一也。先[3]儒謂、曾子借《ツテ》二学者之忠恕《ヲ》一、以[4]明《スト》二聖人之一貫《ヲ》一、然則亦[5]謂《ツテ》下借《テ》二衆人之孝悌《ヲ》一、以[6]明《スト》中尭舜之徳《ヲ》上可《ナラン》乎。蓋宋儒高談《シ》二性命《ヲ》一、翫二心《ヲ》虚静一、而不レ知尭舜孔子之道、全在《ツテ》二平生日用之間《ニ》一、而不レ出二於人倫之外《ニ》一。故《フニ》爾云云[7]。大[8]凡無レ益二於人倫日用《ニ》一、無レ補二於天下国家之治《ニ》一者[9]、皆不レ可三与入《ニ》二于尭舜孔子之道《ニ》一。実《ニ》無益之剰物也。孟子謂《フ》二之《レヲ》邪説暴行《ト》一。為《メ》二其《ノ》害《ルコト》[10]レ道《ヲ》尤深《カ》一也。学者深知《テ》二此《ノ》理《ヲ》一、而後可三以識[11]《ル》二曾子所レ謂忠恕而已矣之意《ヲ》一。

1猶曰尭舜之道(自)。「猶曰」二字抹消(古)　2皆一句説破、明其無多端也―ナシ(自)。右十一字を補(古)　3先儒謂―宋儒漫謂(自)。「宋儒漫謂」を「先儒謂」と訂(古)　4以―而(自)。「而」を「以」と訂(古)　5亦―ナシ(自)。「亦」字を補(古)　6以―而(自)。「而」を「以」と訂(古)　7故爾云云―其不能理会宜矣(自)。右七字を抹消して「故爾云々」と訂(古)　8大―ナシ(自)。「大」字を補(古)　9者―焉(自)。「焉」字を抹消(古)　10道―於道(自)。底本は「於」を傍書。　11識―識得(自)。「得」字を抹消(古)

(45)
読レ書《ヲ》窮《ム》レ理《ヲ》、可二以致一レ知《ヲ》、未レ足二以制《スルニ》一レ行《ヲ》。修レ礼行レ義、可二以制《ス》一レ行《ヲ》、未レ足二以成《スニ》一レ徳《ヲ》。足《ル》二以成《スニ》一レ徳《ヲ》者、其惟仁歟。

(46) 文言曰、敬以直《シ》レ内《ヲ》、義以方《ニス》レ外《ヲ》、足二以制《テスルニ》一レ行《ヲ》、未レ足二以成《ニ》一レ徳《ヲ》也。

(47) 惟仁可二以成《ス》一レ徳《ヲ》、惟義可二以制《ス》一レ行《ヲ》、惟倹可二以保一レ身《ヲ》、惟敬可二以執《ル》一レ事《ヲ》。

(48) 惟愛可二以成《ス》一レ仁《ヲ》、惟断可《シ》二以制《ス》一レ義《ヲ》。

(49) 聖人就《ヒテ》三天下之所二同然《ル》一而見レ道。仏子就《テ》二一人之心《ニ》一而見《ル》レ道《ヲ》。就二一人之心《ニ》一而見レ道、故仏者之道為二一人之私説一。就《テ》三天下之所《ニ》二同《ク》然《ル》一而見《ル》レ道《ヲ》、故聖人之道為《リ》二大中至正之道一。

(50) 蘊《ム》二于内《ニ》一之《レヲ》謂レ徳《ト》、形《ル》二于外《ニ》一之《レヲ》謂レ行《ト》。蘊二于内《ニ》一者、不レ能レ不レ発二于外《ニ》一、形《ル》二于外《ニ》一者《ハ》、以三其存《スルヲ》二于中《ニ》一也。以《テ》レ行《ヲ》専為レ外《ト》者《ハ》非也。

(51) 具《ツテ》二于己一而未レ動謂二之《ヲ》性《ト》一、己動而未レ渉二于思慮《ニ》一謂《フ》二之《レヲ》情《ト》一。己《ニ》渉《レハ》二思慮《ニ》一、則謂二之《ヲ》心《ト》一、心之往来計較《スル》者謂《フ》二之《ヲ》意《ト》一。

(52) 古人以《ツテ》二喜怒哀楽愛悪欲《ヲ》一為二七情《ト》一。而大学以《ツテ》[1]二忿懥恐懼好楽憂患《ヲ》一為レ心《ト》。其《ノ》別何哉。孟子於《テ》二四端《ニ》一亦然。皆謂《フ》二之《レヲ》心《ト》一、而不レ謂二之《レヲ》情《ト》一。蓋情《ト》者以三天下之所《ヲ》二同然《ル》一而言。故曰、天下之同情。又曰、古今之情。蓋父欲二其《ノ》子之賢《ヲ》一、子欲《ス》二其《ノ》父之寿康《ヲ》一。此所レ謂天下之同情、而古今之所二同然《ル》一也。凡人見下当二喜怒哀楽愛悪欲一者《ヲ》上、必[2]不レ能レ不《ルコト》二喜怒哀楽愛悪欲《ツセ》一。是天下之同情也。纔《ニ》渉《レハ》二於思慮《ニ》一、則謂二之《ヲ》[3]心《ト》一。

1 忿—懫(自)　2 底本「必」字を傍書して補。必(自)。必ナシ(古・甘)　3 以下に、又不謂之情、懫懥恐懼好楽憂患、及四端之心、皆渉於思慮者、故謂之心矣(自)。古学別集本は「不」字脱、右二十八字分を抹消する。

(53)
好《ハ》レ学《ヲ》則雑慮不レ生《セ》、好《ハ》レ徳《ヲ》則外邪不レ入。古人惟知《ル》二好レ学《ヲ》好《ヲ》一レ徳《ヲ》而已。故心広体胖、仁義之気油[1]然自生《ス》二於中《ニ》一矣。苟不レ用二好レ学《ヲ》好一レ徳、而徒《ニ》欲下消二遣《シ》邪[2]慮《ヲ》一、防中閑《セント》外邪《ヲ》上、猶下無レ主之宅、倩《ヒ》レ人《ヲ》来《ツテ》防《キ》レ賊《ヲ》、防閑甚過《テ》、反不《カ》上レ免二煩擾《ヲ》一。若《キ》二後世省察之学《ノ》一是已。

1油—悠(自)。「悠」を「油」と訂(古)　2邪—雑(自)。底本「雑」と傍書。邪(古)

(54)
古人以《ツテ》二礼義《ノ》両者《ヲ》一為《ト》二家常茶飯一。事無[1]二大小《ト》一、悉無[2]レ不《ルハ》三以レ此為二準[3]則《ト》一。後人専知《テ》レ守《ルヲ》レ心《ヲ》、而不レ知下以《ツテ》二礼義《ヲ》一為上レ則《ト》。蓋古人就《ヒテ》三天下之所《ニ》二同然一而見《ル》レ道《ヲ》。故不レ能レ不《ルコト》下以《ツテ》二礼義《ヲ》一為上レ重《ト》。後儒専就《テ》二己之一身《ニ》一而求レ道。故亦不レ得レ不《ルコトヲ》下以二守心一為上レ要《ト》。千里之差実《ニ》始[4]《ル》二於此《ニ》一。仏氏以レ心《ヲ》為《ス》レ主《ト》亦然。

1事無大小—大事小事(自)。「大事小事」を「事無大小」と訂(古)　2無—靡(自)。「靡」を「無」と訂(古)　3準則—則(自・古)。底本「準」を抹消。準則(甘)。　4始—肇(自)。始(古)

(55)
孟子《ノ》曰、尭舜之道、孝悌而已矣。曾子《ノ》曰、夫子之道、忠恕而已矣。蓋孝悌《ハ》以二人倫《ヲ》一而言、忠恕《ハ》以二学問一而言。其《ノ》理則一也。所レ謂若《ト》レ合《スカ》二符節《ヲ》一是也。夫道之至極、必至《テ》二於万世不易之常道《ニ》一而極。即君臣父子夫婦昆弟朋友之交、而以二孝弟[1]忠信《ヲ》一為レ本。苟知《レハ》下孝弟[2]忠信即万世不易之常道、而実《ニ》為《ヲ》中道之至極上焉、則知下夫子祖二述《スル》尭舜《ヲ》一之意、而仏老空虚之説、宋儒無レ声無レ臭之論、皆如[3]二捕《ヘ》レ風《ヲ》捉《ム》一レ影《ヲ》、終不《ヲ》上レ済レ事《ヲ》。

1・2弟—悌(甘)　3底本「如」字を補。如(自)。如ナシ(古)

(56)
観《ハ》二人之文章《ヲ》一、当レ併下見其《ノ》至巧《ノ》者《ト》、与三其《ノ》至拙《ノ》者《ヲ》一。不《レハ》レ観二其《ノ》至巧《ノ》者一、則不レ知二其《ノ》力量之所《ヲ》一レ造[1]《ル》。不《レハ》レ観二其《ノ》至拙《ノ》者《ヲ》一、則不レ知二其《ノ》平生之力量《ヲ》[2]一。若二韓之原道師《ノ》説《ノ》一、是其《ノ》力量之所レ造《ル》也。順宗実録、是平生之力量也。学《ハ》[3]レ為《ヲ》レ文者《ヲ》之所レ当レ識也。

1 造—造也(自)。「也」字を抹消(古)　2 量—量也(自)。「也」字を抹消(古)　3 学為文—是学文(自)。「是」字を抹消し「為」字を補(古)

(57)
至高害《ス》レ仁《ヲ》。至静害《ス》レ義《ヲ》。

(58)
横渠先生、程子《ノ》表弟也。而二程尊二信《スルコト》其《ノ》所レ著訂頑《ノ》書《ヲ》一、同《シ》二於聖経《ニ》一。横渠亦在レ洛坐《シ》二皐比《ニ》[1]一講《ス》レ易《ヲ》。二程適到。忽徹《シ》二皐比《ヲ》[2]一、謂《ツテ》二諸生《ニ》一曰、某説レ易皆乱《ル》レ道《ヲ》。二程在、諸公当《ニ》二就《テ》レ之《ニ》而問《フ》一焉。若二程張之心《ノ》一、可レ謂二真儒《ノ》学《ト》一也。後之学者、皆当レ存二此《ノ》心《ヲ》一。苟無《レハ》二此《ノ》心一、其《ノ》説[3]レ忠《ヲ》説レ信《ヲ》説レ仁《ヲ》説《ク》レ義《ヲ》、皆虚談《ナル》焉耳。

1・2 比—皮(自)。比(古)　3 説忠—ナシ(甘)

(59)
孟子不レ見二諸侯《ヲ》一有二数義一。不《レハ》レ為レ臣不レ見、一也。以《スレハ》二不賢人之招《ヲ》一、則不二敢見一、二也。不レ待二其《ノ》招《ヲ》一而不二往見一、三也。不二枉レ尺《ヲ》而直《スルコト》尋《ニセ》一、四也。

(60)
朝鮮《ノ》李滉[1]編《ム》二朱子書節要《ヲ》一、於《テ》二楊子直《ノ》姓名《ノ》下《ニ》一題《シテ》レ之《レニ》曰朱門之叛徒《ト》。予竊《ニ》[2]薄《トス》焉。以為往者《ハ》当レ往、来者《ハ》当レ来。詎《ソ》以《テ》レ叛《ヲ》目《セン》レ之《レ》。孟子曰、往者不レ追、来者不レ距。苟以二是心《ヲ》一至《ラハ》、斯《ニ》受《ン》レ之《レヲ》而已矣。又曰、今之与二楊墨一弁《スル》者、如レ追《カ》二放《ル》豚《ヲ》一。既入二其《ノ》苙一、又従而招《ス》レ之《レヲ》。聖賢之設《ル》レ心《ヲ》如レ此。而後世儒者、自占《メ》二門戸《ヲ》一、深防《ク》二於人《ヲ》一如レ此。鄙哉。

1 底本「混」を上欄に「滉」と訂。　2 竊—窃(自)。竊(古・甘)

(61)
性《ハ》猶二穀種《ノ》一。心《ハ》則萌芽之動《ク》也。

(62)
以《テ》レ性《ヲ》見《レハ》レ心《ヲ》、則心動《テ》而性静《ナリ》。以《テ》レ情《ヲ》見《レハ》レ心《ヲ》、則心動《テ》而情又静《ナリ》。情非レ不《サルニ》レ動レ物、然非レ如《キニ》二心之思慮計較往来而不一レ止也。

(63)易《ニ》曰、立《ツ》二天之道《ヲ》一、曰陰《ト》与レ陽。此語《ノ》与二一陰一陽之謂《ヲフ》一レ道《ト》自不レ同《カラ》。蓋一陰一陽之謂《ヲフ》レ道《ト》、即流行之義。立《ツ》二天之道《ヲ》一、曰陰《ト》与レ陽、明《ス》二対待之理《ヲ》一。蓋物有レ両而後化。無《ケレハ》レ両則無二以化《スルコト》一。此天地自然之理、至《ツテ》二於万物之生《ニ》一、莫レ不《ルハ》二皆然一。外《ニシテ》レ此《ヲ》、更《ニ》無二道理一。故於《テ》二陰陽字間《ニ》一、著《ク》二一《ノ》与《ノ》字《ヲ》一。意味可レ見。所レ謂太極生《スト》二両儀《ヲ》一者、即分生之謂、非《ス》二生出之義《ニ》一。

(64)人与二草木一同生《ル》、亦当下与二草木一同腐上。奚為《ン》二貪恋《ヲ》一、奚[1]為二悲傷一。惟夫保養不レ可レ失、修為不レ可レ闕。大凡有レ資二於生民《ニ》一、有レ補二於天下後世《ニ》一者、皆当二務為《テ》、不一レ可レ不《ハ》二努力《セ》一焉。不レ可下作《シ》二無益之事《ヲ》一、以求中後世之名《ヲ》上。生民以来、種々功名富貴、不レ知二其《ノ》幾[2]許《ヲ》一。従レ今見《レハ》レ之《レヲ》、皆花謝《シ》水流、煙霏雲散《シ》、可レ附《ス》二冷看《ニ》一。然[3]悟《ニ》二得《トモ》此意《ヲ》一、[4]亦勿二為《シテ》レ幻解《トスル》一、皆実理之自然也。詩曰《ニ》、悠《ナル》哉悠《ナル》哉、聊以卒《ント》レ歳《ヲ》。

1為悲傷—生哀憐(自)。「生哀憐」を「為悲傷」と訂(古)　2許—計(甘)　3然—藉令(自)。「藉令」を「然」と訂(古)　4亦—切勿作奇想(自)。「切勿作意想」を抹消して「亦」と訂(古)。亦(甘)

(65)柳仲郢《ノ》曰、輦轂之下、弾圧《ヲ》為レ先《ト》、郡邑之治、恵愛《ヲ》為レ本《ト》。弾圧《ノ》二字不レ好、当《ニ》下以《テ》二礼法《ノ》二字《ヲ》一換《フ》上レ之《レニ》。

(66)天下無二理外之事一、而不レ可二以《テ》レ理《ヲ》尽《ス》一焉。蓋天下之事、[1]或《ハ》有下意想之所レ不レ到、智慮之所《ノ》レ不レ及者上。[2]若欲《レハ》二一一以レ理尽《サント》一焉、則必牽強臆度。[3]言是而理反疎《テ》。論詳《ニ》而実不レ中。若二後世理学之説《ノ》一是也。唯君子之言、如《クシテ》下泛然無二緊要一者《ノ》上、而実無レ所レ不レ包[4]。為《メ》二其《ノ》知《ルカ》一レ要《ヲ》也。[5]所二以可一レ尚也。

1或—必(自)。「必」を「或」と訂(古)　2若—倘(自)。「倘」を「若」

と訂(古)　3度—説(甘)　4包—包焉(自)。「焉」字を抹消(古)　5所以可尚也—可尚也夫(自)。「可尚也夫」を「所以可尚也」と補訂(古)

(67)
仁義礼智《ノ》四字、是学問之全体。智仁勇《ノ》三字、是進道《ニ》之大関鍵。文行忠信《ノ》四字、是孔門教《ル》人《ヲ》之定法。

(68)
天下之言、有似乎至理《ニ》、而実《ハ》出《ル》俗見《ニ》者。所謂有生於無《ニ》者、是也。世之雖未嘗為学問[1]《ヲ》、少有黠慧《ナル》者、皆能言《フ》之《ヲ》。易象《ノ》曰、大《ナル》哉乾元、万物資始、乃統《ト》天《ヲ》。繫辞曰、天地之大徳《ヲ》曰《フト》生《ト》、此謂天地有《ツテ》一元之気、而万物資《ツテ》此《ヲ》以始《ルヲ》也。宋儒無中含有之説、亦臆度之言焉耳。乃[2]仏氏所謂芥子納《ル》須弥《ヲ》之理也。

1学問—学問人(甘)　2乃—(自・古)。ナシ(甘)。底本は上欄に補記。

(69)
害《スル》正道《ヲ》者二。曰穿鑿、曰附会。不[1]免《レハ》此両《ノ》者《ヲ》、則正学不可得而明[2]《ス》。穿鑿《ハ》若漢儒易象五行災異之説《ノ》是已。附会《ハ》若宋儒以《テ》先天《ノ》図《ヲ》為伏羲之作《ト》、以《ツテ》大学《ヲ》為《シ》孔子之言《ニ》、而曾子門人記《ト》之《レヲ》、暨[3]大学孝経、同分経伝《ヲ》、与諸数学之説皆是也。

1不—匪(自)。「匪」を「不」と訂(古)。　2明—明也(自)。「也」字を抹消(古)　3暨—「暨」を「及」と墨書で訂(自)。底本「及」と傍書。

(70)
学者当常々従事《ニ》於恕《ニ》。

(71)
学者当不択親疎遠邇《ヲ》、以恕《ヲ》為務《ト》。若見人之不善《ヲ》、則憤怒之心、不能不生。然以《テ》身《ヲ》体《レハ》之《ヲ》、則必有可宥[1]者。此恕之功所以大[2]《ナル》也。

1宥—宥焉(自)。焉—ナシ(古)　2以—ナシ(自)。以(古)

(72)
張子曰、心《ハ》統《フト》性情《ヲ》、非也。心《ハ》以有《ヲ》所思慮《スル》而言、性《ハ》以有《ヲ》所存《スル》于已《ニ》而言。故於心《ニ》曰存《スト》、性《ニ》曰養《フト》、是也。情亦属《スル》㆓于性《ニ》㆒者也。故称《ス》㆓性情《ト》㆒。情《ハ》則性之発也。

(73)
唐[1]《ノ》制許《ス》㆔庶人祭《ルコトヲ》㆓二代《ヲ》㆒。宋《ノ》制未㆑聞。明以《ツテ》㆓行唐県知県胡秉中之言《ヲ》㆒、許《ス》㆔庶人祭《ルコトヲ》㆓三代《ヲ》㆒。則国初之制、又与㆓唐《ノ》制㆒同《シ》矣。以《テ》㆑此《レヲ》観《レハ》㆑之《レヲ》、則唐宋明三代相通《シ》、庶人得《ル》㆑祭《ルコトヲ》㆓二代《ヲ》㆒明《シ》矣。而晦庵《ノ》家礼、瓊山《ノ》儀節、皆定《テ》以《テ》㆓庶人《ヲ》㆒得《ルハ》㆑祭《ルコトヲ》㆓四代《ヲ》㆒、何哉。与㆓孔子我従㆑周之意㆒異《ナリ》矣。古[2]昔天子七廟、諸侯五廟、大夫三廟、士二廟、官師一廟。今以《テ》㆓庶人《ヲ》㆒得㆑祭《ルコトヲ》㆓四代《ヲ》㆒、則殆超《ル》㆓於古大夫之制《ニ》㆒也。中庸曰、雖㆑有《ト》㆓其《ノ》徳㆒、苟無《ケレハ》㆓其位㆒、則不㆔敢作㆓礼楽《ヲ》㆒焉。雖㆑有《ト》㆓其《ノ》位㆒、苟無《ケレハ》㆓其《ノ》徳㆒、則亦不《ト》㆔敢作㆓礼楽《ヲ》㆒焉。聖訓甚彰《ナリ》矣。儒者多与㆓此《ノ》礼㆒違者《ハ》何《ソ》哉。

1自筆本はこの条初行の右上部にやや小字で「日札」の二字(墨書)がある。　2昔―者(自)。昔(古)。底本は上欄に「者」と注記。

(74)
予読《テ》㆓論語集註《ヲ》㆒、有㆘不㆑堪㆓慨歎《ニ》㆒者㆖矣。甚哉晦庵之不

㆑知㆓論語《ヲ》㆒也、其《ノ》於㆓公冶長篇題下《ノ》註《ニ》㆒云、此《ノ》篇論《ス》㆓古今人物《ノ》賢否得失《ヲ》㆒、蓋格物窮理之一端也。夫[1]魯論《ハ》聖門第一之書、而其[2]《ノ》片言隻字、皆為㆓学者修[3]㆑身成㆑徳《ヲ》之本㆒。以㆑此為㆓格物窮理之一端《ト》㆒而[4]可[5]《ナラン》乎哉。

1この間に、甚乎其不知道也(自)。上の七字ナシ(古)　2其片言隻字、皆―ナシ(自)　3修身―ナシ(自)　4而―ナシ(自)　5可乎哉―可乎哉可乎哉(自)

(75)
聖門之学、以《テ》㆓道徳《ヲ》㆒為㆓学問《ト》㆒。非㆑若《ニ》㆘今人之以《テ》㆓道徳《ヲ》㆒為㆓道徳㆒、以《テ》㆓学問《ヲ》㆒為㆓学問《ト》㆒、截然分《ツカ》㆗先後本末《ヲ》㆖也。故孔子《ノ》曰、有㆓顔回者㆒好㆑学《ヲ》、不㆑遷[1]《サ》㆑怒《ヲ》、不㆑弐《ストヘ》㆑過《ヲ》。可㆑見聖門以㆑修《ムルヲ》㆓道徳《ヲ》㆒便為㆓学問《ト》㆒也。蓋人之於㆑学《ニ》、甚有㆓等級㆒。初[2]也唯以㆔講㆓明《スルヲ》文義《ヲ》㆒為㆑学《ト》。少進《メハ》焉、則以《テ》㆓議論《ヲ》㆒為㆑学《ト》。又漸進《メハ》焉、則専以㆓文章《ヲ》㆒為㆑学《ト》。而大《ニ》進《メハ》焉、則特《ニ》以《テ》㆓道徳《ヲ》㆒為㆑学《ト》、不㆑屑[3]《トセ》㆑為《スヲ》㆓向《ノ》数《ノ》者《ヲ》㆒焉。若㆓古人之学《ノ》㆒則不㆑然《カラ》。雖㆘専以《テ》㆓道徳《ヲ》㆒為《スト》㆖㆑学《ト》、然非㆘廃㆓文義議論文章《ヲ》㆒而不《サルニ》㆖㆑講《セ》、唯用《ルコト》㆑意《ヲ》在《テ》㆑此《レ》、而不㆑在

レ彼《レニ》也。若夫専以三読レ書《ヲ》講二明《スルヲ》義理《ヲ》一為レ学者《ト》、実童[4]《ニ》子之学、不レ足レ論《スルニ》也。童子問

1遷—迁(自)　2也—焉(自)　3不屑為向数者焉—不以向数者為屑焉(自)。古学別集本は底本と同じ。　4童子—児童(自)

(76)問、観《ルニ》下世之鉅儒碩師名震《フ》二于時一者《ヲ》上、多奸邪敖慢、気象褊急、不レ可二名状《ス》一者。故世間毎《ニ》尤《ム》二学問之無《ヲ》レ益二于人一甚《シ》焉、而至レ謂《フニ》二学能損《スト》レ人《ヲ》、何哉。曰、然。是後世学問之過《ナリ》也。古人以《テ》二道徳《ヲ》一為二学問《ト》一。所レ謂学問者《ト》、皆所三以勤《ムル》二夫道徳《ヲ》一也。故学問進《メハ》則道徳自進《ム》。而以《テ》二道徳之浅深《ヲ》一、為二学問之軽重《ヲ》一。而外《シテ》二道徳《ヲ》一無二所レ謂学問《ナル》者一。後世則《ハ》不レ然。以レ明《ルヲ》レ理《ヲ》為レ学《ト》、以《テ》二博洽《ヲ》一為レ学《ト》、以《テ》二詞章《ヲ》一為レ学《ト》、至《ツテ》二道徳《ニ》一、則置《ク》二之《ヲ》度外《ニ》一。故其《ノ》小《ク》有レ才、桀黠敏捷、好レ名《ヲ》近レ利、競進《テ》不レ止者、必有下兼二倍《スル》人《ニ》一之功上。而不レ知レ学者《ヲ》、過《ツテ》以《テ》二俊傑之名《ヲ》一与《フ》レ之《レニ》。故世尤《ム》二学問之無《ヲ》レ益。宜《ナル》乎。同上

(77)或《ノ》曰、天道福《シ》レ善《ニ》禍《ス》レ淫《ニ》。其《ノ》理固也。然験《ムルニ》二之《レヲ》於世間《ニ》一、善人多貧賤、而沈《ミ》二于下僚《ニ》一、不善人多富貴、而永享《ク》二寿康《ヲ》一。則似《リ》二乎聖人之言不レ有レ験者《ニ》一矣。何哉。曰、是以《テ》二市道《ヲ》一論《ス》レ天《ヲ》、非《ル》二君子之論《ニ》一也。夫福《ハ》莫レ大《ナルハ》二於無《ヨリ》レ禍。富貴《ニシテ》而多《キ》レ禍、不レ若《ルコト》二貧賤《ニシテ》而無《ク》レ禍遠《シ》矣。予有レ知以来、推《スニ》二之《ヲ》於世人《ニ》一、善《ナル》者家常《ニ》無レ事、子孫必賢。不善《ナル》者心多二憂虞一、子孫必不肖。十《ニシテ》八九皆然。雖三其有《ト》二不《ル》レ応者一、然十《ニ》八九已験《アリ》。則其《ノ》一二雖レ有《ト》二不レ応者一、亦不レ害《セ》二於其《ノ》為《ルニ》レ応也。天地《ノ》間有レ常有レ変。応《スル》者其常、而不《ル》レ応《セ》者《ハ》其変也。況可《ン》下覘[1]《テ》二一二之不レ応者《ヲ》一、而慢《ル》中八九之有レ応者《ヲ》上乎。古人云、天道好《ムト》レ旋《ルコトヲ》。又云、天網恢々、疎而不《ト》レ失。雖三其《ノ》一二有《ト》二不レ応者一、然難レ保《シ》二其《ノ》久而不《ルヲ》レ敗焉、則天道之理、豈可《ン》レ誣乎。上

1覘—覷(自・古・底)。底本は上欄に「覘」と訂。

(78)
愈卑《ケレハ》愈実、愈近《ケレハ》愈用。又曰、愈卑近《ナレハ》則愈真実、愈真実《ナレハ》則愈[1]高明。上

1 愈—ナシ(自)

解説

『仁斎日札』解説

植谷　元

一

『仁斎日札』は、古義学を創唱して近世儒学史上に一新見地を開いた伊藤仁斎（寛永四年〔一六二七〕—宝永二年〔一七〇五〕）が、その儒学思想のまさに大成期を迎えんとしつつあった貞享・元禄の交（貞享五年〔一六八八〕九月三十日元禄と改元）、主宰する古義堂塾の課業に精励する間、鬱勃として湧き出る思いを、出るがままに日々に書き留めた随想集である。古来随想の多くは、人生の内面の変革期の営みとして出現するが、仁斎にとって本書は、ほとんどその生涯にわたる宋学（朱子学）との長い暗闘の上に到達した境地を語るものであると共に、その古義学の大成期に向かっての助走の姿を示すものでもある。

因みに、本書において唯一自号の二字を書名に冠したところには、その思想的見地の独自性と同時に普遍性を、後進に伝えんとする意図が明白である。また、かかる日札という自然体的方法は、今に古義堂文庫に残る明の田藝蘅の『留青日札抄』（末尾に、延宝八年正月伊藤源吉家蔵と記す抄写本）が仁斎の念頭にあったかと私かに想像する。

今回幸い参照することができた自筆草稿本に就いて見るとき、本書もまた仁斎の他の諸稿本の例に漏れず、随所に朱筆・青筆・墨書による幾たびかの推敲補訂の跡をとどめる。成稿への弛まぬ努力は、他の諸著といささかも異るところがないのである。

二

それより時は移って、宝永二年(一七〇五)三月、仁斎が七十九歳をもって没して後、同年十一月門人林景范による『語孟字義』(二巻二冊)の刊行を最初として、同四年九月には『童子問』(三巻三冊)、正徳二年(一七一二)九月には『論語古義』(十巻四冊)、同四年正月には『中庸発揮』(一冊)と『大学定本』(一冊)、享保二年(一七一七)三月には『古学先生文集』(六巻三冊)と『同詩集』(二巻一冊)、最後に同五年八月の『孟子古義』(七巻七冊)と、仁斎の主要著述が多くは長男東涯の校訂を経て陸続刊行されたが、なお日札を含む未刊の遺著が「古学先生別集」と題して蘭嵎(仁斎五男)によって編まれることになる。その冒頭に具わる梅宇(仁斎二男)の序(元文五年〔一七四〇〕十一月撰)に、

　其(父仁斎)ノ経ヲ講ジ史ヲ読ム、偶得ル所有リ。〔直チニ〕素蘊ヲ抒ベテ日札ヲ作リ、後ニ童子問ヲ著ス。日札遂ニ廃ス。故ニ条款、間同ジ。　〔　〕内は草稿によって補

と見える。梅宇は蘭嵎と共に長兄東涯(元文元年七月没、六十七歳)から父の遺著について聞くところがあったであろう。そもそも、この別集の計画は早く東涯にあり(東涯改修本『易大象解』の見返しに古学先生別集目録を記す)、東涯は生前にその任を蘭嵎に託していたのである。

即ち、この序によれば日札は、実は『童子問』執筆のために中絶して未完に終ったものであるという。図らずもこ

こに、日札を廃して『童子問』へという、仁斎における方法の転換が語られている。ついて思えば、確かに日札もまた仁斎にとってその独自の思想表現の一形態に違いないのであったが、「素蘊(平素の蘊蓄)ヲ抒べ」るにとどまる随想的方法は、それ(素蘊)を更に深め、より積極的に展開し強調し確認しようとするとき、もはやそこでは到底果しえないものが仁斎には生じていたと言ってよいであろう。

三

いつの頃であったか、仁斎は門人杉清浜(但馬の銀山主で天和三年以前の入門という)から日頃の志を問われて、即座に次の二句を書き示したことがあった。

一洗千古之謬　永立万世之法　　千古ノ謬ヲ一洗シテ、永ク万世ノ法ヲ立テン　（梅宇『見聞談叢』二）

仁斎にとってこの積年の志を遂行するためには、それがたとえ仮構の問答体的形態ではあっても、従来の日札を廃して次なる新たな方法へと転換を図らねばならなかったのである。またこの頃、仁斎の日常的背景として、とりわけ元禄二年から五年にかけて、古義堂塾への入門または来訪者の著しい増加があった(仁斎門人帳)。『童子問』の自序に当る巻頭識語(元禄六年十月)にもいう。

四方ノ士、従遊日ニ衆《オホ》ク、道ヲ問ウテ已《ヤ》マズ(中略)。乃チ鄙言ヲ綴輯《テイシフ》シテ、以テ問ニ答フルノ資ト為シ、且ハ以テ鄒魯《スウロ》(孟子と孔子を指す)ノ正伝ヲ明カス。マタ已ムコトヲ得ザルノ心ナリ。

仁斎の『童子問』は、欧陽修の『易童子問』、輔漢卿の『詩童子問』にならっての命名と同識語に述べるが、形式・文体など論述の方法としてはそれらとは別個のもので、問答の運びは禅家の語録を思わせ、文体は一部に口語的要素が混在すると共に、皮肉にも全体に宋儒の色彩を帯びることが指摘されている（清水茂氏「童子問解説」『近世思想家文集』日本古典文学大系97）。但し、『童子問』の方法としては、私見では朱熹の『論語或問』（仁斎手沢本に慶安三年版和刻本二十巻四冊がある）に負うところ大なるものがあると考えるが、ここには割愛する。

『仁斎日札』はここに至るまでの数年間、仁斎としてはその意を傾注したものであったが、かくて新たな構想のもとに『童子問』へと引き継がれることになる。「日札遂ニ廃ス」の句には、その中絶を惜しむ梅宇の感慨があるであろうか。いずれにせよ日札は、『童子問』へと引き継がれる仁斎の思想熟成の過程として、仁斎古義学における十分の存在意義を有するものであることはほぼ察せられるであろう。

なお、ここに収めた『仁斎日札』の本文全七十八条を自筆草稿本に就いて見るとき、73条以下の六条分は、上記の「日札遂ニ廃」した後に合綴された別稿に他ならない。そして、その六条の中、73・74の二条については本来日札として書かれたもの、75・76・77・78の四条は『童子問』のために書かれたもので、それぞれ両書に編入されずにあったものを、後にこれを保存するための措置として、一括して『仁斎日札』に合綴されたものであろうと推察される。つまり本稿では、全七十八条をもって『仁斎日札』とは称するものの、内容的にはかかるやや異質の六条分をも含むものであることを、ここに明らかにしておきたい。その詳細は以下に述べることとする。

四

仁斎日札の諸本　　主要なもののみを掲げる

一　自筆草稿本　　大本　写一冊　　鎌田宣三氏蔵

表紙　共紙(二五・〇×一七・〇糎)。上下二箇所に紙縒綴。改装の痕跡あり。従ってこの表紙は後補。右肩小口に近く「丁卯五月廿二」と細字にて墨書がある(備考参照)。

題簽　なし。左肩に大きく打ちつけに「仁斎日札」とあり、そのやや左下部に「日東　洛陽　伊藤維楨著」と自署する。

内題　本文初丁表に「仁斎日札」と墨書がある。但し、別筆。

本文・丁数　墨付二十二丁半。但し、第二十一丁目裏、第二十二丁目表の一丁分は白紙。第二十二丁目裏から第二十四丁目表までに二丁分の追記がある。第二十四丁目裏から第二十五丁目裏までの一丁半は白紙。表紙共、全二十六丁。

右の中、初丁表から第二十一丁目表までの間に、日札本文1条から72条までを収め、一丁分の白紙を挟んで第二十二丁目裏から第二十四丁目表までの間に73条から78条までの六条分を収める。

また、第二十二丁目から第二十五丁目までの四丁分は、後に合綴されたものであることが、第二十一丁目までの綴穴と相違することから、判明する。更に、次の行字数からも、この四丁分が別稿を合綴したものであることを裏付ける。

行字数　(イ)本文初丁から第二十一丁目表までの間、毎半丁九行、一行十九字を守る。但し、各条の初行のみは一字高く起稿して、一行二十字。以上の行字数は、『童子問』元禄四年本・同六年本の場合と一致する。

(ロ)第二十二丁目裏から第二十四丁目裏までの間、毎半丁十二行、一行の字数は二十から二十五字まであって一定しない。

条数　全七十八条。但し、最後の六条分は別稿を合綴したもの(本文の項参照)。

句読点　墨付全丁にわたって、なし。

返り点・送り仮名　なし。

音訓の傍線と連字符　いずれもなし。

補訂・削除　本文各所に朱筆・青筆・墨書により補訂と削除の跡が著しい。その中、特筆すべきは、11・12条の間に全文を朱筆で抹消した一条(四十二字)がある。いま、これを番外の11′条としてここに掲げる。

某不多読書然行住起臥其心無不一念在学問上／学問外事只是吟詩詠歌観山臨水翫花対月数／事焉耳

(某、多ク書ヲ読マズ。然レドモ行住起臥、其ノ心一念トシテ学問ノ上ニ在ラザル無シ。学問ノ外ノ事、只是レ吟詩詠歌、観山臨水、翫花対月ノ数事ノミ)

注記　第二十二丁目裏から始まる73条の本文初行右の僅かな空間に「日札」の二字を細字で記す(筆蹟未考)。これによって、73・74の二条は、おそらく72条までに編入されなかった日札の別稿と推定される。また、75条末尾に「童子問」、76条末尾に「同上」、77・78条の各末尾に「上」と、細字で記す(いずれも本文と同じ仁斎筆)。この注記によって、75・76・77・78の四条は、『童子問』のために書かれたものの別稿であろうと推定される。

本文書体　本書の本文は全体に端正な楷書体で書かれていると言ってよいが、一部に行書体(54・55・56の三条)および草書体(72条)が見られる。とりわけ前条までの楷書体から急変するこの草書体は、ここで日札が廃されたことを、書体の上から語るものであろう。

印記　第二十四丁表(78条がこの丁表六行で終る)の余白に、「伊藤維禎」(白文)、「元輔氏」(朱文)の方印二顆がある。但し、この印記あることによって、本書の合綴が仁斎自身によってなされた、とは即断できない。

包紙　小奉書を二つ折にしたもの。上書きに題字のごとく「自著諸書」の四字がある。仁斎自筆。なお、この「自著諸書」については、東所の『古義堂遺書目録旧本』(宝暦八年二月稿)の中に、「ソノ外自著諸書ト書付アル袋ノ分悉校了」と見え、また同じく『古義堂遺書新目録草稿』(明和五年四月稿)の中に、「自筆一袋在」と見えるのが、即ちこれに違いないと思われる(古学別集本の条、備考参照)。この頃は袋状になっていたものと推測される。

備考

(イ)表紙右肩の「丁卯五月廿二」と同筆の「五月廿二」の四字が『童子問』元禄四年自筆本の表紙右肩にもあることが報告されている。また、この「丁卯」は貞享四年(丁卯)より以後のものとされる(石田一良氏「童子問の成立過程」『ビブリア』15号)。

(ロ)本書には、古義堂第五代伊藤東峯(名弘済、字寿賀蔵。第三代の伊藤東所の七男。弘化二年八月没、四十七歳)の審定書①、および鎌田氏による箋紙二葉②③が具わる。

①右古学先生所著日札之草本、蓋真蹟也。鎌田氏所珍襲、頃日索審定、因記云　弘済　印(弘済之印)

②仁斎日札　従堀川伊藤先生受之　天保二辛卯年仲秋吉日

③仁斎先生日札　寿賀蔵伊藤先生ヨリ譲受　天保二年卯年仲秋吉日

なお、この件に関しては、東峯の『家乗』天保二年八月二十三日の条に、「鎌田へ制度通三冊、日札一冊送ル」と見える。

因みに、この鎌田氏は同家第九代吉広で、父の吉慶以来の古義堂門人。また、同氏蔵本『童子問』(三巻三冊)にも弘済の審定書二通(共に天保三年)および鎌田氏による箋紙一葉が具わる(石田一良氏稿、参照)。

なお、以上とは別に、仁斎の真蹟ではないが、東所の臨写にかかる『古学先生書』(一巻、古義堂文庫蔵)の最初に、「日札　三則」と題して、仁斎日札の本文三条を2・5・4の順に収める一紙がある。文末には「伊藤維楨書□□」とあって、仁斎の二印があったことを示す。この三条を三則と銘うって仁斎が人に与えたものを、後に東所が審定を求められた機会に、真蹟と認めて臨写したものである。この中、2条の本文中、自筆草稿本には「脚板」「道得是当」とある所、「脚版」「道得是非」とある。東所の誤写であろう。

二　吉岳氏文叢本　　半紙本　写一冊　　古義堂文庫蔵

この書は、『古義堂文庫目録』に、

東涯初年寓目ニテ存スベキ文ヲ集メタルモノ、中ニ唐土(鶴林玉露、王維ノ文)ノ作アレド、多クハ当代ノ人、古義堂関係者ノ作ニシテ、自作ヲモトドム、中ニ張斐高泉等来朝者ノ文多シ、貞享二年ヨリ元禄二年頃迄ノ作アリ、

ソノ頃ノ編ナルベシ、コノ傾向進ンデ時英文雋ノ編トナル、文雋ト重複スルモノマヽアリ

と解説するごとく、東涯十六歳頃からの筆写にかかる。以下、書誌は略記にとどめる。

表紙は共紙、従って題簽はなく、「吉岳氏文叢　全一冊」と直に墨書する。下部に「長胤蔵」と記す。本文墨付、全九十八丁。毎半丁十行、一行十八から二十字の間で、字数は必ずしも一定しない。

本文の第三十六丁目表三行目に「仁斎先生日札」と見出しがあり、続いて次行から、

1、2、3、4、5、6、8、10、11、11′、12、7、9

の順に、日札の本文十三条分を、第三十八丁目裏四行目までのおよそ三丁弱の間に記載する。11′の条は、自筆草稿本において抹消し削除された一条。従って、この本文は自筆草稿本において抹消される以前に東涯が書写したものとなるが、この十三条の配列順からすれば、現存の自筆草稿本以前に、すでにかかる配列の草稿があったと見なければなるまい。自筆草稿本との間に若干の字句の異同があることからも、これは明らかであろう(原文校異欄、参照)。更に、「仁斎先生日札」と見出しある丁から五丁前の第三十一丁目表初行から同丁裏初行にかけて、何らの見出しもなく、

24、25

の順に、日札の二条分の本文が記載されている。このことからすると、日札の最初期の草稿は、冊子として綴じられない紙片の状態で仁斎の身辺にあったのであろう。それはともかく、この25条の文末に、「戊辰六月初六　仁斎識」の文字が書き添えられている。即ち、「戊辰」は貞享五年(九月三十日改元して元禄元年)に当り、少なくともこの

二条の執筆時期が判明する。そこで、あらためて先の「仁斎先生日札」と見出しある十三条の前後の文章について見ると、直前に収録する文章は、「贈宮原君宗精帰肥後序(本文略)戊辰仲秋日　伊藤長胤(東涯)撰」とある一文で、この「戊辰」も貞享五年。また同じく直後に収録する文章は、「私試策問(本文略)時貞享三歳次丙寅冬十一月十四日　伊藤維楨」とある一文である。これによっても吉岳氏文叢の本文は必ずしも年次順に書写されたものではないことが知られるが、文叢全体の前後の年次から類推して、この十三条分も24・25の二条の場合とさほど遠からぬ時期(最大限貞享二年まで遡り得る)の執筆、そして書写と見て差支えないであろうか。因みに、11′の本文に関しては、自筆草稿本の本文と全くの同文である。

本文には、「仁斎先生日札」と見出しある十三条については朱筆の読点が施されているが、他の二条にはない。返り点・送り仮名、および補訂・削除等も加えられていない。

三　古学別集本　　大本　写一冊　　鎌田宣三氏蔵

表紙　浅葱色格子地模様(二五・九×一六・九糎)。

題簽　左肩に「古学別集　仁斎日札／極論／読近思録鈔　印(胤)」とある。東涯筆。

以下、仁斎日札の部分に限って記す。

内題　本文初丁表に「仁斎日札」とあり、左下部に「日東　洛陽　伊藤維禎著」とある。
本文・丁数　墨付二十九丁。版刻の匡郭(一九・五×一三・六糎)ある用紙を用いる。版心の表下部に「一」―「廿九」と丁付を記す。
行字数　毎半丁八行、一行十七字。但し、各条の初行のみは一字高く起稿して、一行十八字。
条数　全七十八条。従って11′の一条は収めない。
句読点　読点のみ、朱筆で○印を施す。
返り点・送り仮名や音訓の表示など、なし。
補訂・削除　本文各所に、朱筆と墨書による補訂や削除がある。
注記　75・76・77・78の四条の末尾に記す注記は、自筆草稿本に同じ。但し、73条の初行直前の「日札」の二字は、ない。この結果、本書の本文は、72条までと73条以後とを区別する表示がなくなり、仁斎日札として前後が一体化したものとなる。

備考
(イ)以上の日札の本文に続き、本書には極論と読近思録鈔の本文が収められている。
(ロ)本書にも、伊藤東峯の審定書①、および鎌田氏による箋紙②の各一葉がある。
①日札極論読近思録抄《ママ》、合本一冐、紹述先生所書草稿也、需審定、因謹題云　天保壬辰　伊藤弘済 印(弘済之印)
②古学先生著述、仁斎日札、極論、読近思録鈔、右三部、東涯先生所書真蹟也　従堀川天保三壬辰年仲夏穀

旦拝受

これらによれば、本書は東涯の「草稿」で、また「真蹟」ともあるが、私見によれば真蹟とするには若干の疑念がないでもない。しかし、仮りに門下の他筆としても、本書の本文は紛れもなく東涯の校訂にかかるものと考えられる。よって、ここでは東涯校訂本とも呼ぶこととする。

なお、本書の「古学別集」なる書名(外題)は、「古学先生別集」の略称であることはいうまでもない。東涯改修本『易大象解』の見返しに、「古学先生別集目録」と墨書して、別集の最初の編集計画が記されている。また古学先生別集の梅宇の序文中にも「古学別集」の略称を用いている。更に、上記した東所の『古義堂遺書目録旧本』、同じく『古義堂遺書新目録草稿』の両者には、共に「古学別集」の略称で記載されている。但し、これら「遺書目録」に記されている「古学別集」のいずれが東涯校訂本であるかは特定できない。右両書の該当箇所のみを次に掲げる。

『古義堂遺書目録旧本』

〇謄写品

古学別集四　一　乾坤古―一　癸未(朱筆)六月校了

庫ノ文コノ内一通リ出置　四　日札極論読近思抄(ママ)二通リ

二三春秋経伝通解一

(注「一、四、二三」も朱筆)

『古義堂遺書新目録草稿』

謄写著撰

一　古学別集　原本　一括

六冊入又自筆壱袋在 四冊入

これらによれば、「古学別集」の第四巻だけは、少なくとも二通(二本)はあったことが知られる。しかし、ここでは古学別集本と古学先生別集本とは別本として扱う。

四　古学先生別集本　大本　写五巻五冊欠　古義堂文庫蔵

本書は、五巻中の四巻を桐紋格子地紺色表紙で装幀し、各巻表紙左肩の題簽に「古学先生別集」、下に「文(行・忠・信)」と巻名を記す。題簽下部に四巻とも「善韶」の方印(白文)がある。また、この各巻は表紙のやや右寄りに朱筆で、文は「易経古義　附大象解」、行は「春秋経伝通解　隠桓荘閔」、忠は「春秋経伝通解　僖哀」、信は「仁斎日札／極論／読近思録鈔」と各内容を記す。第五冊はかかる表紙の装幀はなく、ただ美濃半紙袋綴の共紙表紙の左肩に「古学先生別集　巻之(以下、欠)」と墨書し、本文は仁斎の天和二年四月作「送防州大守水野公序」の謄写、および東涯の享保十七年十二月の跋文二通の計十七丁である。

以下、第四巻(信)に収める仁斎日札を中心に記す。

表紙　紺色桐紋格子地(二七・五×一八・九糎)。この上に、朱筆で上記内容を三行に記す。

題簽　左肩に「古学先生別集　信」と墨書。以上、蘭嵎筆。

見返し　右上部に、朱筆で「□号自筆草稿本之異同也」と記す。東所筆。

内題　本文初丁表に「仁斎日札」、その左下部に「日東　洛陽　伊藤維楨著」とある。但し、この「仁斎」の二字は、朱筆後補(東所筆)。

本文・丁数　墨付二十一丁。この後に、極論四丁、読近思録鈔六丁がある。蘭嵎および東所の書写、東所の校訂にかかる。

行数字　毎半丁十行、一行十九字。但し、各条の初行のみは一字高く起稿して、一行二十字。行数は自筆草稿本より一行多いが、一行の字数は同じ。

条数　全七十八条。これも11′の条は収めない。

句読点　読点のみ、朱筆で施す。

返り点・送り仮名　墨書にて施すが、完備するわけではない。

音訓の傍線と連字符　墨書にて左右に音訓を表示し、二字三字にわたる場合は連字符を兼ねる。これも必ずしも完備しない。

補訂・削除　本文各所に、多くは朱筆、また一部は墨書による補訂と削除がなされている。これらは自筆草稿本との対校(異同)を示すものと共に、必要と思われる範囲で原文校異欄に示した。

注記　見返しに記す朱筆注記の他に、9条上欄に墨書(読点は朱筆)で、「古注云、端者、首也、疏云、端本也」(東所筆)とある。また73条上欄に墨書で「○此条以下甘雨亭本不収」(後人筆)など。上欄には他にも若干、多くは朱筆で、文字の補訂や削除を示す注記がある。なお、73条の初行の前に「日札」の注記はない。また、75・76・77・78の各条文末の注記は、自筆草稿本・古学別集本に同じ。

成立　本書第四巻末尾の識語に、「宝暦十四年甲申正月八日善韶校正卒業」とあり、本書第一巻巻頭に具える梅宇の序(元文五年)より二十四年後のこととなる。善韶は、東涯の三男で、古義堂第三代の伊藤東所の名。

本書の底本　本書の本文は自筆草稿本と対校したものであることが見返しに朱筆で明記されているが、そもそも本書の本文が何に基づくかは示されていない。しかし、諸本を対校する間に判明したのは、それは古学別集本の一本であろうということである。そして、その一本とは、現存の東涯校訂古学別集本(鎌田氏蔵)に比定するほかはない。

伝本　本書は古義堂における定本として、伝本の多いのを特色とする。次に管見の若干を掲げる。

(イ)国立国会図書館鶚軒文庫蔵本　大本　写四巻四冊

本書は、古義堂文庫蔵古学先生別集に基づく忠実な一写本。表紙・題簽等も右にならう。第四巻(信)に、仁斎日札・極論・読近思録鈔を収める。全三十一丁。仁斎日札の本文は二十一丁、条数は七十八。行字数は毎半丁十行、一行十九字、各条初行のみ二十字。本文初丁表に「仁斎日札」と内題、その右に「□此号自筆草稿本之異同也」と記す。75―78の各条文末に自筆草稿本と同じ注記がある。返り点・送り仮名、音訓の表示など、古学先生別集本にほぼ同じ。巻末識語に「宝暦十四年甲申正月八日善韶校正卒業／寛政二年庚戌十月校于古義堂／小田惟明印印」。若干の誤字がある。

(ロ)東京都立図書館加賀文庫蔵本　半紙本　写一冊

本書も(イ)と同じく古学先生別集に拠る一写本。題簽に「仁斎日札　極論／読近思録鈔　全」とあって、別集の第四巻のみの一冊本。全二十九丁。仁斎日札の本文は二十丁、条数は七十八。毎半丁十行、一行二十―二十五字と一定しないが、各条初行のみ一字高く起稿する。本文初丁表の上欄に「□号自筆草稿本之異同也」とあり、75―78の各条文末に注記がある。巻末識語はない。誤写の多い一本である。

(ハ)京都大学図書館谷村文庫蔵本　半紙本　写一冊

表紙は後補。中扉左肩に「仁斎日札」とのみ記すが、極論三丁、読近思録鈔八丁を附載して、全三十九丁。日札の本文は二十八丁、条数七十八。毎半丁九行、一行十六字。75―78の各条文末に注記がある。本書は上欄に朱筆で、「君則曰」として逐条的に容赦ない批判を加える。長文もあるが、一例のみを掲げる。31条上欄に「君則曰、禅儒之理窟、俗見殊甚」。「君則」は森蘭沢であろう。名効、字君則、称司馬。太宰春台門で広島藩儒。安永六年没、五十六歳。

他に、清水茂氏所蔵本を初め、氏の調査された名古屋市蓬左文庫本、西尾市立図書館岩瀬文庫本の概要が報告されている（清水茂氏「「仁斎日札」の鈔本」『ビブリア』75号）。これらはすべて全七十八条を収める上記と同系列に属する伝本と思われる。『国書総目録』には、右以外に更に数本の存在が知られるが、本書の流布の様相は以上によってもほぼ推察することができる。

五　甘雨亭叢書本　　小本　一冊　　古義堂旧蔵

本書は、上州安中藩主板倉勝明(字子赫、号節山、また甘雨亭。安政四年四月没、四十九歳)の蒐集・編刊した甘雨亭叢書第一集(弘化二年十一月序刊)に、「仁斎日札」と中扉に題して収める。全二十四丁。巻頭に「仁斎伊藤先生伝(本文略)安中城主板倉勝明子赫撰」四丁を掲げ、本文は半丁九行の罫紙二十丁表までに、一行二十字、各条初行のみ二十一字、条数全七十二条。句読点および返り点を具え、人名のみ右側に傍線を施す。送り仮名はない。本文初丁表二行に「仁斎日札／平安　伊藤維楨原佐著」とあるのは本書のみ。条数の七十二条と共に、一見自筆草稿本に先立つ一本かと思わせるが、本文内容からすれば古学別集本よりは以後の伝本に基づくもの。14・30・39の各条の上欄に計四箇所の異同を注記するところから、少なくとも二本を対校し、しかも各所に本書においてのみ見られる校訂を加えて成ったものである。また、本文を七十二条までで終るのは、本書の校訂者の一つの見識を示すものと言えるかも知れない。

しかし、本書は以後近代に至って、『日本倫理彙編』五(明治三十五年刊)所収の『仁斎日札』の底本となったのを初めとして、『大日本思想全集』四(原文と意訳。昭和九年一月刊)、『日本哲学全書』三(訓読文と略注。昭和十一年八月刊)などの他、近年に至るまで仁斎研究の基本テキストとして利用されて来たものである。

なお、本書との校異は主なものにとどめた。

以上を図示すると、次のようになる。

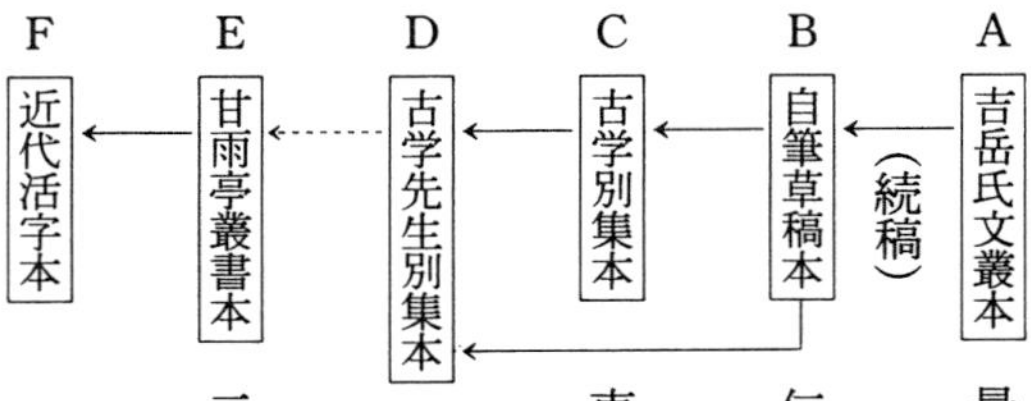

A 吉岳氏文叢本　最古稿本により東涯写
B 自筆草稿本　仁斎による編集・浄書・補訂・中絶
C 古学別集本　東涯による校訂（補訂・削除）
D 古学先生別集本　東所による校訂と自筆草稿本との対校・補正
E 甘雨亭叢書本　二伝本の対校と校訂
F 近代活字本

五

最後に、本書『仁斎日札』の成立について記さねばならないが、もとより序跋はなく、所詮は未完の遺稿に他なら

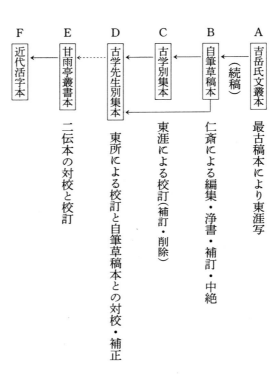

ない本書の場合、それを語るものはさほど多くはない。

その中、まず年次の明記されているのは、吉岳氏文叢本所収の24・25の二条に添えられていた「戊辰(貞享五年)六月初六　仁斎識」とあるのが唯一のものである。また同本中にある「仁斎先生日札」と見出しある十三条については、右の二条と一連のもの、またはそれに先行するものと見たいところであるが、実は何ら確証があるわけではない。ただ自筆草稿本の配列に照らして、仮りに先行するものと見たに過ぎない。私見では最初、本書の起稿を早ければ天和末から貞享初年(天和四年〔一六八四〕二月改元して貞享元年となる)頃かと想像していたが、それを裏付けるものは今のところ見出されない。

次に、本文中に、その手掛りとなる記事は、「今年正月、またその姪及び一書生をして来らしめ、門下一人を迎へて帰る」(22条)とあるのが唯一のものである。この「今年正月……」を、仁斎の門人帳と東涯の元禄三年庚午日録によって元禄三年のこととし、「門下一人を……」のところは、同じく仁斎の門人帳と東涯の元禄二年己巳日録によって元禄二年のことと定め、この矛盾する点を仁斎の誤認と判断したのである。従って、この条の執筆は元禄三年も秋以降であろうと推定される。

また次は傍証に属するが、『仁斎日札』の『童子問』に再録されている数条の中、『童子問』下四十八章は『仁斎日札』の冒頭の1条であることが、これまでも指摘されている。この再録に当って仁斎は、「近ゴロ日札ノ中一段、学ヲ為スノ法ヲ論ズ」と記す。この「近ゴロ」の口吻は、両書の近接を窺わせるに足るものと言ってよい。『童子問』のこの章は、最古稿本の元禄四年本には見えないが、次稿の元禄六年本には具わるものである(清水茂氏「『仁斎日札』の鈔本」『ビブリア』75号)。また清水氏は古義堂文庫に「古学先生使用紙袋類」として保存されているものの一に、

日札
古義
元禄五年歳壬申二月念六日　製

と上書きする日付について、「このころには、もう「日札」を書きためはじめていたことがわかる」と述べられる。また、「伊藤仁斎・東涯略年譜」(『伊藤仁斎　伊藤東涯』日本思想大系33)元禄五年の項に「二月頃より仁斎日札の編輯を始む」と見えるのも、拠るところはこの紙袋の日付であろうか。両者の判断には明らかな差があるが、果して元禄五年二月二十六日の日付は何を語るものであろうか。

ついて、この「紙袋」というのは、全十三枚の第八に分類されている一枚(三二・〇×一五・〇糎)で、もとより『仁斎日札』の自筆草稿本をそのまま収納できる大きさではない。私見では、これは自筆草稿本が然るべき時期に編集・浄書などされた際に、割愛もしくは不要となった草稿の類を、後日同じく「古義」のそれらと共に、一括して収納した紙袋ではなかったかと推察する。つまりこの日付は、『仁斎日札』が成立(即ち中絶)した以後のもの、仁斎においては補訂・削除等をも含めて、従来の『仁斎日札』への一切の関与が廃されて、次なる『童子問』への転換が完了した以後の日付であったろうということである。他に、元禄五年二月の東涯の識語を具える『古学或問』(半紙本一冊)があるが、上記年月との直接の関連性は見出せない。

この日付の語るところについては、いまだ推測の域を出ないが、その後の事実としては、この翌年には、「元禄六年癸酉冬十月既望　洛陽　伊藤維楨原佐謹識」の識語を具える『童子問』の元禄六年本(半紙本三巻三冊)が成立している。仁斎の構想する『童子問』の骨子は、この段階でほぼ出来上っていたと見てよさそうである。この一事をもっても、前年二月頃から『仁斎日札』の編集に取りかかったとは聊か納得しがたいところであるが、更にこの識語の語るところをもって、仁斎における『童子問』への転換の自覚を示すものと考えることが許されるならば、実は全く同文の識語が元禄四年本(半紙本一冊)にすでに具わっているのである。このことは従来あまり知られていない。その識語末には「時元禄辛未(四年)春正月　日東洛陽　伊藤維楨原佐謹識」とあり、本文はほとんど全面に朱・青・墨書および付箋をもって補訂を加えた、表紙共僅か全九丁の、まさに最初期稿本と称すべき様相を如実に示している(宝永四年版では上巻第二十四章あたりまでの初期草稿)。しかも、この識語の本文は、知られるように決して長文ではないが、ほとんどそのまま いわゆる林本(林景范写、仁斎晩年使用本、宝永四年二月東涯校　大本三巻三冊)等を経て、宝永四年九月の版本へと引き継がれている。そしてこの版本のそれと相違する点は、「四方之士従遊日衆」のところ、「従遊」の二字が「輻湊」となっている一点のみである(林本も「輻湊」)。つまり、元禄四年本の識語の年月に後日何らかの作為が施されていないかぎり(その形跡は発見されないが、元禄八年本の場合は、識語の年月の書き換えが行われている)、『童子問』の識語そのものは、この元禄四年正月という時点ですでに完成していたのである。

最後に今一度、古学先生別集の梅宇の序を振り返ってみる。その文面に従えば、仁斎は、『童子問』に着手した、その後に『日札』を廃した、となる。『古義堂文庫目録』につけば、『童子問』は、「元禄初年ニ稿ヲ起セシモノニシテ、初メ紙片ニ一条ヅツ記シタクハヘテ、後ニ冊ヲナシ……」と見える。「元禄初年」とは、同二、三年あたりを指すであろうか。

さて、すでに見たように、『仁斎日札』の本文中に、唯一つ元禄三年秋以降の執筆かと推定される一条があった。とすると、これ以後、『仁斎日札』が廃されるまでの間、一体どれほどの期間を要したであろうか。『童子問』元禄四年本を見る限り、それはさほど長い期間ではなかったのではなかろうか。「紙片ニ一条ヅツ」(『古学先生文稿』四巻中に『童子問』の草稿二十九通がある)という『童子問』の初期と『仁斎日札』の後半期との執筆期間の重複することはほぼ明らかで、梅宇の序の語るところでもあるが、この重複期間はやがて、一両年を俟たずして最終局面を迎えることになる。その局面とは、即ち一は『童子問』識語の成立であり、また一は『仁斎日札』の廃絶という、まさに表裏をなす両者の興廃ということになるのではなかろうか。

かくて、貞享末年頃から書き継がれて来た随想集『仁斎日札』は、元禄四年正月をもって未完の遺稿となり、仁斎としては新たな自覚と抱負をもって『童子問』の完成へと向かうことになる。それは換言すれば、仁斎古義学の大成期へ向かっての出発点でもあったと言ってよいかも知れない。

以上は、『仁斎日札』の成立についての試論とでもいう他はないが、自筆草稿本『仁斎日札』第72条の僅か三行の本文が、それまでのいかにも仁斎らしい端正な楷書体とは大いに相違して、もはや従来どおりに書き継ぐことの意欲を失ったかのような草書体で書きつけられている理由も、以上によって氷解するように思われる。

付　底本選定次第

『仁斎日札』を担当予定であった中村幸彦老師は、平成十年五月七日図らずも急逝されたため、筆者は本書についての前任者の意向を聞く機会のあらばこそ、突如思いもかけぬ代役を引き受けざるを得ない羽目となった。後に、老師の甘雨亭叢書本への吉岳氏文叢本をもってする注意深い書き入れがあることなどから、『古義堂文庫目録』作成の頃から本書に対してただならぬ関心をお持ちであったことが知られたが、本書の校注も老師ご自身が担当されることのみお考えであったことは確かである。従って、老師が一体何を底本に予定されていたかなど知る由もないことであったが、早くもその月中に編集部から示されたのは、古義堂文庫蔵古学先生別集本のコピーであった。自筆草稿本の存在をご存じなかったわけはない。石田一良氏『伊藤仁斎』(人物叢書)に掲載のただ一枚の図版によって、コピーの余白に、「それに合するに自筆本の補正によって出来し本文の如し」と老師筆蹟のメモがある。

今回の底本選定は、このメモによって決ったようなものであった。一般に、自筆本を底本とすべきことは誰しも思い至ることであろう。その方が諸本対校などという煩瑣な手間を要しないことも自明のはずである。しかし、事仁斎の自筆本に関する限り、あながちそうとばかりは言い切れない。寧ろその方が、遥かに大きな困難を伴うのではあるまいか。しかも仁斎の自筆本は、実に一として未定稿でないものはないのである。そしてこの予測は、やがて自筆草稿本に対面するに及んで、見事に現実のものとなる。そこで思い至ったのは、右のメモにも察せられるように、自筆草稿本と対校済の古学先生別集本を底本とし、これに再び自筆草稿本を初め、吉岳氏文叢本、古学別集本、それにやや異質の甘雨亭叢書本をもって対校するという、やや手間のかかる方法であった。しかし、この種の方法ならば、本大系としても許容範囲に属するであろうと考えられた。結果はこれによって、却って自筆草稿本の特色がより鮮明になったようにも思われる。伊藤家の家学がいかなるものであるかも、また判然として来るであろう。事は相対的に認識されるべき性質のものである。

折しも相良亨氏の『伊藤仁斎』(ぺりかん社、平成十年一月刊)が、発刊後大分経ってではあったが、手に入った。これは、もっぱら自筆草稿本に基づいて、『仁斎日札』の位置と特色を、その思想内容から解明するすぐれた見解が披瀝されている。その上、再三にわたって『仁斎日札――本文と注釈』(近刊)の予告が書中に登場する。自筆草稿本所蔵者の鎌田宣三氏からは、同じものを二社から出す必要ありや、と反問されて、実際返答に窮したことであったが、こうしたことも底本を古学先生別集本とすることを、より決定的にした。

いまや、これの終稿の段階に至って、その「近刊」が未だ新刊となったことを聞かないが、かかる廻りあわせは仁斎研究にとって、願ってもないことのように思われる。

本稿を成すにあたり、まず自筆本関係諸資料の使用を許された鎌田宣三氏、および天理図書館の格別のご配慮に感謝の意を表したい。また期間の制約ある中、時に立往生する門外漢のために、木南卓一・桑山龍平の両氏からは、身に余る懇切な助言を頂いた。この間、終始参照させて頂いたのは、清水茂氏の『近世思想家文集(童子問)』(日本古典文学大系97)、『伊藤仁斎　伊藤東涯』(日本思想大系33)に示されている周到な成果である。記して諸家の学恩に感謝申し上げる。

醇儒 雨森芳洲——その学と人と——

水田紀久

一

詩書を子孫に教えるのは儒者の本懐である。諄々と誨《おし》えて倦まないのは儒者の面目である。対州の文学雨森芳洲（一六六八―一七五五・一・六〔陽暦二・一六〕）が家業の医学修業を廃して儒を志したのは、まだ志学以前、医術の師より「書ヲ学ベバ紙費エ、医ヲ学ベバ人費ユ」との、蘇東坡の故郷、蜀の俚諺を聞かされたからであった（『橘窓茶話』上、原漢文、以下同じ）。

貞享年間、父清納（医名和田柳軒）を失い、住み馴れた伊勢や京畿の地も故郷江州雨森をもあとに、江戸に下向、京儒の学統を承けた幕府の儒官木下順庵（一六二一―九八）に入門した雨森俊良、字伯陽、通称東五郎こと芳洲は、同門の俊秀、かれ自身もその一人に屈指される、いわゆる木門の十哲ないし五先生に伍して程朱の学を研鑽、その学縁で元禄改元の翌年には対馬藩主宗義真《よしざね》に出仕、修学の功成って同六年（一六九三）には対馬に赴き、新藩主宗義倫《よしつぐ》の講学に侍した。以来六十有余年、八十一歳で隠居し八十八歳で生涯を閉じるまで、芳洲は終始この任地対馬が生活基盤であった。

もとより語学研修に長崎や朝鮮釜山へ数次留学し、藩主の参勤や通信使の来賀に江戸まで随行するとか、朝鮮貿易や外交等藩用で内外へ出張することはあったが、常は府中で多忙な藩政に携わる、文字通り公事靡盬《びこ》(いとまなし)の日々であった。対馬藩文学たる芳洲は、何より経書講習の醇儒であり、精励恪勤の循吏であった。その謙抑な尚絅《しょうけい》堂の室名は、『中庸』が出所である。

木門出身の芳洲が程朱性理の学を奉じたことは、当然ながらその言説にも明らかである。「洙泗ノ後、唯閩洛ノ学、以テ不朽ニ垂ルベシ」(『橘窓茶話』上)と言い切る。洙泗とは孔子教、閩洛(洛閩が是)とは程朱の学の謂いである。この程朱の学が儒学の正統との信念の堅持は、恩師木下順庵を「愷悌《がいてい》ニシテ書ヲ愛シ、英才ヲ教育スルハ則チ之ヲ見ル」(同書・中)のように、儒者の典型と見なす。愷悌とは楽しみ和らぐ意である。

学派の異同に拘らず、先学の諸儒中江藤樹(一六〇八―四八)、山崎闇斎(一六一八―八二)、伊藤仁斎(一六二七―一七〇五)等にはそれぞれ畏敬の念を捧げ、ことに仁斎に対しては、「少歳ノ時、儀刑ヲ観望シ、今ニ至ルマデ宛トシテ心目ニ在リ、君子ナリ」と景仰の辞を吝しまなかったが、一方並世の荻生徂徠(一六六六―一七二八)のことは、「故人(親知の意)ナリ、博覧文章域内比無シ」と、その学才を十二分に認めつつも、「タダ大綱上ニ於テ差《たが》フコト有リ、心実ニ慊《けん》ス(不満の意)」(以上『橘窓茶話』中)、「大紀綱之上ニ異見有之候様ニ見及び」(木下菊潭宛て書簡、雨森芳洲関係資料一八八号)などと評し去っている。なお、芳洲は享保末年、伊藤仁斎の長男東涯(一六七〇―一七三六)に、「子供へ残置度存したゝめ」た『たはれ草』の逐条批正を、切に請うた事実が二通の書簡(裁書、享保十八年〔一七三三〕九月六日、六十六歳・同十九年六月十九日、六十七歳)によって判明する(天理図書館古義堂文庫蔵)。

門弟から学に志す者の必読書を問われた芳洲は、朱子学者よろしく、先ず四書五経、小学、近思録と挙げ来って、左国史漢(左伝・国語・史記・漢書)、通鑑、そして李杜詩集、韓蘇文集と続け、其の他蒙求、書言故事等々を追加する(『橘窓茶話』上)。晩年大典禅師宛ての返書にも、「十歳内外をはじめ三十迄ハ」として、同様の内容を答えている(後述「答慈雲菴主書」、同六号)。至極適切な教導ながら、芳洲のこの連ねの中に、実はかれ自身の最愛読書もしっかり座を占めている。それは何か。孔子は晩年易を喜《この》み、三たび韋編《いへん》(なめし皮)を絶ったと伝えるが(『史記』孔子世家)、芳洲はその抱懐する漢代への親近感より、とりわけ両漢書に共感を覚えていたことが確かめられる。

二

平成六年六月、国の重要文化財(歴史資料)に指定された雨森芳洲関係資料(芳洲会所有、滋賀県伊香郡高月町立観音の里歴史民俗資料館保管)は、芳洲の自筆多数を含む二百二十余点の一括指定であるが、中に芳洲が精選した訓言十一箇条を、延享五年(寛延元年、一七四八)八十一歳時、藩のために謹書した一軸がある(一九五号)。

図㆓経遠㆒　捨㆓苛細㆒

公　爾　忘㆑私　選㆓賢能㆒　尚㆓謇直㆒

禁㆓奢侈㆒　遵㆓倹制㆒

国　爾　忘㆑家　励㆓廉恥㆒　慎㆓情慾㆒

明㆓賞罰㆒　絶㆓賄賂㆒

楽止
反為独(白)

対府原任二用人一芳洲雨森東八十一歳書

雨森東印（白）　伯陽（朱）

「公ノミ私ヲ忘レ、国ノミ家ヲ忘ル」を上段二行に大書、これを主文に、下段の十項目はその細目にも当たろうか。藩儒として選定したこの箴訓の内容を、一々縷説の要はない。眼目の対句八字は『漢書』賈誼伝所載、賈誼が文帝に上《たてまつ》った疏中の語で、「国耳忘レ家、公耳忘レ私」（国ノミ家ヲ忘レ、公ノミ私ヲ忘ル）を前後させ、同訓字を変換させたにすぎない。社会的存在である人間本有の公私家国の関わりを、これ程端的に截《せつ》した語は無い。汚職は一にこの忘却混同に起因する。それは時空を超えた人倫として、誰憚るところなく為し得る提言であった。芳洲は享保十一年（一七二六）五十九歳の六月、六世藩主義誠《よしのぶ》の一字を賜り、誠清と名乗った。この訓言も、依拠は明らかでないが、義誠公に奉ったとの言い伝えがある。ともかく隠居の晩年に、敢えて藩のため筆を揮った芳洲の熱誠に、藩儒の真骨頂を見る思いである。

賈誼の上疏文には、この語を挟んで廉恥の語が三出するが、訓言十箇条の七条目にもそれが挙げられている。そこで、これを箇条順に当たると、果して苛細（『後漢書』宣秉《せんぺい》伝）・賢能（『漢書』董仲舒伝）・謇《けん》直（『後漢書』胡広伝、皇甫規伝）・奢侈（『漢書』食貨志）・情慾（欲『後漢書』孔融伝）・賄賂（『後漢書』馮緄《ふうこん》伝）のように、行不行を問わず、いずれも頻度の高い人倫由縁の語ではあるが、その多くが前後両漢書にも見えることが確かめられる。

芳洲の門人、相国寺の岱（岱宗承嶽）・琳両師が記録した『芳洲先生口授』にも、「一日、二師ト漢書ヲ読ミ、王莽伝ニ至ル」とか、「東（芳洲）、二師ト漢書ヲ僭読シ、……寛保癸亥十一月十五蓂、七十六歳翁芳洲雨森東書」（原漢文）

などの記事が見当たるが、『たはれ草』十二段、八十一段、八十二段などとも看合わせて、漢代贔屓の老朱子学者芳洲の本音が聴けるのではなかろうか。

三

芳洲が生前、唯一自信作と認めていた漢文は、「吾ガ平生ノ文字ハ、只大宝ノ一説有ルノミ」(『橘窓茶話』下)、即ちわが三種の神器を論じた「大宝説」一編であった。この文は孫の松浦桂川精写本『橘窓茶話』(七号)には附録されているが、天明六年(一七八六)刊本には添えられず、寛政元年(一七八九)刊の『たはれ草』より更に五年後、寛政六年(一七九四)京都で刊行された『橘窓文集』の巻頭に収められた。大坂の書肆中心に上梓の前二書も、芳洲歿後三十余年経っていたが、この一編を収録した芳洲文集の公刊は、著者下世後四十年に垂んとする頃であった。先引、刊本『橘窓茶話』下巻末の一行に目を留め、「大宝説」への著者の自負を知った世の読者は、いかほどかこの発刊を歓迎したにちがいない。

「大宝説」の内容は、『橘窓茶話』中巻の、「神道ハ三ツ、一ニ曰ク、神璽ハ仁ナリ、二ニ曰ク、宝剣ハ武ナリ、三ニ曰ク、鏡ハ明ナリ、我ガ東ハ質ヲ尚ビ、未ダ以テ之ヲ文《かざ》ル者有ラズ、然リト雖モ、深ク信ジ篤ク行ヒテ得ルコト有ラバ、則チ何ゾ必ズシモ言語文章ヲシモコレ為《つく》ランヤ、或ハ已ムコトヲ得ズシテ其ノ説ヲ求メント欲セバ、則チ之ヲ孔門六芸ノ学ニ求メテ可ナリ、謂ハユル三器ハ、モト経ナリ、鄒魯《すうろ》(孔孟の意)ノ述ブル所ハ我ガ註脚ナリ、人或ハ雑《まじ》フルニ釈老異端ノ説ヲ以テスル者有ラバ、其ノ神道ヲ去ルコト遠シ」とか、『たはれ草』五段と同一論旨で、皇位の象徴三種の神器を儒教的に解釈し、祖国が寸毫も中国に遜色なき所以を詳説した堂々の論であり、芳洲一代の会心作でもあった。

本文一〇九六字、自注二七五字、総て一三七一字。詩・書・易・論語等、経書の語句を随所に鏤め、自ら「此ノ篇ハマサニ班彪ガ王命論ト千古ヲ相照ラシ、天下ニ行ハレテ愧ズルコト無カルベシ」と注するほどの、自賛作であった。文中、芳洲は立説の手の内を、問わず語りに明かして見せる。「董仲舒ハ漢ノ道ヲ明ラカニスル者ナリ」。まことに、『漢書』董仲舒伝こそ「大宝説」の修辞的基調を成している。経書語と織り成すように、「董仲舒伝」中の語が斯説の行文に飛び石のごとく活かされる。邦儒芳洲の和魂と漢才との出会いは、ここでも漢代への景慕、前後『漢書』の愛読が媒となっていたのである。

両者の措辞対応の一斑は次の通りであるが、芳洲が拠り用いた順は、必ずしも原拠と一致しないのみならず、論旨とも無関係である。数字は、それぞれ文中に用いられた順を示す。

董仲舒伝	大宝説
1 観㆓天人相与之際㆒、甚可㆑畏也	1 天人之際、如㆑合㆓符契㆒
2 深入㆓教化於民㆒	5 故入㆑人也深遠
3 尭舜行㆑徳、則民仁寿	4 一国万世、仁寿忠質之俗 8 仁而寿者、非㆓君子之国㆒、其能然乎 9 惟東夷……俗仁而寿

4上之化レ下、下之従レ上
5春者天之所レ為
6聖主之……行五六百歳、尚未レ敗
也
7詩不レ云、虖嗟爾君子、母レ常二安
息一、神之聴レ之、介二爾景福一
8徧覆包函、而無レ所レ殊、建二日月
風雨一、以和レ之
9夏上レ忠、殷上レ敬、周上レ文者、
所レ継之捄、当レ用レ此也
10鳳凰来集、麒麟来游

10我東有二仁寿之俗一
11上之所レ守、下之所レ宣
6仁者天地生生之理也……在レ時則
為レ春
3三代之有二天下一、或四百或六百或
八百、其国祚之長也
13詩不レ云、嗟爾君子、母レ常二安
息一、神之聴レ之、介二爾景福一
2徧覆包函、無レ所二殊異一、燭レ之以二
日月一、潤レ之以二雨露一
7若レ宜下少損二周之文一、致中用夏之
忠上
12鳳凰集二於苑囿一、麒麟遊二于郊藪一

その他、「董仲舒伝」に頻用する繇(よる)字を、「大宝説」冒頭叙述部に早速用いるなども、その一証である。

四

仏教でも、子が親に先立つことは逆縁と忌まれるが、孝を至高の徳目と仰ぐ儒教において、宗廟を守る後嗣の絶えることは、最大の不孝とされる。にも拘らず、教祖孔子は子の鯉(伯魚)を先立てた。それは晩年の七十一歳時、鯉五十歳であったが、芳洲もまた七十二歳の元文四年(一七三九)四月、長男鵬海四十二歳を失った。二十余年前、文名嘖々たる江戸の荻生徂徠の許に鵬海(顕之允)を預けた父芳洲は、蘐園《けんえん》塾の教育方針に不満で、三か月で引き取った。帰郷する鵬海に、徂徠は成稿間もない『弁道』を餞けたという所伝がある。けれども、父の期待も空しく、鵬海は家督も継がず中道にして病に倒れた。不肖の子伯魚を亡くした老夫子と、奇しくも相似る。

以来、芳洲は嫡孫涓庵(連、加兵衛)の訓育を生き甲斐とした。元文五年(一七四〇)八月、十四歳の涓庵の元服を祝ったと思われる七絶草書一軸(二〇二号)は、

吉日良辰気象新　満堂喜二汝已成一レ人
妙齢弗レ懈青雲志　嗜レ学須レ為二観国賓一
元文庚申八月二日　芳洲七十三歳書

と十一真韻を踏み、引首印は常用白文「楽止反為独」を用いた。翌寛保元年(一七四一)十二月には、芳洲の述作に成る読書論を志学の涓庵が写している(二〇七号)。

延享五年(一七四八)閏十二月、涓庵十九歳は黒岩四郎左衛門の女を娶った。七十八歳の祖父芳洲は賀歌を詠み、歌論に託して孫嫁を誡めるところがあった(一七九号)。

廿一日黒岩氏に始て逢てよめる

相見るやけふをはつかの庭の松常盤を契る心嬉しき

黒岩氏は嫡孫婚を結べる人也

神風やいせをの海のふか〴〵と同じくすめる世こそ安けれ

やつがれ伊勢にそだちたる者なれば也

第二首の左注から、芳洲は幼少の頃、伊勢で成長したと推測される。『雨森家系』(一四二号―二)には、父雨森清納が勢州藤堂家の勘定奉行だった由が見える。芳洲が医学修業を断念した、あの蘇東坡の語を聞かされたのも、或はこの地であったかも知れない。

賀歌に続けて芳洲は、

歌を読に、男女相慕ひ、夫婦相思事を、或は月によせ、或ハ花によせ、或は鳥ニよせなどして読る事、是は人倫の常情なれバ、必あるべき事也、しかし誨《クワイ》淫の歌は、定家業平の歌成共其心学ぶべからず、譬へば有明の歌ハ古今第一とあれど、淫行の歌なれば、其選あるべき也

と、訓誡を垂れた。有明の歌とは、百人一首にも採られた『新古今和歌集』恋三の壬生忠岑の詠を指す。老儒の面目躍如たるとともに、八十歳を越えて古今集千遍読誦を成し遂げ、一万首の詠歌を遺した芳洲の和歌観の一端が、ほの見える。

五

芳洲に師事した僧俗の門弟に対し、師匠の教導は至って懇切であった。その具体例は桂洲道倫《けいじゅうどうりん》(一七一四-九四)や大典顕《だいてんけん》常《じょう》(梅荘、蕉中、一七一九-一八〇一)宛ての尺牘をはじめ、写本『芳洲文集』(二六号—一)・『芳洲先生文抄』(二七号—二)所収「音読要訣抄」や『橘窓茶話』等々で枚挙に遑が無い。芳洲と言えば語学の達人で、漢文も音読で通したように思われがちであるが、たとえば宝暦元年(一七五一)芳洲八十四歳裁書の「答慈雲菴主書」(六号)では、

一切の書物音読にて通し候様になり候ハ、まづ小説を読ミ唐話を熟すべき事ニ候と人々申事ニて、成程尤なる義にて御座候、しかし唐話熟爛の儀、長崎の人までハ朝夕唐人に出会候故、仮成ニもなり申べくや、左無之候ては、是亦甚だかたき事に御座候、私儀朝鮮詞も大概覚へ唐話も大概覚へ申候、朝鮮言葉ハ我国のごとく反音(述語が目的語より後に来る意)に御座候故、前後三年精出し稽古仕候所、かた言雑りながら眼前之かるき事ハ通事を頼不申、自分ニて埒明候様に有之候、唐話ハ六十年心を用ひ、一日としてわすれ候事ハ無之候得共、今に朝鮮言葉の半分にも及び申さず候、穎悟の人ハ私のやうには有之間敷候得共、先ハ容易ならざる事と存候、

と、語順の異同による中国語と朝鮮語習熟の難易を、自己の体験から語っている。『たはれ草』十六段や一三八段と重なる内容である。相国寺慈雲菴主大典三十三歳時の落掌であった。

この六年前、芳洲七十八歳の延享二年(一七四五)三月、天龍寺地蔵院延慶庵桂洲道倫三十二歳に宛てた書翰(大東急記念文庫蔵)には、

其元様ニも近来ハ音読得力之御覚被成御座候由、万々珍重ニ奉存候、水戸様ニ而浅香覚兵衛と申候而、後ニハ史

館総裁ニ成被申候、此人舜水随侍之人ニ而唐話ハ成不中候へども、書物ハ一代音読ニ而済シタル人ニて御座候、

と、安積澹泊(一六五六―一七三七)の読書が、音読一辺倒であったことを述べている。

けれども、芳洲は決して返り読みによる漢文訓読を排したのではない。「音読要訣抄」には、

我今不レ仮二上下成一レ読、非レ訛也、然平居黙思二書義一、則不レ免下乎仍レ旧以二反言一求上レ之、是未三曾変為二唐人一也、然此非レ所レ病、韓人亦如レ此耳、

と言い、『橘窓茶話』下でも、

今井小四郎従レ幼親二炙朱之瑜一、後為二水戸府文学一、深通二唐音一、做レ文敏捷、余少年時問二其弟子一曰、四郎読レ書専用二唐音一耶、答曰、固用二唐音一、訓読亦不レ廃、意者此乃学二唐人一中之傑然者也、韓人亦是如レ此、惟恨我等学レ唐之人、不レ能レ如下韓人之用二其国音一而直中読之上也、究竟韓人亦不レ能三変為二唐人一、何況我人乎、

と、今井魯斎(一六五二―八九)を例に、音読訓読並用を容認し、自ら唐人と同じではあり得ないことを告白、その点では自国音で読む朝鮮人以上に、語順を転倒させてまで訓読する本邦人は中国人から懸け離れると言い切った。『たはれ草』一五二段の嘆きにも相通じよう。「余少時」とは芳洲が江戸で木下順庵門に遊学中、心越会下《えか》の白足恵厳《びやくそくえごん》に就き、唐音を習った二十三歳(「音読要訣抄」)、元禄三年(一六九〇)頃のことであろう。

六

芳洲が著述や翰墨の場で、機会あるごとに提唱揮洒したのは、「天惟一道、理無二二致一、立レ教有レ異、自修不レ一」(天ハ惟〔唯〕一道、理ニ二致無シ、教ヘヲ立ツルコト異ナル有リ、自《おのずか》ラ修ムルコト一ナラズ)の十六字であった。言うまでもな

く、儒仏道三教は東洋固有の思想体系として、おのおの地域性と歴史性とを兼ね備え、宗教的、思想的、文化的に相互交流し、異域へも伝播滲透して止まなかった。それだけに、その実態に即しての、個々の本質の究明と特色の総合的把握とは、学に携わる者に課せられた使命でもあった。この課題に応えるべく、芳洲は次のように言う。

老聃《たん》ハ虚無ノ聖ナル者ナリ、釈迦ハ慈悲ノ聖ナル者ナリ、孔子ハ聖ノ聖ナル者ナリ、三聖人ノ形ヨリシテ上ヲ言フヤ、謀ラズシテ同ジ、蓋シ天ハ唯一道、理ニ二致無キガ故ナリ、其ノ形ヨリシテ下ヲ言フヤ、則チ差《たが》ヘリ。老釈ノ我ガ道ニ於ケルヤ、教ヘヲ立ツルコト異ナル有リ、自ラ修ムルコト一ナラズト、余嘗テ三聖ハ一致スト言フ、而レドモ未ダ敢ヘテ三教ハ一法ナリト言ハザルナリ、然レバ斯ノ言タルヤ、自ラ其ノ洛閩ノ罪人タルヲ知ルナリ(『橘窓茶話』上)。

さらにまた芳洲は、「或ル人儒釈ノ別ヲ問フ、曰ク、天ハ惟一道、理ニ二致無シ、教ヘヲ立ツルコト異ナル有リ、自ラ修ムルコト一ナラズト、又従リテ言ヒテ曰ク、仏子ノ為セル所、孔子ハ為サズ、孔子ノ能フ所、仏子ハ能ハズ、古学翁(伊藤仁斎)ハ能ク聖人ヲ知リ、亦能ク仏子ヲ知ル、故ニ其ノ言ハ皆著実ナリト、曰ク、子ハ古学翁ニ学ベリヤト、曰ク、吾レハ程朱ヲ学ベリ」(同・中)とも述べている。

芳洲学術の粋は、この四言四句に尽きる。それは内容的に相異なる前後二句ずつの止揚統一で、『たはれ草』最終段も、先ずこの道理の確認に充てた。この四句は、まさしく芳洲自らの造語である。この成語こそ芳洲の肉声と変らない。「程朱にハ此詞無之候得共、意趣ハ同前かと存候」(「答慈雲菴主書」)と、自信のほどを語っている。天道は一にして二致の無いことに、宋学の徒ならずとも誰しも異存はない。ただ、異なる立教、多様な修学形態の潔い容認は、人により立場によって必ずしも同じではない。いかなる定めか、三百諸侯のうち異民族、異言語と最も頻繁に接する辺境の孤島に仕官した芳洲は、藩儒として否応無く、四六時中、日朝そしてその向うの漢字の母国という三国の文物と身をもって対峙し、比較観察する位置に立たされた。

同じ漢字文化圏ながら、三者相互の細大微妙な違いを相対的に眺める習いが性となった芳洲は、研学の対象である儒教を含む三教に関しても、先ず相異点を確かめた後、他ならぬ人間同士が創り出した異文化の一致点を、人間存在の根底に求めた。そして生々発展して止まぬ多様な人文の実態を、柔軟にバランスよく総括し理解する心境に到達した。ハイテルな境涯であり、諦念であると言えようか。あの儒巾を被った、一見頑固そうな芳洲肖像(二〇一号)とは似ても似つかぬ、その進取的思考がここに検証される。

芳洲の口癖とまで言えそうなこの四言十六文字は、芳洲と同時代人、と言っても芳洲に後れて世に出、かれより早くわずか三十二歳で下世した浪華の思想史家富永仲基(一七一五―四六)の所説と重なるところが多い。その生前に出された『出定後語《しゅつじょうごご》』や『翁《おきな》の文《ふみ》』を、芳洲は過眼しているのではとさえ、思われるふしがある。民族性の相異とともに、樹善の主張、「誠」の道の提唱とわが三教の一致を仲基も説いているからである。それは『たはれ草』最終段の「誠愨」と揆を一にする。芳洲は仲基のように明確に文化類型を特定の語で規定せず、非凡な語学の知識は専ら音韻や形態面に向けられ、仲基ほど意味論への関心に乏しく、また、思想の発達を立論心理に着目して法則的に把えることはなかったが、学人として相対的視座で異文化を見つめ、併せて実践的主体を確立したという点では、まさに相通じる不世出の同時代人であった。かれらの所説は啓蒙的な通俗の三教一致とは明らかに異質で、その識見の先見性、近代性は、やがて迎える新世紀に亘っても、とわに色褪せることは無い。

のちの名、「一得斎芳洲誠清府君」はいま、今生の氏号のままを碑表に、対馬厳原の臨済宗南禅寺派、坎亀山長寿院墓丘の最奥所に、妻小河(小川)氏、息鵬海その他裔孫とともに眠る。また、郷貫の湖北高月町、雨森芳洲庵築山にも、その霊を祀る芳洲神社と本墓を写した墓碑とが建立されている。

参考文献

関西大学東西学術研究所「日中文化交流の研究」歴史班編『雨森芳洲全書』全四巻(関西大学東西学術研究所資料集刊十一・一―四)関西大学出版部、昭和五十四―五十九年。

高月町立観音の里歴史民俗資料館編『生誕三二〇年記念特別展雨森芳洲墨蹟展』同歴史民俗資料館、昭和六十三年。改訂版平成四年。

上垣外憲一『雨森芳洲 元禄享保の国際人』(中公新書九四五)中央公論社、平成元年。

滋賀県教育委員会編『雨森芳洲関係資料調査報告書』高月町立観音の里歴史民俗資料館・滋賀県教育委員会、平成六年。

泉澄一『対馬藩藩儒 雨森芳洲の基礎的研究』(関西大学東西学術研究所研究叢刊十)関西大学出版部、平成九年。
○主要研究論文の目録は、右上垣外氏著書および滋賀県教育委員会の調査報告書に付載。
○地域史文献、『近江伊香郡志 下』(複刻版)名著出版、昭和四十七年。『長崎県史 藩政編』吉川弘文館、昭和四十八年。『改訂対馬島誌』(複刻版)名著出版、昭和五十一年。などにも、伝記を中心に記載。
○郷里滋賀県伊香郡高月町の芳洲会は芳洲の著述、各種普及冊子や会報等を刊行。同町東アジヤ交流ハウス雨森芳洲庵では資料を展示。赴任先対馬(長崎県下県郡厳原町)とともに芳洲顕彰に熱意を示す。
○連載中の研究、雨森正高「雨森芳洲」『伊香郡医師会報』(第一号、昭和六十二年。年刊)。映像資料、ビデオテープ『雨森芳洲——江戸時代の国際人——』(雨森博司編、新潟愛知商会製作、平成八年)。伝記小説、賈島憲治『朝鮮佐役雨森芳洲の涙』風媒社、平成九年。等々、芳洲像の理解を助ける参考資料は多面的である。

『不尽言』『筆のすさび』解説

日野龍夫

一　不尽言

1

『不尽言』の著者、堀景山（一六八八—一七五七）、名は正超、字は彦昭また君燕、通称禎助は、十八世紀前半期の京都の儒者で、堀家は京都の儒学界において仁斎以来の伊藤家と並ぶ名門であったから、在世当時には相応の京都の名士だったと思われる。しかし今日では、その人自身の業績によってではなく、その塾に学んだ伊勢松坂出身の本居宣長という青年が、後に超有名人になってくれたお蔭で、ようやく歴史に名が残った、という程度の人物としてしか扱われていない。宣長とは比べられないにしても、その人自身の業績も、決してゼロだったわけではなく、宣長を刺激し、はぐくむだけのものは備えていたということを、景山のためにいささか弁じなければならない。

最初に景山の履歴を、高橋俊和氏の「堀景山略年譜」（『秋桜』十三。平成八年三月）に依拠して、簡単に述べる。堀家は景山の曾祖父に当たる杏庵《きょうあん》が藤原惺窩の門に学んで以来、朱子学を以て立つ。杏庵の長男立庵は広島藩主の浅野家に儒官として仕え、その息子たちの代から家は宗家と分家に分かれたが、二つの家系ともに広島浅野家に抱えられた。立庵の孫の景山は分家の二代目で、宝永五年(一七〇八)二十一歳の時、父蘭皋《らんこう》の逝去のあとを受けて家を継ぎ、禄二百石を給せられた。以後、基本的には京都に住みながら、時々藩主の参勤に従って江戸に下り、また広島に赴くという生活を送る。

さて、宝暦二年(一七五二)三月、二十三歳の宣長は医学を修めるべく郷里の伊勢松坂から京都に上り、まず漢学を学ぶために景山六十五歳に入門した。医学を学び始めてからも、宣長は引き続き景山の塾に通って漢学を学んでいた。宝暦七年十月、宣長が遊学を切り上げて松坂へ戻ったのは、医学修業が成ったからではあろうが、同年九月十九日に景山が七十歳で没していることを考えると、景山の逝去が直接の契機となり、景山のいない京都にはとどまっている意味がないという決断をさせたのではないかと思われる。宣長にとって、景山先生はそれほど慕わしい師だった。そのことは、宣長の京都遊学中の日記『在京日記』に詳細に記された、学問の指導を受けるばかりでなく、四季折々の洛中洛外の行楽のお供などもしばしばするという、宣長と景山の心理的距離の近さ、その背景にある、景山を囲む学塾の和気藹々とした雰囲気、からよくうかがわれる。

京都には何人もいた漢学の師匠のなかで、宣長が堀景山を選んだ理由は、知られない。恐らくは多分に偶然の作用した選択だったのであろうが、医者になることを志しつつも、すでに日本の古典文学や古代史に対する強い関心に覚醒していた学問好きの青年にとって、景山と出会ったことは希有の僥倖というべきであった。

第一に、景山は儒者でありながら、日本の古典に造詣の深い人物であった。この面で特に重要なのは、契沖の孫弟子に当たる京都の公家侍、樋口宗武(京都の町人で契沖の門人だった今井似閑の門人)と親交があり、寛延元年(一七四八)宗武とともに契沖の『百人一首改観抄』を刊行するほど、契沖を尊信していたということ、そして『百人一首改観抄』を除いてすべてが未刊で、写本で見るほかなかった契沖の著述に、宗武の世話によるものであろう、接する便宜があり、『勢語臆断』(伊勢物語の注釈書)、『万葉代匠記』などの説を、自分の所持する『伊勢物語』『万葉集』などに書き入れるなどしていたということ、である。契沖は当時まだほとんど無名の存在であったから、もし宣長が景山に入門していなければ、契沖の画期的な学問との遭遇は、進むべき道を模索していた二十代のうちにはなく、三十代、あるいは四十代の頃にまで遅れていたかも知れない。景山に入門したために、宣長は入門直後の宝暦二年五月には早くも景山所蔵『伊勢物語』に書き入れられた契沖の説を見ることを許され、これを抄録するなど、若いうちに契沖の学問に触れることができたのである。

第二に、景山は朱子学者でありながら、享保初年から江戸において朱子学を否定する新しい儒学説を唱えていた荻生徂徠を尊敬し、徂徠学とも古文辞学とも称されるその説の、採るべき点は取り入れるという素直さ、柔軟さを備えていた。享保十一年(一七二六)三月、主君浅野吉長の参勤に従って江戸へ下った折には、八月に徂徠宅を訪れて面会してもいる。朱子学と徂徠学とは本来両立し得ないものである。景山が朱子学者であるまま徂徠学をある程度受容したということは、景山が思索に論理の徹底性を欠く、二流の儒者であったことを意味する、というふうにとらえれば、それはその通りである。しかしここは、徂徠の漢文訓読否定論や人情肯定論といったすぐれた主張を理解し得た、景山の学統にとらわれない開放的な精神を認めるべきであろう。景山の塾にあった間の宣長が徂徠・太宰春台・服部南郭など古文辞派の人々の著述に接し、それが宣長学の形成に重大な示唆を与えたことはよく知られている。宣長のそのような徂徠学に対する関心は、景山の影響を抜きにしては考えられない。

景山が決して凡庸の人ではなかったことは、以上に見るごとくである。しかしこれを要するに、景山は契沖・徂徠と宣長との橋渡しをしたということであって、景山自身の主体的な業績ということはできない。景山自身が何を成し遂げたかということは、今日に残る景山のほとんど唯一のまとまった著述である『不尽言』を読んでみることによってしか知られない。

2

景山の著述は、儒者としてあって当然の文集を初め、幾つかのものがかつては存したようであるが、今ではほとんど散逸している。近年『不尽言』以外の著述が高橋俊和氏の一連の研究によって発掘紹介されつつあるが、景山の思想をうかがうに足りるほどのものは見出されないといってよい。これに対して『不尽言』は、質量ともに十分な著述であるばかりでなく、刊行はされなかったが、高橋俊和氏「『不尽言』伝本考――宣長抜書との比較を通して――」(『秋桜』十六。平成十一年三月)によれば七つの写本が伝わっており、後述するようにいずれも誤写の多い末流の写本で、かつ幾つかの系統に分かれるから、かつてはかなりの数の写本が存在したこと、つまり相応に普及していたことを物語っている。

しかし近代以降、この書はあまり注目されなくなった。大正四年に日本経済叢書十一に収められ、次いで昭和四年に日本経済大典十七に収められはしたものの、その後七十年間、これを収めてしかるべき叢書の類、たとえば岩波文庫、日本思想大系などに漏らされて、現在まで読むのも容易でないという状況で推移してきた。思想史・文学史の研究者の、この書を正面から考察した論考というものも存在しないようである。この書が取り上げられるとすれば、青年時代の宣長の師匠がどういう人物であったかを紹介する際にちょっと言及される程度、ということに、まずは決まっていた。

『不尽言』の扱いがそのようなものであったのも、故のないことではない。きちんと読まれることがあまりないなりに、従来本書でもっともよく知られていたのは、中ほどからやや後の恋愛肯定論のくだり(本巻一九九頁以降)であろう。そこには宣長の「物の哀れを知るの説」の先駆をなすがごとき柔軟な人間観・文学観が述べられていて、面白く読めるし、かつ朱子学を家学とする人にこのような物わかりのよい言があることに、やや驚かされもするのである。

宣長の青年時以来の読書記録というべき『本居宣長随筆』(本居宣長記念館など蔵)が昭和四十六年九月、筑摩書房版本居宣長全集の第十三巻として初めて公刊され、内容が広く知られるようになった。この書の第二巻は宣長の京都遊学中の読書記録であるが、そこに『不尽言』が抄録されており、末尾に「右以屈先生(景山を指す)自筆不尽言抜書之者也」と記されているので、宣長が景山から自筆本『不尽言』を貸し与えられて書写したものと知られる。宣長の抄録は全集の翻刻で九頁というかなりの分量に及ぶが、右に述べた恋愛肯定論より前の部分は一頁弱しか写されておらず、恋愛肯定論と、続く古今伝授論(本巻二三四頁以降)とに八頁が費やされている。すなわち『不尽言』を読んだ若い宣長がもっぱら興味を持ったのも、恋愛肯定論と、記述がそれに続くだけでなく、内容的にもそれと関わる点のある古今伝授論であった、ということが如実に知られるのである。

宣長が『不尽言』の恋愛肯定論に興味を抱いていたことを明らかにする『本居宣長全集』第二巻が世に出て以来、『不尽言』といえばそのくだりを取り上げる、はっきりいえば、そのくだりしか読まず、他の部分は読み飛ばすという趨勢は、いよいよ決定的になったように思われる。確かに『不尽言』の恋愛肯定論は、宣長の師匠だった人にふさわしい、やがて宣長の『紫文要領』や『石上私淑言』における「物の哀れを知るの説」へと展開する思想の萌芽として、まことに好もしいものではある。

しかし、「物の哀れを知るの説」の萌芽と見るからこそ、好もしくもあり面白くもあるが、視点を変えて、その説自体として眺めるならば、『不尽言』の恋愛肯定論は、「物の哀れを知るの説」と比べて、はなはだ食い足りない中途半端な議論と評されても仕方がないものではないだろうか。たとえば、ひとたび肯定したはずの恋愛をお定まりの五倫の道徳の枠内に収めようとして、「畢竟君臣朋友の交も亦恋と云ふべし」(本巻二二二頁)などと強弁するあたりは、物わかりのよさそうなことをいってはみても、所詮景山は朱子学者だったのだと思い知らされて、興醒めさせられるところである。

すなわち、近世思想史のイロハに属することでもあるのでここで詳論はしないが、「物の哀れを知るの説」の萌芽ということをいうのなら、契沖・徂徠がすでにその段階に到達していた。宣長は契沖・徂徠から真っ直ぐ伸ばした線の上に乗っているが、景山はすんなりとは乗らず、その線を朱子学的に歪曲ないし後退させたような側面さえ見出される。景山を『不尽言』の恋愛肯定論によってのみ評価する限り、後世の我々が近世思想史を見た時、契沖・徂徠と宣長は不可欠であるが、景山はいなくても済むのである。前に「『不尽言』の扱いがそのようなものであったのも、故のないことではない」と述べたのは、こういう理由からである。『不尽言』に取り柄ありとすれば、それは従来この書を代表するかのように扱われてきた恋愛肯定論のくだりとは別のところに求められなければならない。

『不尽言』の記述は、ほとんど区切りの役割を果たさないほど長文の区切りが一つ書き形式で所々に設けられているだけで（本巻で一つ書きの境目を一行空きにし、一つ書き内部に適宜改行を設けたのは、校注者の判断で読みやすいようにそうしたもので、底本を含む諸伝本と先行二つの翻刻とにおいては、一つ書きは一行空きなしにすぐ続き、一つ書き内部には一切改行がない）、章分けなどはなく、ましてや章題などはなく、加えて同趣旨のことが何度か繰り返されるくどい文章であるため、一読したところでは全体の構成がつかみにくく、話題が脈絡なく変わる散漫な書物という印象を与えられる。

しかし、本巻では脚注欄に校注者の私案によって、一つ書きを章として扱って章題を付し（それを扉裏解題に目次として掲出した）、一つ書き内部も節分けして見出しを付してみたが、こうすることによって、書物全体の見通しがかなりよくなったように思われる。改めて見渡せば、本書は決して散漫な書物ではなく、君主たる者の心構えを、学問の基礎である漢文の、そのまた基礎である漢字というものの本質から説き起こして、人情に通ずべきことを説くに至る、丁寧に段階を踏んだ、きわめて体系的な構成を備えていることが知られる。ただ、それぞれの段階の説明が念入り過ぎて、本筋を見失いそうになるまで深入りするので、散漫な印象を与えるのである。

本書は、もともとは、後掲する底本奥書によれば、恐らくは寛保二年（一七四二）景山五十五歳の時、広島藩重役岡本貞喬から君主の学問のあり方その他について質問する書状を貰い、その返事としてしたためた文章である。したがって、まずは岡本貞喬に送られたはずであるが、景山の手元に残った草稿が書物として扱われ、書写が重ねられて次第に流布していったのである。

この経緯は、荻生徂徠の『徂徠先生答問書』の成立過程に似る。この書は、徂徠が出羽庄内藩の二名の藩士とやり取りして、その独特な儒学説を平易に解説した和文書簡を、後に門人の根本武夷と服部南郭が書物の形に編集して成った。享保十二年(一七二七)に刊行されているので、徂徠を尊敬していた景山が読んでいないはずはない。『徂徠先生答問書』は、その内容が、本巻脚注の随所に示したように『不尽言』に強い影響を及ぼしているが、特定の相手の個別具体的な質問への回答という第三者にも取っ付きやすい入り口から始めて、議論を次第に抽象的なレベルへ高めてゆくというその形式自体が、『不尽言』の述作の大きなヒントになっていると考えられる。

両者の違いは、『徂徠先生答問書』が複数の書簡を編集したものであるのに対して、『不尽言』は全体で一通の書簡であることとである。底本奥書によれば岡本貞喬の質問状が一つ書き形式であったようなので、『不尽言』の一つ書きはそれに対応しているはずで、貞喬書簡がすでにある程度長いものだったのではあろうが、それにしても『不尽言』の分量は、これを一通の書簡として見れば、異常な長さというほかない。この異常さは、『徂徠先生答問書』の巧みな形式に刺激されるところのあった景山の、岡本貞喬の質問状への返信という場を与えられたのを好機に、かねて抱懐する君主たる者の心構えについての意見を全面的に展開しようとした、並々ならぬ意欲を物語っているであろう。それかあらぬか、書簡らしい候文を守っているのは、本巻の章分けで第一・二・五章の冒頭(一三七・一五六・一九九頁)だけで、他は特定の相手への書簡であることを忘れたかのごとく、ごく普通の議論の文体になってしまっているのである。右に「景山の手元に残った草稿が書物として扱われ」と述べたが、景山はもともと一編の書物を著す意気込みなのであった。

『不尽言』の意図が、一般的な学問論・道徳論・文学論を述べることにあるのではなく、君主という特別な立場にある者の心構えを説くことにあるということ、その議論が丁寧な段階を踏んだ体系的なものであるということ、をわきまえた上で見直せば、いうところの恋愛肯定論(本巻の章分けでは第五章)を、それだけ取り出してきて恋愛肯定論として扱い、宣長の「物の哀れを知るの説」に及ばずなどと評するのは、景山の意図に背く読み方ということになる。
第一章(一三七頁以下)の漢字漢文論はさておいて、第二章(一五六頁以下)で、君主は性急な道徳的裁断を下すより先に、まず人間の諸事実に対して謙虚でなければならないと論じ、第三章(一六九頁以下)で、日本の武家政治は偏狭酷薄な君主を生み出すと論じ、第四章(一八三頁以下)で、政治は武威よりも徳治をもってしなければならないと論じたその次に、第五章(一九九頁以下)の、君主が徳治を行うために要求される重要な心構えは、人情、特に恋愛感情への温かい理解である、という主張があるのである。

校注者の私見では、景山がもっとも力を込めて論じているのは、第三章の武家政治否定論と第四章の徳治重視論である。第五章は、力を込めていないわけではないが、第三・四章にすでに内包されている寛容主義を、本巻脚注から知られるように伊藤仁斎や荻生徂徠の詩経論に触発されて敷衍したという性格の議論であって、『不尽言』の理論構成の上では二次的なものと位置付けるのが妥当なところである。

そして、第三・四章は、「徳」の反対物に措定されている「武」への批判の徹底性において、独創的という評価を与えてもよいだけの内容を備えていると思われる。そこでは武威・武家・武士・武力等々、およそ「武」という文字を含むすべての概念が批判、というよりも嫌悪され、拒否される。徳川氏という「武家」による当代の支配体制は、したがって本質的に誤っているということが、筆禍を招きかねないぎりぎりの限界線上の表現で、述べられる。

徳川氏に至るまでの歴代の武家政権が誤りの権力であったことを「論証」するために、「三千年」の皇統の始点にある「天照太神」の「聖徳」が実は古往今来、本邦の隅々にまで行き渡っているのだと述べる一九四—一九六頁の記述は、仮にこの書が公刊されていたら筆禍を招かずには済まなかったであろうほどの、過激な論旨である。徳川氏の権威を相対化するために天皇や皇祖神の権威を持ち出すという議論は、禁裏のお膝元の京都の学者なら、非公式・非公然の形で述べることは、事例は多くはないにしても、他にもあるであろう。しかし、あるとして、それらはまずもって権威としての「正統性」を争う議論であるはずである。景山のように、武家政治の「野蛮さ」を否定するために天皇・皇祖神の「徳」を強調するという論法は、前後に例を見ないものではあるまいか。

若い宣長が景山先生を敬愛してやまなかったのは、契沖の書物を見せてくれたことや、徂徠の儒学説を解説してくれたことにもまさって、まさにこの「武の徹底的な否定」という景山の独創的な思想が宣長をとらえたからであると、校注者は考える。五年半の京都遊学期間の後半期には、宣長はすでに儒仏否定の神道説や「物の哀れを知るの説」に、漠然とした形ながら覚醒していたから、朱子学者の景山の所論には、多大の批判や不満を感ぜずにはいられなかったはずである。しかし宣長は、景山への敬愛の念を抱き続け、後年の著述で景山の説を批判する場合にも、景山の名は出さない。初学の師の慕わしさという感情も当然あったであろうが、それよりも、他にどんな納得できないことをいっていようとも、「武の徹底的な否定」という一点において、宣長にとって景山先生は絶対的に信頼できる人だったのではないだろうか。「物の哀れを知るの説」とは、人の心の弱さ、愚かさを全面的に擁護する思想で、武を徹底的に否定しなければ成立し得ないものだからである。

『不尽言』の第三・四章の所論が宣長にとってそれほど印象深いものであったのなら、『本居宣長随筆』第二巻の抄録に、なぜ第三・四章が含まれていないのか（第四章はほんのわずか抄録されてはいる）、という疑問が当然生ずるであろう。町人の身分で、かつ御三家の一つ紀州藩の領地の松坂出身の宣長は、私的な手控えとはいえ、筆禍を招きかねない文章を写し取ることを憚ったのではないだろうか。

4

前述のように、高橋俊和氏「『不尽言』伝本考——宣長抜書との比較を通して——」によれば、『不尽言』には七つの写本が伝わっている。また『本居宣長随筆』第二巻に抄録されている部分（『不尽言』全体の一割強）については、その抄録を加えて八伝本ということになる。そのうち本巻の底本には中村幸彦氏旧蔵本（大本一冊）を採用した。高橋論文に「旧西荘文庫蔵本」として挙げられている本である。七つの伝本は誤写の多さにおいていずれも似たような末流写本で、どの本にも底本に選ぶべき必然性はない。宣長の抄録は、七伝本よりは正確な書写であるが、宣長の恣意による改竄が加えられている可能性がある（高橋論文参照）ので、分量の少なさと相まって、抄録部分だけはそれを底本にするという扱いをするには適さない。底本選定の理由は、故中村先生ゆかりの本ということだけといってよい。

ただし底本には、他の本にはない特長が一つある。それは巻末の「東海波臣某」の跋文（二四六頁）の前、本文の最後が丁のオモテで終わって、そのウラ白の部分に、次のように記した紙片が貼付されているということである。

私ニ記ス。右不尽言ノ一書ハ、景山先生ノ著ハス所ナリ。姓屈名正超字君燕号景山俗称禎助　宗恒公御部屋住ミノ時、御学事ニツキ毎々京ヨリ江戸ヘ召サセラレ、在勤ナリ。寛保戊戌在府ノ時、資治通鑑ヲ御勧メ申シ上ゲラル。其ノ比《ころ》御国御年寄岡本貞喬、学文好キニテ、先生ヘ書通ノ序《ついで》ニ、上ノ御学文ニハ貞観政要ナドコソ然ルベク、歴史ハサノミ御益ニ成ルマジク等ノ事申シ来タリ、並ビニ自分ノ学事ニツキ何角《とかく》解シ難キ品々、一ツ書キニシテ書状ニ申シ来タル由。其ノ答ヘニ先生書キテ贈リ玉フナリ。ソレユヘ事品取リ交ジヘテ記シアルナリ。此ノ本紙伝写ユヘ誤字多ク、所々推量シテ改メ写ス。疑ハシキ事モ多クアレドモ、余ハ本書ノマヽニ任ス。

延享丙寅年　　　　錦山

コハ異本ノオクガキナリ

ここにのみ伝えられている「異本奥書」によって、『不尽言』成立の経緯が明らかになる。末尾の署名の「錦山」は未詳の人である。もしも「綿山」の誤写であれば、景山よりやや後輩の京都の儒者柚木綿山のこととなって都合がよいが、断定は出来ない。延享三年丙寅は一七四六年。文中の「寛保戊戌」は、誤写するにも程度があろうからいかにも不審であるが、高橋氏に倣って、しばらく寛保二年壬戌(一七四二)の誤写と考えよう。その年、景山は江戸にあって、広島藩の世子浅野宗恒(藩主宗長の嫡男で、宝暦二年に襲封)の読書に資治通鑑を勧めた。その頃、国家老岡本貞喬が景山への手紙で、君主の読書には歴史書よりも貞観政要などの方が望ましいのではないかと述べ、併せて自分自身の学問について疑問の点を、一つ書きにして尋ねてきた。その返答として書いたのが、本書『不尽言』であると。

文面からすると、景山は寛保二年の江戸在府中に岡本貞喬の書簡を受け取り、本書を執筆したかのごとくである。本書には、脚注で指摘したが、漢籍からの引用に、書写の間の誤写ではなく、著者のうろ覚えによると解せられる誤りがかなりある。江戸の旅宿の、原典の確認もままならない状況のもとで書いたがゆえのことと解すれば、納得がゆくので、江戸での成稿とすべきであるかも知れない。

寛保二年成立として、錦山が書写した延享三年はそのわずか四年後のことであるが、錦山の拠った本にはすでに誤字が多かったという。短期間に書写が重ねられたこと、それだけよく読まれたことを物語るものであろう。しかしいくら需要が多くとも、前述のように筆禍を招きかねない議論を含むので、本書は刊行されることがなかった。需要を満たすために、転写に転写を重ねた写本がかなり作られたのであろう。

七つの伝本はいずれも誤写が多いが、七本の本文を精査された高橋俊和氏は、七本を、甲本系(筑波大学本・中村幸彦氏旧蔵本・天理図書館本・京都大学経済学部本)、乙本系(岩瀬文庫本・内閣文庫本・北野天満宮本)に大別して、甲本系は乙本系より優るとされた。従うべき意見である。

次に、七伝本は、漢字片仮名混じり本と漢字平仮名混じり本とに分けられる。甲本系では、筑波大本・中村氏旧蔵本が平仮名本、天理本・京大経済学部本(日本経済叢書の翻刻の底本)が片仮名本であり、乙本系では、内閣本が平仮名本、岩瀬本・北野本が片仮名本である。甲乙の両系統に平仮名本・片仮名本が混在するので、景山の自筆本がどちらであったかを決めるのはむつかしい。景山自筆本を写したことが明白な『本居宣長随筆』第二巻の抄録が片仮名混じりなので、片仮名混じりを本来の姿と決めたいところであるが、速断は出来ない。何となれば、『本居宣長随筆』第二巻には荻生徂徠の『徂徠先生答問書』も抄録されていて、これは享保十二年版本を写したと見るのが穏当であるが、その本は平仮名混じり本なのに、宣長の抄録は片仮名混じりでなされている、という例があるからである。近世の知識人にとって、片仮名は平仮名より「格の高い」文字であるから、学問的に有用と判断した書物を、原本が平仮名混じりでも片仮名混じりに変えて写す、ということはあったのであろう。『不尽言』は元来書簡として書かれた文章であるし、前述のように『徂徠先生答問書』を意識して企図された著述であるから、原形は『徂徠先生答問書』と同じく平仮名混じりであった、という考え方も十分に説得的である。要するに決めがたい問題なので、中村先生ゆかりということで選定した底本の表記に従う。

なお、七伝本には、底本を含めて、上部余白に書入れが施されているものが多い。景山の所論に対する感想批評の類で、ある段階の書写者が自分の意見を記入したものが、それ以後は書入れごと書写されたのであろう。上記甲本系・乙本系の別は、書入れの内容にまでも及ぶようであるが、十分な調査をしていないので、今は深入りしない。本巻の翻刻では、書入れはすべて省いた。

本文作成に当たって、底本のままでは文意が通らないところに限定して、他本との校合結果を脚注に示した。校合には天理図書館本(天理本)・岩瀬文庫本(岩瀬本)・『本居宣長随筆』第二巻(宣長抄録)をかっこ内の略称で挙げた。

二　筆のすさび

『筆のすさび』の著者、菅茶山(一七四八―一八二七)は、近世後期の著名な漢詩人である。その漢詩は本大系の『菅茶山・頼山陽詩集』の巻にも収められ、水田紀久氏の解説「菅茶山とその交遊」に簡にして要を得た伝記が備わる。また別に、茶山の伝記の決定版ともいうべき詳細な研究として、富士川英郎氏の『菅茶山』(上下二冊。福武書店刊、平成二年五月)がある。それらに依拠しつつ、まず略伝を述べる。

菅茶山、名は晋帥《ときのり》、字は礼卿、通称は太中。姓は本来は菅波《すがなみ》であるが、中国風の一字姓に略して音読する、菅《かん》をもって行われる。延享五年(一七四八)、山陽道の宿場町である備後国神辺《かんなべ》(福山藩領。現広島県深安郡神辺町)に生まれた。父の久助は神辺宿の本陣を務める名家の菅波家へ他家から養子に入った人であったが、宝暦二年(一七五二)二十六歳にして(時に茶山五歳)、菅波家と血筋のつながる者に家を譲って別家を立て、農業兼酒造業を営んだ。本陣の主人としての任務から解放された、俳諧などの趣味に耽ることの許される、経済的にも精神的にもゆとりのある生活だったようである。茶山が京都に遊学して儒学・漢詩文を学び、その道に進むことができたのも、生家がそういう家柄だったからであった。

明和三年(一七六六)十九歳の時、茶山は初めて京都に遊学するが、そのまま京都に住んだわけではなく、以後十数年の間、基本的には神辺に住みつつ、たびたび京都に出ては長期間滞在するという生活を続けたようである。そして何時の頃にか、那波魯堂(一七二七―八九)に入門した。魯堂は当時の京都の著名な儒者で、学統は朱子学である。狂詩作者銅脈先生こと畠中観斎(一七五二―一八〇一)もその門に学んだ。同年輩のこの異能の士と、茶山は魯堂の塾で知り合い、かなり親しく交わっていた。

魯堂門の先輩に、備中国鴨方(現岡山県浅口郡鴨方町)出身の西山拙斎(一七三五―九八)がいた。終生仕えず、鴨方に戻って村学究の人生を送った拙斎を茶山は深く敬愛し、鴨方と神辺は半日ほどで行き来できる距離であったこともあり、親密に交わった。また安永二年(一七七三)二十六歳の時、いかなる縁故があったものか、当時大坂で儒を講じていた頼春水(一七四六―一八一六)を訪ねて初めて対面した。以後、やがて天明元年(一七八一)に広島藩儒となる春水、春水の長男の山陽(一七八〇―一八三二)、弟の杏坪《きようへい》(一七五六―一八三四)など、頼一門との終生にわたる交遊が開ける。

天明元年三十四歳の頃、茶山は神辺に私塾を開いて、近隣の子弟に教育を施すことを始めた。教育は茶山が生涯をかけて取り組んだ事業で、寛政八年(一七九六)四十九歳の時には、この塾を福山藩の郷校として認めて貰いたいと藩当局に願い出て、認められた。私塾を公的機関に格上げすることが、土地の人々の間に教養や学問の意義を浸透させるのにすこしでも役立つなら、という考えから出たことであるようである。塾を廉塾と称するようになったのは、郷校として発足した頃からといわれている。文化六年(一八〇九)六十二歳の時には、頼山陽三十歳を廉塾の都講(塾頭)に招いた(翌々年、山陽は出奔して京都へ去る)。

神辺にあって孜々として教育にいそしむ茶山の名は、やがて藩主阿部正精《まさきよ》の知るところとなる。享和元年(一八〇一)五十四歳の時、茶山は藩の儒官に召し出され、時折福山まで出かけて藩校弘道館で講義をすることとなった。正精は茶山を信頼すること厚く、文化元年(一八〇四。茶山五十七歳)と文化十一年(一八一四)、参勤で江戸出府中に、茶山を江戸まで呼び寄せている。思いがけず二度にわたって江戸に下る機会を得た茶山は、藩医の伊沢蘭軒(一七七七—一八二九)を初めとして、名のみ聞き知っていた江戸の文人たちと文雅の交遊を繰り広げた。その様子は森鷗外の史伝『伊沢蘭軒』にも描かれている。

茶山が江戸の文人たちと交わることができたのは、茶山自身の文名がすでに江戸にまで届くほど高かったからでもある。阿部正精が茶山を用いたのは、教育者・学者としてであったであろうが、茶山の本領は詩にあった。わが近世の漢詩壇では、宝暦期をピークに一世を風靡した古文辞派(荻生徂徠の門流)の擬古主義の詩風が十八世紀末、安永・天明頃に凋落し、かわって日常的な事物・感懐を平明に詠ずる、現実に密着した詩風が起こってきた。茶山は、交遊のあった京都の詩僧六如《りくにょ》(一七三四—一八〇一)と並んで、上方詩壇における、この新しい詩風の開拓者、推進者であった。したがって寛政以後、新しい詩風が江戸・上方・西国に浸透して行くにつれて、詩人茶山の名声は次第に高くなった。

文化文政期には、温厚な人柄が長寿と相まって、詩壇の耆宿として広く敬愛されるに至り、山陽道を往来する学者文人で、神辺に足を止めて茶山に面会を乞わない者はいないという有様であった。文政十年(一八二七)八十歳、五月に広瀬旭荘(一八〇七—六三)二十一歳の訪問を受け、八月十三日、生涯を閉じた。

『筆のすさび』は、書中に取り上げられた出来事などの年次や、「丁亥(文政十年)の今年」(二五八頁)・「今年文化丙子(十三年)」(二六〇頁)などの記述からして、晩年、文化文政期の著述であることは間違いないが、執筆時期をいつと限定することはできない。門人木村考安の序文によれば、文政十年、茶山は全四巻の巻一をまず考安に校訂浄書させ、ついで残りの三巻を託したところで没したと。「筆のすさび」という書名は茶山自身の命じたもののようである。一時の成立ではなく、その書名の通り、多年の間、興にまかせて折々に書き留めておいたものが、未整理雑駁であったのを、考安に整理させたのであろう。

本書の内容は、近世後期に多数著されたいわゆる随筆雑著の一つの典型をなすもので、見聞した異事奇聞や、心に抱く様々な思想感慨を、何の体系も脈絡もなく、思い浮かぶまま自由に書き綴る。茶山が主導した新しい詩風の特徴を右に「現実に密着した詩風」と述べたが、現実への密着ということが、本書においては諸国の様々な出来事への旺盛な好奇心という形で現れていると考えることができる。本書の、雑駁というよりは豊富と評すべき多種多様な話題は、漢詩に見出されるのとはまた別の趣きの、何に対しても素直に心を開く茶山の魅力的な人柄を、よく伝えている。

もう一つの「心に抱く様々な思想感慨」とは、巻二の初めの方に集中している儒学上の見解を典型的なものとし、その他、史論・人物論等々が、全巻にわたってほどよく配置される。茶山は学統からいえば朱子学者であり、廉塾や藩校弘道館では儒を講じていたのであるが、詩人としての盛んな活動に比して儒者としての活動は影が薄く、後世の我々も茶山の詩を愛読はしても、茶山の「思想」について考えるということは、まずない。しかし詩の背景になっていないはずのない茶山の思想を、ひいては人格の奥行きを、これらの条々から知ることができるのである。

注釈を施すに当たって、前掲富士川英郎氏著『菅茶山』から恩恵を受ける点が多々あった。記して謝意を表する。

鈴木桃野と『無可有郷』

小林勇

『無可有郷』の著者鈴木桃野は、寛政十二年(一八〇〇)白藤の長男として江戸に生まれた。名は成虁。「虁」は想像上の怪獣の名で一本足であることを特徴とする。字一足はそれに因む。通称は孫兵衛。号は最も良く知られた桃野の他、『無可有郷』に署名した詩瀑山人、酔桃子、桃花外史、慥亭等。父白藤は時に三十四歳であった。この年三月天守番から新設の学問所勤番組頭に抜擢されている。当時はあたかも寛政の改革に伴う幕府学制の改革期で、林家の私塾であった湯島聖堂が幕府直営の昌平坂学問所として官学の体裁を整えた時期である。白藤は更に桃野十三歳の文化九年(一八一二)、累進して幕府の紅葉山文庫の蔵書を管理する書物奉行になり、永永御目見以上格を仰せ付けられている。

父白藤がこのような学問の人であったから、長子桃野には当然その業を継ぐことが期待されたであろう。だが彼がその幼時において決して英悟の資でなかったことは、下巻「自述」に赤裸々に述べられている。それでも十六歳の頃から発憤して読書に励み、文化十四年(一八一七)十八歳で学問所の素読吟味に最高の成績である甲科で及第したことが、これも「自述」からわかる。その後天保十年(一八三九)八月四日部屋住より学問所教授方出役を仰せ付けられた。父の子としての面目は保たれたと言えよう。そして嘉永四年(一八五一)十二月白藤が八十五歳の長寿を保って没した後、翌嘉永五年閏二月家督を相続したが、同年病に罹り没した。享年五十三。これに先立ち甲府徽典館学頭就任の内命があったというが、果たせなかった。没日については、鈴木家に伝えられた遺族の手になる桃野の伝には十一月五日、関東大震災で粉砕した桃野の墓に刻まれたものには六月十五日とあった由である。今日でもこの両説が行われているが、一応六月十五日を取っておく。

つまり桃野は官学における儒者として出世の道をたどっていたが、道半ばにして没したわけである。しかし彼は学者であるよりは、多彩な趣味の人であった。そのことは『無可有郷』に収められた文章を見ても理解されよう。儒者として必然的な嗜みである詩文は別としても、歌舞伎を論じ、浮世絵を評する。小説や随筆に対する興味をはっきりと述べている。そして彼が最も力を注いだものは唐様の書であったこともわかる。そもそも父白藤も博覧ではあったが特に学問的な著述を残してもおらず、やはり学者と言うよりは文人であり、桃野もその血を引いたものであろう。

しかし今日桃野の名が記憶されているのは、何と言っても名随筆家としてである。桃野の随筆中最も早く活字化され、広く読まれている『反古のうらがき』など、この書を最初に紹介した三田村鳶魚の言を借りれば「博渉滑稽頗る山の手の風尚を存し、敏捷快活の筆致さながら巻を措く能はざらしむ」(『鼠璞十種』崖略)と言って良い。だがその印象を以て『無可有郷』に臨むとかなりの懸隔が感ぜられる。このことは題材の相違もさることながら、その成立時期とも関わってくるのではないか。

『無可有郷』が天保九年(一八三八)以後さほど隔たらない時期の成立であるとすると、嘉永元年(一八四八)から三年頃に書かれたらしい『反古のうらがき』よりも約十年早い。『桃野随筆』は未整理の草稿を後人が編集したものと覚しいので姑く措くとして、『酔桃庵雑筆』の成立年代は従来明確でない。ただ「杉田の遊び」の一編が文政五年(一八二二)頃の事を記したものであることから、「この随筆全体も、その若い頃の筆すさびであろう」(『日本古典文学大辞典』)とする見解がある。しかしこれはその編が「予が若かりし時」と書き出されている以上、単純には同意できない。一方「間違ひ」の条は「甲府の人何某其身の願ひ事ありとて江戸に出けるに、此年は蓼湾学頭にて行といふを聞て」と始まるが、久貝蓼湾が甲府徽典館の学頭として赴任したのは嘉永五年である。つまりこの条は桃野の没年か、赴任前であることを考えても早くともその前年の執筆であろう。もとより一気に書かれたものではなかろうが、この書は嘉永三年頃の『反古のうらがき』の成稿後執筆にかかった、桃野最晩年の随筆と見た方が妥当であると思われる。

従って『無可有郷』はやはり、桃野自身が一書にまとめたものとしては最初の随筆であると言えよう。その議論の多さや、漢文脈の勝ったやや生硬な文体など、後年の桃野の随筆との異質性もそこに由来するものと思われる。しかし『無可有郷』内部でも下巻になると後年の桃野の随筆を髣髴させるような編も多い。その点でこの書はいわば名随筆家桃野の形成過程を示してくれていると言えるかも知れない。そしてまたその議論の文章も、桃野の多方面の趣味に対する造詣を窺わせてくれる点では貴重なものと言えよう。

参考文献

森潤三郎「鈴木桃野とその親戚及び師友(上)(下)」(『史学』第十一巻第三号、第十二巻第一号)。

森潤三郎『紅葉山文庫と書物奉行』(昭和書房、一九三三年)。

森銑三「酔桃庵雑筆と無可有郷」「発見せられた桃野随筆」(『森銑三著作集』第十一巻、中央公論社、一九七一年)。

新 日本古典文学大系 99
仁斎日札　たはれ草　不尽言　無可有郷

2000 年 3 月21日　第 1 刷発行
2025 年 1 月10日　オンデマンド版発行

校注者　植《うえ》谷《たに》 元《はじめ》　水田紀久《みずたのりひさ》　日野龍夫《ひのたつお》

発行者　坂本政謙

発行所　株式会社 岩波書店
〒 101-8002 東京都千代田区一ツ橋 2-5-5
電話案内 03-5210-4000
https://www.iwanami.co.jp/

印刷／製本・法令印刷

ISBN 978-4-00-731521-3　Printed in Japan